W0002457

Dean Koontz
DUNKLE FLÜSSE DES HERZENS

DEAN KOONTZ

Dunkle Flüsse
des Herzens

ROMAN
Aus dem Amerikanischen von
Uwe Anton
Mit Buchkunstarbeiten von
Achim Kiel

GUSTAV LÜBBE VERLAG

© 1994 by Dean R. Koontz
Titel der Originalausgabe: Dark Rivers of the Heart
Originalverlag: Alfred A. Knopf, Inc.,
New York / Random House of Canada Limited, Toronto
© 1995 für die deutsche Ausgabe
by Gustav Lübbe Verlag GmbH, Bergisch Gladbach
Aus dem Amerikanischen von Uwe Anton
unter Mitarbeit von Michael Kubiak

© Schutzumschlag, Einbandentwurf und Illustrationen:
Achim Kiel AGD/BGD PENCIL CORPORATE ART, Braunschweig
Ausführliche Hinweise zu den Buchkunstarbeiten
finden Sie auf der letzten Seite

Satz: Kremerdruck GmbH, Lindlar-Hartegasse
Gesetzt aus der Rotis Semi Serif von Agfa
Fotografie des Schutzumschlag-Originals: Lutz Pape, Braunschweig
Repro: NovaConcept Kirchner & Sander GmbH, Berlin
Druck und Einband: Clausen & Bosse, Leck

Printed in Germany
ISBN 3-7857-0793-2

1   3   5   4   2

Gary und Zov Karamardian gewidmet
für ihre geschätzte Freundschaft,
weil sie Menschen sind, die anderen
das Leben zur Freude machen,
und weil sie uns ein Heim
fern von der Heimat geboten haben.
Nächste Woche ziehen wir
für immer ein!

ERSTER TEIL

AUF EINEM FREMDEN MEER

Wir sind wie Fahrgäste, deren Karten,
vorab gelöst, einen Preis erwarten,
den wir zu zahlen nicht willens sind.
Die Bilder am Fenster wechseln geschwind
– rätselhaft, unwirklich, surreal –,
machen jede Empfindung zur Qual.
Keine Reise ins Land des Todes gibt mehr
an Rätseln als dieses Leben her.

Das Buch der gezählten Leiden

Des Schicksals zarte Fäden im Wind,
die wie aus Seide gesponnen sind,
flattern ringsum – doch spüre ich,
wie fest ihr Griff sich legt um mich.

Das Buch der gezählten Leiden

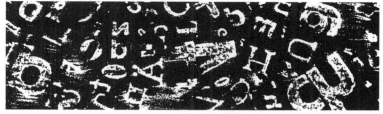

Als Spencer Grant auf der Suche nach der roten Tür durch die feucht schimmernde Nacht fuhr, dachte er an die Frau und empfand ein tiefes Unbehagen. Der wachsame Hund saß still neben ihm. Regen trommelte auf das Dach des Geländewagens.

Der Sturm war vom Pazifik her gekommen, ohne Blitz und Donner oder Wind, am Ende der Dämmerung eines dunklen Februartages. Er war mehr als ein Sprühregen, aber weniger als ein Wolkenbruch und schien der Stadt alle Kraft zu entziehen. Der Großraum Los Angeles war zu einer Metropole ohne scharfe Ränder, Betriebsamkeit oder Elan geworden. Die Gebäude verschmolzen miteinander, der Verkehr floß nur noch träge, und die Straßen zerliefen zu grauem Nebe.

In Santa Monica blieb Spencer vor einer Ampel stehen. Zu seiner Rechten erstreckten sich der Strand und das dunkle Meer.

Rocky, eine Promenadenmischung und nicht ganz so groß wie ein Labrador, betrachtete interessiert die vor ihnen liegende Straße. Wenn sie mit dem Geländewagen unterwegs waren, einem Ford Explorer, sah er manchmal aus dem Seitenfenster und betrachtete die vorbeiziehende Umgebung, doch normalerweise interessierte er sich mehr für das, was vor ihnen lag.

Auch wenn der Hund auf der Ladefläche hinter den Vordersitzen mitfuhr, schaute er nur selten aus dem Heckfenster. Er scheute sich davor, die Landschaft zurückweichen zu sehen. Vielleicht wurde ihm davon schwindlig, was nicht der Fall war, wenn er in Fahrtrichtung blickte.

Vielleicht setzte Rocky auch den hinter ihnen dahinschwindenden Highway mit der Vergangenheit gleich. Er hatte gute Gründe, nicht in der Vergangenheit zu verweilen.

Genau wie Spencer.

Während er darauf wartete, daß die Ampel auf grünes Licht umsprang, hob er eine Hand ans Gesicht. Er hatte die Angewohnheit, nachdenklich über seine Narbe zu streichen, wenn er Schwierigkeiten auf sich zukommen sah, fast wie ein gläubiger Katholik, der einen Rosenkranz betete. Das Gefühl beruhigte ihn; womöglich deswegen, weil die Narbe ihn daran erinnerte, daß er das entsetzlichste Schrecknis überlebt hatte, das ihm jemals widerfahren würde. Das Leben konnte keine so finsteren Überraschungen mehr für ihn bereithalten, daß sie ihn zugrunde richten würden.

Die Narbe zeichnete Spencer. Er hatte Schaden davongetragen.

Sie verlief fahl und leicht glänzend vom rechten Ohr zum Kinn und war nicht ganz einen Zentimeter breit. Bei extremer Kälte oder Hitze verfärbte sie sich heller. Obwohl das dünne Zellgewebe keine Nervenenden enthielt, fühlte die Narbe sich in der Winterluft wie ein heißer Draht auf seinem Gesicht an. In der Sommersonne war sie kalt.

Die Ampel sprang von Rot auf Grün um.

Der Hund streckte voller Erwartung den struppigen Kopf vor.

Spencer fuhr langsam an der dunklen Küste entlang nach Süden. Er hatte wieder beide Hände auf das Lenkrad gelegt. Nervös suchte er auf der rechten Straßenseite zwischen den zahlreichen Geschäften und Restaurants nach der roten Tür.

Auch wenn er die verunstaltende Furche in seinem Gesicht nicht berührte, blieb er sich ihrer bewußt. Er vergaß nie, daß er gebrandmarkt war. Wenn er lächelte oder die Stirn runzelte, spürte er, daß die Narbe eine Hälfte seines Gesichts entstellte. Wenn er lachte, wurde seine Erheiterung von der Spannung in dem unelastischen Gewebe gedämpft.

Die gleichmäßigen Bewegungen des Scheibenwischers maßen den Rhythmus des Regens.

Spencers Mund war trocken, doch seine Handflächen waren feucht. Die Enge in seiner Brust wurde nicht minder von Besorgnis wie von der angenehmen Erwartung hervorgerufen, Valerie wiederzusehen.

Er war nahe daran, nach Hause zu fahren. Die neue Hoffnung, die er hegte, war so echt wie Katzengold. Er war allein und würde, von Rocky abgesehen, immer allein bleiben. Er schämte sich dieses aufkeimenden Funkens von Optimismus, der Naivität, die er enthüllte, der geheimen Bedürfnisse, der stillen Verzweiflung. Aber er fuhr weiter.

Rocky konnte natürlich nicht wissen, wonach sie suchten, doch er bellte leise, als vor ihnen das rote Wahrzeichen erschien. Er reagierte zweifellos auf die feine Veränderung in Spencers Stimmung, als dieser die Tür sah.

Die Bar lag zwischen einem thailändischen Restaurant mit dampfbeschlagenen Fenstern und einem leerstehenden Ladenlokal, in dem sich früher eine Kunstgalerie befunden hatte. Die Schaufenster der Galerie waren mit Brettern vernagelt, und Teile des Kalktuffs der ehemals eleganten Fassade fehlten, als hätte das Geschäft nicht nur Bankrott gemacht, sondern wäre ausgebombt worden. Durch den silbern schimmernden Regen enthüllte eine Lichtflut am Eingang der Bar die rote Tür, an die er sich von der vergangenen Nacht erinnerte.

Spencer war der Name des Schuppens nicht mehr eingefallen. Diese freudsche Fehlleistung kam ihm nun, als er das purpurne Neonschild über dem Eingang sah, geradezu vorsätzlich vor: THE RED DOOR. Er lachte humorlos auf.

Nachdem er im Lauf der Jahre so viele Bars besucht hatte, fielen ihm schon lange keine Unterschiede mehr auf, an denen er sie auseinanderhalten konnte. In Dutzenden von Städten waren diese Kneipen im Prinzip Beichtstühle ein und derselben Kirche. Man setzte sich auf einen Barhocker, statt sich auf den Betschemel zu knien, und murmelte Fremden, die keine Priester waren und einem nicht die Absolution erteilen konnten, dieselben Bekenntnisse zu.

Seine Beichtväter waren Trunkenbolde und als geistliche Führer ebenso untauglich wie er selbst. Sie konnten einem nie die angemessenen Bußen nennen, die man leisten mußte, um Frieden zu finden. Wenn sie über die Bedeutung des Lebens sprachen, blieben ihre Worte zusammenhanglos.

Im Gegensatz zu diesen Fremden, denen er oft heimlich seinen Seelenzustand offenbarte, war Spencer noch nie betrunken gewesen. Ein Rausch war für ihn ebenso schrecklich wie die Vorstellung, Selbstmord zu begehen. Wer sich betrank, verlor die Kontrolle über sich. Undenkbar. Kontrolle war das einzige, was er noch hatte.

Am Ende des Häuserblocks bog Spencer links ab und parkte auf der Nebenstraße.

Er ging nicht in Bars, um zu trinken, sondern um Gesellschaft zu haben – und um seine Geschichte jemandem zu erzählen, der sich am nächsten Morgen nicht daran erinnern würde. Oft trank er während eines langen Abends nur ein oder zwei Bier. Wenn er dann später im Bett lag und zu dem verborgenen Himmel hinaufsah, schloß er die Augen erst endgültig, nachdem die Muster der Schatten auf der Decke ihn unausweichlich an genau die Dinge erinnert hatten, die er am liebsten vergessen hätte.

Als er den Motor ausschaltete, trommelte der Regen lauter als zuvor – ein kaltes Geräusch, so eisig wie die Stimmen toter Kinder, die ihn in seinen schlimmsten Träumen manchmal mit wortloser Dringlichkeit riefen.

Der gelbe Schein einer Straßenlampe fiel in das Innere des Geländewagens, so daß er Rocky deutlich ausmachen konnte. Der Hund betrachtete Spencer ernst mit großen, ausdrucksvollen Augen.

»Vielleicht war es keine gute Idee«, sagte Spencer.

Der Hund reckte den Hals, um die noch immer auf dem Lenkrad ruhende rechte Hand seines Herrn zu lecken. Er schien sagen zu wollen, Spencer solle sich entspannen und den gefaßten Entschluß in die Tat umsetzen.

Als Spencer die Hand bewegte, um das Tier zu streicheln, senkte Rocky den Kopf. Er wollte keineswegs Ohren und Nacken den streichelnden Fingern leichter zugänglich machen, sondern zum Ausdruck bringen, daß er unterwürfig und harmlos war.

»Seit wann sind wir schon zusammen?« fragte Spencer den Hund.

Rocky hielt den Kopf geneigt und zog ihn vorsichtig ein, zitterte aber nicht unter der sanften Berührung seines Herrn.

»Seit fast zwei Jahren«, beantwortete Spencer seine eigene Frage. »Zwei Jahre der Freundlichkeit, der langen Spaziergänge... Du bist am Strand Frisbees hinterhergerannt und hast regelmäßig zu fressen bekommen, und trotzdem glaubst du manchmal noch immer, ich würde dich schlagen.«

Rocky verharrte in seiner demütigen Lage auf dem Beifahrersitz.

Spencer schob eine Hand unter die Schnauze des Hundes und zwang dessen Kopf hoch. Rocky versuchte kurz, sich dem Griff zu entziehen, und gab dann allen Widerstand auf.

Spencer sah dem Hund in die Augen.

»Vertraust du mir?« sagte er.

Der Hund wandte den Blick unsicher ab und schaute nach links und zu Boden.

Spencer packte das Tier sanft an der Schnauze und richtete dessen Aufmerksamkeit wieder auf sich. »Wir halten die Ohren steif, klar? Wir sind stolz. Zuversichtlich. Halten die Ohren steif und schauen den Leuten in die Augen. Hast du das verstanden?«

Rocky schob die Zunge zwischen den halb zusammengebissenen Zähnen hindurch und leckte die Finger, mit denen Spencer seine Schnauze festhielt.

»Ich will das mal als ›ja‹ auffassen.« Er ließ den Hund los. »In die Bar kann ich dich nicht mitnehmen. Bitte nimm's mir nicht übel.«

Obwohl Rocky kein Blindenhund war, durfte er sich in manchen Bars zu Spencers Füßen legen, sogar auf einen Hocker setzen, und niemand hatte etwas gegen den Verstoß gegen die Hygienevorschriften einzuwenden. Ein Hund war normalerweise der geringste Verstoß, den man einer Kneipe vorwerfen würde, sollte zufällig jemand vom Ordnungsamt vorbeikommen. Das Red Door gab jedoch vor, Klasse zu haben, und man würde Rocky nicht hereinlassen.

Spencer stieg aus dem Geländewagen und schlug die Tür zu. Mit der Fernbedienung an seinem Schlüsselring aktivierte er die Zentralverriegelung und die Alarmanlage.

Er konnte nicht darauf bauen, daß Rocky den Explorer verteidigte. Der Hund würde nie einen entschlossenen Autodieb verjagen – falls der nicht gerade einen extremen neurotischen Ekel davor hatte, daß man ihm die Hand leckte.

Nachdem Spencer durch den kalten Regen unter den Schutz einer Markise gespurtet war, die das Eckhaus säumte, blieb er stehen und schaute zu dem Geländewagen zurück.

Der Hund war auf den Fahrersitz gewechselt, drückte die Schnauze gegen die Fensterscheibe und blickte hinaus. Ein Ohr hatte er aufgerichtet, das andere hing hinab. Sein Atem beschlug das Glas, doch Rocky bellte nicht. Er bellte nie. Er schaute einfach aus dem Fenster und wartete. Er bestand aus siebzig Pfund reiner Liebe und Geduld.

Spencer wandte sich von dem Wagen und der Nebenstraße ab, ging um die Ecke und zog zum Schutz gegen die frostige Luft die Schultern ein.

Wenn man nach den Geräuschen urteilte, hätten die Küste und alle Werke der Zivilisation, die sich auf ihr erhoben, aus Eiswällen bestehen können, die nun schmolzen und in den schwarzen Rachen des Pazifiks flossen. Regen tropfte von der Markise herab, gurgelte in Gullys und spritzte unter den Reifen vorbeifahrender Autos auf. Das anhaltende Grollen der Brandung, das Spencer gerade noch wahrnehmen konnte und mehr spürte als hörte, kündete von der stetigen Erosion der Strände und Steilufer.

Als Spencer an der mit Brettern vernagelten Galerie vorbeiging, sprach ihn jemand aus der Dunkelheit des tief eingelassenen Eingangs an. Die Stimme war so trocken wie die Nacht feucht, und heiser und kratzig: »Ich weiß, was du bist.«

Spencer blieb stehen und blinzelte in die Finsternis. Ein Mann saß mit gespreizten Beinen in dem Eingang; den Rücken hatte er gegen die Tür der Galerie gelehnt. Er war ungewaschen und unrasiert und schien weniger ein Mensch als ein Haufen schwarzer Lumpen zu sein, die von so viel organischem Schmutz gesättigt waren, daß bei einer spontanen Zeugung bösartiges Leben aus ihnen entstanden war.

»Ich weiß, was du bist«, wiederholte der Stadtstreicher leise, aber deutlich.

Eine krank machende Wolke aus Körpergeruch, Urin und der Ausdünstung billigen Weins schlug Spencer aus dem Eingang entgegen.

Nachdem Ende der siebziger Jahre die meisten Geisteskranken im Namen der Bürgerrechte und des Mitleids aus den Heilanstalten entlassen worden waren, hatte die Zahl der auf den Straßen hausenden Bettler, Drogensüchtigen und Psychotiker ständig zugenommen. Die Politiker machten sich zwar verbal für sie stark, taten aber nichts für sie. Sie watschelten durch die Städte der USA, ein Heer lebender Toter.

Das scharfe Flüstern war so ausgetrocknet und unheimlich wie die Stimme einer wiederbelebten Mumie. »Ich *weiß, was du bist.*«

Die vernünftige Antwort bestand darin, einfach weiterzugehen.

Das Gesicht des Penners wurde in der Dunkelheit schwach sichtbar. Über dem Bart und unter dem verfilzten Haar war es unnatürlich bleich. Die eingefallenen Augen waren so bodenlos wie ausgetrocknete Brunnen. »Ich *weiß, was du bist.*«

»Das weiß niemand«, sagte Spencer.

Er fuhr mit den Fingerspitzen der rechten Hand über die Narbe und ging an der mit Brettern verschlagenen Galerie und dem menschlichen Wrack vorbei.

»Das weiß niemand«, flüsterte der Penner. Vielleicht war die Bemerkung, die er Passanten zuwarf und die zuerst so unheimlich einsichtig, ja, sogar unheilvoll geklungen hatte, nur eine geistlose Wiederholung der Antwort, die ihm der letzte Fußgänger verächtlich zugeworfen hatte. »*Das weiß niemand.*«

Spencer blieb vor der Bar stehen. War er im Begriff, einen schrecklichen Fehler zu begehen? Seine Hand lag schon auf der roten Tür, doch er zögerte.

Noch einmal sagte der Penner in der Finsternis etwas. Durch das Knistern des Regens klang seine Ermahnung nun so unheimlich, als würde sie vom statischen Rauschen eines Radios überlagert, die Stimme des Sprechers eines fernen Senders in irgendeinem entlegenen Winkel der Welt. »*Das weiß niemand...*«

Spencer öffnete die Tür und ging hinein.

Donnerstagabends stand kein Kellner hinter dem Pult im Vorraum, um die Gäste zu den freien Tischen zu führen. Vielleicht kam man auch freitags und samstags ohne ihn aus. In dem Schuppen herrschte nicht gerade großer Andrang.

Die warme Luft war abgestanden und von Schwaden blauen Zigarettenrauchs durchzogen. In der hinteren linken Ecke des rechtwinkligen Hauptraums arbeitete sich ein Pianist durch eine leidenschaftslose Interpretation von »*Tangerine*«.

Die Bar war in Schwarz und Grau gehalten und mit poliertem Stahl, Spiegelwänden und Art-déco-Zubehör eingerichtet, das sich überlappende, trübe saphirblaue Lichtringe an die Decke warf. Früher hatte sie ein vergangenes Zeitalter vielleicht durchaus stilvoll eingefangen. Heute waren die Polster abgewetzt und die Spiegel fleckig. Der Stahl war unter den Rückständen alten Qualms stumpf.

Die meisten Tische waren leer. In der Nähe des Klaviers saßen ein paar ältere Paare.

Spencer ging zum Tresen, der sich auf der rechten Seite des Raums befand, und nahm auf einem Hocker an seinem Ende Platz, so weit von der Musik entfernt wie möglich.

Der Barkeeper hatte schütteres Haar, eine gelbliche Gesichtsfarbe und wäßrige graue Augen. Seine einstudierte Höflichkeit und das schwache Lächeln konnten seine Langeweile nicht verbergen. Er arbeitete mit der ausdruckslosen Effizienz eines Roboters und entmutigte die Gäste, ein Gespräch mit ihm anzufangen, indem er jeden Blickkontakt mit ihnen vermied.

Zwei Männer in Anzügen saßen an der Bar. Beide waren in den Fünfzigern und hockten trübsinnig allein hinter ihren Gläsern. Die obersten Knöpfe ihrer Hemden waren geöffnet, die Krawatten gelockert. Die beiden Männer machten einen benommenen, verdrossenen Eindruck, als wären sie leitende Angestellte einer Werbeagentur, die schon vor zehn Jahren die Papiere bekommen hatten, aber trotzdem jeden Morgen aufstanden und sich kleideten, wie die Gepflogenheiten ihrer Branche es verlangten, weil sie nicht wußten, was sie sonst tun sollten. Vielleicht kamen sie ins Red Door, weil sie sich dort immer nach der Arbeit entspannt hatten, damals, als sie noch Hoffnung gehabt hatten.

Die einzige Kellnerin, die an den Tischen bediente, war als Tochter eines vietnamesischen und schwarzen Elternpaars von auffallender Schönheit. Sie trug dieselbe Arbeitskleidung, die sie – wie Valerie – auch am Vorabend getragen hatte: schwarze Schuhe mit hohen Absätzen, einen kurzen schwarzen Rock und einen kurzärmeligen schwarzen Pulli. Valerie hatte sie Rosie genannt.

Nach einer Viertelstunde hielt Spencer sie auf, als sie mit einem Tablett mit vollen Gläsern an ihm vorbei kam. »Arbeitet Valerie heute abend nicht?«

»Sie müßte schon längst hier sein«, sagte sie.

Er war erleichtert. Valerie hatte nicht gelogen. Er hatte schon vermutet, sie hätte ihn vielleicht irregeführt, um ihn behutsam abzuwimmeln.

»Ich mache mir ziemliche Sorgen um sie«, sagte Rosie.

»Warum denn das?«

»Na ja, ihre Schicht fing schon vor einer Stunde an.« Ihr Blick verirrte sich immer wieder zu seiner Narbe. »Sie hat nicht angerufen.«

»Sie kommt nicht oft zu spät?«

»Val? Die doch nicht! Sie hat alles unter Kontrolle.«

»Seit wann arbeitet sie schon hier?«

»Seit fast zwei Monaten. Sie…« Die Frau verlagerte den Blick von der Narbe zu seine Augen. »Sind Sie etwa ein Freund von ihr?«

»Ich war gestern abend hier. Saß auf diesem Hocker. Es war nicht viel los: Valerie und ich haben uns eine Weile unterhalten.«

»Ja, ich erinnere mich an Sie«, sagte Rosie, und es war offensichtlich, daß sie nicht begriff, wieso Valerie sich mit ihm abgegeben hatte.

Er sah nicht eben aus wie der Traummann irgendeiner Frau. Er trug Turnschuhe, Jeans, ein Arbeitshemd und eine grobe Baum-

16

wolljacke, die er in einem Supermarkt gekauft hatte – im wesentlichen dieselbe Aufmachung wie bei seinem ersten Besuch. Keinen Schmuck. Seine Uhr war eine Timex. Und die Narbe natürlich. Immer die Narbe.

»Ich habe bei ihr zu Hause angerufen«, sagte Rosie. »Sie geht nicht ran. Ich mache mir Sorgen.«

»Eine Stunde Verspätung ist doch nicht viel. Vielleicht hat sie eine Reifenpanne gehabt.«

»In dieser Stadt«, sagte Rosie, und ihr Gesicht verhärtete sich vor Wut, die sie von einem Augenblick zum anderen zehn Jahre älter aussehen ließ, »könnte sie von einer ganzen Bande vergewaltigt, von einem zwölfjährigen Nichtsnutz, der auf Crack ist, erstochen oder vielleicht sogar von einem Autodieb in der eigenen Auffahrt erschossen worden sein.«

»Sie sind wohl Optimistin, was?«

»Ich seh' mir die Nachrichten im Fernsehen an.«

Sie brachte die Getränke an einen Tisch, an dem zwei ältere Paare saßen, deren Gesichtsausdruck eher leicht säuerlich als ausgelassen war. Sie hatten anscheinend den modernen Puritanismus nicht mitbekommen, der viele Kalifornier neuerdings vereinnahmte, und pafften hektisch Zigaretten. Sie schienen zu befürchten, daß das kürzlich erlassene völlige Rauchverbot in Restaurants an diesem Abend auf Bars und alle Wohnungen und Häuser ausgeweitet werden und jede Zigarette ihre letzte sein könnte.

Während der Pianist sich durch »The Last Time I Saw Paris« klimperte, trank Spencer zwei Schlückchen Bier.

Der fast fühlbaren Melancholie der Gäste in der Bar zufolge hätte es tatsächlich Juni 1940 sein können, als deutsche Panzer über die Champs-Élysées gerollt waren und Omen des Verderbens am Nachthimmel flammten.

Ein paar Minuten später kam die Kellnerin zu Spencer zurück. »Ich habe wohl etwas paranoid geklungen«, sagte sie.

»Überhaupt nicht. Auch ich sehe mir die Nachrichten an.«

»Es ist nur so ... Valerie ist ...«

»Etwas Besonderes«, sagte Spencer und beendete ihren Gedankengang so zutreffend, daß sie ihn mit einer Mischung aus Überraschung und verschwommener Beunruhigung betrachtete, als hege sie die Vermutung, er habe tatsächlich ihre Gedanken gelesen.

»Ja. Etwas Besonderes. Man kennt sie erst seit einer Woche,

17

und ... na ja, man will, daß sie glücklich ist. Man will, daß ihr Gutes widerfährt.«

Dazu ist nicht mal eine Woche nötig, dachte Spencer. Ein Abend.

»Vielleicht liegt es daran, weil dieser Schmerz in ihr ist«, sagte Rosie. »Man hat ihr sehr weh getan.«

»Wie?« fragte er. »Wer?«

Sie zuckte mit den Achseln. »Ich weiß es nicht genau, sie hat nie etwas gesagt. Aber man spürt es einfach.«

Er hatte bei Valerie auch eine gewisse Verwundbarkeit wahrgenommen.

»Aber sie ist auch ziemlich zäh«, sagte Rosie. »Herrje, ich weiß nicht, wieso ich mir deshalb so große Sorgen mache. Ich bin schließlich nicht ihre große Schwester. Jeder darf sich gelegentlich mal verspäten.«

Die Kellnerin wandte sich ab, und Spencer nippte an seinem warmen Bier.

Der Pianist machte sich an »It Was a Very Good Year«, das Spencer schon damals nicht gefallen hatte, als Sinatra es sang, obwohl er ein Sinatra-Fan war. Er wußte, daß das Lied besinnlich, vielleicht sogar etwas nachdenklich sein sollte, doch es kam ihm schrecklich traurig vor; nicht die süße Sehnsucht eines älteren Mannes, der sich an die Frauen erinnert, die er geliebt hat, sondern das grimmige Lied eines Menschen, der am bitteren Ende seiner Tage steht und auf ein ödes Leben zurückschaut, in dem es keine tiefgehenden Beziehungen gegeben hat.

Er nahm an, daß diese Interpretation des Textes ein Ausdruck seiner Furcht war, daß er in einigen Jahrzehnten, wenn auch sein Leben ausgebrannt war, einsam und voller Reue sterben würde.

Er sah auf seine Uhr. Valerie hatte sich nun bereits um anderthalb Stunden verspätet.

Die Unruhe der Kellnerin hatte ihn angesteckt. In seiner Vorstellung setzte sich ein beharrliches Bild fest: Valeries Gesicht, halb von einer Woge dunklen Haars und einer feinen Schnörkelverzierung aus Blut bedeckt, eine Wange auf den Boden gedrückt, die Augen weit geöffnet und reglos. Er wußte, daß seine Besorgnis irrational war. Sie kam lediglich zu spät zur Arbeit. Daran war nichts unheilvoll. Doch seine Besorgnis wurde von Minute zu Minute größer.

Er stellte das noch fast volle Glas auf den Tresen, erhob sich vom

Hocker und ging durch das blaue Licht zur roten Tür und in die frostige Nacht, in der das Geräusch der marschierenden Heere lediglich der Regen war, der auf die Segeltuchmarkisen trommelte.

Als er am Eingang der Kunstgalerie vorbeiging, hörte er, daß der von Schatten umhüllte Stadtstreicher leise weinte. Er blieb gerührt stehen.

Zwischen dem gedämpften Schluchzen murmelte der nur halb auszumachende Fremde die letzten Worte, die Spencer zuvor zu ihm gesagt hatte: *»Das weiß niemand... Das weiß niemand.«* Diese kurze Erklärung hatte für ihn anscheinend eine persönliche und tiefgründige Bedeutung angenommen, denn er sprach den kurzen Satz nicht so nüchtern und sachlich wie Spencer aus, sondern mit einem leisen, intensiven Schmerz. *»Das weiß niemand.«*

Obwohl Spencer sich einen Tor schimpfte, weil er der weiteren Selbstzerstörung des Wracks Vorschub leistete, fischte er einen neuen Zehn-Dollar-Schein aus seinem Portemonnaie. Er beugte sich in den dunklen Eingang, in den Gestank, den der Hobo ausströmte, und hielt ihm das Geld hin. »Hier, nehmen Sie.«

Die Hand, die nach der Gabe griff, steckte entweder in einem dunklen Handschuh oder war übermäßig schmutzig; sie war in den Schatten kaum auszumachen. Als der Geldschein Spencer aus den Fingern gerissen wurde, klagte der Penner schwach: *»Niemand ... niemand.«*

»Sie kommen schon klar«, sagte Spencer mitfühlend. »Das ist doch nur das Leben. Wir alle bringen es hinter uns.«

»Das ist doch nur das Leben, wir alle bringen es hinter uns«, flüsterte der Stadtstreicher.

Erneut von dem Bild von Valeries totem Gesicht vor seinem geistigen Auge gequält, eilte Spencer um die Ecke, in den Regen, zu dem Explorer.

Rocky beobachtete seine Annäherung durch das Seitenfenster. Als Spencer die Tür öffnete, wich der Hund auf den Beifahrersitz zurück.

Spencer stieg ein und zog die Tür zu; er brachte den Geruch von feuchtem Stoff und des Ozons des Unwetters mit sich in den Wagen. »Hast du mich vermißt, Killer?«

Rocky verlagerte sein Gewicht ein paarmal von einer Seite auf die andere und versuchte, mit dem Schwanz zu wedeln, obwohl er darauf saß.

»Es freut dich bestimmt«, sagte Spencer, als er den Motor anließ, »daß ich mich da drinnen nicht zum Narren gemacht habe.«

Der Hund nieste.

»Aber nur, weil sie nicht gekommen ist.«

Der Hund richtete neugierig den Kopf auf.

»Was soll ich jetzt machen?« sagte Spencer, als er den Gang einlegte und die Handbremse löste. »Aufhören und nach Hause fahren, solange ich noch kann? Hmm?«

Anscheinend hatte der Hund keine Ahnung.

»Ich stecke die Nase in Sachen, die mich nichts angehen, und baue zum zweitenmal Scheiße, was? Raus mit der Sprache, Kumpel, habe ich den Verstand verloren?«

Rocky hechelte lediglich.

Spencer fädelte sich in den Verkehr ein. »Ja, du hast recht«, sagte er. »Ich bin eine Nervensäge.«

Er fuhr direkt zu Valeries Haus. Sie wohnte zehn Minuten von der Bar entfernt.

Am vergangenen Abend hatte er mit Rocky bis zwei Uhr morgens im Explorer vor dem Red Door gewartet und war Valerie dann gefolgt, als sie kurz nach der Polizeistunde nach Hause gefahren war. Aufgrund seiner Beschattungs-Ausbildung wußte er, wie man jemanden unauffällig verfolgte. Er war zuversichtlich, daß sie ihn nicht entdeckt hatte.

Nicht so zuversichtlich war er jedoch, ob er ihr – oder sich – erklären konnte, *warum* er ihr gefolgt war. Nachdem er sich lediglich einen Abend lang mit ihr unterhalten hatte, wobei sie regelmäßig unterbrochen worden waren, wenn sie sich um die wenigen Gäste in der fast leeren Bar kümmern mußte, hatte Spencer den Drang verspürt, alles über sie in Erfahrung zu bringen. Alles.

Tatsächlich war es mehr als ein Drang. Es war ein Bedürfnis, und er war gezwungen, es zu befriedigen.

Obwohl er völlig harmlose Absichten hegte, schämte er sich etwas seiner aufkeimenden Besessenheit. In der Nacht zuvor hatte er im Explorer auf der anderen Straßenseite vor ihrem Haus gesessen und zu ihren erhellten Fenstern geschaut; alle waren mit lichtdurchlässigen Vorhängen bedeckt, und einmal war ihr Schatten kurz auf die Stoffalten gefallen, wie ein Geist, von dem man bei einer Séance bei Kerzenschein einen Blick erhaschen konnte. Kurz vor halb vier war die letzte Lampe ausgeschaltet worden. Während

Rocky sich auf dem Rücksitz zusammengerollt hatte und schlief, hatte Spencer noch eine Stunde lang Wache gehalten, zum dunklen Haus hinübergeschaut, sich gefragt, welche Bücher Valerie las, was sie gern an ihren freien Tagen tat, wie ihre Eltern waren, wo sie als Kind gewohnt hatte, wovon sie träumte, wenn sie zufrieden war, und welche Form ihre Alpträume annahmen, wenn sie unter Schlafstörungen litt.

Nun, keine vierundzwanzig Stunden später, fuhr er erneut zu ihrem Haus, und eine feinkörnige Beklemmung scheuerte an seinen Nerven. Sie kam zu spät zur Arbeit. Mehr steckte nicht dahinter. Seine übertriebene Besorgnis verriet ihm mehr über die unpassende Intensität seines Interesses an dieser Frau, als er eigentlich wissen wollte.

Als er von der Ocean Avenue in ein Wohnviertel abbog, wurde der Verkehr schwächer. Der matte, feuchte Schimmer der nassen Teerdecke rief einen falschen Eindruck von Bewegung hervor, als wäre jede Straße ein Fluß, der gemächlich seinem fernen Delta entgegenstrebte.

Valerie Keene wohnte in einer ruhigen Gegend mit Stuck- und Schindel-Bungalows, die Ende der vierziger Jahre erbaut worden waren. Diese kleinen Häuser boten mehr Charme als Platz: umgitterte, mit großen Bougainvilleen bewachsene Veranden; dekorative Schlagläden vor den Fenstern; reizvoll ausgebogene, gegossene oder geschnitzte Gurtsimse unter den Dachrinnen; schmucke Dachkonturen; tief eingelassene stehende Dachfenster.

Da Spencer keine Aufmerksamkeit auf sich lenken wollte, fuhr er am Haus der Frau vorbei, ohne langsamer zu werden. Er schaute beiläufig zu ihrem dunklen Bungalow auf der rechten Straßenseite hinüber. Rocky tat es ihm gleich, doch der Hund schien an dem Haus genausowenig beunruhigend zu finden wie sein Herrchen.

Am Ende des Blocks bog Spencer nach rechts ab. Die nächsten wieder nach rechts führenden Straßen waren Sackgassen. Er fuhr an ihnen vorbei. Er wollte den Wagen nicht in einer Sackgasse abstellen. Da saß er in der Falle. An der nächsten größeren Straße bog er erneut rechts ab und hielt am Bordstein an.

Hier sah es genauso aus wie in der Straße, an der Valerie wohnte. Er stellte die dumpf pochenden Scheibenwischer, aber nicht den Motor ab.

Er hoffte noch immer, daß er wieder zur Vernunft kam, den Gang einlegte und nach Hause fuhr.

Rocky betrachtete ihn erwartungsvoll. Das eine Ohr nach oben, das andere nach unten gerichtet.

»Ich habe keine Kontrolle mehr«, sagte Spencer. »Und ich weiß nicht, warum.«

Regen strömte die Windschutzscheibe hinab. Die Straßenlampen schimmerten durch den Film der kleinen Wellen.

Er seufzte und stellte den Motor ab.

Als er zu Hause losgefahren war, hatte er vergessen, einen Schirm mitzunehmen. Der kurze Sprint zum und vom Red Door hatte ihn kaum durchnäßt, doch nach dem längeren Gang zu Valeries Haus würde er tropfnaß sein.

Er wußte nicht genau, warum er nicht vor ihrem Haus geparkt hatte. Vielleicht seine Ausbildung. Ein Instinkt. Verfolgungswahn. Oder alles zusammen.

Er beugte sich an Rocky vorbei, ertrug eine warme, liebevolle Zunge in seinem Ohr, nahm eine Taschenlampe aus dem Handschuhfach und steckte sie in eine Jackentasche.

»Wenn sich jemand am Wagen zu schaffen macht«, sagte er zu dem Hund, »reißt du dem Mistkerl die Eingeweide raus.«

Als Rocky gähnte, stieg Spencer aus. Er schloß den Explorer mit der Fernsteuerung ab, ging los und bog links um die Ecke. Er machte sich gar nicht erst die Mühe, einen Schritt zuzulegen. Ganz gleich, ob er lief oder gemächlich ging: Wenn er den Bungalow erreicht hatte, würde er völlig durchnäßt sein.

Die Querstraße war von Jakarandabäumen umsäumt. Sie hätten ihm auch im vollen purpurnen Blüten- und Blattkleid kaum Deckung geboten. Jetzt, im Winter, waren die Äste kahl.

Spencer war in der Tat völlig durchnäßt, als er Valeries Straße erreichte, auf der die Jakarandas großen Lorbeerbäumen wichen. Ihre aggressiven Wurzeln hatten zwar den Bürgersteig aufgerissen, doch der Baldachin aus Ästen und Blattwerk hielt den Regen ab.

Die hohen Bäume verhinderten ebenfalls, daß der Großteil des gelblichen Lichts der Natriumdampf-Straßenlampen auch nur die Rasenflächen vor den Häusern der dicht bebauten Straße erreichte. Die Bäume und Büsche auf den Grundstücken waren schon ziemlich alt, und einige waren überwuchert. Falls ein Anwohner aus dem Fenster sehen sollte, würde er ihn durch die grüne Wand auf dem tief in den Schatten liegenden Bürgersteig wahrscheinlich kaum ausmachen können.

Er schritt nun etwas schneller aus und suchte mit den Blicken die am Straßenrand abgestellten Fahrzeuge ab. Soweit er feststellen konnte, saß niemand in einem der Wagen.

Gegenüber von Valeries Haus stand ein Mayflower-Möbelwagen am Straßenrard. Das war günstig für Spencer, denn der große Laster nahm den Nachbarn die Sicht. In der Nähe des Möbelwagens war niemand zu sehen; der Ein- oder Auszug mußte für den Morgen geplant sein.

Spencer folgte dem Weg zum Haus und stieg drei Stufen zur Veranda hinauf. Die Spaliere an beiden Enden waren nicht mit Bougainvillea, sondern mit nachtblühendem Jasmin bewachsen. Obwohl seine Blütezeit noch nicht den Höhepunkt erreicht hatte, versüßte der Jasmin mit seinem einzigartigen Geruch die Luft.

Der Schatten auf der Veranda war tief. Spencer bezweifelte, daß man ihn von der Straße sehen konnte.

In der Dunkelheit mußte er den Türrahmen abtasten, um den Klingelknopf zu finden. Er hörte im Haus ein leises Läuten.

Er wartete. Im Haus ging keine Lampe an.

Eine Gänsehaut lief über seinen Nacken, und er spürte, daß er beobachtet wurde.

Die Haustür wurde von zwei Fenstern flankiert, die einen Blick auf die Veranda boten. Soweit er feststellen konnte, befanden sich in den undeutlich sichtbaren Vorhängen auf der anderen Seite des Glases keine Spalten, durch die ein Beobachter ihn hätte betrachten können.

Er schaute zur Straße zurück. Natriumgelbes Licht verwandelte den Regenguß in funkelnde Stränge aus geschmolzenem Gold. Am gegenüberliegenden Bordstein stand der Möbelwagen halb in den Schatten und halb im Licht der Straßenlampen. Ein ziemlich neuer Honda und ein älterer Pontiac standen am näheren Bordstein. Keine Fußgänger. Kein fließender Verkehr. Abgesehen vom unaufhörlichen Trommeln des Regens war der Abend still.

Er drückte erneut auf die Klingel.

Die Gänsehaut auf seinem Nacken ließ nicht nach. Er legte eine Hand auf den Hals, halbwegs überzeugt, daß er auf der regennassen Haut eine Spinne finden würde. Aber nein, nichts.

Als er sich noch einmal zur Straße umdrehte, glaubte er, aus den

Augenwinkeln am hinteren Ende des Möbelwagens eine flüchtige Bewegung auszumachen. Er hielt den Blick eine halbe Minute lang darauf gerichtet, doch nichts bewegte sich in der windlosen Nacht, einmal abgesehen vom Schwall des goldenen Regens, der so schnurgerade auf das Pflaster fiel, als bestünde er tatsächlich aus schweren Tröpfchen eines Edelmetalls.

Er wußte, warum er so nervös war. Er hatte hier nichts zu suchen. Schuldgefühle nagten an seinen Nerven.

Er drehte sich wieder zur Tür um, zog das Portemonnaie aus der rechten Gesäßtasche und nahm seine MasterCard heraus.

Obwohl er es sich bislang nicht hatte eingestehen können, wäre er enttäuscht gewesen, hätte er festgestellt, daß Licht brannte und Valerie zu Hause war. Er war kein Hellseher: Das Bild ihres blutverschmierten Gesichts, das er vor seinem inneren Auge heraufbeschworen hatte, war nur eine Entschuldigung gewesen, vom Red Door hierher zu fahren.

Sein Bedürfnis, alles über Valerie in Erfahrung zu bringen, kam einer pubertären Schwärmerei gefährlich nahe. Zur Zeit konnte er sich nicht auf sein Urteilsvermögen verlassen.

Er machte sich selbst angst. Aber er konnte nicht zurück.

Indem er die MasterCard zwischen Tür und Pfosten schob, konnte er das Schnappschloß öffnen. Er vermutete, daß er sich auch noch mit einem federlosen Schließriegel befassen mußte; denn Santa Monica wurde von Verbrechen genauso stark heimgesucht wie jede andere Stadt im Großraum Los Angeles. Aber vielleicht hatte er ja Glück.

Er hatte mehr Glück, als er zu hoffen wagte: Die Haustür war nicht verriegelt. Nicht einmal das Schloß war ganz eingeschnappt. Als er den Knopf drehte, sprang die Tür auf.

Überrascht und von einem neuen Anflug von Schuld heimgesucht, schaute er noch einmal zur Straße. Die Lorbeerbäume. Der Möbelwagen. Die Autos. Der Regen, Regen, Regen.

Er ging ins Haus. Er schloß die Tür und lehnte sich mit dem Rücken dagegen, tropfte den Teppich naß und erschauerte.

Zuerst war das Zimmer vor ihm undurchdringlich schwarz. Nach einer Weile hatte sein Sehvermögen sich soweit angepaßt, daß er ein Fenster mit zugezogenen Vorhängen ausmachen konnte – und dann ein zweites und ein drittes –, das nur vom schwachen, grauen Licht des Abends draußen erhellt wurde.

24

In der Dunkelheit vor ihm hätte sich eine ganze Armee verbergen können, ohne daß er sie bemerkt hätte, doch er wußte, daß er allein war. Das Haus fühlte sich nicht nur unbewohnt, sondern verlassen und aufgegeben an.

Spencer zog die Taschenlampe aus der Jacke. Er schirmte den Lichtstrahl mit der linken Hand ab, um einigermaßen zu gewährleisten, daß man ihn draußen nicht bemerkte.

Der Strahl enthüllte ein unmöbliertes Wohnzimmer, das von der einen Wand bis zur anderen völlig leer war. Der Teppich war braun wie Milchschokolade. Die ungefütterten Vorhänge waren beige. Die beiden Glühbirnen an der Decke konnte man wahrscheinlich mit einem der drei Schalter neben der Haustür bedienen, aber er wagte es nicht, das Licht einzuschalten.

Seine durchnäßten Turnschuhe und Socken quietschten, als er durchs Wohnzimmer ging. Er trat durch einen Bogengang in ein kleines und ebenfalls leeres Eßzimmer.

Spencer dachte an den Mayflower-Möbelwagen an der anderen Straßenseite, doch er glaubte nicht, daß sich Valeries Besitztümer darin befanden oder daß sie nach halb fünf am vorhergehenden Morgen ausgezogen war, als er die Beobachtung des Hauses aufgegeben hatte und zu seinem eigenen Bett zurückgefahren war. Statt dessen vermutete er, daß sie in Wirklichkeit nie *eingezogen* war. Auf dem Teppich waren keinerlei Spuren von Kanten und Beinen von Möbeln verblieben; in letzter Zeit hatten keine Tische, Stühle, Schränke, Anrichten, Regale oder Lampen darauf gestanden. Falls Valerie während der beiden Monate, die sie im Red Door gearbeitet hatte, tatsächlich hier gewohnt hatte, hatte sie das Haus anscheinend nicht möbliert und auch nicht vorgehabt hierzubleiben.

Links vom Eßzimmer befand sich eine kleine Küche, die man durch einen weiteren Bogengang betreten konnte. Darin fand er Schränke aus Kiefernholz und eine Küchenzeile mit einer roten Kunststoffoberfläche. Es ließ sich nicht vermeiden, daß er auf dem grau gefliesten Boden nasse Fußabdrücke hinterließ.

Neben dem Ausguß mit zwei Spülen standen ein großer und ein kleiner Teller, eine Suppenschüssel, ein Unterteller und eine Tasse – alle gespült und bereit zum Gebrauch. Neben dem Geschirr stand ein Wasserglas, und daneben lagen eine Gabel, ein Messer und ein Löffel, die ebenfalls gespült waren.

Er nahm die Taschenlampe in die rechte Hand und legte zwei

Finger über die Linse, um den Lichtstrahl etwas zu dämpfen. Mit der linken Hand berührte er das Wasserglas, fuhr mit den Fingerspitzen über den Rand. Obwohl das Glas gespült worden war, nachdem Valerie zum letztenmal daraus getrunken hatte, hatten ihre Lippen den Rand berührt.

Er hatte sie nie geküßt. Würde sie vielleicht nie küssen.

Dieser Gedanke machte ihn verlegen. Er kam sich töricht vor und dachte erneut, wie unschicklich seine Besessenheit von dieser Frau war. Er gehörte nicht hierher. Er war nicht nur in ihr Haus eingedrungen, sondern auch in ihr Leben. Bis jetzt hatte er zwar nicht immer die Gesetze respektiert, aber ein ehrliches Leben geführt. Doch indem er in ihr Haus eingebrochen war, hatte er einen scharfen Strich gezogen, der ihm seine Unschuld genommen hatte, und was er gerade verloren hatte, würde er nie wieder zurückbekommen können.

Dennoch verließ er den Bungalow nicht.

Als er die Küchenschränke und Schubladen öffnete, stellte er fest, daß sie bis auf einen kombinierten Flaschenöffner und Korkenzieher leer waren. Abgesehen von den wenigen Utensilien, die neben dem Ausguß standen, besaß die Frau kein Geschirr.

Die meisten Regale in der kleinen Speisekammer waren leer. Ihre Vorräte beschränkten sich auf drei Dosen Pfirsiche, zwei Dosen Birnen, zwei Dosen Ananas in Scheiben, eine Schachtel Süßstoff in kleinen blauen Tüten, zwei Packungen Corn-flakes und eine Dose Instantkaffee.

Der Kühlschrank war fast leer, doch das Gefrierfach war mit Feinschmecker-Gerichten für die Mikrowelle gefüllt.

Neben dem Kühlschrank befand sich eine Tür mit einem Fenster mit Mittelpfosten darin. Die vier Scheiben waren von einem gelben Vorhang bedeckt, den er so weit zur Seite schob, daß er eine kleine Veranda und einen dunklen Hof ausmachen konnte, auf den der Regen hämmerte.

Er ließ den Vorhang wieder zurückfallen. Die Außenwelt interessierte ihn nicht, nur die Innenräume, in denen Valerie die Luft eingeatmet, die Mahlzeiten eingenommen und geschlafen hatte.

Als Spencer die Küche verließ, quietschten die Gummisohlen seiner Schuhe auf den nassen Fliesen. Schatten zogen sich vor ihm zurück und drängten sich in den Ecken zusammen, während sich hinter seinem Rücken wieder die Dunkelheit breitmachte.

Ihn fröstelte noch immer. Die feuchte Kälte in dem Haus war nicht minder durchdringend als die der Februarluft draußen. Die Heizung mußte schon den ganzen Tag über abgestellt gewesen sein, was bedeutete, daß Valerie schon am frühen Morgen aufgebrochen war.

Auf seinem kalten Gesicht brannte die Narbe.

In der Mitte der Rückwand des Eßzimmers befand sich eine geschlossene Tür. Er öffnete sie und entdeckte einen schmalen Korridor, der sich sowohl nach links als auch nach rechts etwa fünf Meter weit erstreckte. Ihm direkt gegenüber befand sich eine weitere, halb offen stehende Tür; dahinter konnte er weiße Bodenfliesen und ein Waschbecken ausmachen.

Er wollte den Gang gerade betreten, als er andere Geräusche als das monotone und hohle Trommeln des Regens auf das Dach vernahm. Einen dumpfen Schlag und ein leises Scharren.

Augenblicklich schaltete er die Taschenlampe aus. Die Dunkelheit war so vollkommen wie die in einer Geisterbahn, kurz bevor die Stroboskope aufflackerten und einen bedrohlich dreinblickenden mechanischen Leichnam enthüllten.

Zuerst waren die Geräusche ihm verstohlen vorgekommen, als sei ein Einbrecher draußen auf dem nassen Rasen ausgerutscht und gegen die Hauswand gefallen. Doch je länger Spencer lauschte, desto überzeugter wurde er, daß der Ursprung des Geräuschs sich nicht in der Nähe, sondern in einiger Entfernung befand und er vielleicht lediglich gehört hatte, daß auf der Straße oder der Auffahrt eines Nachbarn eine Autotür zugeschlagen worden war.

Spencer schaltete die Taschenlampe wieder ein und setzte die Durchsuchung des Badezimmers fort. An einem Ständer hingen ein Bade- und ein Handtuch sowie ein Waschlappen. Ein halb verbrauchtes Stück Ivory lag in der Seifenschale aus Plastik, doch das Badezimmerschränkchen war leer.

Rechts vom Bad lag, so unmöbliert wie der Rest des Hauses, ein kleines Schlafzimmer. Der begehbare Schrank darin war leer.

Das zweite Schlafzimmer, links vom Bad, war größer als das erste, und dort hatte sie offensichtlich geschlafen. Auf dem Boden lag eine aufgeblasene Luftmatratze. Auf der Matratze lagen ineinander verknäuelte Laken, eine Wolldecke und ein Kissen. Die Doppeltür des Schranks stand offen und enthüllte Drahtbügel, die an einer unlackierten Holzstange hingen.

Obwohl der Rest des Bungalows von keinerlei Bildern oder Dekorationen geschmückt wurde, hing etwas mitten an der längsten Wand dieses Schlafzimmers. Spencer trat davor, richtete die Taschenlampe darauf und stellte fest, daß es sich um ein Farbfoto von einer aus nächster Nähe aufgenommenen Küchenschabe handelte. Es schien sich um eine Seite aus einem Buch zu handeln, vielleicht aus einem entomologischen Fachwerk, denn der Text unter dem Foto war im trockensten akademischen Englisch gehalten. In der Nahaufnahme war die Schabe etwa zwanzig Zentimeter lang. Sie war mit einem großen Nagel an der Wand befestigt, der mitten durch den Rückenschild des Insekts getrieben worden war. Auf dem Boden, direkt unter dem Foto, lag der Hammer, mit dem der Nagel in den Putz geschlagen worden war.

Das Foto diente nicht als Dekoration. Bestimmt würde niemand das Foto einer Küchenschabe aufhängen, um ein Schlafzimmer zu verschönern. Des weiteren deutete der Gebrauch eines Hammers – statt Reißzwecken, Krampen oder Klebeband – darauf hin, daß die Person, die das Werkzeug geschwungen hatte, dies mit beträchtlichem Zorn getan hatte.

Die Schabe war eindeutig ein Symbol für etwas anderes.

Spencer fragte sich unbehaglich, ob Valerie das Foto dort angenagelt hatte. Es kam ihm unwahrscheinlich vor. Die Frau, mit der er am vergangenen Abend im Red Door gesprochen hatte, war ihm ungewöhnlich sanft, freundlich und unfähig zu ernsthaftem Zorn vorgekommen.

Aber wenn nicht Valerie – wer dann?

Als Spencer den Strahl der Taschenlampe über das glänzende Papier gleiten ließ, funkelte der Rückenschild der Schabe, als wäre er naß. Die Schatten seiner Finger, die die Linse halb verdeckten, schufen die Illusion, daß die dürren Beine und Fühler des Insekts kurz zitterten.

Um ihre »Arbeit« zu identifizieren, hinterließen Serienmörder an den Tatorten manchmal Signaturen. Spencers Erfahrung zufolge konnte es sich dabei um alles mögliche handeln, von einer bestimmten Spielkarte über ein satanisches Symbol, das in einen bestimmten Teil der Anatomie des Opfers geschnitten wurde, bis hin zu einem Wort oder einer Gedichtzeile, die mit Blut auf eine Wand geschmiert wurde. Das angenagelte Foto kam ihm wie ein solches Symbol vor, wenngleich es seltsamer war als alles, was er je zuvor gesehen oder wovon er bei den Hunderten von Fallstudien, mit denen er vertraut war, gelesen hatte.

Eine schwache Übelkeit durchlief ihn. Er war im Haus auf keinerlei Spuren von Gewaltanwendung gestoßen, hatte aber noch nicht in die dazugehörige Garage gesehen. Vielleicht würde er Valerie dort auf dem kalten Betonboden finden, wie er sie zuvor in seiner Einbildung gesehen hatte: eine Wange auf den Boden gedrückt, die reglosen Augen weit aufgerissen, das Gesicht teilweise von einer feinen Schnörkelei aus Blut bedeckt.

Er wußte, daß er voreilige Schlüsse zog. Dieser Tage lebte der amerikanische Durchschnittsbürger ständig mit der Erwartung einer plötzlichen, sinnlosen Gewalt, doch Spencer war für die dunklen Möglichkeiten des modernen Lebens stärker sensibilisiert worden als die meisten Menschen. Er hatte Schmerz und Entsetzen ertragen, und dies hatte ihn in vielerlei Hinsicht gezeichnet, und mittlerweile neigte er dazu, Grausamkeiten zu erwarten, so sicher wie die Sonne auf- und unterging.

Als er sich fragte, ob er es wagen sollte, in der Garage nachzusehen, und sich vom Foto der Schabe abwandte, zerbrach die Scheibe des Schlafzimmerfensters, und ein kleiner, schwarzer Gegenstand wirbelte durch die Vorhänge. Auf den ersten Blick erinnerte er, noch während er durch die Luft taumelte, an eine Granate.

Instinktiv schaltete Spencer die Taschenlampe aus, noch während die Glasscherben zu Boden fielen. Im Dunkeln schlug die Granate weich auf den Teppich.

Bevor Spencer sich abwenden konnte, wurde er von der Explosion getroffen. Kein Lichtblitz begleitete sie, nur ein ohrenzerfetzendes Geräusch – und harte Granatsplitter, die sich vom Schienbein bis zur Stirn in seine Haut gruben. Er schrie auf. Fiel. Wand und krümmte sich. Schmerz in den Beinen, Händen, im Gesicht. Sein Oberkörper wurde von der Baumwolljacke geschützt. Aber seine Hände, o Gott, seine Hände. Er rang seine verbrannten Hände. Heißer Schmerz. Reine Qual. Wie viele Finger hatte er verloren, wie viele Knochen waren zerschmettert worden? Gott im Himmel, Gott im Himmel, seine Hände waren spastisch vor Schmerz und gleichzeitig halb betäubt, so daß er den Schaden nicht abschätzen konnte.

Noch schlimmer war der brennende Schmerz in der Stirn, den Wangen, dem linken Mundwinkel. Entsetzlich. In dem verzweifelten Bemühen, den Schmerz auszulöschen, drückte er die Hände auf das Gesicht. Er hatte Angst davor, was er finden, vor den Verletzungen, die er fühlen würde, doch seine Hände pochten so heftig, daß er seinem Tastsinn nicht vertrauen konnte.

Wie viele neue Narben, falls er überlebte – wie viele fahle und faltige Wundmale und Striemen oder rote Scheußlichkeiten vom Haaransatz bis zum Kinn?

Raus hier, hau ab, such Hilfe!

Er trat und kroch und krallte sich und zuckte wie eine verletzte Krabbe durch die Dunkelheit. Obwohl er die Orientierung verloren und entsetzliche Angst hatte, robbte er doch irgendwie in die richtige Richtung, über einen Boden, der jetzt mit etwas übersät war, bei dem es um kleine Murmeln zu handeln schien. An der Schlafzimmertür zog er sich hoch.

Er vermutete, daß er in einen Bandenkrieg über ein umstrittenes Gebiet geraten war. Das Los Angeles der neunziger Jahre war gewalttätiger als das Chicago während der Prohibition. Moderne Jugendbanden waren brutaler und besser bewaffnet als die Mafia, machten sich mit Drogen und ihrem jeweiligen Rassismus scharf, waren so kaltblütig und gnadenlos wie Schlangen.

Nach Atem ringend und mit schmerzenden Händen blindlings um sich tastend, taumelte er in den Korridor. Schmerz blitzte in seinen Beinen auf, schwächte sie und stellte seinen Gleichgewichtssinn auf eine harte Probe. Es hätte ihm nicht schwerer fallen können, in einem sich drehenden Faß auf dem Jahrmarkt auf den Beinen zu bleiben.

Auch in anderen Zimmern zersprangen Fenster. Gedämpfte Explosionen folgten. Der Gang war fensterlos; nur deshalb blieb er von weiteren Treffern verschont.

Trotz seiner Verwirrung und Furcht wurde ihm plötzlich klar, daß er kein Blut roch oder schmeckte. Daß er gar nicht blutete.

Plötzlich begriff er, was hier vor sich ging. Kein Bandenkrieg. Die Granatsplitter hatten seine Haut nicht aufgerissen, also war es gar keine herkömmliche Granate gewesen. Und der Boden war auch nicht mit Murmeln übersät. Hartgummikugeln. Eine Betäubungsgranate.

Nur Behörden verfügten über solche Kampfgeräte. Er hatte sie auch schon benutzt. Vor ein paar Sekunden mußte irgendein SWAT-Team eine Razzia auf den Bungalow unternommen und die

Granaten geworfen haben, um etwaige Bewohner kampfunfähig zu machen.

Der Möbelwagen war zweifellos ein getarntes Transportmittel für die Einsatztruppe. Und die Bewegung, die er aus den Augenwinkeln hinter dem Lastwagen ausgemacht hatte, war doch keine Einbildung gewesen.

Er hätte erleichtert sein sollen. Die Stürmung war eine Aktion der örtlichen Polizei, der Drug Enforcement Administration, des FBI oder einer anderen derartigen Institution. Offensichtlich war er in eine ihrer Operationen hineingestolpert. Er kannte die Prozedur. Wenn er sich bäuchlings auf den Boden legte und die Arme ausstreckte, um zu beweisen, daß er unbewaffnet war, würde ihm nichts passieren. Man würde ihn nicht erschießen. Man würde ihm Handschellen anlegen und ihn verhören, aber keinen weiteren Schaden zufügen.

Einmal abgesehen davon, daß er ein großes Problem hatte: Er gehörte nicht in diesen Bungalow. Er war hier unerlaubt eingedrungen. Vielleicht hielten sie ihn sogar für einen Einbrecher. Seine Erklärung, wieso er sich hier aufhielt, würde ihnen bestenfalls lahm vorkommen. Verdammt, sie würden ihn für einen Verrückten halten. Er verstand es ja selbst nicht – warum interessierte er sich dermaßen für Valerie, warum mußte er alles über sie wissen, warum war er so kühn und so dumm gewesen, ihr Haus zu betreten?

Er warf sich nicht zu Boden. Auf wackligen Beinen schwankte er durch den tunnelschwarzen Flur. Mit einer Hand tastete er sich die Wand entlang.

Die Frau war in etwas Illegales verstrickt, und die Behörden würden zuerst einmal davon ausgehen, daß er ebenfalls darin verwickelt war. Man würde ihn in Gewahrsam nehmen, verhören und vielleicht sogar wegen Beihilfe oder Begünstigung einbuchten, was auch immer Valerie angestellt haben mochte.

Sie würden herausfinden, wer er war.

Die Nachrichtenmedien würden in seiner Vergangenheit graben. Sein Gesicht würde im Fernsehen, in Zeitungen und Zeitschriften zu sehen sein. Er hatte viele Jahre lang in seliger Anonymität gelebt; sein neuer Name war nicht aktenkundig, die Zeit hatte sein Aussehen verändert, und man konnte ihn nicht wiedererkennen. Aber man würde ihm seine Privatsphäre stehlen. Er würde wieder mitten auf der Bühne stehen, von Reportern belästigt werden, und jedesmal, wenn er sich in die Öffentlichkeit begab, würde man über ihn flüstern.

Nein. Das konnte er nicht noch einmal durchstehen. Lieber würde er sterben.

Es waren irgendwelche Polizeibeamte, und er hatte sich keines ernsthaften Vergehens schuldig gemacht; aber sie standen im Augenblick nicht auf seiner Seite. Ohne es zu wollen, würden sie ihn vernichten, indem sie ihn der Presse vorwarfen.

Weiteres zerbrechendes Glas. Zwei Explosionen.

Die Beamten des SWAT-Teams gingen kein Risiko ein. Vielleicht glaubten sie, es mit Leuten zu tun zu haben, die auf PCP oder Schlimmerem waren.

Spencer hatte die Mitte des Flurs erreicht und stand nun zwischen zwei Türen. Ein trübes Grau hinter der auf der rechten Seite: das Eßzimmer. Links: das Bad.

Er trat ins Bad, schloß die Tür und hoffte, sich Zeit zum Nachdenken verschafft zu haben.

Das Brennen auf dem Gesicht, den Händen und Beinen ließ langsam nach. Immer wieder ballte er schnell die Finger zusammen und öffnete sie wieder, versuchte, die Blutzirkulation zu verbessern und gegen die Taubheit anzukämpfen.

Vom anderen Ende des Hauses kam ein Krachen, mit dem Holz zerbrochen wurde. Es war so laut, daß die Wände zitterten. Wahrscheinlich war die Haustür aufgestoßen oder -gebrochen worden.

Noch ein Knall. Die Küchentür.

Sie waren im Haus.

Sie kamen.

Keine Zeit zum Nachdenken. Er mußte sich bewegen, sich auf seine Instinkte und die militärische Ausbildung verlassen, die, so konnte er nur hoffen, mindestens so gut war wie die der Männer, die ihn jagten.

An der Rückwand des kleinen Raums, über der Wanne, wurde die Schwärze von einem Rechteck aus schwachem grauem Licht gebrochen. Er trat in die Wanne und tastete mit den Händen schnell den Rahmen des kleinen Fensters ab. Er war nicht überzeugt, daß er sich hindurchzwängen konnte, aber es stellte den einzigen Fluchtweg dar.

Hätte es sich nicht öffnen lassen oder wäre es vergittert gewesen, hätte er in der Falle gesessen. Zum Glück handelte es sich um

32

eine Scheibe, die sich an einem strapazierfähigen Scharnier nach innen öffnen ließ. Klappwinkel auf beiden Seiten des Fensters klickten leise, als er sie voll ausfuhr und die Scheibe öffnete.

Er rechnete damit, daß das leise Quietschen des Scharniers und das Klicken der Winkel den Ruf einer draußen postierten Wache nach sich ziehen würde. Doch das unverminderte Dröhnen des Regens übertönte die Geräusche, die er verursachte. Niemand gab Alarm.

Spencer griff nach der Fensterbank und zwängte sich in die Öffnung. Kalter Regen spritzte auf sein Gesicht. Die feuchte Luft war von den durchdringenden Gerüchen nach nasser Erde, Jasmin und Gras gesättigt.

Der Hinterhof war ein Gobelin aus Dunkelheit, der ausschließlich von schwarzen und friedhofsgrauen Schatten gewebt worden war und vom Regen überspült wurde, welcher alle Einzelheiten verwischte. Zumindest ein Mitglied – wahrscheinlich sogar zwei – des SWAT-Teams mußten die Rückseite des Hauses sichern. Doch obwohl Spencer scharfe Augen hatte, konnte er die miteinander verflochtenen Schatten nicht so weit auflösen, daß sie eine menschliche Gestalt enthüllten.

Einen Augenblick lang schien sein Oberkörper breiter als die Fensteröffnung zu sein, doch er krümmte die Schultern, bog und wand sich und schob sich hindurch. Ein kurzer Sprung, und er war auf dem Boden.

Er rollte sich auf dem nassen Gras ab und blieb dann flach auf dem Bauch liegen, hob den Kopf, suchte die Nacht ab und konnte noch immer keine Gegenspieler ausmachen.

Die Büsche auf den Beeten und am Grundstücksrand hätten schon längst beschnitten werden müssen. Mehrere alte Feigenbäume, für die dasselbe galt, waren mächtige Türme aus Laub.

Zwischen den Zweigen dieser Riesenfeigen war der Himmel nicht schwarz. Die Lichter der wuchernden Stadt wurden von den Bäuchen der nach Osten ziehenden Sturmwolken reflektiert und bemalten das Gewölbe der Nacht mit dunklen, fahlen Gelbtönen, die im Westen, über dem Meer, zum Grau von Holzkohle verblichen.

Obwohl Spencer die unnatürliche Färbung des Himmels über der Stadt vertraut war, erfüllte ihn dieser mit einem überraschenden und abergläubischen Schrecken; denn er kam ihm vor wie ein feindseliges Firmament, unter dem es den Menschen bestimmt war zu sterben – und das sie wieder erblicken würden, wenn sie vielleicht in der Hölle aufwachten. Es war ihm ein Rätsel, wie der Hof unter diesem schwefelartigen Glanz dunkel bleiben konnte, und doch hätte er schwören mögen, daß er um so schwärzer wurde, je länger er ihn betrachtete.

Das Stechen in seinen Beinen ließ nach. Seine Hände schmerzten noch, aber nicht mehr so stark, daß es ihn behindert hätte, und das Brennen auf seinem Gesicht war auch nicht mehr so intensiv wie noch vor ein paar Minuten.

Im dunklen Haus stotterte kurz eine automatische Waffe und spuckte mehrere Salven aus. Einer der Cops mußte schießwütig sein und auf Schatten oder Geister gezielt haben. Seltsam. Es war ungewöhnlich, daß ein Beamter mit so übernervösen Fingern einer Sondereinheit angehörte.

Spencer huschte über das nasse Gras in die Deckung eines Feigenbaums mit einem dreifach gespaltenen Stamm. Er richtete sich auf, drückte den Rücken gegen die Rinde und suchte mit den Blicken den Rasen, die Büsche und die Bäume am hinteren Rand des Grundstücks ab, zur einen Hälfte überzeugt, er würde es schaffen, wenn er einfach zu ihnen hinüberlief, zur anderen jedoch, daß man ihn entdecken und zur Strecke bringen würde, wenn er sich auf die freie Fläche wagte.

Er schloß und öffnete die Finger, um den Schmerz zu vertreiben, und überlegte, ob er in das Astgeflecht über ihm hinaufklettern und sich zwischen den höheren Zweigen verbergen sollte. Aber das war natürlich sinnlos. Sie würden ihn in dem Baum finden, denn sie würden sich erst eingestehen, daß er entkommen war, nachdem sie jeden Schatten und jedes Versteck im Laub durchsucht hatten, sowohl oben als auch unten.

Im Bungalow: Stimmen, eine Tür, die zugeschlagen wurde, nicht einmal mehr die Vortäuschung eines verstohlenen und vorsichtigen Vorgehens, nicht nach den lauten Schüssen. Noch immer kein Licht.

Die Zeit wurde knapp.

Verhaftung, Aufdeckung, das grelle Licht der Camcorder-Scheinwerfer, Reporter, die Fragen riefen.

Er verfluchte sich stumm wegen seiner Unentschlossenheit.

Regen raschelte in den Blättern über ihm.

Zeitungsberichte, Doppelseiten in Zeitschriften, die verhaßte Vergangenheit wieder zum Leben erwacht, das Gaffen gedanken-

loser Fremder, für die er das wandelnde, atmende Äquivalent
eines spektakulären Eisenbahnunglücks war.

Sein dröhnendes Herz schlug den Rhythmus für den immer
schneller werdenden Marsch seiner Furcht.

Er konnte sich nicht bewegen. War wie gelähmt.

Doch die Lähmung geriet ihm zum Vorteil, als ein schwarzge-
kleideter Mann mit einer Waffe in der Hand, die an eine Uzi erinnerte, am Baum vorbeischlich. Obwohl der Bursche keine zwei
Schritte von Spencer entfernt war, konzentrierte er sich auf das
Haus, wartete er darauf, daß seine Beute ein Fenster zertrümmerte
und in die Nacht hinaussprang, und bemerkte nicht, daß der Flüchtige, den er suchte, sich in seiner Reichweite befand. Dann sah der
Mann das offene Badezimmerfenster und erstarrte.

Spencer setzte sich in Bewegung, bevor sein Opfer sich umdrehte. Jeder Angehörige eines SWAT-Teams – ob nun Mitglied
einer lokalen Polizeitruppe oder Bundesagent – hatte eine besondere Ausbildung durchlaufen und würde sich nicht so einfach ausschalten lassen. Die einzige Chance, den Burschen leise und schnell
zu überwältigen, bestand darin, ihm hart zuzusetzen, solange er
seine Überraschung noch nicht überwunden hatte.

Spencer rammte dem Cop das rechte Knie zwischen die Beine,
legte all seine Kraft in den Tritt und versuchte, den Burschen von
den Füßen zu reißen.

Einige Beamte solcher Sondereinheiten trugen bei Einsätzen,
bei denen sie in ein Haus eindringen und die Bewohner festnehmen
sollten, nicht nur kugelsichere Kevlarjacken oder -westen, sondern
auch Suspensorien mit Aluminiumfütterungen. Der hier war unge-
schützt. Er stieß den Atem aus, ein Geräusch, das in dieser verreg-
neten Nacht bestimmt keine drei Meter weit dringen würde.

Noch während Spencer das Knie nach oben trieb, ergriff er mit
beiden Händen die Automatikwaffe und drehte sie heftig im Uhrzeigersinn. Sie entglitt dem Griff des anderen, noch bevor er instinktiv eine Warnsalve abgeben konnte.

Der Entwaffnete fiel rückwärts auf das nasse Gras. Spencer
stürzte, vom eigenen Schwung getrieben, auf ihn.

Der Cop wollte zwar aufschreien, doch der Schmerz des Tritts in
seine Geschlechtsteile hatte ihm die Stimme genommen. Er konnte
nicht einmal einatmen.

Spencer hätte ihm die Waffe – wie es sich anfühlte, eine kompakte Maschinenpistole – gegen die Kehle schlagen und ihm die Luftröhre zertrümmern können, damit er an seinem eigenen Blut erstickte. Ein Schlag ins Gesicht hätte ihm die Nase gebrochen und Knochensplitter ins Gehirn getrieben.

Doch er wollte niemanden töten oder ernsthaft verletzen. Er wollte sich nur Zeit verschaffen, um von hier verschwinden zu können. Er hämmerte dem Cop die Maschinenpistole gegen die Schläfe, hielt sich dabei zwar zurück, schlug aber so heftig zu, daß der Kerl bewußtlos wurde.

Der Bursche trug eine Nachtsichtbrille. Das SWAT-Team führte diesen nächtlichen Angriff mit voller technischer Unterstützung durch; deshalb war im Haus auch kein Licht angemacht worden. Sie konnten sehen wie die Katzen, und Spencer war die Maus.

Er rollte sich auf das Gras, ging in die Hocke und ergriff die Maschinenpistole mit beiden Händen. Es war eine Uzi: Er erkannte es an der Form und dem Gewicht. In der Erwartung, von einem weiteren Feind angegriffen zu werden, schwang er die Mündung nach rechts und links. Doch es war niemand in der Nähe.

Vielleicht fünf Sekunden waren verstrichen, seit der schwarzgekleidete Mann an dem Feigenbaum vorbeigeschlichen war.

Spencer spurtete über den Rasen, fort von dem Bungalow, in die Blumen und Büsche. Äste und Zweige peitschten gegen seine Beine. Hölzerne Azaleen zerrten an seinen Jeans.

Er ließ die Uzi fallen. Er würde auf niemanden schießen. Selbst, wenn man ihn in Gewahrsam nehmen und den Medien vorwerfen würde, würde er sich lieber ergeben, als die Waffe zu benutzen.

Er watete durch die Sträucher, zwischen zwei Bäumen her, vorbei an einer tropischen Surinamkirsche mit phosphoreszierenden weißen Blüten, und erreichte die Mauer, die um das Grundstück gezogen war.

Er war so gut wie weg. Selbst wenn sie ihn jetzt entdecken würden, sie würden ihn nicht in den Rücken schießen. Sie würden eine Warnung rufen, sich identifizieren, ihm befehlen, stehenzubleiben, ihn verfolgen; aber erschießen würden sie ihn nicht.

Die stuckumhüllte Mauer aus Betonplatten war an die zwei Meter hoch und oben mit schräg nach außen gerichteten Ziegeln besetzt, die vor Regen schlüpfrig waren. Er bekam sie zu fassen, zog sich hoch und scharrte mit den Spitzen seiner Turnschuhe über den Stuck.

Als er auf die Mauer glitt, den Bauch gegen die kalten Ziegel drückte und die Beine hochzog, erklangen hinter ihm Schüsse. Kugeln schlugen so dicht neben ihm in die Betonsteine, daß Stucksplitter auf sein Gesicht regneten.

Niemand hat eine Warnung gerufen.

Er ließ sich von der Mauer auf das Nachbargrundstück fallen, und erneut bellten automatische Waffen auf – eine längere Salve als zuvor.

Maschinenpistolen in einer Wohngegend. Der reine Wahnsinn. Was, zum Teufel, waren das für Cops?

Er fiel in ein Gewirr von Rosenbüschen. Es war Winter; die Rosen waren beschnitten worden; doch in Kalifornien war das Klima so mild, daß es auch zu dieser Jahreszeit das Wachstum der Pflanzen förderte, und die Dornen rissen seine Kleidung auf und bohrten sich in seine Haut.

Hinter der Mauer erklangen Stimmen, tief und verzerrt, vom Rauschen des Regens gedämpft: »Hier entlang, zurück, beeilt euch!«

Spencer sprang auf die Füße und bahnte sich den Weg durch die Rosensträucher. Eine stachlige Ranke riß die unvernarbte Seite seines Gesichts auf und schlang sich um seinen Kopf, als wolle sie ihm eine Krone anpassen, und er konnte sich nur auf Kosten zerstochener Hände befreien.

Er stand auf dem Hinterhof eines anderen Hauses. In einigen Räumen im Erdgeschoß brannte Licht. Ein Gesicht an einem vor Regen glänzenden Fenster. Ein junges Mädchen. Spencer hatte das schreckliche Gefühl, daß er sie in Todesgefahr brachte, wenn er nicht weg war, bevor seine Verfolger kamen.

Nachdem er einen Irrgarten aus Höfen, Mauern, schmiedeeisernen Zäunen, Sackgassen und Versorgungswegen bewältigt hatte, wobei er niemals wußte, ob er seine Verfolger abgeschüttelt hatte oder ob sie ihm noch auf den Fersen waren, erreichte Spencer die Straße, auf der er den Explorer abgestellt hatte. Er lief zu ihm und zerrte an der Tür.

Abgeschlossen. Natürlich.

Er fummelte in den Taschen nach den Schlüsseln. Konnte sie nicht finden. Er hoffte bei Gott, daß er sie unterwegs nicht verloren hatte.

Rocky beobachtete ihn durch das Seitenfenster. Anscheinend kam ihm Spencers hektische Suche amüsant vor. Er grinste.

Spencer warf einen Blick zurück über die regennasse Straße. Verlassen.

Noch eine Tasche. Ja.

Er drückte auf den Aus-Knopf am Schlüsselbund. Das Sicherungssystem gab ein elektronisches Blöken von sich, die Schlösser sprangen auf, und er stieg in den Wagen.

Als er versuchte, den Motor anzulassen, rutschten die Schlüssel durch seine nassen Finger und fielen zu Boden.

»Verdammt!«

Rocky nahm die Furcht seines Herrn wahr. Er machte keinen amüsierten Eindruck mehr, sondern kauerte sich in der Ecke zusammen, die der Beifahrersitz und die Tür bildeten, und gab leise, fragende Geräusche der Besorgnis von sich.

Wenngleich Spencers Hände noch immer aufgrund des Beschusses mit den Gummikugeln prickelten, taub waren sie nicht mehr. Doch er tastete anscheinend eine Ewigkeit lang nach den Schlüsseln.

Vielleicht war es am besten, wenn er sich flach auf den Sitz legte, damit man ihn von außen nicht sehen konnte, und Rocky unterhalb der Fensterebene hielt. Darauf wartete, daß die Bullen kamen ... und wieder abzogen. Wenn sie in dem Augenblick aufkreuzten, in dem er losfuhr, würden sie sowieso vermuten, daß es sich bei ihm um denjenigen handelte, der in Valeries Haus gewesen war, und ihn auf jeden Fall anhalten.

Andererseits war er mitten in eine große Operation gestolpert, an der zahlreiche Beamte teilnahmen. Sie würden nicht so leicht aufgeben. Während er sich in dem Geländewagen versteckt hielt, würden sie vielleicht die Gegend abriegeln und damit beginnen, ein Haus nach dem anderen zu durchsuchen. Sie würden auch am Straßenrand stehende Autos kontrollieren und durch die Scheiben sehen. Er würde vom Lichtstrahl einer Taschenlampe festgenagelt werden und in seinem eigenen Fahrzeug gefangen sein.

Der Motor sprang brüllend an.

Er löste die Handbremse, legte den Gang ein, zog vom Bordstein und schaltete, während er bereits fuhr, den Scheibenwischer und die Scheinwerfer ein. Er hatte in der Nähe der Ecke geparkt, mußte also wenden.

Er schaute in den Rück- und dann den Seitenspiegel. Keine Bewaffneten in schwarzen Uniformen.

Ein paar Wagen fuhren über die Kreuzung, brausten auf der anderen Straße in südliche Richtung. Hinter ihnen spritzte die Gischt hoch.

Ohne an dem Stoppschild stehenzubleiben, bog Spencer nach rechts ab und fädelte sich in den nach Süden fließenden Verkehr ein, fort aus Valeries Nachbarschaft. Er widerstand dem Drang, das Gaspedal durchzutreten. Er konnte das Risiko nicht eingehen, wegen einer Geschwindigkeitsüberschreitung angehalten zu werden.

»Was, zum Teufel, hatte das zu bedeuten?« fragte er mit zitternder Stimme.

Der Hund antwortete mit einem leisen Jaulen.

»Was hat sie angestellt, weshalb sind sie hinter ihr her?«

Wasser tröpfelte ihm die Stirn hinunter in die Augen. Er war pitschnaß. Er schüttelte den Kopf, und ein Sprühregen kalten Wassers flog aus seinem Haar und spritzte auf das Armaturenbrett, die Sitze und den Hund.

Rocky wich zurück.

Spencer schaltete die Heizung höher.

Er fuhr fünf Häuserblocks weit und wechselte zweimal die Richtung, bevor er sich einigermaßen sicher fühlte.

»Wer ist sie? Was, zum Teufel, hat sie angestellt?«

Rocky hatte sich die Stimmung seines Herrn zu eigen gemacht. Er kauerte nicht mehr in der Ecke. Nachdem er seine wachsame Position mitten auf dem Sitz wieder eingenommen hatte, wirkte er aufmerksam, aber nicht mehr ängstlich. Er teilte seine Aufmerksamkeit zwischen der sturmdurchnäßten Stadt vor ihm und Spencer auf, bedachte die erste mit zurückhaltender Erwartung und den zweiten mit einem verwirrten Ausdruck des geneigten Kopfs.

»Mein Gott, was hatte ich überhaupt da verloren?« fragte Spencer sich laut.

Obwohl er in die heiße Luft aus den Schlitzen im Armaturenbrett getaucht war, zitterte er noch immer. Ein Teil seines Fröstelns hatte nichts damit zu tun, daß er vom Regen durchnäßt war, und auch noch so viel Wärme konnte daran nichts ändern.

»Ich hatte dort überhaupt nichts zu suchen. Hast *du* 'ne Ahnung, was ich dort gemacht habe, Kumpel? Denn ich weiß es ganz bestimmt nicht. Das war *dumm*.«

Er reduzierte die Geschwindigkeit, um sich vorsichtig einer überfluteten Kreuzung zu nähern, auf deren schmutzigem Wasser eine Fülle von Abfall trieb.

Sein Gesicht fühlte sich heiß an. Er warf Rocky einen Blick zu. Er hatte den Hund gerade belogen.

Vor langer Zeit hatte er sich geschworen, sich nie zu belügen. Er hatte diesen Schwur nur etwas ehrlicher eingehalten, als der typische Trunkenbold seinen guten Vorsatz zum neuen Jahr befolgte, nie wieder würde der Dämon Rum seine Lippen berühren. Wahrscheinlich gab er sich weniger Selbsttäuschungen hin als die meisten Menschen, doch er konnte nicht mit aufrichtigem Gesicht behaupten, daß er sich unweigerlich ausnahmslos die Wahrheit sagte. Oder auch nur, daß er sie ausnahmlos hören wollte. Es lief darauf hinaus, daß er stets *versuchte*, sich nichts vorzumachen, aber oft eine Halbwahrheit akzeptierte oder ein Auge zudrückte, statt sich der Wirklichkeit zu stellen – und daß er bequem mit den Unterlassungen leben konnte, die dieses Wegsehen nach sich zog.

Aber er hatte den Hund nie belogen.

Nie.

Ihre Beziehung war die einzig ehrliche, die Spencer je gekannt hatte; daher war sie für ihn etwas Besonderes. Nein. Mehr als nur etwas Besonderes. Etwas Heiliges.

Rocky mit seinen großen, ausdrucksvollen Augen und seinem arglosen Herzen, mit seiner Körpersprache und dem Schwanz, der das Innerste seiner Seele enthüllte – er war zu einer Täuschung unfähig. Hätte er sprechen können, wäre er völlig aufrichtig gewesen, denn er war völlig unschuldig. Den Hund zu belügen ... das war noch schlimmer, als hätte er ein kleines Kind belogen. Verdammt, er hätte sich nicht mal so mies gefühlt, hätte er Gott belogen; denn Gott erwartete zweifellos weniger von ihm als der arme Rocky.

Nie den Hund belügen! Das war die Devise.

»Okay«, sagte er, bremste und hielt vor einer Ampel, die ihm rotes Licht zeigte, »ich weiß also, warum ich in ihr Haus eingedrungen bin. Ich weiß, wonach ich gesucht habe.«

Rocky betrachtete ihn interessiert.

»Ich soll es sagen, was?«

Der Hund wartete.

»Das ist wichtig für dich, oder – daß ich es sage?«

Der Hund hechelte, leckte seine Lefzen, hielt den Kopf schief.

»Na schön. Ich bin in ihr Haus eingedrungen, weil...«

Der Hund sah ihn an.

»...weil sie eine sehr gut aussehende Frau ist.«

Der Regen trommelte. Die Scheibenwischer pochten dumpf.

»Na schön, sie ist ganz hübsch, aber nicht umwerfend. Es geht nicht um ihr Aussehen. Sie hat einfach ... etwas an sich. Sie ist etwas Besonderes.«

Der Motor knurrte im Leerlauf.

Spencer seufzte. »Na schön«, sagte er. »Diesmal will ich aufrichtig sein. Gehen wir der Sache auf den Grund, was? Nicht wie die Katze um den heißen Brei herumschleichen. Ich bin in ihr Haus eingedrungen, weil...«

Rocky sah ihn an.

»...weil ich ein Leben finden wollte.«

Der Hund wandte den Blick von ihm ab, betrachtete die vor ihnen liegende Straße und war anscheinend mit dieser letzten Erklärung zufrieden.

Spencer dachte darüber nach, was er sich selbst enthüllt hatte, indem er zu Rocky ehrlich gewesen war.

Ich wollte ein Leben finden.

Er wußte nicht, ob er über sich lachen oder weinen sollte. Schließlich tat er nichts von beidem. Er blieb einfach in Bewegung, genau, wie er es seit mindestens sechzehn Jahren tat.

Die Ampel sprang auf Grün um.

Während Rocky nach vorn sah, nur nach vorn, fuhr Spencer durch den regennassen Abend nach Hause, durch die Einsamkeit der riesigen Stadt, unter einem seltsam gefleckten Himmel, der so falb war wie ranziges Eigelb, so grau wie Krematoriumsasche und an einem fernen Horizont furchterregend schwarz.

Als Roy Miro um einundzwanzig Uhr nach dem Fiasko in Santa
Monica in östlicher Richtung über den Freeway zu seinem Hotel in
Westwood zurückkehrte, bemerkte er einen Cadillac, der auf dem
Bankett des Highways stand. Schlangen aus dem rotem Licht der
Warnblinkanlage wanden sich über seine regennasse Windschutz-
scheibe. Der Hinterreifen auf der Fahrerseite war platt.

Eine Frau saß hinter dem Lenkrad und wartete anscheinend auf
Hilfe. Sie schien die einzige Person im Wagen zu sein.

Die Vorstellung, daß eine Frau *irgendwo* im Großraum Los Angeles in solch einer Lage allein in einem Wagen saß, erfüllte Roy mit
Besorgnis.

Heutzutage war die Stadt der Engel nicht mehr der gelassene
Ort, der sie früher einmal gewesen war – und die Hoffnung, tatsächlich jemanden zu finden, der einem Engel auch nur annähernd
gleichkam, war in der Tat sehr gering. Teufel, ja: Die konnte man relativ leicht ausfindig machen.

Er hielt vor dem Cadillac auf dem Seitenstreifen.

Der Platzregen war noch schlimmer geworden. Über dem Ozean
war Wind aufgekommen und wehte aufs Land. Silberne Bahnen aus
Regen bauschten sich auf wie die durchsichtigen Segel eines Gei-
sterschiffes und schwangen durch die Dunkelheit.

Er nahm seinen breitkrempigen Vinylhut vom Beifahrersitz und
zwängte ihn auf seinen Kopf. Wie immer bei schlechtem Wetter
trug er einen Regenmantel und Gummistiefel. Trotz der vorbeugen-
den Kleidung würde er klatschnaß werden, doch er konnte nicht ruhigen Gewissens weiterfahren, als hätte er die gestrandete Autofahrerin gar nicht gesehen.

Als Roy zu dem Cadillac zurückging, bespritzte der passierende
Verkehr seine Beine ununterbrochen mit einer Gischt aus Schmutz-
wasser, bis seine Hosen bis auf die Haut durchnäßt waren. Na ja, der
Anzug mußte sowieso in die Reinigung.

Als er den Wagen erreichte, drehte die Frau nicht die Scheibe hinab. Sie betrachtete ihn wachsam durch das Glas und überprüfte instinktiv, ob die Türen auch verschlossen waren.

Ihr Mißtrauen beleidigte ihn nicht. Sie reagierte lediglich angemessen auf das Leben in der Stadt, und es war völlig verständlich, daß sie seine guten Absichten anzweifelte.

Er sprach so laut, daß sie ihn durch die geschlossene Scheibe verstehen konnte: »Brauchen Sie Hilfe?«

Sie hielt ein Handy hoch. »Hab' bereits eine Tankstelle angerufen. Sie wollen jemand vorbeischicken.«

Roy warf einen Blick auf den sich nähernden Verkehr auf den rechten Fahrbahnen. »Wie lange warten Sie denn schon?«

»Ewig«, sagte sie nach kurzem Zögern wütend.

»Ich werde den Reifen wechseln. Sie müssen nicht aussteigen oder mir den Autoschlüssel geben. Dieser Wagen – ich hab' auch mal so einen gefahren. Sie können den Kofferraum mit einem Knopfdruck öffnen. Drücken Sie einfach auf den Knopf, damit ich an den Wagenheber und den Ersatzreifen rankomme.«

»Ihnen könnte was passieren«, meinte sie.

Der schmale Seitenstreifen bot nur wenig Sicherheitsabstand, und die schnell fahrenden Autos *kamen* ihm beunruhigend nah. »Ich habe Warnblinklampen«, sagte er.

Roy wandte sich ab, bevor sie widersprechen konnte, eilte zu seinem Wagen und holte alle sechs Warnblinklampen aus dem Notfallkasten im Kofferraum. Er ging fünfzig Meter weit zurück, stellte sie dann im Abstand von etwa acht Metern auf und blockierte auf diese Weise den Großteil der rechten Fahrspur.

Sollte ein betrunkener Fahrer aus der Nacht hervorpreschen, würde diese Vorsichtsmaßnahme natürlich nicht ausreichen. Dieser Tage hatte es den Anschein, daß nüchterne Autofahrer denen zahlenmäßig unterlegen waren, die unter der Einwirkung von Schnaps oder Drogen standen.

Er lebte in einem Zeitalter, das von sozialer Verantwortungslosigkeit gekennzeichnet wurde – und deshalb versuchte Roy, wann immer die Gelegenheit sich bot, ein guter Samariter zu sein. Was für eine helle Welt könnte es sein, wenn jeder nur eine kleine Kerze anzündete. Daran glaubte er wirklich.

Die Frau hatte den Kofferraum geöffnet. Der Deckel stand halb offen.

Roy Miro war glücklicher als irgendwann zuvor an diesem Tag.

Während Wind und Regen auf ihn einpeitschten und die vorbeifahrenden Autos ihn durchnäßten, arbeitete er mit einem Lächeln. Je schwerer die Aufgabe, desto lohnender die gute Tat. Als er sich mit einer klemmenden Mutter abplagte, glitt der Schraubenschlüssel aus und riß ihm die Haut von einem Knöchel. Statt zu fluchen, arbeitete er pfeifend weiter.

Als er fertig war, drehte die Frau die Fensterscheibe fünf Zentimeter hinab, damit er nicht schreien mußte. »Sie können weiterfahren«, sagte er.

Sie wollte sich verlegen entschuldigen, daß sie so mißtrauisch gewesen war, doch er unterbrach sie und erklärte ihr, daß er Verständnis dafür hatte.

Sie erinnerte Roy an seine Mutter, woraufhin er sich noch besser fühlte, daß er ihr geholfen hatte. Sie war attraktiv, Anfang Fünfzig, vielleicht zwanzig Jahre älter als Roy, mit kastanienbraunem Haar und blauen Augen. Seine Mutter war eine Brünette mit nußbraunen Augen gewesen, doch diese Frau und seine Mutter hatten eine Aura der Sanftheit und Vornehmheit gemeinsam.

»Das ist die Geschäftskarte meines Mannes«, sagte sie und reichte sie ihm durch den Fensterspalt. »Er ist Steuerberater. Wenn Sie in dieser Hinsicht mal fachlichen Rat brauchen, kriegen Sie ihn kostenlos.«

»Soviel hab' ich doch gar nicht getan«, sagte Roy und nahm die Karte entgegen.

»Heutzutage ist es ein Wunder, wenn man jemanden wie Sie trifft. Ich hätte Sam angerufen und nicht diese verdammte Tankstelle, aber er arbeitet noch und ist bei einem Klienten. Heutzutage scheinen wir ja rund um die Uhr zu arbeiten.«

»Diese Rezession«, sagte Roy mitfühlend.

»Ob die wohl nie aufhört?« fragte sie sich und stöberte weiterhin in ihrer Handtasche.

Er schloß die Hand um die Karte, um sie vor dem Regen zu schützen, und drehte sie so, daß der rote Schein der nächsten Warnblinklampe auf die Schrift fiel. Der Gatte hatte ein Büro in Century City, wo die Mieten hoch waren; kein Wunder, daß der arme Bursche bis spät in den Abend arbeitete, um sich über Wasser zu halten.

»Und hier ist meine Karte«, sagte die Frau, nahm sie aus ihrer Handtasche und gab sie ihm.

44

Penelope Bettonfield. Innenarchitektin. 213-555-6868.

»Ich arbeite von zu Hause aus«, sagte sie. »Früher hatte ich ein Büro, aber diese schreckliche Rezession...« Sie seufzte und lächelte durch das teilweise geöffnete Fenster zu ihm hinauf. »Aber wenn ich Ihnen irgendwie mal helfen kann...«

Er fischte eine seiner Karten aus seinem Portemonnaie und gab sie ihr. Sie dankte ihm erneut, schloß das Fenster und fuhr davon.

Roy ging über den Highway zurück und sammelte die Warnblinklampen ein, damit sie den Verkehr nicht mehr behinderten.

Als er wieder in seinem Wagen saß und zu seinem Hotel in Westwood weiterfuhr, freute er sich, daß er seine kleine Kerze für diesen Tag angezündet hatte. Manchmal fragte er sich, ob es noch Hoffnung für die moderne Gesellschaft gab oder ob sie immer schneller den gewunderen Weg in eine Hölle aus Haß, Verbrechen und Gier hinabraste – aber dann begegnete er jemandem wie Penelope Bettonfield, mit ihrem freundlichen Lächeln und ihrer Aura aus Sanftmut und Vornehmheit, und stellte fest, daß es ihm wieder möglich war, Hoffnung zu schöpfen. Sie war eine mitfühlende Person, die seine Freundlichkeit ihr gegenüber entgelten würde, indem sie zu einem anderen Menschen freundlich war.

Trotz Mrs. Bettonfield hielt Roys gute Stimmung nicht an. Als er vom Freeway abbog und über den Wilshire Boulevard nach Westwood fuhr, hatte sich eine gewisse Traurigkeit über ihn gesenkt.

Überall sah er die Spuren sozialer Verwahrlosung. Spraydosen-Graffiti entstellten die Stützmauern der Freeway-Auffahrt und verdeckten die Richtungshinweise auf einer Reihe von Verkehrsschildern, und das in einem Stadtteil, der früher von solch trübem Vandalismus verschont geblieben war. Ein Obdachloser, der einen Einkaufswagen voll armseliger Besitztümer vor sich herschob, trottete mit ausdruckslosem Gesicht durch den Regen, als wäre er ein Zombie, der durch die Gänge eines Supermarkts der Hölle schlurfte.

An einer Ampel hielt auf der Fahrbahn neben Roy ein Wagen voller finster aussehender junger Männer – Skinheads, jeder mit einem funkelnden Ohrring –, die ihn feindselig betrachteten. Vielleicht unterhielten sie sich darüber, ob er wie ein Jude aussah. Sie sprachen Obszönitäten aus und bildeten die Worte langsam und deutlich, damit er sie auch ja von ihren Lippen ablesen konnte.

Er fuhr an einem Kino vorbei, in dem nur Schundfilme gespielt wurden. Gewalttätige Extravaganzen. Heiße Geschichten mit hartem Sex. Filme von großen Studios, mit berühmten Stars, aber trotzdem Schund.

Allmählich veränderte sich der Eindruck, den er von seiner Begegnung mit Mrs. Bettonfield gewonnen hatte. Ihm fiel ein, was sie über die Rezession gesagt hatte und wie lange sie und ihr Mann jeden Tag arbeiten mußten und über die schlechte Wirtschaftslage, die sie gezwungen hatte, ihr Büro aufzugeben und ihr schlecht gehendes Geschäft von zu Hause aus zu führen. Sie war eine so nette Dame. Der Gedanke, daß sie finanzielle Sorgen hatte, bekümmerte ihn. Wie alle war auch sie ein Opfer des Systems, gefangen in einer Gesellschaft, die von Drogen und Waffen überschwemmt wurde, aber kein Mitgefühl und keine Verpflichtung an höhere Ideale mehr kannte. Sie hatte etwas Besseres verdient.

Als Roy sein Hotel erreichte, das Westwood Marquis, war er nicht in der Stimmung, um auf sein Zimmer zu gehen, beim Zimmerservice ein spätes Abendessen zu bestellen und sich aufs Ohr zu hauen – was er eigentlich vorgehabt hatte. Er fuhr an dem Gebäude vorbei, weiter in Richtung Sunset Boulevard, bog nach links ab und fuhr eine Weile einfach durch die Gegend.

Schließlich parkte er den Wagen zwei Häuserblocks von der UCLA, der University of California, Los Angeles, am Straßenrand, schaltete den Motor aber nicht aus. Er kletterte über die Gangschaltung auf den Beifahrersitz, wo das Lenkrad seine Arbeit nicht behindern würde.

Sein Handy war vollständig aufgeladen. Er zog den Stecker aus dem Zigarettenanzünder.

Vom Rücksitz holte er einen Aktenkoffer. Er öffnete ihn auf seinem Schoß und enthüllte einen Laptop mit eingebautem Modem. Er stöpselte ihn in den Zigarettenanzünder und schaltete ihn ein. Der Bildschirm leuchtete auf. Das Grundmenü erschien, und er traf eine Auswahl.

Er verband das Handy mit dem Modem und wählte dann die Direktzugangs-Nummer, die sein Terminal mit dem dualen Cray-Supercomputer in der Zentrale verbinden würde. Nach ein paar Sekunden war die Verbindung geschaltet, und die übliche Sicherheitslitanei begann mit drei Worten, die auf seinem Bildschirm erschienen: WHO GOES THERE? Wer da?

Er gab seinen Namen ein: ROY MIRO.

YOUR IDENTIFICATION NUMBER?

Roy gab seine Erkennungsnummer ein.

YOUR PERSONAL CODE PHRASE?

POOH, tippte er. Er hatte dieses Wort als persönlichen Kode gewählt, weil es der Name seiner Lieblingsgestalt aus der Literatur
war, der Name des stets nach Honig suchenden und gutmütigen
Bären.

RIGHT THUMBPRINT PLEASE.

Ein fünf Quadratzentimeter großes weißes Kästchen erschien im
oberen rechten Viertel des blauen Bildschirms. Er drückte den Daumen auf die bezeichnete Stelle und wartete, während Sensoren im
Monitor die Windungen seiner Haut maßen, indem sie Mikro-
impulse intensiven Lichts auf sie abgaben und dann die Schatten
der Rinnen mit denen der marginal besser reflektierenden Kämme
verglichen. Nach einer Minute zeigte ein leises Piepsen an, daß
der Scanvorgang abgeschlossen war. Als er den Daumen hob, füllten die detaillierten schwarzen Linien seines Abdrucks die Mitte
des weißen Kästchens aus. Nach weiteren dreißig Sekunden verschwand der Abdruck vom Bildschirm; er war digitalisiert, per Telefon zum Computer in der Zentrale weitergeleitet, elektronisch mit
dem Abdruck in seiner Akte verglichen und bestätigt worden.

Roy hatte Zugang zu einer beträchtlich höher entwickelten
Technologie, als sie dem durchschnittlichen Hacker mit ein paar
tausend Dollar und der Adresse der nächsten Computer-City-Filiale
zur Verfügung stand. Weder die Elektronik in dem Aktenkoffer
noch die im Gerät installierte Software konnten von der allgemeinen Öffentlichkeit erworben werden.

Eine Mitteilung erschien auf dem Display: ACCESS TO MAMA
IS GRANTED.

›Mama‹ war der Name des Computers in der Zentrale. Obwohl er
sich fünftausend Kilometer entfernt an der Ostküste befand, standen Roy sämtliche seiner Programme über das Handy zur Verfügung. Auf dem Bildschirm vor ihm erschien ein langes Menu. Er
rollte es ab, fand ein Programm mit der Bezeichnung LOCATE und
rief es auf.

Er gab eine Telefonnummer ein und forderte die dazugehörige
Adresse an.

Während er darauf wartete, daß Mama sich Zugang zu den Unterlagen der Telefongesellschaft verschaffte und die Eintragung
aufspürte, betrachtete Roy die sturmgepeitschte Straße. In diesem

Augenblick waren keine Fußgänger oder fahrende Autos in Sicht. Einige Häuser waren dunkel, und die Lichter in den anderen wurden von den anscheinend ewig währenden Regensturzbächen gedämpft. Man konnte fast glauben, eine seltsame, stille Apokalypse habe sich zugetragen und alles menschliche Leben auf der Erde vernichtet, die Schöpfungen der Zivilisation aber nicht angetastet.

Und er befürchtete, daß eine echte Apokalypse tatsächlich bevorstand. Früher als später ein großer Krieg: Nation gegen Nation oder Rasse gegen Rasse, ein heftiger Zusammenprall der Religionen oder eine Ideologie gegen die andere. Die Menschheit steuerte so sicher auf Unruhen und die Selbstzerstörung zu, wie die Erde ihre jährliche Umdrehung der Sonne vollenden würde.

Seine Traurigkeit wurde stärker.

Auf dem Display erschien unter der Telefonnummer der richtige Name. Die Adresse war jedoch auf Wunsch des Kunden nicht eingetragen.

Roy wies den Zentral-Computer an, die elektronisch gespeicherten Installations- und Rechnungsunterlagen der Telefongesellschaft nach der Adresse abzusuchen. Solch ein Eindringen in private Daten war ohne einen Gerichtsbeschluß natürlich illegal, doch Mama ging überaus diskret vor. Da Mama bereits unerlaubt in alle Computersysteme im nationalen Telefonnetzwerk eingedrungen war, kam sie jederzeit praktisch augenblicklich wieder in sie hinein, konnte nach Belieben Erkundigungen einziehen, die verlangten Daten besorgen und sich zurückziehen, ohne den geringsten Hinweis auf ihre Anwesenheit zu hinterlassen; Mama war ein Geist in ihren Maschinen.

Nach ein paar Sekunden erschien eine Adresse aus Beverly Hills auf dem Bildschirm.

Er löschte den Monitor und bat Mama dann um eine Straßenkarte von Beverly Hills. Sie stellte das Gewünschte nach kurzem Zögern bereit. In ihrer Gesamtheit war die Karte zu komprimiert, um gelesen werden zu können.

Roy gab die Adresse ein, die Mama ihm besorgt hatte. Der Computer füllte den Bildschirm mit dem Ausschnitt, der ihn interessierte, und dann mit einem Ausschnitt des Ausschnitts. Das Haus lag nur ein paar Blocks südlich vom Wilshire Boulevard, in den nicht so hoch angesehenen »flachen« Teilen von Beverly Hills, und war leicht zu finden.

48

Er tippte POOH OUT ein und trennte damit sein tragbares Terminal von Mama in ihrem kühlen, trockenen Bunker in Virginia.

Das große Backsteinhaus – das weiß angestrichen war und jägergrüne Fensterläden hatte – stand hinter einem weißen Lattenzaun. Auf dem Rasen vor dem Haus standen zwei riesige, kahle Platanen. Im Haus brannte Licht, aber nur auf der Rückseite, und nur im Erdgeschoß.

Roy stand an der Haustür, von einem tiefen Portikus, der von hohen, weißen Säulen getragen wurde, vor dem Regen geschützt. Aus dem Innern des Hauses hörte er Musik, ein Stück von den Beatles, *»When I'm Sixty-four«*. Roy war dreiunddreißig; die Beatles waren vor seiner Zeit gewesen, aber er mochte ihre Musik, weil viel davon ein liebenswertes Mitleid verkörperte.

Während Roy leise mit den Jungs aus Liverpool mitsummte, schob er eine Kreditkarte zwischen die Tür und den Rahmen. Er zog sie höher, bis sie das erste – und nicht so komplizierte – der beiden Schlösser öffnete. Er zwängte die Karte fest, um zu verhindern, daß das schlichte Schnappschloß wieder ins Schließblech zurückfiel.

Um das schwere Sicherheitsschloß zu öffnen, benötigte er ein komplizierteres Werkzeug als eine Kreditkarte: eine Schloßöffnungspistole der Firma Lockaid, die nur an die Polizei und ähnliche Behörden verkauft wurde. Er schob den schmalen Dietrich der Pistole in die Schlüsselöffnung, unter die Zuhaltungen, und drückte auf den Abzug. Die flache Stahlfeder in der Lockaid ließ den Dietrich nach oben springen und drückte ihn gegen einige der Vertiefungen im Zylinder. Er mußte den Abzug ein halbes dutzendmal betätigen, um das Schloß endgültig zu öffnen.

Das Schnappen des Hammers gegen die Feder und das Klicken des Dietrichs am Zylinder waren keineswegs donnernde Geräusche, aber er war froh, daß die Musik eine gewisse Tarnung bot. *»When I'm Sixty-four«* endete, als er die Tür öffnete. Zu den ersten Takten von *»Lovely Rita«* trat er über die Schwelle.

Er legte das Schloßöffnungsgerät rechts neben dem Eingang auf den Boden. Leise schloß er die Tür wieder.

Die Diele hieß ihn mit Dunkelheit willkommen. Er lehnte den Rücken gegen das Türblatt und ließ seinen Augen Zeit, sich an die Schatten zu gewöhnen.

Als er sicher war, nicht blindlings über irgendwelche Möbelstücke zu stolpern, ging er von Raum zu Raum, dem Licht im hinteren Teil des Hauses entgegen.

Er bedauerte, daß seine Kleidung so naß und die Gummistiefel so schmutzig waren. Wahrscheinlich versaute er den Teppich.

Sie war in der Küche, an der Spüle, und wusch einen Kopfsalat. Ihr Rücken war der Schwingtür zugewandt, durch die er eingetreten war. Dem Gemüse auf dem Küchenbrett zufolge machte sie gerade einen gemischten Salat.

Um sie nicht zu erschrecken, ließ er die Tür hinter sich langsam zufallen. Er überlegte, ob er sich bemerkbar machen sollte oder nicht. Sie sollte wissen, daß ein besorgter Freund gekommen war, um sie zu trösten, und kein Fremder mit kranken Motiven.

Sie stellte das fließende Wasser ab und legte die Salatblätter zum Trocknen in ein Plastiksieb. Nachdem sie sich die Hände an einem Geschirrtuch abgetrocknet hatte, drehte sie sich von der Spüle um und entdeckte ihn in genau dem Augenblick, als »*Lovely Rita*« endete.

Mrs. Bettonfield wirkte überrascht, aber im ersten Augenblick nicht erschrocken – was, wie er wußte, an seinem sympathischen Gesicht mit den weichen Zügen lag. Er war etwas untersetzt, hatte Grübchen und eine so bartlose Haut, daß sie fast so glatt wie die eines Jungen war. Mit den zwinkernden blauen Augen und dem freundlichen Lächeln würde er in dreißig Jahren einen überzeugenden Nikolaus abgeben. Er war der Ansicht, daß seine Warmherzigkeit und seine aufrichtige Liebe ebenfalls sichtbar waren; denn Fremde wurden normalerweise schneller mit ihm warm, als ein fröhliches Gesicht allein es erklären konnte.

Während Roy noch glauben konnte, daß die Überraschung in ihren weit aufgerissenen Augen zu einem Lächeln des Willkommens und nicht zu einer Grimasse der Furcht werden würde, hob er die Beretta 93-R und schoß ihr zweimal in die Brust. Ein Schalldämpfer war auf den Lauf geschraubt; beide Schüsse erzeugten nur gedämpft knallende Geräusche.

Penelope Bettonfield fiel zu Boden und blieb reglos auf der Seite liegen, die Hände noch um das Geschirrtuch geschlungen. Ihre Augen waren offen und sahen über den Boden zu seinen nassen, schmutzigen Gummistiefeln.

Die Beatles begannen mit »*Good Morning, Good Morning*«. Es mußte das *Sgt.-Pepper*-Album sein.

Er ging durch die Küche, legte die Pistole auf die Arbeitsfläche und kniete neben Mrs. Bettonfield nieder. Er zog einen seiner geschmeidigen Lederhandschuhe aus, legte die Fingerspitzen auf ihren Hals und suchte nach einem Puls. Sie war tot.

Einer der beiden Schüsse mußte so genau plaziert gewesen sein, daß er ihr Herz durchbohrt hatte. Da der Blutkreislauf sofort unterbrochen worden war, hatte sie dementsprechend nicht viel geblutet.

Ihr Tod war ein gnädiges Entweichen gewesen: schnell und sauber, schmerzlos und ohne Angst.

Er zog den rechten Handschuh wieder über und rieb dann dort, wo er ihn berührt hatte, sanft über ihren Hals. Das Leder schützte ihn; er brauchte nicht zu befürchten, daß man seine Fingerabdrücke mittels Lasertechnik von der Leiche abnehmen konnte.

Er mußte Vorsichtsmaßnahmen ergreifen. Nicht jeder Richter und Geschworene würde die Reinheit seiner Motive erkennen.

Er drückte das Lid über ihrem linken Auge zu und hielt es vielleicht eine Minute lang fest, um zu gewährleisten, daß es geschlossen bleiben würde.

»Schlafen Sie, meine Liebe«, sagte er mit einer Mischung aus Zuneigung und Bedauern, als er auch das Lid über ihrem rechten Auge schloß. »Keine Sorgen mehr wegen der Finanzen, kein Arbeiten bis spät in den Abend, kein Streß und Streit. Sie waren zu gut für diese Welt.«

Es war sowohl ein trauriger als auch ein freudiger Augenblick. Traurig, weil ihre Schönheit und Eleganz nicht mehr die Welt aufhellten; nie wieder würde ihr Lächeln jemandem Auftrieb geben. Ihre Höflichkeit und Rücksichtnahme kämpften nun nicht mehr gegen die Flutwelle der Barbarei an, die diese geplagte Gesellschaft überspülte. Freudig, weil sie nie wieder Angst haben, Tränen vergießen, Trauer kennen oder Schmerz empfinden würde.

»*Good Morning, Good Morning*« wich der wunderbar hektischen, synkopischen Reprise von »*Sgt. Pepper's Lonely Hearts Club Band*«, die besser war als die erste Interpretation am Anfang des Albums und ihm wie eine angemessen optimistische Begleitung zu Mrs. Bettonfields Übergang in eine bessere Welt vorkam.

Roy zog einen der Stühle vom Küchentisch zurück, setzte sich und zog die Gummistiefel aus. Er rollte auch seine feuchten, verschmutzten Hosenbeine hoch, um den Teppich nicht noch mehr zu verschandeln.

Die Reprise des Titelsongs dieses Albums war nur kurz, und als er sich wieder erhob, hatte »*A Day in the Life*« anfangen. Das war ein eigenartig melancholisches Stück und zu ernst, um zu diesem Augenblick zu passen. Er mußte den Song abstellen, bevor er ihn deprimierte. Er war ein sensibler Mensch und gegenüber den emotionalen Auswirkungen von Musik, Dichtkunst, Malerei, Literatur und den anderen Künsten empfindlicher als die meisten.

Er fand die Stereoanlage in einem von mehreren wunderschön gefertigten Mahagoni-Schränken, die eine lange Wand im Wohnzimmer beanspruchten. Er hielt die Musik an und durchsuchte zwei Schubladen, die mit CDs gefüllt waren. Da er noch immer in der Stimmung für die Beatles war, entschied er sich für »*A Hard Day's Night*«, weil keiner der Songs auf diesem Album bedrückend war.

Den Titelsong mitsingend, kehrte Roy in die Küche zurück, wo er Mrs. Bettonfield vom Boden hob. Sie war kleiner, als es den Anschein gehabt hatte, als er sich mit ihr durch die Wagenscheibe unterhalten hatte. Sie wog nicht mehr als achtundvierzig, fünfzig Kilo, hatte schlanke Handgelenke, einen Schwanenhals und zarte Gesichtszüge. Roy war von der Zerbrechlichkeit der Frau zutiefst gerührt und hielt sie mit mehr als lediglich Vorsicht und Respekt, ja, beinahe mit Ehrfurcht.

Er betätigte den Lichtschalter mit der Schulter und trug Penelope Bettonfield zum vorderen Teil des Hauses, die Treppe hinauf, durch die Diele und öffnete jede Tür, bis er das Schlafzimmer gefunden hatte. Dort legte er sie vorsichtig auf eine Chaiselongue.

Er schlug die gesteppte Tagesdecke und dann die Bettdecke zurück und legte das Bettlaken frei. Dann schüttelte er die Kissen in ihren Baumwollbezügen auf, die mit den schönsten Lochstickereien geschmückt waren, die er je gesehen hatte.

Er zog Mrs. Bettonfields Schuhe aus und stellte sie in ihren Schrank.

Dann trug er die voll bekleidete Penelope auf das Bett, legte sie auf dem Rücken darauf ab und schob ihr zwei Kissen unter den Kopf. Er ließ die Tagesdecke am Fuß des Bettes zurückgeschlagen, zog jedoch die Bettdecke mitsamt den dazugehörigen Laken und Bezügen hoch, bis sie ihre Brüste bedeckten. Ihre Arme ließ er frei.

Mit einer Bürste, die er im Schlafzimmer fand, strich er ihr Haar glatt. Die Beatles sangen »*If I Fell*«, als er begann, sie zu frisieren, waren jedoch schon fast mit »*I'm Happy Just to Dance with You*«

fertig, als ihre glänzenden kastanienbraunen Locken perfekt um ihr hübsches Gesicht lagen.

Nachdem er die bronzene Stehlampe neben der Chaiselongue eingeschaltet hatte, knipste er die härtere Deckenlampe aus. Weiche Schatten fielen über die liegende Frau wie die sanften Schwingen von Engeln, die gekommen waren, um sie aus diesem Jammertal in ein höheres Land des ewigen Friedens zu tragen.

Er ging zum Louis-seize-Toilettentisch, nahm den Stuhl im gleichen Stil, der davor stand, und stellte ihn neben das Bett. Er setzte sich neben Mrs. Bettonfield, zog seine Handschuhe aus und nahm eine ihrer Hände in die seinen. Sie kühlte allmählich ab, war aber noch einigermaßen warm.

Er konnte nicht mehr lange bleiben. Es gab noch viel zu tun, und er hatte nicht viel Zeit, es zu tun. Nichtsdestoweniger wollte er noch ein paar wertvolle Minuten mit Mrs. Bettonfield verbringen.

Während die Beatles »And I Love Her« und »Tell Me Why« sangen, hielt Roy Miro sanft die Hand seiner verstorbenen Freundin und bewunderte einen Augenblick lang die exquisiten Möbel, die Gemälde, die Kunstobjekte, die warmen Farben und das Aufgebot von Stoffen in verschiedenen, sich aber wunderbar ergänzenden Mustern und Strukturen.

»Es ist so unfair, daß Sie Ihr Geschäft schließen mußten«, sagte er zu Penelope. »Sie waren eine gute Innenarchitektin. Das waren Sie wirklich, meine Liebe. Ganz bestimmt.«

Die Beatles sangen.

Regen schlug gegen die Fenster.

Roys Herz schwoll vor Rührung.

Rocky erkannte den Nachhauseweg. Wenn sie an der einen oder anderen auffälligen Stelle vorbeikamen, hechelte er gelegentlich vor Freude.

Spencer wohnte in einem Teil von Malibu, der keinen Glamour aufweisen konnte, aber seine ureigene wilde Schönheit hatte.

All die herrschaftlichen Wohnhäuser im mediterranen oder französischen Stil mit ihren vierzig Zimmern, die ultramodernen, an den Felsen hängenden Gebilde aus Rauchglas, Mammutholz und Stahl, die Cape-Cod-Cottages, die so groß wie Ozeandampfer waren, die Sechstausend-Quadratmeter-Ranchen mit ihren Gebäuden aus Adobeziegeln und ihren authentischen indianischen Zeltstangen-Dächern und authentischen Privatkinos mit zwanzig Sitzplätzen und THX-Sound befanden sich an den Stränden, an den Klippen über den Stränden und landeinwärts am Pacific Coast Highway, auf Hügeln, die einen Blick aufs Meer boten.

Spencers Haus lag östlicher als jedes, das man für den *Architectural Digest* fotografieren würde, auf halber Höhe eines alles anderen als schicken und nur dünn besiedelten Canyons. Die zweispurige Asphaltstraße bestand aus Flicken über Flicken und zahlreichen Rissen, die die Erdbeben hervorgerufen hatten, welche regelmäßig die gesamte Küste erzittern ließen. Ein zusammengeschusteter Zaun zwischen zwei Rieseneukalyptusbäumen markierte die Einfahrt auf den zweihundert Meter langen Schotterweg, der zum Haus führte.

Am Tor war ein verrostetes Schild mit verbleichenden roten Lettern befestigt: DANGER / ATTACK DOG. Er hatte es dort angebracht, als er das Grundstück gekauft hatte, lange, bevor er Rocky bekommen hatte. Damals hatte es keinen Hund gegeben, geschweige denn einen, der aufs Töten dressiert war. Das Schild war eine leere, aber wirksame Drohung. Er war in seiner Zuflucht niemals belästigt worden.

Das Tor wurde nicht elektronisch betrieben. Er mußte aussteigen und sich in den Regen begeben, um es zu öffnen und es wieder zu schließen, nachdem er hindurchgefahren war.

Mit nur einem Schlafzimmer, einem Wohnzimmer und einer großen Küche war das Gebäude am Ende der Auffahrt eigentlich kein Haus, sondern eine Hütte. Das zedernverkleidete Äußere, das auf ein Steinfundament gesetzt worden war, um den Termiten keine Chance zu geben, war zu einem glänzenden Silbergrau verblichen. Auf den ersten Blick mochte es schäbig wirken, aber Spencer kam es im Licht der Scheinwerfer des Explorers wunderschön und ausdrucksstark vor.

Die Hütte wurde von einem Eukalyptuswäldchen beschirmt – umgeben, eingehüllt, *umschlossen*. Bei den Pflanzen handelte es sich um Pfefferminzbäume, denen die australischen Käfer, die seit über einem Jahrzehnt dem kalifornischen Blauen Gummibaum schwer zu schaffen machten, nichts anhaben konnten. Sie waren nicht mehr gestutzt worden, seit Spencer das Grundstück gekauft hatte.

Hinter dem Wäldchen bedeckten Büsche und Zwergeichen den Boden des Canyons und die steilen Hänge zu seinen Kämmen. Wenn vom Sommer bis zum Herbst die trockenen Santa-Ana-Winde alle Feuchtigkeit aufsogen, waren die Pflanzen auf den Hügeln und in den Schluchten trocken wie Zunder. Zweimal in acht Jahren hatte die Feuerwehr Spencer angewiesen, sein Haus zu verlassen, als Brände in benachbarten Canyons drauf und dran waren, so gnadenlos wie das Feuer am Tag des Jüngsten Gerichts über ihn hinwegzufegen. Vom Wind getriebenes Feuer konnte unter Umständen die Geschwindigkeit eines Schnellzugs erreichen. Eines Nachts hätten sie ihn vielleicht im Schlaf überrascht. Doch die Schönheit und Zurückgezogenheit des Canyons rechtfertigten das Risiko.

Mehrmals hatte er hart um sein Leben kämpfen müssen, doch er hatte keine Angst vor dem Tod. Manchmal hieß er sogar die Vorstellung willkommen, einzuschlafen und nie mehr zu erwachen. Wenn die Angst vor dem Feuer ihm zusetzte, machte er sich nicht um sich, sondern um Rocky Sorgen.

Doch an diesem Mittwochabend im Februar war die Jahreszeit der Waldbrände noch ein paar Monate entfernt. Jeder Baum und Busch und wilde Grashalm tropfte vor Regen und erweckte den Eindruck, auf ewig gegen Feuer gefeit zu sein.

Das Haus war kalt. Man konnte es mit einem großen Kamin aus Flußsteinen im Wohnzimmer beheizen, doch jeder Raum verfügte auch über einen elektrischen Wandheizkörper. Spencer zog die tanzenden Flammen, das Knistern und den Geruch eines Kaminfeuers vor, hatte es jedoch eilig und schaltete die Heizung ein.

Nachdem er seine klamme Kleidung aus- und einen bequemen grauen Jogginganzug und Tennissocken angezogen hatte, setzte er eine Kanne Kaffee auf. Rocky stellte er eine Schüssel Orangensaft hin.

Der Hund hatte, abgesehen von seiner Vorliebe für Orangensaft, noch zahlreiche andere Eigentümlichkeiten. Zum Beispiel ließ er sich tagsüber gern bewegen, zeigte aber nichts vom normalerweise lebhaften Interesse eines Hundes an der Nachtwelt und zog es vor, zumindest ein Fenster zwischen sich und der Nacht zu haben. Wenn er nach Sonnenuntergang aus dem Haus gehen *mußte*, blieb er stets in Spencers Nähe und betrachtete die Dunkelheit voller Argwohn. Dann war da noch Paul Simon. Der meisten Musik brachte Rocky kein Interesse entgegen, doch Simons Stimme bezauberte ihn; wenn Spencer ein Album von Simon auflegte, besonders *Graceland*, setzte Rocky sich vor die Lautsprecher und betrachtete sie eindringlich oder zog – nicht im Takt, in Träumereien verloren – zu »*Diamonds on the Soles of Her Shoes*« oder »*You Can Call Me Al*« gemächliche Kurven durch den Raum. Das sah einem Hund gar nicht ähnlich. Noch ungewöhnlicher war seine Schüchternheit, was seine Körperfunktionen betraf, denn wenn man ihm zusah, machte er einfach nicht sein Geschäft; Spencer mußte sich erst umdrehen.

Manchmal hatte Spencer das Gefühl, daß der Hund, der bis vor zwei Jahren ein schweres Leben und wenig Grund gehabt hatte, Freude an seinem Platz als Hund in der Welt zu haben, ein Mensch sein wollte.

Das war ein großer Fehler. Es war viel wahrscheinlicher, daß Menschen ein Hundeleben – im negativen Sinn der Redewendung – führten, als die meisten Hunde.

»Wenn eine Spezies ihrer selbst bewußter ist«, hatte er eines Abends zu Rocky gesagt, als er nicht einschlafen konnte, »ist sie damit noch längst nicht glücklicher, Kumpel. Wäre sie es, hätten wir weniger Psychiater und Kneipen als ihr Hunde – und dem ist nicht so, oder?«

Während Rocky den Saft aus der Schale auf dem Küchenboden

aufleckte, ging Spencer mit einem Becher Kaffee zu dem teuren, L-förmigen Schreibtisch in einer Ecke des Wohnzimmers. Zwei Computer mit hohen Festplattenkapazitäten, ein Laserfarbdrucker und weitere Geräte bedeckten die Arbeitsfläche von einem Ende zum anderen.

Diese Ecke des Wohnzimmers war sein Büro, obwohl er seit zehn Monaten keinem richtigen Job mehr nachgegangen war. Seit seinem Ausscheiden aus dem Polizeidienst – wo er in den beiden letzten Jahren der Abteilung California Multi-Agency Task Force on Computer Crime angehört hatte, einer Spezialabteilung, die sich mit Computer-Kriminalität befaßte – hatte er jeden Tag mehrere Stunden mit seinen Computern verbracht.

Manchmal betrieb er über Prodigy und Genie Recherchen über Themen, die ihn interessierten. Öfter jedoch erkundete er Möglichkeiten, sich unerlaubten Zugang zu Computern von Privatleuten und Regierungsbehörden zu verschaffen, die von ausgeklügelten Sicherheitsprogrammen geschützt wurden.

Sobald er sich Zugang verschafft hatte, begann er mit seiner Untergrundtätigkeit. Er zerstörte nie die Dateien einer Firma oder Behörde und fügte nie falsche Daten hinzu. Dennoch hatte er sich des Vergehens schuldig gemacht, in private Bereiche eingedrungen zu sein.

Damit konnte er leben.

Er suchte keine materiellen Vorteile. Seine Belohnung war Wissen – und die gelegentliche Befriedigung, ein Unrecht wiedergutgemacht zu haben.

Wie im Fall Beckwatt.

Als im vergangenen Dezember ein mehrfacher Kinderschänder – Henry Beckwatt – freigelassen werden sollte, nachdem er eine Haftstrafe von nicht einmal fünf Jahren abgesessen hatte, hatte sich der Ausschuß für bedingte Haftentlassung aus Rücksicht auf die Interessen des Häftlings geweigert, den Namen der Gemeinde bekanntzugeben, in der er während seiner Bewährungsfrist wohnen würde. Da Beckwatt einige seiner Opfer geschlagen und nicht das geringste Bedauern geäußert hatte, hatte seine bevorstehende Entlassung bei Eltern überall im Staat Kalifornien Besorgnis ausgelöst.

Spencer hatte große Mühen auf sich genommen, seine Spuren zu verwischen, und sich zuerst Zutritt zu den Computern der Polizei von Los Angeles verschafft, war von dort aus in das System der

Staatsanwaltschaft in Sacramento übergewechselt und von dort aus in den Computer des Ausschusses für bedingte Haftentlassung, von dem er die Adresse in Erfahrung gebracht hatte, unter der Beckwatt während seiner Bewährungsfrist wohnen würde. Anonyme Tips an ein paar Reporter hatten den Ausschuß gezwungen, die Entlassung zu verzögern, bis er einen neuen geheimen Wohnsitz gefunden hatte. Während der folgenden fünf Wochen hatte Spencer drei weitere Adressen Beckwatts enthüllt, kurz nachdem sie festgelegt worden waren.

Obwohl die Beamten hektisch versucht hatten, einen vermeintlichen Spitzel im Bewährungssystem zu entlarven, hatte niemand sich gefragt, zumindest nicht öffentlich, ob das Leck in einer ihrer elektronischen Akten entstanden und das Werk eines cleveren Hackers war. Schließlich gestand die Behörde ihre Niederlage ein und wies Beckwatt als Wohnsitz die leerstehende Wohnung eines Hausmeisters auf dem Gelände von San Quentin zu.

Wenn in ein paar Jahren Beckwatts Bewährungsauflagen nach der bedingten Haftentlassung beendet waren, würde er zweifellos weitere Kinder psychisch, wenn nicht sogar physisch zerstören. Vorerst war er jedoch nicht imstande, sich irgendwo mitten in einer von arglosen Unschuldigen bewohnten Gegend einzunisten.

Hätte Spencer eine Möglichkeit gefunden, sich Zugang zu Gottes Computer zu verschaffen, hätte er Henry Beckwatts Schicksal dahingehend manipuliert, daß er ihm sofort einen tödlichen Schlaganfall zudachte oder ihn vor einen dahinrasenden Sattelschlepper laufen ließ. Er hätte nicht gezögert, ihm die gerechte Strafe zukommen zu lassen, die die moderne Gesellschaft mit ihrer freudschen Verwirrung und moralischen Lähmung ihm anscheinend nicht auferlegen konnte.

Er war kein Held, kein vernarbter Vetter Batmans, der über einen Computer die Welt zu retten versuchte. Hauptsächlich durchstreifte er den Cyberspace – diese unheimliche Dimension aus Energie und Informationen in Computern und Computer-Netzwerken – einzig und allein, weil er ihn genauso faszinierte, wie Tahiti und das ferne Tortuga andere Menschen faszinierte; weil er ihn lockte, wie der Mond die Männer und Frauen lockte, die Astronauten wurden.

Vielleicht lag der ansprechendste Aspekt dieser anderen Dimension in dem Potential an Erkundungen und Entdeckungen, das sie bot – *ohne direkte Interaktion mit anderen Menschen.* Solange

Spencer Schwarze Bretter und andere Kommunikationsformen zwischen Anwendern mied, war der Cyberspace ein unbewohntes Universum, zwar von Menschen geschaffen, aber seltsam frei von ihnen. Er wanderte durch gewaltige Datenstrukturen, die unendlich größer waren als die Pyramiden von Ägypten, die Ruinen des antiken Roms oder die Rokoko-Bienenstöcke der großen Städte der Welt – und doch sah er kein menschliches Antlitz, hörte er keine menschliche Stimme. Er war Kolumbus ohne Matrosen, ein Marco Polo, der allein über elektronische Seidenstraßen und durch Datenmetropolen schritt, die so unbewohnt waren wie Geisterstädte in der Wüste von Karakorum.

Er setzte sich vor einen seiner Computer, schaltete ihn ein und nippte am Kaffee, während die Maschine die übliche automatische Startprozedur vollzog. Diese schloß das AntiVirus-Programm von Norton ein, das sich vergewisserte, daß keine seiner Dateien während seiner vorhergehenden Vorstöße in die nationalen Datennetze von einem destruktiven Virus befallen worden war. Die Maschine war nicht infiziert.

Die erste Telefonnummer, die er anwählte, war die eines Online-Anbieters, der rund um die Uhr die aktuellen Börsenkurse notierte. Nach ein paar Sekunden war die Verbindung geschaltet, und auf dem Bildschirm erschien die Begrüßung: WELCOME TO WORLD-WIDE STOCK MARKET INFORMATION, INC.

Spencer gab seine Teilnehmer-Kennummer ein und verlangte Informationen über japanische Aktien. Gleichzeitig aktivierte er ein Parallelprogramm, das er selbst geschrieben hatte und das die ungeschützte Telefonleitung nach der schwachen elektronischen Signatur eines Abhörgeräts absuchte. Worldwide Stock Market Information war ein gesetzlich zugelassener Datenanbieter, und keine Polizeibehörde hatte einen Grund, seine Leitungen abzuhören; daher würden Anzeichen auf eine Anzapfung darauf hindeuten, daß sein eigenes Telefon überwacht wurde.

Rocky kam aus der Küche hereingetrabt und rieb den Kopf an Spencers Bein. Der Hund konnte den Orangensaft nicht so schnell aufgeschlürft haben. Anscheinend war seine Einsamkeit größer als sein Durst.

Spencer griff zwar mit einer Hand hinab und kraulte den Hund hinter den Ohren, hielt die Aufmerksamkeit jedoch auf das Display gerichtet und wartete auf einen Alarm oder eine Freigabe.

Er hatte als Hacker nie etwas getan, das die Aufmerksamkeit der Behörden auf ihn gelenkt haben konnte, aber Vorsicht war trotzdem ratsam. In jüngster Zeit hatten die National Security Agency, das Federal Bureau of Investigation und andere Organisationen Abteilungen für Computer-Kriminalität eingerichtet, die alle eifrig gegen Missetäter vorgingen.

Manchmal mit fast kriminellem Eifer. Wie alle privilegierten Regierungsbehörden war jede dieser Abteilungen für Computer-Kriminalität darauf versessen, ihr ständig wachsendes Budget zu rechtfertigen. Von Jahr zu Jahr waren mehr Verhaftungen und Verurteilungen erforderlich, um die Behauptung zu stützen, elektronischer Diebstahl und Vandalismus würden in erschreckendem Ausmaß zunehmen. Dementsprechend wurde gelegentlich auch Hackern, die nichts gestohlen und keine Zerstörungen hervorgerufen hatten, mit fadenscheinigen Anklagen der Prozeß gemacht. Sie wurden nicht mit der Absicht strafrechtlich verfolgt, an ihnen ein Exempel zu statuieren, das andere derartige Verbrecher abschrecken würde; ihre Verurteilung wurde lediglich angestrebt, um die statistischen Zahlen zu schaffen, die der Abteilung ein höheres Budget sichern würden.

Einige dieser Hacker kamen ins Gefängnis.

Opfer auf dem Altar der Bürokratie.

Märtyrer des Cyberspace-Untergrunds.

Spencer hatte sich vorgenommen, nie zu einem solchen zu werden.

Während der Regen auf das Hüttendach schlug und der Wind im Eukalyptuswäldchen einen flüsternden Chor klagender Geister entfachte, hielt Spencer den Blick auf die obere rechte Ecke des Monitors gerichtet und wartete. Schließlich erschien in roten Buchstaben ein einziges Wort: CLEAN.

Er wurde nicht abgehört.

Nachdem er sich vom Worldwide Stock Market abgemeldet hatte, wählte er den Hauptcomputer der California Multi-Agency Task Force on Computer Crime an. Er verschaffte sich Zugang zu diesem System durch eine gründlich verborgene Hintertür, die er eingebaut hatte, bevor er von seinem Posten als stellvertretender Leiter der Einheit zurückgetreten war.

Da er auf der System-Administrator-Ebene akzeptiert wurde (der höchsten Sicherheits-Freigabe), standen ihm alle Funktionen zur Verfügung. Er konnte die Computer der Sondereinheit so lange benutzen, wie und wozu es ihm beliebte, und daß er eingedrungen war, würde weder bemerkt noch in einem Computerlog aufgezeichnet werden.

Er hatte kein Interesse an ihren Dateien. Er benutzte ihren Computer lediglich als Sprungbrett ins System des Los Angeles Police Department, zu dem sie direkten Zugang hatten. Die Ironie, sich der Hardware und Software einer Polizeieinheit zur Bekämpfung von Computer-Kriminalität zu bedienen, um ein auch noch so kleines Computer-Verbrechen zu begehen, war verlockend.

Es war aber auch gefährlich.

Natürlich war fast alles, was Spaß machte, ein wenig gefährlich: Achterbahn fahren, Skydiving, Glücksspiele, Sex.

Vom System des LAPD aus drang er in den Computer des California Department of Motor Vehicles ein, der kalifornischen Kraftfahrzeug-Zulassungsstelle in Sacramento. Er hatte einen solchen Riesenspaß daran, diese Sprünge zu machen, daß er fast den Eindruck hatte, sich körperlich auf die Reise begeben zu haben, als wäre er wie eine Gestalt in einem Science-fiction-Roman von seinem Canyon in Malibu über Los Angeles nach Sacramento teleportiert.

Rocky sprang auf den Hinterläufen hoch, legte die Vorderpfoten auf den Schreibtischrand und sah sich den Computerbildschirm an.

»Das würde dir keinen Spaß machen«, sagte Spencer.

Rocky schaute ihn an und stieß ein kurzes, leises Winseln aus.

»Dir macht es bestimmt viel mehr Spaß, an dem neuen Ochsenziemer zu knabbern, den ich dir gekauft habe.«

Rocky sah wieder zum Bildschirm und richtete fragend den struppigen Kopf auf.

»Oder ich könnte dir eine CD von Paul Simon auflegen.«

Noch ein Winseln. Länger und lauter als zuvor.

Seufzend zog Spencer einen zweiten Stuhl zu dem seinen heran. »Na schön. Wenn jemand unter einem schlimmen Anfall von Einsamkeit leidet, ist es wohl schöner, Gesellschaft zu haben, als an einem Ochsenziemer zu kauen. Bei mir hilft das ja auch nicht.«

Rocky sprang auf den Stuhl und hechelte und grinste.

Gemeinsam gingen sie im Cyberspace auf Reisen, tauchten in die Galaxis der Dateien der Zulassungsstelle ein und suchten nach Valerie Keene.

Sie hatten sie nach ein paar Sekunden gefunden. Spencer hatte auf eine andere Adresse als die gehofft, die er bereits kannte, wurde jedoch enttäuscht. Sie war unter der Adresse des Bungalows in Santa Monica eingetragen, in dem er unmöblierte Zimmer und das Foto einer Küchenschabe an einer Wand gefunden hatte.

Den Daten zufolge, die er mit der Rolltaste aufrief, hatte sie einen uneingeschränkten Führerschein der Klasse C. Er war noch knapp vier Jahre lang gültig. Sie hatte Anfang Dezember den Führerschein beantragt und sich der theoretischen Prüfung unterzogen, also vor zwei Monaten.

Ihr zweiter Vorname lautete Ann.

Sie war neunundzwanzig. Spencer hatte sie auf fünfundzwanzig geschätzt.

In ihrer Akte waren keine Verkehrsverstöße eingetragen.

Für den Fall, daß sie schwer verletzt wurde und ihr Leben nicht gerettet werden konnte, hatte sie sich als Organspenderin zur Verfügung gestellt.

Ansonsten bot die Zulassungsstelle nur wenig Informationen über sie:

SEX:	F	HAIR:	BRN	EYES:	BRN
HT:	5-4	WT:	115		

Diese groben bürokratischen Informationen würden keine große Hilfe sein, wenn Spencer sie jemandem beschreiben mußte: *Größe: etwa eins sechzig, Gewicht: 52 Kilogramm, Haar und Augen: braun, Geschlecht: weiblich.* Es war unzureichend, ein Bild von ihr zu zeichnen, das die Dinge ausschloß, die sie tatsächlich auszeichneten: der direkte und klare Blick, das leicht schiefe Lächeln, die zarte Krümmung ihres Kinns.

Seit dem vergangenen Jahr digitalisierte die kalifornische Zulassungsstelle die Fotos und die Daumenabdrücke aller Personen, die einen Führerschein beantragten oder verlängerten, und speicherte sie elektronisch. Finanziert wurde die Aktion von der Bundesregierung aufgrund des Nationalen Gesetzes zur Verhinderung von Verbrechen und Terrorismus. Irgendwann würden Porträtfotos und Abdrücke von allen Bürgern mit Führerschein gespeichert sein, obwohl die überwältigende Mehrheit von ihnen niemals eines Verbrechens beschuldigt, geschweige denn überführt worden war.

Spencer sah dies als ersten Schritt zur Einführung eines nationalen Personalausweises an, einer Ausweispflicht, wie sie vor deren Zusammenbruch in den kommunistischen Staaten üblich gewesen und gegen die er schon aus Prinzip war. In diesem Fall hielten seine Prinzipien ihn jedoch nicht davon ab, das Foto von Valeries Führerschein aufzurufen.

Der Bildschirm flackerte, und sie erschien. Lächelnd.

Die Eukalyptusbäume flüsterten ihre geisterhaften Klagen über die Gleichgültigkeit des Universums, und der Regen trommelte unaufhörlich.

Spencer merkte, daß er den Atem anhielt, und atmete wieder aus.

Er sah aus den Augenwinkeln, daß Rocky ihn neugierig betrachtete, dann zum Monitor sah, dann wieder zu ihm.

Er griff nach dem Becher und trank einen Schluck schwarzen Kaffee. Seine Hand zitterte.

Valerie hatte gewußt, daß irgendeine Behörde sie jagte, und sie hatte gewußt, daß man ihr dicht auf den Fersen war – denn sie hatte den Bungalow nur ein paar Stunden vor der Razzia gegen sie verlassen. Warum fand sie sich mit dem unruhigen und angsterfüllten Leben eines Flüchtlings ab, wenn sie unschuldig war?

Er stellte den Becher auf den Schreibtisch, legte die Finger auf die Tastatur und forderte einen Ausdruck des Fotos auf dem Bildschirm an.

Der Laserdrucker summte. Ein Blatt Papier glitt aus dem Gerät.

Valerie. Lächelnd.

Als das Stürmen des Bungalows in Santa Monica begann, hatte niemand gerufen, die Bewohner sollten hinauskommen. Als die Angreifer in das Gebäude eingedrungen waren, hatte niemand warnend *Polizei!* geschrien. Und doch war Spencer überzeugt, daß diese Männer Mitglieder der einen oder anderen Polizeibehörde waren; dafür sprachen ihre uniformähnliche Bekleidung, die Nachtsichtbrillen, die Waffen und das militärische Vorgehen.

Valerie. Lächelnd.

Diese Frau mit der leisen Stimme, mit der Spencer am Abend zuvor im Red Door gesprochen hatten, war ihm sanft und ehrlich vorgekommen und unfähiger zu einer Täuschung als die meisten Menschen. Zuallererst hatte sie kühn seine Narbe betrachtet und sich nach ihr erkundigt, nicht mit aufwallendem Mitleid in den Augen, nicht mit einer Spur von morbider Neugier in der Stimme, sondern genauso, wie sie sich danach erkundigt hätte, warum er das Hemd gekauft hatte, das er trug. Die meisten Menschen betrachteten die Narbe verstohlen, konnten aber nur darüber sprechen – wenn überhaupt –, wenn sie sich bewußt wurden, daß er ihre eindringliche Neugier bemerkt hatte. Valeries Offenheit war erfrischend gewesen. Als er ihr nur gesagt hatte, er habe als Kind einen Unfall gehabt, hatte Valerie gespürt, daß er entweder nicht darüber sprechen konnte oder wollte, und hatte das Thema fallengelassen, als wäre es nicht wichtiger als seine Frisur. Danach hatte er nicht mehr bemerkt, daß ihr Blick sich auf das blasse Brandmal auf seinem Gesicht verirrt hatte; mehr noch, er hatte nie das Gefühl gehabt, daß sie sich verkrampft bemühte, *nicht* dorthin zu schauen. Sie hatte andere Dinge an ihm interessanter gefunden als diesen bleichen Striemen vom Ohr zum Kinn.

Valerie. Schwarz auf weiß.

Er konnte nicht glauben, daß diese Frau imstande war, ein Kapitalverbrechen zu begehen, und ganz bestimmt nicht, daß sie so heimtückisch war, daß ein SWAT-Team sie in absoluter Stille umzingelte und Maschinenpistolen und alle möglichen Hightech-Geräte einsetzte.

Vielleicht lebte sie mit einer gefährlichen Person zusammen.

Spencer bezweifelte das. Er überdachte die wenigen Hinweise: ein Satz Geschirr, ein Wasserglas, ein Satz Bestecke aus Edelstahl, eine Luftmatratze, die für eine Person völlig ausreichte, für zwei jedoch zu schmal war.

Doch die Möglichkeit blieb bestehen: Sie war vielleicht nicht allein, und die Person, mit der sie zusammenlebte, hatte das SWAT-Team zu solch extremer Vorsicht veranlaßt.

Das Foto aus der Computerdatei war zu dunkel, um ihr Gerechtigkeit widerfahren zu lassen. Spencer wies den Laserdrucker an, ein weiteres anzufertigen, das eine Spur heller war.

Dieser Ausdruck war besser, und Spencer forderte fünf weitere Kopien an.

Erst, als er ein Foto von ihr in den Händen hielt, wurde Spencer sich vollends bewußt, daß er Valerie Keene folgen würde, wohin auch immer sie gegangen war. Er würde sie finden und ihr helfen. Ganz gleich, was sie getan hatte, auch, wenn sie sich eines Verbrechens schuldig gemacht hatte, ganz gleich, was es ihn kostete und ob sie jemals etwas für ihn empfinden konnte oder nicht, Spencer würde dieser Frau gegen jede Dunkelheit beistehen, mit der sie sich auseinandersetzen mußte.

Und als er die tiefere Bedeutung der Verpflichtung verstand, die er eingehen würde, ließ ihn ein Frösteln der Verwunderung erschauern; denn bis zu diesem Augenblick hatte er sich für einen durch und durch modernen Menschen gehalten, der an nichts und niemand glaubte, weder an den Allmächtigen noch an sich selbst.

»Der Teufel soll mich holen!« sagte er leise, von Ehrfurcht gerührt und nicht imstande, seine Beweggründe vollauf zu verstehen.

Der Hund nieste.

Als die Beatles »*I'll Cry Instead*« sangen, stellte Roy Miro an der Hand der Toten eine Kälte fest, die allmählich seine Haut durchdrang.

Er ließ sie los und zog seine Handschuhe an. Er wischte ihre Hände mit einem Zipfel des Bettuchs ab, um alle Fettabsonderungen seiner Haut zu verschmieren, die vielleicht das Muster seiner Fingerspitzen hinterlassen hatten.

Voller widersprüchlicher Gefühle – Trauer über den Tod einer guten Frau, Freude über ihre Befreiung von einer Welt des Schmerzes und der Enttäuschungen – ging er in die Küche hinab. Wenn Penelopes Ehemann nach Hause kam, wollte er das automatische Garagentor hören können.

Auf dem gefliesten Boden waren ein paar Blutstropfen geronnen. Roy benutzte ein paar Tücher von einer Küchenrolle und eine Sprühflasche Fantastik, die er im Schrank unter der Spüle fand, um die Schweinerei wegzuwischen.

Nachdem er auch die schmutzigen Abdrücke seiner Gummistiefel beseitigt hatte, bemerkte er, daß der Ausguß aus rostfreiem Stahl nicht so sauber war, wie es eigentlich hätte der Fall sein sollen, und scheuerte ihn, bis er fleckenlos war.

Das Fenster der Mikrowelle war beschmiert. Als er damit fertig war, funkelte es geradezu.

Als die Beatles ein gutes Stück von »*I'll Be Back*« gespielt und Roy die Vorderseite des Kühlschranks der Marke Sub-Zero abgewischt hatte, öffnete sich rumpelnd das Garagentor. Er warf die benutzten Papiertücher in den Mülleimer, stellte das Fantastik zurück und nahm die Beretta, die er auf die Arbeitsplatte gelegt hatte, nachdem er Penelope von ihrem Leiden erlöste.

Küche und Garage wurden von einem kleinen Trockenraum verbunden. Er drehte sich zu dessen geschlossener Tür um.

Das Grollen des Automotors hallte von den Garagenwänden wider, als Sam Bettonfield hineinfuhr. Der Motor wurde ausgeschaltet. Das große Tor klapperte und knarrte, als es sich hinter dem Wagen wieder senkte.

Endlich zu Hause vom Buchführungskrieg. Müde, weil er lange gearbeitet und Zahlen gewälzt hatte. Überdrüssig, hohe Büromieten in Century City zu bezahlen und sich in einem System über Wasser zu halten, das mehr Wert auf Geld als auf Menschen legte.

In der Garage wurde eine Autotür zugeschlagen.

Ausgebrannt vom Streß des Lebens in einer Stadt, die von Ungerechtigkeit heimgesucht wurde und mit sich selbst im Krieg lag, würde Sam sich auf einen Drink freuen, auf einen Kuß von Penelope, ein spätes Abendessen und vielleicht auf ein Stündchen vor dem Fernseher. Diese einfachen Vergnügungen und acht Stunden des erholsamen Schlafes stellten die einzige Ruhepause des armen Mannes vor seinen gierigen und fordernden Klienten dar – und sein Schlaf wurde wahrscheinlich noch von schlechten Träumen geplagt.

Roy hatte etwas Besseres anzubieten. Ein gnädiges Entrinnen.

Das Geräusch eines Schlüssels in dem Schloß zwischen der Garage und dem Haus, das Klacken des Abstellers, eine sich öffnende Tür: Sam betrat den Trockenraum.

Als die innere Tür geöffnet wurde, hob Roy die Beretta.

Sam trat in die Küche. Er trug einen Regenmantel und hatte eine Aktentasche in der Hand. Er war ein Mann mit schütterem Haar und flinken, dunklen Augen. Er wirkte erschrocken, klang jedoch ganz lässig. »Sie müssen das falsche Haus erwischt haben.«

»Ich weiß, was Sie durchmachen«, sagte Roy mit Tränen in den Augen und gab drei schnelle Schüsse ab.

Sam war kein großer Mann, vielleicht fünfzig Pfund schwerer als seine Frau. Dennoch war es nicht leicht, ihn nach oben ins Schlafzimmer zu tragen, ihn aus dem Regenmantel zu zerren, ihm die Schuhe auszuziehen und ihn aufs Bett zu legen. Als Roy diese Aufgabe bewältigt hatte, war er sehr zufrieden mit sich, denn er wußte, er hatte richtig gehandelt, indem er Sam und Penelope in würdiger Positur nebeneinander legte.

Er zog die Bettwäsche bis zu Sams Brust hoch. Die Tagesdecke war wie die Kissenbezüge mit Lochstickerei versehen, so daß das tote Ehepaar den Anschein erweckte, mit schmucken Chorhemden bekleidet zu sein, wie auch Engel sie tragen mochten.

Die Beatles hatten schon vor einer Weile aufgehört zu singen. Draußen war das leise und ernste Geräusch des Regens so kalt wie die Stadt, auf die er fiel – und so unbarmherzig wie das Verstreichen der Zeit und das Weichen allen Lichts.

Obwohl er aus Mitgefühl gehandelt hatte und sich freute, daß diese beiden Menschen nicht mehr leiden mußten, war Roy traurig. Es war eine seltsam süße Trauer, und die Tränen, die sie aus seinen Augen zwang, reinigten ihn.

Schließlich kehrte er in die Küche zurück, um die paar Tropfen von Sams Blut aufzuwischen, die den Boden befleckten. In dem großen Schrank unter der Treppe fand er einen Vakuumstaubsauger, und er beseitigte den Schmutz, den er beim Betreten des Hauses auf den Teppich getragen hatte.

In Penelopes Handtasche suchte er nach der Karte, die er ihr gegeben hatte. Der Name darauf war falsch, aber er steckte sie trotzdem ein.

Zum Schluß rief er vom Telefon im Arbeitszimmer die Polizei an.

»Es ist sehr traurig hier«, sagte er, als eine Frauenstimme sich meldete. »Sehr traurig. Sie sollten sofort jemanden vorbeischicken.«

Er hing den Hörer nicht wieder ein, sondern legte ihn auf den Schreibtisch, um die Verbindung offenzuhalten. Die Adresse der Bettonfields mußte inzwischen bereits auf einem Bildschirm vor der Polizistin erschienen sein, die das Gespräch entgegengenommen hatte, doch Roy wollte das Risiko vermeiden, daß Sam und Penelope Stunden oder sogar Tage hier lagen, bevor man sie fand. Sie waren gute Menschen und hatten es nicht verdient, würdelos gefunden zu werden, steif, grau und nach Verwesung riechend.

Er trug die Gummistiefel zur Haustür und zog sie schnell wieder an. Er vergaß auch nicht, die Lockaid wieder an sich zu nehmen.

Er ging durch den Regen zu seinem Wagen und fuhr davon.

Seiner Uhr zufolge war es zwanzig Minuten nach zehn. Obwohl es an der Ostküste drei Stunden später war, war Roy davon überzeugt, daß sein Kontaktmann in Virginia auf seinen Anruf wartete.

Bei der ersten Ampel, die ihm rotes Licht zeigte, öffnete er den Aktenkoffer auf dem Beifahrersitz. Er stöpselte den Computer ein, der noch mit dem Handy verbunden war; da er beide Geräte noch benötigte, hatte er sie nicht voneinander getrennt. Mit ein paar schnellen Anweisungen über die Tastatur stellte er das Handy dahingehend um, daß es auf programmierte Stimmanweisungen reagierte und als Lautsprecher fungierte, damit er beide Hände zum Fahren freihatte.

Als die Ampel auf grünes Licht umsprang, fuhr er über die Kreuzung und begann das Ferngespräch, indem er »Bitte verbinden!« sagte und dann die Nummer in Virginia hinzufügte.

Nach dem zweiten Klingelzeichen meldete sich die vertraute Stimme von Thomas Summerton, die Roy an einem einzigen Wort erkannte, das so weich und südstaatentypisch wie Pekannußbutter klang: »Hallo?«

»Dürfte ich bitte mit Jerry sprechen?« sagte Roy.

»Tut mir leid, falsch verbunden.« Summerton legte auf.

Roy beendete das darauffolgende Amtszeichen, indem er »Bitte Verbindung unterbrechen!« sagte.

In zehn Minuten würde Summerton von einem sicheren Telefon zurückrufen, und dann konnten sie frei sprechen, ohne befürchten zu müssen, abgehört zu werden.

Roy fuhr an den glitzernden Läden am Rodeo Drive vorbei zum Santa Monica Boulevard und bog dann nach links in ein Wohnviertel ab. Große, teure Häuser standen zwischen hohen Bäumen, Paläste der Privilegierten, die er anstößig fand.

Als das Telefon klingelte, griff er nicht nach dem Hörer, sondern sagte: »Bitte Gespräch entgegennehmen.«

Die Verbindung kam mit einem deutlich hörbaren Klicken zustande.

»Bitte verzerren«, sagte Roy.

Der Computer piepste, um anzuzeigen, daß alles, was er nun sagte, für jeden außer ihn und Summerton unverständlich sein würde. Bei der Funkübertragung wurde ihr Gespräch in kleine Tonbruchstücke aufgeteilt, die dann von einem Zufallsgenerator neu angeordnet wurden. Beide Telefone waren mit synchronisierten Zufallsgeneratoren ausgestattet, und die bedeutungslosen übertragenen Töne wurden beim Empfang wieder zu verständlicher Sprache zusammengesetzt.

»Ich habe den ersten Bericht über Santa Monica gelesen«, sagte Summerton.

»Den Nachbarn zufolge war sie am Morgen noch dort. Aber als wir am Nachmittag mit der Überwachung begannen, muß sie schon abgehauen sein.«

»Wie hat sie davon erfahren können?«

»Ich schwöre, was uns betrifft, hat sie einen sechsten Sinn.« Roy bog nach links auf den Sunset Boulevard ab und fädelte sich in den dichten Verkehr ein, dessen Scheinwerfer das nasse Pflaster golden färbten. »Haben Sie von dem Mann gehört, der plötzlich aufgetaucht ist?«

»Und entkommen.«

»Wir haben nicht geschludert.«

»Ach was, dann hatte er einfach nur Glück?«

»Nein. Schlimmer als das. Er hat gewußt, was er tat.«

»Wollen Sie damit sagen, er ist aktenkundig?«

»Ja.«

»Örtliche, staatliche oder Bundesebene?«

»Er hat problemlos ein Mitglied des Teams ausgeschaltet.«

»Dann ist er den örtlichen Sheriffs ein paar Lektionen voraus.«

Roy bog vom Sunset Boulevard nach rechts auf eine weniger stark befahrene Straße ab, an der sich große Villen hinter Mauern, hohen Hecken und vom Wind geschüttelten Bäumen verbargen. »Welche Priorität hat er, falls wir ihn aufspüren können?«

Summerton dachte einen Augenblick lang nach. »Finden Sie heraus, wer er ist, für wen er arbeitet«, sagte er dann.

»Und dann behalten wir ihn in Haft?«

»Nein. Es steht zu viel auf dem Spiel. Lassen Sie ihn verschwinden.«

Die gewundene Straße schlängelte sich zwischen bewaldeten Hügeln und entlegenen Villen entlang. Die Äste der Bäume hingen bis tief über die Straße und nahmen ihm die Sicht, und eine enge Kurve folgte auf die andere.

»Ändert das etwas an der Priorität der Frau?« fragte Roy.

»Nein. Machen Sie sie fertig, sobald Sie sie haben. Ist bei Ihnen sonst noch etwas passiert?«

Roy dachte an Mr. und Mrs. Bettonfield, erwähnte sie aber nicht. Die extreme Freundlichkeit, die er ihnen hatte zukommen lassen, hatte nichts mit seinem Job zu tun, und Summerton würde sein Vorgehen nicht verstehen.

»Sie hat uns etwas dagelassen«, sagte Roy statt dessen.

Summerton sagte nichts, vielleicht, weil er erraten hatte, was die Frau zurückgelassen hatte.

»Ein Foto von einer Küchenschabe«, sagte Roy, »an die Wand genagelt.«

»Machen Sie sie fix und fertig«, sagte Summerton und legte auf.

»Verzerren beenden«, sagte Roy, als er unter hinabhängenden

Magnolienzweigen einer langen Kurve folgte, vorbei an einem schmiedeeisernen Zaun, hinter dem eine Nachbildung von Tara in der regennassen Dunkelheit von Scheinwerfern angestrahlt wurde. Der Computer summte gehorsam.

»Bitte verbinden«, sagte er und nannte die Telefonnummer, die ihn in Mamas Arme bringen würde.

Der Bildschirm flackerte. Als Roy einen Blick darauf warf, sah er die Eröffnungsfrage: WHO GOES THERE?

Das Telefon reagierte zwar auf Stimmanweisungen, Mama aber nicht. Daher verließ Roy die schmale Straße und hielt vor einem fast drei Meter hohen schmiedeeisernen Tor auf einer Auffahrt an, um bei der Sicherheitsüberprüfung seine Antworten einzugeben. Nachdem sein Daumenabdruck verglichen worden war, erhielt er Zugang zu Mama in Virginia.

Aus ihrem Grundmenu wählte er FIELD OFFICES. Aus diesem Untermenu wählte er LOS ANGELES und wurde daraufhin mit Mamas größtem Baby an der Westküste verbunden.

Er ging einige wenige Menus des Computers in Los Angeles durch, bis er auf die Dateien der Abteilung für Fotoanalyse stieß. Das Foto in der Datei, die ihn interessierte, war bereits in Bearbeitung, wie er es auch nicht anders erwartet hatte, und er rief es auf.

Der Bildschirm seines Portables wurde schwarz und weiß und füllte sich dann mit dem Foto eines Mannes vom Hals aufwärts. Das Gesicht war von der Kamera halb abgewandt, scheckig vor Schatten und von einem Regenvorhang verzerrt.

Roy war enttäuscht. Er hatte auf ein deutlicheres Bild gehofft.

Das Foto erinnerte erschreckend an ein impressionistisches Gemälde: im allgemeinen zu erkennen, in den Details rätselhaft.

Früher am Abend hatte das Überwachungsteam in Santa Monica Fotos von dem Fremden gemacht, der ein paar Minuten vor dem Einsatz des SWAT-Teams in den Bungalow eingedrungen war. Die Nacht, der heftige Regen und die Bäume, die verhinderten, daß die Straßenlampen viel Licht auf den Bürgersteig warfen – das alles hatte dazu beigetragen, daß sie den Mann nicht deutlich hatten sehen können. Überdies hatten sie ihn nicht erwartet, hatten angenommen, er sei nur ein ganz gewöhnlicher Fußgänger, der vorbeigehen würde, und waren unangenehm überrascht gewesen, als er zum Haus der Frau abgebogen war. Dementsprechend hatten sie nur wenige Fotos machen können, und keins davon war einigermaßen gelungen und enthüllte das volle Gesicht des geheimnisvollen Mannes, obwohl die Kamera mit einem Teleobjektiv ausgestattet gewesen war.

Das beste der Fotos war bereits in den Computer der Zweigstelle eingescannt worden, in dem es mehrere Programme zur Verbesserung der Qualität durchlaufen würde. Der Computer würde versuchen, die durch den Regen entstandenen Verzerrungen zu identifizieren und zu eliminieren. Dann würde er alle Flächen des Schnappschusses gleichmäßig aufhellen, bis er auch in den tiefsten Schatten, die auf das Gesicht fielen, biologische Strukturen identifizieren konnte. Mit Hilfe seiner umfangreichen Kenntnisse über die menschliche Schädelform – ihm stand ein gewaltiger Katalog der Variationen zur Verfügung, die es zwischen den Geschlechtern, den Rassen und den Altersgruppen gab – würde der Computer die identifizierten Strukturen interpretieren und nach bestem Wissen extrapolieren.

Dieser Prozeß war auch bei der rasenden Geschwindigkeit, mit der das Programm arbeitete, mühsam und langwierig. Letztlich konnte man ein jedes Foto in winzige Bildpunkte aus Licht und Schatten aufbrechen, die Pixel genannt wurden: Puzzlestücke, die identisch geformt waren, sich aber minimal in der Struktur und Schattierung unterschieden. Jeder einzelne der Hunderttausende von Pixeln in diesem Foto mußte analysiert werden, und zwar nicht nur dahingehend, was er selbst darstellte, sondern auch, wie sein unverzerrtes Verhältnis zu jedem der vielen ihn umgebenden Pixel war, und das bedeutete, daß der Computer Hunderte von Millionen von Vergleichen vornehmen und Entscheidungen treffen mußte, um ein klareres Bild zu bekommen.

Selbst dann bestand keine Garantie, daß das Gesicht, das er schließlich aus der Dunkelheit hervorarbeitete, eine ganz genaue Darstellung des Mannes war, der fotografiert worden war. Eine jede solche Analyse war ebenso eine Kunstform – oder reine Vermutung – wie ein zuverlässiger technologischer Prozeß. Roy hatte Beispiele gesehen, bei denen das vom Computer verbesserte Porträt genauso wenig ins Schwarze traf wie ein Bild vom Arc de Triomphe oder von Manhattan in der Dämmerung, das ein Amateur nach Nummern gemalt hatte. Doch das Gesicht, das dieser Computer ihnen schließlich zeigen würde, würde dem wahren Aussehen des Mannes wahrscheinlich so nahe kommen, als handele es sich um ein völlig scharfes Originalfoto.

Während der Computer also Entscheidungen traf und Tausende

72

von Pixeln neu anordnete, kräuselte das Bild auf dem Monitor sich von rechts nach links. Das Ergebnis war noch immer enttäuschend. Obwohl Veränderungen vorgenommen worden waren, konnte man sie kaum feststellen. Roy konnte nicht sagen, inwiefern das Gesicht des Mannes sich nun von dem unterschied, das er vor der Anpassung gesehen hatte.

Im Verlauf der nächsten Stunden würde dieses Kräuseln alle sechs bis zehn Sekunden über das Bild auf dem Monitor laufen. Die kumulative Wirkung konnte man lediglich würdigen, wenn man das Foto in größeren Abständen betrachtete.

Roy setzte auf die Straße zurück. Den Computer ließ er eingestöpselt; er drehte ihn so, daß er jederzeit einen Blick auf den Monitor werfen konnte.

Eine Weile jagte er Hügel hinauf und hinab und durch enge Kurven, suchte nach einer Straße, die aus dieser eingezäunten Dunkelheit hinausführte, in der das vom Blattwerk der Bäume gefilterte Licht einsamer Villen auf mysteriöse Bewohner mit solchem Reichtum und solcher Macht hinwies, daß es sein Begriffsvermögen überstieg.

Von Zeit zu Zeit warf er einen Blick auf den Computerbildschirm. Das sich kräuselnde Gesicht. Halb abgewandt. Schattenhaft und fremd.

Als er schließlich den Sunset Boulevard wiederfand und dann die tieferen Straßen von Westwood, wo sich sein Hotel befand, war er erleichtert, wieder unter Menschen zu sein, die ihm ähnlicher waren als jene, die auf den Hügeln der Reichen wohnten. Hier im Flachland kannten die Bewohner Leid und Unsicherheit; es waren Menschen, auf deren Leben er zum Besseren einwirken, denen er ein gewisses Maß an Gerechtigkeit und Gnade bringen konnte – so oder so.

Das Gesicht auf dem Computerbildschirm war noch immer das eines Phantoms, amorph und vielleicht bösartig. Das Antlitz des Chaos.

Der Fremde war ein Mann, der, wie die flüchtige Frau, der Ordnung, Stabilität und Gerechtigkeit im Weg stand. Vielleicht war er böse, oder auch nur gestört und verwirrt. Letztlich spielte das aber keine Rolle.

»Ich werde dir Frieden geben«, versprach Roy Miro und warf einen weiteren Blick auf das sich langsam verändernde Gesicht auf dem Monitor. »Ich werde dich finden und dir Frieden geben.«

Während der Regen mit Hufen auf das Dach trommelte, die Stimme des Windes, so tief wie die eines Riesen, an den Fenstern murrte und der Hund zusammengerollt und dösend auf dem benachbarten Stuhl lag, versuchte Spencer mit Hilfe seiner Computerkenntnisse, weitere Informationen über Valerie Keene zusammenzutragen.

Den Unterlagen der Zulassungsstelle zufolge war der Führerschein, den sie beantragt hatte, ihr erster und keine Verlängerung gewesen, und um ihn zu bekommen, hatte sie als Identifizierung einen Sozialversicherungsausweis vorgelegt. Die Zulassungsstelle hatte überprüft, ob ihr Name und die Nummer des Ausweises tatsächlich in den Unterlagen der Sozialversicherungsstelle enthalten waren.

Damit hatte Spencer vier Anhaltspunkte, mit denen er sie in anderen Datenbanken, in denen sie wahrscheinlich auftauchen würde, ausfindig machen konnte: Name, Geburtsdatum, Führerscheinnummer und Sozialversicherungsnummer. Es mußte ein Klacks sein, mehr über sie herauszufinden.

Im letzten Jahr war es Spencer mit viel Geduld und Geschick gelungen, sich in alle bundesweiten Kredit-Auskunfteien einzuschleichen, deren Systeme zu den gesichertsten überhaupt gehörten. Nun schlängelte er sich auf der Suche nach Valerie Ann Keene wie ein Wurm in den größten dieser Äpfel.

Seine Dateien enthielten zweiundvierzig Frauen dieses Namens, neunundfünfzig, wenn man den Nachnamen entweder »Keene« oder »Keane« schrieb, und vierundsechzig, wenn man eine dritte Schreibweise – »Keen« – hinzufügte. Spencer gab ihre Sozialversicherungsnummer ein und erwartete, daß dreiundsechzig der vierundsechzig Einträge ausgesondert wurden, doch *kein* Name hatte die in den Unterlagen der Zulassungsstelle enthaltene Nummer.

Er betrachtete den Bildschirm stirnrunzelnd, gab Valeries Geburtstag ein und befahl dem System, sie anhand dieser Angabe zu finden. Eine der vierundsechzig Valeries war am gleichen Tag des gleichen Monats geboren wie die Frau, die er suchte – aber zwanzig Jahre früher.

Während der Hund neben ihm schnarchte, gab er die Führerscheinnummer ein und wartete, während das System die Valeries dahingehend überprüfte. Von denen, an die Führerscheine ausgestellt waren, wohnten fünf in Kalifornien, aber keine hatte die entsprechende Nummer. Eine weitere Sackgasse.

Überzeugt, daß bei der Dateneingabe ein Fehler gemacht worden sein mußte, überprüfte Spencer die Dateien aller fünf kalifornischen Valeries und suchte nach einem Führerschein oder einem Geburtsdatum, das sich nur in einer Ziffer von den Angaben unterschied, die er von der Zulassungsstelle bekommen hatte. Er war sicher, daß der Sachbearbeiter eine Sechs statt einer Neun eingegeben oder zwei Ziffern vertauscht hatte.

Nichts. Keine Fehler. Und den Informationen in den Dateien zufolge konnte es sich bei keiner dieser Frauen um die richtige Valerie handeln.

So unglaublich es anmutete, die Valerie Ann Keene, die bis vor kurzem im Red Door gearbeitet hatte, war in keiner Datei einer Kredit-Auskunftei enthalten. Das war nur möglich, wenn sie nie etwas auf Raten gekauft, nie eine Kreditkarte besessen, nie ein Girokonto oder Sparbuch eröffnet hatte und nie einen Verrechnungsscheck eingereicht oder ausgestellt hatte, etwa von einem Arbeitgeber oder an einen Vermieter.

Um im modernen Amerika neunundzwanzig Jahre alt zu sein, ohne eine Kredit-Vorgeschichte zu haben, mußte sie entweder eine Zigeunerin oder den Großteil ihres Lebens über eine arbeitslose Landstreicherin gewesen sein, zumindest vom Teenageralter an aufwärts. Und das entsprach offenkundig ja nicht den Tatsachen.

Okay. Denk nach. Die Razzia gegen ihren Bungalow bedeutete, daß die eine oder andere Polizeibehörde hinter ihr her war. Also mußte sie eine flüchtige Person mit einem Vorstrafenregister sein.

Spencer kehrte auf den elektronischen Datenautobahnen zum Computer der Polizei von Los Angeles zurück, mit dessen Hilfe er die Gerichtsunterlagen der Städte, Bezirke und des Staates durchforstete, ob jemand namens Valerie Ann Keene je eines Verbrechens für schuldig befunden worden war oder ob ein unerledigter Haftbefehl gegen sie vorlag.

75

Das städtische System ließ ein NEGATIVE auf dem Monitor aufblitzen.

NO FILE, meldete der Bezirk.

NOT FOUND, sagte der Staat.

Negativ. Keine Datei. Nicht gefunden.

Nichts, *nada*, null.

Er nutzte den elektronischen Datenaustausch der Polizei von
Los Angeles mit dem FBI aus, um sich Zugang zu den in Washington beheimateten Computerdateien des Justizministeriums über
Personen zu verschaffen, die wegen Bundesverbrechen verurteilt
worden waren. Sie war auch dort nicht verzeichnet.

Abgesehen von der Liste der zehn meistgesuchten Verbrecher
suchte das FBI stets Hunderte anderer Personen, die in Ermittlungen verstrickt waren – entweder als Verdächtige oder als mögliche
Zeugen. Spencer erkundigte sich, ob ihr Name auf einer dieser
Listen erschien, zog jedoch erneut eine Niete.

Sie war eine Frau ohne Vergangenheit.

Und doch hatte sie etwas getan, weshalb man sie suchte. Dringend suchte.

Spencer ging erst um zehn Minuten nach eins ins Bett.

Obwohl er erschöpft war und obwohl der Rhythmus des Regens
ihn eigentlich hätte beruhigen sollen, konnte er nicht schlafen. Er
lag auf dem Rücken, schaute abwechselnd zur dunklen Zimmer-
decke und zu den peitschenden Blättern der Bäume hinter dem
Fenster und lauschte dem bedeutungslosen Monolog des brausen-
den Windes.

Zuerst konnte er nur an die Frau denken. An ihr Aussehen. Diese
Augen. Diese Stimme. Dieses Lächeln. Das Geheimnis.

Doch mit der Zeit trieben seine Gedanken zur Vergangenheit,
wie sie es zu oft, zu leicht taten. Für ihn war die Erinnerung eine
Schnellstraße mit nur einem Ziel: einer bestimmten Sommernacht,
als er vierzehn war; als eine dunkle Welt noch dunkler wurde; als alles, was er wußte, sich als falsch erwies; als die Hoffnung starb und
große Angst vor dem Schicksal sein ständiger Begleiter wurde; als
er durch den Schrei einer beharrlichen Eule erwachte, deren fragen-
der Ruf danach in die zentralen Fragen seines eigenen Lebens ein-
mündete.

Rocky, der sich normalerweise so hervorragend auf die Stimmungen seines Herrn einstellte, schritt noch immer rastlos auf und ab; er schien nicht zu bemerken, daß Spencer in die leise Qual unauslöschlicher Erinnerungen sank und Gesellschaft brauchte. Der Hund reagierte nicht, als Spencer seinen Namen rief.

Im Dunkeln schlich Rocky ruhelos zwischen der geöffneten Schlafzimmertür (wo er auf der Schwelle stand und dem Sturm lauschte, der im Schornstein des Kamins blies) und dem Schlafzimmerfenster (wo er die Vorderpfoten auf das Brett legte und beobachtete, wie der Wind im Eukalyptuswäldchen tobte) hin und her. Obwohl er weder jaulte noch knurrte, wirkte er ängstlich, als habe das schlechte Wetter eine ungewollte Erinnerung aus seiner Vergangenheit hochgeweht, die ihn völlig durcheinander gebracht hatte, so daß er nun nicht mehr den Frieden fand, den er genossen hatte, als er im Wohnzimmer auf dem Stuhl lag.

»He, Junge«, sagte Spencer leise. »Komm her.«

Ohne ihm Beachtung zu schenken, tapste der Hund zur Tür, ein Schatten zwischen Schatten.

Am Dienstagabend war Spencer ins Red Door gegangen, um über eine Nacht im Juli zu sprechen, die sechzehn Jahre zurücklag. Statt dessen hatte er Valerie Keene kennengelernt und – zu seiner Überraschung – über andere Dinge gesprochen. Doch dieser ferne Juli verfolgte ihn noch immer.

»Rocky, komm her.« Spencer schlug auf die Matratze.

Nach vielleicht einer Minute weiterer Ermutigungen sprang der Hund endlich aufs Bett. Rocky legte den Kopf auf Spencers Brust. Zuerst zitterte er leicht, doch er ließ sich schnell von der Hand seines Herrn beruhigen. Das eine Ohr gehoben, das andere gesenkt, lauschte er der Geschichte, die er an unzähligen Nächten wie dieser gehört hatte, wenn er das einzige Publikum war, und in Nächten, in denen er Spencer in Kneipen begleitete, in denen er Fremden Getränke ausgab, die ihm dann in ihrem Alkoholdunst zuhörten.

»Ich war vierzehn«, begann Spencer. »Es war Mitte Juli, und die Nacht war warm und schwül. Ich schlief unter nur einem dünnen Laken, und das Schlafzimmerfenster stand offen, damit die Luft zirkulieren konnte. Ich weiß noch... Ich träumte von meiner Mutter, die damals schon seit über sechs Jahren tot war, aber ich kann mich nicht daran erinnern, was in dem Traum geschah, nur an seine Wärme, die Zufriedenheit, den Trost, bei ihr zu sein ... und vielleicht an ihr musikalisches Gelächter. Sie hatte ein wunderbares Lachen.

Aber ein anderes Geräusch weckte mich, nicht, weil es so laut war, sondern, weil es sich ständig wiederholte. Es klang hohl und seltsam. Ich setzte mich verwirrt im Bett auf, noch halb betäubt vom Schlaf, aber ich hatte nicht die geringste Angst. Ich hörte, wie jemand immer wieder ›Huh?‹ machte. Es folgte eine Pause, Stille, aber dann ging es wieder von vorn los: ›Huh, huh, huh?‹ Als ich richtig wach war, wurde mir natürlich klar, daß es eine Eule war, die auf dem Dach saß, direkt über meinem offenen Fenster...«

Spencer wurde erneut in jene ferne Julinacht gezogen, wie ein Asteroid, der von der größeren Schwerkraft der Erde erfaßt wurde und zu einer sich verengenden Umlaufbahn verdammt war, die in einem Aufprall enden würde.

... eine Eule sitzt auf dem Dach, direkt über meinem offenen Fenster, und ruft aus den Gründen, aus denen eine Eule nun mal ruft, in die Nacht hinaus.

In der schwülen Dunkelheit stehe ich auf und gehe ins Bad. Ich rechne damit, daß das Schreien aufhört, wenn die hungrige Eule losfliegt und wieder auf Mäusejagd geht. Doch auch, nachdem ich ins Bett zurückgekehrt bin, scheint sie damit zufrieden zu sein, auf dem Dach zu sitzen und dieses eine Wort, diese eine Note zu singen.

Schließlich gehe ich zum offenen Fenster und ziehe leise, um sie nicht zu verscheuchen, das zweigeteilte Fliegengitter hoch. Doch als ich mich hinauslehne, nach oben schaue und halbwegs damit rechne, ihre Krallen um die Dachziegeln oder die Regenrinne gekrümmt zu sehen, erklingt ein weiterer und ganz anderer Schrei, bevor ich »Buh!« machen oder die Eule »Huh?« fragen kann. Dieses neue Geräusch ist schwach und klagend, ein matter Ruf der Verzweiflung weit weg in der Sommernacht. Ich schaue zur Scheune, die zweihundert Meter hinter dem Haus steht, zu den von Mondschein erhellten Feldern hinter der Scheune, zu den bewaldeten Hügeln hinter den Feldern. Der Schrei erklingt erneut, diesmal kürzer, aber noch kläglicher und daher noch durchdringender.

Da ich seit meiner Geburt auf dem Land gelebt habe, weiß ich natürlich, daß die Natur ein einziges großes Schlachtfeld ist, das von dem grausamsten Gesetz von allen – dem Gesetz der natürlichen Auslese – regiert und vom Unbarmherzigsten beherrscht

wird. In vielen Nächten habe ich das unheimliche, trillernde Jau-
len von Kojotenrudeln gehört, die eine Beute hetzen und ein
Schlachtfest feiern. Von den Hügeln hallt manchmal das trium-
phierende Brüllen eines Berglöwen wider, nachdem er das Leben
aus einem Kaninchen gerissen hat, ein Geräusch, das einen glau-
ben macht, es gäbe eine Hölle, und die Verdammten hätten gerade
die Tore aufgestoßen.

Dieser Schrei, der meine Aufmerksamkeit erregt, als ich mich
aus dem Fenster lehne – und der die Eule auf dem Dach verstum-
men läßt – kommt nicht von einem Raub-, sondern von einem
Beutetier. Es ist die Stimme eines schwachen, verwundbaren Ge-
schöpfs. Die Wälder und Felder sind voller furchtsamer und sanft-
mütiger Kreaturen, die nur leben, um ein gewaltsames Ende zu
finden, und dieses Ende ohne Unterlaß in jeder Stunde eines je-
den Tages finden, und deren Entsetzen vielleicht tatsächlich von
einem Gott bemerkt wird, der vom Sturz eines jeden Spatzen weiß,
aber ungerührt zu sein scheint.

Plötzlich ist die Nacht von einer völligen Stille, so unheimlich
still, als wäre das ferne Krächzen der Furcht in Wirklichkeit das
Geräusch der Getriebe der Schöpfung, die knirschend zum Stehen
kommen. Die Sterne sind harte Lichtpunkte, die nicht mehr fun-
keln, und der Mond hätte auf Leinwand gemalt sein können. Die
Landschaft – Bäume, Sträucher, Sommerblumen, Felder, Hügel
und die fernen Berge – scheint lediglich aus kristallisierten Schat-
ten in verschiedenen dunklen Farbtönen zu bestehen, die so zer-
brechlich wie Eis sind. Die Luft muß noch warm sein, aber nichts-
destoweniger zittere ich.

Ich schließe leise das Fenster, wende mich von ihm ab und
gehe zurück zum Bett. Meine Augen sind schwer, und ich fühle
mich müder denn je.

Doch dann wird mir klar, daß meine Müdigkeit weniger physi-
sche als psychische Gründe hat, daß ich den Schlaf stärker er-
sehne, als ich ihn wirklich brauche. Schlaf ist ein Entrinnen, eine
Flucht. Vor der Furcht. Ich zittere, aber nicht, weil mir kalt ist.
Die Luft ist so warm wie zuvor. Ich zittere vor Furcht.

Furcht wovor? Ich kann die Quelle meiner Angst nicht identi-
fizieren.

Ich weiß, daß der Laut, den ich gehört habe, nicht der Schrei
eines gewöhnlichen wilden Tiers war. Er hallt in meinem Geist,

ein eisiges Geräusch, das etwas in Erinnerung zurückruft, das ich schon einmal gehört habe, wenngleich ich mich nicht daran erinnern kann, was, wann oder wo es war. Je länger das verlorene Klagen in meinem Gedächtnis hallt, desto schneller schlägt mein Herz.

Ich will mich unbedingt hinlegen, den Schrei vergessen, die Nacht, die Eule und ihre Frage, aber ich weiß, daß ich nicht schlafen kann.

Ich bin nur mit einer Unterhose bekleidet, also ziehe ich schnell Jeans an. Nun, da ich zum Handeln entschlossen bin, stellen die Verleugnung und der Schlaf keine Verlockung mehr für mich dar. Mit nacktem Oberkörper und barfüßig werde ich von starker Neugier aus meinem Zimmer gelockt, von dem Sinn für ein nachmitternächtliches Abenteuer, den alle Jungen gemein haben – und von einer schrecklichen Wahrheit, von der ich noch nicht weiß, daß ich sie kenne.

Hinter der Tür ist das Haus kühl, denn mein Zimmer ist das einzige, in dem die Klimaanlage nicht arbeitet. Ich halte die Lüftungsschlitze seit mehreren Sommern geschlossen, sperre den kühlen Luftzug aus, weil ich selbst in einer schwülen Julinacht die Vorteile frischer Luft vorziehe ... und weil ich seit einigen Jahren bei dem Zischen und Summen, das die kühle Luft erzeugt, wenn sie durch die Rohre strömt und durch die Klappen der Lüftungsöffnung sprudelt, nicht schlafen kann. Ich habe seit geraumer Weile Angst, daß dieses unaufhörliche, wenn auch leise Geräusch ein anderes nächtliches Geräusch übertönt, das ich hören muß, will ich überleben. Ich habe keine Ahnung, worum es sich bei diesem anderen Geräusch handeln könnte. Es ist eine unbegründete und kindische Angst, und sie ist mir peinlich. Dennoch bestimmt sie meine Schlafgewohnheiten.

Die obere Diele wird vom Mondlicht, das durch zwei Dachfenster fällt, silbern gefärbt. Hier und dort spiegelt sich der Schimmer des polierten Kiefernparketts sanft an den Wänden. Auf halber Höhe des Korridors liegt ein persischer Läufer mit einem komplizierten Dekor, dessen geschwungene und gewundene und wellenförmige Muster das Leuchten des Vollmonds absorbieren. Schwach strahlen sie mit ihm: Hunderte von bleichen, leuchtenden, hohlen Formen scheinen sich nicht unmittelbar, sondern ein gutes Stück unter meinen Füßen zu befinden, als ginge ich nicht

über einen Teppich, sondern wie Christus auf der Oberfläche eines
bei Eintritt der Ebbe zurückgebliebenen Wassertümpels, den Blick
auf die geheimnisvollen Bewohner der Tiefe gerichtet.
  Ich komme am Zimmer meines Vaters vorbei. Die Tür ist ge-
schlossen.
  Ich erreiche den Kopf der Treppe. Dort zögere ich.
  Im Haus ist alles still.
  Ich steige zitternd die Treppe hinab, reibe mit den Händen die
nackten Arme, wundere mich über meine unerklärliche Furcht.
Vielleicht wird mir schon in diesem Augenblick undeutlich klar,
daß ich zu einem Ort hinabsteige, von dem ich nie wieder ganz
hinaufsteigen kann.

Mit dem Hund als Beichtvater spann Spencer seine Geschichte bis
zum Ende dieser längst vergangenen Nacht weiter, bis zu der verborgenen Tür, dem geheimen Ort, dem schlagenden Herzen des Alptraums. Als er das Erlebnis Schritt um barfüßigen Schritt nacher-
zählte, wurde seine Stimme immer leiser, bis sie nur noch ein
Flüstern war.
  Als er geendet hatte, befand er sich in einem befristeten Zustand der Gnade, der mit der Ankunft der Dämmerung verglimmen
würde, doch er war um so schöner, weil er so zart und kurz war. Er
war geläutert und endlich imstande, die Augen mit dem Wissen zu
schließen, daß traumloser Schlaf zu ihm kommen würde.
  Am Morgen würde er damit beginnen, nach der Frau zu suchen.
  Er hatte das unbehagliche Gefühl, daß er sich in eine ganz reale
Hölle begab, die jener gleichkam, die er so oft dem geduldigen
Hund beschrieben hatte. Aber er konnte nicht anders. Nur ein gang-
barer Weg lag vor ihm, und er war entschlossen, ihm zu folgen.
  Dann der Schlaf.
  Regen überspülte die Welt, und sein Säuseln war der Klang der
Absolution – wenngleich man manchen Fleck niemals auf Dauer
entfernen konnte.

Am Morgen hatte Spencer von den Gummikugeln ein paar leichte Abschürfungen und rote Flecken auf dem Gesicht und den Händen zurückbehalten. Verglichen mit seiner Narbe würden sie keine Aufmerksamkeit erregen.

Zum Frühstück nahm er am Schreibtisch im Wohnzimmer englische Muffins und Kaffee zu sich, während er in die Grundsteuer-Dateien des Computers des zuständigen Finanzamts eindrang. Er fand heraus, daß der Bungalow in Santa Monica, in dem Valerie bis zum Vortag gewohnt hatte, dem Treuhandfonds der Familie Louis und Mae Lee gehörte. Grundsteuerbescheide wurden an eine Firma namens China Dream in West Hollywood geschickt.

Aus reiner Neugier forderte er eine Liste weiterer Grundstücke an, die dem Treuhandfonds gehörten, falls es überhaupt solche gab. Es gab allerdings welche, und zwar genau vierzehn: fünf weitere Einfamilienhäuser in Santa Monica; zwei Apartmenthäuser mit je acht Wohnungen in Westwood; drei Einfamilienhäuser in Bel Air; sowie vier nebeneinanderliegende Geschäftshäuser in West Hollywood, darunter das, in dem China Dream untergebracht war.

Man konnte durchaus behaupten, daß Louis und Mae Lee ihr Leben gemeistert hatten.

Nachdem er den Computer ausgeschaltet hatte, starrte Spencer den leeren Bildschirm an und trank seinen Kaffee aus. Er war bitter. Spencer trank ihn trotzdem.

Um zehn Uhr fuhren er und Rocky auf dem Pacific Coast Highway in südliche Richtung. Da er sich an die Geschwindigkeitsbegrenzungen hielt, wurde er unentwegt überholt.

Der Sturm war in der Nacht ostwärts gezogen und hatte alle Wolken mitgenommen. Die Morgensonne war weiß, und in ihrem harten Licht waren die Ränder der nach Westen geneigten Schatten so scharf wie Stahlklingen. Der Pazifik war flaschengrün und schiefergrau.

Spencer stellte das Radio auf einen Nachrichtensender ein. Er hoffte, einen Bericht über die Razzia des SWAT-Teams am Vorabend zu hören und herauszufinden, wer die Leitung innegehabt hatte und warum Valerie gesucht wurde.

Der Nachrichtensprecher informierte ihn, daß die Steuern wieder erhöht werden würden. Die Wirtschaft glitt immer tiefer in die Rezession. Die Regierung schränkte den Waffenbesitz und Gewalt im Fernsehen noch stärker ein. Raub, Vergewaltigung und Mord hatten ein Ausmaß wie noch nie zuvor erreicht. Die Chinesen beschuldigten die Amerikaner, »Laser-Todesstrahlen in der Erdumlaufbahn« zu besitzen, und die Amerikaner warfen den Chinesen dasselbe vor. Einige Leute glaubten, daß die Welt im Feuer enden würde; andere waren der Meinung, im Eis; beide Gruppen sagten vor dem Kongreß zugunsten eines Regierungsprogramms aus, mit dem die Welt gerettet werden sollte.

Als er sich schließlich dabei ertappte, wie er einem Bericht über eine Fernsehshow lauschte, in der regelmäßig Hunde auftraten und die nun ins Kreuzfeuer einer Protestbewegung geraten war, welche ein Ende der selektiven Zucht verlangte und der »Ausbeutung tierischer Schönheit bei einer exhibistischen Darstellung, die nicht weniger abstoßend ist als die Erniedrigung junger Frauen in Oben-Ohne-Bars«, war Spencer klar, daß kein Bericht über den Zwischenfall in dem Bungalow in Santa Monica mehr kommen würde. Bestimmt stand ein SWAT-Team-Einsatz auf der Tagesordnung eines jeden Reporters höher als die ungehörige Zurschaustellung hündischer Reize.

Entweder sahen die Medien keinen Nachrichtenwert in einer Razzia von mit Maschinenpistolen bewaffneten Cops gegen ein Privathaus – oder die Behörde, die die Operation durchgeführt hatte, hatte bei der Irreführung der Presse erstklassige Arbeit geleistet.

Er schaltete das Radio aus und bog auf den Santa Monica Freeway ein. Im Nordosten, in den Ausläufern der Hügel, wartete China Dream auf sie, der chinesische Traum.

»Was hältst du von dieser Show mit den Hunden?« fragte er Rocky.

Rocky musterte ihn neugierig.

»Du bist doch ein Hund. Du mußt dir eine Meinung gebildet haben. Schließlich werden deine Artgenossen ausgebeutet.«

Entweder war er ein Hund von äußerster Vorsicht, wenn es darum ging, über aktuelle Probleme zu sprechen, oder er war einfach nur ein sorgloser, kulturell uninteressierter Köter, der zu den wichtigsten sozialen Themen seiner Spezies keine Stellung bezog.

»Ich fände es gar nicht gut«, sagte Spencer, »wenn du ein Aussteiger wärst, der sich damit zufrieden gibt, ein schwerfälliges Säugetier zu sein, und sich nicht im geringsten um die Ausbeutung seiner Art schert. Alles nur Fell und kein rechtschaffener Zorn.«

Rocky schaute wieder auf den vor ihnen liegenden Highway.

»Macht es dich nicht wütend, daß reinrassige Weibchen keinen Sex mit Mischlingen wie dir haben dürfen und gezwungen werden, sich lediglich reinrassigen Männchen zu unterwerfen? Nur, damit sie Welpen bekommen, die für die Erniedrigung auf der Showbühne bestimmt sind?«

Rocky schlug mit dem Schwanz gegen die Beifahrertür.

»Guter Hund.« Spencer hielt das Lenkrad mit der linken Hand und tätschelte mit der rechten Rockys Kopf. Der Hund ließ es sich mit Vergnügen gefallen und wedelte mit dem Schwanz. »Ein braver Hund, der alles hinnimmt. Dir kommt es nicht mal seltsam vor, daß dein Herr mit sich selbst spricht.«

Sie verließen den Freeway am Robertson Boulevard und fuhren den berühmten Hügeln entgegen.

Nach dem nächtlichen Regen und Wind war die wuchernde Metropole genauso frei von Smog wie die Meeresküste, die sie entlanggefahren waren. Die Palmen, Feigen, Magnolien und früh blühenden Lampenputzerbäume mit ihren roten Blüten waren so grün und glänzend, als wären sie mit der Hand poliert worden, Blatt um Blatt, Wedel um Wedel. Die Straßen waren saubergespült, die Glaswände der großen Gebäude funkelten im Sonnenschein, Vögel schwenkten durch den stechend blauen Himmel, und es war ganz einfach, sich zu der Annahme verleiten zu lassen, daß mit der Welt alles in Ordnung sei.

Während am Donnerstagmorgen andere Agenten die Möglichkeiten verschiedener Polizei- und Gesetzesbehörden nutzten, um den neun Jahre alten Pontiac aufzuspüren, der auf Valerie Keene zugelassen war, kümmerte Roy Miro sich persönlich darum, den Mann zu identifizieren, der während der Operation am vergangenen Abend beinahe festgenommen worden war. Von seinem Hotel in Westwood fuhr er ins Herz von Los Angeles, zum kalifornischen Hauptquartier der Agency.

In der Innenstadt kam das Ausmaß an Büroraum, das von städtischen und staatlichen Behörden und solchen des Bezirks und Bundes beansprucht wurde, nur dem gleich, den die Banken mit Beschlag belegten. Zur Mittagszeit drehten die Gespräche in den Restaurants sich zumeist um Geld – um gewaltige, unvorstellbare Summen, ganz gleich, ob die Gäste nun der politischen oder der finanziellen Welt angehörten.

In diesem hochkarätigen Viertel besaß die Agency ein stattliches, zehnstöckiges Gebäude an einer gefragten Straße in der Nähe des Rathauses. Banker, Politiker, Verwaltungsangestellte und weinsaufende Penner teilten sich die Bürgersteige mit gegenseitigem Respekt – einmal abgesehen von den bedauerlichen Zwischenfällen, wenn einer von ihnen plötzlich ausflippte, zusammenhanglose Mißbilligungen brüllte und wütend auf einen seiner Mitbürger einstach. Diejenigen, die das Messer (oder die Pistole oder den stumpfen Gegenstand) schwangen, litten häufig unter der Wahnvorstellung, von Außerirdischen oder der CIA verfolgt zu werden, und waren häufiger Penner als Banker, Politiker oder Verwaltungsangestellte.

Doch erst vor einem halben Jahr war ein Banker mittleren Alters mit zwei 9-Millimeter-Pistolen auf eine Ballertour gegangen. Der Zwischenfall hatte der gesamten Gemeinschaft der Innenstadt-Penner einen tiefen Schock versetzt, und von da an brachten sie den unberechenbaren »Normalos«, die die Straßen mit ihnen teilten, größere Wachsamkeit entgegen.

Das Gebäude der Agency – mit Kalkstein verkleidet und mit zahlreichen Bronzefenstern, die so dunkel waren wie die Sonnenbrille eines Filmstars – trug nicht den Namen der Agency. Roys Kollegen waren nicht auf Ruhm aus; sie zogen es vor, im Dunkeln zu arbeiten. Außerdem gab es die Agency, bei der sie angestellt waren, offiziell überhaupt nicht. Sie wurde finanziert, indem Geld von anderen Ämtern, Behörden und Organisationen, die unter der Kontrolle des Justizministeriums standen, heimlich umgeleitet wurden, und hatte in Wirklichkeit gar keinen Namen.

Über dem Haupteingang prangte die Hausnummer in polierten Kupferziffern. Unter den Zahlen standen, ebenfalls in Kupfer, vier Namen und ein Et-Zeichen:

CARVER, GUNMANN, GARROTE & HEMLOCK.

Roy mußte jedesmal über die Ironie dieser Firmenbezeichnung schmunzeln: Der Tranchierer, der Revolverheld, die Garrotte und der Schierling in leicht abgewandelter Schreibweise. Hatte die Agency wirklich solch eine Auffassung von ihrer Arbeitsweise?

Hätte ein nichtsahnender Passant sich Gedanken über die Bewohner des Gebäudes gemacht, hätte er vielleicht angenommen, es handele sich um eine Anwalts- oder Steuerberaterkanzlei. Hätte er den uniformierten Wachmann in der Lobby gefragt, hätte er erfahren, daß es sich bei der Firma um eine »internationale Immobiliengesellschaft« handelte.

Roy fuhr eine Rampe zu der Tiefgarage hinab. Am Fuß der Rampe versperrte ihm ein robustes Stahltor den Weg.

Er verschaffte sich weder Einlaß, indem er einen Parkschein in einen Automaten schob, noch, indem er sich bei einem Wächter in einem Häuschen identifizierte. Statt dessen sah er direkt in die Linse einer hochempfindlichen Videokamera, die einen halben Meter vom Seitenfenster seines Wagens entfernt auf einem Pfosten angebracht war, und wartete darauf, erkannt zu werden.

Die Aufnahme seines Gesichts wurde in einen fensterlosen Raum im Keller übertragen. Dort sah, wie Roy wußte, ein Wachmann vor einem Monitor zu, wie der Computer alles von der Aufnahme außer den Augen entfernte, diese vergrößerte, ohne die hohe Auflösung zu beeinträchtigen, die Furchen und Gefäßmuster der Netzhaut scannte, sie mit den gespeicherten Netzhautmustern verglich und Roy als einen der Auserwählten bestätigte.

Dann drückte der Wächter auf einen Knopf, und das Tor hob sich.

Die gesamte Prozedur hätte auch ohne den Wachmann vollzogen werden können – wäre da nicht eine Eventualität gewesen, gegen die man sich wappnen mußte. Jemand, der es darauf angelegt hatte, in die Agency einzudringen, hätte Roy töten, ihm die Augen aus dem Kopf schneiden und zum Scannen vor die Kamera halten können. Während der Computer sich vielleicht hätte täuschen lassen, hätte der Wächter diesen wirklich unappetitlichen Trick auf jeden Fall bemerkt.

Es war unwahrscheinlich, daß jemand zu solch extremen Maßnahmen griff, um die Sicherheitsvorkehrungen der Agency zu überwinden. Aber nicht unmöglich. Dieser Tage liefen überall im Land Soziopathen von einzigartiger Bösartigkeit frei herum.

Roy fuhr in die Tiefgarage. Als er den Wagen eingeparkt hatte und ausgestiegen war, hatte das Stahltor sich bereits wieder klappernd geschlossen. Die Gefahren von Los Angeles und einer amoklaufenden Demokratie waren ausgesperrt.

Seine Schritte hallten von den Betonwänden und der niedrigen Decke wider, und er wußte, daß der Wächter im Kellerraum sie ebenfalls hören konnte. Die Garage stand unter Audio- wie auch Video-Überwachung.

Er verschaffte sich Zutritt zum Hochsicherheits-Fahrstuhl, indem er den rechten Daumen auf die Glasoberfläche eines Abdruckscanners drückte. Eine Kamera über den Fahrstuhltüren sah zu ihm hinab, so daß der ferne Wachmann verhindern konnte, daß jemand Zutritt bekam, indem er lediglich einen abgetrennten Daumen auf das Glas drückte.

Ganz gleich, wie klug Maschinen eines Tages sein würden, auf Menschen würde man nie verzichten können. Manchmal ermutigte Roy dieser Gedanke. Manchmal deprimierte er ihn auch, wenngleich er nicht genau wußte, warum.

Er fuhr mit dem Fahrstuhl in den dritten Stock, in dem die Abteilungen Dokumenten-Analyse, Substanz-Analyse und Foto-Analyse untergebracht waren.

Im Computerlabor der Foto-Analyse gingen zwei junge Männer und eine Frau mittleren Alters geheimnisvollen Aufgaben nach. Alle drei lächelten und wünschten ihm einen guten Morgen; Roy hatte eben eins jener Gesichter, die ein Lächeln und Vertraulichkeiten ermutigen.

Melissa Wicklun, ihre Chef-Analytikerin in Los Angeles, saß am Schreibtisch in ihrem Büro, das sich in einer Ecke des Labors befand. Das Büro verfügte über keine Fenster nach draußen, dafür aber über zwei gläserne Wände, durch die sie ihre Untergebenen in dem größeren Raum betrachten konnte.

Als Roy gegen die Glastür klopfte, schaute sie von einer Akte auf, die sie gerade las. »Kommen Sie herein.«

Melissa, eine Blondine von Anfang Dreißig, war gleichzeitig eine Elfe und ein Sukkubus. Ihre grünen Augen waren groß und arglos – und doch gleichzeitig rauchig und geheimnisvoll. Ihr Näschen war keck – aber ihr Mund sinnlich, die Essenz aller erotischen Öffnungen. Sie hatte große Brüste, eine schlanke Taille und lange Beine, zog es jedoch vor, diese Merkmale mit weiten, weißen Blusen, weißen Laborkitteln und bauschigen Hosen zu verbergen. Die Füße in ihren ausgetretenen Nikes waren zweifellos so feminin und zart, daß Roy sie liebend gern stundenlang geküßt hätte.

Er hatte jedoch nie einen Annäherungsversuch gemacht, denn sie war stets zurückhaltend und sachlich – und er vermutete, daß sie lesbisch war. Er hatte nichts gegen Lesbierinnen. Leben und leben lassen. Aber er verabscheute auch die Vorstellung, sein Interesse zu offenbaren, nur um dann zurückgewiesen zu werden.

»Guten Morgen, Roy«, sagte Melissa steif.

»Wie geht es Ihnen? Gott im Himmel, ich war nicht mehr in Los Angeles, hab' Sie nicht mehr gesehen, seit …«

»Ich habe gerade die Akte studiert.« Direkt zur Sache. Sie ließ sich niemals auf eine beiläufige Konversation ein. »Wir haben die Optimierung vorliegen.«

Wenn Melissa sprach, konnte Roy sich nie entscheiden, ob er ihre Augen oder ihren Mund betrachten sollte. Ihr Blick war so direkt, mit einer Herausforderung, die ihm sehr gefiel. Doch ihre Lippen waren so köstlich reif.

Sie schob ein Foto über den Schreibtisch.

Roy wandte den Blick von ihren Lippen ab.

Bei dem Bild handelte es sich um eine drastisch verbesserte Farbversion der Aufnahme, die er am Abend zuvor über das Computerterminal in seinem Aktenkoffer gesehen hatte: der Kopf eines Mannes vom Hals aufwärts, im Profil. Noch immer sprenkelten Schatten das Gesicht, doch sie waren heller und nicht mehr so verhüllend wie zuvor. Der Regenschleier war völlig entfernt worden.

»Gute Arbeit«, sagte Roy. »Aber wir haben damit noch immer kein so gutes Bild von ihm, daß wir ihn identifizieren können.«

»Ganz im Gegenteil, es verrät uns sehr viel über ihn«, sagte Melissa. »Er ist zwischen achtundzwanzig und zweiunddreißig Jahre alt.«

»Wie kommen Sie darauf?«

»Eine Computerprojektion, die auf der Analyse der Falten um seine Augenwinkel beruht, auf dem Anteil von Grau in seinem Haar und dem sichtbaren Grad der Festigkeit der Gesichtsmuskeln und der Haut des Halses.«

»Da projizieren Sie aber ziemlich viel aus so wenigen …«

»Keineswegs«, unterbrach sie ihn. »Das System erstellt analytische Projektionen aufgrund einer Datenbank mit zehn Megabyte an biologischen Informationen, und ich gehe jede Wette ein, daß die Projektion zutrifft.«

Ein Beben durchlief ihn, als ihre geschmeidigen Lippen die Worte »aufgrund einer Datenbank mit zehn Megabyte an biologischen Informationen« bildeten. Ihr Mund war besser als ihre Augen. Perfekt. Er räusperte sich. »Nun ja...«

»Braunes Haar, braune Augen.«

Roy runzelte die Stirn. »Das Haar will ich Ihnen ja gern abkaufen. Aber seine Augen sind auf dem Foto gar nicht zu sehen.«

Melissa erhob sich von ihrem Stuhl, nahm ihm das Foto aus der Hand und legte es auf den Schreibtisch. Mit einem Kugelschreiber zog sie die Augäpfel des Mannes nach, wie man sie von der Seite sah. »Er sieht nicht zur Kamera. Wenn Sie oder ich das Foto also unter einem Mikroskop betrachteten, könnten wir trotzdem nicht genug von der Iris sehen, um die Farbe zu bestimmen. Doch selbst aus einer schrägen Perspektive wie dieser kann der Computer noch ein paar Farbpixel entdecken.«

»Also hat er braune Augen.«

»Dunkelbraune.« Sie legte den Kugelschreiber wieder hin und stützte die linke Hand auf der Hüfte ab. Sie war so zart wie eine Blume und so resolut wie ein General des Heeres.

Roy gefiel ihr unerschütterliches Selbstvertrauen, die lebhafte Sicherheit, mit der sie sprach. Und dieser *Mund.*

»Gemäß der Computeranalyse seiner Körpermaße im Verhältnis zu meßbaren Gegenständen auf dem Foto ist er einen Meter und siebenundsiebzig groß.« Sie sprach abgehackt, und die Fakten kamen mit der stakkatohaften Energie von Kugeln aus einer Maschinenpistole über ihre Lippen. »Er wiegt einhundertundfünfundsechzig Pfund, plus / minus fünf Pfund. Er ist weiß, glattrasiert, in guter körperlicher Verfassung und hat sich vor kurzem die Haare schneiden lassen.«

»Sonst noch was?«

Melissa zog ein weiteres Foto aus der Aktenmappe. »Das ist er. Geradewegs von vorn. Sein volles Gesicht.«

Roy betrachtete überrascht das neue Foto. »Ich wußte gar nicht, daß wir so eine Aufnahme hatten.«

»Hatten wir auch nicht«, sagte sie und betrachtete das Porträt mit offensichtlichem Stolz. »Das ist kein richtiges Foto. Es ist eine Projektion, wie der Typ aussehen müßte, basierend auf seiner Knochenstruktur und den Fettablagerungsmustern auf dem Teilporträt.«

»Dazu ist der Computer imstande?«

»Eine neue Programmentwicklung.«

»Zuverlässig?«

»Dem Winkel der Aufnahme zufolge, mit der der Computer in diesem Fall arbeiten mußte«, versicherte sie Roy, »besteht eine Wahrscheinlichkeit von vierundneunzig Prozent, daß bei neunzig von hundert Merkmalen dieses Gesicht dem echten entspricht.«

»Das ist wohl besser als die Skizze eines Polizeizeichners«, meinte Roy.

»Viel besser.« Nach einem fast unmerklichen Zögern fügte sie hinzu: »Stimmt etwas nicht?«

Roy bemerkte, daß sie ihren Blick vom Computerporträt auf ihn gerichtet hatte – und er ihren Mund anstarrte.

»Äh«, sagte er und sah wieder auf das Vollporträt des Unbekannten hinab, »ich habe mich gefragt ... was ist das für eine Linie auf seiner rechten Wange?«

»Eine Narbe.«

»Wirklich? Sind Sie sicher? Vom Ohr bis zur Kinnspitze?«

»Eine große Narbe«, sagte sie und öffnete eine Schreibtischschublade. »Narbengewebe – hauptsächlich glatt, an den Rändern aber hier und da gekräuselt.«

Roy zog das ursprüngliche Foto zu Rate und stellte fest, daß ein Teil der Narbe darauf zu sehen war, obwohl er sie nicht als solche erkannt hatte. »Ich habe gedacht, es wäre einfach eine helle Linie zwischen Schatten, Licht von der Straßenlampe, das auf seine Wange fällt.«

»Nein.«

»Das ist ausgeschlossen?«

»Es *ist* eine Narbe«, sagte Melissa nachdrücklich und nahm ein Kleenex aus einer Schachtel in der geöffneten Schublade.

»Ist ja toll. Macht eine Identifizierung viel einfacher. Dieser Typ scheint eine Special-Forces-Ausbildung zu haben, entweder militärisch oder paramilitärisch, und mit so einer Narbe – ich würde glatt drauf wetten, daß er im Dienst verwundet wurde. Schwer verwundet. Vielleicht so schwer, daß er wegen psychologischer, wenn nicht sogar körperlicher Dienstunfähigkeit entlassen wurde oder seinen Abschied eingereicht hat.«

»Die Polizei und das Militär heben ihre Akten ewig auf.«

»Genau. Wir werden ihn innerhalb von zweiundsiebzig Stunden haben. Ach, in achtundvierzig.« Roy sah von dem Porträt auf. »Vielen Dank, Melissa.«

Sie wischte sich den Mund mit dem Kleenex ab. Sie mußte sich keine Sorgen darüber machen, ihren Lippenstift zu verschmieren, denn sie hatte gar keinen aufgelegt. Sie brauchte keinen Lippenstift. Er konnte ihr Aussehen nicht verbessern.

Roy war fasziniert davon, wie ihre vollen und geschwungenen Lippen ganz sanft unter dem Kleenex zusammengedrückt wurden.

Ihm wurde klar, daß er sie wieder anstarrte und sie es wieder bemerkt hatte. Sein Blick hob sich zu ihren Augen.

Melissa errötete leicht, wandte den Blick von ihm ab und warf das zusammengeknüllte Kleenex in den Mülleimer.

»Darf ich diese Kopie behalten?« fragte er und zeigte auf das computergenerierte Frontalporträt.

Melissa zog einen Umschlag unter der Aktenmappe auf dem Schreibtisch hervor und gab ihn ihm. »Hier sind fünf Ausdrucke drin«, sagte sie, »und zwei Disketten, die das Porträt enthalten.«

»Danke, Melissa.«

»Keine Ursache.«

Die warmen rosa Flecken waren noch auf ihren Wangen.

Roy spürte, daß er ihr kühles, sachliches Äußeres zum erstenmal durchdrungen hatte, seit er sie kannte, und daß er, wenn auch ganz schwach, mit der inneren Melissa Kontakt aufgenommen hatte, mit dem äußerst sinnlichen Ich, das sie normalerweise stets verborgen hielt. Er fragte sich, ob er sie bitten sollte, mit ihm auszugehen.

Er wandte sich von ihr ab und schaute durch die Glaswände zu den Arbeitern im Computerlabor, überzeugt davon, daß sie die erotische Spannung im Büro ihrer Chefin bemerkt haben mußten. Alle drei schienen in ihre Arbeit vertieft zu sein.

Als Roy sich wieder zu Melissa Wicklun umdrehte und sich endlich ein Herz gefaßt hatte, sie zum Abendessen einzuladen, wischte sie verstohlen mit einer Fingerspitze über einen Mundwinkel. Anscheinend vermutete sie, daß ein Krümel oder Essensrest, vielleicht von einem Doughnut zum zweiten Frühstück, seine Aufmerksamkeit auf ihren Mund gelenkt hatte.

Anscheinend war sie seiner Begierde gegenüber blind. Falls sie tatsächlich eine Lesbe war, war sie wahrscheinlich davon ausgegangen, daß Roy dies wußte und kein Interesse an ihr hatte. Falls sie keine Lesbierin war, konnte sie sich vielleicht einfach nicht vorstellen, von einem Mann mit runden Wangen, einem weichen Kinn und zehn überzähligen Pfunden an der Hüfte angezogen zu werden – oder für ihn ein Objekt der Begierde zu sein. Diese Voreingenommenheit war ihm nicht fremd: Manche Menschen gingen nur nach dem Äußeren. Viele Frauen waren von einer Konsumentenkultur, die falsche Werte verkaufte, einer Gehirnwäsche unterzogen worden, und interessierten sich nur noch für Männer wie die, die in Anzeigen für Marlboro oder Calvin Klein erschienen. Sie konnten nicht begreifen, daß ein Mann mit dem fröhlichen Gesicht eines Lieblingsonkels freundlicher, klüger, leidenschaftlicher und ein besserer Liebhaber sein konnte als ein Muskelprotz, der zuviel Zeit im Fitneß-Studio verbrachte. Wie traurig, daß Melissa vielleicht so oberflächlich war. Wie überaus traurig.

»Kann ich Ihnen sonst noch helfen?« fragte sie.

»Nein, das ist hervorragend. Das ist schon eine ganze Menge. Damit nageln wir ihn fest.«

Sie nickte.

»Ich muß ins Fotolabor. Mal sehen, ob sie was mit dieser Taschenlampe oder dem Badezimmerfenster anfangen konnten.«

»Ja, natürlich«, sagte sie linkisch.

Er gönnte sich einen letzten Blick auf ihren *perfekten* Mund und seufzte. »Bis später dann«, sagte er.

Nachdem er ihr Büro verlassen, die Tür hinter sich geschlossen und zwei Drittel des langen Computerlabors hinter sich gelassen hatte, schaute er halb mit der Hoffnung zurück, daß sie ihm sehnsüchtig nachsah. Statt dessen saß sie wieder an ihrem Schreibtisch, hielt eine Puderdose in einer Hand und begutachtete in derem kleinen Spiegel ihren Mund.

China Dream erwies sich als ein Restaurant in West Hollywood in einem anheimelnden, von modernen Geschäften umgebenen dreistöckigen Backsteingebäude. Spencer parkte einen Häuserblock entfernt, ließ Rocky wieder im Auto und ging das kurze Stück zurück.

Die Luft war angenehm warm. Die Brise war erfrischend. Es war einer jener Tage, an denen die Anstrengungen des Lebens es wert schienen, daß man sie auf sich nahm.

Das China Dream verzichtete völlig auf den Dekor, den die meisten chinesischen Restaurants gemeinsam hatten: keine Papierdrachen oder -hunde, keine Messing-Ideogramme an den Wänden. Es war völlig modern eingerichtet, perlgrau und schwarz, mit weißen Leinendecken auf den dreißig bis vierzig Tischen. Das einzige chinesische Kunstobjekt war die lebensgroße Holzstatue einer mit einer Robe bekleideten Frau mit sanftem Gesicht, die etwas in der Hand hielt, bei dem es sich um eine bauchige Flasche oder einen Kürbis zu handeln schien; sie stand direkt neben der Tür.

Zwei Asiaten in den Zwanzigern verteilten Bestecke und Weingläser auf den Tischen. Ein dritter Mann, ebenfalls Asiate, aber zehn Jahre älter als seine Kollegen, faltete weiße Stoffservietten zu schmucken Dreiecken. Seine Hände waren so gewandt wie die eines Bühnenmagiers. Alle drei Männer trugen schwarze Schuhe, schwarze Hosen, weiße Hemden und schwarze Fliegen.

Der älteste ging lächelnd auf Spencer zu. »Tut mir leid, Sir. Wir öffnen erst um halb zwölf zum Mittagstisch.«

Er hatte eine weiche Stimme und nur einen schwachen Akzent.

»Ich möchte Louis Lee sprechen, falls ich darf«, sagte Spencer.

»Haben Sie einen Termin, Sir?«

»Nein, leider nicht.«

»Würden Sie mir bitte sagen, worüber Sie mit ihm sprechen wollen?«

»Über eine Mieterin, die in einem seiner Häuser wohnt.«

Der Mann nickte. »Darf ich davon ausgehen, daß es sich um Miß Valerie Keene handelt?«

Die weiche Stimme, das Lächeln und die unerschöpfliche Höflichkeit vereinigten sich zu einem Eindruck von Demut, die jedoch wie ein Schleier wirkte, welcher bis jetzt die Tatsache verhüllt hatte, daß der Serviettenfalter zudem ziemlich intelligent und aufmerksam war.

»Ja«, sagte Spencer. »Mein Name ist Spencer Grant. Ich bin ... ein Freund von Valerie. Ich mache mir um sie Sorgen.«

Der Mann zog einen Gegenstand von der Größe – aber nicht der Dicke – eines Spielkartenpacks aus einer Hosentasche. An einem Ende war er aufklappbar; geöffnet erwies er sich als das kleinste Handy, das Spencer je gesehen hatte.

»In Korea hergestellt«, sagte der Mann, als er Spencers Interesse bemerkte.

»Wie aus einem James-Bond-Film.«

»Mr. Lee hat gerade damit angefangen, sie zu importieren.«

»Ich dachte, er wäre Restaurantbesitzer.«

»Ja, Sir. Aber er ist vieles.« Der Serviettenfalter drückte auf einen Knopf, wartete, während die siebenstellige programmierte Nummer gesendet wurde, und überraschte Spencer dann erneut, indem er mit der Person am anderen Ende der Leitung weder englisch noch chinesisch, sondern französisch sprach.

Der Serviettenfalter klappte das Telefon zusammen und steckte es wieder ein.

»Mr. Lee wird Sie empfangen, Sir. Hier entlang, bitte.«

Spencer folgte ihm zwischen den Tischen zur hinteren rechten Ecke des Restaurants und durch eine Schwingtür mit einem runden Fenster in der Mitte hinein in Wolken appetitanregender Düfte: Knoblauch, Zwiebeln, Ingwer, heiße Erdnußbutter, Pilzsuppe, gebratene Ente, Mandelessenz.

Er sah in der riesigen und makellos sauberen Küche Herde, Kochtöpfe, Bratpfannen, große Woks, Friteusen, Warmhalteplatten, Spülen, Hackbretter. Funkelnd weiße Keramikfliesen und rostfreier Stahl herrschten vor. Mindestens ein Dutzend Chef- und Hilfsköche und weitere Mitarbeiter, alle von Kopf bis Fuß weiß gekleidet, waren mit einer Vielzahl kulinarischer Aufgaben beschäftigt.

Die Arbeit lief so organisiert und präzise ab wie der Mechanismus in einer sorgfältig gefertigten Schweizer Uhr mit wirbelnden Ballerina-Puppen, marschierenden Spielzeugsoldaten, tänzelnden Holzpferden. Ein zuverlässig tickendes Uhrwerk.

Spencer folgte seinem Führer durch eine weitere Schwingtür in einen Korridor, vorbei an Lagerräumen und Umkleideräumen für das Personal zu einem Fahrstuhl. Er erwartete, aufwärts zu fahren. Schweigend fuhren sie eine Etage abwärts. Als die Tür sich öffnete, bedeutete sein Begleiter Spencer, zuerst hinauszutreten.

Der Keller war weder feucht noch muffig. Sie befanden sich in einem mahagoniverkleideten Vorzimmer mit eleganten, mit grünblauem Stoff gepolsterten Teakstühlen.

Am einem Schreibtisch aus Teak und poliertem Stahl saß ein Mann: Asiate, völlig kahlköpfig, eins achtzig groß, mit breiten Schultern und einem dicken Hals. Er hämmerte wütend auf eine Computertastatur ein.

Als er von der Tastatur aufschaute und lächelte, spannte die

94

Jacke seines grauen Anzugs sich über einer verborgen getragenen Handfeuerwaffe in einem Schulterhalfter.

»Guten Morgen«, sagte er, und Spencer erwiderte den Gruß.

»Können wir hineingehen?« fragte der Serviettenfalter.

Der Glatzkopf nickte. »Alles in Ordnung.«

Als Spencers Führer zu einer Innentür ging, öffnete sich klickend auf einen Knopfdruck des Empfangschefs ein elektronisch bedientes Schloß.

Hinter ihnen tippte der Glatzkopf weiter. Seine Finger rasten über die Tastatur. Wenn er mit einer Pistole genauso gut umgehen wie er maschineschreiben konnte, war er ein tödlicher Gegner.

Spencer und der Serviettenfalter gingen durch einen weißen Korridor, dessen Boden mit grauem Vinyl gefliest war. An beiden Seiten des Ganges lagen mehrere fensterlose Büros. Die meisten Türen standen offen, und Spencer sah Männer und Frauen – viele davon Asiaten, aber keineswegs alle –, die wie normale Büroangestellte in der wirklichen Welt an Schreibtischen, Aktenschränken und Computern arbeiteten.

Die Tür am Ende des Ganges führte in Louis Lees Büro, das eine weitere Überraschung darstellte. Travertinboden. Ein wunderschöner Perserteppich: hauptsächlich graue, blaßlila und grüne Farbtöne. Gobelinbedeckte Wände. Französische Möbel im Stil des frühen neunzehnten Jahrhunderts mit kunstvollen Intarsien und Vergoldungen. Ledergebundene Bücher in Schränken mit Glastüren. Der große Raum wurde von Tiffany-Steh- und Tischlampen warm, aber nicht hell erleuchtet, einige davon mit Rauchglas- und andere mit Braunglasschirmen, und Spencer war überzeugt, daß es sich bei keiner einzigen von ihnen um eine Nachbildung handelte.

»Mr. Lee, das ist Mr. Grant«, sagte sein Führer.

Der Mann, der hinter dem reichverzierten Schreibtisch hervorkam, war einssiebzig groß, schlank und in den Fünfzigern. Sein dichtes, pechschwarzes Haar zeigte an den Schläfen Ansätze von Grau. Er trug schwarze Lackschuhe, dunkelblaue Hosen mit Hosenträgern, ein weißes Oberhemd, eine Fliege mit kleinen roten Punkten auf einem blauen Untergrund und eine Hornbrille.

»Willkommen, Mr. Grant.« Er hatte einen melodischen Akzent, der nicht minder europäisch als chinesisch war. Seine Hand war klein, der Händedruck aber fest.

»Danke, daß Sie mich empfangen«, sagte Spencer, der sich so verwirrt vorkam, als wäre er Alice' weißem Kaninchen in diesen fensterlosen, Tiffany-erhellten Bau gefolgt.

Lees Augen waren anthrazitschwarz. Sie musterten Spencer mit einem Blick, der ihn fast so wirksam wie ein Skalpell durchdrang. Der Begleiter und vormalige Serviettenfalter blieb neben der Tür stehen und verschränkte die Hände hinter dem Rücken. Er war nicht gewachsen, kam Spencer nun aber genauso wie ein Leibwächter vor wie der große, glatzköpfige Mann im Vorzimmer.

Louis Lee deutete auf einen von zwei Lehnstühlen, die sich auf den beiden Seiten eines niedrigen Tischs gegenüberstanden. Eine Tiffany-Lampe warf ein blau-grün-scharlachrotes Licht.

Lee nahm auf dem Lehnstuhl gegenüber von Spencer Platz und saß sehr gerade. Mit der Brille, Fliege und den Hosenträgern und dem Hintergrund der Bücher hätte er ein Professor der Literatur im Arbeitszimmer seines Hauses sein können, in direkter Nachbarschaft des Campus von Yale oder einer anderen bekannten Universität im Nordosten der USA.

Er gab sich reserviert, aber freundlich. »Sie sind also ein Freund von Miß Keene? Vielleicht sind Sie gemeinsam auf die High School gegangen? Oder auf das College?«

»Nein, Sir. So lange kenne ich sie nicht. Ich habe sie auf ihrer Arbeitsstelle kennengelernt. Ich bin ein neuer ... Freund von ihr. Aber mir liegt viel an ihr, und ... na ja, ich mache mir Sorgen, daß ihr etwas passiert sein könnte.«

»Was glauben Sie denn, was ihr passiert sein könnte?«

»Ich habe keine Ahnung. Aber Sie wissen bestimmt, daß letzten Abend ein SWAT-Team eine Razzia gegen Ihr Haus durchgeführt hat, den Bungalow, den sie von Ihnen gemietet hat.«

Lee schwieg einen Augenblick lang. Dann: »Ja, Beamte sind gestern abend nach der Razzia zu mir nach Hause gekommen und haben mir Fragen über sie gestellt.«

»Mr. Lee, diese Beamten ... was für Beamte waren das?«

»Drei Männer. Sie behaupteten, beim FBI zu sein.«

»Behaupteten?«

»Sie zeigten mir ihre Ausweise, aber sie haben gelogen.«

»Woher wollen Sie das wissen?« fragte Spencer stirnrunzelnd.

»Ich habe in meinem Leben beträchtliche Erfahrungen mit Täuschung und Betrug gemacht«, sagte Lee. Er klang weder wütend noch verbittert. »Ich habe eine gute Nase dafür entwickelt.«

Spencer fragte sich, ob dieser Satz genauso als Warnung wie als Erklärung dienen sollte. Wie dem auch sei, er wußte, daß er sich nicht im Büro eines gewöhnlichen Geschäftsmannes befand. »Wenn es in Wirklichkeit gar keine Regierungsagenten waren ...«

»Oh, ich bin mir sicher, daß es Regierungsagenten waren. Doch ich bin mir ebenso sicher, daß sie die FBI-Ausweise einfach nur aus Bequemlichkeit gezeigt haben.«

»Ja, aber warum zeigen sie nicht ihre echten Ausweise, wenn sie einer anderen Behörde angehören?«

Lee zuckte mit den Achseln. »Agenten, die auf eigene Faust handeln, ohne Bill gung oder Wissen ihrer Behörde, und vielleicht einen Geldkoffer mit Drogengewinnen beschlagnahmen und für sich behalten wollen, hätten einen Grund, Zeugen mit falschen Ausweisen in die Irre zu führen.«

Spencer wußte, daß so etwas vorkam. »Aber ich glaube nicht ... ich *kann* nicht glauben, daß Valerie etwas mit dem Drogenhandel zu tun hat.«

»Dessen bin ich mir sicher. Wäre ich es nicht, hätte ich nicht an sie vermietet. Diese Leute sind Abschaum – sie verderben Kinder, ruinieren Menschenleben. Außerdem hat Miß Keene die Miete zwar stets bar bezahlt, aber keineswegs in Geld geschwommen. Und sie hat eine Ganztagsbeschäftigung gehabt.«

»Wenn es also keine Agenten der ... sagen wir, der DEA, der Drogenfahndung, waren, die sich einen Kokainprofit in die eigene Tasche stecken wollten, und auch keine echten FBI-Agenten ... wer waren sie dann?«

Louis Lee verlagerte auf seinem Lehnstuhl leicht das Gewicht, saß noch immer sehr gerade, neigte den Kopf aber so, daß Reflektionen der Tiffany-Lampe mit dem Rauchglasschirm beide Linsen seiner Brille färbten und seine Augen verdunkelten. »Manchmal reagiert eine Regierung – oder eine Behörde innerhalb einer Regierung – frustriert, wenn sie sich an die Regeln halten muß. Bei Fluten von Steuergeldern, die umgeleitet werden können, bei Buchhaltungssystemen, über die man in jedem Privatunternehmen nur lachen würde, können einige Regierungsbeamte problemlos geheime Organisationen finanzieren, die Ergebnisse erzielen, die man mit legalen Mitteln nicht erzielen kann.«

»Mr. Lee, lesen Sie viele Spionageromane?«

Louis Lee lächelte verkniffen. »Die interessieren mich nicht.«

»Verzeihen Sie, Sir, aber das klingt etwas paranoid.«

»Aus mir spricht nur die Erfahrung.«

»Dann ist Ihr Leben noch interessanter gewesen, als ich auf den ersten Blick vermutet hätte.«

»Ja«, sagte Lee, gab aber keine weiteren Erklärungen ab. Seine Augen wurden noch immer von den reflektierten Farbmustern verborgen, die auf seinen Brillengläsern schimmerten. »Je größer der Verwaltungsapparat einer Regierung ist«, fuhr er nach einer Weile fort, »desto höher ist die Wahrscheinlichkeit, daß sie von solchen geheimen Organisationen durchsetzt wird. Manche davon sind klein, andere wiederum nicht. Wir haben einen sehr großen Verwaltungsapparat, Mr. Grant.«

»Ja, aber...«

»Direkte und indirekte Steuern machen es erforderlich, daß der durchschnittliche Bürger von Januar bis Mitte Juli arbeitet, um diese Regierung zu bezahlen. *Dann* fängt die arbeitende Bevölkerung an, für sich selbst zu arbeiten.«

»Diese Zahlen habe ich auch schon gehört.«

»Wenn Regierungen so groß werden, werden sie meist auch arrogant.«

Louis Lee schien kein Fanatiker zu sein. In seiner Stimme lag weder Zorn noch Verbitterung. Obwohl er es vorzog, sich mit reich verzierten französischen Möbelstücken zu umgeben, ging von ihm die ruhige Ausstrahlung einer Zen-Schlichtheit aus, eines eindeutig asiatischen Sich-Abfindens mit dem Lauf der Welt. Er schien eher ein Pragmatiker denn ein Kreuzzügler zu sein.

»Miß Keenes Feinde, Mr. Grant, sind auch meine Feinde.«

»Und die meinen.«

»Doch ich habe nicht vor, mich zur Zielscheibe zu machen – wie Sie es tun. Als die Leute sich gestern abend als FBI-Agenten auswiesen, habe ich meine Zweifel über ihre Ausweise nicht zum Ausdruck gebracht. Das wäre nicht klug gewesen. Ich war ihnen nicht hilfreich, ja, aber auf *kooperative* Art und Weise – wenn Sie wissen, was ich meine.«

Spencer seufzte und sank tiefer in den Lehnstuhl.

Lee legte die Hände auf die Knie und beugte sich vor. Seine eindringlichen schwarzen Augen wurden wieder sichtbar, als die Reflektion der Lampe von seiner Brille wegrückte. »Sie sind der Mann, der letzten Abend in ihrem Haus war.«

Spencer war erneut überrascht. »Woher wissen Sie, daß jemand dort war?«

»Sie haben Fragen über den Mann gestellt, mit dem sie vielleicht zusammenlebt. Ihre Größe, Ihr Gewicht. Was hatten Sie dort zu suchen, falls ich fragen darf?«

»Sie kam zu spät zur Arbeit. Ich habe mir Sorgen um sie gemacht. Ich fuhr zu ihr, um festzustellen, ob alles in Ordnung war.«

»Sie arbeiten ebenfalls im Red Door?«

»Nein. Ich habe dort auf sie gewartet.« Mehr wollte er dazu nicht sagen. Der Rest war zu kompliziert – und zu peinlich. »Was können Sie mir über Valerie erzählen, was mir helfen könnte, sie zu finden?«

»Eigentlich gar nichts.«

»Ich will ihr nur helfen, Mr. Lee.«

»Ich glaube Ihnen.«

»Warum arbeiten Sie dann nicht mit mir zusammen, Sir? Was stand auf dem Formular, das sie ausfüllen mußte, als sie den Bungalow von Ihnen mieten wollte? Die vorhergehende Adresse, vorhergehende Jobs, Kreditwürdigkeit – alle derartigen Informationen wären sehr hilfreich.«

Der Geschäftsmann lehnte sich zurück, nahm die kleinen Hände von den Knien und legte sie auf die Stuhllehnen. »Solch ein Formular mußte sie nicht ausfüllen.«

»Bei so vielen Häusern und Wohnungen, wie Sie sie besitzen, Sir, muß bestimmt jeder Mieter einige Formulare ausfüllen.«

Louis Lee runzelte die Stirn, eine theatralische Geste bei einem so besonnenen Mann. »Sie haben einige Erkundigungen über mich eingezogen. Sehr gut. Nun, in Miß Keenes Fall mußte sie keine Formulare ausfüllen, weil sie mir von jemandem im Red Door empfohlen wurde, der ebenfalls einer meiner Mieter ist.«

Spencer dachte an die wunderschöne Kellnerin, die ein vietnamesisches und ein farbiges Elternteil zu haben schien. »Meinen Sie zufällig Rosie?«

»Die meine ich.«

»Sie war mit Valerie befreundet?«

»Sie ist es noch immer. Ich lernte Miß Keene kennen und war von ihr beeindruckt. Sie kam mir zuverlässig vor. Mehr mußte ich über sie nicht wissen.«

»Ich muß mit Rosie sprechen«, sagte Spencer.

»Zweifellos wird sie heute abend wieder arbeiten.«

»Ich muß vorher mit ihr sprechen. Auch aufgrund dieses Gesprächs mit Ihnen, Mr. Lee, habe ich den entschiedenen Eindruck, daß ich gejagt werde und die Zeit vielleicht knapp wird.«

»Wahrscheinlich trifft diese Einschätzung zu.«

»Dann brauche ich ihren Nachnamen, Sir, und ihre Adresse.«

Louis Lee schwieg so lange, daß Spencer nervös wurde. Schließlich: »Mr. Grant, ich bin in China geboren. Als ich noch ein Kind war, flohen wir vor den Kommunisten und wanderten nach Vietnam aus, nach Hanoi, das damals von den Franzosen beherrscht wurde. Wir haben alles verloren – aber das war besser, als zu den Abermillionen von Toten zu gehören, die vom Vorsitzenden Mao liquidiert wurden.«

Obwohl Spencer nicht ahnte, was die persönliche Geschichte des Geschäftsmanns mit seinen eigenen Problemen zu tun hatte, wußte er, daß es einen Zusammenhang gab und er bald sichtbar werden würde. Mr. Lee war zwar Chinese, aber nicht unergründlich. In der Tat war er auf seine Weise genauso direkt wie jeder ländliche Neuengländer.

»Die Chinesen in Vietnam wurden unterdrückt. Das Leben war mühselig. Aber die Franzosen versprachen, uns vor den Kommunisten zu schützen. Es gelang ihnen nicht. Als Vietnam 1954 geteilt wurde, war ich noch ein Knabe. Erneut flohen wir, nach Südvietnam – und verloren alles.«

»Ich verstehe.«

»Nein. Sie ahnen allmählich etwas. Aber Sie begreifen es noch nicht. Nach einem Jahr begann der Bürgerkrieg. 1959 wurde meine jüngere Schwester auf offener Straße von einem Heckenschützen getötet. Drei Jahre später, eine Woche, nachdem John Kennedy versprochen hatte, daß die Vereinigten Staaten unsere Freiheit gewährleisten würden, wurde mein Vater von der Bombe eines Terroristen in einem Bus in Saigon getötet.«

Lee schloß die Augen und faltete die Hände auf dem Schoß. Er schien eher zu meditieren als Erinnerungen nachzuhängen.

Spencer wartete.

»Als Saigon Ende April 1975 fiel, war ich dreißig Jahre alt, hatte vier Kinder und meine Frau Mae. Meine Mutter lebte noch, und einer meiner drei Brüder und zwei seiner Kinder. Wir waren insgesamt zehn Personen. Nach sechs schrecklichen Monaten waren meine Mutter, mein Bruder, eine meiner Nichten und einer meiner

Söhne tot. Ich hatte sie nicht retten können. Wir sechs, die wir noch übrig waren ... wir taten uns mit zweiunddreißig anderen Personen zusammen und versuchten, über das Meer zu fliehen.«

»Boat-People«, sagte Spencer ehrerbietig, denn auf seine Weise wußte er, was es bedeutete, von seiner Vergangenheit abgeschnitten zu sein, voller Angst auf dem Meer zu treiben und jeden Tag um das Überleben kämpfen zu müssen.

»Bei schlechtem Wetter versuchten Piraten, unser Schiff zu entern«, sagte Lee. Er hatte die Augen noch immer geschlossen und sprach so ruhig, als erinnere er sich an die Einzelheiten eines Spaziergangs auf dem Lande. »Ein Kanonenboot der Vietcong. Dasselbe wie Piraten. Sie hätten die Männer getötet, die Frauen vergewaltigt und getötet und unsere armseligen Besitztümer gestohlen. Achtzehn von uns achtunddreißig Personen starben bei dem Versuch, sie zurückzuschlagen. Einer davon war mein Sohn. Zehn Jahre alt. Er wurde erschossen. Ich konnte nichts tun. Die anderen wurden gerettet, weil das Wetter so schnell so schlecht wurde, daß das Kanonenboot sich zurückzog, um sich zu retten. Der Sturm trennte uns von den Piraten. Zwei Personen wurden von hohen Wellen über Bord gespült. Achtzehn blieben übrig. Als das Wetter sich wieder besserte, war unser Boot beschädigt, und wir hatten weder einen Motor noch Segel, auch kein Funkgerät, und befanden uns weit draußen auf dem Südchinesischen Meer.«

Spencer konnte es nicht mehr ertragen, den völlig ruhig wirkenden Mann anzusehen. Doch er konnte den Blick auch nicht von ihm abwenden.

»Wir trieben sechs Tage in unerbittlicher Hitze. Kein Trinkwasser. Kaum Lebensmittel. Eine Frau und vier Kinder starben, bevor wir die Meilenzone überquerten und von einem Schiff der amerikanischen Marine gerettet wurden. Eins der Kinder, die verdursteten, war meine Tochter. Ich konnte sie nicht retten. Von den zehn Personen meiner Familie, die den Fall Saigons überlebten, wurden vier von diesem Boot gezogen. Meine Frau, meine überlebende Tochter – die damals mein einziges Kind war –, eine meiner Nichten. Und ich.«

»Es tut mir leid«, sagte Spencer, und diese Worte waren so unzureichend, daß er wünschte, er hätte sie nicht gesagt.

Louis Lee öffnete die Augen. »Vor über zwanzig Jahren wurden neun andere Personen von diesem Wrack gerettet. Wie auch ich nahmen sie amerikanische Vornamen an, und heute sind alle neun bei dem Restaurant und anderen Geschäften meine Partner. Ich betrachte sie auch als meine Familie. Wir sind eine Nation für uns, Mr. Grant. Ich bin Amerikaner, weil ich an die amerikanischen Ideale glaube. Ich liebe dieses Land und seine Menschen. Aber ich liebe nicht seine Regierung. Ich kann nicht lieben, wem ich nicht vertrauen kann, und ich werde nie wieder einer Regierung vertrauen. Stört Sie das?«

»Ja. Es ist verständlich, aber bedrückend.«

»Als Einzelmenschen, Familien, Nachbarn, Gemeindemitglieder«, sagte Lee, »sind Menschen aller Rassen und politischer Ansichten normalerweise anständig, freundlich und mitfühlend. Aber wenn sich in großen Firmen oder Regierungen große Macht in ihren Händen ansammelt, werden einige zu Ungeheuern, obwohl sie gute Absichten haben mögen. Ich kann Ungeheuern keine Loyalität entgegenbringen. Aber ich werde meiner Familie, meinen Nachbarn, meiner Gemeinde gegenüber treu sein.«

»Das ist wohl durchaus fair.«

»Rosie, die Kellnerin im Red Door, war nicht mit uns auf diesem Boot. Doch ihre Mutter war Vietnamesin, und ihr Vater war Amerikaner, der dort drüben gestorben ist, also ist sie ein Mitglied meiner Gemeinde.«

Spencer war von Louis Lees Geschichte dermaßen fasziniert, daß er die Bitte ganz vergessen hatte, die diese gräßlichen Erinnerungen ausgelöst hatte. Er wollte so schnell wie möglich mit Rosie sprechen. Er brauchte ihren Nachnamen und ihre Adresse.

»Rosie darf nicht tiefer in diese Sache verstrickt werden, als es bereits der Fall ist«, sagte Lee. »Sie hat diesen falschen FBI-Agenten erzählt, sie wisse kaum etwas über Miß Keene, und ich will nicht, daß Sie sie tiefer hineinziehen.«

»Ich will ihr nur ein paar Fragen stellen.«

»Wenn die falschen Leute Sie mit ihr sehen und als den Mann identifizieren, der am vergangenen Abend in dem Haus war, würden sie glauben, daß Rosie mehr ist als nur eine Kollegin von Miß Keene – obwohl sie in Wirklichkeit genau das ist.«

»Ich werde diskret sein, Mr. Lee.«

»Ja. Eine andere Wahl werde ich Ihnen auch nicht lassen.«

Eine Tür wurde leise geöffnet, und Spencer drehte sich auf seinem Lehnstuhl um und stellte fest, daß der Serviettenfalter, sein höflicher Begleiter vom Eingang des Restaurants, in den Raum zurückgekehrt war. Er hatte gar nicht gehört, daß der Mann hinausgegangen war.

»Sie erinnert sich an ihn. Es ist arrangiert«, sagte der Begleiter zu Louis Lee, ging zu Spencer und gab ihm einen Zettel.

»Um ein Uhr«, sagte Louis Lee, »wird Rosie Sie bei dieser Adresse treffen. Es ist nicht ihre Wohnung – für den Fall, daß das Haus überwacht wird.«

Die Schnelligkeit, mit der dieses Treffen arrangiert worden war, ohne daß ein einziges Wort zwischen Lee und dem anderen Mann gefallen war, kam Spencer wie Zauberei vor.

»Man wird ihr nicht folgen«, sagte Lee und erhob sich von seinem Stuhl. »Vergewissern Sie sich, daß man Ihnen auch nicht folgt.«

Spencer erhob sich ebenfalls. »Mr. Lee«, sagte er, »Sie und Ihre Familie ...«

»Ja?«

»Beeindruckend.«

Louis Lee deutete eine Verbeugung an. Dann drehte er sich um und ging zu seinem Schreibtisch.

»Noch etwas, Mr. Grant«, sagte er.

Als Lee eine Schreibtischschublade öffnete, hatte Spencer das verrückte Gefühl, daß dieser gedämpft sprechende, freundlich wirkende Gentleman, der wie ein Professor aussah, eine mit einem Schalldämpfer versehene Pistole hervorholen und ihn erschießen würde. Die Paranoia wirkte wie eine Amphetamin-Injektion, die direkt in sein Herz gespritzt wurde.

Lee hielt etwas hoch, bei dem es sich um ein Jademedaillon an einer Goldkette zu handeln schien. »Manchmal schenke ich eins davon Leuten, die es zu brauchen scheinen.«

Mit der Befürchtung, daß die beiden Männer seinen donnernden Herzschlag hörten, trat Spencer zum Schreibtisch und nahm von Lee das Geschenk entgegen.

Es hatte einen Durchmesser von fünf Zentimetern. Auf der einen Seite war ein Drachenkopf eingeschnitzt, auf der anderen ein ebenso stilisierter Fasan.

»Das ist doch zu kostbar, um ...«

»Es ist nur Seifenstein. Fasane und Drachen, Mr. Grant. Sie brauchen ihre Macht. Fasane und Drachen. Gedeihen und langes Leben.«

Spencer betrachtete das an der Kette baumelnde Medaillon. »Ein Talisman?« fragte er.

»Ein wirksamer«, sagte Lee. »Haben Sie die Quan Yin gesehen, als Sie das Restaurant betraten?«

»Wie bitte?«

»Die Holzstatue am Eingang.«

»Ja, natürlich. Die Frau mit dem sanften Gesicht.«

»Ein Geist wohnt in ihr und verhindert, daß Feinde über meine Schwelle schreiten.« Lee war so ernst wie bei der Schilderung seiner Flucht aus Vietnam. »Sie ist besonders gut darin, neidische Menschen abzuhalten, und Neid ist neben dem Selbstmitleid das gefährlichste aller Gefühle.«

»Daran können Sie nach dem, was Sie durchgemacht haben, wirklich noch glauben?«

»Wir müssen an irgend etwas glauben, Mr. Grant.«

Sie schüttelten sich die Hand.

Spencer folgte mit dem Zettel und dem Medaillon seinem Führer aus dem Raum.

Im Fahrstuhl erinnerte Spencer sich an den kurzen Wortwechsel zwischen seinem Begleiter und dem Glatzkopf, als sie das Vorzimmer betreten hatten.

»Ich wurde auf der Fahrt abwärts nach Waffen durchleuchtet, nicht wahr?« sagte er.

Den Begleiter schien die Frage zu amüsieren, doch er antwortete nicht.

Eine Minute später blieb Spencer an der Eingangstür stehen und betrachtete die Quan Yin. »Er glaubt wirklich, daß sie wirkt und seine Feinde draußen hält?«

»Wenn er es glaubt, muß es auch so sein«, sagte der Serviettenfalter. »Mr. Lee ist ein großer Mann.«

Spencer sah ihn an. »Sie waren auf dem Boot?«

»Ich war acht Jahre alt. Meine Mutter war die Frau, die an dem Tag verdurstet ist, bevor wir gerettet wurden.«

»Er sagt, er habe niemanden gerettet.«

»Er hat uns alle gerettet«, sagte der Vietnamese und öffnete die Tür.

Auf dem Bürgersteig vor dem Restaurant, halb geblendet von dem grellen Sonnenlicht, erschüttert von dem Lärm des fließenden Verkehrs und eines Düsenflugzeugs über ihm, kam Spencer sich vor, als wäre er plötzlich aus einem Traum erwacht. Oder gerade in einen eingetaucht.

Während der gesamten Zeit, die er in dem Restaurant und den Räumen darunter gewesen war, hatte niemand seine Narbe angestarrt.

Er drehte sich um und schaute durch die Glastür des Restaurants.

Der Mann, dessen Mutter auf dem Südchinesischen Meer verdurstet war, stand nun wieder zwischen den Tischen und faltete weiße Stoffservietten zu schmucken Dreiecken.

Das Labor, in dem David Davis und ein junger Assistent auf Roy Miro warteten, war einer der vier Räume, die die Abteilung Fingerabdruck-Analyse beanspruchten. Bildverarbeitende Computer, Monitore mit extrem hoher Auflösung und weitere exotische Geräte waren in großzügiger Anzahl vorhanden.

Davis schickte sich gerade an, verborgene Fingerabdrücke zu entwickeln, die man sorgfältig vom Badezimmerfenster des Bungalows in Santa Monica abgenommen hatte. Es lag auf der Marmoroberfläche einer Werkbank – der gesamte Rahmen mitsamt der unbeschädigten Scheibe und den verrosteten Messingscharnieren.

»Das hier ist wichtig«, sagte Roy, als er zu ihnen ging.

»Ja, natürlich, jeder Fall ist wichtig«, sagte Davis.

»Dieser ist *wichtiger*. Und eilig.«

Roy konnte Davis nicht ausstehen, nicht nur, weil der Mann einen irritierenden Namen hatte, sondern weil er ermüdend enthusiastisch war. David Davis war groß, schlank, sah aus wie ein Storch, hatte drahtiges blondes Haar und *ging* nicht einfach, sondern eilte, hastete und huschte stets geschäftig hin und her. Er zeigte nie auf etwas, sondern *stieß* mit dem Finger darauf. Auf Roy Miro, der ein extremes Auftreten in der Öffentlichkeit stets vermied, wirkte Davis peinlich theatralisch.

Der Assistent – den Roy nur als Wertz kannte – war ein bleiches Geschöpf, das seinen Laborkittel trug, als wäre er die Soutane eines bescheidenen Novizen in einem Priesterseminar. Wenn er nicht gerade losjagte, um Davis etwas zu holen, umkreiste er seinen Boß mit zappliger Verehrung. Er machte Roy krank.

»Die Taschenlampe hat nichts gebracht«, sagte David Davis und zeichnete mit einer Hand hektisch eine große Null in die Luft.

»Nada! Nicht einmal ein Teilabdruck. Scheiße. Ein Stück Scheiße – diese Taschenlampe! Keine glatte Oberfläche darauf. Aufgerauhter Stahl, geriffelter Stahl, gewellter Stahl, aber kein *glatter* Stahl.«

»Wie schade«, sagte Roy.

»Schade?« sagte Davis und riß die Augen auf, als hätte Roy auf die Nachricht, daß der Papst einem Attentat zum Opfer gefallen war, mit einem Achselzucken und einem Kichern reagiert. »Das verdammte Ding könnte glatt für Einbrecher und andere Gangster entworfen worden sein – die offizielle Taschenlampe der Mafia!«

»Dann nehmen wir uns das Fenster vor«, sagte Roy ungeduldig.

»Ja, auf das Fenster setzen wir große Hoffnungen«, sagte Davis und wackelte mit dem Kopf wie ein Papagei, der Reggae hörte. »Lackiert. Mit mehreren Schichten senfgelbem Lack überzogen, der dem Dampf aus der Dusche Widerstand leisten soll. Glatt.« Davis strahlte das kleine Fenster an, das auf der marmornen Werkbank lag. »Wenn irgend was drauf ist, dampfen wir es raus.«

»Je schneller, desto besser«, betonte Roy.

In einer Ecke des Raums stand unter einer Ventilatorhaube ein leeres Aquarium mit einem Fassungsvermögen von vierzig Litern. Wertz zog Gummihandschuhe an, ergriff das Fenster an den Kanten und trug es zu dem Behälter. Ein kleinerer Gegenstand wäre an Drähten mit federbetriebenen Klammern hinabgelassen worden. Doch das Fenster war dafür zu groß und klobig, und so stellte Wertz es selbst hinein und lehnte es schräg gegen eine Glaswand. Es paßte gerade eben.

Davis legte drei kleine Baumwollknäuel in eine Petrischale und stellte die Schale auf den Boden des Aquariums. Mit einer Pipette gab er ein paar Tropfen flüssigen Cyanacrylat-Methylester auf die Baumwolle. Mit einer zweiten Pipette fügte er eine ähnliche Menge Natriumhydroxydlösung hinzu.

Augenblicklich hob sich eine Wolke aus Cyanacrylatdämpfen durch das Aquarium zu der Abzugshaube.

Verborgene Fingerabdrücke, die von kleinen Mengen Hautölen, Schweiß und Schmutz zurückgelassen wurden, waren für das bloße Auge normalerweise unsichtbar, bis man sie mit einer von mehreren Substanzen entwickelte: Pulver, Jod, Silbernitratlösung, Ninhydrinlösung – oder Cyanacrylatdämpfe, die oft die besten Ergebnisse auf nichtporösen Materialien wie Glas, Metall, Plastik und Hartlacken erzielten. Die Dämpfe kondensierten auf jeder Oberfläche zu Harz, aber schwerer auf den Ölen, aus denen die verborgenen Abdrücke bestanden.

Der Prozeß konnte schon in dreißig Minuten abgeschlossen sein. Ließen sie das Fenster länger als sechzig Minuten im Aquarium, wurde vielleicht so viel Harz abgelagert, daß die Einzelheiten der Abdrücke verlorengingen. Davis entschied sich für vierzig Minuten und überließ es Wertz, das Bedampfen zu überwachen.

Das waren vierzig grausame Minuten für Roy, denn David Davis, ein Technoschwätzer ohnegleichen, bestand darauf, ihm ein paar neue, hochmoderne Geräte vorzuführen. Mit großem Gebärdenspiel, lautem Rufen und Augen, die so klein und rund und glänzend wie die eines Vogels waren, verweilte der Techniker quälend lange bei jedem kleinsten Detail.

Als Wertz bekanntgab, daß er das Fenster aus dem Aquarium geholt hatte, hatte Davis Roys Aufmerksamkeit über Gebühr erschöpft. Sehnsüchtig dachte Miro an den Vorabend im Schlafzimmer der Bettonfields: wie er liebevoll Penelopes Hand gehalten und den Beatles gelauscht hatte. Er war so entspannt gewesen.

Die Toten waren oft eine bessere Gesellschaft als die Lebenden.

Wertz führte sie zum Fototisch, auf dem das Badezimmerfenster lag. Mit einer Polaroid CU-5, die mit der Linse nach unten auf einem Gestell über dem Tisch befestigt war, würden sie Großaufnahmen von allen Abdrücken machen, die sie fanden.

Bei der Seite des Fensters, die nach oben gerichtet war, handelte es sich um die Innenseite der Scheibe, und der Unbekannte mußte sie bei seiner Flucht berührt haben. Die Außenseite war natürlich vom Regen saubergewaschen worden.

Obwohl ein schwarzer Hintergrund ideal gewesen wäre, müßte der senfgelbe Lack auch dunkel genug sein, daß sich ein ausreichender Kontrast zum geriffelten Muster der weißen Salzablagerungen der Cyanacrylsäure ergab. Eine genaue Untersuchung des Rahmens und des Glases selbst ergab jedoch nicht den geringsten Abdruck.

Wertz schaltete die Leuchtstoffröhren unter der Decke aus. Nun wurde das Labor nur noch von dem spärlichen Tageslicht erhellt, das durch die geschlossenen Levolor-Jalousien sickerte. Das bleiche Gesicht des Assistenten schien im Halbdunkeln schwach zu phosphoreszieren, wie die Haut eines Geschöpfs, das in einem Tiefseegraben lebte.

»Bei schräg einfallendem Licht wird schon etwas auftauchen«, sagte Davis.

An einer Wandhalterung hing eine Halogenlampe mit einem kegelförmigen Schirm und einem biegsamen Metallkabel als Gelenkarm. Davis nahm sie vom Haken, schaltete sie ein und bewegte sie langsam über das Badezimmerfenster, wobei er das gebündelte Licht sehr schräg auf den Rahmen fallen ließ.

»Nichts«, sagte Roy ungeduldig.

»Versuchen wir es mit der Scheibe«, sagte Davis, richtete das Licht der Lampe auf das Glas und untersuchte es so sorgfältig, wie er den Rahmen untersucht hatte.

Nichts.

»Magnetpulver«, sagte Davis. »Das bringt's.«

Wertz schaltete die Neonlampen wieder ein. Er ging zu einem Schrank und kehrte mit einer Dose Magnetpulver und einem Gerät namens Magna-Brush zurück, das Roy schon einmal im Einsatz gesehen hatte.

Ströme aus schwarzem Pulver flossen auf den Strahlen des Geräts zur Scheibe und blieben kleben, wo sie auf Spuren von Fett oder Öl trafen. Die anderen Staubkörnchen wurden von der magnetisierten Bürste zurückgezogen. Der Vorteil, den magnetisches Fingerabdruckpulver gegenüber anderen Sorten hatte, bestand darin, daß es die zu untersuchende Oberfläche nicht mit überflüssigem Material verschmutzte.

Wertz deckte jeden Zentimeter der Scheibe und des Rahmens ab. Kein Abdruck zu sehen.

»Na schön, in Ordnung, meinetwegen!« rief Davis, rieb seine langfingrigen Hände aneinander, schüttelte den Kopf und stellte sich glücklich der Herausforderung. »Wir sind mit unserem Latein noch nicht am Ende. Ganz bestimmt nicht. Das macht den Job erst richtig schön.«

»Wäre das Problem einfach, könnte jedes Arschloch es lösen«, sagte Wertz grinsend. Offensichtlich hatte er damit einen ihrer beliebtesten Aphorismen wiederholt.

»Genau!« sagte Davis. »Sie haben recht, junger Master Wertz. Und wir sind ganz bestimmt keine Arschlöcher!«

Die Herausforderung schien sie gefährlich albern gemacht zu haben.

Roy sah betont auf seine Armbanduhr.

Während Wertz den Magna-Brush und die Pulverdose zurückstellte, zog David Davis Latexhandschuhe an und trug die Scheibe vorsichtig in einen Nebenraum, der kleiner als das Hauptlabor war. Er stellte sie in einen metallenen Ausguß und griff nach einer der beiden Plastikflaschen, die auf der Arbeitsfläche standen. »Methanollösung von Rhodamin 6G«, sagte er, während er den Inhalt auf den lackierten Rahmen und das Glas schüttete, als würde Roy wissen, was das war, oder es sogar zu Hause im Kühlschrank stehen haben.

Wertz kam herein. »Ich kannte mal eine Rhodamin«, sagte er, »die in Apartment 6G wohnte, direkt schräg gegenüber von mir.«

»Hat sie auch so gerochen?« fragte Davis.

»Schärfer«, sagte Wertz und fiel in Davis' Gelächter ein.

Ein schmutziger Witz. Roy fand ihn langweilig und keineswegs lustig. Wahrscheinlich sollte er deshalb erleichtert sein.

David Davis stellte die erste Flasche zurück und griff nach der zweiten. »Reines Methanol. Damit werden wir das scharfe Rhodamin wieder los.«

»Meine Rhodamin war immer scharf, und wenn man sie erst mal in der Bude hatte, wurde man sie nicht mehr so leicht los«, sagte Wertz, und sie lachten erneut.

Manchmal haßte Roy seinen Job.

Wertz schaltete einen wassergekühlten Argon-Ionen-Laser-Generator ein, der an einer Wand stand, und fingerte an den Reglern herum.

Davis trug das Fenster zum Laser-Untersuchungstisch.

Nachdem Wertz sich überzeugt hatte, daß das Gerät einsatzbereit war, verteilte er Laserschutzbrillen. Davis schaltete die Leuchtstoffröhren aus. Das einzige Licht war der bleiche Keil, der aus dem benachbarten Labor durch die Türöffnung fiel.

Roy setzte seine Brille auf und rückte mit den beiden Technikern vor dem Tisch zusammen.

Davis schaltete den Laser ein. Als der unheimliche Lichtstrahl auf die Unterkante des Fensterrahmens fiel, erschien fast sofort ein von Rhodamin übertünchter Abdruck: seltsame leuchtende Wirbel.

»Da haben wir das Arschloch!« sagte Davis.

»Der Abdruck könnte von jedem sein«, sagte Roy. »Wir werden sehen.«

»Scheint sich um einen Daumen zu handeln«, sagte Wertz.

Das Licht wanderte höher. Weitere Abdrücke leuchteten wie durch Zauberei am Griff und der Verschlußspange auf der Mitte des Rahmens auf. Eine ganze Hand: einige Teilabdrücke, einige verschmierte, andere vollständig und perfekt erhalten.

»Müßte ich wetten«, sagte Davis, »würde ich einen Haufen Geld darauf setzen, daß das Fenster vor kurzem gereinigt worden ist, mit einem Tuch geputzt, wodurch wir einen erstklassigen Untergrund bekommen haben. Ich würde wetten, daß all diese Abdrücke von ein und derselben Person stammen und zum selben Zeitpunkt entstanden sind, und zwar gestern abend von Ihrem Mann. Weil nicht viel Öl an seinen Fingerspitzen war, waren sie schwerer als gewöhnlich zu entdecken.«

»Ja, genau, er ist gerade durch den Regen gelaufen«, sagte Wertz aufgeregt.

»Und vielleicht hat er sich die Hände an irgend etwas abgetrocknet, als er das Haus betrat«, sagte Davis.

Wertz fühlte sich verpflichtet, Roy zu belehren. »In der Innenseite der Hand befinden sich keine Fettdrüsen«, sagte er. »Die Fingerspitzen werden fettig, wenn man das Gesicht, das Haar und andere Körperteile berührt. Die Menschen scheinen sich unablässig anzufassen.«

»Schluß jetzt«, sagte Davis mit spöttisch-strenger Stimme. »Das gehört nicht *hierher*, junger Master Wertz.«

Beide lachten sie.

Die Schutzbrille drückte auf Roys Nasenbein. Er bekam Kopfschmerzen davon.

Unter dem höherrückenden Licht des Lasers wurde ein weiterer Abdruck sichtbar.

Selbst eine unter starken Methamphetaminen stehende Mutter Teresa wäre in der Gesellschaft von David Davis und dieses Wertz-Dingsdas von schweren Depressionen heimgesucht worden. Dennoch spürte Roy, daß seine Stimmung mit dem Erscheinen eines jeden neuen leuchtenden Abdrucks besser wurde.

Der Unbekannte würde nicht mehr lange unbekannt bleiben.

Der Tag war mild, wenn auch nicht warm genug für ein Sonnenbad. Am Strand von Venice sah Spencer dennoch sechs gebräunte junge Frauen in Bikinis und zwei Burschen in geblümten Bermudashorts, die auf großen Handtüchern lagen und die Sonnenstrahlen aufsogen, zwar mit einer Gänsehaut, aber mutig.

Zwei muskulöse, barfüßige Männer in Shorts hatten auf dem Sand ein Volleyballnetz aufgebaut. Sie spielten mit großem Einsatz und jeder Menge Sprünge, Schreie und Gekeuche. Über die gepflasterte Promenade glitten ein paar Leute auf Rollerskates oder Rollerblades, einige in Badebekleidung, andere nicht. Ein Bärtiger, der Jeans und ein schwarzes T-Shirt trug, ließ einen roten Drachen mit einem langen Schwanz aus roten Bändern fliegen.

Sie alle waren zu alt für die High School und alt genug, um am Donnerstagnachmittag einer Arbeit nachzugehen. Spencer fragte sich, wie viele von ihnen Opfer der neuesten Rezession waren und wie viele einfach ewige Heranwachsende, die den Eltern oder der Gesellschaft auf der Tasche lagen. Kalifornien war schon seit geraumer Weile die Heimat einer beträchtlichen Anzahl der zweiten Gruppe und hatte mit seiner Wirtschaftspolitik in letzter Zeit die erste Schar in solchen Massen geschaffen, daß ihre Zahl fast der der Horde der Reichen gleichkam, welche der Staat in den vergangenen Jahrzehnten hervorgebracht hatte.

Auf einer Rasenfläche neben dem Strand saß Rosie auf einer Bank aus Beton und Rotholz. Einem dazugehörigen Picknicktisch hatte sie den Rücken zugedreht. Die federartigen Schatten einer riesigen Palme umspielten sie.

In weißen Sandalen, weißen Hosen und einer purpurnen Bluse war sie noch exotischer und schöner als in der trüben Deco-Beleuchtung des Red Door. Sowohl das Blut ihrer vietnamesischen Mutter als auch das ihres afroamerikanischen Vaters kam in ihren Gesichtszügen zum Vorschein, und doch erinnerte sie an keine der beiden ethnischen Gruppen, von denen sie abstammte und die sie verkörperte. Statt dessen schien es sich bei ihr um die auserlesene Eva einer neuen Rasse zu handeln: eine perfekte, unschuldige Frau, die für ein neues Eden geschaffen war.

Doch sie war nicht vom Frieden der Unschuld erfüllt. Sie wirkte nervös und feindselig, als sie aufs Meer hinausschaute, und auch noch, als sie sich umdrehte und den sich nähernden Spencer bemerkte. Doch als sie Rocky sah, lächelte sie breit. »Was ist der niedlich!« Sie beugte sich auf der Bank vor und lockte den Hund mit den Händen. »Komm her, Kleiner. Hierher, mein Süßer!«

Rocky hatte ihn zufrieden und schwanzwedelnd begleitet und die Strandszene betrachtet – doch als er die nach ihm greifende, lockende Schönheit auf der Bank sah, erstarrte er. Sein Schwanz glitt zwischen seine Beine und bewegte sich nicht mehr. Er spannte den Körper an und bereitete sich darauf vor, zurückzuspringen, falls sie sich ihm nähern sollte.

»Wie heißt er?« fragte Rosie.

»Rocky. Er ist scheu.« Spencer setzte sich auf das andere Ende der Bank.

»Komm her, Rocky«, redete sie auf ihn ein. »Komm her, mein Süßer.«

Rocky legte den Kopf schief und betrachtete sie mißtrauisch.

»Was ist los mit dir, Süßer? Willst du nicht gestreichelt werden?«

Rocky winselte. Er ließ sich auf die Vorderpfoten hinab und wackelte mit dem Hinterteil, brachte es aber nicht über sich, mit dem Schwanz zu wedeln. Er wollte in der Tat gestreichelt werden, vertraute ihr aber nicht.

»Je mehr Sie auf ihn eindringen«, erklärte Spencer ihr, »desto mehr wird er sich zurückziehen. Ignorieren Sie ihn, und er wird vielleicht zum Schluß kommen, daß Sie in Ordnung sind.«

Als Rosie aufhörte, auf ihn einzureden, und sich wieder aufsetzte, erschreckte Rocky die plötzliche Bewegung. Er wich einen, zwei Meter zurück und betrachtete sie noch wachsamer als zuvor.

»War er schon immer so scheu?« fragte Rosie.

»Seit ich ihn kenne. Er ist vier oder fünf, aber ich habe ihn erst seit zwei Jahren. Ich habe ihn über eine Kleinanzeige in der Zeitung bekommen. Niemand wollte ihn haben, und sie wollten ihn schon einschläfern.«

»Er ist so süß. Ihn hätte doch jeder genommen.«

»Er war damals viel schlimmer.«

»Sie wollen doch nicht sagen, daß er jemanden gebissen hat? Nicht dieser süße Kerl.«

»Nein. Er hat nie zu beißen versucht. Dazu war er gar nicht fähig. Wenn man sich ihm nähern wollte, hat er jedesmal gejault und gezittert. Wenn man ihn berührte, rollte er sich einfach zu einem Ball zusammen, schloß die Augen, winselte und zitterte wie verrückt, als täte ihm die kleinste Berührung weh.«

»Hat man ihn geprügelt?« sagte sie grimmig.

»Ja. Normalerweise hätten die Leute im Tierheim ihn gar nicht über die Zeitung angeboten. Es bestand kaum Aussicht, daß jemand ihn zu sich nehmen würde. Sie haben mir erzählt, wenn ein Hund gefühlsmäßig so verkrüppelt ist, wie es bei ihm der Fall war, ist es eigentlich am besten, ihn nicht einmal anzubieten, sondern sofort einzuschläfern.«

»Was hat man mit ihm angestellt?« fragte Rosie, noch immer den Hund beobachtend, wie er sie beobachtete.

»Ich weiß es nicht. Wollte es nicht wissen. Es gibt zu viele Dinge im Leben, von denen ich wünschte, ich hätte sie nie erfahren ... denn jetzt kann ich sie nicht mehr vergessen.«

Die Frau wandte den Blick vom Hund ab und sah Spencer an.

»Unwissenheit ist kein Segen«, sagte er, »aber manchmal ...«

»... ermöglicht Unwissenheit es uns, des Nachts zu schlafen«, vollendete sie den Satz.

Sie war Ende Zwanzig, vielleicht dreißig Jahre alt. Sie war schon aus den Kleinkinderschuhen hinausgewachsen, als Bomben und Gewehrschüsse ihr Leben in Asien erschüttert hatten, als Saigon fiel, als erobernde Soldaten in trunkener Feier die Beute des Krieges an sich gerissen hatten, als die Umerziehungslager eröffnet worden waren. Vielleicht war sie da acht oder neun gewesen. Schon damals hübsch: seidiges schwarzes Haar, riesige Augen. Und viel zu alt, als daß die Erinnerungen an diese Schrecken jemals verblassen würden, wie es beim vergessenen Schmerz der Geburt und den nächtlichen Ängsten des Kinderbettchens der Fall war.

Als Rosie am vergangenen Abend im Red Door gesagt hatte, Valerie Keene habe in ihrer Vergangenheit viel Leid ertragen müssen, hatte sie nicht nur eine Vermutung geäußert oder einem Gefühl Ausdruck verliehen. Sie hatte gemeint, daß sie in Valerie eine Qual gesehen hatte, die sich mit ihrem eigenen Schmerz vergleichen ließ.

Spencer wandte den Blick von ihr ab und schaute zu den Brechern, die sanft auf den Strand rollten. Sie warfen ein sich ständig veränderndes Filigranmuster aus Schaum auf den Sand.

»Wie dem auch sei«, sagte er, »Rocky wird vielleicht mit Ihnen warm, wenn Sie ihn ignorieren. Wahrscheinlich nicht. Aber vielleicht.«

Er sah zu dem roten Drachen hinüber. Er hüpfte und tanzte hoch oben im blauen Himmel auf aufsteigenden Thermalwinden.

»Warum wollen Sie Val helfen?« fragte sie schließlich.

»Weil sie Schwierigkeiten hat. Und weil sie, wie Sie es gestern abend selbst gesagt haben, etwas Besonderes ist.«

»Sie mögen sie.«

»Ja. Nein. Na ja, nicht auf die Art und Weise, wie Sie es meinen.«

»Auf welche Weise denn?« fragte Rosie.

Spencer konnte nicht erklären, was er selbst nicht verstand.

Er wandte den Blick von dem roten Drachen hinab, aber nicht zu der Frau. Rocky lag am anderen Ende der Bank und beobachtete Rosie eindringlich, während sie ihn geflissentlich ignorierte. Für den Fall, daß sie sich plötzlich umdrehen und nach ihm greifen sollte, hielt der Hund sich außerhalb ihrer Reichweite.

»Warum wollen Sie ihr helfen?« bedrängte Rosie ihn.

Der Hund war so nah, daß er ihn hören konnte.

Nie den Hund anlügen!

Wie er es schon gestern abend im Wagen eingestanden hatte, sagte Spencer: »Weil ich ein Leben finden will.«

Die seltsame Formulierung schien sie ebensowenig zu stören wie den Hund. »Und Sie glauben, Sie können es finden, indem Sie ihr helfen?«

»Ja.«

»Wie?«

»Das weiß ich nicht.«

Der Hund kroch außer Sicht, umkreiste hinter ihnen die Bank.

»Sie glauben, sie ist Teil dieses Lebens, das Sie suchen«, sagte Rosie. »Aber was, wenn dem nicht so ist?«

Er schaute zu den Rollerskatern auf der Promenade. Sie glitten von ihm fort, als wären sie leichte, zerbrechliche Menschen, die der Wind davonwehte, davon, immer davon.

»Dann bin ich nicht schlimmer dran, als es jetzt auch der Fall ist«, sagte er schließlich.

»Und sie?«

»Ich will nichts von ihr, das sie mir nicht geben will.«

Sie schwieg eine Weile. »Sie sind ein seltsamer Bursche, Spencer«, sagte sie dann.

»Ich weiß.«

»Sehr seltsam. Sind Sie auch etwas Besonderes?«

»Ich? Nein.«

»Etwas Besonderes wie Valerie?«

»Nein.«

»Sie verdient etwas Besonderes.«

Er hörte ein verstohlenes Tapsen hinter ihnen und wußte, daß der Hund auf dem Bauch unter die Bank auf der anderen Seite des Picknicktisches und unter den Tisch selbst rutschte und versuchte, näher an die Frau heranzukommen, um ihren Geruch besser wahrnehmen und einschätzen zu können.

»Sie *hat* am Dienstagabend eine Weile mit Ihnen gesprochen«, sagte Rosie.

Er sagte nichts und ließ sie ihre eigenen Schlußfolgerungen daraus ziehen.

»Und ich habe ... ein paarmal ... gesehen, daß Sie sie zum Lachen brachten.«

Er wartete.

»Na schön«, sagte Rosie, »da Mr. Lee mich angerufen hat, werde ich versuchen, mich an alles zu erinnern, was Val gesagt hat und Ihnen helfen könnte, sie zu finden. Aber ich weiß nicht viel. Wir haben uns zwar von Anfang an gemocht, standen uns ziemlich schnell nah. Aber wir haben hauptsächlich über die Arbeit gesprochen, über Filme und Bücher, über Berichte in den Nachrichten und *aktuelle* Dinge, nie über die Vergangenheit.«

»Wo hat sie gewohnt, bevor sie nach Santa Monica zog?«

»Das hat sie nie gesagt.«

»Sie haben sie nie gefragt? Glauben Sie, daß sie vielleicht irgendwo in der Nähe von Los Angeles gewohnt hat?«

»Nein. Sie war mit der Stadt nicht vertraut.«

»Hat sie je erwähnt, wo sie geboren wurde und aufgewachsen ist?«

»Ich weiß nicht, wieso, aber ich glaube, irgendwo im Osten.«

»Hat sie Ihnen je etwas über ihre Eltern erzählt oder ob sie Geschwister hatte?«

»Nein. Aber wenn jemand über seine Familie sprach, hatte sie immer diesen traurigen Ausdruck in den Augen. Vielleicht ... sind ihre Verwandten alle tot.«

Er sah Rosie an. »Sie haben sich nicht danach erkundigt?«

»Nein. Es ist nur so ein Gefühl.«

»War sie je verheiratet?«

»Vielleicht. Ich habe nicht gefragt.«

»Für eine Freundin haben Sie aber vieles nicht gefragt.«

Rosie nickte. »Weil ich wußte, daß sie mir nicht die Wahrheit sagen konnte. Ich habe nicht viele gute Freundinnen, Mr. Grant, und ich wollte unsere Beziehung nicht verderben, indem ich sie in eine Lage brachte, in der sie mich belügen mußte.«

Spencer hob die rechte Hand ans Gesicht. In der warmen Luft fühlte die Narbe sich unter seinen Fingerspitzen eiskalt an.

Der Bärtige holte den Drachen langsam ein. Der große, rote Diamant loderte vor dem blauen Himmel. Seine Bänder flatterten wie Flammen.

»Also«, sagte Spencer, »hatten Sie das Gefühl, daß sie vor irgend etwas auf der Flucht war?«

»Ich dachte, vielleicht vor einem brutalen Ehemann, der sie schlug. Sie wissen schon.«

»Laufen Ehefrauen normalerweise wegen eines brutalen Ehemannes davon und fangen ganz von vorn ein neues Leben an, statt sich einfach von ihm scheiden zu lassen?«

»In Filmen schon«, sagte sie. »Wenn er brutal genug ist.«

Rocky war unter dem Tisch hervorgekrochen. Er hatte sie einmal umkreist und tauchte nun neben Spencer auf. Sein Schwanz war nicht mehr zwischen den Beinen versteckt, aber er wedelte auch nicht damit. Er beobachtete Rosie aufmerksam, während er zur Vorderseite des Tisches schlich.

Rosie tat so, als bemerke sie den Hund gar nicht. »Ich weiß nicht, ob es Ihnen hilft, aber ... sie hat zwar nicht viel darüber erzählt, aber ich glaube, sie kennt Las Vegas. Sie war öfter als einmal da, vielleicht sogar sehr oft.«

»Könnte sie dort gewohnt haben?«

Rosie zuckte mit den Achseln. »Sie spielt gern. Gern und gut. Scrabble, Dame, Monopoly ... Und manchmal haben wir Karten gespielt, Rommé oder Pinokle. Sie hätten sehen sollen, wie sie die Karten mischt und gibt. Man hat wirklich den Eindruck, sie fliegen durch ihre Hände.«

»Und Sie glauben, das hat sie in Vegas gelernt?«

Sie zuckte erneut mit den Achseln.

Rocky setzte sich vor Rosie auf das Gras und betrachtete sie mit offensichtlicher Sehnsucht, hielt sich aber drei Meter von ihr fern, blieb außerhalb ihrer Reichweite.

»Er ist zum Schluß gekommen, daß er mir nicht vertrauen kann«, sagte sie.

»Nichts Persönliches«, versicherte Spencer ihr und erhob sich.

»Vielleicht weiß er es.«

»Weiß er was?«

»Tiere wissen so etwas«, sagte sie ernst. »Sie können in einen Menschen schauen. Sie sehen die Schandflecke.«

»Rocky sieht lediglich eine wunderschöne Dame, die ihn streicheln will, und dreht bald durch, weil es nichts zu fürchten gibt außer der Furcht selbst.«

Als habe er seinen Herrn verstanden, jaulte Rocky kläglich auf.

»Er sieht die Schandflecke«, sagte sie leise. »Er weiß es.«

»Ich«, sagte Spencer, »sehe nur eine wunderschöne Frau an einem sonnigen Tag.«

»Um zu überleben, tut man schreckliche Dinge.«

»Das trifft auf jeden zu«, sagte er, obwohl er spürte, daß sie eher mit sich selbst als mit ihm sprach. »Alte Flecke, längst verblichen.«

»Aber sie verbleichen nie völlig.« Sie schien nicht mehr den Hund anzusehen, sondern etwas auf der anderen Seite einer unsichtbaren Brücke aus Zeit.

Obwohl er zögerte, sie in dieser plötzlich seltsamen Stimmung zurückzulassen, fiel Spencer nichts mehr ein, was er noch sagen konnte.

Wo der weiße Sand an das Gras stieß, drehte der Bärtige an der Kurbel in seinen Händen. Spencer hatte den Eindruck, er würde im Himmel fischen. Der blutrote Drachen senkte sich langsam, und sein Schwanz schnellte hin und her wie eine Peitsche aus Feuer.

Schließlich dankte Spencer Rosie dafür, mit ihm gesprochen zu haben. Sie wünschte ihm Glück, und er ging mit Rocky davon.

Der Hund blieb wiederholt stehen, um zu der Frau auf der Bank zurückzuschauen, und beeilte sich dann wieder, zu Spencer aufzuschließen. Als sie fünfzig Meter und damit die halbe Strecke zum Parkplatz zurückgelegt hatten, bellte Rocky einmal kurz und entschlossen auf und lief zum Picknicktisch zurück.

Spencer drehte sich um und beobachtete ihn.

Auf den letzten paar Metern verließ den Hund der Mut. Er bremste rutschend ab und näherte sich ihr furchtsam mit gesenktem Kopf, zitternd und heftig mit dem Schwanz wedelnd.

Rosie glitt von der Bank aufs Gras und zog Rocky in ihre Arme. Ihr liebliches, helles Gelächter trillerte durch den Park.

»Braver Hund«, sagte Spencer leise.

Die muskulösen Volleyballspieler legten eine Pause ein, um ein paar Dosen Pepsi aus einer Styropor-Kühltasche zu holen.

Nachdem der Bärtige seinen Drachen eingeholt hatte, ging er zum Parkplatz; er schlug dabei einen Weg ein, der ihn an Spencer vorbeiführte. Er sah aus wie ein verrückter Prophet: unrasiert, ungewaschen, mit tief in den Höhlen liegenden, wilden blauen Augen, einer Adlernase, bleichen Lippen, schlechten, gelben Zähnen. Auf seinem schwarzen T-Shirt stand in roten Lettern gedruckt ein Spruch: ANOTHER BEAUTIFUL DAY IN HELL. Er warf Spencer einen wilden Blick zu, umklammerte den Drachen, als befürchtete er, jeder Schurke der Schöpfung hätte nichts lieber getan, als ihn zu stehlen, und ging aus dem Park.

Spencer bemerkte, daß er eine Hand über seine Narbe gelegt hatte, als der Mann ihn angesehen hatte. Er nahm sie wieder hinab.

Rosie stand jetzt ein paar Schritte vor dem Picknicktisch und scheuchte Rocky davon, ermahnte ihn offensichtlich, seinen Herrn nicht warten zu lassen. Sie stand außerhalb der Reichweite der Palmschatten im Sonnenschein.

Als der Hund zögernd seine neue Freundin verließ und zu seinem Herrn trottete, wurde Spencer sich erneut der außergewöhnlichen Schönheit der Frau bewußt, die viel größer als die Valeries war. Und getrieben von dem Bedürfnis, die Rolle des Retters und Heilers zu spielen, wurde ihm klar, daß diese Frau ihn wahrscheinlich dringender brauchte als die, die er suchte. Und doch wurde er aus Gründen, die er nicht erklären konnte – wollte er sich nicht Besessenheit vorwerfen und eingestehen, daß er sich von den unergründlichen Strömungen seines Unterbewußtseins fortreißen ließ, ganz gleich, wohin sie ihn trugen –, von Valerie und nicht von Rosie angezogen.

Der Hund erreichte ihn hechelnd und grinsend.

Rosie hob eine Hand über den Kopf und winkte zum Abschied.

Spencer winkte ebenfalls.

Vielleicht war seine Suche nach Valerie Keene nicht nur eine Besessenheit. Er hatte das unheimliche Gefühl, daß er der Drachen und sie die Kurbel war. Irgendeine seltsame Macht – nenne man sie Schicksal – drehte die Haspel, zog die Schnur um die Spule und zog ihn unerbittlich zu ihr, und er hatte in dieser Angelegenheit nicht die geringste Wahl.

Während das Meer vom fernen China heranrollte und auf den Strand plätscherte, während das Sonnenlicht einhundertfünfzig Millionen Kilometer durch den luftleeren Raum zurücklegte, um die goldenen Körper der jungen Frauen in ihren Bikinis zu liebkosen, gingen Spencer und Rocky zurück zum Wagen.

Während Roy Miro ihm etwas gemächlicher folgte, stürmte David Davis mit den Fotos der beiden besten Abdrücke auf dem Badezimmerfenster in den Hauptdatenverarbeitungsraum. Er brachte sie zum abgeteilten Arbeitsraum von Nella Shire. »Der eine ist eindeutig, ohne Frage, ein Daumen«, sagte Davis zu ihr. »Der andere könnte ein Zeigefinger sein.«

Nella Shire war etwa fünfundvierzig Jahre alt, hatte ein Gesicht, das so spitz wie das eines Fuchses war, krauses gelbgefärbtes Haar und grün lackierte Fingernägel. Eine Wand ihres abgetrennten Arbeitsbereichs war mit drei Fotos geschmückt, die sie aus Bodybuilding-Magazinen gerissen hatte: große, aufgepumpte Männer in winzigen Badehosen.

Als Davis die Muskelmänner bemerkte, runzelte er die Stirn. »Mrs. Shire«, sagte er, »ich habe Ihnen schon mehrmals gesagt, daß so etwas nicht annehmbar ist. Sie müssen diese Pin-ups entfernen.«

»Der menschliche Körper ist Kunst.«

Davis' Gesicht lief rot an. »Sie *wissen*, daß man dies als sexuelle Belästigung am Arbeitsplatz auslegen kann.«

»Ach?« Sie nahm ihm die Fotos von den Fingerabdrücken aus der Hand. »Und wer sollte mir das so auslegen?«

»Zum Beispiel jeder männliche Mitarbeiter in diesem Raum.«

»Kein Mann, der hier arbeitet, sieht so aus wie diese Prachtkerle. Und solange das der Fall ist, hat keiner etwas von mir zu befürchten.«

Davis riß eins der Fotos von der Wand, dann ein zweites. »Mir hat gerade noch gefehlt, daß ich einen Eintrag in die Personalakte bekomme, weil ich in meiner Abteilung sexuelle Belästigung dulde.«

Obwohl Roy an das Gesetz glaubte, gegen das Nella Shire verstieß, wurde er sich der Ironie von Davis' Befürchtung bewußt, seine Personalakte könne durch einen derartigen Eintrag befleckt werden. Schließlich war die namenlose Agency, für die sie arbeiteten, eine illegale Organisation, die keinem gewählten Regierungsmitglied oder Beamten verantwortlich war. Daher stellte alles, was Davis während seiner Arbeit tat, eine Verletzung des einen oder anderen Gesetzes dar.

Natürlich wußte Davis – wie fast alle Angehörigen der Agency – nicht, daß er das Instrument einer Verschwörung war. Er bekam sein Gehalt vom Justizministerium und ging davon aus, daß er in dessen Unterlagen als Mitarbeiter geführt wurde. Er hatte sich zur Geheimhaltung verpflichtet, glaubte jedoch, daß er einer legalen – wenn auch vielleicht kontroversen – Offensive gegen das organisierte Verbrechen und den internationalen Terrorismus angehörte.

»Vielleicht«, sagte Nella Shire, als Davis das dritte Pin-up von der Wand riß und zerknüllte, »hassen Sie diese Bilder dermaßen, weil sie *Sie* erregen, und das können Sie sich nicht eingestehen. Haben Sie darüber schon mal nachgedacht?« Sie warf einen Blick auf die Fotos von den Fingerabdrücken. »Was soll ich mit denen also anstellen?«

Roy sah, daß David Davis mit sich kämpfen mußte, um nicht die erste Antwort zu geben, die ihm in den Sinn kam.

Statt dessen sagte Davis: »Wir müssen wissen, von wem diese Abdrücke stammen. Schalten Sie über Mama eine Verbindung zur Zentralen Identifizierungs-Abteilung des FBI. Fangen Sie mit dem LDS an.«

Die Bundespolizei hatte einhundertneunzig Millionen Fingerabdrücke gespeichert. Obwohl sein neuester Computer Tausende von Vergleichen pro Minute bewältigte, benötigte er eine beträchtliche Zeitspanne, um diesen riesigen Bestand durchzugehen.

Mit Hilfe der cleveren Software namens Latent Descriptor Index ließ der Suchbereich sich drastisch eingrenzen, womit schnellere Erfolge möglich wurden. Hätten sie Verdächtige gesucht, die für eine Mordserie in Frage kamen, hätten sie die wichtigsten Merkmale der Verbrechen eingegeben – Geschlecht und Alter eines jeden Opfers, die Mordmethoden, Gemeinsamkeiten bei den Zuständen der Leichen, die Orte, an denen die Leichen gefunden worden waren –, und der Index hätte diese Fakten mit der Vorgehensweise bekannter Straffälliger verglichen und eine Liste der Verdächtigen und ihrer Fingerabdrücke erstellt. Dann wären keine Millionen von Vergleichen, sondern nur noch ein paar hundert – oder auch nur ein paar – erforderlich gewesen.

Nella Shire setzte sich vor ihren Computer. »Dann geben Sie mir mal die Einzelheiten, und ich erstelle ein Drei-Null-Zwo.«

»Wir suchen keinen bekannten Kriminellen«, sagte Davis.

»Wir glauben«, fuhr Roy fort, »daß unser Mann bei den Special Forces war oder zumindest eine spezielle Waffen- und Kampfausbildung genossen hat.«

»Das sind alles knackige Burschen«, sagte die Shire, was ihr ein Stirnrunzeln von David Davis einbrachte. »Army, Navy, die Marines oder die Luftwaffe?«

»Keine Ahnung«, sagte Roy. »Vielleicht hat er nie gedient. Könnte bei einer staatlichen oder städtischen Polizeitruppe gewesen sein. Vielleicht auch beim FBI, oder bei der DEA – oder CIA.«

»So funktioniert das nicht«, sagte die Shire ungeduldig. »Ich muß Fakten eingeben, die das Suchfeld begrenzen.«

Hundert Millionen Fingerabdrücke im System des FBI gehörten zu den Akten von Straftätern, womit neunzig Millionen übrigblieben, bei denen es sich um die von Angestellten des Bundes, Angehörigen des Militärs, der Geheimdienste, staatlicher und städtischer Polizeibehörden sowie registrierter Ausländer handelte. Hätten sie gewußt, daß der Unbekannte zum Beispiel bei den Marines gewesen war, hätten sie den Großteil dieser neunzig Millionen Akten nicht durchsuchen müssen.

Roy öffnete den Umschlag, den Melissa Wicklun ihm vor kurzem in der Abteilung Fotoanalyse gegeben hatte. Er nahm eins der computergenerierten Porträts des Mannes heraus, den sie jagten. Auf der Rückseite standen die Einzelheiten, die die Software für die Fotoanalyse aus dem regenverschwommenen Foto des Mannes am Bungalow abgeleitet hatte.

»Männlich, Weißer, achtundzwanzig bis zweiunddreißig Jahre alt«, sagte Roy.

Nella Shire gab die Daten ein. Auf dem Bildschirm erschien eine Liste.

»Eins siebenundsiebzig groß«, fuhr Roy fort. »Einhundertundfünfundsechzig Pfund, plus/minus fünf Pfund. Braunes Haar, braune Augen.«

Er drehte den Abzug um und betrachtete das generierte Gesicht.

David Davis beugte sich ebenfalls hinab. »Eine große Narbe auf dem Gesicht«, sagte Roy. »Auf der rechten Seite. Beginnt am Ohr und endet am Kinn.«

»Hat er sich die im Dienst zugezogen?« fragte Davis.

»Wahrscheinlich. Geben Sie also unter Vorbehalt ein, daß er vielleicht ehrenhaft entlassen oder sogar dienstunfähig geschrieben wurde.«

»Ob er nun entlassen oder dienstunfähig geschrieben wurde«, sagte Davis aufgeregt, »gehen Sie mal davon aus, daß er sich einer psychologischen Beratung unterziehen mußte. So eine Narbe – das ist doch ein schrecklicher Schlag für das Selbstwertgefühl. Schrecklich.«

Nella Shire drehte sich auf ihrem Stuhl, riß Roy das Bild aus der Hand und betrachtete es. »Ich weiß nicht ... ich finde, durch die Narbe sieht er sexy aus. Gefährlich und sexy.«

Davis ignorierte sie. »Die Regierung legt heutzutage großen Wert auf Selbstwertgefühl. Mangel an Selbstwertgefühl ist die Wurzel von Verbrechen und sozialen Unruhen. Wenn man sich nicht für einen wertlosen Dieb hält, kann man auch keine Bank ausrauben oder einer alten Oma die Handtasche entreißen.«

»Ach?« sagte Nella Shire und gab Roy das Bild zurück. »Na ja, ich kenne tausend Wichser, die sich für Gottes bestes Werk halten.«

»Geben Sie die psychologische Beratung als Detail ein«, sagte Davis beherrscht.

Sie fügte diesen Posten hinzu. »Sonst noch was?«

»Das wäre alles«, sagte Roy. »Wie lange wird es dauern?«

Shire sah sich die Liste auf dem Bildschirm an. »Schwer zu sagen. Höchstens acht oder zehn Stunden. Vielleicht weniger. Vielleicht viel weniger. Könnte sein, daß ich in einer oder zwei Stunden seinen Namen, die Adresse und die Telefonnummer habe und Ihnen sagen kann, ob er Rechts- oder Linksträger ist.«

Auch diese Bemerkung schien David Davis, der die Finger noch immer um eine Handvoll zerknüllter Muskelmänner geschlossen hielt und sich Sorgen um seine Personalakte machte, schwer zu schaffen zu machen.

Roy war lediglich fasziniert. »Wirklich? Vielleicht nur eine oder zwei Stunden?«

»Warum sollte ich Ihnen falsche Hoffnungen machen?« fragte sie ungeduldig.

»Dann werde ich hier warten. Wir brauchen diesen Burschen wirklich dringend.«

»Sie werden ihn bald haben«, versprach Nella Shire und machte sich an die Arbeit.

Um fünfzehn Uhr gönnten sie sich ein spätes Mittagessen auf der Veranda hinter dem Haus, während die langen Schatten der Eukalyptusbäume im gelblichen Licht der im Westen stehenden Sonne den Canyon hinaufkrochen. Spencer saß in einem Schaukelstuhl, aß ein Sandwich mit gekochtem Schinken und Käse und trank eine Flasche Bier. Nachdem Rocky einen Napf Purina verdrückt hatte, setzte er sein Grinsen, seinen traurigsten Blick, das jämmerlichste Jaulen, das Schwanzwedeln und alle anderen Bestandteile seines Repertoires an dramatischer Schauspielkunst ein, um ein paar Brocken vom Sandwich zu ergattern.

»Laurence Olivier könnte von dir noch was abschauen«, sagte Spencer zu ihm.

Als das Sandwich verzehrt war, watschelte Rocky die Verandatreppe hinab und ging über den Hinterhof zu den nächsten wilden Büschen hinüber. Wie immer wollte er unbeobachtet sein Geschäft machen.

»Warte, warte, warte«, sagte Spencer, und der Hund blieb stehen und drehte sich zu ihm um. »Wenn du zurückkommst und hast dein Fell voller Dornen, brauche ich eine Stunde, um sie wieder auszukämmen, und dafür habe ich keine Zeit.«

Er erhob sich vom Schaukelstuhl, wandte dem Hund den Rücken zu und betrachtete die Hütte, während er das Bier austrank.

Als Rocky zurückkam, gingen sie hinein, und die Schatten der Bäume konnten unbeobachtet länger werden.

Während der Hund auf dem Sofa ein Nickerchen hielt, setzte Spencer sich an den Computer und begann mit seiner Suche nach Valerie Keene. Von diesem Bungalow in Santa Monica aus hätte sie überall hingehen können, und er konnte mit der Suche genausogut im fernen Borneo wie im nahen Ventura beginnen. Daher blieb ihm nur ein Weg offen, und zwar der in die Vergangenheit.

Er hatte einen einzigen Hinweis: Vegas. *Karten. Man hat wirklich den Eindruck, sie fliegen durch ihre Hände.*

Ihre Vertrautheit mit Vegas und ihr Geschick mit Karten konnte bedeuten, daß sie dort gewohnt und sich ihr Geld als Kartengeberin verdient hatte. Über seine übliche Route drang Spencer in den Hauptcomputer des LAPD ein. Von dort sprang er in ein gemeinsames Datennetz der Polizeibehörden sämtlicher Bundesstaaten, das er schon oft benutzt hatte, und arbeitete sich über die Grenzen in den Computer der Dienststelle des Sheriffs des Clark County in Nevada vor, die für Las Vegas zuständig war.

Auf dem Sofa bewegte der schnarchende Hund die Beine. Normalerweise jagten Hunde im Schlaf Kaninchen, doch bei Rocky konnte man wahrscheinlich davon auszugehen, daß die Kaninchen ihn jagten.

Nachdem Spencer sich eine Weile im Computer des Sheriffs umgesehen und – unter anderem – den Weg in die Personalakten der Abteilung gefunden hatte, entdeckte er schließlich eine Datei mit der Bezeichnung NEV CODES. Er glaubte ziemlich genau zu wissen, was sie enthielt, und er wollte hinein.

NEV CODES war besonders geschützt. Um die Datei zu benutzen, brauchte er einen Zugriff-Kode. So unglaublich es klang, handelte es sich bei zahlreichen Polizeidienststellen dabei entweder um die Dienstnummer eines Beamten oder, bei Bürokräften, um die Kennummer eines Angestellten, und die waren in den nicht besonders gut geschützten Personalakten enthalten. Für den Fall, daß er sie benötigen würde, hatte er sich bereits ein paar Dienstnummern notiert. Nun gab er eine davon ein und bekam Zutritt zu der Datei.

Es handelte sich um eine Liste numerischer Kodes, mit denen er sich Zugang zu allen computergespeicherten Daten aller Regierungseinrichtungen im Staat Nevada verschaffen konnte. Blitzschnell folgte er der Cyberspace-Autobahn von Las Vegas zur Spielaufsichtsbehörde von Nevada in Carson City, der Hauptstadt.

Die Aufsichtsbehörde vergab die Lizenzen aller Spielkasinos im Staat und achtete darauf, daß sämtliche gesetzlichen Vorschriften befolgt wurden. Jeder, der in ein Kasino investieren oder als leitender Angestellter in einem arbeiten wollte, mußte seine Vergangenheit offenlegen und beweisen, daß er keine Verbindung zu aktenkundigen Verbrechern hatte. In den siebziger Jahren hatte eine gestärkte Aufsichtsbehörde die meisten Mobster und Strohmänner der Mafia, die die größte Industrie Nevadas gegründet hatten, zugunsten von Firmen wie Metro-Goldwyn-Mayer und der Hotelkette Hilton hinausgedrängt.

Es war nur logisch, daß auch die Kasinoangestellten unterhalb

124

der Management-Ebene – von den Empfangschefs der Hotels bis
hin zu den Kellnerinnen – ähnlichen, wenn auch nicht so erschöp-
fenden Überprüfungen unterzogen wurden und Ausweise ausgestellt bekamen. Spencer erkundete Menus und Dateiverzeichnisse
und hatte nach zwanzig Minuten die Unterlagen gefunden, die er
benötigte.

Die Unterlagen, die sich auf die Arbeitsgenehmigungen für Ka-
sinoangestellte bezogen, waren in drei Hauptdateien unterteilt: Er-
loschene, gültige und beantragte. Da Valerie schon zwei Monate
lang im Red Door in Santa Monica gearbeitet hatte, rief Spencer zuerst die erloschenen Arbeitsgenehmigungen auf.

Bei all seinen Streifzügen im Cyberspace hatte er nur wenige Dateien gesehen. die so ausführlich mit Querverweisen versehen waren wie diese – und diese wenigen hatten ernsten Belangen der nationalen Verteidigung gegolten. Das System ermöglichte ihm, mit
Hilfe von zweiundzwanzig Stichwortverzeichnissen von der Augen-
farbe bis hin zur letzten bekannten Arbeitsstelle nach einer bestimmten Person zu suchen.

Er tippte VALERIE ANN KEENE ein.

Nach ein paar Sekunden antwortete das System: UNKNOWN.
Unbekannt.

Er wechselte in die Datei für die gültigen Arbeitsgenehmigungen und gab ihren Namen ein.

UNKNOWN.

Dann versuchte er es bei den beantragten Genehmigungen. Am
Ergebnis änderte sich nichts. Valerie Ann Keene war der Spielaufsichtsbehörde von Nevada nicht bekannt.

Einen Augenblick lang starrte er den Bildschirm an, enttäuscht,
daß seine einzige Spur sich als Sackgasse erwiesen hatte. Dann
wurde ihm klar, daß eine Frau, die auf der Flucht war, wohl kaum
überall, wo sie sich aufhielt, denselben Namen benutzte. Damit
hätte sie es ihren Verfolgern zu leicht gemacht, sie aufzuspüren.
Falls Valerie in Vegas gewohnt und gearbeitet hatte, hatte sie dort
mit großer Sicherheit einen anderen Namen benutzt.

Spencer mußte sehr clever sein, wollte er sie finden.

Während Roy Miro darauf wartete, daß Nella Shire den Mann mit
der Narbe fand, sah er sich der schrecklichen Gefahr ausgesetzt, ein
paar Stunden lang gesellige Konversation mit David Davis treiben

zu müssen. Er hätte lieber einen Muffin mit einem Schuß Zyankali gegessen und ihn mit einem großen Becher eiskalter Karbolsäure hinuntergespült, als noch mehr Zeit mit dem Experten für Fingerabdrücke zu verbringen.

Roy behauptete, in der vergangenen Nacht nicht geschlafen zu haben, während ihm in Wirklichkeit nach dem unschätzbaren Geschenk, das er Penelope Bettonfield und ihrem Gatten gemacht hatte, der unschuldige Schlaf eines Heiligen zuteil geworden war, und brachte Davis dazu, ihm sein Büro anzubieten. »Ich bestehe darauf, wirklich, ich lasse keinen Einwand gelten, keinen!« sagte Davis mit überschwenglichen Gesten und übertriebenem Kopfschütteln. »In meinem Büro steht eine Couch. Sie können sich darauf ausstrecken, Sie stören mich wirklich nicht. Ich habe noch im Labor zu tun. Ich muß heute nicht an meinem Schreibtisch sitzen.«

Roy rechnete nicht damit, tatsächlich schlafen zu können. Während die geschlossenen Jalousien die kalifornische Sonne aussperrten, gab er sich damit zufrieden, im kühlen Halbdunkel des Büros auf dem Rücken zu liegen, die Decke anzustarren, sich den Nexus seines geistigen Seins vorzustellen – wo seine Seele sich mit der geheimnisvollen Macht verband, die den Kosmos beherrschte – und über den Sinn seiner Existenz zu meditieren. Er strebte jeden Tag nach einem tieferen Selbstverständnis. Er war ein Suchender, und die Suche nach Erleuchtung war für ihn unendlich spannend. Doch seltsamerweise schlief er ein.

Er träumte von einer perfekten Welt. In ihr gab es weder Gier noch Neid oder Verzweiflung, denn alle Menschen waren völlig gleich. Sie hatten nur ein Geschlecht und pflanzten sich in der Zurückgezogenheit ihrer Badezimmer mit diskreter Parthenogenese fort – aber nicht oft. Die einzige Hautfarbe war ein helles, leicht leuchtendes Blau. Alle Menschen waren auf androgyne Art und Weise schön. Keiner war dumm, aber auch keiner zu klug. Alle trugen dieselbe Kleidung und wohnten in Häusern, die alle gleich aussahen. Jeden Freitagabend fand auf der ganzen Erde eine Runde Bingo statt, bei der jeder gewann, und am Samstag...

Wertz weckte ihn, und Roy war vor Entsetzen gelähmt, weil er den Traum und die Wirklichkeit noch durcheinanderbrachte. Als er zu dem schneckenbleichen, mondrunden Gesicht von Davis' Assistenten hinaufsah, das von einer Schreibtischlampe erhellt wurde, dachte Roy, daß er und alle anderen Menschen auf der Welt genau wie Wertz aussahen. Er wollte schreien, doch kein Ton kam über seine Lippen.

Dann sprach Wertz und weckte Roy vollends auf. »Mrs. Shire hat ihn gefunden. Den Mann mit der Narbe. Sie hat ihn gefunden.«

Während Roy abwechselnd gähnte und aufgrund des sauren Geschmacks in seinem Mund das Gesicht verzog, folgte er Wertz zum Datenverarbeitungsraum. David Davis und Nella Shire standen in ihrem abgeteilten Arbeitsbereich. Beide hielten Papiere in den Händen. Roy blinzelte zuerst unbehaglich und dann interessiert in das grelle Neonlicht, während Davis ihm zahlreiche Seiten von Computerausdrucken reichte, die sowohl er als auch Nella Shire aufgeregt kommentierten.

»Er heißt Spencer Grant«, sagte Davis. »Kein zweiter Vorname. Mit achtzehn ging er direkt von der High School zur Army.«

»Hoher IQ, genauso hohe Motivation«, sagte Mrs. Shire. »Hat sich um eine Special-Forces-Ausbildung beworben. War bei den Army Rangers.«

»Er ist nach sechs Jahren aus der Army ausgeschieden«, sagte Davis und gab Roy einen weiteren Ausdruck, »und hat seine Abfindung dazu verwendet, an der UCLA zu studieren.«

Roy warf einen Blick auf die letzte Seite. »Hauptfach Kriminologie.«

»Psychologie von Straftätern als Nebenfach«, sagte Davis. »Hat ganzjährig studiert, sich voll reingekniet und nach drei Jahren seinen Abschluß gemacht.«

»Der junge Mann hatte es eilig«, sagte Wertz, offensichtlich, um ihnen in Erinnerung zurückzurufen, daß er zum Team gehörte, damit sie nicht versehentlich auf ihn traten und ihn wie eine Wanze zerquetschten.

»Dann hat er sich bei der Polizeiakademie von Los Angeles beworben«, sagte Nella Shire, als Davis Roy eine weitere Seite gab. »Hat zu den zehn besten seines Jahrgangs gehört.«

»Nachdem er noch nicht einmal ein Jahr auf der Straße war«, sagte Davis, »geriet er eines Tages zufällig in einen Autoraub. Zwei bewaffnete Männer. Sie sahen ihn kommen und wollten die Autofahrerin als Geisel nehmen.«

»Er hat beide getötet«, sagte die Shire. »Die Frau hat nicht einmal einen Kratzer abbekommen.«

»Und man hat Grant fertiggemacht?«

»Nein. Alle waren der Meinung, er habe richtig gehandelt.«

Roy warf einen Blick auf eine andere Seite, die Davis ihm gegeben hatte. »Hier steht, daß man ihn danach von der Straße genommen hat«, sagte er.

»Grant kannte sich mit Computern aus und hatte großes Talent«, sagte Davis. »Also haben sie ihn zu einer Spezialeinheit für Computerkriminalität versetzt. Reine Schreibtischarbeit.«

Roy runzelte die Stirn. »Warum? Blieb nach dem Schußwechsel bei ihm ein Trauma zurück?«

»Einige verkraften so was einfach nicht«, sagte Wertz wissend. »Sie sind einfach nicht aus dem richtigen Holz geschnitzt, haben nicht die Nerven dafür.«

»Den Unterlagen der obligatorischen Therapiesitzungen zufolge«, sagte Nella Shire, »blieb bei ihm kein Trauma zurück. Er wurde gut damit fertig. Er beantragte die Versetzung, aber nicht wegen eines Traumas.«

»Wahrscheinlich eine Verdrängung«, sagte Wertz. »Er ist so ein richtiger Macho und hat sich seiner Schwäche zu sehr geschämt, als daß er sie eingestanden hätte.«

»Wie dem auch sei«, sagte Davis, »er hat die Versetzung beantragt. Dann, vor zehn Monaten, nachdem er einundzwanzig Monate lang bei der Sondereinheit war, hat er einfach seinen Abschied vom LAPD eingereicht.«

»Wo arbeitet er jetzt?« fragte Roy.

»Das wissen wir nicht, aber wir wissen, wo er *wohnt*«, sagte David Davis und zog mit einer dramatischen Geste einen weiteren Ausdruck hervor.

Roy warf einen Blick auf die Adresse. »Sind Sie sicher, daß das unser Mann ist?«

Die Shire grub in ihrem Blätterstapel. Sie fand schließlich den hochaufgelösten Ausdruck eines Fingerabdrucks aus der Kartei des Personals der Polizei von Los Angeles, während Davis die Fotos der Abdrücke heraussuchte, die sie vom Rahmen des Badezimmerfensters abgenommen hatten.

»Wenn man weiß, wie man solche Abdrücke miteinander vergleicht«, sagte Davis, »sieht man auf den ersten Blick, daß der Computer recht hat, wenn er behauptet, sie stimmten überein. Eine perfekte Übereinstimmung. Das ist unser Mann. Daran besteht nicht der geringste Zweifel.«

128

Nella Shire gab Roy einen weiteren Ausdruck. »Das ist das neueste Foto in den Polizeiunterlagen«, sagte sie.

Von vorn und von der Seite fotografiert, wies Grant eine unheimliche Ähnlichkeit mit dem computergenerierten Foto auf, das Roy von Melissa Wicklun bekommen hatte.

»Ist das ein aktuelles Foto?« fragte Roy.

»Das neueste, das sich in den Akten des LAPD befindet«, sagte die Shire.

»Ist es lange nach dem Zwischenfall mit den Autoräubern aufgenommen worden?«

»Das wäre vor zweieinhalb Jahren gewesen. Hm, ich bin überzeugt, daß dieses Bild wesentlich neueren Datums ist. Warum fragen Sie?«

»Die Narbe scheint völlig verheilt zu sein«, stellte Roy fest.

»Ach so«, sagte Davis, »nein, er wurde bei dem Schußwechsel nicht verletzt. Er hat die Narbe schon sehr, sehr lange, hatte sie schon, als er zur Army ging. Sie stammt von einer Verletzung aus seiner Kindheit.«

Roy sah von dem Foto hoch. »Was für eine Verletzung?«

Davis zuckte mit seinen eckigen Schultern, und seine langen Arme klatschten gegen seinen weißen Laborkittel. »Das wissen wir nicht. Darüber ist in keiner Akte etwas enthalten. Die Narbe wird lediglich als Merkmal aufgeführt. ›Narbe vom rechten Ohr bis zur Kinnspitze, Folge einer Kindheitsverletzung.‹ Das ist alles.«

»Er sieht aus wie Igor«, sagte Wertz kichernd.

»Ich halte ihn für sexy«, widersprach Nella Shire.

»Igor«, beharrte Wertz.

Roy drehte sich zu ihm um. »Welcher Igor?«

»Igor. Na, Sie wissen schon, aus diesen alten Frankenstein-Filmen – Doktor Frankensteins Gehilfe. Igor. Der gräßliche alte Bucklige mit dem komischen Hals.«

»Mir liegt nichts an solcher Unterhaltung«, sagte Roy. »Sie verherrlicht Gewalt und Mißbildungen. Das ist doch widerlich.« Roy betrachtete das Foto und fragte sich, wie jung Spencer Grant gewesen sein mochte, als er sich diese schlimme Verletzung zugezogen hatte. Offensichtlich war er noch ein kleines Kind gewesen. »Der arme Junge«, sagte er. »Der arme, arme Junge. Wie schrecklich muß das Leben mit einem so entstellten Gesicht für ihn gewesen sein? Welche psychologische Belastung liegt auf seinen Schultern?«

»Ich dachte, das ist ein böser Bube, der irgendwas mit Terrorismus zu tun hat?« fragte Wertz stirnrunzelnd.

»Auch böse Menschen«, sagte Roy geduldig, »haben Mitgefühl verdient. Dieser Mann hat gelitten. Das sieht man. Ja, ich muß ihn finden und dafür sorgen, daß die Gesellschaft vor ihm sicher ist – aber er verdient es trotzdem, daß man ihn mit Mitgefühl und soviel Barmherzigkeit wie möglich behandelt.«

Davis und Wertz starrten ihn verständnislos an.

Aber Nella Shire sagte: »Sie sind ein netter Mensch, Roy.«

Roy zuckte mit den Achseln.

»Nein«, sagte sie, »wirklich. Schön zu wissen, daß es bei den Polizeibehörden Menschen wie Sie gibt.«

Die Wärme in Roys Wangen verriet ihm, daß er errötete. »Na ja, vielen Dank, das ist sehr nett, aber ich bin wirklich nichts Besonderes.«

Nella war zwar fünfzehn Jahre älter als er, aber da sie eindeutig keine Lesbierin war, hätte Roy sich gewünscht, wenigstens eins ihrer Merkmale wäre so attraktiv wie Melissa Wickluns exquisiter Mund. Doch ihr Haar war zu kraus und zu gelb. Ihre Augen waren von einem zu kalten Blau, die Nase und das Kinn zu spitz, die Lippen zu streng. Ihr Körper war einigermaßen gut proportioniert, aber in keiner Hinsicht außergewöhnlich.

»Na ja«, sagte Roy seufzend, »dann statte ich diesem Mr. Grant besser mal einen Besuch ab und frage ihn, was er letzten Abend in Santa Monica gemacht hat.«

Spencer saß zwar an seinem Computer in der Hütte in Malibu, hatte sich aber tief in den Computer der Spielaufsichtsbehörde in Carson City eingearbeitet und suchte die Datei der gültigen Arbeitsgenehmigungen des Personals der Kasinos ab, indem er die Namen aller Kartengeberinnen im Alter von achtundzwanzig bis dreißig Jahren, mit einer Größe von ungefähr einem Meter und sechzig, einem Gewicht von fünfzig bis fünfundfünfzig Kilo sowie mit braunem Haar und braunen Augen anforderte. Das waren genügend Parameter, um eine verhältnismäßig kleine Zahl von Kandidatinnen zu bekommen – genau vierzehn. Er wies den Computer an, die Namensliste in alphabetischer Reihenfolge auszudrucken.

Er warf einen Blick auf den ersten Namen und rief die Datei von Janet Francine Arbonhall auf. Die erste Seite des elektronischen

Dossiers, das auf dem Bildschirm erschien, enthielt ihre wichtigsten körperlichen Merkmale, das Datum, an dem ihre Arbeitserlaubnis bestätigt worden war, und ein Porträtfoto. Sie hatte nicht die geringste Ähnlichkeit mit Valerie, also stieg Spencer aus der Datei aus, ohne sie zu lesen.

Er rief die nächste Datei auf: Theresa Elisabeth Dunbury. Sie war es nicht.

Bianca Marie Haguerro. Sie auch nicht.

Corrine Serise Huddleston. Nein.

Laura Linsey Langston. Nein.

Rachael Sarah Marks. Keine Ähnlichkeit mit Valerie.

Jacqueline Ethel Mung. Sieben Fehlanzeigen, sieben weitere Möglichkeiten.

Hannah May Rainey.

Auf dem Bildschirm erschien Valerie Ann Keene, das Haar anders frisiert, als sie es im Red Door getragen hatte, hübsch, aber nicht lächelnd.

Spencer forderte einen vollständigen Ausdruck von Hannah May Raineys Akte an, der nur drei Seiten lang war. Er las ihn von vorn bis hinten, während die Frau ihn vom Computer weiterhin anstarrte.

Unter dem Namen Rainey hatte sie im vergangenen Jahr über vier Monate lang im Kasino des Hotels Mirage in Las Vegas als Blackjack-Geberin gearbeitet. Ihr letzter Arbeitstag war der 26. November gewesen, der nicht ganz zweieinhalb Monate zurücklag, und dem Bericht des Geschäftsführers des Kasinos an die Behörde zufolge hatte sie fristlos gekündigt.

Sie – wer auch immer »sie« sein mochten – mußten sie zu eben jenem Zeitpunkt aufgespürt haben, und sie hatte sich ihnen entzogen, als sie sie gerade festnehmen wollten, genau, wie sie sich ihnen in Santa Monica entzogen hatte.

In einer Ecke der Tiefgarage im Gebäude der Agency in der Innenstadt von Los Angeles klärte Roy Miro die letzten Einzelheiten mit den drei Agenten, die ihn zu Spencer Grants Haus begleiten und den Mann in Gewahrsam nehmen würden. Da die Agency offiziell gar nicht existierte, nahmen sie es nicht allzu genau mit dem Begriff »Gewahrsam«; »Entführung« wäre eine genauere Beschreibung ihrer Absicht gewesen.

Roy hatte mit beiden Begriffen keine Probleme. Moral war relativ, und nichts, was man im Dienst der richtigen Ideale tat, konnte ein Verbrechen sein.

Sie alle waren mit Ausweisen der Drug Enforcement Administration, der Drogenfahndung, ausgerüstet, und Grant würde glauben, daß man ihn zum Verhör in ein Bundesgefängnis brachte und er von dort aus einen Anwalt anrufen durfte. In Wirklichkeit würde er jedoch eher den lieben Gott auf seinem goldenen Thron im Himmel sehen als einen Rechtsbeistand.

Mit allen Methoden, die sie als notwendig erachteten, um ehrliche Antworten zu bekommen, würden sie ihn über seine Beziehung zu der Frau und ihren derzeitigen Aufenthaltsort verhören. Und wenn sie hatten, was sie brauchten – oder überzeugt waren, alles aus ihm herausgequetscht zu haben, was er wußte –, würden sie ihn beseitigen.

Roy würde die Beseitigung persönlich vornehmen und den armen, vernarbten Teufel vom Elend dieser gequälten Welt befreien.

Der erste der drei anderen Agenten, Cal Dormon, trug weiße Hosen und ein weißes Hemd mit dem Abzeichen eines Pizzabäckers auf der Brust. Er würde einen kleinen weißen Lieferwagen mit einem entsprechenden Emblem fahren, eins von vielen magnetischen Schildern, die man an dem Fahrzeug befestigen konnte, um es den Anforderungen der entsprechenden Operation gemäß zu verändern.

Alfonse Johnson trug Arbeitsschuhe, Khakihosen und eine Köperjacke. Mike Vecchio trug einen Pulli und Nikes.

Roy war als einziger von ihnen mit einem Anzug bekleidet. Da er jedoch voll bekleidet auf Davis' Sofa ein Nickerchen gehalten hatte, entsprach er keineswegs dem Bild, das man sich von einem gepflegten und anständig gebügelten Bundesagenten machte.

»Also, heute läuft es nicht wie gestern abend«, sagte Roy. Alle drei hatten in Santa Monica dem SWAT-Team angehört. »Wir müssen mit diesem Burschen *sprechen*.«

Hätte am vergangenen Abend einer von ihnen die Frau gesehen, hätte er sie sofort erschossen. Um nicht das Mißtrauen städtischer Polizisten zu erregen, die vielleicht auftauchen würden, hätte man ihr eine Waffe in die Hand gedrückt: eine Magnum der Marke Desert Eagle vom Kaliber 50, eine so durchschlagskräftige Handfeuerwaffe, daß eine mit ihr abgeschossene Kugel eine Austrittswunde von der Größe einer Männerfaust hinterließ. Eine Waffe, die offensichtlich einzig und allein den Zweck hatte, jemanden zu töten. Man hätte behauptet, der Agent hätte sie in Notwehr erschossen.

»Aber wir dürfen ihn nicht entkommen lassen«, fuhr Roy fort. »Und dieser Knabe hat eine Ausbildung, die mindestens so gut ist wie die, die ihr bekommen habt. Vielleicht hält er uns also nicht einfach die Arme hin, damit wir ihm Handschellen anlegen können. Wenn ihr ihn nicht in den Griff bekommt und er abzuhauen droht, schießt ihr ihm die Beine weg. Wenn es sein muß, sorgt ihr dafür, daß er sich nicht mehr bewegen kann. Er wird sowieso nicht mehr großartig herumlaufen. Aber verliert nicht die Kontrolle über euch, klar? Vergeßt nicht, wir müssen unbedingt mit ihm sprechen.«

Spencer hatte den Dateien der Spielaufsichtsbehörde von Nevada alle ihn interessierenden Informationen entnommen. Er zog sich über die Datenautobahn wieder in den Computer der Polizei von Los Angeles zurück.

Von dort aus schaltete er eine Verbindung mit der Polizei von Santa Monica und überprüfte deren Datenbank über Fälle, die innerhalb der letzten vierundzwanzig Stunden in die Wege geleitet worden waren. Kein Fall nahm Bezug auf den Namen Valerie Ann Keene oder die Adresse des Bungalows, den sie gemietet hatte.

Er verließ die Datenbank und überprüfte alle Einsatzberichte des Mittwochabends; denn es war ja möglich, daß Beamte der Polizei von Santa Monica einen Anruf entgegengenommen hatten, der sich auf den Aufruhr beim Bungalow bezog, aber dem Zwischenfall keine Aktennummer gegeben hatten. Diesmal fand er die Adresse.

Der letzte Eintrag des Beamten erklärte, wieso keine Aktennummer vergeben worden war: ATF OP IN PROG. FED ASSERTED. Was bedeutete: Eine Operation des Amtes für Alkohol, Tabak und Feuerwaffen im Gang; Zuständigkeit des Bundes erklärt.

Die städtischen Cops waren ausgeklinkt worden.

Auf dem Sofa schreckte Rocky mit einem schrillen Jaulen aus dem Schlaf, fiel auf den Boden, rappelte sich wieder auf, jagte seinem Schwanz hinterher, sah dann verwirrt nach rechts und links und suchte nach der Bedrohung, die ihn aus seinem Traum gerissen hatte.

»Nur ein Alptraum«, versicherte Spencer dem Hund.

Rocky betrachtete ihn zweifelnd und winselte.

»Was war es diesmal – eine riesige prähistorische Katze?«

Der Hund tappte durch das Zimmer, sprang hoch und legte seine Vorderpfoten auf ein Fensterbrett. Er sah auf die Auffahrt und den Wald hinaus, der das Haus umgab.

Der kurze Februartag näherte sich einer farbenreichen Dämmerung. Die Unterseiten der ovalen Eukalyptusblätter, die normalerweise silbern schimmerten, reflektierten nun das goldene Licht, das durch Lücken im Laubwerk fiel; sie leuchteten in einer schwachen Brise, so daß es den Anschein hatte, als wären die Bäume mit Schmuck für das Weihnachtsfest behangen, das nun schon über einen Monat vorüber war.

Rocky winselte erneut besorgt.

»Eine Pterodaktylus-Katze?« schlug Spencer vor. »Große Schwingen, riesige Fangzähne und ein so lautes Schnurren, daß Stein zerspringen würde?«

Der Hund war alles andere als amüsiert. Er ließ sich wieder zu Boden fallen und eilte in die Küche. So war er immer, wenn er aus einem bösen Traum erwacht war. Er würde durch das Haus laufen, von einem Fenster zum anderen, überzeugt, daß der Feind aus dem Land der Träume ihm in der wirklichen Welt genauso gefährlich werden konnte.

Spencer sah wieder auf den Computermonitor.

ATF OP IN PROG. FED ASSERTED.

Da stimmte etwas nicht.

Wenn das SWAT-Team, das am vergangenen Abend die Razzia gegen den Bungalow durchgeführt hatte, aus Agenten des Bureau of Alcohol, Tobacco and Firearms bestanden hatte ... warum hatten dann die Männer, die in Louis Lees Haus in Bel Air aufgetaucht waren, sich als FBI-Agenten ausgewiesen? Die erste Organisation stand unter der Aufsicht des Schatzamts der Vereinigten Staaten, während die zweite letztlich dem Justizminister verantwortlich war – wenngleich bei diesen Strukturen Veränderungen in Erwägung gezogen wurden. Wenn die verschiedenen Ämter gemeinsame Interessen hatten, arbeiteten sie gelegentlich zusammen; doch wenn man bedachte, wie groß die Rivalität und der Argwohn zwischen solchen Behörden normalerweise war, mußte man davon ausgehen, daß bei der Befragung von Louis Lee oder jeder anderen Person, die sie auf eine wichtige Spur bringen konnte, Repräsentanten *beider* Dienststellen anwesend gewesen wären.

Leise vor sich hin knurrend, als wäre er das Weiße Kaninchen, das zu spät zum Tee beim Verrückten Hutmacher kam, jagte Rocky aus der Küche und lief durch die offenstehende Tür ins Schlafzimmer.

ATF OP IN PROG.

Irgend etwas stimmte da nicht...

Das FBI war das bei weitem mächtigere der beiden Ämter, und falls es sich für eine Ermittlung so stark interessierte, daß es am Ort des Geschehens erschien, hätte es sich nie dazu bereit erklärt, die gesamte Zuständigkeit an das ATF abzugeben. Derzeit arbeitete der Kongreß auf Ersuchen des Weißen Hauses sogar an einer Gesetzesvorlage, derzufolge das ATF dem FBI angegliedert werden sollte. Der Eintrag im Bericht des Polizeibeamten hätte lauten müssen: FBI/ATF OP IN PROG.

Während Spencer darüber nachdachte, zog er sich von Santa Monica zur Polizei von Los Angeles zurück, verharrte dort einen Augenblick lang, als wolle er sich entscheiden, ob er fertig sei, kehrte dann in den Computer der Spezialeinheit zurück und schloß dabei alle Türen und beseitigte alle Spuren seines Eindringens.

Rocky schoß aus dem Schlafzimmer und jagte an Spencer vorbei zum Wohnzimmerfenster.

Nachdem Spencer die Datenautobahn verlassen hatte, schaltete er seinen Computer aus, erhob sich vom Schreibtisch, ging zum Fenster und stellte sich neben Rocky.

Der Hund drückte die Spitze der schwarzen Schnauze gegen das Glas. Ein Ohr nach oben, das andere nach unten gerichtet.

»Wovon träumst du?« fragte Spencer.

Rocky jaulte leise und richtete seine Aufmerksamkeit weiterhin auf die dunklen purpurnen Schatten und das goldene Leuchten des im Zwielicht liegenden Eukalyptuswäldchens.

»Von phantastischen Ungeheuern, Dingen, die es nie geben könnte?« fragte Spencer. »Oder einfach ... von der Vergangenheit?«

Der Hund zitterte.

Spencer legte eine Hand auf Rockys Nacken und streichelte ihn sanft.

Der Hund blickte kurz auf und richtete seine Aufmerksamkeit dann sofort wieder auf die Eukalyptusbäume, vielleicht, weil eine große Dunkelheit sich langsam über die zurückweichende Dämmerung senkte. Rocky hatte schon immer Angst vor der Nacht gehabt.

Das verbleichende Licht geronn am westlichen Himmel zu einem leuchtenden fuchsigen Schaum. Der karmesinrote Sonnenschein wurde von jedem mikroskopischen Partikel der Umweltverschmutzung und der Wasserdämpfe in der Luft reflektiert, so daß es den Anschein hatte, die Stadt läge unter einem dünnen Nebel aus Blut.

Cal Dormon holte eine große Pizza-Schachtel aus dem Laderaum des weißen Lieferwagens und ging zu dem Haus.

Roy Miro wartete an der gegenüberliegenden Straßenseite; er war aus der entgegengesetzten Richtung gekommen. Nun stieg er aus dem Wagen und schloß leise die Tür.

Mittlerweile würden Johnson und Vecchio bereits über Nachbargrundstücke die Rückseite des Hauses erreicht haben.

Roy ging über die Straße.

Dormon hatte sie bereits zur Hälfte überquert. In dem Karton befand sich keine Pizza, sondern eine .44er Desert Eagle Magnum, auf die ein schwerer Schalldämpfer geschraubt war. Seine Montur und die Schachtel dienten lediglich dazu, Spencer Grant zu beruhigen, falls er zufällig aus dem Fenster schauen sollte, während Dormon sich dem Haus näherte.

Roy erreichte die Rückseite des weißen Lieferwagens.

Dormon wartete an der Haustür.

Roy legte eine Hand vor den Mund, als wolle er ein Husten dämpfen, und sprach in den kombinierten Sender und Mikrofon, der an seinem Ärmelaufschlag befestigt war. »Zählen Sie bis fünf, dann gehen Sie rein«, flüsterte er den Männern hinter dem Haus zu.

An der Haustür hielt Cal Dormon sich nicht damit auf, großartig zu klingeln oder zu klopfen. Er drehte den Türknopf. Das Schloß mußte nicht zugeschnappt gewesen sein, denn er öffnete die Pizzaschachtel, ließ sie zu Boden fallen und hob die durchschlagskräftige israelische Pistole.

Roy schritt schneller aus. Er wirkte jetzt nicht mehr lässig.

Trotz des hochwertigen Schalldämpfers gab die Magnum bei jedem Schuß ein dumpfes Geräusch von sich. Sie waren zwar nicht besonders laut, hätten aber doch die Aufmerksamkeit von Passanten erregen können, wären welche in der Nähe gewesen. Die Waffe war wie dazu geschaffen, eine Tür zu öffnen: Drei schnelle Schüsse zerfetzten den Rahmen und das Schließblech. Selbst wenn der Absteller intakt blieb, war die Kerbe, in der er sich befunden hatte, keine Kerbe mehr, sondern nur noch ein Haufen Splitter.

Dormon ging hinein, und Roy folgte ihm, und ein Bursche in Strümpfen sprang von einem billigen, mit blauem Vinyl bezogenen Fernsehsessel auf. Er hielt eine Dose Bier in der Hand, trug verblichene Jeans und ein T-Shirt, sagte »Gott im Himmel!« und schaute völlig verschreckt und verwirrt drein, weil die letzten Holz- und Messingsplitter von der Tür gerade vor ihm auf den Wohnzimmerteppich geprasselt waren. Dormon stieß ihn so hart in den Sessel zurück, daß er keine Luft mehr bekam, und die Bierdose fiel zu Boden, rollte über den Teppich und verteilte weißen Schaum darüber.

Der Bursche war nicht Spencer Grant.

Roy hielt seine mit einem Schalldämpfer versehene Beretta in beiden Händen, ging schnell durch das Wohnzimmer, durch einen Bogengang in ein Eßzimmer und dann durch eine geöffnete Tür in eine Küche.

Eine Blondine von vielleicht dreißig Jahren lag bäuchlings auf dem Küchenboden, den Kopf Roy zugewandt, den linken Arm ausgestreckt, um nach einem Küchenmesser zu greifen, das man ihr aus der Hand geschlagen hatte und das fünf oder zehn Zentimeter außerhalb ihrer Reichweite lag. Sie konnte es nicht erreichen, denn Vecchio hatte ein Knie auf ihr Kreuz und die Mündung seiner Pistole direkt unter ihrem linken Ohr gegen ihren Hals gedrückt.

»Du Arschloch, du Arschloch, du *Arschloch*«, kreischte die Frau. Ihre schrillen Worte waren weder besonders laut noch deutlich, denn Vecchio drückte ihr Gesicht auf das Linoleum, und mit seinem Knie im Kreuz konnte sie nicht besonders tief einatmen.

»Ganz ruhig, Lady, ganz ruhig«, sagte Vecchio. »Seien Sie still, verdammt noch mal!«

Alfonse Johnson stand mitten in der Hintertür, die ebenfalls unverschlossen gewesen sein mußte, denn er hatte sie nicht aufbrechen müssen. Er hielt seine Waffe auf die einzige andere Person im Raum gerichtet: ein kleines, schreckensbleiches Mädchen von vielleicht fünf Jahren, das den Rücken gegen eine Wand gedrückt, die Augen weit aufgerissen und zu viel Angst hatte, um bereits zu weinen.

Die Luft roch nach scharfer Tomatensauce und Zwiebeln. Auf dem Küchenbrett lagen in Streifen geschnittene grüne Paprikaschoten. Die Frau hatte gerade das Abendessen zubereitet.

»Kommen Sie«, sagte Roy zu Johnson.

Sie durchsuchten gemeinsam den Rest des Hauses. Das Überraschungsmoment hatten sie zwar verloren, aber noch war die Dynamik auf ihrer Seite. Dielenschrank. Bad. Kinderzimmer: Teddybären und Puppen, die Schranktür stand offen, niemand war darin. Noch ein kleines Zimmer: eine Nähmaschine, ein zur Hälfte fertiggestelltes grünes Kleid auf einer Kleiderpuppe, ein so prall gefüllter Schrank, daß niemand sich darin verstecken konnte. Dann das Elternschlafzimmer, ein Schrank, noch ein Schrank, das Bad: niemand.

»Wenn er das nicht auf dem Küchenboden ist«, sagte Johnson, »mit einer blonden Perücke ...«

Roy kehrte ins Wohnzimmer zurück, wo der Bursche in dem Fernsehsessel sich so weit nach hinten geneigt hatte, wie er nur konnte, und in die Mündung der .44er starrte, während Cal Dormon ihm ins Gesicht schrie und ihn dabei mit Speichel benetzte: »Zum letztenmal! Hast du mich verstanden, du Arschloch? Ich frage dich zum letztenmal – wo ist er?«

»Ich hab's Ihnen doch gesagt«, erwiderte der Bursche. »Gott im Himmel, außer uns ist hier niemand.«

»Wo ist Grant?« beharrte Dormon.

Der Mann zitterte, als wäre der Fernsehsessel mit einem vibrierenden Massagegerät ausgestattet. »Ich kenne den Mann nicht, ich schwör's Ihnen, hab' nie von ihm gehört. Also würden Sie bitte gehen, einfach nur gehen, und diese Kanone auf etwas anderes richten?«

Roy war betrübt, daß man den Leuten so oft ihre Würde nehmen mußte, um sie zur Zusammenarbeit zu bewegen. Er ließ Johnson bei Dormon im Wohnzimmer zurück und ging wieder in die Küche.

Die Frau lag noch immer, mit Vecchios Knie im Kreuz, flach auf dem Boden, versuchte aber nicht mehr, nach dem Küchenmesser zu greifen. Sie beschimpfte ihn auch nicht mehr als Arschloch. Die Wut war der Furcht gewichen, und sie bat ihn, ihrem kleinen Mädchen nichts zu tun.

Das Kind stand noch immer in der Ecke und lutschte am Daumen. Tränen liefen seine Wangen hinab, doch es gab keinen Ton von sich.

Roy hob das Küchenmesser auf und legte es außerhalb der Reichweite der Frau auf die Arbeitsfläche.

Sie verdrehte ein Auge, um zu ihm hochschauen zu können. »Tun Sie meinem Baby nichts.«

»Wir werden niemandem etwas tun«, sagte Roy.

Er ging zu dem Mädchen, kniete neben ihm nieder und sagte mit seinem freundlichsten Tonfall: »Hast du Angst, Schätzchen?«

Die Kleine richtete den Blick von ihrer Mutter auf Roy.

»Natürlich hast du Angst, nicht wahr?« sagte er.

Während sie heftig an ihrem Daumen lutschte, nickte sie.

»Na ja, du brauchst wirklich keine Angst vor mir zu haben. Ich würde keiner Fliege was zuleide tun. Nicht mal, wenn sie um mein Gesicht summt und in mein Ohr kriecht und meine Nase runterrutscht.«

Das Kind starrte ihn durch Tränen ernst an.

»Wenn ein Moskito auf mir landet und mich stechen will, schlage ich ihn nicht tot. O nein. Ich gebe ihm eine winzige Serviette und ein ganz, ganz kleines Messer und eine Gabel und sage: ›Auf dieser Welt sollte niemand hungern. Das Mittagessen geht auf mich, Herr Moskito.‹«

Der Tränenfluß schien allmählich zu versiegen.

»Ich bin mal einem Elefanten begegnet«, sagte Roy zu ihr, »der auf dem Weg zum Supermarkt war, um Erdnüsse zu kaufen. Er hatte es furchtbar eilig und drängte meinen Wagen einfach von der Straße ab. Die meisten Leute wären diesem Elefanten zum Supermarkt hinterhergefahren und hätten ihm auf die empfindliche Rüsselspitze gehauen. Aber hab’ ich das getan? O nein. ›Wenn ein Elefant keine Erdnüsse mehr hat‹, hab’ ich mir gesagt, ›kann man ihn für sein Verhalten einfach nicht verantwortlich machen.‹ Doch ich muß eingestehen, daß ich ihm zum Supermarkt gefolgt bin und die Luft aus den Fahrradreifen gelassen habe, aber das hab’ ich nicht gemacht, weil ich wütend war. Ich wollte nur, daß er nicht weiterfährt, bis er ein paar Erdnüsse gegessen und sich beruhigt hat.«

Sie war ein entzückendes Kind. Er hoffte, es würde ihm gelingen, sie zum Lächeln zu bringen.

»Glaubst du wirklich, ich könnte jemandem was tun?« fragte er.

Das Mädchen schüttelte den Kopf: nein.

»Dann gib mir deine Hand, Schätzchen«, sagte Roy.

Sie ließ zu, daß er ihre linke Hand nahm, die ohne nassen Daumen, und er führte sie durch die Küche.

Vecchio ließ die Mutter los. Die Frau erhob sich auf die Knie und umarmte weinend das Kind.

Von den Tränen der Mutter gerührt, ließ Roy die Hand des Mädchens los und ging erneut in die Hocke. »Es tut mir leid«, sagte er, »ich verabscheue Gewalt, ich verabscheue sie wirklich. Aber wir dachten, ein gefährlicher Mann sei hier, und wir konnten ja schlecht anklopfen und ihn bitten, hinauszukommen und uns zu begleiten. Verstehen Sie das?«

Die Unterlippe der Frau zitterte. »Ich ... Ich weiß nicht. Wer sind Sie, was wollen Sie?«

»Wie heißen Sie?«

»Mary. Mary Z-zelinsky.«

»Und Ihr Mann heißt?«

»Peter.«

Mary Zelinsky hatte eine hübsche Nase. Ihr Rücken war ein perfekter Keil; alle Linien waren gerade und genau richtig. So feine Nasenflügel. Ein Septum, das aus feinstem Porzellan zu bestehen schien. Er bezweifelte, schon einmal eine so wunderschöne Nase gesehen zu haben.

»Nun ja, Mary«, sagte er lächelnd, »wir müssen wissen, wo er ist.«

»Wer?« fragte die Frau.

»Ich bin sicher, Sie wissen, wen ich meine. Spencer Grant natürlich.«

»Den kenne ich nicht.«

Während sie antwortete, schaute er von ihrer Nase zu ihren Augen hoch. Er konnte nicht den geringsten Trug darin ausmachen.

»Ich habe den Namen noch nie gehört«, sagte sie.

Roy drehte sich zu Vecchio um. »Stellen Sie das Gas unter der Tomatensauce ab«, sagte er, »sonst brennt sie noch an.«

»Ich schwöre, ich habe nie von ihm gehört«, beharrte die Frau.

Roy war geneigt, ihr zu glauben. Die Nase der schönen Helena hätte nicht exquisiter sein können als die von Mary Zelinsky. Natürlich war die schöne Helena indirekt für den Tod Tausender von Menschen verantwortlich gewesen, und viele andere hatten wegen ihr leiden müssen. Schönheit war also kein Garant für Unschuld. Und

140

in den Jahrtausenden, die seit Helenas Epoche verstrichen waren, waren die Menschen Meister darin geworden, das Böse zu verbergen, und deshalb erwiesen sich manchmal Geschöpfe, die völlig arglos aussahen, als moralisch verderbt.

Roy mußte völlig sicher gehen. Also sagte er: »Wenn ich den Eindruck habe, daß Sie mich belügen...«

»Ich lüge nicht«, sagte Mary zitternd.

Er hob eine Hand, um sie zum Schweigen zu bringen, und fuhr fort, wo er unterbrochen worden war.

»... könnte ich mit Ihrer hübschen Tochter auf ihr Zimmer gehen, sie ausziehen...«

Die Frau schloß vor Schrecken fest die Augen, als könne sie die Szene verdrängen, die er ihr so feinfühlig beschrieb.

»... und ihr dort zwischen den Teddybären und Puppen ein paar Spiele für Erwachsene beibringen.«

Die Nasenflügel der Frau blähten sich vor Entsetzen auf. Sie hatte wirklich ein wunderhübsches Näschen.

»Und jetzt, Mary, sehen Sie mir in die Augen«, fuhr er fort, »und sagen Sie mir noch einmal, ob Sie einen Mann namens Spencer Grant kennen.«

Sie öffnete die Augen und begegnete seinem Blick.

Sie standen sich Auge in Auge gegenüber.

Er legte eine Hand auf den Kopf des Kindes, streichelte ihm übers Haar, lächelte.

Mary Zelinsky drückte ihre Tochter in bemitleidenswerter Verzweiflung an sich. »Ich schwöre bei Gott, ich habe nie von ihm gehört. Ich kenne ihn nicht. Ich habe nicht die geringste Ahnung, was hier los ist.«

»Ich glaube Ihnen«, sagte er. »Beruhigen Sie sich, Mary. Ich glaube Ihnen, meine Liebe. Es tut mir leid, daß wir so grob sein mußten.«

Obwohl seine Stimme sanft und entschuldigend klang, durchlief Roy eine Woge des Zorns. Seine Wut richtete sich jedoch auf Grant, der sie irgendwie reingelegt hatte, und nicht auf diese Frau oder ihre Tochter oder ihren unglücklichen Gatten in dem Fernsehsessel.

Obwohl Roy versuchte, seinen Ärger zu unterdrücken, mußte die Frau ihn in seinen Augen gesehen haben, die normalerweise immer so freundlich schauten, denn sie schreckte vor ihm zurück.

Vecchio stand neben dem Herd. Er hatte die Gasflamme unter

der Sauce und auch die unter einem Topf mit kochendem Wasser abgedreht. »Er wohnt nicht mehr hier«, sagte er.

»Ich bezweifle, daß er je hier gewohnt hat«, meinte Roy.

Spencer holte zwei Koffer aus dem Schrank, betrachtete sie, stellte den kleineren beiseite und öffnete den größeren auf dem Bett. Er packte genug Kleidung für eine Woche ein. Er besaß weder einen Anzug noch ein weißes Oberhemd oder auch nur eine Krawatte. In seinem Schrank hingen ein halbes Dutzend Jeans, ein halbes Dutzend braune Freizeithosen, Khaki- und Köperhemden. In der obersten Schublade der hochbeinigen Kommode bewahrte er vier warme Pullover auf – zwei blaue, zwei grüne. Er packte von jeder Sorte einen ein.

Während Spencer den Koffer füllte, lief Rocky von Zimmer zu Zimmer und stand besorgt an jedem Fenster Wache, das er erreichen konnte. Dem armen Köter fiel es schwer, den Alptraum abzuschütteln.

Roy ließ seine Leute bei den Zelinskys zurück, verließ das Haus und ging über die Straße zu seinem Wagen.

Die Dämmerung hatte sich von Rot in ein sattes Purpur verdunkelt. Die Straßenlampen waren angegangen. Die Luft stand, und einen Augenblick lang war die Stille fast so tief, als stünde er auf einem Feld mitten auf dem Lande.

Sie konnten von Glück sprechen, daß die Nachbarn der Zelinskys nichts gehört hatten, was ihren Argwohn erregt hätte.

Andererseits brannte in den beiden Häusern neben dem der Zelinskys noch kein Licht. Wahrscheinlich konnten viele Familien in diesem angenehmen Mittelklasseviertel ihren Lebensstandard nur aufrechterhalten, wenn beide Ehepartner berufstätig waren. Bei dieser unsicheren Wirtschaftslage und den sinkenden Realeinkommen mußten sich viele Familien sogar einschränken, wenn beide Elternteile arbeiten gingen. Nun, zum Höhepunkt der Rush-hour, waren zwei Drittel der Häuser auf beiden Straßenseiten dunkel und verlassen; ihre Besitzer kämpften sich durch den Stoßverkehr, holten ihre Kinder bei Babysittern und Tagesschulen ab, die sie sich kaum leisten konnten, und bemühten sich, schnell nach Hause zu kommen, um noch ein paar Stunden der Ruhe genießen zu können, bevor sie sich wieder in die Tretmühle des Morgens begeben mußten.

Manchmal reagierte Roy so sensibel auf die schlechte Lage, in der sich der Durchschnittsbürger befand, daß ihm die Tränen kamen.

Im Augenblick konnte er sich jedoch nicht dem Mitgefühl hingeben, das ihn so schnell überkam. Er mußte Spencer Grant suchen.

Nachdem er im Wagen den Motor angelassen hatte und auf den Beifahrersitz gerutscht war, stöpselte er den Computer in dem Aktenkoffer ein und verband das Handy mit ihm.

Er rief Mama an und bat sie, Spencer Grants Telefonnummer im Großraum Los Angeles ausfindig zu machen, und sie begann im Mittelpunkt ihres Netzwerks in Virginia mit der Suche. Er hoffte, Grants Adresse über die Telefongesellschaft zu bekommen, wie es ihm auch bei den Bettonfields gelungen war.

David Davis und Nella Shire hatten das Büro in der Innenstadt mittlerweile schon verlassen, also konnte er leider nicht dort anrufen, um ihnen die Hölle heißzumachen. Sie waren sowieso nicht für sein Problem verantwortlich, wenngleich er Davis gern die Schuld in die Schuhe geschoben hätte – und Wertz, der mit Vornamen wahrscheinlich Igor hieß.

Nach ein paar Minuten teilte Mama ihm mit, daß im Großraum Los Angeles niemand namens Spencer Grant ein eingetragenes oder nicht eingetragenes Telefon hatte.

Roy konnte es nicht glauben. Er vertraute Mama völlig. Das Problem lag nicht bei ihr. Sie war genauso fehlerlos, wie seine liebe, verschiedene Mutter es gewesen war. Nein, dieser Grant war clever. Zu clever, verdammt noch mal.

Roy bat Mama, die *Telefonrechnungen* der Gesellschaften nach demselben Namen zu durchforsten. Grant war vielleicht unter einem Pseudonym eingetragen, doch die Telefongesellschaft hatte unter Garantie die Unterschrift einer kreditwürdigen und echten Person verlangt, bevor sie ihm einen Anschluß ins Haus schaltete.

Während Mama an der Arbeit war, beobachtete Roy einen Wagen, der an ihm vorbeifuhr und ein paar Häuser weiter auf eine Einfahrt bog.

Nun beherrschte die Nacht die Stadt. Am fernen westlichen Horizont hatte die Dämmerung abgedankt; von ihrem königlich purpurnen Licht war keine Spur mehr geblieben.

Der Bildschirm blitzte schwach auf, und Roy sah zu dem Computer auf seinem Schoß hinab. Mama zufolge tauchte Spencer

Grants Name auch nicht in den Unterlagen über die Telefonrechnungen auf.

Zuerst mußte der Bursche auf seine Personalakte im Computer des LAPD zurückgegriffen und statt der seinen die Adresse der Zelinskys eingegeben haben, die er anscheinend völlig zufällig ausgewählt hatte. Und dann hatte er, obwohl er noch im Großraum Los Angeles lebte und höchstwahrscheinlich ein Telefon besaß, seinen Namen aus den Unterlagen der Gesellschaft – Pacific Bell oder GTE – gelöscht, deren Dienste er in Anspruch nahm.

Grant schien zu versuchen, sich unsichtbar zu machen.

»Verdammt noch mal, wer ist dieser Bursche?« fragte Roy sich laut.

Nach allem, was Nella Shire herausgefunden hatte, war Roy überzeugt gewesen, den Mann zu kennen, den er suchte. Nun hatte er plötzlich das Gefühl, daß er Spencer Grant überhaupt nicht kannte, in keinerlei Hinsicht. Er kannte nur Allgemeinheiten, Oberflächlichkeiten – aber seine Verdammung mochte in den Einzelheiten liegen.

Was hatte Grant in dem Bungalow in Santa Monica zu suchen gehabt? Was hatte er mit dieser Frau zu schaffen? Was wußte er?

Es war von zunehmender Bedeutung, Antworten auf diese Fragen zu bekommen.

Zwei weitere Autos verschwanden in Garagen verschiedener Häuser.

Roy spürte, daß seine Chancen, Grant zu finden, um so geringer wurden, je mehr Zeit verstrich.

Fieberhaft überdachte er seine Möglichkeiten und trug Mama dann auf, in den Computer der Kraftfahrzeug-Zulassungsstelle in Sacramento einzudringen. Nach einem Augenblick erschien ein Foto von Grant auf seinem Monitor, das eigens aufgenommen worden war, als die Zulassungsstelle Grant einen neuen Führerschein ausgestellt hatte. Alle wichtigen Daten waren enthalten. Und eine Adresse.

»Na schön«, sagte Roy leise, als würde er sein Glück verwirken, wenn er lauter sprach.

Er forderte drei Ausdrucke der Daten auf dem Bildschirm an, verließ die Zulassungsstelle, verabschiedete sich von Mama, schaltete den Computer aus und ging über die Straße zum Haus der Zelinskys zurück.

144

Mary, Peter und die Tochter saßen auf dem Sofa im Wohnzimmer. Sie waren blaß, stumm und hielten sich an den Händen. Sie sahen aus wie drei Geister in einem Wartezimmer des Jüngsten Gerichts, die das unmittelbar bevorstehende Eintreffen der Urteilsbegründung erwarteten und halbwegs damit rechneten, direkt in die Hölle abgeschoben zu werden.

Dormon, Johnson und Vecchio standen schwer bewaffnet und ausdruckslos um sie herum. Ohne Kommentar gab Roy ihnen Ausdrucke der neuen Adresse, die er von der Zulassungsstelle bekommen hatte.

Mit ein paar Fragen brachte er heraus, daß sowohl Mary als auch Peter Zelinsky arbeitslos waren und vom Arbeitslosengeld lebten. Deshalb waren sie auch zu Hause und wollten gerade zu Abend essen, während die meisten Nachbarn noch in Schwärmen stählerner Fische das Betonmeer der Autobahnen durchstreiften. Sie studierten jeden Tag die Stellenangebote in der *Los Angeles Times*, hatten sich bei zahlreichen Firmen beworben und machten sich so große Sorgen um die Zukunft, daß das explosive Eindringen von Dormon, Johnson, Vecchio und Roy in gewisser Hinsicht keine Überraschung für sie gewesen war, sondern eine natürliche Weiterentwicklung ihrer persönlichen Katastrophe.

Roy war drauf und dran, seinen Ausweis der Drogenfahndung zu zücken und jede Einschüchterungstechnik einzusetzen, die er in seinem Repertoire hatte, um die Familie völlig zu unterwerfen und dafür zu sorgen, daß sie keine Beschwerde einlegte, weder bei der örtlichen Polizei noch bei der Bundesregierung. Doch der wirtschaftliche Niedergang, der sie arbeitslos gemacht hatte, und das Stadtleben im allgemeinen hatte sie offensichtlich bereits dermaßen eingeschüchtert, daß Roy die gefälschten Ausweise nicht mal vorzeigen mußte.

Sie würden dankbar sein, bei diesem Zusammenstoß mit dem Leben davongekommen zu sein. Sie würden lediglich die Haustür reparieren, die Wohnung aufräumen und wahrscheinlich glauben, sie wären von Drogenhändlern überfallen worden, die auf der Suche nach einem verhaßten Konkurrenten in das falsche Haus eingedrungen waren.

Niemand legte Beschwerde gegen Drogenhändler ein. Im modernen Amerika waren Drogenhändler mit einer Naturgewalt vergleichbar. Es wäre genauso sinnvoll – und viel sicherer – gewesen, eine wütende Beschwerde gegen einen Hurrikan, einen Tornado oder ein Gewitter einzulegen.

Roy machte sich das herrische Benehmen eines Kokain-Königs zu eigen. »Wenn ihr nicht erleben wollt, wie es ist, wenn man euch das Gehirn aus dem Kopf pustet«, warnte er sie, »bleibt ihr zehn Minuten lang schön ruhig sitzen, sobald wir weg sind. Zelinsky, du hast eine Uhr. Glaubst du, du kannst zehn Minuten abzählen?«

»Ja, Sir«, sagte Peter Zelinsky.

Mary schaute Roy nicht an. Sie hielt den Kopf gesenkt. Er konnte nicht viel von ihrer vorzüglichen Nase sehen.

»Du hast kapiert, daß ich es ernst meine?« fragte Roy den Ehemann, der mit einem Kopfnicken antwortete. »Du wirst schön brav sein?«

»Wir wollen keinen Ärger.«

»Freut mich, das zu hören.«

Die duldsame Demut dieser Leute belegte mehr als alles andere die zunehmende Brutalisierung der amerikanischen Gesellschaft. Sie bedrückte Roy. Andererseits machte ihre Nachgiebigkeit seinen Job wesentlich leichter, als es sonst gewesen wäre.

Er folgte Dormon, Johnson und Vecchio hinaus und fuhr als letzter los. Er schaute wiederholt zum Haus, doch weder an der Tür noch an einem der Fenster erschien eins ihrer Gesichter.

Eine Katastrophe war knapp vermieden worden.

Roy, der sich normalerweise seiner Gelassenheit rühmte, konnte sich nicht erinnern, seit geraumer Weile auf jemanden so wütend gewesen zu sein, wie er es nun auf Spencer Grant war. Wehe, wenn er diesen Burschen in die Finger kriegte!

Spencer packte eine Segeltuchtasche mit zahlreichen Dosen Hundefutter voll, einer Schachtel Hunde-Bisquits, einem neuen Ochsenziemer, Rockys Trink- und Eßnäpfen und einem Gummispielzeug, das wie ein Cheeseburger in einem Sesambrötchen aussah. Er stellte die Tasche neben den Koffer an die Haustür.

Der Hund überprüfte noch immer von Zeit zu Zeit die Fenster, aber nicht mehr so besessen wie zuvor. Er hatte den namenlosen Schrecken, der ihn aus seinem Traum getrieben hatte, zum größten Teil überwunden. Nun umtrieb ihn eine viel weltlichere und stillere Furcht: die Angst, die stets von ihm Besitz ergriff, wenn er spürte, daß ihre tägliche Routine sich änderte. Auf solche Veränderungen reagierte er sehr empfindlich. Er trottete hinter Spencer her, um festzustellen, ob irgendwelche beunruhigenden Maßnahmen ergriffen wurden, kehrte wiederholt zum Koffer zurück, um daran zu riechen, und suchte anscheinend seufzend seine Lieblingsstellen im Haus auf, als befürchtete er, nie wieder deren Annehmlichkeiten genießen zu können.

Spencer holte einen Laptop von einem Regal über seinem Schreibtisch und stellte ihn neben den Koffer und die Tasche. Er hatte ihn im September gekauft, damit er Programme schreiben konnte, während er auf der Veranda saß und die frische Luft und das beruhigende Säuseln des Herbstwindes im Eukalyptuswäldchen genoß. Nun würde er über diesen Computer während seiner Reisen mit dem großen amerikanischen Info-Netzwerk in Verbindung bleiben.

Er kehrte zum Schreibtisch zurück und schaltete den größeren Computer ein. Er stellte Diskettenkopien einiger der Programme her, die er geschrieben hatte, darunter auch eine desjenigen Programms, das die schwache elektronische Signatur feststellen konnte, die entstand, wenn eine Telefonleitung während des Dialogs zwischen zwei Computern abgehört wurde. Eine andere würde ihn beim Hacken warnen, sobald jemand versuchte, ihn mit hochmoderner Technik aufzuspüren und die Herkunft des Eindringlings zu ermitteln.

Rocky stand wieder vor einem Fenster und knurrte und jaulte die Nacht leise an.

Am westlichen Ende des San Fernando Valley fuhr Roy über Hügel und durch Canyons. Er hatte das Geflecht sich verzahnender Städte noch nicht verlassen, doch dort gab es zwischen den zusammengeballten Lichtern der Vorstadthelligkeit noch ein paar ursprüngliche Enklaven aus Dunkelheit.

Diesmal würde er vorsichtiger als bisher ans Werk gehen. Sollte unter der Adresse, die er von der Zulassungsstelle bekommen hatte, eine Familie wohnen, die wie die Zelinskys noch nie von Spencer Grant gehört hatte, wollte er dies herausfinden, *bevor* er ihre Tür eintrat, sie mit Pistolen bedrohte, die Spaghettisauce verdarb, die gerade auf dem Herd stand, und das Risiko einging, von einem erzürnten Hausbesitzer erschossen zu werden, der vielleicht zufällig ein bestens ausgerüsteter Waffennarr war.

In diesem Zeitalter des nahe bevorstehenden sozialen Chaos war es riskanter, in ein Privathaus einzudringen – ob nun mit der Autorität einer echten Marke ausgestattet oder nicht –, als es früher mal der Fall gewesen war. Bei dem Bewohner mochte es sich um alles mögliche handeln, von einem Kinder schändenden Teufelsanbeter bis hin zu in wilder Ehe lebenden Serienmördern mit kannibalistischen Neigungen, Kühlschränken voller Leichenteile und Eßgeräten, die sie in mühevoller Kleinarbeit aus Menschenknochen geschnitzt hatten. Zur Jahrtausendwende liefen in der Geisterbahn Amerika einige verdammt seltsame Leute frei herum.

Als Roy auf einer zweispurigen Straße in eine Senke fuhr, in der sich Nebelfäden wanden – Altweibersommer –, stellte sich bei ihm die Vermutung ein, daß er es nicht mit einem ganz normalen Haus in einem Vorort oder mit der einfachen Frage zu tun bekommen würde, ob Spencer Grant dort wohnte oder nicht. Etwas ganz anderes erwartete ihn.

Aus der Asphalt- wurde eine Schotterstraße, flankiert von kranken Palmen, die seit Jahren nicht mehr beschnitten worden waren und lange Krausen aus toten Wedeln zur Schau stellten. Schließlich endete der Weg vor einem mit einer Kette gesicherten Tor.

Der falsche Pizzawagen war bereits dort; seine roten Rücklichter wurden von dem dünnen Nebel gebrochen. Roy sah in den Rückspiegel und machte hundert Meter hinter sich Scheinwerfer aus: Johnson und Vecchio.

Er ging zum Tor. Cal Dormon wartete auf ihn.

Hinter dem Zaun bewegten sich im von den Scheinwerfern versilberten Nebel seltsame Maschinen rhythmisch im Kontrapunkt zueinander, wie riesige prähistorische Vögel, die auf der Suche nach Würmern im Boden die Köpfe senkten. Pumpen eines Rammbrunnens. Es war ein produzierendes Ölfeld, von denen es in ganz Südkalifornien zahlreiche gab.

Johnson und Vecchio traten zu Roy und Dormon am Tor.

»Ein Ölbohrloch«, sagte Vecchio.

»Ein gottverdammtes Ölbohrloch«, sagte Johnson.

»Nur ein paar gottverdammte Ölbohrlöcher«, sagte Vecchio.

Auf Roys Anweisung ging Dormon zum Lieferwagen, um Taschenlampen und einen Bolzenschneider zu holen. Bei dem Fahrzeug handelte es sich nicht nur um den falschen Lieferwagen eines Pizzabäckers, sondern um eine gut ausgerüstete Versorgungseinheit mit allen Werkzeugen und elektronischen Geräten, die man bei einem Außeneinsatz vielleicht benötigte.

»Wir gehen rein?« fragte Vecchio. »Warum?«

»Vielleicht gibt es eine Hausmeisterwohnung. Grant könnte der Verwalter der Anlage sein und hier wohnen.«

Roy spürte, daß sie genausowenig wie er selbst versessen darauf waren, sich an einem Abend zweimal lächerlich zu machen. Nichtsdestoweniger war ihnen – wie auch Roy selbst – klar, daß Grant bei seinem Führerscheinantrag wahrscheinlich eine falsche Adresse angegeben hatte und die Chance, ihn auf dem Ölfeld zu finden, irgendwo zwischen minimal und Null lag.

Nachdem Dormon die Kette aufgebrochen hatte, folgten sie dem Schotterweg und leuchteten mit ihren Taschenlampen wippende Pumpen an. Stellenweise hatten die sintflutartigen Regenfälle der vergangenen Nacht den Schotter weggespült und nur Schlamm zurückgelassen. Als sie eine Runde durch den knarrenden, quietschenden und schnalzenden Gerätepark gedreht hatten und zum Tor zurückgekehrt waren, ohne einen Verwalter zu finden, hatte Roy seine neuen Schuhe ruiniert.

Schweigend säuberten sie ihre Schuhe, so gut sie konnten, indem sie sie im wilden Gras neben dem Feldweg abstreiften.

Während die anderen auf neue Anweisungen warteten, kehrte Roy zu seinem Wagen zurück. Er wollte sich mit Mama verbinden und eine andere Adresse ausfindig machen, unter der er Grant finden würde, diese Giftschlange von Scheiße fressendem menschlichem Dreck.

Er war wütend, und das war nicht gut. Zorn hinderte ihn daran, klar zu denken. Noch kein Problem war im Zorn gelöst worden.

Er atmete tief ein, inhalierte sowohl Luft als auch Ruhe. Mit jedem neuen Atemzug vertrieb er seine Anspannung. Er stellte sich Gelassenheit als pfirsichfahlen Dunst vor; Anspannung sah er jedoch als gallengrünen Nebel, der dicht zusammengeballt aus seinen Nasenöffnungen schäumte.

Er hatte diese meditative Technik, seine Emotionen unter Kontrolle zu bringen, aus einem Buch mit tibetanischen Weisheiten gelernt. Vielleicht war es auch ein chinesisches Buch gewesen. Oder ein indisches. Er wußte es nicht genau. Bei seiner Suche nach einem tieferen Bewußtsein seiner selbst und Transzendenz hatte er viele östliche Philosophien erkundet.

149

Als er in seinen Wagen stieg, meldete sich sein Piepser. Er löste ihn von der Sonnenblende. Im Meldungsfenster sah er den Namen Kleck und eine Telefonnummer mit der Vorwahl 714.

John Kleck leitete die Suche nach dem neun Jahre alten Pontiac, der auf »Valerie Keene« zugelassen war. Wenn sie ihr übliches Muster eingehalten hatte, war der Wagen verlassen auf einem Parkplatz oder am Straßenrand aufgefunden worden.

Als Roy die Nummer gewählt hatte, die der Piepser anzeigte, erkannte er die Stimme, die sich meldete, eindeutig als die Klecks. Der Mann war in den Zwanzigern, dünn und schlaksig, hatte einen großen Adamsapfel und ein Gesicht, das an das einer Forelle erinnerte, doch seine Stimme war tief, einschmeichelnd und beeindruckend.

»Ich bin's«, sagte Roy. »Wo sind Sie?«

Die Worte rollten mit klangvoller Pracht von Klecks Zunge. »Auf dem Flughafen John Wayne im Orange County.« Die Suche hatte in Los Angeles begonnen, war aber den ganzen Tag über ausgeweitet worden. »Der Pontiac ist hier, in einem der Langzeit-Parkhäuser. Wir tragen gerade die Namen der Angestellten der Fluggesellschaften zusammen, die gestern nachmittag und abend an den Ticketschaltern gearbeitet haben. Wir haben Fotos von ihr. Vielleicht erinnert sich jemand, ihr ein Ticket verkauft zu haben.«

»Machen Sie weiter, aber das ist eine Sackgasse. Sie ist zu klug, um den Wagen dort stehenzulassen, wo sie weitergereist ist. Es ist eine falsche Spur. Sie weiß, daß wir nicht sichergehen können und Zeit verschwenden müssen, indem wir sie überprüfen.«

»Wir versuchen auch, sämtliche Taxifahrer aufzutreiben, die zu dieser Zeit am Flughafen eingesetzt waren. Vielleicht hat sie ja kein Flugzeug, sondern ein Taxi genommen.«

»Gehen Sie lieber noch einen Schritt weiter. Vielleicht ist sie vom Flughafen zu Fuß zu einem Hotel in der Nähe gegangen. Forschen Sie nach, ob ein Portier, Parkjunge oder Page sich erinnert, für sie ein Taxi gerufen zu haben.«

»Machen wir«, sagte Kleck. »Diesmal wird sie nicht weit kommen, Roy. Wir bleiben ihr dicht auf den Fersen.«

Roy hätte sich vielleicht von Klecks Zuversicht und dem prächtigen Timbre seiner Stimme beruhigen lassen – hätte er nicht gewußt, daß Kleck wie ein Fisch aussah, der gerade versuchte, eine Beutelmelone zu verschlucken. »Bis später.« Er legte auf.

Er verband das Telefon mit dem Computer im Aktenkoffer, ließ den Motor an und wählte Mamas Nummer in Virginia an. Die Aufgabe, die er ihr stellte, war selbst angesichts ihrer ansehnlichen Fähigkeiten und Verbindungen entmutigend: Die Suche nach Spencer Grant in den computerisierten Unterlagen der Wasser-, Strom- und Gasversorger sowie sämtlicher Finanzämter; praktisch die Durchforstung sämtlicher elektronischer Akten aller staatlichen, regionalen und städtischen Behörden sowie die der Counties Ventura, Kern, Los Angeles, Orange, San Diego, Riverside und San Bernardino und sämtlicher Verwaltungen, die mit ihnen zusammenarbeiteten; darüber hinaus die der Dateien sämtlicher Geldinstitute in Kalifornien über ihre Girokonten, Sparbücher, Darlehens- und Kreditkartenkonten; und auf nationaler Ebene die Suche in allen Unterlagen der Sozial- und Finanzämter, die in Kalifornien begann und dann Bundesstaat um Bundesstaat nach Osten ausgedehnt wurde.

Nachdem er schließlich erklärt hatte, daß er sich am nächsten Morgen nach den Ergebnissen von Mamas Ermittlungen erkundigen würde, schloß er die elektronische Tür in Virginia und schaltete den Computer aus.

Der Nebel wurde von Minute zu Minute dichter, die Luft kühler. Die drei Männer warteten zitternd noch immer am Tor auf ihn.

»Für heute abend können wir Schluß machen«, sagte Roy zu ihnen. »Gehen wir morgen früh wieder frisch ans Werk.«

Sie schauten erleichtert drein. Wer konnte schon sagen, wohin Grant sie als nächstes schicken würde?

Roy klopfte ihnen auf die Schulter und bedankte sich bei allen, während sie zu ihren Fahrzeugen zurückkehrten. Er wollte, daß sie sich gut fühlten. Jeder hatte das Recht, sich gut zu fühlen.

Als Roy seinen Wagen über den Schotter zu der zweispurigen Asphaltstraße zurücksetzte, atmete er tief und langsam ein. Herein mit dem pfirsichfahlen Dunst der Ruhe. Hinaus mit dem gallengrünen Nebel der Anspannung, des Zorns und Stresses. Pfirsich herein. Grün heraus. Pfirsich herein.

Er war noch immer wütend.

Da sie spät zu Mittag gegessen hatten, fuhr Spencer eine beträchtliche Strecke durch die trockene Mojave-Wüste und verließ die Interstate 15 erst bei Barstow, um dort etwas zu Abend zu essen. Am

Fenster eines Drive-Thru-McDonald's bestellte er einen Big Mac, Pommes und einen kleinen Vanille-Milchshake für sich. Um sich nicht mit den Hundefutterdosen in der Segeltuchtasche abplagen zu müssen, bestellte er noch zwei Hamburger und ein großes Wasser für Rocky – und gab dann nach und bestellte noch einen zweiten Vanilleshake.

Er parkte am Ende des hellerleuchteten Parkplatzes des Schnellrestaurants, ließ den Motor laufen, damit es im Explorer nicht zu kalt wurde, und setzte sich zum Essen in den Laderaum. Er lehnte sich mit dem Rücken gegen die Vordersitze und streckte die Beine aus. Als die Papiertüten geöffnet wurden und wundervolle Gerüche durch den Wagen zogen, leckte Rocky sich vor Vorfreude die Lefzen. Bevor sie in Malibu abgefahren waren, hatte Spencer die Rücksitze hinuntergeklappt, so daß er und der Hund selbst mit dem Koffer und dem anderen Gepäck genug Platz hatten.

Er packte Rockys Burger aus und legte sie auf die Hüllen. Als Spencer seinen Big Mac aus dem Behälter geholt und einmal daran abgebissen hatte, hatte Rocky seine Frikadellen und den Großteil eines Brötchens heruntergeschlungen; mehr Brot wollte er nicht. Er starrte Spencers Big Mac sehnsüchtig an und jaulte.

»Meins«, sagte Spencer.

Rocky jaulte erneut. Kein Winseln des Schmerzes, sondern eins, das besagen sollte: Sieh mich armen, süßen Hund doch an und kapier endlich, wie gern ich diesen Hamburger und den Käse und die Spezialsauce und vielleicht auch noch die Gürkchen essen würde.

»Kennst du die Bedeutung des Wörtchens *meins*?«

Rocky betrachtete die Tüte Pommes frites auf Spencers Schoß.

»Meins.«

Der Hund schaute zweifelnd drein.

»Deins«, sagte Spencer und deutete auf das übriggebliebene Hamburger-Brötchen.

Rocky betrachtete betrübt das trockene Brötchen – und dann den saftigen Big Mac.

Nachdem Spencer noch einen Bissen zu sich genommen und mit einem Schluck Vanilleshake heruntergespült hatte, sah er auf seine Uhr. »Wir tanken und sind dann um neun Uhr wieder auf der Interstate. Nach Las Vegas sind es noch etwa zweihundertfünfzig Kilometer. Auch wenn wir nicht auf die Tube drücken, können wir es bis Mitternacht schaffen.«

152

Rocky konzentrierte sich wieder ausschließlich auf die Pommes frites.

Spencer gab nach und warf vier von ihnen auf das Hamburger-Papier. »Warst du schon mal in Vegas?« fragte er.

Die vier Pommes waren verschwunden. Rocky starrte sehnsüchtig die anderen an, die aus der Tüte auf dem Schoß seines Herrn quollen.

»Eine harte Stadt. Und ich habe das schlechte Gefühl, daß es schon ziemlich bald nach unserem Eintreffen wirklich unangenehm für uns werden wird.«

Spencer aß den Big Mac und die Pommes auf und gab Rocky trotz dessen vorwurfsvollen Blicks nichts mehr ab. Er trank den Milchshake aus, sammelte die Verpackungen ein und steckte sie in eine der Tüten.

»Eins muß dir klar sein, Kumpel. Wer auch immer hinter ihr her ist – sie sind verdammt mächtig. Gefährlich. Schießwütig und nervös, wie sie vergangene Nacht auf Schatten geballert haben. Für sie muß eine Menge auf dem Spiel stehen.«

Spencer nahm vom zweiten Vanille-Milchshake den Deckel ab, und der Hund neigte interessiert den Kopf.

»Siehst du, was ich für dich aufgehoben habe? Schämst du dich jetzt, weil du so vorwurfsvoll geguckt hast, als ich dir keine Pommes abgeben wollte?«

Spencer hielt den Behälter so, daß Rocky ihn nicht umkippen konnte.

Der Hund fiel mit der schnellsten Zunge westlich von Kansas City über den Milchshake her, leckte ihn wie im Rausch aus und steckte schon nach ein paar Sekunden die Schnauze tief in den Becher, um den letzten Rest von dem schnell verschwindenden Leckerbissen zu ergattern.

»Wenn sie dieses Haus letzte Nacht beobachtet haben, haben sie vielleicht auch ein Foto von mir.«

Rocky zog sich aus dem Becher zurück und betrachtete Spencer. Die Schnauze des Hundes war voller Milchshake.

»Du hast widerwärtige Tischmanieren.«

Rocky steckte die Schnauze wieder in den Becher, und schlürfende Geräusche hündischer Gefräßigkeit erfüllten den Explorer.

»Wenn sie ein Foto haben, werden sie mich irgendwann finden. Und wenn ich versuche, Valeries Spur aufzunehmen, indem ich Erkundigungen über ihre Vergangenheit einziehe, werde ich wahrscheinlich an irgendeinen Stolperdraht geraten und sie auf mich aufmerksam machen.«

Der Becher war leer, und Rocky verlor das Interesse daran. Mit einer erstaunlich ausgedehnten Drehung seiner Zunge leckte er das meiste des süßen Zeugs von seiner Schnauze.

»Mit wem auch immer sie es zu tun hat ... würde ich es mit ihnen aufnehmen wollen, wäre ich der größte Narr auf Gottes weiter Erde. Das weiß ich. Das ist mir *völlig* klar. Aber trotzdem bin ich nach Vegas unterwegs.«

Rocky hustete trocken. Rückstände des Milchshakes klumpten sich in seiner Kehle zusammen.

Spencer öffnete den Wasserbecher und hielt ihn Rocky hin, damit der Hund trinken konnte.

»Was ich hier mache ... daß ich mich in diese Sache verwickeln lasse ... das ist dir gegenüber wirklich nicht fair. Das weiß ich ebenfalls.«

Rocky wollte kein Wasser mehr. Seine gesamte Schnauze war tropfnaß.

Nachdem Spencer den Deckel wieder auf den Behälter gedrückt hatte, warf er ihn in die Tüte mit dem Abfall. Er nahm ein paar Papierservietten und packte Rocky am Halsband.

»Komm her, du Sabberer.«

Rocky gestattete geduldig, daß Spencer ihm die Schnauze und das Kinn trockenrieb.

Auge in Auge mit dem Hund, sagte Spencer: »Du bist der beste Freund, den ich habe. Weißt du das? Natürlich weißt du das. Und ich bin der beste Freund, den du hast. Wer soll für dich sorgen, wenn ich umkomme?«

Der Hund erwiderte ernst Spencers Blick, als wisse er, daß das Thema, das hier besprochen wurde, sehr wichtig war.

»Erzähl mir nicht, daß du dich um dich selbst kümmern kannst. Du bist zwar besser drauf als damals, als ich dich zu mir geholt habe, aber du kannst noch nicht selbst für dich sorgen. Dazu wirst du wahrscheinlich nie imstande sein.«

Der Hund stieß Luft aus, als wolle er widersprechen, doch sie beide kannten die Wahrheit.

»Wenn mir etwas zustoßen sollte, wirst du wohl einen Rückfall erleiden. Wirst du zerbrechen. Wieder so sein, wie du es damals im

Tierheim warst. Und wer wird dir je wieder die Zeit und Aufmerksamkeit widmen, die du brauchst? Hmm? Niemand.«

Er ließ das Halsband los.

»Du sollst also wissen, daß ich dir kein so guter Freund bin, wie ich es eigentlich sein sollte. Ich will bei dieser Frau eine Chance haben. Ich will herausfinden, ob sie wirklich etwas so Besonderes ist, daß ihr an ... an jemandem wie mir etwas liegt. Ich bin bereit, mein Leben aufs Spiel zu setzen, um das herauszufinden ... aber ich sollte nicht bereit sein, auch dein Leben in Gefahr zu bringen.«

Lüg den Hund nie an.

»Ich bin einfach kein so treuer Freund, wie du einer sein kannst. Schließlich bin ich nur ein Mensch. Sieh tief genug in einen jeden von uns hinein, und du wirst einen selbstsüchtigen Mistkerl finden.«

Rocky wedelte mit dem Schwanz.

»Hör auf damit. Willst du, daß ich mich noch schlechter fühle?«

Rocky wedelte wie verrückt mit dem Schwanz und kletterte auf Spencers Schoß, um sich streicheln zu lassen.

Spencer seufzte. »Na ja, dann muß ich eben dafür sorgen, daß ich nicht umgebracht werde.«

Lüg den Hund nie an.

»Obwohl die Chancen wohl gegen mich stehen«, fügte er hinzu.

Als Roy Miro wieder das Vorstadtgewirr des Tals erreicht hatte, fuhr er planlos durch eine Reihe von Industriegebieten. Er konnte nicht genau sagen, wo die eine Gemeinde aufhörte und die nächste anfing. Er war noch immer wütend, verspürte aber auch eine gewisse Niedergeschlagenheit. Mit wachsender Verzweiflung suchte er einen Laden, in dem er eine große Auswahl von Zeitungen finden würde. Er brauchte eine ganz besondere Zeitung.

Interessanterweise kam er in zwei weit auseinanderliegenden Vierteln an zwei ausgeklügelten Beschattungsmissionen vorbei. Zumindest war er sich ziemlich sicher, daß es sich darum handelte.

Die erste wurde mit Hilfe eines speziell ausgerüsteten Kastenwagens mit einem verbreiterten Radstand und chromüberzogenen Felgen durchgeführt. Die Seite des Fahrzeugs war mit einem Airbrush-Gemälde von Palmen, Wellen, die sich auf einem Strand brachen, und einem roten Sonnenuntergang verziert. Auf dem Dachgepäckträger waren zwei Surfbretter befestigt. Ein nicht Eingeweihter hätte geglaubt, der Wagen gehöre einer jungen, versessenen Surferin, die in der Lotterie gewonnen hatte.

Roy bemerkte die Hinweise sofort, die auf den wahren Zweck des Wagens hindeuteten. Sämtliche Glasflächen des Fahrzeugs einschließlich der Windschutzscheibe waren dunkel getönt, doch zwei große Seitenfenster, um die sich das Gemälde schlang, waren so schwarz, daß es sich um Zweiwegspiegel handeln mußte, die auf der Außenseite mit einer zusätzlichen getönten Schicht überzogen worden waren, so daß man nicht mehr hineinsehen konnte, die Agenten in dem Wagen – und ihre Videokameras – jedoch ungehinderte Sicht auf die Außenwelt hatten. Vier Scheinwerfer waren über der Windschutzscheibe nebeneinander auf dem Dach aufgebaut; keiner war eingeschaltet, doch jede Glühbirne saß in einer kegelförmigen Halterung, bei der es sich, wie bei einem kleinen Megaphon, um einen Reflektor handeln könnte, der den Lichtstrahl bündelte und verstärkte. Doch darum handelte es sich keineswegs. Einer der Kegel war die Antenne eines Kurzwellengeräts, der mit den Computern im Inneren des Wagens verbunden war. Mit diesem Gerät konnte man große Mengen kodierter Daten mit mehr als einem Sender oder Empfänger gleichzeitig austauschen. Die drei restlichen Kegel waren Sammelschüsseln für Richtmikrofone.

Einer der drei Scheinwerfer war nicht, wie es bei den drei anderen zutraf und eigentlich auch bei diesem der Fall hätte sein müssen, nach vorn gerichtet, sondern auf einen Sandwich-Laden auf der anderen Straßenseite – Submarine Drive –, vor dem reger Andrang herrschte. Die Agenten nahmen das Durcheinander der Gespräche von acht oder zehn Leuten auf, die sich auf dem Bürgersteig vor dem Laden versammelt hatten. Später würde ein Computer die zahlreichen Stimmen analysieren: Er würde jeden einzelnen Sprecher isolieren, ihn mit einer Nummer versehen, diese Nummer mit einer anderen vergleichen, die auf dem Wortfluß und der Modulation basierte, die meisten Hintergrundgeräusche wie den Straßenverkehr und den Wind ausblenden und jedes einzelne Gespräch auf einer eigenen Spur aufzeichnen.

Die zweite Beschattung fand fast zwei Kilometer weiter auf einer Querstraße statt. Sie wurde aus einem getarnten Kastenwagen vorgenommen, der angeblich der Firma Jerry's Glass Magic gehörte. Zweiwegspiegel waren dreist in die Seite eingelassen, in das Logo der erfundenen Firma.

Roy freute sich immer, wenn er Beschattungsteams sah, vor allem Super-High-Tech-Einheiten, denn bei denen handelte es sich wahrscheinlich um solche des Bundes und nicht der örtlichen Polizei. Ihre diskrete Anwesenheit deutete darauf hin, daß *irgend jemand* etwas um soziale Stabilität und Frieden auf den Straßen gab.

Wenn er welche sah, fühlte er sich im allgemeinen sicherer – und nicht so allein.

An diesem Abend wurde seine Stimmung jedoch nicht besser. An diesem Abend war er in einem Strudel negativer Emotionen gefangen. An diesem Abend fand er keinen Trost in den Beschattungsteams, in der guten Arbeit, die er für Thomas Summerton leistete, oder in irgend etwas anderem, das diese Welt anzubieten hatte.

Er mußte seinen Mittelpunkt finden, die Tür in seiner Seele öffnen und dem Kosmos ins Auge sehen.

Bevor Roy einen 7-Eleven oder einen anderen Laden ausfindig machen konnte, sah er ein Postamt, das ihm bot, was er suchte. Vor dem Gebäude standen zehn oder zwölf Zeitungs-Automaten.

Er parkte im absoluten Halteverbot am Bordstein, stieg aus und überprüfte die Automaten. Die *Times* oder die *Daily News* interessierten ihn nicht. Was er suchte, fand er nur in der alternativen Presse. Die meisten dieser Publikationen verkauften Sex: Sie konzentrierten sich auf promiskuitive Singles, Partnertausch treibende Paare, Schwule – oder auf Dienstleistungen für Erwachsene. Roy ignorierte die wollüstigen Blätter. Wenn die Seele Transzendenz suchte, reichte Sex einfach nicht aus.

In vielen großen Städten gab es eine oder mehrere wöchentlich erscheinende New-Age-Zeitungen, die über Naturkost, ganzheitliche Heilmethoden und spirituelle Angelegenheiten von der Reinkarnationstherapie bis hin zum Seelenaderlaß berichteten.

In Los Angeles erschienen drei davon.

Roy kaufte alle und kehrte zum Wagen zurück.

Im schwachen Licht der Leselampe blätterte er alle Publikationen durch, achtete aber nur auf Groß- und Kleinanzeigen. Gurus, Swamis, Hellseher, Tarot-Karten-Deuter, Akupunkturisten, Kräuterheiler, Aderlasser, Aurainterpreten, Handflächenleser, Führer durch das Nachleben, Dickdarmtherapeuten und andere Spezialisten boten mit ermutigenden Behauptungen ihre Dienste an.

Roy wohnte in Washington, D.C., doch seine Arbeit führte ihn durch die gesamte Nation. Er hatte alle heiligen Orte besucht, an denen das Land wie eine riesige Batterie gewaltige Mengen spirituelle Energie ansammelte: Santa Fe, Taos, Woodstock, Key West, Spirit Lake, Meteor Crater und andere. An keinem dieser geweihten Orte, an denen kosmische Energie zusammenfloß, hatte er bewegende Erfahrungen gemacht – doch er vermutete schon seit langem, daß Los Angeles ein noch nicht entdeckter Nexus war, der mindestens so stark war wie all die anderen. Nun bestärkte allein die schiere Vielzahl der Anzeigen von bewußtseinserhebenden Führern seine Vermutung.

Von den zahlreichen Angeboten entschied Roy sich für *Place Of The Way* in Burbank. Es faszinierte ihn, daß sie jedes Wort im Namen ihrer Einrichtung groß schrieben, statt sich an die grammatikalischen Vorschriften zu halten und die Präposition und den bestimmten Artikel klein zu schreiben. Sie boten zahlreiche Methoden an, mit denen man »das Selbst suchen und das Auge des universellen Sturms finden« konnte, nicht in einem schäbigen Laden, sondern »im friedlichen Wirkungskreis unseres Heims«. Ihm gefielen auch die Namen der Geschäftsinhaber – und die Tatsache, daß sie so rücksichtsvoll waren, sie in der Anzeige zu nennen: Guinevere und Chester.

Er sah auf die Uhr. Kurz nach neun.

Während er noch immer vor dem Postamt im absoluten Halteverbot stand, wählte er die in der Anzeige angegebene Nummer. Ein Mann meldete sich: »Hier spricht Chester vom *Place Of The Way*. Wie kann ich Ihnen behilflich sein?«

Roy entschuldigte sich dafür, so spät noch anzurufen, erklärte dann jedoch, daß er in eine geistige Leere fiel und so schnell wie möglich wieder festen Boden unter den Füßen finden mußte. Dankbar vernahm er die Versicherung, daß Chester und Guinevere ihre Mission rund um die Uhr erfüllten. Nachdem er sich den Weg hatte erklären lassen, schätzte er, daß er um zehn bei ihnen sein konnte.

Er traf um zehn vor zehn bei ihnen ein.

Das attraktive zweistöckige Haus im spanisch-mexikanischen Stil hatte ein Ziegeldach und tiefliegende Fenster aus Bleiglas. In dem kunstvoll ausgeleuchteten Garten warfen üppige Palmen und australische Baumfarne geheimnisvolle Schatten auf blaßgelbe Stuckwände.

Als Roy klingelte, bemerkte er den Aufkleber einer Wach- und Schließgesellschaft auf dem Fenster neben der Tür. Einen Augenblick später meldete Chester sich über die Sprechanlage. »Wer ist da, bitte?«

Roy war nur leicht überrascht, daß ein erleuchtetes Paar wie dieses, das sich ihrer übersinnlichen Fähigkeiten bewußt war, es für nötig erachtete, Sicherheitsvorkehrungen zu treffen. So traurig war schon der Zustand der Welt, in der sie lebten. Sogar Mystiker mußten sich schützen.

Chester hieß Roy lächelnd und freundlich im *Place Of The Way* willkommen. Er hatte einen Schmerbauch, war etwa fünfzig Jahre alt, bis auf einen Captain-Picard-Haarkranz glatzköpfig, mitten im Winter dunkel gebräunt, bärenhaft, und schien trotz seiner Wampe kräftig zu sein. Er trug Rocksports, Khakihosen und ein Khakihemd mit hochgekrempelten Ärmeln, die dicke, behaarte Unterarme enthüllten.

Chester führte Roy durch Zimmer mit auf Hochglanz poliertem Gelbkiefernparkett, Navajoteppichen und roh behauenen Möbeln, die eher in eine Hütte in den Sangre de Cristo-Bergen als in ein Haus in Burbank gepaßt hätten. Hinter dem Wohnzimmer, das sich eines Fernsehgeräts mit übergroßem Bildschirm brüstete, betraten sie eine Diele und dann einen Raum, der einen Durchmesser von vielleicht vier Metern aufwies und weißgetünchte Wände und, von einem runden Oberlicht im gewölbten Dach einmal abgesehen, keine Fenster hatte.

Ein runder Kieferntisch stand in der Mitte des runden Raums. Chester deutete auf einen Stuhl am Tisch. Roy nahm Platz. Chester bot ihm ein Getränk an – »Alles von einer Diät-Coke bis zu Kräutertee!« – doch Roy lehnte ab, weil der einzige Durst, den er hatte, seelischer Natur war.

Mitten auf dem Tisch stand ein Korb aus geflochtenen Palmblättern, auf den Chester nun zeigte. »Ich assistiere in solchen Angelegenheiten nur. Guinevere ist die spirituelle Meisterin. Ihre Hände dürfen niemals Geld berühren. Aber obwohl sie sich über irdische Angelegenheiten erhoben hat, muß sie natürlich essen.«

»Natürlich«, sagte Roy.

Er holte dreihundert Dollar aus seinem Portemonnaie und legte das Geld in den Korb. Chester schien von dem Opfer angenehm überrascht zu sein, doch Roy war schon immer der Meinung gewesen, daß man nur Erleuchtung von der Qualität bekommen konnte, für die man auch zu zahlen bereit war.

Chester verließ mit dem Korb den Raum.

An der Decke angebrachte Strahler hatten die Wände mit Bogen weißen Lichts überflutet. Nun wurden sie schwächer, bis die Kammer sich mit Schatten und einem trüben, bernsteinfarbigen Leuchten füllte, das Kerzenlicht ähnelte.

»Hallo, ich bin Guinevere. Nein, bitte, bleiben Sie sitzen.«

Sie kam mit mädchenhafter Sorglosigkeit in den Raum gestürmt, den Kopf stolz erhoben, die Schultern zurückgezogen, und ging um den Tisch zu einem Stuhl genau gegenüber von dem, auf dem Roy saß.

Guinevere war etwa vierzig Jahre alt und von außerordentlicher Schönheit, obwohl sie ihr langes, blondes Haar zu medusaähnlichen Kaskaden von Strähnen geflochten hatte, was Roy nicht gefiel. Ihre jadegrünen Augen flammten mit einem inneren Licht, und jeder Winkel ihres Gesichts erinnerte an jede mythologische Göttin, die Roy je in der klassischen Kunst dargestellt gesehen hatte. In engen Jeans und enganliegendem weißem T-Shirt bewegte ihr schlanker, geschmeidiger Körper sich mit fließender Anmut, und ihre großen Brüste schwangen verlockend. Er sah, daß die Brustwarzen sich gegen die Baumwolle drückten.

»Wie geht es Ihnen?« fragte sie forsch.

»Nicht so gut.«

»Das kriegen wir wieder hin. Wie heißen Sie?«

»Roy.«

»Was suchen Sie, Roy?«

»Ich will eine Welt mit Gerechtigkeit und Frieden, eine Welt, die in jeder Hinsicht perfekt ist. Aber die Menschen haben Schwächen. Es gibt nur so wenig Perfektion. Und doch ersehne ich sie mir so dringend. Manchmal bin ich richtig deprimiert.«

»Sie müssen verstehen, warum die Welt nicht vollkommen ist, und Sie so besessen eine perfekte Welt wünschen. Welchen Weg der Erleuchtung möchten Sie einschlagen?«

»Alle Wege, alle Wege!«

»Ausgezeichnet!« sagte die schöne nordische Rastafari mit solcher Begeisterung, daß ihre Zöpfchen hüpften und schwangen und die roten Perlen, die an den Enden baumelten, zusammenschlugen. »Vielleicht sollten wir mit den Kristallen anfangen.«

Chester kam zurück und schob einen großen Kasten auf Rädern um den Tisch auf Guineveres rechte Seite.

160

Roy sah, daß es sich um einen Werkzeugschrank aus grau und schwarz lackiertem Metall handelte: einen Meter und zwanzig hoch, neunzig Zentimeter breit, sechzig tief, mit Türen vor dem unteren Drittel und Schubladen unterschiedlicher Breite und Höhe über den Türen. Das Handwerker-Logo von Sears leuchtete stumpf im bernsteinfarbigen Licht.

Während Chester sich auf den dritten und letzten Stuhl setzte, der einen halben Meter links von und dreißig Zentimeter hinter der Frau stand, öffnete Guinevere eine Schrankschublade und holte eine Kristallkugel hervor, die etwas größer als eine Billardkugel war. Sie legte beide Hände um sie und reichte sie Roy, der sie entgegennahm.

»Ihre Aura ist dunkel, gestört. Reinigen wir sie zuerst. Umfassen Sie die Kristallkugel mit beiden Händen, schließen Sie die Augen und suchen Sie eine meditative Ruhe. Denken Sie nur an eins, nur an dieses saubere Bild: schneebedeckte Hügel. Sanft rollende Hügel mit frischem Schnee, weißer als Zucker, weicher als Mehl. Sanfte Hügel bis zu allen Horizonten, Hügel auf Hügel, mit Neuschnee bedeckt, weiß auf weiß, unter einem weißen Himmel, fallende Schneeflocken, Weiß durch Weiß über Weiß auf Weiß...«

Guinevere machte eine Weile so weiter, doch so sehr Roy sich auch anstrengte, er konnte die schneebedeckten Hügel oder den fallenden Schnee nicht sehen. Statt dessen sah er vor seinem geistigen Auge nur eins: ihre Hände. Ihre schönen Hände. Ihre unglaublichen *Hände*.

Sie sah insgesamt so hervorragend aus, daß er ihre Hände erst bemerkt hatte, als sie ihm die Kristallkugel reichte. Er hatte noch nie Hände wie die ihren gesehen. Außergewöhnliche Hände. Sein Mund wurde schon bei dem bloßen Gedanken trocken, ihre Handflächen zu küssen, und wenn er an ihre schlanken Finger dachte, hämmerte sein Herz heftig. Sie waren ihm *perfekt* vorgekommen.

»Okay, schon besser«, sagte Guinevere nach einer Weile fröhlich. »Ihre Aura ist viel heller. Sie können jetzt die Augen öffnen.«

Er hatte Angst, sich nur eingebildet zu haben, daß ihre Hände perfekt waren. Wenn er die Augen öffnete, würde er feststellen, daß sie sich nicht von den Händen anderer Frauen unterschieden – daß sie keineswegs die Hände eines Engels waren. Aber nein, sie *waren* perfekt. Zart, grazil, ätherisch.

Sie nahm die Kristallkugel wieder entgegen, legte sie in die geöffnete Schublade des Werkzeugschränkchens zurück und deutete dann – als breitete eine Taube die Schwingen aus – auf sieben andere Kristalle, die sie auf ein Viereck aus schwarzem Samt mitten auf den Tisch gelegt hatte, während seine Augen geschlossen gewesen waren.

»Ordnen Sie sie in jedem beliebigen Muster an, das Ihnen passend erscheint«, sagte sie, »und ich werde es dann deuten.«

Bei den Gegenständen schien es sich um gut einen Zentimeter dicke Schneeflocken aus Kristall zu handeln, die als Christbaumschmuck verkauft worden waren. Keiner sah wie der andere aus.

Während Roy versuchte, sich auf die vor ihm liegende Aufgabe zu konzentrieren, fiel sein Blick immer wieder verstohlen auf Guineveres Hände. Jedesmal, wenn er sie flüchtig betrachtete, schien ihm der Atem in der Kehle zu stocken. Seine eigenen Hände zitterten, und er fragte sich, ob sie es bemerkte.

Nach den Kristallen deutete Guinevere seine Aura mit Hilfe prismatischer Linsen, und dann ging es mit Tarotkarten und Runensteinen weiter, und ihre fabelhaften Hände wurden immer schöner. Irgendwie beantwortete er ihre Fragen, befolgte er ihre Anweisungen und schien er der Weisheit zu lauschen, die sie vermittelte. Sie mußte ihn für halbgescheit oder betrunken halten, denn er sprach schleppend, und die Augen fielen ihm zu, während er sich immer stärker am Anblick ihrer Hände berauschte.

Roy warf Chester einen schuldbewußten Blick zu, plötzlich überzeugt, daß der Mann – vielleicht Guineveres Gatte – sich des lüsternen Begehrens bewußt war, das ihre Hände hervorriefen. Aber Chester schenkte keinem von ihnen Beachtung. Sein kahler Kopf war gebeugt, und er säuberte die Fingernägel seiner linken Hand mit denen der rechten.

Roy war davon überzeugt, daß die Mutter Gottes keine sanfteren Hände als Guinevere haben konnte, und der größte Sukkubus in der Hölle keine erotischeren. Guineveres Hände waren für sie, was Melissa Wickluns sinnliche Lippen für *sie* waren, aber tausendmal, ach was, *zehn*tausendmal besser. Perfekt, perfekt, perfekt.

Sie schüttelte das Säckchen mit den Runen und warf sie erneut.

Roy fragte sich, ob er es wagen dürfe, sie zu bitten, ihm aus der Hand zu lesen. Dann müßte sie seine Hände in die ihren nehmen.

Ihn schauderte bei diesem köstlichen Gedanken, und eine Spirale des Schwindels wirbelte in ihm. Er konnte dieses Zimmer nicht verlassen und dulden, daß sie mit diesen exquisiten, überirdischen Händen andere Männer berührte.

Er griff unter seine Anzugjacke, zog die Beretta aus dem Schulterhalfter und sagte: »Chester.«

Der Glatzkopf schaute hoch, und Roy schoß ihm ins Gesicht. Chester kippte auf seinem Stuhl zurück, außer Sicht, und fiel mit einem dumpfen Schlag zu Boden.

Er mußte den Schalldämpfer bald ersetzen. Die Prallbleche waren vom häufigen Gebrauch verschlissen. Der gedämpfte Schuß war so laut, daß er auch außerhalb des Zimmers noch zu hören war, wenn auch glücklicherweise nicht außerhalb des Hauses.

Als Roy Chester erschoß, sah Guinevere auf die Runensteine auf dem Tisch. Sie mußte sich wirklich in ihre Deutung vertieft haben, denn als sie aufschaute und die Waffe sah, wirkte sie verblüfft.

Bevor sie die Hände zu einer Geste der Abwehr heben und Roy zwingen konnte, sie zu beschädigen, was undenkbar war, schoß er ihr in die Stirn. Sie wurde mit ihrem Stuhl zurückgeworfen und gesellte sich zu Chester auf den Boden.

Roy steckte die Pistole weg, stand auf und ging um den Tisch. Chester und Guinevere starrten aus reglosen Augen zum Oberlicht und der unendlichen Nacht dahinter. Sie waren sofort tot gewesen, also war fast kein Blut geflossen. Der Tod hatte sie schnell und schmerzlos ereilt.

Dieser Augenblick war – wie immer – traurig und freudig zugleich. Traurig, weil die Welt zwei erleuchtete Menschen verloren hatte, die ein freundliches Herz und eine tiefe Sicht gehabt hatten. Freudig, weil Guinevere und Chester nicht mehr in einer Gesellschaft der Gleichgültigen und Unerleuchteten leben mußten.

Roy beneidete sie.

Er zog Handschuhe aus einer Innentasche der Jacke und kleidete seine Hände für die bevorstehende zärtliche Zeremonie.

Zuerst stellte er Guineveres Stuhl wieder auf die Füße. Er hielt sie darin fest, schob den Stuhl an den Tisch und klemmte die Frau in einer sitzenden Position fest. Ihr Kopf fiel nach vorn, das Kinn auf die Brust, und ihre geflochtenen Locken raschelten leise, fielen wie ein Perlenvorhang hinab und verbargen ihr Gesicht. Er hob zuerst den rechten Arm hoch, der schlaff hinabhing, und legte ihn auf den Tisch, dann den linken.

Ihre Hände. Eine geraume Weile betrachtete er ihre Hände, die im Tod genauso ansprechend waren wie im Leben. Grazil. Elegant. Strahlend.

Sie gaben ihm Hoffnung. Wenn es irgendwo Perfektion gab, ganz gleich, in welcher Form, ganz gleich, wie groß oder klein, sogar in einem Händepaar, würde sein Traum von einer *völlig* perfekten Welt eines Tages vielleicht Wirklichkeit werden.

Er legte seine Hände auf die ihren. Selbst durch die Handschuhe wirkte der Kontakt elektrisierend. Er erschauderte vor Vergnügen.

Wegen Chesters größerem Gewicht war es schwieriger, ihn vorzubereiten. Dennoch gelang es Roy, ihn um den Tisch zu zerren, bis er gegenüber von Guinevere saß, allerdings auf seinem Stuhl und nicht auf dem, auf dem Roy gesessen hatte.

In der Küche durchsuchte Roy die Schränke und die Speisekammer und trug zusammen, was er für die Zeremonie brauchte. In der Garage suchte er nach dem letzten Gerät, das er benötigte. Dann trug er diese Gegenstände in das runde Zimmer und legte sie auf den Rollschrank, in dem Guinevere ihre spirituellen Hilfsmittel aufbewahrte.

Mit einem Geschirrspültuch wischte er den Stuhl ab, auf dem er gesessen hatte, denn eine Zeitlang hatte er keine Handschuhe getragen und vielleicht Fingerabdrücke hinterlassen. Er wischte auch diese Seite des Tisches ab sowie die Kristallkugel und die Schneeflocken-Kristalle, die er zuvor für die spiritistische Deutung angeordnet hatte. Sonst hatte er in dem Raum nichts berührt.

Ein paar Minuten lang öffnete er Schubladen und Türen der Werkzeugtruhe und durchsuchte deren magischen Inhalt, bis er einen Gegenstand fand, der ihm für diese Umstände passend erschien. Es war ein Pentalpha, auch Pentagramm genannt, ein grüner fünfstrahliger Stern auf schwarzem Filz, der bei ernsteren Belangen – etwa dem Versuch, mit den Geistern der Toten Kontakt aufzunehmen – Anwendung fand, bei denen das Lesen von Runen, Kristallen und Tarotkarten nicht ausreichte.

Entfaltet war es ein Quadrat von vierzig Quadratzentimetern. Er legte es mitten auf den Tisch, als Symbol für das Leben nach dem diesseitigen.

Er stöpselte die kleine elektrische Kolbensäge ein, die er zwischen den Werkzeugen in der Garage gefunden hatte, und befreite Guinevere von ihrer rechten Hand. Behutsam legte er die Hand auf ein anderes weiches Abtrockentuch, das er als Bett für sie vorgesehen hatte, in einem rechteckigen Tupperware-Behälter und drückte den Deckel darauf.

Obwohl er gern auch ihre linke Hand gehabt hätte, gelangte er zur Einsicht, daß es selbstsüchtig gewesen wäre, darauf zu bestehen, beide zu besitzen. Es war nur rechtens, eine Hand am Körper zu belassen, damit die Polizei und die Gerichtsmediziner und alle anderen, die mit Guineveres Überresten zu tun hatten, sehen konnten, daß sie die wunderschönsten Hände auf der ganzen Welt gehabt hatte.

Er hob Chesters Arme auf den Tisch und legte die rechte Hand des Toten über Guineveres linke auf dem Pentalpha, um seiner Überzeugung Ausdruck zu verleihen, daß sie in der nächsten Welt vereint sein würden.

Roy wünschte, er hätte die übersinnliche Kraft oder Reinheit oder was auch immer dafür nötig war, um mit den Geistern der Toten Verbindung aufnehmen zu können. Dann hätte er sich an Ort und Stelle an Guinevere gewandt und sie gefragt, ob sie etwas dagegen hatte, daß er auch ihre linke Hand an sich nahm.

Er seufzte, nahm den Tupperware-Behälter an sich und verließ zögernd den runden Raum. In der Küche rief er die Polizei an und sagte zu dem Mann in der Telefonzentrale: »Der *Place Of The Way* ist jetzt nur noch ein irdischer Ort. Es ist sehr traurig. Bitte kommen Sie.«

Er legte den Hörer nicht auf, nahm ein weiteres Geschirrtuch aus einer Schublade und eilte zur Haustür. Soweit er sich erinnern konnte, hatte er nichts berührt, als er das Haus betreten hatte und Chester in den runden Raum gefolgt war. Nun mußte er nur noch den Klingelknopf abwischen und das Geschirrtuch auf dem Weg zu seinem Wagen wegwerfen.

Er verließ Burbank, fuhr über die Hügel ins Becken von Los Angeles und durch einen schäbigen Teil von Hollywood. Die hellen Spritzer der Graffiti an den Hauswänden und Highwaymauern, die Wagen voller junger Schläger, die auf der Suche nach Ärger ziellos durch die Gegend fuhren, die Porno-Buchläden und -Kinos, die leeren Ladenlokale, abfallübersäten Gossen und die anderen Beweise für den wirtschaftlichen und moralischen Niedergang, für den Haß und den Neid und die Gier und Lust, welche die Luft wirksamer als der Smog trübten – nichts davon konnte ihn im Augenblick bestürzen, denn er hatte einen Gegenstand von solch perfekter Schönheit bei sich, daß er einen eindeutigen Beweis dafür darstellte, daß im Universum tatsächlich eine starke und kluge schöpferische Kraft am Werk war. Er trug einen Beweis für die Existenz Gottes in einem Tupperware-Behälter bei sich.

In der riesigen Mojave-Wüste, wo die Nacht herrschte, wo die Werke der Menschheit auf den dunklen Highway und die Fahrzeuge darauf beschränkt blieben, wo der Radioempfang der fernen Sender schlecht war, stellte Spencer fest, daß seine Gedanken gegen seinen Willen von der noch tieferen Dunkelheit und der noch seltsameren Stille jener Nacht vor sechzehn Jahren angezogen wurden. Sobald er einmal von dieser Erinnerungsschleife erfaßt worden war, konnte er ihr erst wieder entrinnen, nachdem er sich geläutert hatte, indem er darüber sprach, was er gesehen und ertragen hatte.

In der öden Ebene und den Hügeln gab es keine Kneipen, die als Beichtstuhl dienen konnten. Die einzigen mitfühlenden Ohren waren die des Hundes.

... mit nacktem Oberkörper und bloßen Füßen steige ich zitternd die Treppe hinab, reibe mir die Arme, wundere mich über meine unerklärliche Furcht. Vielleicht wird mir schon in diesem Augenblick undeutlich klar, daß ich zu einem Ort hinabsteige, von dem ich nie wieder ganz hinaufsteigen kann.

Ich werde von dem Schrei vorwärtsgelockt, den ich gehört habe, als ich mich aus dem Fenster lehnte, um die Eule zu suchen. Obwohl er kurz war und nur zweimal erklungen ist, und auch nur schwach, war er so durchdringend und mitleiderregend, daß die Erinnerung daran mich verhext. Ein vierzehnjähriger Junge kann manchmal genauso leicht von der Aussicht auf sonderbare und entsetzliche Begebenheiten verführt werden wie von den Geheimnissen des Sex.

Weg von der Treppe. Durch Zimmer, in denen die vom Mond erhellten Fenster schwach leuchten, wie Fernsehschirme, und in denen die Stickley-Möbel, die jedes Museum mit Handkuß genommen hätte, nur als eckige schwarze Schatten in der blauschwarzen Düsterkeit auszumachen sind. Vorbei an Kunstwerken von Edward Hopper und Thomas Hart Benton und Steven Ackblom. Von denen des letzteren spähen verschwommen leuchtende Gesichter mit unheimlichem Ausdruck, so unergründlich wie die

Schriftzeichen einer außerirdischen Sprache, die sich auf einer Millionen von Lichtjahren von der Erde entfernten Welt entwickelt hat.

In der Küche ist der geschliffene Kalksteinboden unter meinen Füßen kalt. Während des langen Tages und die ganze Nacht hindurch hat er die Kälte der Klimaanlage aufgenommen, und nun raubt er mir die Wärme aus den Fußsohlen.

Neben der Hintertür brennt eine kleine rote Lampe auf dem Schaltpult der Alarmanlage. Im Sichtfenster stehen zwei Worte in grünen Leuchtbuchstaben: ARMED AND SECURE. Ich tippe den Kode ein, um die Anlage auszuschalten. Das rote Licht wird grün. Die Schrift verändert sich: READY TO ARM.

Das ist kein gewöhnliches Farmgebäude. Das ist nicht das Haus von Menschen, die ihren Lebensunterhalt von der Freigebigkeit des Bodens bestreiten und einen ganz einfachen Geschmack haben. In ihm gibt es Schätze – kostbare Möbel und Kunstwerke –, und selbst im ländlichen Colorado müssen Vorsichtsmaßnahmen ergriffen werden.

Ich löse beide Riegel, öffne die Tür und trete auf die hintere Veranda, aus dem kalten Haus, in die schwüle Julinacht. Ich gehe barfuß über die Bretter zur Treppe, hinab zum gepflasterten Innenhof, der den Swimmingpool umschließt, vorbei am dunkel schimmernden Wasser im Pool, in den Garten, fast wie ein Junge, der schlafwandelt, während er noch in einem Traum gefangen ist, werde von dem Schrei, den ich nicht aus dem Kopf bekomme, durch die Stille gezogen.

Das geisterhafte silberne Antlitz des Vollmonds hinter mir wirft sein Spiegelbild auf jeden Grashalm, so daß der Rasen von einem Reif überzogen zu sein scheint, der gar nicht in diese Jahreszeit paßt. Seltsamerweise habe ich plötzlich nicht nur um mich Angst, sondern auch um meine Mutter, obwohl sie schon seit über sechs Jahren tot und außerhalb jeder Gefahr ist. Meine Furcht wird so intensiv, daß sie mir Halt gebietet. Auf halber Höhe des Gartens bleibe ich wachsam und reglos in der ungewissen Stille stehen. Mein Mondschatten ist ein dunkler Fleck auf dem falschen Frost unter mir.

Vor mir kann ich undeutlich die Scheune ausmachen, in der sich seit mindestens fünfzehn Jahren, noch vor meiner Geburt, keine Tiere oder Heu oder Traktoren mehr befunden haben. Jeder,

der auf der Landstraße vorbeifährt, wird das Anwesen für eine Farm halten, aber es ist nicht, was es zu sein scheint. Nichts ist, was es zu sein scheint.

Die Nacht ist warm, und Schweißtropfen stehen auf meinem Gesicht und der nackten Brust. Dennoch bleibt die widerspenstige Kälte unter meiner Haut und in meinem Blut und in den tiefsten Höhlungen meiner knabenhaften Knochen bestehen, und die Juliwärme kann sie nicht vertreiben.

Mir kommt in den Sinn, daß ich friere, weil ich mich aus irgendeinem Grund allzu deutlich an die Kühle des rauhen Spätwintertags im März vor sechs Jahren erinnere, als sie meine Mutter fanden, nachdem sie drei Tage lang vermißt gewesen war. Besser gesagt, als sie ihren geschundenen Körper fanden, zusammengekrümmt in einem Graben neben einer Seitenstraße, hundertunddreißig Kilometer von zu Hause entfernt, wo sie von dem Schweinehund abgeladen worden war, der sie entführt und getötet hatte. Mit erst acht Jahren war ich noch zu jung gewesen, um die volle Bedeutung des Todes zu begreifen. Und an diesem Tag wagte niemand mir zu sagen, wie brutal sie behandelt worden war, wie entsetzlich sie gelitten hatte; diese Schrecken sollten mir erst später enthüllt werden, durch ein paar meiner Klassenkameraden – die zu einer Grausamkeit fähig waren, wie sie nur gewisse Kinder und jene Erwachsenen aufbringen können, die auf einer primitiven Ebene niemals reif geworden sind. Doch selbst in meiner Jugend und Unschuld hatte ich genug vom Tod begriffen, um sofort zu verstehen, daß ich meine Mutter nie wiedersehen würde, und der Frost jenes Märztages war die durchdringendste Kälte gewesen, die ich jemals erlebt hatte.

Nun stehe ich auf dem vom Mondlicht erhellten Rasen und frage mich, warum meine Gedanken wiederholt zu meiner verstorbenen Mutter zurückkehren; warum der unheimliche Schrei, den ich hörte, als ich mich aus dem Schlafzimmerfenster beugte, mir sowohl unendlich seltsam als auch vertraut vorkommt; warum ich um meine Mutter Angst habe, obwohl sie tot ist; und warum ich so eindringlich um mein eigenes Leben fürchte, obwohl die Sommernacht keine unmittelbare Bedrohung birgt, die ich sehen kann.

Ich setze mich wieder in Bewegung, gehe auf die Scheune zu, die zum Brennpunkt meiner Aufmerksamkeit geworden ist, obwohl ich ursprünglich gedacht hatte, der Schrei wäre von irgendeinem Tier auf den Feldern oder in den niedrigeren Hügeln gekommen. Mein Schatten fließt vor mir her, so daß kein Schritt, den ich tue, den Teppich aus Mondlicht berührt, sondern nur eine Dunkelheit, die ich selbst geschaffen habe.

Statt direkt zum großen Haupttor in der südlichen Wand der Scheune zu gehen, in das eine kleinere Tür eingelassen ist, gehorche ich dem Instinkt und halte auf die südöstliche Ecke zu, überquere die Schotterauffahrt, die am Haus und der Garage vorbeiführt. Als ich wieder auf Gras stehe, gehe ich um die Ecke der Scheune und folge verstohlen auf meinen nackten Füßen ihrer östlichen Wand, wobei ich bis zur nordöstlichen Ecke ständig auf das Kissen meines Mondschattens trete.

Dort halte ich inne, denn hinter der Scheune steht ein Fahrzeug, das ich noch nie gesehen habe: ein umgebauter Chevy-Lieferwagen, der zweifellos nicht dunkel wie Holzkohle lackiert ist, wie es den Anschein hat, denn das Mondlicht verzaubert jede Farbe in Silber oder Grau. Auf die Seite wurde ein Regenbogen aufgetragen, der ebenfalls aus Grautönen zu bestehen scheint. Die hintere Tür steht offen.

Die Stille ist tief.

Niemand ist zu sehen.

Selbst im leicht zu beeindruckenden Alter von vierzehn Jahren und mit einer Kindheit aus Halloweens und Alpträumen habe ich nie erlebt, daß seltsame und schreckliche Umstände je verführerischer waren, und ich kann ihrer perversen Verlockung nicht widerstehen. Ich trete einen Schritt auf den Lieferwagen zu, und...

...etwas durchschneidet die Luft dicht über mir mit einer schnellen Bewegung und einem Flattern und läßt mich zusammenfahren. Ich stolpere, falle, rolle mich ab und schaue noch rechtzeitig auf, um riesige weiße Schwingen über mir ausgebreitet zu sehen. Ein Schatten gleitet über das mondscheinhelle Gras, und ich habe das völlig verrückte Gefühl, daß meine Mutter irgendwie als Engel aus dem Himmel herabgestoßen ist, um mich vor diesem Lieferwagen zu warnen. Dann schwingt das Himmelsgeschöpf sich höher in die Dunkelheit, und ich sehe, daß es nur eine große weiße Eule mit einer Flügelspannweite von anderthalb Metern ist, die auf der Suche nach Feldmäusen oder anderen Beutetieren durch die Sommernacht fliegt.

Die Eule verschwindet.
Die Nacht bleibt.
Ich stehe auf.

Ich schleiche auf den Lieferwagen zu, werde unentrinnbar von seinem Geheimnis und der Verheißung auf ein Abenteuer angezogen. Und von einer schrecklichen Wahrheit, von der ich noch nicht weiß, daß ich sie kenne.

Der Flügelschlag der Eule ist zwar gerade erst verklungen und hat mich furchtbar erschreckt, bleibt mir jedoch nicht gewärtig. Aber dieser jämmerliche Schrei, den ich am geöffneten Fenster gehört habe, hallt unentwegt durch mein Gedächtnis. Vielleicht gestehe ich mir allmählich ein, daß es nicht die Klage eines wilden Tiers war, das in den Feldern und Wäldern sein Ende ereilt hat, sondern der elende und verzweifelte Hilfeschrei eines Menschen, den ein tödlicher Schrecken gepackt hatte...

Im Explorer, der zwar ohne Flügel, aber nun so klug wie jede Eule durch die vom Mondschein erhellte Mojave-Wüste brauste, folgte Spencer den beharrlichen Erinnerungen bis ins Herz der Dunkelheit, zum Aufblitzen des Stahls aus den Schatten, zu dem plötzlichen Schmerz und dem Geruch heißen Bluts, zu der Wunde, die seine Narbe werden würde, und wollte sich zu der ultimaten Enthüllung zwingen, die sich ihm immer wieder entzog.

Sie entzog sich ihm erneut.

Er konnte sich an nichts von dem erinnern, was in den letzten Augenblicken dieser höllischen, schon lange zurückliegenden Begegnung geschehen war, nachdem er auf den Abzug des Revolvers gedrückt hatte und in das Schlachthaus zurückgekehrt war. Die Polizei hatte ihm gesagt, wie es geendet haben mußte. Er hatte Berichte darüber gelesen, was er getan hatte, von Autoren, die sich in ihren Artikeln und Büchern auf die Beweise stützten. Doch keiner von ihnen war dabeigewesen. Sie konnten die Wahrheit nicht über jeden Zweifel hinaus kennen. Nur er war dort gewesen. Bis zu einem gewissen Zeitpunkt waren seine Erinnerungen so lebhaft, daß sie ihn zutiefst quälen konnten, doch dann endeten sie in einem schwarzen Loch der Amnesie. Nach sechzehn Jahren war er noch immer nicht imstande, auch nur einen einzigen Lichtstrahl in diese Dunkelheit zu schicken.

Falls er sich je an den Rest erinnern sollte, würde er sich damit vielleicht andauernden Frieden erwerben. Oder die Erinnerungen würden ihn vielleicht zerstören. In diesem schwarzen Tunnel der Amnesie fand er vielleicht eine Schande, mit der er nicht leben konnte, und diese Erinnerung war vielleicht weniger wünschenswert als eine Kugel, die er sich selbst ins Gehirn schoß.

Dennoch fand er stets eine befristete Erleichterung von der Qual, wenn er sich von der Seele redete, *woran* er sich erinnerte. Er hatte sie erneut bei knapp einhundert Stundenkilometern in der Mojave-Wüste gefunden.

Als Spencer einen Blick auf Rocky warf, sah er, daß der Hund sich auf dem Beifahrersitz zusammengerollt hatte und döste. Die Lage des Hundes wirkte unbeholfen, wenn nicht sogar prekär, und sein Schwanz baumelte in den Fußraum unter dem Armaturenbrett hinab, doch anscheinend hatte er es bequem.

Spencer nahm an, daß sein Sprachrhythmus und der Tonfall seiner Stimme nach zahllosen Wiederholungen seiner Geschichte im Lauf der Jahre einschläfernd wirkte, wann immer er wieder auf dieses Thema zu sprechen kam. Der arme Hund hätte vermutlich nicht einmal wach bleiben können, wenn sie durch ein Gewitter gefahren wären.

Oder er hatte vielleicht seit geraumer Weile nicht mehr laut gesprochen. Vielleicht war sein Monolog schon früh zu einem Flüstern geworden und dann vollends verstummt, während er nur noch mit einer inneren Stimme sprach. Die Identität seines Beichtvaters spielte keine Rolle – ein Hund war genauso akzeptabel wie ein Fremder in einer Bar. Da war es nur logisch, daß es ihn nicht interessierte, ob sein Beichtvater überhaupt zuhörte. Einen bereitwilligen Zuhörer zu haben, war lediglich eine Ausrede dafür, die Geschichte noch einmal *sich selbst* erzählen zu können, auf der Suche nach einer befristeten Absolution oder – wenn er Licht in diese letzte Dunkelheit werfen konnte – einem dauerhaften Frieden der einen oder der anderen Art.

Er war noch knapp achtzig Kilometer von Las Vegas entfernt.

Vom Wind getriebene Steppenläufer von der Größe von Schubkarren rollten über den Highway, durch das Licht seiner Scheinwerfer, vom Nichts ins Nichts.

Die klare, trockene Wüstenluft behinderte seine Sicht auf das Universum kaum. Von Horizont zu Horizont loderten Millionen Sterne, wunderschön, aber kalt, verlockend, aber unerreichbar. Sie warfen überraschend wenig Licht auf die alkalihaltigen Ebenen neben dem Highway – und enthüllten trotz all ihrer Pracht rein gar nichts.

Als Roy Miro in seinem Hotelzimmer in Westwood aufwachte, zeigte der Digitalwecker auf dem Nachttisch 4 Uhr 19 an. Er hatte keine fünf Stunden geschlafen, fühlte sich aber ausgeruht und schaltete die Lampe ein.

Er warf die Bettdecke zurück, setzte sich im Schlafanzug auf die Bettkante und kniff die Augen zusammen, während sie sich langsam an die Helligkeit gewöhnten. Dann lächelte er zu dem Tupperware-Behälter hinüber, der neben dem Wecker stand. Das Plastik war nicht ganz durchsichtig, und so konnte er darin nur einen verschwommenen Umriß ausmachen.

Er legte den Behälter auf seinen Schoß und nahm den Deckel ab. Guineveres Hand. Er fühlte sich selig, einen Gegenstand von so großer Schönheit zu besitzen.

Wie traurig war es jedoch, daß seine hinreißende Pracht nicht mehr lange anhalten würde. In vierundzwanzig Stunden, wenn nicht sogar schon eher, würde die Hand sichtbar verfallen sein. Ihre Schönheit würde dann nur noch eine Erinnerung sein.

Die Farbe der Hand hatte sich bereits verändert. Zum Glück betonte eine gewisse Kreidehaftigkeit lediglich die exquisite Knochenstruktur in den langen, elegant zulaufenden Fingern.

Zögernd drückte er den Deckel wieder auf den Behälter, überzeugte sich, daß er dicht saß, und stellte den Tuppertopf beiseite.

Er ging ins Wohnzimmer der Suite. Der Aktenkoffer mit dem Computer und das Handy waren bereits miteinander verbunden und eingestöpselt und lagen auf einem Eßtisch neben einem großen Fenster.

Kurz darauf hatte er mit Mama Verbindung. Er forderte die Ergebnisse der Ermittlung an, die durchzuführen er sie am Vorabend gebeten hatte, als er und seine Männer herausgefunden hatten, daß die Adresse, die die Zulassungsstelle von Spencer Grant hatte, ein unbewohntes Ölfeld war.

Da war er so wütend gewesen.

Jetzt war er ruhig. Cool. Hatte alles unter Kontrolle.

Roy las Mamas Bericht vom Bildschirm ab und drückte immer, wenn er fortfahren wollte, auf die PAGE-DOWN-Taste. Er stellte schnell fest, daß die Suche nach Spencer Grants Adresse nicht einfach gewesen war.

Während seiner Monate bei der California Multi-Agency Task Force on Computer Crime hatte Grant eine Menge über das nationale Infonetz und die Schwachstellen der Tausenden von Computersystemen gelernt, aus denen es sich zusammensetzte. Offenbar hatte er sich Kode- und Prozedur-Bücher und Master-Programm-Atlanten für die Computersysteme zahlreicher Telefongesellschaften, Kreditauskunfteien und Regierungsbehörden besorgt. Dann mußte es ihm gelungen sein, sie aus den Büros zu entwenden oder elektronisch in seinen eigenen Computer zu übertragen.

Nachdem er gekündigt hatte, hatte er alle Hinweise auf seinen Aufenthaltsort aus den öffentlichen und privaten Dateien gelöscht. Sein Name erschien nur in seinen Unterlagen beim Militär, der Zulassungsstelle, Sozialversicherung und Polizei, und in all diesen Unterlagen war die angegebene Adresse eine der beiden, die sich bereits als falsch erwiesen hatten. Die nationalen Unterlagen der Finanzbehörden enthielten andere Dateien von Männern mit seinem Namen, doch keiner davon war in seinem Alter, hatte seine Sozialversicherungsnummer, wohnte in Kalifornien oder hatte als Angehöriger des LAPD Lohnsteuer entrichtet. Desweiteren war Grant aus den Unterlagen der Steuerbehörden des Bundesstaats Kalifornien verschwunden.

Anscheinend war Grant obendrein auch noch ein Steuerhinterzieher. Roy konnte Steuerhinterzieher nicht ausstehen. Sie waren der Inbegriff der sozialen Verantwortungslosigkeit.

Mama zufolge schickte derzeit kein öffentlicher Versorgungsbetrieb Rechnungen an Spencer Grant – doch ganz gleich, wo er wohnte, er brauchte Strom, Wasser, ein Telefon, die Leistungen der Müllabfuhr und wahrscheinlich auch Gas. Selbst, wenn er seinen Namen aus den Rechnungslisten gelöscht hatte, um für diese Dienstleistungen nicht zahlen zu müssen, konnte er nicht aus ihren Vorsorgungsunterlagen aussteigen, ohne sich von ihren grundlegenden Dienstleistungen zu kappen. Dennoch konnte Mama ihn nicht finden.

Sie ging von zwei Möglichkeiten aus. Erstens: Grant war ehrlich und bezahlte diese Dienstleistungen. Dann mußte er die Rechnungs- und Versorgungsunterlagen verändert und seine Konten auf einen falschen Namen übertragen haben, den er eigens dafür geschaffen hatte. Der einzige Zweck dieser Maßnahmen lag darin, aus den öffentlichen Unterlagen zu verschwinden, damit man ihn nicht so leicht ausfindig machen konnte, wenn eine Polizeibehörde oder Dienststelle der Regierung mit ihm sprechen wollte. Wie jetzt. Oder zweitens: Er war unehrlich und hatte sich aus den Rechnungsunterlagen gelöscht, um nichts bezahlen zu müssen, während er die Dienstleistungen unter einem falschen Namen bekam. So oder so – er und seine Adresse waren *irgendwo* in den Dateien dieser Gesellschaften, unter dem Namen, der seine Geheimidentität war; man konnte ihn ausfindig machen, indem man seinen Decknamen enthüllte.

Roy hielt Mamas Bericht an und kehrte ins Schlafzimmer zurück, um den Umschlag zu holen, der das computergenerierte Porträt Spencer Grants enthielt.

Dieser Mann war ein ungewöhnlich gerissener Gegenspieler. Roy wollte das Gesicht des cleveren Hundesohns vor sich liegen haben, damit er es betrachten konnte, während er las, was Mama über ihn herausgefunden hatte.

Er setzte sich wieder hinter den Computer und blätterte weiter.

Mama hatte an keiner Bank, Sparkasse oder sonstigen Kreditanstalt ein Konto Spencer Grants finden können. Entweder bezahlte er alles bar, oder er hatte Konten unter Decknamen eingerichtet. Wahrscheinlich das erstere. Das Vorgehen dieses Mannes enthielt unverkennbar paranoide Züge, so daß er seine Geldmittel womöglich unter keinen Umständen einer Bank anvertrauen würde.

Roy warf einen Blick auf das Porträt neben dem Computer. Fiebrig. Daran bestand kein Zweifel. Eine Spur von Wahnsinn in den Augen. Vielleicht sogar mehr als nur eine Spur.

Da Grant vielleicht eine Firma gegründet hatte, über die er seine Konten eingerichtet hatte und seine Rechnungen bezahlte, hatte Mama die Unterlagen des kalifornischen Finanzministeriums und der verschiedenen Vollstreckungsorgane danach durchforstet, ob er als juristische Person geführt wurde. Nichts.

Wenn man ein Bankkonto eröffnete, mußte man seine Sozialversicherungsnummer angeben. Also hatte Mama nach Konten mit Grants Nummer gesucht, ganz gleich, unter welchem Namen das Geld eingezahlt worden war. Nichts.

Vielleicht war er Besitzer des Hauses, in dem er wohnte. Also hatte Mama die Grundsteuerunterlagen der Bezirke durchsucht, die

Roy angegeben hatte. Nichts. Falls ihm ein Haus gehörte, hatte er es unter einem falschen Namen erworben.

Noch eine Hoffnung: Falls Grant mal einen Kurs an einer Universität belegt oder sich stationär in einem Krankenhaus hatte behandeln lassen, hatte er vielleicht vergessen, daß er auf den Anmelde- oder Bewerbungsformularen seine tatsächliche Adresse angegeben hatte, und sie später nicht gelöscht. Die meisten Bildungseinrichtungen und Kliniken unterstanden Bundesgesetzen; daher waren ihre Unterlagen zahlreichen Regierungsbehörden zugänglich. Wenn man bedachte, wie viele solcher Institutionen es selbst in einem beschränkten geographischen Gebiet gab, benötigte Mama die Geduld einer Heiligen oder eine Maschine, und die letztere hatte sie ja. Doch trotz all ihrer Bemühungen hatte sie nichts gefunden.

Roy warf einen Blick auf Spencer Grants Porträt. Allmählich stellte sich bei ihm der Eindruck ein, daß dieser Mann nicht nur geistesgestört war, sondern viel dunklere Eigenschaften aufwies. Eine aktiv *böse* Person. Jeder, der solchen Wert auf Privatleben legte, mußte ein Staatsfeind sein.

Fröstelnd richtete Roy seine Aufmerksamkeit wieder auf den Computer.

Wenn Mama eine Suche unternahm, die so umfassend war wie die, die Roy ihr aufgetragen hatte, und diese Suche sich als fruchtlos erwies, gab sie nicht auf. Sie war darauf programmiert, mit ihren gerade nicht mit Beschlag belegten Schaltkreisen – während Zeiträumen geringerer Auslastung und zwischen Aufträgen – riesige Dateien mit Listen von Versandhäusern, die die Agency zusammengetragen hatte, durchzugehen und nach dem Namen zu suchen, den sie sonst nirgendwo finden konnte. Buchstabensalat. So nannte man die Listen. Man hatte sie aus den Datenbanken von Buch- und Schallplattenklubs zusammengestohlen, aus denen von bundesweit erscheinenden Magazinen, Verrechnungszentralen von Verlagen, großen politischen Parteien, Versandhäusern, die alles mögliche von Reizwäsche über elektronische Geräte bis hin zu Tiefkühlkost vertrieben, von Interessengemeinschaften wie Oldtimer-Fans und Briefmarkensammlern und zahlreichen anderen Quellen.

In diesem Buchstabensalat hatte Mama einen Spencer Grant gefunden, der nicht mit denen in den Unterlagen des Finanzamts übereinstimmte.

Fasziniert setzte Roy sich auf seinem Stuhl aufrecht.

Vor fast zwei Jahren hatte *dieser* Spencer Grant bei einem Versandhandel für Haustierbesitzer ein Hundespielzeug bestellt: einen Knochen aus Hartgummi, der quietschte, wenn man ihn zusammendrückte. Die Adresse auf dieser Liste lag in Kalifornien. Malibu.

Mama war in die Unterlagen der Versorgungsbetriebe zurückgekehrt, um festzustellen, ob sie von dieser Adresse in Anspruch genommen wurden. Dem war so.

Die Rechnungen für Wasser und Müllabfuhr lauteten auf den Namen Mr. Henry Holden.

Gas wurde James Gable berechnet.

Die Telefongesellschaft schickte ihre Rechnungen an einen gewissen John Humphrey. Einem William Clark stellten sie die Gebühren für ein Handy in Rechnung.

Die Ferngespräche wurden von AT&T einem Wayne Gregory in Rechnung gestellt.

Das Grundsteueramt führte als Besitzer einen gewissen Robert Tracy.

Mama hatte den Mann mit der Narbe gefunden.

Trotz seiner Versuche, sich hinter einer ausgeklügelten Tarnung aus mannigfaltigen Identitäten zu verbergen, und trotz seines bewußten Versuchs, seine Vergangenheit auszulöschen und dafür zu sorgen, daß man seine derzeitige Existenz genauso schwer nachweisen konnte wie die des Ungeheuers von Loch Ness, und obwohl es ihm fast gelungen war, so schwer faßbar wie ein Geist zu werden, war er über einen quietschenden Gummiknochen gestolpert. Ein Spielzeug für einen Hund. Grant war ihm übermenschlich klug vorgekommen, doch das einfache menschliche Verlangen, einem geliebten Haustier eine Freude zu machen, hatte ihn zur Strecke gebracht.

Roy Miro beobachtete die Hütte aus den blauen Schatten des Eukalyptuswäldchens und genoß den etwas an Medizin erinnernden, aber angenehmen Geruch der ölhaltigen Blätter.

Das schnell zusammengetrommelte SWAT-Team hatte die Hütte eine Stunde nach Anbruch der Dämmerung gestürmt. Im Canyon war noch alles still gewesen, abgesehen vom schwachen Rascheln der Bäume in einer vom Meer aufs Land ziehenden Brise. Die Stille wurde von zerbrechendem Glas, dem *Wumm* von Betäubungsgranaten und den krachenden Geräuschen beendet, mit dem gleichzeitig die Vorder- und die Hintertür aufgebrochen wurden.

Das Haus war klein, und die erste Durchsuchung nahm kaum eine Minute in Anspruch. Eine Micro-Uzi in der Hand und mit einer so schweren Kevlar-Jacke bekleidet, daß sie imstande zu sein schien, sogar teflonbeschichtete Kugeln aufhalten zu können, trat Alfonse Johnson auf die hintere Veranda, nur um ein Zeichen zu geben, daß die Hütte verlassen war.

Wütend verließ Roy das Wäldchen und folgte Johnson durch den Hintereingang in die Küche. Dort knirschten Glasscherben unter seinen Schuhen.

»Er ist verreist«, sagte Johnson.

»Wie kommen Sie darauf?«

»Ich zeig's Ihnen.«

Roy folgte Johnson in das einzige Schlafzimmer. Es war fast so bescheiden möbliert wie die Zelle eines Mönchs. Keine Kunstwerke hellten die grob verputzten Wände auf. Statt Gardinen oder Vorhängen hingen weiße Kunststoffjalousien an den Fenstern.

Ein Koffer stand vor dem einzigen Nachttisch neben dem Bett.

»Muß zum Schluß gekommen sein, daß er den nicht brauchte«, sagte Johnson.

Die schlichte Baumwoll-Bettdecke war leicht unordentlich – als hätte Grant einen anderen Koffer daraufgelegt und für seine Reise gepackt.

Die Schranktür stand offen. Ein paar Hemden, Jeans und Freizeithosen hingen an der Holzstange, doch die Hälfte der Bügel war leer.

Roy öffnete nacheinander die Schubladen einer Kommode. Sie enthielten ein paar Kleidungsstücke – hauptsächlich Socken und Unterwäsche. Einen Gürtel. Einen grünen Pulli, einen blauen.

Sogar der Inhalt eines großen Koffers hätte die Schubladen nicht gefüllt. Daher hatte Grant entweder zwei oder mehr Koffer gepackt – oder sein Budget für Kleidung war genauso spärlich wie das für die Verschönerung seines Heims.

»Eine Spur von dem Hund?« fragte Roy.

Johnson schüttelte den Kopf. »Ist mir nicht aufgefallen.«

»Sehen Sie sich um«, befahl Roy und verließ das Schlafzimmer. »Im Haus und draußen.«

Drei Mitglieder des SWAT-Teams, Männer, mit denen Roy noch nicht gearbeitet hatte, standen im Wohnzimmer. Es waren große, stämmige Burschen. In diesem kleinen Raum ließen ihre Schutzkleidung, die Kampfstiefel und die blanken Waffen sie noch größer erscheinen, als sie es in Wirklichkeit waren. Da sie keinen erschießen oder festnehmen konnten, kamen sie sich so unbeholfen und überflüssig vor wie Berufsringer, die von den achtzigjährigen Mitgliedern einer Damenstrickrunde zum Tee eingeladen worden waren.

Roy wollte sie gerade hinausschicken, als er sah, daß der Bildschirm eines von mehreren Computern auf einem L-förmigen Eckschreibtisch erhellt war. Weiße Ziffern leuchteten auf einem blauen Untergrund.

»Wer hat den eingeschaltet?« fragte er die drei Männer.

Sie sahen verwirrt zu dem Computer hinüber.

»Der muß schon eingeschaltet gewesen sein, als wir reinkamen«, sagte einer von ihnen.

»Wäre Ihnen das nicht aufgefallen?«

»Vielleicht nicht.«

»Grant muß überstürzt aufgebrochen sein«, sagte ein anderer.

Alfonse Johnson war gerade hereingekommen und widersprach ihnen: »Der war nicht an, als ich durch die Tür kam. Das würde ich beschwören.«

Roy ging zum Schreibtisch. Auf der Mitte des Monitors wurde dreimal die gleiche Zahl wiederholt:

178

31
31
31

Plötzlich veränderten die Zahlen sich. Es fing oben an und ging langsam weiter nach unten, bis alle Zahlen wieder gleich waren:

32
32
32

Gleichzeitig mit dem Erscheinen der dritten Zweiunddreißig gab eins der elektronischen Geräte auf dem großen Schreibtisch ein leises Surren vor sich. Es hielt nur ein paar Sekunden lang an, und Roy konnte das Gerät, von dem es kam, nicht identifizieren.

Wie zuvor veränderten die Zahlen sich von oben nach unten: 33, 33, 33. Erneut: das leise Summen von zwei Sekunden.

Obwohl Roy sich mit den Möglichkeiten und der Funktionsweise hochentwickelter Computer besser auskannte als der Durchschnittsbürger. hatte er die meisten Gerätetypen auf dem Schreibtisch noch nie gesehen. Bei einigen schien es sich um solche der Marke Eigenbau zu handeln. Auf mehreren der eigentümlichen Geräte leuchteten kleine rote und grüne Lämpchen; sie waren also aktiviert. Zahlreiche Kabel von verschiedenem Durchmesser verbanden die meisten der ihm bekannten Geräte mit denen, auf deren Zweck er sich keinen Reim machen konnte.

34
34
34

Summ.

Hier geschah irgend etwas Wichtiges. Das verriet Roy die Intuition. Aber *was*? Er kam nicht dahinter und betrachtete die Geräte mit wachsender Dringlichkeit.

Auf dem Bildschirm veränderten die Zahlen sich von oben nach unten, bis dort dreimal die Fünfunddreißig stand. *Summ.*

Bei einer absteigenden Ziffernfolge hätte Roy vermutet, daß er einen Countdown beobachtete und jeden Augenblick eine Bombe explodieren würde. Natürlich besagte kein Naturgesetz, daß eine Bombe am Ende einer *absteigenden* Ziffernfolge explodieren mußte. Warum keine *aufsteigende*? Anfang bei Null, Explosion bei einhundert. Oder fünfzig. Oder vierzig.

36
36
36

Summ.

Nein, keine Bombe. Das war unlogisch. Warum sollte Grant sein Haus in die Luft jagen?

Leichte Frage. Weil er verrückt war. Paranoid. Roy erinnerte sich an die Augen auf dem computergenerierten Porträt: fiebrig, an Wahnsinn grenzend.

Dreimal die Siebenunddreißig. *Summ.*

Roy betrachtete das Kabelgewirr. Vielleicht verriet die Art und Weise, wie die Geräte miteinander verbunden waren, ihm ja etwas.

Eine Fliege kroch über seine linke Schläfe. Er schlug ungeduldig danach. Keine Fliege. Ein Schweißtropfen.

»Was ist los?« fragte Alfonse Johnson. Er tauchte neben Roy auf – abnorm groß, gepanzert und bewaffnet, als wäre er ein Basketballspieler aus einer Gesellschaft der Zukunft, in der das Spiel sich zu einem Kampf auf Leben und Tod weiterentwickelt hatte.

Auf dem Monitor war die Vierzig erschienen. Roy verharrte, die Hände noch auf den Kabeln, lauschte dem Summen und war erleichtert, als die Hütte nicht in die Luft flog.

Wenn es keine Bombe war – was dann?

Um zu begreifen, was hier vor sich ging, mußte er wie Grant denken. Sich vorstellen, wie ein paranoider Soziopath die Welt sehen würde. Sie mit den Augen des Wahnsinns betrachten. Keine leichte Aufgabe.

Na ja, Grant mochte zwar geistesgestört sein, aber er war auch gerissen. Nachdem man ihn bei der Razzia am Mittwochabend gegen den Bungalow in Santa Monica beinahe festgenommen hatte, hatte er damit gerechnet, daß man das Haus überwacht und ihn fotografiert hatte und eine intensive Suche nach ihm eingeleitet worden war. Schließlich war er mal Bulle gewesen. Er kannte die Routine. Obwohl er das letzte Jahr damit verbracht hatte, nach und nach aus allen öffentlichen Unterlagen zu verschwinden, hatte er noch nicht den letzten Schritt in die Unsichtbarkeit getan und genau gewußt, daß sie seine Hütte früher oder später finden würden.

»Was ist los?« wiederholte Johnson.

Grant hatte bestimmt damit gerechnet, daß sie auf dieselbe Art und Weise in sein Haus eindringen würden, wie sie in den Bungalow eingedrungen waren. Ein gesamtes SWAT-Team. Sie würden das Haus umstellen und durchsuchen.

Roys Mund war trocken. Sein Herzschlag raste. »Überprüfen Sie die Haustür. Wir müssen einen Alarm ausgelöst haben.«

»Einen Alarm? In dieser alten Bude?« sagte Johnson zweifelnd.

»Machen Sie schon«, befahl Roy.

Johnson eilte davon.

Roy sortierte hektisch die Schlingen und Knoten der Kabel. Bei dem eingeschalteten Computer handelte es sich um den mit der größten Logikeinheit in Grants Besitz. Er war mit zahlreichen Geräten verbunden, darunter auch mit einem nicht näher gekennzeichneten grünen Kasten, der wiederum mit einem Modem gekoppelt war, das an ein Telefon mit sechs Leitungen angeschlossen war.

Zum erstenmal wurde ihm klar, daß eins der roten Lämpchen, die anzeigten, daß ein Gerät in Betrieb war, zu dem Telefon gehörte. In diesem Augenblick ging ein Anruf hinaus.

Er nahm den Hörer ab und lauschte. In Gestalt einer Kaskade von elektronischen Tönen, einer Hochgeschwindigkeitssprache aus unheimlicher Musik ohne Melodie oder Rhythmus, fand eine Datenübertragung statt.

»Hier am Türrahmen ist ein Magnetkontakt!« rief Johnson vom Hauseingang hinüber.

»Sichtbare Drähte?« fragte Roy und ließ den Telefonhörer auf die Gabel fallen.

»Ja. Und er wurde gerade erst eingebaut. Helles, neues Kupfer an der Kontaktstelle.«

»Folgen Sie den Drähten«, sagte Roy.

Er schaute wieder zu dem Computer hinüber.

Auf dem Monitor wurde die Fünfundvierzig angezeigt.

Roy widmete sich wieder dem grünen Kasten, der Computer und

Modem miteinander verband, und griff nach einem weiteren grauen Kabel, das zu einem Gerät führte, das er noch nicht entdeckt hatte. Er spürte ihm über den Schreibtisch nach, durch ein Gewirr von Kabeln, hinter die Geräte, zum Rand des Schreibtisches und dann zum Boden.

Auf der anderen Zimmerseite riß Johnson den Draht der Alarmanlage von der Scheuerleiste, an die er geheftet war, und wickelte ihn um eine behandschuhte Faust. Die drei anderen Männer beobachteten ihn und wichen zurück, um ihn nicht zu stören.

Roy folgte dem grauen Kabel über den Boden. Es verschwand hinter einem großen Bücherschrank.

Johnson folgte dem Alarmdraht und gelangte zur anderen Seite desselben Bücherschranks.

Roy zerrte an dem grauen Kabel, und Johnson zerrte an dem Alarmdraht. Bücher schwankten laut auf dem zweithöchsten Regalbrett.

Roy sah von dem Kabel auf, auf das seine Aufmerksamkeit gerichtet gewesen war. Fast direkt vor ihm, etwas höher als auf Augenebene, spähte eine drei Zentimeter durchmessende Linse dunkel zwischen den Rücken dicker Geschichtsbücher zu ihm hinab. Er zog Bücher vom Regalbrett und legte eine Kompakt-Videokamera frei.

»Verdammt, was hat das zu bedeuten?« fragte Johnson.

Auf dem Computerbildschirm war oben auf der Zahlenkolonne gerade die Achtundvierzig erschienen.

»Als Sie an der Tür den Magnetkontakt unterbrochen haben, haben Sie die Videokamera eingeschaltet«, erklärte Roy.

Er ließ das Kabel fallen und zog ein weiteres Buch vom Regal.

»Dann vernichten wir einfach das Videoband«, sagte Johnson, »und niemand weiß, daß wir hier waren.«

»So einfach ist das nicht«, sagte Roy, öffnete das Buch und riß eine Ecke von einer Seite hinaus. »Als Sie die Kamera eingeschaltet haben, haben Sie auch den Computer aktiviert, das gesamte System, und ein Anruf ging hinaus.«

»Welches System?«

»Die Videokamera speist diesen länglichen grünen Kasten auf dem Schreibtisch.«

»Ach? Und was macht der?«

Nachdem Roy etwas Speichel gesammelt hatte, spuckte er auf den Teil der Seite, die er aus dem Buch gerissen hatte, und klebte das Papier auf die Linse. »Ich weiß nicht genau, was der Kasten macht, aber irgendwie verarbeitet er das Videobild und füttert es in den Computer.«

Er trat zu dem Monitor. Nun, da er wußte, was hier geschah, war er nicht mehr so angespannt wie noch vor einem Augenblick, als er die Kamera roch nicht gefunden hatte. Er freute sich nicht gerade – aber wenigstens verstand er nun.

51
50
50

Die zweite Zahl sprang auf einundfünfzig um. Dann die dritte.

Summ.

»Alle vier oder fünf Sekunden friert der Computer die Daten vom Videoband ein und schickt sie wieder durch den grünen Kasten. Dann verändert sich die erste Zahl.«

Sie warteten. Aber nicht lange.

52
51
51

»Der grüne Kasten«, fuhr Roy fort, »schickt das Einzelbild durch das Modem, und dann verändert sich die zweite Zahl.«

52
52
51

»Das Modem überträgt die Daten in einen Tonkode und schickt sie zum Telefon, und dann verändert sich die dritte Zahl, und...«

52
52
52

»...am anderen Ende der Leitung wird der Prozeß umgekehrt und überträgt die kodierten Daten wieder in ein Bild.«

»Ein Bild?« sagte Johnson. »Fotos von uns?«

»Er hat gerade das zweiundfünfzigste Foto bekommen, seit Sie die Hütte betreten haben.«

»Verdammt.«

»Fünfzig davon waren klar und deutlich – bevor ich die Kameralinse abgedeckt habe.«

»Wo? Wo empfängt er die Fotos?«

»Wir müssen den Anruf zurückverfolgen, den der Computer eingeleitet hat, als Sie die Tür aufgebrochen haben«, sagte Roy und zeigte auf das rote Licht an der ersten Leitung des Telefons. »Grant wollte uns nicht Auge in Auge gegenübertreten, aber er wollte wissen, wie wir aussehen.«

»Dann betrachtet er möglicherweise in diesem Augenblick die Ausdrucke?«

»Wahrscheinlich nicht. Die Empfangsstelle wird wohl ebenfalls automatisiert sein. Aber er wird irgendwann nachsehen, ob irgend etwas gesendet wurde. Mit etwas Glück haben wir bis dahin das Telefon gefunden, das den Anruf entgegennahm, und werden dort auf ihn warten.«

Die drei anderen Männer waren inzwischen noch weiter von den Computern zurückgewichen und betrachteten die Geräte mit mißtrauischem Blick.

»Wer *ist* dieser Bursche?« sagte einer von ihnen.

»Er ist nichts Besonderes«, sagte Roy. »Nur ein kranker und haßerfüllter Mann.«

»Warum haben Sie nicht sofort, als Ihnen klar wurde, daß er uns filmt, den Stecker rausgezogen?« fragte Johnson.

»Da hatte er schon Fotos von uns, also spielte es keine Rolle mehr. Und vielleicht hat er das System so eingerichtet, daß die Festplatte gelöscht wird, wenn man den Stecker rauszieht. Dann bekommen wir nicht mehr raus, welche Programme und Informationen in dem Gerät gewesen sind. Solange das System intakt ist, finden wir vielleicht heraus, was dieser Bursche hier gemacht hat. Vielleicht können wir seine Aktivitäten der letzten paar Tage, Wochen oder sogar Monate rekonstruieren. Wir müßten ein paar Spuren finden, wohin er geflohen ist – und finden über ihn vielleicht sogar die Frau.«

55
55
55

Summm.

Der Bildschirm blitzte auf, und Roy zuckte zusammen. Die Zahlen wurden von drei Wörtern ersetzt: THE MAGIC NUMBER. Die magische Zahl.

Die Telefonverbindung wurde unterbrochen. Die rote Glühbirne an der ersten Leitung erlosch.

»Schon in Ordnung«, sagte Roy. »Wir können die Nummer über die automatischen Aufzeichnungen der Telefongesellschaft zurückverfolgen.«

Der Bildschirm wurde wieder leer.

»Was soll das?« fragte Johnson.

Zwei neue Worte erschienen: BRAIN DEAD.

»Du Arschloch«, sagte Roy, »Mistkerl, degenerierter!«

Alfonse Johnson trat einen Schritt zurück, offensichtlich überrascht von dem Zorn in einem Mann, der immer gutmütig und gelassen gewesen war.

Roy zog den Stuhl unter dem Schreibtisch hervor und setzte sich. Als er die Hände auf die Tastatur legte, erloschen die Worte.

Er sah nur noch eine hellblaue Fläche.

Fluchend versuchte Roy, ein Grundmenu aufzurufen.

Blau. Heiteres Blau.

Seine Finger flogen über die Tastatur.

Heiter. Unveränderlich. Blau.

Die Festplatte war leer. Selbst das Betriebssystem, das bestimmt noch intakt war, war eingefroren und funktionierte nicht mehr.

Grant hatte hinter sich aufgeräumt, und dann hatte er sie mit der Erklärung »Gehirn tot« verspottet.

Tief einatmen. Langsam und tief. Den pfirsichfahlen Dunst der Ruhe einatmen. Den gallengrünen Nebel des Zorns und der Anspannung ausatmen. Herein mit dem Guten, hinaus mit dem Schlechten.

Als Spencer und Rocky gegen Mitternacht in Vegas eintrafen, machten die hohen Wälle der leuchtenden, sich kräuselnden, wirbelnden und pulsierenden Neonschilder am berühmten Strip die Nacht fast so hell wie einen sonnigen Tag. Selbst zu dieser Stunde quälte sich dichter Verkehr über den Las Vegas Boulevard South. Schwärme von Menschen füllten die Bürgersteige; ihre Gesichter wirkten in dem reflektierten Neonblendwerk seltsam und manchmal dämonisch. Sie arbeiteten sich von einem Kasino zum nächsten vor und dann wieder zurück, wie Insekten, die etwas suchten, das nur Insekten haben wollten oder verstehen konnten.

Die frenetische Energie der Szene verwirrte Rocky. Obwohl er sie aus der Sicherheit des Explorers betrachtete, dessen Fenster geschlossen waren, fing der Hund schon nach kurzer Zeit zu zittern an. Dann winselte er und drehte den Kopf beunruhigt nach links und rechts, als sei er überzeugt, daß ein boshafter Angriff unmittelbar bevorstehe, könne aber nicht erkennen, aus welcher Richtung die Gefahr drohte. Vielleicht nahm der Hund mit einem sechsten Sinn das fieberhafte Bedürfnis der leidenschaftlichsten Spieler wahr, die raubtierhafte Gier der Trickbetrüger und Prostituierten und die Verzweiflung der großen Verlierer in der Menge.

Sie waren aus dem Tumult herausgefahren und hatten in einem Motel am Maryland Parkway übernachtet, zwei lange Häuserblocks vom Strip entfernt. Da die Herberge weder über ein Kasino noch eine Bar verfügte, war es dort ruhig.

Spencer war erschöpft und fand heraus, daß der Schlaf sich problemlos einstellte, obwohl die Matratze viel zu weich war. Er träumte von einer roten Tür, die er wiederholt öffnete, zehnmal, zwanzigmal, hundertmal. Manchmal fand er auf der anderen Seite nur Dunkelheit, eine Schwärze, die nach Blut roch und sein Herz plötzlich donnernd hämmern ließ. Manchmal war Valerie Keene dort, aber wenn er nach ihr griff, wich sie zurück, und die Tür wurde zugeschlagen.

Nachdem Spencer am Freitagmorgen geduscht und sich rasiert hatte, füllte er den einen Napf mit Hundefutter und den anderen mit Wasser, stellte sie neben dem Bett auf den Boden und ging zur Tür. »Das Motel hat eine Cafeteria. Ich frühstücke, und wenn ich zurückkomme, zahlen wir die Rechnung.«

Der Hund wollte nicht allein gelassen werden. Er winselte.

»Dir kann hier nichts passieren«, sagte Spencer.

Vorsichtig öffnete er die Tür. Er rechnete damit, daß Rocky hinausstürmen würde.

Statt die Möglichkeit zu nutzen und seine Freiheit zu suchen, setzte der Hund sich und ließ den Kopf hängen.

Spencer trat auf die überdachte Promenade hinaus und schaute ins Zimmer zurück.

Rocky hatte sich nicht bewegt. Er ließ den Kopf hängen und zitterte.

Seufzend kehrte Spencer in das Hotelzimmer zurück und schloß die Tür.

»Na schön, friß den Napf leer, und dann kommst du mit, während ich frühstücke.«

Rocky verdrehte die Augen und beobachtete unter pelzigen Brauen, wie sein Herr sich in einen Sessel setzte. Er ging zu seinem Napf, sah Spencer an und blickte dann wieder unbehaglich zur Tür.

»Ich gehe nicht weg«, versicherte Spencer ihm.

Statt sein Fressen wie üblich hinunterzuschlingen, fraß Rocky mit einem Feingefühl und einer Langsamkeit, wie es für einen Hund nicht unbedingt charakteristisch war. Er genoß seine Mahlzeit, als nehme er an, es sei seine letzte.

Als der Hund endlich fertig war, wusch Spencer die Näpfe aus, trocknete sie ab und lud das gesamte Gepäck in den Explorer.

Im Februar konnte es in Vegas so warm wie an einem Spätfrühlingstag sein, doch die hochliegende Wüste war auch einem unbeständigen Winter ausgesetzt, der, wenn er einmal zubiß, scharfe Zähne hatte. An diesem Freitagmorgen war der Himmel grau, und die Temperatur lag bei vielleicht fünf Grad. Von den Bergen im Westen kam ein Wind so kalt wie das Herz eines Zuhälters.

Nachdem das Gepäck eingeladen war, suchten sie die abgelegene Ecke eines unbebauten Grundstücks hinter dem Motel auf. Spencer stand Wache, dem Hund den Rücken zugewandt, die Schultern eingezogen und die Hände in den Jeanstaschen vergraben, während Rocky dem Ruf der Natur folgte.

Nachdem sie diesen Augenblick erfolgreich bewältigt hatten, kehrten sie zum Explorer zurück, und Spencer fuhr vom Südflügel des Hotels zum Nordflügel, in dem sich die Cafeteria befand. Er parkte am Bordstein direkt neben den großen Fenstern des Restaurants.

In der Cafeteria suchte er sich einen Fensterplatz mit direktem Blick auf den Explorer, der keine sechs Meter entfernt stand. Rocky machte sich auf dem Beifahrersitz des Wagens so groß, wie er konnte, und beobachtete seinen Herrn durch die Windschutz-scheibe.

Spencer bestellte Eier und Bratkartoffeln, dazu Toast und Kaf-fee. Während er aß, schaute er immer wieder zum Explorer hinüber, und Rocky beobachtete ihn jedesmal.

Ein paarmal winkte Spencer.

Dem Hund gefiel das. Jedesmal, wenn Spencer ihn zur Kenntnis nahm, wedelte er mit dem Schwanz. Einmal legte er die Pfoten aufs Armaturenbrett und drückte grinsend die Nase an die Windschutz-scheibe.

»Was haben sie mit dir gemacht, Kumpel? Was haben sie dir an-getan, daß du so geworden bist?« fragte Spencer sich laut über sei-nem Kaffee, während er den ihn anbetenden Hund beobachtete.

Roy Miro ließ Alfonse Johnson und die anderen Männer in der Hütte in Malibu zurück, damit sie sie Zentimeter um Zentimeter durchsuchten, während er nach Los Angeles zurückkehrte. Mit ein bißchen Glück würden sie unter Grants Besitztümern etwas finden, das ein Licht auf seine Psychologie warf, einen unbekannten Aspekt seiner Vergangenheit enthüllte oder ihnen einen Hinweis auf sei-nen Aufenthaltsort gab.

Agenten im Büro in der Innenstadt drangen bereits ins Compu-tersystem der Telefongesellschaft ein, um den Anruf zurückzuver-folgen, den Grants Computer getätigt hatte. Grant hatte wahr-scheinlich seine Spuren verwischt. Sie würden von Glück sprechen können, wenn sie morgen um diese Zeit herausgefunden hatten, unter welcher Nummer und in welcher Stadt er diese fünfzig Bilder von der Videokamera empfangen hatte.

Als Roy auf dem Küstenhighway in südlicher Richtung nach L.A. fuhr, schaltete er sein Handy auf Sprecherkennung um und rief Kleck in Orange County an.

Obwohl John Kleck müde klang, war seine Stimme wie gewohnt tief und wohlmoduliert. »Allmählich hasse ich diese verschlagene Hure geradezu«, sagte er, womit er sich auf die Frau bezog, die sich Valerie Keene genannt hatte, bis sie ihren Wagen am Donnerstag am Flughafen John Wayne abgestellt hatte und erneut zu einer an-deren Person geworden war.

Während Roy ihm zuhörte, hatte er Schwierigkeiten, sich den dünnen, schlaksigen Mann mit dem Gesicht einer erschrockenen

Forelle vorzustellen. Wegen der widerhallenden Baßstimme konnte man viel leichter annehmen, Kleck sei ein großer, breitschultriger, schwarzer Rocksänger aus der Doo-wop-Ära.

Jeder Bericht, den Kleck ablieferte, klang lebenswichtig – auch wenn er nichts zu berichten hatte. Wie jetzt. Kleck und sein Team hatten noch immer nicht die geringste Ahnung, wohin die Frau verschwunden war.

»Wir weiten die Suche auf Mietwagenfirmen in ganz Kalifornien aus«, verkündete Kleck mit wohltönender Stimme. »Überprüfen auch sämtliche als gestohlen gemeldete Autos. Wir setzen jeden fahrbaren Untersatz auf unsere Liste, der irgendwann am Mittwoch gestohlen worden ist.«

»Sie hat noch nie ein Auto gestohlen«, wandte Roy ein.

»Vielleicht hat sie diesmal genau deshalb eins gestohlen – weil wir nicht damit rechnen. Ich mache mir nur Sorgen, daß sie per Anhalter abgehauen ist. Wenn sie den Daumen rausgestreckt hat, werden wir sie nicht so leicht finden.«

»Bei all den Verrückten, die es heutzutage gibt«, sagte Roy, »dürft sie dann bereits vergewaltigt, ermordet, geköpft, ausgeweidet und verstümmelt worden sein.«

»Hätte nichts dagegen«, sagte Kleck. »Solange ich einen Teil ihres Körpers für eine eindeutige Identifizierung bekomme.«

Der Morgen war zwar gerade erst angebrochen, doch nachdem Roy mit Kleck gesprochen hatte, war er überzeugt, daß dieser Tag nur schlechte Nachrichten bringen würde.

Negatives Denken sah ihm normalerweise gar nicht ähnlich. Er verabscheute Menschen, die negativ dachten. Wenn zu viele von ihnen gleichzeitig ihren Pessimismus ausstrahlten, konnten sie das Gefüge der Wirklichkeit verzerren, was zu Erdbeben, Tornados, Eisenbahnunglücken, Flugzeugabstürzen, saurem Regen, Krebswucherungen, Störungen beim Kurzwellenfunk und einer gefährlichen Verdrossenheit bei der allgemeinen Bevölkerung führte. Dennoch konnte er seine schlechte Laune nicht abschütteln.

In dem Versuch, seine Stimmung zu heben, fuhr er lediglich mit der linken Hand, bis er Guineveres Schatz vorsichtig aus dem Tupperware-Behälter geholt und auf den Beifahrersitz gelegt hatte.

Fünf exquisite Finger. Perfekte, natürliche, nicht lackierte Fingernägel, jeder mit einem genau symmetrischen, sichelförmigen Nagelmöndchen. Und die vierzehn schönsten Fingerglieder, die er je gesehen hatte: Keins wich auch nur um einen Millimeter von der idealen Länge ab. Quer über den anmutig geschwungenen Handrücken, die Haut straffziehend: die fünf makellosesten Mittelhandknochen, die er je zu sehen hoffte. Die Haut war bleich, aber noch nicht entstellt, so glatt wie geschmolzenes Wachs von den Kerzen auf Gottes Thron.

Während Roy nach Osten fuhr, in Richtung Innenstadt, schaute er dann und wann auf Guineveres Schatz, und mit jedem kurzen Blick wurde seine Stimmung besser. Als er sich in der Nähe des Parker Center befand, des Verwaltungszentrums der Polizei von Los Angeles, war er geradezu heiter.

Als er an einer Ampel halten mußte, legte er die Hand zögernd in den Behälter zurück und schob den Reliquienschrein und dessen kostbaren Inhalt dann unter den Fahrersitz.

Nachdem er seinen Wagen auf dem Besucherparkplatz des Parker Center abgestellt hatte, ging er zu einem Fahrstuhl, legte seinen FBI-Ausweis vor und fuhr in die vierte Etage hinauf. Er hatte eine Verabredung mit Captain Harris Descoteaux getroffen, der in seinem Büro war und auf ihn wartete.

Roy hatte von Malibu aus kurz mit Descoteaux gesprochen und war daher nicht überrascht, daß es sich bei dem Captain um einen Schwarzen handelte. Er hatte diese fast glänzende, mitternachtsdunkle, wunderschöne Haut, die manche Menschen mit karibischer Herkunft auszeichnete, und obwohl er offensichtlich schon seit Jahren ein Angeleno war, verlieh ein schwacher Insel-Slang seiner Stimme noch immer eine musikalische Eigenschaft.

In marineblauen Hosen, gestreiften Hosenträgern, einem weißen Oberhemd und einer blauen Krawatte mit roten Querstreifen hatte Descoteaux die Haltung, Würde und Erhabenheit eines Richters am Obersten Bundesgericht, obwohl seine Ärmel hochgekrempelt waren und seine Jacke über der Stuhllehne hing.

Nachdem Harris Descoteaux Roys Hand geschüttelt hatte, deutete er auf den einzigen Besucherstuhl. »Bitte setzen Sie sich!«

Das kleine Büro wurde dem Mann nicht gerecht. Schlecht gelüftet. Schlecht beleuchtet. Schäbig eingerichtet.

Descoteaux tat Roy leid. Kein Regierungsangestellter auf leitender Ebene sollte, ob er nun bei einer Polizeibehörde diente oder nicht, in so einem winzigen Büro arbeiten müssen. Der öffentliche Dienst war eine edle Berufung, und Roy war der Meinung, daß diejenigen, die zum Dienen bereit waren, mit Respekt, Dankbarkeit und Großzügigkeit behandelt werden sollten.

Descoteaux nahm auf dem Stuhl hinter dem Schreibtisch Platz. »Das Bureau hat Ihre Identifizierung bestätigt«, sagte er, »wollte mir aber nicht verraten, an welchem Fall Sie arbeiten.«

»Eine Angelegenheit der nationalen Sicherheit«, versicherte Roy ihm.

Jede Anfrage über Roy, die beim FBI einging, wurde zu Cassandra Solinko umgeleitet, einer geschätzten Verwaltungsassistentin des Direktors. Sie bestätigte die Lüge (wenn auch niemals schriftlich), daß Roy FBI-Agent war, konnte jedoch nicht über die Natur seiner Ermittlungen sprechen, da sie nicht die geringste Ahnung hatte, was er tat.

Descoteaux runzelte die Stirn. »Nationale Sicherheit – das ist ziemlich verschwommen.«

Sollte Roy große Schwierigkeiten bekommen – jener Art, die eine Ermittlung des Kongresses und Zeitungsschlagzeilen nach sich zogen – würde Cassandra Solinko abstreiten, je seine Behauptung bestätigt zu haben, beim FBI zu sein. Falls man ihr nicht glauben und sie zu einer Aussage über das Wenige vorladen sollte, was sie über Roy und dessen namenlose Agency wußte, bestand eine phantastisch hohe statistische Wahrscheinlichkeit, daß sie eine tödliche Gehirnembolie, einen schweren Herzinfarkt oder einen Frontalzusammenstoß bei hoher Geschwindigkeit mit einem Brückenpfeiler erleiden würde. Sie kannte die Konsequenzen ihrer Kooperation ganz genau.

»Tut mir leid, Captain Descoteaux, aber ich kann nicht in die Einzelheiten gehen.«

Sollte Roy Scheiße bauen, würde er ähnliche Konsequenzen zu befürchten haben wie Miß Solinko. Der öffentliche Dienst konnte manchmal ein brutal belastender Beruf sein – was einer der Gründe dafür war, wieso Roys Meinung zufolge bequeme Büros, großzügige Gehaltsnebenleistungen und praktisch unbegrenzte Spesen völlig gerechtfertigt waren.

Descoteaux gefiel es nicht, ausgeschlossen zu werden. Er ersetzte das Stirnrunzeln durch ein Lächeln und fuhr mit seiner mühelosen Insel-Ungezwungenheit fort: »Es ist schwierig, Amtshilfe zu leisten, wenn man nicht das ganze Bild kennt.«

Man hätte leicht auf Descoteaux' Charme hereinfallen, seine bedachtsamen, aber trotzdem flüssigen Bewegungen für die Müßigkeit unter einer tropischen Sonne halten und sich von seiner musikalischen Stimme zu der Annahme verleiten lassen können, er sei ein leichtfertiger Mensch.

Doch Roy sah die Wahrheit in den Augen des Captains, die groß und so schwarz und flüssig wie Tinte waren, und so direkt und durchdringend wie die auf einem Porträt von Rembrandt. Seine Augen enthüllten die Intelligenz, Geduld und unbarmherzige Neugier, die jene Menschen auszeichneten, die für jemanden in Roys Branche die größte Bedrohung darstellten.

Roy erwiderte Descoteaux' Lächeln mit einem noch strahlenderen und hoffte, daß sein Gesichtsausdruck – der jüngere, schlankere Nikolaus – dem Karibikcharme gewachsen war. »Eigentlich brauche ich keine Amtshilfe«, sagte Roy, »jedenfalls nicht im Sinne einer aktiven Unterstützung. Mir kommt es nur auf ein paar Informationen an.«

»Die ich Ihnen gern geben werde, wenn ich kann«, sagte der Captain.

Die Wattstärke ihres Lächelns hatte das Problem der unzureichenden Beleuchtung des kleinen Büros kurzzeitig behoben.

»Bevor Sie befördert und in die Zentralverwaltung versetzt wurden«, sagte Roy, »waren Sie wohl Captain einer Abteilung.«

»Ja. Ich habe die Abteilung West Los Angeles befehligt.«

»Erinnern Sie sich an einen jungen Beamten, der gut ein Jahr lang unter Ihnen gedient hat – Spencer Grant?«

Descoteaux' Augen wurden etwas größer. »Ja, natürlich erinnere ich mich an Spence. Recht gut sogar.«

»War er ein guter Cop?«

»Der beste«, sagte Descoteaux ohne das geringste Zögern. »Polizeiakademie, Abschluß in Kriminologie, bei der Army in einer Sondereinheit – er hatte *Substanz*.«

»Also ein sehr kompetenter Mann?«

»›Kompetent‹ ist bei Spence kaum der angemessene Ausdruck.«

»Und intelligent?«

»Äußerst intelligent.«

»Die beiden Autoräuber, die er erschossen hat – waren seine Schüsse gerechtfertigt?«

»Verdammt, ja, so gerechtfertigt, wie sie es nur sein können. Der eine Typ wurde wegen Mordes gesucht, und auf den zweiten waren drei Haftbefehle wegen Schwerverbrechen ausgestellt. Beide waren bewaffnet und haben auf ihn geschossen. Spence hatte keine Wahl. Die Abteilung für Innere Angelegenheiten hat ihn so schnell freigesprochen, wie Gott Petrus in den Himmel gelassen hat.«

»Aber er ist nicht mehr auf die Straße gegangen«, sagte Roy.

»Er wollte keine Waffe mehr tragen.«

»In der Army war er Ranger.«

Descoteaux nickte. »Er hat ein paar Kampfeinsätze gehabt – in Mittelamerika und im Mittleren Osten. Er hat schon vorher töten müssen, und schließlich mußte er sich eingestehen, daß er seine Laufbahn nicht fortsetzen konnte.«

»Weil das Töten gewisse Gefühle in ihm ausgelöst hat.«

»Nein. Eher, weil ... Ich glaube, er war nicht immer überzeugt, daß das Töten gerechtfertigt war, ganz gleich, was die Politiker sagten. Aber das ist nur eine Vermutung. Ich weiß nicht genau, was er gedacht hat.«

»Ein Mensch hat Schwierigkeiten, eine Waffe auf einen anderen Menschen zu richten – das ist verständlich«, sagte Roy. »Aber daß derselbe Mensch von der Army zur Polizei geht ...«

»Er war der Ansicht, als Cop hätte er mehr Kontrolle darüber, wann er tödliche Gewalt einsetzen mußte. Das war zumindest sein Traum. Und Träume sterben nur schwer.«

»Es war sein Traum, Cop zu sein?«

»Nicht unbedingt Cop. Nur der gute Bursche in einer Uniform, der sein Leben aufs Spiel setzte, um den Menschen zu helfen, Leben zu retten und das Gesetz aufrechtzuerhalten.«

»Ein altruistischer junger Mann«, sagte Roy mit einem Anflug von Sarkasmus.

»Wir haben einige davon. In Wirklichkeit sind sogar viele so – zumindest am Anfang.« Er musterte seine kohlenschwarzen Hände, die er auf der grünen Schreibtischunterlage gefaltet hatte. »In Spences Fall haben seine Ideale ihn zur Army geführt und dann zur Polizei. Aber es steckte noch etwas anderes dahinter. Irgendwie ... indem er den Menschen half, wie ein Cop ihnen helfen kann, hat Spence versucht, sich selbst zu verstehen, mit sich selbst ins Reine zu kommen.«

»Also war er psychologisch gestört?« fragte Roy.

»Nicht auf eine Weise, die verhindert hätte, daß er ein guter Cop ist.«

»Ach? Wieso hat er dann versucht, sich selbst zu verstehen?«

»Keine Ahnung. Ich glaube, das liegt eine Weile zurück.«

»Zurück?«

»In seiner Vergangenheit. Er trug es wie eine tonnenschwere Last auf seinen Schultern.«

»Hat das etwas mit der Narbe zu tun?« fragte Roy.

»Wahrscheinlich hat alles mit ihr zu tun.«

Descoteaux schaute von seinen Händen auf. Seine großen, dunklen Augen waren voller Mitgefühl. Es waren außergewöhnliche, beeindruckende Augen. Wären es die einer Frau gewesen, hätte Roy sie haben wollen.

»Wie hat er sich die Narbe zugezogen?« fragte Roy. »Wie ist das passiert?«

»Er hat lediglich gesagt, er habe als Kind einen Unfall gehabt. Einen Autounfall, vermute ich. Er wollte wirklich nicht darüber sprechen.«

»Hatte er bei der Polizei irgendwelche engen Freunde?«

»Enge nicht, nein. Er kam mit allen gut aus, war aber ziemlich verschlossen.«

»Ein Einzelgänger«, sagte Roy und nickte verstehend.

»Nein. Nicht so, wie Sie es meinen. Er würde nie mit einem Gewehr auf einem Dach enden und auf alles schießen, was sich bewegt. Die Menschen mochten ihn, und er mochte sie. Er war nur ... reserviert.«

»Nach dem Schußwechsel wollte er einen Schreibtischjob. Er hat ausdrücklich einen Antrag auf Versetzung zur Sondereinheit für Computerverbrechen gestellt.«

»Nein, *sie* haben sich an *ihn* gewandt. Die meisten Leute wären überrascht – aber Sie wissen das bestimmt –, daß wir Beamte mit akademischen Graden in Jura, Psychologie und Kriminologie wie Spence haben. Die meisten studieren nicht, weil sie ihren Beruf wechseln oder in die Verwaltung aufsteigen wollen. Sie wollen auf der Straße bleiben. Sie lieben ihre Arbeit und sind der Meinung, eine etwas bessere Ausbildung wird ihnen dabei helfen, bessere Arbeit zu leisten. Sie sind hingebungsvoll und engagiert. Sie wollen lediglich *Cops* sein, und sie ...«

»Bewundernswert, ganz bestimmt. Obwohl einige sie vielleicht als knallharte Reaktionäre sehen, die nicht imstande sind, die *Macht* aufzugeben, die man als Cop hat.«

Descoteaux kniff die Augen zusammen. »Na ja, wenn einer von ihnen von der Straße will, setzt man ihn nicht daran, Papierkram zu bearbeiten. Die Abteilung benutzt sein Wissen. Die Verwaltung, die Abteilung für Innere Angelegenheiten, die Abteilung für Organisiertes Verbrechen, die meisten Abteilungen der Detectives – sie alle haben Spence gewollt. Er hat sich für die Sonderabteilung entschieden.«

»Vielleicht hat er das Interesse der Sonderabteilung irgendwie *erzeugt?*«

»Er mußte es nicht erzeugen. Wie ich schon sagte, sie haben sich an ihn gewandt.«

»War er schon Computerfan, bevor er zur Sonderabteilung ging?«

»Fan?« Descoteaux konnte seine Ungeduld nicht mehr unterdrücken. »Er hat gewußt, wozu Computer gut sind, war aber nicht von ihnen besessen. Spence war auf nichts versessen. Er ist ein sehr solider Mensch, völlig zuverlässig.«

»Bis auf den Umstand – und das sind Ihre Worte –, daß er noch immer versucht, mit sich selbst ins Reine zu kommen.«

»Versuchen wir das nicht alle?« sagte der Captain scharf. Er erhob sich, wandte sich von Roy ab und sah aus dem kleinen Fenster neben seinem Schreibtisch. Die schrägen Stäbe der Jalousie waren schmutzig. Er sah zwischen ihnen hindurch auf die smogverhüllte Stadt.

Roy wartete. Sollte Descoteaux doch seinen Wutanfall bekommen. Der arme Mann hatte ihn sich verdient. Sein Büro war entsetzlich klein. Er hatte nicht einmal eine eigene Toilette.

Der Captain drehte sich wieder zu Roy um. »Ich weiß nicht, was Spence Ihres Erachtens getan haben soll. Und es ist sinnlos, daß ich Sie danach frage...«

»Nationale Sicherheit«, bestätigte Roy selbstgefällig.

»...aber Sie irren sich in ihm. Er ist kein Mensch, der je schlecht werden würde.«

Roy runzelte die Stirn. »Wieso sind Sie dessen so sicher?«

»Weil er sich quält.«

»Ach ja? Worüber?«

»Über das, was richtig und falsch ist. Über das, was er tut, die Entscheidungen, die er trifft. Still und insgeheim – aber er quält sich.«

»Tun wir das nicht alle?« sagte Roy und stand auf.

»Nein«, sagte Descoteaux. »Heutzutage nicht mehr. Die meisten Menschen halten alles für relativ, einschließlich der Moral.«

Roy war nicht der Ansicht, daß Descoteaux der Sinn danach stand, ihm die Hand zu schütteln, also sagte er nur: »Nun ja, vielen Dank für Ihre Hilfe, Captain.«

»Um was für ein Verbrechen auch immer es geht, Mr. Miro, der Mann, nach dem Sie anscheinend suchen, ist sich seiner Rechtschaffenheit absolut bewußt.«

»Ich werde das in Erinnerung behalten.«

»Niemand ist gefährlicher als jemand, der von seiner moralischen Überlegenheit überzeugt ist«, sagte Descoteaux scharf.

»Wie wahr«, erwiderte Roy und öffnete die Tür.

»Jemand wie Spence – er ist nicht der Feind. Ganz im Gegenteil, Leute wie er sind der einzige Grund dafür, daß die ganze verdammte Zivilisation uns noch nicht um die Ohren geflogen ist.«

Roy trat auf den Gang. »Einen schönen Tag noch«, sagte er.

»Auf welcher Seite auch immer Spence steht«, sagte Descoteaux mit leiser, aber unmißverständlicher Aggressivität, »ich wette meinen Arsch darauf, daß es die richtige ist.«

Roy schloß hinter sich die Bürotür. Als er den Fahrstuhl erreichte, hatte er den Entschluß gefaßt, Harris Descoteaux umbringen zu lassen. Vielleicht würde er es selbst tun, sobald er sich mit Spencer Grant befaßt hatte.

Auf dem Weg zum Wagen beruhigte er sich etwas. Als er wieder auf der Straße war und Guineveres Schatz auf dem Sitz neben dem seinen lag und seinen beruhigenden Einfluß ausübte, hatte Roy sich wieder soweit unter Kontrolle, daß ihm klar wurde, daß eine schnelle Hinrichtung nicht die angemessene Reaktion auf Descoteaux' beleidigende Andeutungen war. Es stand in seiner Macht, schwerere Strafen als den Tod auszusprechen.

Die drei Flügel des zweistöckigen Apartmenthauses umschlossen einen bescheidenen Swimmingpool. Kalter Wind peitschte das Wasser zu kleinen Wellen, die gegen die blauen Fliesen unter der Mauerkappe schlugen, und als Spencer über den Hof ging, stieg ihm der Geruch von Chlor in die Nase.

Der ausgebrannte Himmel war tiefer, als es noch vor dem Frühstück der Fall gewesen war, als sinke ein Tuch aus grauer Asche auf die Erde. Die üppigen Wedel der vom Wind geschüttelten Palmen raschelten und schnalzten und klapperten, als wollten sie vor einem Sturm warnen.

Der neben Spencer dahertrottende Rocky nieste ein paarmal, als er das Chlor roch, hatte jedoch keine Angst vor den schwankenden Palmen. Er hatte noch nie einen Baum gesehen, der ihm angst machte. Das mußte aber nicht heißen, daß es solch einen Teufelsbaum nicht gab. Wenn er in einer seiner seltsameren Stimmungen war, wenn er wieder das große Zittern hatte und in jedem Schatten einen bösen Zauber am Werk sah, wenn die Umstände *einfach richtig* waren, würde ihm wahrscheinlich ein verwelkter Schößling in einem kleinen Blumentopf eine Heidenangst bereiten.

Dem Formular zufolge, das Valerie – die sich damals Hannah May Rainey genannt hatte – ausgefüllt hatte, um eine Arbeitserlaubnis als Kartengeberin in einem Kasino zu bekommen, hatte sie in diesem Haus gewohnt. In Apartment 2-D.

Die Wohnungen im ersten Stock waren von einer überdachten Brüstung aus zu erreichen, die einen Blick auf den Hof bot und den Gang vor den Wohnungen im Erdgeschoß beschirmte. Als Spencer und Rocky die Betontreppe hinaufstiegen, ließ der Wind einen lockeren Pfahl in dem verrosteten Eisengeländer klappern.

Er hatte Rocky mitgenommen, weil der Hund ihm eine große Hilfe dabei war, bei anderen Leuten das Eis zu brechen. Die Menschen neigten dazu, einem Mann zu vertrauen, dem ein Hund vertraute, und sie öffneten sich viel eher und sprachen mit einem Fremden, wenn er einen freundlichen Hund dabei hatte – selbst wenn dieser Fremde etwas eindringlich Dunkles und eine große Narbe vom Ohr bis zum Kinn hatte. So groß war die Macht des hündischen Charmes.

Hannah-Valeries ehemalige Wohnung befand sich im mittleren Flügel des U-förmigen Gebäudes, am Ende des Hofs. Ein großes Fenster rechts von der Tür war mit einem Vorhang bedeckt. Links ermöglichte ein kleines Fenster den Blick in eine Küche. Der Name über der Klingel lautete Traven.

Spencer drückte auf die Klingel und wartete.

Seine hochtrabendste Hoffnung war, daß Valerie sich die Wohnung mit jemandem geteilt hatte und die andere Mieterin noch hier wohnte. Sie hatte dort mindestens vier Monate lang gewohnt, die gesamte Zeit über, die sie im Mirage beschäftigt gewesen war. Obwohl Valerie ein Leben geführt hatte, das genauso eine Lüge gewesen war wie das in Kalifornien, hatte ihre Wohnungsgefährtin in dieser Zeit vielleicht eine Beobachtung gemacht, die es Spencer ermöglichte, ihre Spur von Nevada zurückzuverfolgen, genau wie Rosie ihn von Santa Monica nach Vegas geschickt hatte.

Er drückte erneut auf die Klingel.

So seltsam es auch anmutete, sie finden zu wollen, indem er herausfand, woher sie kam, und nicht, wohin sie gegangen war – Spencer hatte keine andere Wahl. Er hatte keine Möglichkeit, ihre Spur von Santa Monica aus aufzunehmen. Außerdem war es, wenn er rückwärts ging, unwahrscheinlicher, daß er mit den Bundesagenten – oder wer auch immer sie sein mochten – zusammentreffen würde, die ihr folgten.

Er hatte gehört, daß die Klingel in der Wohnung angeschlagen hatte. Dennoch klopfte er.

Auf das Klopfen erfolgte eine Reaktion – wenn auch nicht von jemandem in Valeries ehemaliger Wohnung. Weiter rechts auf der Brüstung wurde die Tür von 2-E geöffnet, und eine grauhaarige Frau in den Siebzigern steckte den Kopf hinaus und musterte ihn. »Kann ich Ihnen helfen?«

»Ich suche Miß Traven.«

»Ach, die arbeitet in der Frühschicht im Caesars Palace. Die wird erst in ein paar Stunden nach Hause kommen.«

Sie trat auf den Gang: eine kleine, dralle Frau mit freundlichem Gesicht, die klobige orthopädische Schuhe trug, Stützstrümpfe, die so dick wie Dinosaurierhaut waren, ein gelb und grau gemustertes Hauskleid und eine waldgrüne Strickjacke.

»Na ja«, sagte Spencer, »eigentlich suche ich ja...«

Rocky, der sich hinter Spencer versteckt hatte, riskierte es, den Kopf um die Beine seines Herrn zu schieben und sich die großmütterliche Seele von 2-E anzusehen, und die alte Frau quiekste vor Vergnügen, als sie ihn sah. Obwohl sie eher watschelte als ging, startete sie mit dem Überschwang eines Kindes von der Schwelle, das die Bedeutung des Wortes »Arthritis« nicht kannte. Während sie in der Kleinkindersprache plapperte, näherte sie sich mit einer Geschwindigkeit, die Spencer verblüffte und Rocky einen fürchterlichen Schrecken einjagte. Der Hund jaulte, die Frau fiel mit bewundernden Schreien über ihn her, der Hund versuchte, Spencers rechtes Bein hinaufzuklettern, als wolle er sich unter seiner Jacke verstecken, die Frau sagte »Mein Schätzchen, mein Schätzchen, mein Schätzchen«, und Rocky fiel vor Entsetzen fast in Ohnmacht, rollte sich zu einem Ball zusammen, legte die Pfoten auf die Augen und bereitete sich auf den unausweichlichen gewaltsamen Tod vor.

Bosley Donners linkes Bein glitt von der Fußstütze seines elektrischen Rollstuhls und scharrte über den Weg. Lachend ließ er den Stuhl im Leerlauf anhalten, hob das gefühllose Bein mit beiden Händen hoch und knallte es dorthin zurück, wohin es gehörte.

Donners Transportmittel war mit einer Hochleistungsbatterie und dem Antrieb eines Golfkarrens ausgestattet und zu einer beträchtlich höheren Geschwindigkeit imstande, als es bei einem gewöhnlichen elektrischen Rollstuhl der Fall war. Roy Miro holte ihn schwer atmend ein.

»Ich habe Ihnen doch gesagt, dieses Baby hat was drauf«, sagte Donner.

»Ja. Allerdings. Beeindruckend«, keuchte Roy.

Sie befanden sich auf dem Hinterhof von Donners vier Morgen großem Anwesen in Bel Air, über den ein breites Band aus ziegelfarbigem Beton gezogen worden war, das es dem behinderten Besitzer ermöglichte, jede Ecke seines ausgeklügelt angelegten Anwesens zu erreichen. Der Weg hob und senkte sich mehrfach, verlief an einem Ende des Gartenteichs durch einen Tunnel und führte kurvenreich zwischen Dattel- und anderen Palmen, großen indischen Lorbeerbäumen und Melaleucas in ihren Mänteln aus zottiger Rinde einher. Anscheinend hatte Donner den Weg so anlegen lassen, daß er ihm als private Achterbahn diente.

»Wissen Sie, das ist illegal«, sagte Donner.

»Illegal?«

»Es ist gegen das Gesetz, einen Rollstuhl so umzubauen, wie ich es getan habe.«

»Hm ... ja, das verstehe ich voll und ganz.«

»Das verstehen Sie?« Donner war erstaunt. »Ich nicht. Es ist *mein* Stuhl.«

»Wenn Sie so den Weg entlangrasen, sind irgendwann vielleicht nicht nur Ihre Beine, sondern all Ihre Glieder gelähmt.«

Donner grinste und zuckte die Achseln. »Dann lasse ich einen Computer in den Stuhl einbauen, damit ich ihn mit Stimmbefehlen bedienen kann.«

Mit zweiunddreißig Jahren konnte Bosley Donner seit acht Jahren seine Beine nicht mehr benutzen, nachdem er während eines Einsatzes im Mittleren Osten, an dem die Einheit der U.S. Army Rangers, in der er gedient hatte, teilgenommen hatte, einen Schrapnellbrocken ins Rückgrat bekommen hatte. Er war stämmig, tief gebräunt, trug sein blondes Haar in einem Bürstenschnitt und hatte blaugraue Augen, die noch fröhlicher waren als die Roys. Falls ihn seine Behinderung je deprimiert hatte, war er schon längst darüber hinweggekommen – oder hatte vielleicht gelernt, es gut zu verbergen.

Roy mochte den Mann nicht, wegen seiner extravaganten Lebensweise, seiner ärgerlich guten Laune, seines unbeschreiblich scheußlichen Hawaii-Hemds – und aus anderen Gründen, auf die er sich noch keinen Reim machen konnte. »Aber ist diese Rücksichtslosigkeit sozial verantwortungsvoll?«

Donner runzelte verwirrt die Stirn, doch dann hellte sein Gesicht sich auf. »Oh, Sie meinen, ich könnte eine Last für die Gesellschaft sein. Verdammt, ich würde nie die Gesundheitsfürsorge der Regierung beanspruchen. Die Burschen hätten mich ganz schnell unter die Erde gebracht. Sehen Sie sich um, Mr. Miro. Ich kann bezahlen, was nötig ist. Kommen Sie, ich will Ihnen den Tempel zeigen. Den müssen Sie gesehen haben.«

Donner drückte auf die Tube und raste davon, durch fiedrige Palmschatten und Flitter aus rotgoldenem Sonnenschein den Hügel hinab.

Roy bemühte sich, seine Verärgerung zu unterdrücken, und folgte ihm.

Nachdem Donner aus der Army entlassen worden war, hatte er auf sein lebenslanges Talent zurückgegriffen, einfallsreiche Karikaturen zu zeichnen. Sein Portfolio hatte ihm einen Job bei einer Firma eingebracht, die Glückwunschkarten herstellte. In seiner Freizeit hatte er einen Comic strip entwickelt, und das erste Zeitungssyndikat, an das er ihn geschickt hatte, hatte ihm einen Vertrag angeboten. Innerhalb von zwei Jahren war er der erfolgreichste Cartoonist im ganzen Land geworden. Mit diesen allseits beliebten Comicfiguren – die Roy idiotisch fand – war Bosley Donner nun eine Industrie für sich: Bücher auf den Bestsellerlisten, Fernsehsendungen, Spielzeugfiguren, T-Shirts, eine ganze Palette von Glückwunschkarten, Produktwerbung, CDs und vieles mehr.

Am Grund eines langen Hangs führte der Weg zu einem von einer Balustrade umgebenen Gartentempel im klassizistischen Stil. Fünf Säulen erhoben sich auf einem ebenerdigen Kalksteinfundament und trugen ein schweres Gesims mit Kuppelhelm und einem Knauf als Abschluß. Das Gebäude wurde von Primeln umgeben, deren Blüten in intensiven gelben, roten, rosa und purpurnen Farbtönen leuchteten.

Donner saß, in Schatten getaucht, auf seinem Stuhl in der Mitte des offenen Tempels und wartete auf Roy. In dieser Umgebung hätte er eine geheimnisvolle Gestalt sein sollen; doch sein stämmiger Körper, das breite Gesicht, der Bürstenhaarschnitt und das grelle Hawaii-Hemd ließen ihn wie eine seiner Comic-Figuren wirken.

Roy trat in den Tempel. »Sie wollten mir etwas über Spencer Grant erzählen«, sagte er.

»Ach ja?« sagte Donner mit einem Anflug von Ironie.

In den letzten zwanzig Minuten hatte Donner Roy über das Grundstück gejagt und eine ganze Menge von Grant erzählt – mit dem er bei den Army Rangers gedient hatte –, aber nichts gesagt, was entweder Rückschlüsse über den Menschen an sich zuließ oder Licht auf wichtige Einzelheiten seines Lebens vor dem Dienst bei der Army warf.

»Ich habe Hollywood gemocht«, sagte Donner. »Er war der ruhigste Mensch, den ich je gekannt habe, einer der höflichsten, einer der klügsten – und ganz bestimmt auch einer der zurückhaltendsten. Prahlerei war ihm völlig fremd. Wenn er in der richtigen Stimmung war, konnte man eine Menge Spaß mit ihm kriegen. Aber er war sehr verschlossen. Keiner hat ihn je richtig gekannt.«

»Hollywood?« fragte Roy.

»Das ist ein Spitzname, mit dem wir ihn immer aufgezogen haben. Er hat alte Filme gemocht. Ich meine, er war fast besessen von ihnen.«

»Irgendwelche besonderen Filme?«

»Spannungsfilme und Dramas mit altmodischen Helden. Heutzutage, hat er immer gesagt, weiß das Kino gar nicht mehr, was Helden sind.«

»Wieso?«

»Er war der Ansicht, Helden hätten früher ein besseres Verständnis von gut und böse gehabt, als es heute der Fall ist. Er hat Filme wie *Der unsichtbare Dritte*, *Berüchtigt* und *Wer die Nachtigall stört* gemocht, weil die Helden starke Prinzipien und eine eindeutige Moral hatten. Sie haben eher auf ihren Grips als auf ihre Kanonen zurückgegriffen.«

»Heutzutage«, sagte Roy, »gibt es Filme, in denen ein paar Bullen eine halbe Stadt in Schutt und Asche legen, um einen Bösewicht zu schnappen...«

»...unflätige Ausdrücke benutzen...«

»...mit Frauen ins Bett springen, die sie erst vor zwei Stunden kennengelernt haben...«

»...und nur halb bekleidet rumlaufen, damit sie ihre Muskeln zeigen können, mit denen sie geradezu *vollgepackt* sind.«

Roy nickte. »Seine Auffassung hat was für sich.«

»Hollywoods Lieblingsstars waren Cary Grant und Spencer Tracy; da hat er sich natürlich oft aufziehen lassen müssen.«

Roy überraschte es, daß seine Meinung und die des Mannes mit der Narbe über aktuelle Filme übereinstimmten. Es beunruhigte ihn, daß er in *irgendeiner* Hinsicht mit einem gefährlichen Soziopathen wie Grant übereinstimmte.

Dermaßen gedankenverloren, hatte er nur halb mitbekommen, was Donner gesagt hatte. »Tut mir leid ... in welcher Hinsicht hat er sich oft aufziehen lassen müssen?«

»Na, es war zwar nicht besonders komisch, daß Spencer Tracy und Cary Grant auch die Lieblingsstars seiner Mutter gewesen sein müssen, oder daß sie ihn nach ihnen benannt hat. Aber ein Bursche, der so bescheiden und still wie Hollywood war und Mädchen gegenüber so schüchtern, ein Bursche, der gar kein Ego zu haben schien – na ja, uns kam es komisch vor, daß er sich so stark mit zwei Filmstars identifizierte, mit den Helden, die sie spielten. Er war erst neunzehn, als er mit der Ranger-Ausbildung anfing, aber in vielerlei Hinsicht schien er zwanzig Jahre älter als wir anderen zu sein. Man erkannte das Kind in ihm nur, wenn er über alte Filme sprach oder sie sich ansah.«

Roy spürte, daß er gerade etwas von großer Bedeutung erfahren hatte – aber er begriff nicht, wieso. Er stand am Rand einer Enthüllung, deren Inhalt er noch nicht erkannte.

Er hielt den Atem an, befürchtete, daß ihn sogar das Ausatmen von dem Verständnis wegwehen würde, das innerhalb seiner Reichweite zu liegen schien.

Eine warme Brise rauschte durch den Tempel.

Neben Roys linkem Fuß kroch ein schwarzer Käfer langsam und mühselig über den Kalksteinboden seinem unbekannten Schicksal entgegen.

Roy war fast unheimlich zumute, als er dann hörte, wie er eine Frage stellte, die er zuerst gar nicht bewußt in Betracht gezogen hatte. »Sind Sie sicher, daß seine Mutter ihn nach Spencer Tracy und Cary Grant benannt hat?«

»Ist das nicht offensichtlich?« erwiderte Donner.

»Ist es das?«

»Für mich schon.«

»Er hat Ihnen wirklich gesagt, daß sie ihn nach den beiden Schauspielern benannt hat?«

»Ich glaube schon. Ich weiß es nicht mehr genau. Aber es muß so gewesen sein.«

Die milde Brise rauschte, der Käfer kroch, und ein Frösteln der Erleuchtung durchlief Roy.

»Sie haben den Wasserfall noch nicht gesehen«, sagte Bosley Donner. »Er ist toll. Wirklich sehr, sehr hübsch. Kommen Sie, Sie müssen ihn sich ansehen.«

Der Rollstuhl schnurrte aus dem Tempel.

Roy drehte sich um und sah Donner zwischen den Kalksteinsäulen nach. Der Mann raste rücksichtslos einen steil abfallenden Weg in die kühlen Schatten einer grünen Schlucht hinab. Sein hell gemustertes Hawaii-Hemd schien jedesmal aufzulodern, wenn er durch die Strahlen des rotgoldenen Sonnenscheins jagte, und dann verschwand er hinter einigen australischen Baumfarnen.

Mittlerweile verstand Roy, was ihn an Bosley Donner so verärgerte: Der Cartoonist war einfach zu selbstbewußt und unabhängig. Obwohl er behindert war, war er völlig selbständig und hatte sein Leben im Griff.

Solche Menschen stellten eine ernsthafte Gefahr für das System dar. In einer Gesellschaft, die von Individualisten bevölkert wurde, ließ sich einfach keine Ordnung aufrechterhalten. Die Abhängigkeit der Menschen war der Ursprung der staatlichen Macht, und wenn der Staat nicht ein gewisses Maß an Macht besaß, ließ sich weder Fortschritt erzielen, noch auf den Straßen Frieden bewahren.

Er hätte Donner folgen und ihn im Namen der gesellschaftlichen Stabilität eliminieren können, damit niemand dem Beispiel des Cartoonisten folgte, doch das Risiko, von Zeugen beobachtet zu werden, war zu groß. Auf dem Gelände arbeiteten einige Gärtner, und Mrs. Donner oder ein Mitglied des Hauspersonals sah vielleicht im unpassendsten aller Augenblicke aus einem Fenster.

Außerdem fröstelte Roy vor Aufregung darüber, was er über Spencer Grant herausgefunden zu haben glaubte, und wollte seinen Verdacht unbedingt bestätigen.

Er verließ den Tempel, wobei er sorgsam darauf achtete, nicht den langsamen schwarzen Käfer zu zerquetschen, und schlug die entgegengesetzte Richtung von der ein, in der Donner verschwunden war. Er stieg schnell zu höheren Ebenen des Gartens empor, eilte an der Seite des riesigen Hauses entlang und stieg in seinen Wagen, der auf der kreisförmigen Auffahrt stand.

Aus dem Umschlag, den Melissa Wicklun ihm gegeben hatte, zog er eins der Bilder von Grant hervor und legte es auf den Sitz. Abgesehen von der schrecklichen Narbe hatte das Gesicht auf den ersten Blick eigentlich ganz normal gewirkt. Nun wußte er, daß es das Gesicht eines Ungeheuers war.

Aus demselben Umschlag zog er einen Ausdruck des Berichts, den er am vergangenen Abend von Mama angefordert und vor ein paar Stunden in seinem Hotelzimmer auf dem Computerbildschirm gelesen hatte. Er blätterte zu den falschen Namen weiter, unter denen Grant Dienstleistungen angefordert und bezahlt hatte.

Stewart Peck
Henry Holden
James Gable
John Humphrey
William Clark
Wayne Gregory
Robert Tracy

Roy nahm einen Kugelschreiber aus der Innentasche seiner Jacke und stellte die Vor- und Zunamen zu einer neuen Liste um:

Gregory Peck
William Holden
Clark Gable
James Stewart
John Wayne

204

Damit blieben Roy noch vier Namen von der ursprünglichen Liste: Henry, Humphrey, Robert und Tracy.

Tracy paßte natürlich zum Vornamen des Arschlochs – Spencer. Und zu einem Zweck, den bislang weder Mama noch Roy herausgefunden hatte, benutzte der trickreiche, narbengesichtige Schweinehund wahrscheinlich eine weitere falsche Identität, bei der er den Namen Cary benutzte, der auf der ersten Liste fehlte, aber die logische Ergänzung seines Nachnamens war – Grant.

Damit blieben Henry, Humphrey und Robert übrig.

Henry. Zweifellos agierte Grant gelegentlich unter dem Namen Fonda, vielleicht mit einem Vornamen, den er sich von Burt Lancaster oder Gary Cooper entliehen hatte.

Humphrey. In manchen Kreisen mußte Grant als Mr. Bogart bekannt sein – mit dem Vornamen eines weiteren Filmstars aus vergangenen Zeiten.

Robert. Irgendwann würden sie herausfinden, daß Grant auch den Nachnamen Mitchum oder Montgomery benutzte.

So beiläufig, wie andere Männer Hemden wechselten, wechselte Spencer Grant Identitäten.

Sie suchten nach einem Phantom.

Obwohl er es noch nicht beweisen konnte, war Roy nun überzeugt, daß der Name Spencer Grant genauso falsch war wie all die anderen.

Grant war nicht der Nachname, den dieser Mann von seinem Vater geerbt hatte, noch war Spencer der Vorname, den seine Mutter ihm gegeben hatte. Er hatte sich selbst nach Lieblingsschauspielern benannt, die altmodische Helden gespielt hatten.

Sein wirklicher Name war ein Geheimnis. Sein wirklicher Name war Rätsel, Schatten, Geist, Rauch.

Roy nahm das computergenerierte Porträt auf und betrachtete das vernarbte Gesicht.

Dieses dunkeläugige Rätsel war mit gerade achtzehn Jahren unter dem Namen Spencer Grant zur Army gegangen. Welcher Teenager wußte schon, wie man eine falsche Identität begründete und damit durchkam? Wovor war dieser rätselhafte Mann schon in so jungem Alter geflohen?

Und, verdammt noch mal, *was* hatte er mit der Frau zu schaffen?

Rocky lag auf dem Rücken auf dem Sofa, alle vier Beine in die Luft gestreckt, die Pfoten schlaff, den Kopf in Theda Davidowitz' üppigem Schoß, und betrachtete verzückt die dralle, grauhaarige Frau. Theda streichelte seinen Bauch, kraulte ihn unter dem Kinn und nannte ihn »Schätzchen« und »mein Süßer« und »mein Hübscher« und »Prachtkerl«. Sie erzählte ihm, er sei Gottes kleiner pelziger Engel, der hübscheste Hund der gesamten Schöpfung, wunderbar, prächtig, niedlich, entzückend, perfekt. Sie fütterte ihn mit kleinen, dünnen Stückchen Kochschinken, und er nahm jeden Leckerbissen aus ihren Fingern mit einem Feingefühl entgegen, das eher zu einer Herzogin als zu einem Hund gepaßt hätte.

Spencer hatte es sich in einem gepolsterten Lehnstuhl mit Zierdeckchen an der Kopfstütze und auf den Lehnen bequem gemacht und nippte an einer Tasse mit prächtigem Kaffee, den Theda mit einer Prise Zimt gewürzt hatte. Auf dem Tisch neben seinem Sessel stand eine Porzellankanne mit weiterem Kaffee. Auf einem Teller häuften sich selbstgebackene Schokoladenplätzchen. Er hatte höflich englische Teebiskuits abgelehnt, italienische Anisbiscotti, ein Stück Zitronen-Kokosnuß-Kuchen, einen Blaubeer-Muffin, Ingwerkekse, mit Obst gefüllten Butterkuchen und Rosinenbrötchen. Nachdem Thedas beharrliche Gastfreundschaft ihn schließlich völlig erschöpft hatte, hatte er sich zu einem Schokoladenplätzchen überreden lassen, nur um zwölf Stück davon vorgesetzt zu bekommen, ein jedes so groß wie eine Untertasse.

Obwohl Theda anscheinend pausenlos mit dem Hund gurrte und Spencer drängte, ein weiteres Plätzchen zu essen, gelang es ihr irgendwie zu erzählen, daß sie sechsundsiebzig Jahre alt und ihr Mann – Bernie – vor elf Jahren gestorben war. Sie und Bernie hatten zwei Kinder in die Welt gesetzt: Rachel und Robert. Robert – der beste Junge, der je gelebt hatte, rücksichtsvoll und freundlich – hatte in Vietnam gedient, war ein *Held*, hatte mehr Orden bekommen, als man sich vorstellen konnte ... und war dort gestorben. Rachel – oh, Sie hätten sie sehen sollten, so wunderschön, ihr Foto stand dort auf dem Kaminsims, aber es wurde ihr nicht gerecht, kein Foto könnte ihr gerecht werden – war vor vierzehn Jahren bei einem Verkehrsunfall umgekommen. Es ist schrecklich, die Kinder zu überleben; man fragt sich unwillkürlich, ob Gott wirklich auf einen achtgibt. Theda und Bernie hatten den Großteil ihres Lebens als Ehepaar in Kalifornien verbracht, wo Bernie Buchhalter und sie

Grundschullehrerin gewesen waren. Als sie in den Ruhestand gegangen waren, hatten sie ihr Haus verkauft und dabei einen beträchtlichen Gewinn eingestrichen und waren nach Vegas gezogen, nicht, weil sie Spielernaturen waren – na ja, zwanzig Dollar, die sie einmal im Monat den einarmigen Banditen in den Rachen schmissen –, sondern weil der Grund und Boden hier im Vergleich zu Kalifornien sehr billig war. Aus diesem Grund waren Pensionäre zu Tausenden nach Nevada gezogen. Sie und Bernie hatten ein kleines Haus gekauft, bar bezahlt und konnten trotzdem noch sechzig Prozent des Erlöses, den sie für ihr Haus in Kalifornien bekommen hatten, auf die Bank legen. Bernie war drei Jahre später gestorben. Er war der netteste Mann gewesen, sanft und rücksichtsvoll, und das größte Glück in ihrem Leben war es gewesen, ihn zu heiraten – und nach seinem Tod war das Haus zu groß gewesen für eine Witwe, und Theda hatte es verkauft und war in dieses Apartment gezogen. Zehn Jahre lang hatte sie einen Hund gehabt – sein Name war Sparkle, Funkeln, und er hatte zu ihm gepaßt, er war ein entzückender Cockerspaniel –, aber vor zwei Monaten war Sparkle den Weg aller irdischen Dinge gegangen. Mein Gott, was hatte sie geweint, eine törichte alte Frau, sie hatte Rotz und Wasser geheult, aber sie hatte ihn geliebt. Seit seinem Tod vertrieb sie sich die Zeit mit Putzen, Backen und Fernsehen, und zweimal die Woche spielte sie mit Freundinnen Karten. Sie hatte gar nicht erst in Betracht gezogen, sich nach Sparkle einen weiteren Hund anzuschaffen, denn sie würde ihn nicht überleben und wollte nicht sterben und einen traurigen kleinen Hund zurücklassen, der dann für sich selbst sorgen mußte. Dann hatte sie Rocky gesehen, und ihr war ganz warm ums Herz geworden, und jetzt war ihr klar, daß sie sich einen neuen Hund anschaffen mußte. Wenn sie einen aus dem Tierheim bekam, einen süßen Kerl, der sowieso eingeschläfert werden würde, dann war doch jede- schöne Tag, den sie ihm bereiten konnte, mehr, als er ohne sie gehabt hätte. Und wer weiß? Vielleicht würde sie einen neuen Hund doch überleben und ihm ein Heim bieten, bis *seine* Zeit kam, denn zwei ihrer Freundinnen waren schon Mitte der Achtziger und noch voll dabei.

Um ihr eine Freude zu machen, trank Spencer eine dritte Tasse Kaffee und aß ein zweites der riesigen Schokoladenplätzchen.

Rocky mußte sich nicht großartig überreden lassen, um weitere papierdünne Schinkenstreifen entgegenzunehmen und sich am

Bauch und unter der Schnauze kraulen zu lassen. Von Zeit zu Zeit sah er Spencer an, als wolle er sagen: *Warum hast du mir nicht schon längst von dieser alten Dame erzählt?*

Spencer hatte noch nie erlebt, daß es jemandem so schnell und vollständig wie Theda gelungen war, den Hund für sich einzunehmen. Wenn er gelegentlich mit dem Schwanz wedelte, war die Bewegung so heftig, daß das Polster Gefahr lief, zerfetzt zu werden.

»Was ich Sie fragen wollte«, sagte Spencer, als Theda einmal innehielt, um Atem zu schöpfen, »kennen Sie eine junge Frau, die bis zum letzten November in dem Apartment nebenan gewohnt hat? Ihr Name ist Hannah Rainey, und sie...«

Bei der Erwähnung Hannahs – die Spencer als Valerie kannte – setzte Theda zu einem begeisterten Monolog an, der mit Superlativen gespickt war. Dieses Mädchen, wirklich etwas Besonderes, oh, sie war die beste Nachbarin überhaupt gewesen, so rücksichtsvoll, ein so gutes Herz in diesem lieben Mädchen. Hannah hatte im Mirage gearbeitet, als Blackjack-Geberin während der Friedhofsschicht, und sie hatte den ganzen Morgen hindurch geschlafen, bis in die frühen Nachmittag. Ziemlich oft hatten Hannah und Theda gemeinsam zu Abend gegessen, manchmal in Thedas Wohnung, manchmal in Hannahs. Im letzten Oktober hatte Theda eine schreckliche Grippe gehabt, und Hannah hatte nach ihr gesehen, sie gepflegt, war wie eine *Tochter* zu ihr gewesen. Nein, Hannah hatte nie über ihre Vergangenheit gesprochen, nie gesagt, woher sie kam, nie über ihre Familie gesprochen, weil sie versuchte, etwas Schreckliches hinter sich zu lassen – so viel war offensichtlich – und nur in die Zukunft sah, immer nur nach vorn, nie zurück. Eine Weile hatte Theda angenommen, es sei vielleicht ein brutaler Ehemann, der sie prügelte und irgendwo dort draußen auf sie lauerte, sie verfolgte, und sie habe ihr altes Leben zurücklassen müssen, um nicht umgebracht zu werden. Heutzutage hörte man so viel von solchen Dingen, die Welt war ein furchtbares Durcheinander, alles war von oben nach unten gekehrt, und es wurde immer schlimmer. Dann hatte die Drogenfahndung im vergangenen November eine Razzia gegen Hannahs Wohnung durchgeführt, um elf Uhr morgens, als sie eigentlich hätte im Bett liegen und fest schlafen müssen, aber das Mädchen war weg, hatte seine Sachen gepackt und war über Nacht ausgezogen, ohne ein Wort zu ihrer Freundin Theda zu sagen, als hätte es gewußt, daß man es am nächsten Tag finden würde. Die

Bundesagenten waren furchtbar wütend gewesen und hatten Theda lange verhört, als wäre sie ebenfalls eine notorische Verbrecherin, Gott im Himmel. Sie hatten gesagt, Hannah Rainey sei eine gesuchte Kriminelle, gehöre einem der erfolgreichsten Schmugglerringe an, die Kokain ins Land schleusten, und habe bei einer wichtigen Operation, die schiefgegangen sei, zwei verdeckt arbeitende Polizisten erschossen.

»Also wird sie wegen Mordes gesucht?« fragte Spencer.

Theda Davidowitz ballte eine leberfleckige Hand zur Faust zusammen, stampfte so heftig mit einem Fuß auf, daß ihr orthopädischer Schuh trotz des Teppichs mit einem dumpfen Schlag auf den Boden hämmerte, und sagte: »Quatsch!«

Eve Marie Jammer arbeitete in einem fensterlosen Raum ganz unten in einem Bürohochhaus, vier Stockwerke unter den Straßen von Las Vegas. Manchmal verglich sie sich mit dem Glöckner von Notre Dame in seinem Glockenturm, oder mit dem Phantom in seinem einsamen Reich unter der Pariser Oper, oder mit Dracula in der Einsamkeit seiner Gruft: eine mysteriöse Gestalt, die im Besitz schrecklicher Geheimnisse war. Sie hoffte, eines Tages mächtiger und von mehr Menschen gefürchtet zu werden, als den Glöckner, das Phantom und den Grafen gemeinsam gefürchtet hatten.

Im Gegensatz zu den Ungeheuern in den Filmen war Eve Jammer keineswegs körperlich mißgestaltet. Sie war dreiunddreißig Jahre alt, ein ehemaliges Showgirl, blond, grünäugig und atemberaubend schön. Ihr Gesicht veranlaßte Männer, sich nach ihr umzudrehen und gegen Laternenpfähle zu laufen. Ihren perfekt proportionierten Körper gab es ansonsten nur in den feuchten, erotischen Träumen pubertierender Knaben.

Sie war sich ihrer außergewöhnlichen Schönheit bewußt. Sie schwelgte darin, denn ihre Schönheit war eine Quelle der Macht, und Eve liebte nichts so sehr wie die Macht.

In ihrem tiefen Reich waren die Wände und der Betonboden grau, und die Leuchtstoffröhren warfen ein kaltes, keineswegs schmeichelndes Licht, in dem sie trotzdem umwerfend aussah. Obwohl das Büro beheizt war und obwohl sie den Thermostat manchmal auf 35 Grad einstellte, widersetzte das Betongewölbe sich jedem Versuch, es zu heizen, und Eve trug oft einen Pulli, um die Kälte abzuwehren. Als einzige Benutzerin des Büros teilte sie sich den Raum lediglich mit ein paar Spinnen, die keine noch so großen Mengen von Insektiziden je völlig auslöschen konnten.

An diesem Freitagmorgen im Februar hütete Eve aufmerksam die Reihen der Aufnahmegeräte auf den Metallregalen, die fast eine Wand des Raums beanspruchten. Einhundertundachtundzwanzig private Telefonleitungen wurden in ihrem Bunker überwacht, und alle bis auf zwei waren an Aufnahmegeräte angeschlossen, wenngleich nicht alle dieser Geräte eingeschaltet waren. Zur Zeit zapfte die Agency in Las Vegas achtzig Leitungen an.

Die modernen Aufnahmegeräte verwendeten heutzutage Laser-Discs anstelle von Tonbändern, und alle Abhörvorrichtungen wurden stimmaktiviert, damit die Discs sich nicht mit langen Phasen des Schweigens füllten. Wegen der gewaltigen Speicherkapazität von Datenträgern im Laser-Format mußten die Discs nur selten ausgewechselt werden.

Trotzdem überprüfte Eve die digitale Anzeige eines jeden Geräts, die die noch zur Verfügung stehende Aufnahmekapazität anzeigte. Und obwohl jeder defekte Recorder Alarm ausgelöst hätte, sah sie sich jede Einheit persönlich an, um sich zu überzeugen, daß sie auch funktionierte. Sollte auch nur eine Disc oder ein Recorder ausfallen, könnte die Agency Informationen von unschätzbarem Wert verlieren: Las Vegas war das Herz der Wirtschaft, die vom Untergrund des Landes beherrscht wurde, und damit ein Knotenpunkt von krimineller Aktivität und politischer Verschwörung.

Das Kasinoglücksspiel wurde hauptsächlich bar getätigt, und Las Vegas war wie ein riesiges, hellerleuchtetes Vergnügungsschiff, das auf einem Meer aus Münzen und Papiergeld schwamm. Selbst bei den Kasinos, die im Besitz angesehener Mischkonzerne waren, ging man davon aus, daß sie fünfzehn bis dreißig Prozent der Einnahmen abschöpften, die dann nie in ihren Büchern oder Steuererklärungen auftauchten. Ein Teil dieses geheimen Schatzes floß durch die örtliche Wirtschaft.

Dann waren da noch die Trinkgelder. Die Kartengeber, Roulette-Croupiers und Spieltischmannschaften bekamen von Spielern, die gewonnen hatten, Trinkgelder in zweistelliger Millionenhöhe, und der Großteil davon verschwand in den tiefen Taschen der Stadt. Um einen Vertrag über drei oder fünf Jahre als Oberkellner bei einer der großen Shows oder in fast allen großen Hotelrestaurants zu bekommen, mußte der Bewerber, der den Zuschlag bekam, demjenigen, der ihm die Anstellung verschaffte, eine »Abstandssumme« von einer Viertelmillion Dollar oder mehr in bar zahlen. Die Trinkgelder der Touristen, die bei den Shows gute Sitzplätze haben wollten, bewirkten, daß die Investition sich schnell auszahlte.

Die schönsten Callgirls, welche die Geschäftsführer der Kasinos an Gäste vermittelten, die viel Geld auf den Kopf hauten, konnten eine halbe Million Dollar pro Jahr verdienen – steuerfrei.

Häuser wurden oftmals mit Hundert-Dollar-Scheinen gekauft, die man in Einkaufstüten oder in Styropor-Kühltaschen gestopft hatte. Ein jeder solcher Verkauf war ein Privatvertrag, bei dem keine Übertragungsurkunden ausgestellt und keine offiziellen Grundbuchänderungen vorgenommen wurden, womit vermieden wurde, daß die Finanzbehörden erfuhren, daß der Verkäufer einen Kapitalgewinn gemacht oder der Käufer den Kauf mit nicht versteuertem Einkommen getätigt hatte. Einige der schönsten Anwesen in der Stadt hatten in den letzten zwei Jahrzehnten drei oder viermal den Besitzer gewechselt, doch der Name im Grundbuchauszug blieb der des ursprünglichen Erwerbers, an den – auch nach dessen Tod – alle offiziellen Bekanntmachungen geschickt wurden.

Die Steuerfahndung und zahlreiche andere Bundesbehörden unterhielten in Vegas große Zweigstellen. Nichts interessierte die Regierung mehr als Geld – besonders Geld, von dem sie nie etwas abbekommen hatte.

Das Hochhaus über Eves fensterlosem Reich wurde von einer Institution mit Beschlag belegt, die genauso massiv in Las Vegas vertreten war wie alle anderen Regierungsbehörden. Eve sollte glauben, daß sie für eine geheime, aber legitime Abteilung der National Security Agercy, der Nationalen Sicherheitsbehörde, arbeitete, wußte jedoch, daß dies nicht der Wahrheit entsprach. Es handelte sich vielmehr um eine namenlose Einheit, die sich weitläufigen und geheimnisvollen Aufgaben widmete, kompliziert strukturiert war, außerhalb des Gesetzes arbeitete, die Legislative und Jurisdiktion der Regierung manipulierte (und vielleicht sogar die Exekutive) und, falls sie es wünschte, als Richter, Geschworenenjury und Henker zugleich fungierte – eine diskrete Gestapo.

Man hatte ihr zum Teil wegen des Einflusses ihres Vaters einen der empfindlichsten Posten in der Zweigstelle Las Vegas gegeben. Doch man vertraute ihr dieses unterirdische Aufnahmestudio auch an, weil man sie für zu dumm hielt, als daß sie begriffen hätte, welche persönlichen Vorteile man aus den hier gespeicherten Informationen ziehen konnte. Ihr Gesicht war die reinste Destillation der männlichen Sexphantasien, und ihre Beine waren die geschmeidigsten und erotischsten, die je eine Bühne in Vegas geziert hatten, und ihre Brüste waren riesig und trotzig nach oben gekehrt – und deshalb ging man davon aus, daß Eve gerade intelligent genug war, um von Zeit zu Zeit die Laser-Discs zu wechseln und, wenn nötig, einen zur Agency gehörigen Techniker zu rufen, der ein defektes Gerät reparieren konnte.

Obwohl Eve die Nummer als blondes Dummchen überzeugend beherrschte, war sie klüger als jeder der machiavellistischen Agenten in den Büros über ihr. In den zwei Jahren, die sie bei der Agency war, hatte sie insgeheim den abgehörten Gesprächen der wichtigsten Kasinobesitzer gelauscht, und denen von überwachten Mafiabossen, Geschäftsleuten und Politikern.

Sie hatte Gewinne gemacht, indem sie die Einzelheiten geheimer Börsenabsprachen belauscht hatte, die es ihr ermöglichten, ohne Risiko für ihr eigenes Portefeuille zu kaufen und verkaufen. Sie war genau über die garantierten Gewinnquoten nationaler Sportereignisse informiert, die manipuliert wurden, damit gewisse Buchmacher der Kasinos gigantische Gewinne einstreichen konnten. Wenn ein Boxer bezahlt worden war, damit er sich aufs Parkett legte, wettete Eve normalerweise immer auf seinen Gegner – bei einem lizensierten Buchmacher in Reno, wo keine so große Chance bestand, daß ihr erstaunliches Glück jemandem auffiel, der sie kannte.

Die meisten Personen, die die Agency überwachte, waren so erfahren – und skrupellos –, daß sie wußten, wie gefährlich es war, illegale Aktivitäten über das Telefon zu betreiben, und ließen ihre eigenen Leitungen deshalb rund um die Uhr auf Anzeichen einer elektronischen Kontrolle überprüfen. Einige von ihnen benutzten des weiteren Verzerrer. Daher waren sie in ihrer Arroganz überzeugt, daß man ihre Gespräche nicht abhören konnte.

Doch die Agency setzte technologische Errungenschaften ein, die außerhalb des Inneren Heiligtums des Pentagons nirgendwo erhältlich waren. Kein derzeit existentes Spürgerät konnte das elektronische Hintergrundrauschen ihrer Geräte entdecken. Eve war zweifelsfrei bekannt, daß sie bislang unentdeckt das »sichere« Telefon des Agenten abhörten, dem das FBI-Büro in Las Vegas unterstand; und es hätte sie keineswegs überrascht, hätte sie erfahren, daß das Telefon des FBI-Direktors in Washington ebenfalls auf diese Art und Weise überwacht wurde.

In den letzten zwei Jahren hatte sie immer wieder kleine Gewinne gemacht, die niemandem aufgefallen waren, und auf diese Art und Weise über fünf Millionen Dollar zusammengetragen. Ihr einziger großer Fischzug war eine Million Dollar in bar gewesen, welche als Bestechungsgeld des Mobs von Chicago an einen Senator der Vereinigten Staaten vorgesehen gewesen war, der eine Dienstreise nach Vegas unternommen hatte, um sich vor Ort über die Situation zu informieren. Nachdem Eve ihre Spuren verwischt hatte, indem sie die Laser-Disc zerstört hatte, auf der ein Gespräch über die Bestechung aufgezeichnet worden war, hatte sie die beiden Kuriere in einem Hotelfahrstuhl auf dem Weg von einer Penthouse-Suite in die Lobby abgefangen. Sie trugen das Geld in einer Segeltuchtasche dabei, die mit dem Gesicht von Micky Maus geschmückt war. Große Burschen. Harte Gesichter. Kalte Augen. Grell gemusterte italienische Seidenhemden unter schwarzen Sportsakkos aus Leinen. Als Eve die Fahrstuhlkabine betrat, stöberte sie in ihrer großen Strohhandtasche herum, doch die beiden Schläger hatten nur auf ihre Titten gestarrt, die den tiefen Ausschnitt ihres Pullis zu sprengen drohten. Da sie vielleicht doch schneller waren, als sie aussahen, hatte Eve es nicht riskiert, den Korth .38 aus der Handtasche zu holen, sondern sie einfach durch das Stroh erschossen, zwei Kugeln für jeden. Sie waren so schwer auf den Boden geprallt, daß die Fahrstuhlkabine gezittert hatte, und dann hatte das Geld ihr gehört.

Bei dieser Operation bedauerte sie lediglich den dritten Mann. Er war ein kleiner Bursche mit schon lichtem Haar und Säcken unter den Augen, der sich in die Ecke der Kabine gedrückt hatte, als wolle er sich zu klein machen, um bemerkt zu werden. Dem Schild an seiner Brust zufolge hieß er Thurmon Stookey und nahm an einem Zahnarzt-Kongreß teil. Der arme Mistkerl war ein Zeuge. Nachdem sie den Fahrstuhl zwischen der elften und der zehnten Etage angehalten hatte, hatte Eve ihm in den Kopf geschossen, aber gefallen hatte es ihr nicht.

Nachdem sie den Korth wieder geladen und die ruinierte Strohtasche in die Segeltuchtasche mit dem Geld gestopft hatte, war sie zum achten Stock hinabgefahren. Sie hätte jeden erschossen, der vor der Fahrstuhltür gewartet hätte – doch Gott sei Dank war niemand dort. Ein paar Minuten später hatte sie das Hotel verlassen und war auf dem Nachhauseweg, mit einer Million Mäusen und einer hübschen Micky-Maus-Tasche.

Thurmon Stookey tat ihr schrecklich leid. Er hätte nicht in diesem Fahrstuhl sein sollen. Der falsche Ort, die falsche Zeit. Eine blinde Laune des Schicksals. Das Leben war aber nun mal voller Überraschungen. In ihren gesamten dreiunddreißig Jahren hatte Eve Jammer nur fünf Menschen getötet, und Thurmon Stookey war der einzige unschuldige Zuschauer gewesen. Dennoch hatte sie danach noch eine geraume Weile das Gesicht des kleinen Burschen vor ihrem geistigen Auge gesehen – wie er sie anstarrte, während sie ihn fertigmachte. Und was ihm zugestoßen war, hatte ihr noch fast einen Tag lang enorm zu schaffen gemacht.

Noch ein Jahr, und sie würde nie wieder jemanden töten müssen. Dann würde sie imstande sein, anderen Leute zu befehlen, für sie Hinrichtungen auszuführen.

Obwohl die allgemeine Bevölkerung nichts davon mitbekommen würde, würde Eve Jammer bald die gefürchtetste Person im ganzen Land und außerhalb der Reichweite aller Feinde sein. Das Geld, das sie auf die Seite geschafft hatte, vermehrte sich geometrisch, aber nicht Geld würde sie unberührbar machen. Ihre *echte* Macht würde aus dem Hort belastender Beweise gegen Politiker, Geschäftsleute und Prominente kommen, die sie mit rasender Geschwindigkeit in Gestalt superkomprimierter, digitalisierter Daten von den Discs in ihrem Bunker an ihr eigenes automatisches Aufzeichnungsgerät gesendet hatte, über eine wirklich sichere Telefonleitung in einen Bungalow in Boulder City, den sie über eine verschachtelte Folge von Tarnfirmen und falschen Identitäten gemietet hatte.

Sie lebte schließlich im Informationszeitalter, das dem Dienstleistungszeitalter gefolgt war, welches wiederum das industrielle Zeitalter abgelöst hatte. Sie hatte in *Fortune* und *Forbes* und *Business Week* alles darüber gelesen. Die Zukunft war jetzt, und Information war Wohlstand.

Information war Macht.

Eve war damit fertig, die achtzig aktivierten Aufzeichnungsgeräte zu überprüfen, und hatte gerade damit angefangen, neues

Material für eine Übertragung nach Boulder City zusammenzustellen, als ein elektronischer Warnton sie auf eine signifikante Entwicklung auf einem der Abhörgeräte hinwies.

Wäre sie nicht im Büro gewesen, zu Hause oder anderswo, hätte der Computer sie über ihren Piepser benachrichtigt, woraufhin sie augenblicklich ins Büro zurückgekehrt wäre. Sie hatte nichts dagegen, rund um die Uhr Bereitschaft zu haben. Das war ihr lieber, als hätten Assistenten zwei andere Schichten übernommen; sie *vertraute* einfach niemandem die empfindlichen Informationen auf den Discs an.

Ein blinkendes rotes Lämpchen wies sie auf das richtige Gerät hin. Um den Alarm auszuschalten, drückte sie auf einen Knopf.

Auf der Vorderseite des Recorders enthielt ein Schild Informationen über die angezapfte Leitung. In der ersten Zeile stand die Nummer des Falls. Die nächsten beiden Zeilen enthielten die Adresse. In der vierten Zeile stand der Name des überwachten Subjekts: THEDA DAVIDOWITZ.

Die Überwachung von Mrs. Davidowitz entsprach nicht dem üblichen Vorgehen, bei dem jedes einzelne Wort eines jeden Gesprächs auf Laser-Disc festgehalten wurde. Schließlich war sie nur eine ältere Witwe, eine ganz normale Frau aus der breiten Masse, deren allgemeine Aktivitäten keine Bedrohung für das System darstellten – und die daher für die Agency nicht von Interesse waren. Durch reinen Zufall hatte die Davidowitz eine kurzlebige Freundschaft mit der Frau begründet, die im Augenblick die meistgesuchte Flüchtige im ganzen Land war, und die Agency interessierte sich nur in dem unwahrscheinlichen Fall für die Witwe, daß sie einen Anruf von ihrer Freundin bekam oder diese sie sogar besuchte. Es wäre reine Zeitverschwendung gewesen, die langweiligen Plaudereien der alten Frau mit anderen Freundinnen oder Nachbarn abzuhören.

Statt dessen war der autonome Computer des Bunkers, der alle Aufzeichnungsgeräte überwachte, darauf programmiert, die Davidowitz-Anzapfung ständig zu überwachen und die Laser-Disc nur einzuschalten, sobald er ein Schlüsselwort erkannte, das sich auf die Gesuchte bezog. Dieser Umstand war vor einem Augenblick eingetreten. Nun erschien das Schlüsselwort auf einer kleinen Sichtanzeige des Recorders: HANNAH.

Eve drückte auf einen Knopf mit der Aufschrift MONITOR und

hörte, wie Theda Davidowitz auf der anderen Seite der Stadt mit jemandem in ihrem Wohnzimmer sprach.

Im Hörer eines jeden Telefons in der Wohnung der Witwe waren die üblichen Mikrofone durch solche ersetzt worden, die nicht nur aufnehmen konnten, was in einem Telefongespräch gesagt, sondern was in allen Zimmern gesprochen wurde, auch dann, wenn kein Telefon benutzt wurde, und es permanent über die Telefonleitung an eine Überwachungsstation weitergaben. Das war eine Variante eines Geräts, das in Geheimdienstkreisen als Unendlichkeits-Sender bekannt war.

Die Agency benutzte Unendlichkeits-Sender, die beträchtlich besser als die Modelle waren, die auf dem freien Markt angeboten wurden. Dieser hier arbeitete rund um die Uhr, ohne die Funktion des Telefons zu beeinträchtigen, in dem er verborgen war; daher vernahm Mrs. Davidowitz immer ein Freizeichen, wenn sie den Hörer abhob, und Anrufer, die sie erreichen wollten, waren nie wütend, weil aufgrund der Arbeit des Unendlichkeit-Senders ein Besetztzeichen kam.

Eve Jammer lauschte geduldig, während die alte Frau ausschweifend über Hannah Rainey erzählte. Die Davidowitz sprach offensichtlich *über* ihre Freundin, die Gesuchte, und nicht *mit* ihr.

Als die Witwe innehielt, stellte ein jung klingender Mann, der bei ihr im Zimmer war, eine Frage über Hannah. Bevor die Davidowitz antwortete, nannte sie ihren Besucher »mein hübsches Schätzchen, mein Süßer«, und bat ihn: »Gib mir ein Küßchen, komm schon, was macht denn deine Zunge da, zeigt Theda, daß du sie magst, du kleiner Süßer, kleiner Süßer, ja, richtig so, wackle mit dem Schwanz und gib Theda ein kleines Küßchen.«

»Großer Gott«, sagte Eve und verzog vor Abscheu das Gesicht. Die Davidowitz ging auf die achtzig zu. Der Stimme nach zu urteilen, war der Mann bei ihr vierzig oder fünfzig Jahre jünger. Krank. Krank und pervers. Was war nur aus der Welt geworden?

»Eine Küchenschabe«, sagte Theda, während sie sanft Rockys Bauch rieb. »Groß. Etwa zehn oder fünfzehn Zentimeter lang, die Fühler nicht mitgerechnet.«

Nachdem die Drogenfahndung Hannah Raineys Apartment mit insgesamt acht Agenten durchsucht und festgestellt hatte, daß sie bereits geflohen war, verhörten sie stundenlang Theda und andere

216

Nachbarn und stellten die dümmsten Fragen. All diese erwachsenen Männer taten so, als wäre Hannah eine gefährliche Kriminelle, während jeder, der auch nur fünf Minuten lang mit dem netten Mädchen gesprochen hatte, doch wissen mußte, daß es *unfähig* war, mit Drogen zu handeln und Polizisten zu ermorden. Was für ein absoluter, völliger, blöder, lächerlicher Unsinn. Nachdem die Agenten dann eingesehen hatten, daß sie von den Nachbarn nichts mehr erfahren konnten, hatten sie noch ein paar Stunden in Hannahs Wohnung verbracht und nach Gott weiß was gesucht.

Später an diesem Abend, lange, nachdem die Bullen verschwunden waren – so eine laute, unhöfliche Gruppe von Schwachköpfen – hatte Theda sich mit dem Reserveschlüssel, den Hannah ihr gegeben hatte, in das Apartment 2-D eingelassen. Statt die Tür aufzubrechen, um in die Wohnung zu gelangen, hatte die Drogenfahndung das große Eßzimmerfenster zertrümmert, das einen Blick auf Brüstung und Hof bot. Der Hausbesitzer hatte das Fenster bereits mit einer Sperrholzplatte vernagelt und wartete darauf, daß der Glaser kam, um es zu reparieren. Aber die Wohnungstür war intakt, das Schloß war nicht ausgewechselt worden, und so ging Theda hinein.

Die Wohnung war – im Gegensatz zu der Thedas – möbliert vermietet worden. Hannah hatte sie immer in Ordnung gehalten, die Möbel behandelt, als wären es ihre eigenen; ein pflichtbewußtes und *rücksichtsvolles* Mädchen, so daß Theda sich überzeugen wollte, welchen Schaden die Schwachköpfe angerichtet hatte, damit der Vermieter nicht versuchen konnte, Hannah die Schuld in die Schuhe zu schieben. Falls Hannah wieder auftauchen sollte, würde Theda bestätigen, daß sie die Wohnung in Ordnung gehalten und die Möbel des Vermieters mit Respekt behandelt hatte. Bei Gott, sie würde nicht zulassen, daß das arme Mädchen für den Schaden aufkommen *und* sich in einem Prozeß für den Mord an Polizeibeamten verantworten mußte, die es offensichtlich nicht ermordet hatte. Und natürlich war die Wohnung der reinste Schweinestall, und die Agenten waren Saukerle: Sie hatten Zigaretten auf dem Küchenboden ausgedrückt, Becher mit Kaffee aus der Cafeteria um die Ecke verschüttet und nicht einmal die Toilette abgezogen, wenn Sie sich so etwas vorstellen können; es waren doch erwachsene Männer, und ihre Mütter müssen ihnen doch *irgend etwas* beigebracht haben. Aber am seltsamsten kam ihr die Küchenschabe vor, die sie mit so einem weichen Filzstift auf eine Schlafzimmerwand gemalt hatten.

»Nicht gut gemalt, verstehen Sie mich richtig, mehr oder weniger nur der Umriß einer Küchenschabe, aber man bekam schon mit, was es darstellen sollte«, sagte Theda. »Nur so eine Strichzeichnung, aber trotzdem furchtbar häßlich. Was wollen diese Schwachköpfe nur damit beweisen, wenn sie etwas auf die Wand malen?«

Spencer war sich ziemlich sicher, daß Hannah-Valerie die Küchenschabe gemalt hatte – genau, wie sie das Foto von einer Schabe aus einem Lehrbuch an die Wand des Bungalows in Santa Monica genagelt hatte. Er spürte, daß sie damit die Männer verhöhnen und ärgern wollte, die nach ihr suchten, obwohl er keine Ahnung hatte, was die Schabe darstellte oder wieso sie wußte, daß sie ihre Verfolger damit ärgern konnte.

Eve Jammer setzte sich in ihrem fensterlosen Zuständigkeitsbereich an den Schreibtisch und rief das Büro der Einsatzleitung über ihr an, im Erdgeschoß der Zweigstelle von Carver, Gunmann, Garrote & Hemlock in Las Vegas. Der wachhabende Agent an diesem Morgen war John Cottcole, und Eve wies ihn auf die Situation in Theda Davidowitz' Apartment hin.

Cottcole war wie elektrisiert von der Nachricht und unfähig, seine Erregung zu verbergen. Noch während er mit Eve sprach, rief er Leuten in seinem Büro Befehle zu.

»Miß Jammer«, sagte Cottcole, »ich will eine Kopie dieser Disc, jedes Wort, das auf dieser Disc ist, haben Sie verstanden?«

»Klar«, sagte sie, aber er legte auf, während sie noch antwortete.

Sie glaubten, daß Eve nicht wußte, wer Hannah Rainey gewesen war, bevor sie zu Hannah Rainey geworden war, aber sie kannte die ganze Geschichte. Sie wußte auch, daß dieser Fall eine riesige Möglichkeit für sie darstellte, eine Chance, die Vergrößerung ihres Vermögens und ihrer Macht zu beschleunigen, aber sie hatte sich noch nicht entschieden, wie sie sie nutzen wollte.

Eine dicke Spinne huschte über ihren Schreibtisch.

Sie schlug danach und zerquetschte sie mit ihrer Handfläche.

Als Roy Miro zu Spencer Grants Hütte in Malibu zurückfuhr, öffnete er den Tupperware-Behälter. Er brauchte den Stimmungsauftrieb, den der Anblick von Guineveres Schatz ihm mit Sicherheit geben würde.

Er war schockiert und entsetzt, als er einen bläulich-grünlich-bräunlich verfärbten Fleck auf der Haut zwischen dem Zeige- und dem Mittelfinger sah. Er hatte mit so etwas erst in ein paar *Stunden* gerechnet. Daß die Tote so zerbrechlich war, machte ihn irrational wütend.

Obwohl er sich sagte, daß die verfärbte Stelle sehr klein und der Rest der Hand noch immer exquisit war, daß er sich mehr auf die unveränderte und perfekte Form denn auf die Verfärbung konzentrieren sollte, konnte Roy seine vorherige Leidenschaft für Guineveres Schatz nicht wieder aufleben lassen. Obwohl die Hand noch keinen üblen Geruch von sich gab, war sie kein Schatz mehr: Sie war nur noch Abfall.

Zutiefst traurig drückte er den Deckel auf den Plastikbehälter.

Er fuhr noch ein paar Kilometer weiter, dann verließ er den Pacific Coast Highway und hielt auf einem Parkplatz am Fuß eines öffentlichen Piers an. Bis auf seine Limousine war der Parkplatz leer.

Er ergriff den Tupperware-Behälter, verließ den Wagen, stieg die Stufen zum Pier hinab und ging zu dessen Ende.

Seine Schritte hallten hohl auf den Holzbrettern. Unter den eingelassenen Balken rollten Brecher rumpelnd und klatschend zwischen dem Pfahlwerk auf den Strand.

Der Pier war verlassen. Keine Angler. Kein junges Liebespärchen, das sich gegen das Geländer lehnte. Keine Touristen. Roy war allein mit seinem verdorbenen Schatz und seinen Gedanken.

Am Ende des Piers stand er einen Augenblick lang da, betrachtete die ungeheure Weite des funkelnden Wassers und den blauen Himmel, die sich am fernen Horizont begegneten. Der Himmel würde auch morgen und in tausend Jahren noch dort sein, und das Meer würde ewig rollen, aber alles andere war vergänglich.

Er versuchte, negative Gedanken zu vermeiden. Es war nicht einfach.

Er öffnete den Tupperware-Behälter und warf den fünffingrigen Abfall in den Pazifik. Er verschwand in dem goldenen Flitter des Sonnenlichts, das die Rückseiten der niedrigen Wellen färbte.

Er machte sich keine Sorgen darüber, daß man seine Fingerabdrücke mit Hilfe eines Lasers von der blassen Haut der abgetrennten Hand nehmen konnte. Wenn die Fische nicht den letzten

Rest von Guinevere fraßen, würde das Salzwasser alle Beweise seiner Berührung abwaschen.

Er warf den Tupperware-Behälter und den Deckel ebenfalls ins Meer, doch als die beiden Gegenstände sich zu den Wellen senkten, überkam ihn ein plötzlicher Anflug von Schuld. Normalerweise war er sich der Umwelt durchaus bewußt und verschmutzte sie nie.

Wegen der Hand machte er sich keine Sorgen, denn sie war organisch. Sie würde zu einem Teil des Ozeans werden, und der Ozean würde sich nicht verändern.

Plastik hingegen benötigte über dreihundert Jahre, um vollständig zu zerfallen. Und während dieses Zeitraums würden aus dem Behälter toxische Chemikalien ins leidende Meer sickern.

Er hätte den Tupperware-Behälter in eine der Mülltonnen werfen sollen, die in regelmäßigen Abständen am Gelände des Piers standen.

Na ja. Zu spät. Er war auch nur ein Mensch. Das war stets das Problem.

Er blieb eine Weile am Geländer gelehnt stehen, starrte in die Unendlichkeit aus Himmel und Wasser und dachte über die menschliche Existenz nach.

Für Roy lag der traurigste Umstand überhaupt darin, daß die Menschen trotz all ihres eifrigen Strebens und Begehrens niemals körperliche, gefühlsmäßige oder intellektuelle Perfektion erlangen konnten. Die Spezies war zur Unvollkommenheit verdammt; sie würde auf ewig um sich schlagen, weil sie an dieser Tatsache verzweifelte oder sie leugnete.

Obwohl Guinevere unbestreitbar attraktiv gewesen war, war sie nur in einer Hinsicht perfekt gewesen. In ihren Händen.

Und jetzt gab es die auch nicht mehr.

Trotzdem war sie eine der Glücklichen gewesen, denn die überwältigende Mehrheit der Menschen war in *jeder* Einzelheit unvollkommen. Sie würden niemals die einzigartige Zuversicht oder das Vergnügen kennen, wenn man auch nur ein makelloses Merkmal hatte.

Roy war mit einem wiederkehrenden Traum gesegnet, der sich zwei- oder dreimal im Monat bei ihm einstellte und aus dem er stets in einem Zustand des Entzückens aufwachte. In diesem Traum suchte er die Welt nach Frauen wie Guinevere ab, und von jeder trug er ihr perfektes Merkmal zusammen: von dieser ein so schönes

Ohrenpaar, daß sein törichtes Herz fast schmerzhaft heftig pochte; von jener die exquisitesten Knöchel, die ein menschlicher Verstand sich nur vorstellen konnte; von einer anderen die schneeweißen, wie gemeißelten Zähne einer Göttin. Er bewahrte diese Schätze in magischen Gefäßen auf, in denen sie nicht im geringsten verfielen, und wenn er alle Einzelteile einer idealen Frau zusammengetragen hatte, setzte er sie zu der Liebhaberin zusammen, nach der er sich schon immer gesehnt hatte. Sie war in ihrer überirdischen Perfektion dermaßen strahlend, daß er halb geblendet wurde, wenn er sie betrachtete, und ihre leichteste Berührung war die reinste Ekstase.

Leider wachte er immer auf, wenn er sich im Paradies ihrer Arme befand.

Im Leben würde er eine solche Schönheit niemals kennen. Träume waren die einzige Zuflucht für einen Mann, der sich mit nichts Geringerem als der Perfektion zufriedengeben wollte.

Aufs Meer und in den Himmel blickend. Ein einsamer Mann am Ende eines verlassenen Piers. Unvollkommen in jeder Hinsicht seines eigenen Gesichts, seiner Gestalt. Sich nach dem Unerreichbaren sehnend.

Er wußte, daß er sowohl ein Romantiker als auch eine tragische Gestalt war. Es gab Menschen, die ihn sogar einen Narren genannt hätten. Aber wenigstens wagte er zu träumen, und zwar große Träume.

Seufzend wandte er sich vom teilnahmslosen Meer ab und ging zu seinem Wagen auf dem Parkplatz zurück.

Er setzte sich hinter das Lenkrad, schaltete den Motor an, legte den Gang aber noch nicht ein, sondern zog das Farbfoto aus seiner Brieftasche. Er trug es seit über einem Jahr bei sich und hatte es oft betrachtet. Es hatte in der Tat eine so hypnotische Macht über ihn, daß er den halben Tag damit hätte verbringen können, es mit verträumtem Nachdenken anzuschauen.

Es war ein Foto von der Frau, die sich in letzter Zeit Valerie Ann Keene genannt hatte. Sie war durchaus attraktiv, vielleicht sogar so attraktiv wie Guinevere.

Zu etwas Besonderem wurde sie jedoch, und dieser Umstand erfüllte Roy mit Ehrfurcht für die göttliche Macht, die die Menschheit geschaffen hatte, wegen ihrer perfekten Augen. Sie waren noch fesselnder und zwingender als die von Captain Harris Descoteaux vom Los Angeles Police Department.

Dunkel und doch klar, riesig und doch genau zu ihrem Gesicht passend, direkt und doch rätselhaft, hatten diese Augen gesehen, was im Herzen aller bedeutungsvollen Geheimnisse lag. Es waren die Augen einer Seele, die keine Sünde kannte, und doch auch die einer schamlosen Lüsternheit, gleichzeitig schüchtern und direkt, Augen, für die jede Täuschung so durchsichtig wie Glas war, erfüllt mit Geistigkeit und Sexualität und einem völligen Verständnis des Schicksals.

Er war zuversichtlich, daß ihre Augen in Wirklichkeit mächtiger und nicht schwächer waren als auf dem Schnappschuß. Er hatte andere Fotos von ihr gesehen, wie auch zahlreiche Videobänder, und jedes Bild hatte sein Herz schmerzhafter mißhandelt als das vorhergehende.

Wenn er sie fand, würde er sie für die Agency und für Thomas Summerton und für all die es gut meinenden anderen töten, die sich bemühten, ein besseres Land und eine bessere Welt zu schaffen. Sie hatte keine Gnade verdient. Bis auf ihr einziges perfektes Merkmal war sie eine böse Frau.

Doch nachdem Roy seine Pflicht getan hatte, würde er ihre Augen nehmen. Er hatte sie verdient. Eine viel zu kurze Zeitspanne würden diese bezaubernden Augen ihm verzweifelt benötigten Trost in einer Welt bringen, die manchmal zu grausam und zu kalt war, als daß man sie ertragen konnte, sogar für jemanden mit einer so positiven Einstellung, wie er sie besaß.

Als Spencer es mit Rocky in den Armen (der Hund wäre freiwillig und aus eigener Kraft vielleicht nicht mitgekommen) zur Wohnungstür geschafft hatte, füllte Theda einen Frischhaltebeutel mit den übriggebliebenen zehn Schokoladenplätzchen auf dem Teller neben dem Sessel und bestand darauf, daß er sie mitnahm. Dann watschelte sie in die Küche und kehrte mit einem selbstgemachten Blaubeer-Muffin in einer kleinen braunen Papiertüte zurück – und ging dann noch mal in die Küche, um ihm zwei Stücke Zitronen-Kokosnuß-Kuchen in einem Tupperware-Behälter zu bringen.

Spencer protestierte nur gegen den Kuchen, weil er ihr den Behälter nicht zurückbringen konnte.

»Unsinn«, sagte sie. »Sie müssen ihn nicht zurückbringen. Ich habe so viel Tupperware, daß es für zwei Leben reicht. Jahrelang habe ich sie gesammelt, denn in Tupperware kann man einfach alles aufbewahren, aber genug ist genug, und ich habe mehr als genug. Also lassen Sie sich den Kuchen schmecken, und werfen Sie den Behälter weg. Lassen Sie es sich schmecken!«

Abgesehen von den eßbaren Gaben hatte Spencer zwei Informationen über Hannah-Valerie bekommen. Die erste war Thedas Geschichte über die Küchenschabe an der Wand von Hannahs Schlafzimmer, auch wenn er noch nicht wußte, was er davon halten sollte. Die zweite betraf etwas, das Hannah während eines Abendessens so dahingesagt hatte, kurz bevor sie ihre Sachen gepackt und Vegas Hals über Kopf verlassen hatte. Sie und Theda hatten darüber gesprochen, wo sie gern leben würden, und obwohl Theda sich nicht hatte zwischen Hawaii und England entscheiden können, hatte Hannah unerbittlich behauptet, nur das Küstenstädtchen Carmel in Kalifornien weise allen Frieden und die Schönheit auf, die man sich nur wünschen konnte.

Spencer vermutete, daß Carmel wirklich weit hergeholt war, doch im Augenblick war es die beste Spur, die er hatte. Einerseits war sie von Las Vegas nicht direkt dorthin gefahren; sie hatte im Großraum Los Angeles Halt gemacht und versucht, sich als Valerie Keene durchzuschlagen. Andererseits würde sie vielleicht jetzt, nachdem ihre geheimnisvollen Feinde sie zweimal in großen Städten gefunden hatten, herausfinden wollen, ob sie ihr in einer weit kleineren Gemeinde ebenfalls so schnell auf die Spur kommen würden.

Theda hatte den lauten, unhöflichen, fenstereinschlagenden Schwachköpfen von Agenten nicht gesagt, daß Hannah Carmel je erwähnt hatte. Vielleicht verschaffte dies Spencer einen Vorteil ihnen gegenüber.

Er ließ sie nur allzu gern mit ihren Erinnerungen an ihren geliebten Gatten, die lange betrauerten Kinder und die verschwundene Freundin zurück. Dennoch dankte er ihr überschwenglich, trat über die Schwelle auf die Brüstung und ging zu der Treppe, die zum Hof hinabführte.

Der gefleckte, grauschwarze Himmel und der böige Wind überraschten ihn, denn als er im Thedaland gewesen war, hatte er völlig vergessen, daß es außerhalb von dessen Wänden noch etwas gab. Die Kronen der Palmen schwankten noch immer, und die Luft war kühler als zuvor.

Es fiel Spencer nicht ganz leicht, die Treppe zu bewältigen;

schließlich trug er einen siebzig Pfund schweren Hund, einen Plastikbeutel voller Kekse, einen Blaubeer-Muffin in einer Papiertüte und einen Tupperware-Behälter mit Kuchen. Er schleppte Rocky jedoch bis zum Fuß der Treppe, denn er war überzeugt, daß der Hund geradewegs zum Thedaland zurücklaufen würde, würde er ihn schon auf der Brüstung absetzen.

Als Spencer das Tier schließlich losließ, drehte Rocky sich um und sah sehnsüchtig die Treppe hinauf zu diesem kleinen Hundehimmel.

»Wird Zeit, in die Wirklichkeit zurückzukehren«, sagte Spencer.

Der Hund jaulte.

Spencer ging unter den vom Wind gepeitschten Bäumen zur Vorderseite des Gebäudes. Auf halber Höhe des Swimmingpools schaute er zurück.

Rocky stand noch immer an der Treppe.

»He, Kumpel.«

Rocky sah ihn an.

»Wessen Hund bist du eigentlich?«

Ein Ausdruck hündischer Schuld überkam das Tier, und endlich setzte es sich in Bewegung.

»Lassie hätte Timmy nie im Stich gelassen, nicht mal wegen *Gottes* Großmutter.«

Rocky nieste, und dann noch einmal, und noch einmal, als der scharfe Chlorgeruch ihm in die Nase stieg.

»Was wäre«, sagte Spencer, als der Hund zu ihm aufgeschlossen hatte, »wenn ich hier unter einem umgestürzten Traktor läge und mir nicht helfen könnte, oder wenn mich vielleicht ein wütender Bär anfallen würde?«

Rocky jaulte, als wolle er sich entschuldigen.

»Akzeptiert«, sagte Spencer.

Als sie die Straße erreicht hatten und im Explorer saßen, sagte Spencer: »Eigentlich bin ich stolz auf dich, Kumpel.«

Rocky hielt den Kopf schräg.

»Du wirst jeden Tag umgänglicher«, sagte Spencer, als er den Motor anließ. »Würde ich dich nicht besser kennen, würde ich glauben, du hättest mein Bargeld geplündert und wärest zu einem teuren Therapeuten in Beverly Hills gegangen.«

Einen halben Häuserblock vor ihnen bog ein schimmelgrüner Chevy mit hoher Geschwindigkeit und kreischenden und qualmenden Reifen um die Ecke und hätte sich fast wie ein Serienwagen bei einem Stock-Car-Rennen überschlagen. Irgendwie blieb er auf zwei Reifen, kam mit voller Beschleunigung herangerast und hielt dann mit einer Vollbremsung am Bürgersteig der anderen Straßenseite.

Spencer vermutete, daß der Wagen von einem Betrunkenen oder von einem Jungen gefahren wurde, der auf etwas Stärkerem als Pepsi stand – bis die Türen aufgestoßen wurden und vier Männer eines Schlags hinaussprangen, den er nur zu gut kannte. Sie liefen zum Hof des Apartment-Gebäudes.

Spencer löste die Handbremse und legte den Gang ein.

Einer der aufenden Männer sah ihn, zeigte auf ihn und rief etwas. Alle vier drehten sich zum Explorer um.

»Halt dich lieber fest, Kumpel.«

Spencer trat auf das Gaspedal, und der Explorer schoß auf die Straße, fort von den Männern, hin zur Ecke.

Er hörte Schüsse.

Eine Kugel schlug in die Ladeklappe des Explorers. Eine weitere prallte mit einem durchdringenden Pfeifen vom Metall ab. Der Benzintank explodierte nicht. Kein Glas zerbrach. Kein Reifen wurde zerfetzt. Spencer bog bei der Cafeteria an der Ecke scharf nach rechts ab, fühlte, wie der Wagen sich hob, umzukippen drohte, und lenkte dagegen. Gummi schabte über Asphalt, und die Hinterreifen rutschten seitlich über das Pflaster weg. Dann waren sie auf der Nebenstraße, aus der Sichtweite der Schützen, und Spencer beschleunigte.

Rocky, der sich vor Dunkelheit und Wind und Gewittern und Katzen und auch davor fürchtete, beobachtet zu werden, während er sein Geschäft verrichtete – und das war nur der Anfang einer entmutigend langen Liste –, hatte nicht die geringste Angst vor den Schüssen oder vor Spencers waghalsigem Fahrstil. Er setzte sich aufrecht, krallte sich im Polster fest, schwankte mit den Bewegungen des Fahrzeugs und hechelte und grinste.

Spencer warf einen Blick auf den Tacho, sah, daß sie hundert Stundenkilometer schnell fuhren, obwohl hier nur fünfzig erlaubt waren, und beschleunigte.

Auf dem Beifahrersitz tat Rocky etwas, das er noch nie zuvor getan hatte: er bewegte den Kopf auf und ab, als wolle er Spencer zu noch höherer Geschwindigkeit ermutigen, *jajajaja*.

»Das ist eine ernste Angelegenheit«, erinnerte Spencer ihn.

Rocky paffte, als mache er sich über die Gefahr lustig.

»Sie müssen auch Thedas Apartment überwacht haben.«

Jajajajaja.

»Sie verschwenden wertvolle Arbeitskraft damit, *Theda* zu überwachen – und das seit vergangenem November? Weshalb bloß suchen sie Valerie? Was ist an ihr so verdammt wichtig, daß sie diesen ganzen Zirkus veranstalten?«

Spencer sah in den Rückspiegel. Anderthalb Häuserblocks hinter ihnen bog der Chevy bei der Cafeteria um die Ecke.

Er hatte zwei Blocks weiterfahren wollen, bevor er nach links abbog und vollends außer Sicht geriet, in der Hoffnung, daß die schießwütigen Heißsporne in der schimmelgrünen Limousine fälschlicherweise annahmen, er sei auf die erste und nicht die zweite Querstraße abgebogen. Doch jetzt hatten sie ihn wieder im Visier. Der Chevy schloß rasch zu ihm auf; er war wesentlich schneller, als er aussah, ein frisierter heißer Ofen, getarnt als eine der lahmen Kisten, die Behörden wie das Landwirtschaftsministerium oder das Amt für die Verteilung von Zahnseide ihren Inspektoren als Dienstwagen zur Verfügung stellte.

Obwohl sie ihn im Blick hatten, bog Spencer wie geplant am Ende des nächsten Häuserblocks nach links ab. Diesmal fuhr er in einer weiten Kurve auf die andere Straße, um ein weiteres Schlittern zu vermeiden, das ihn nur Zeit und Reifenbelag kosten würde.

Dennoch war er so schnell, daß er dem Fahrer eines sich nähernden Hondas einen Schrecken einjagte. Der Bursche riß das Steuer hart nach rechts, geriet auf den Bürgersteig, streifte einen Hydranten und prallte gegen eine durchhängende Kettenabsperrung, welche eine ehemalige Tankstelle umgab, deren Besitzer schon vor geraumer Weile kapituliert hatte.

Aus den Augenwinkeln sah Spencer, daß Rocky von der Zentrifugalkraft gegen die Beifahrertür gedrückt wurde, aber trotzdem noch immer enthusiastisch nickte.

Jajajajaja.

Windstöße trafen den Explorer wie gedämpfte Hammerschläge. Von mehreren unbebauten Grundstücken auf der rechten Seite aus wurden dichte Sandwolken auf die Straße gewirbelt.

Vegas war planlos auf dem Boden eines großen Wüstentals gewachsen, und sogar die meisten erschlossenen Bereiche umfaßten große Abschnitte unbebauten Landes. Auf den ersten Blick schien es sich dabei nur um riesige freie Grundstücke zu handeln – doch in Wirklichkeit waren es Manifestationen der lauernden Wüste, die nur ihre Zeit abwartete. Wenn der Wind heftig wehte, warf die umschlossene Wüste wütend ihre dünne Verkleidung ab und stürmte die bebaute Umgebung.

Während Spencer von dem wirbelnden Sand halb geblendet wurde, der über die Windschutzscheibe fegte, betete er um mehr: mehr Wind, mehr Sandwolken. Er wollte verschwinden, wie ein Geisterschiff in den Nebel entwich.

Er warf einen Blick in den Rückspiegel. Hinter ihm war die Sicht auf drei oder fünf Meter beschränkt.

Er wollte aufs Gaspedal treten, überlegte es sich dann jedoch anders. Er raste bereits mit selbstmörderischem Tempo durch diesen Blizzard. Vorn war die Sicht nicht besser als hinter ihm. Sollte er einem mit langsamer Geschwindigkeit fahrendem oder gar stehendem Wagen begegnen oder plötzlich auf eine Kreuzung mit Querverkehr geraten, wären die vier schießwütigen Männer in dem frisierten Dienstwagen seine geringste Sorge.

Sollte eines Tages die Erdachse sich um den winzigsten Bruchteil eines Grads verschieben oder sollten die Strömungen der oberen Troposphäre sich plötzlich aus rätselhaften Gründen nach unten verlagern und schneller fließen, würden der Wind und die Wüste sich zweifellos verschwören, um Vegas in Schutt und Asche zu legen und die Überreste unter Milliarden von Kubikmetertonnen trockenen, weißen, triumphierenden Sandes zu begraben. Vielleicht war dieser Augenblick jetzt gekommen.

Etwas prallte gegen die Rückseite des Explorers und versetzte Spencer einen Stoß. Der Rückspiegel. Der Chevy. Unmittelbar hinter ihm. Der Dienstwagen fiel ein paar Meter in den wirbelnden Sand zurück, machte dann einen Satz nach vorn, stieß gegen den Geländewagen, vielleicht in dem Versuch, ihn ins Schleudern zu bringen, vielleicht auch nur, um Spencer wissen zu lassen, daß sie noch hinter ihm waren.

Er merkte, daß Rocky ihn ansah. Also sah er Rocky an.

Der Hund schien sagen zu wollen: *Na schön, was nun?*

Sie ließen das letzte unbebaute Grundstück hinter sich und schossen in eine stille Klarheit aus sandloser Luft. Im kalten, stählernen Licht des zögernden Sturms mußten sie alle Hoffnung aufgeben, wie Lawrence von Arabien in die wirbelnden Silikatschleier der Wüste davonzuschlüpfen.

Einen halben Häuserblock vor ihnen befand sich eine Kreuzung. Die Ampel zeigte rotes Licht. Der Verkehrsfluß war gegen ihn.

Er hielt den Fuß auf dem Gaspedal, betete um eine Lücke im fließenden Verkehr, trat dann aber im letzten Augenblick das Bremspedal durch, um nicht mit einem Bus zusammenzustoßen. Der Explorer schien sich auf seine Vorderreifen zu heben und kam dann schwankend in einer flachen Entwässerungsmulde zum Stehen, die den Rand der Kreuzung markierte.

Rocky jaulte, verlor auf dem Polster den Halt und glitt in den Fußraum vor seinem Sitz, unter das Armaturenbrett.

Der Bus spuckte hellblaue Abgase aus und rollte auf der nächsten der vier Fahrspuren vorbei.

Rocky wand sich in dem engen Fußraum und grinste zu Spencer hinauf.

»Bleib da unten, Kumpel. Das ist sicherer.«

Der Hund ignorierte den Rat und kletterte wieder auf den Sitz, während Spencer beschleunigte, abbog und der stinkenden Abgaswolke des Busses folgte.

Als Spencer nach links zog und den Bus überholte, zeigte der Rückspiegel die schimmelgrüne Limousine, die über dieselbe flache Mulde sprang und so glatt wie ein Flugzeug wieder auf der Straße aufsetzte.

»Das Arschloch kann fahren.«

Hinter ihm tauchte der Chevy neben dem städtischen Bus auf. Er kam schnell näher.

Spencer befürchtete weniger, sie nicht abschütteln zu können, als daß sie wieder auf ihn schossen, bevor er sich abgesetzt hatte.

Sie mußten verrückt sein, aus einem fahrenden Wagen das Feuer zu eröffnen, in dichtem Verkehr, während Fehlschüsse unbeteiligte Autofahrer oder Fußgänger töten konnten. Das war nicht Chicago in der wilden Zwanzigern, und auch nicht Beirut oder Belfast, verdammt noch mal, nicht einmal Los Angeles.

Andererseits hatten sie nicht gezögert, auf der Straße vor Theda Davidowitz' Apartmenthaus auf ihn zu ballern. Auf ihn zu *schießen*. Keine Fragen vorweg. Kein höfliches Vorlesen seiner verfassungsmäßigen Rechte. Verdammt, sie hatte nicht mal ernsthaft versucht, sich zu vergewissern, daß er auch die Person war, für die sie ihn hielten. Sie wollten ihn so dringend, daß sie sogar das Risiko eingingen, den falschen Mann zu töten.

Sie schienen davon überzeugt zu sein, daß er etwas von überwältigender Bedeutung über Valerie erfahren hatte und ausgeschaltet werden mußte. In Wirklichkeit wußte er weniger über die Vergangenheit der Frau, als er über die Rockys wußte.

Falls sie ihn auf offener Straße erwischten und erschossen, würden sie echte oder falsche Ausweise von der einen oder anderen Bundesbehörde zücken, und niemand würde sie wegen Mordes zur Verantwortung ziehen. Sie würden behaupten, Spencer sei ein flüchtiger Verbrecher, bewaffnet und gefährlich, ein Polizistenmörder. Zweifellos würden sie einen auf ihn ausgestellten Haftbefehl vorlegen können, der nach dem Tötungsdelikt ausgestellt und zurückdatiert worden war, und sie würden seine tote Hand um eine nicht registrierte Waffe drücken, die mit mehreren ungelösten Mordfällen in Verbindung gebracht werden konnte.

Er beschleunigte und fuhr über eine Kreuzung, obwohl die Ampel gerade von gelbem auf rotes Licht umsprang. Der Chevy blieb dicht hinter ihm.

Wenn sie ihn nicht auf der Stelle töteten, sondern nur verwundeten und lebend festnahmen, würden sie ihn wahrscheinlich in einen schallisolierten Raum schleppen und kreative Verhörmethoden anwenden. Sie würden seinen Beteuerungen, nichts zu wissen, keinen Glauben schenken und ihn langsam und allmählich in dem vergeblichen Versuch töten, ihm Geheimnisse zu entlocken, die er gar nicht kannte.

Er hatte keine Waffe. Er hatte nur seine Hände. Seine Ausbildung. Und einen Hund. »Wir haben gewaltige Probleme«, sagte er zu Rocky.

In der behaglichen Küche der Hütte in dem Canyon in Malibu saß Roy Miro allein am Eßtisch und sah etwa vierzig Fotos durch. Seine Leute hatten sie in einem Schuhkarton auf dem obersten Regalbrett des Schlafzimmerschranks gefunden. Neununddreißig der Bilder waren unverpackt, das vierzigste steckte in einem Umschlag.

Sechs Schnappschüsse zeigten einen Hund – einen Mischling, braun und schwarz, mit einem Schlappohr. Wahrscheinlich das Tier, für das Grant bei dem Versandhaus, das seinen Namen und die Adresse noch zwei Jahre später gespeichert hatte, den quietschenden Gummiknochen bestellt hatte.

Dreiunddreißig der restlichen Fotos zeigten ein und dieselbe Frau. Auf einigen schien sie jünger zu sein, vielleicht zwanzig, auf anderen älter, Anfang der Dreißiger. Hier: in Jeans und einem hellroten Pullover, während sie gerade einen Weihnachtsbaum schmückte. Und hier: in einem schlichten Sommerkleid und weißen Schuhen, eine weiße Handtasche unter dem Arm, in die Kamera lächelnd, scheckig von Sonne und Schatten, vor einem Baum stehend, der Büschel weißer Blüten trieb. Auf mehr als nur ein paar Fotos striegelte oder ritt sie Pferde oder fütterte sie mit Äpfeln.

Etwas an ihr beeindruckte Roy, aber er konnte nicht den Finger darauf legen, wieso sie eine so starke Wirkung auf ihn ausübte.

Sie war zweifellos eine attraktive Frau, aber keineswegs eine so tolle, daß man vor Ehrfurcht im Boden versinken würde. Sie war zwar wohlgeformt, blond und blauäugig, doch es mangelte ihr trotzdem an irgendeinem transzendenten Merkmal, das sie in den Pantheon wahrer Schönheit erhob.

Ihr Lächeln war das einzig wirklich Beeindruckende an ihr. Es war das beharrlichste Element ihrer Erscheinung von einem Schnappschuß zum nächsten: warm, offen, bereitwillig, ein bezauberndes Lächeln, das niemals falsch wirkte, das ein sanftes Herz enthüllte.

Ein Lächeln war jedoch kein *Merkmal*. Das traf besonders für diese Frau zu, denn ihre Lippen waren nicht besonders üppig, wie etwa die Melissa Wickluns. Nichts an der Anlage oder Breite ihres Mundes, den Konturen der Lippen oder der Form ihrer Zähne war auch nur interessant, geschweige denn faszinierend. Ihr Lächeln war größer als die Summe seiner Teile, wie die betörende Reflektion von Sonnenlicht auf der ansonsten nicht erwähnenswerten Oberfläche eines Teichs.

Er fand nichts an ihr, das er gern besessen hätte.

Und doch beeindruckte ihn etwas, suchte ihn geradezu heim. Obwohl er bezweifelte, ihr je begegnet zu sein, hatte er den Eindruck, eigentlich wissen zu müssen, wer sie war. Irgendwo hatte er sie schon einmal gesehen.

Während er ihr Gesicht betrachtete, ihr strahlendes Lächeln, spürte er, daß eine schreckliche Präsenz über ihr schwebte, unmittelbar über dem Rand des Fotos. Es senkte sich bereits eine kalte Dunkelheit herab, von der sie nichts wußte.

Das neueste der Fotos war mindestens zwanzig Jahre alt, und viele hatten das Brett in der Dunkelkammer bestimmt schon vor dreißig Jahren verlassen. Die Farben auch der neuesten Fotos waren verblichen. Die älteren enthielten nur noch eine schwache Andeutung von Farbe, waren hauptsächlich grau und weiß und stellenweise bereits vergilbt.

Roy drehte jedes Foto in der Hoffnung um, auf der Rückseite irgendwelche Angaben zu finden, sah sich jedoch jedesmal getäuscht. Kein einziger Name, kein einziges Datum.

Zwei der Bilder zeigten sie mit einem Jungen. Roy war von seiner starken Reaktion auf das Gesicht der Frau dermaßen verwirrt und so versessen darauf herauszufinden, warum sie ihm bekannt vorkam, daß er zuerst gar nicht begriff, daß der Junge Spencer Grant war. Als er die Verbindung herstellte, legte er die beiden Schnappschüsse nebeneinander auf den Tisch.

Es war Grant in den Tagen, bevor er die Narbe erhalten hatte.

In seinem Fall brachte das Gesicht des Mannes stärker als bei den meisten Menschen das des Kindes zum Ausdruck, das er gewesen war.

Auf dem ersten Foto war er etwa sechs oder sieben Jahre alt, ein magerer Junge in Badehosen, tropfnaß am Rand eines Pools. Die Frau stand in einem einteiligen Badeanzug neben ihm und spielte für die Kamera einen dummen Streich: eine Hand hinter Grants Kopf, verstohlen gehoben und gespreizt, damit es den Anschein hatte, er habe zwei kleine Hörner oder Antennen.

Auf dem zweiten Foto saßen die Frau und der Junge an einem Picknicktisch. Der Junge war ein oder zwei Jahre älter als auf dem ersten Bild, trug Jeans, ein T-Shirt und eine Baseballmütze. Sie hatte einen Arm um ihn gelegt, zog ihn an sich und schob seine Mütze schief.

Auf beiden Schnappschüssen war das Lächeln der Frau so strahlend wie auf allen ohne den Jungen, doch ihr Gesicht strahlte auch vor Zuneigung und Liebe. Roy war zuversichtlich, daß er Spencer Grants Mutter gefunden hatte.

Er wußte jedoch noch immer nicht, warum die Frau ihm so bekannt vorkam. Unheimlich bekannt. Je länger er die Fotos von ihr betrachtete, ob nun mit dem Jungen an ihrer Seite oder nicht, desto sicherer wurde er sich, daß er sie kannte – und daß der Zusammenhang, in dem er sie schon einmal gesehen hatte, sehr verwirrend, dunkel und seltsam war.

Er richtete die Aufmerksamkeit wieder auf den Schnappschuß, auf dem Mutter und Sohn neben dem Swimmingpool standen. Im Hintergrund war in einiger Entfernung eine große Scheune zu sehen; selbst auf dem verblichenen Foto waren auf ihren hohen, leeren Wänden Spuren von roter Farbe auszumachen.

Die Frau, der Junge, die Scheune.

Auf einer tief unterbewußten Ebene mußte eine Erinnerung erwacht sein, denn plötzlich prickelte Roys Kopfhaut.

Die Frau. Der Junge. Die Scheune.

232

Ein Frösteln durchlief ihn.

Er sah von den Fotos auf dem Küchentisch auf, zu dem Fenster über dem Ausguß, zu dem dichten Wäldchen hinter dem Fenster, zu den mageren Münzen des mittäglichen Sonnenscheins, die durch die Fülle der Schatten purzelten, und zwang die Erinnerung, stärker zu leuchten, ebenfalls aus der eukalyptushaften Dunkelheit hervorzutreten.

Die Frau. Der Junge. Die Scheune.

So sehr er sich auch bemühte, die Erleuchtung kam ihm nicht, wenngleich ein weiteres Frösteln durch seine Knochen glitt.

Die Scheune.

Durch Wohnviertel mit Stuckhäusern, wo Kakteen und Yuccapalmen und widerstandsfähige Olivenbäume für etwas Grün sorgten, ohne daß sie ständiger Pflege bedurften, über den Parkplatz eines Einkaufszentrums, durch ein Industriegebiet, durch das Labyrinth eines Eisenbahnfriedhofs mit zahlreichen Wellblechhütten, vom Bürgersteig hinunter und durch einen weitläufigen Park, in dem die Wedel der Palmen wie verrückt schwankten und peitschten, um den bevorstehenden Sturm willkommen zu heißen, versuchte Spencer erfolglos, den verfolgenden Chevrolet abzuschütteln.

Früher oder später würden sie einem Streifenwagen über den Weg fahren. Waren erst die örtlichen Cops in die Angelegenheit verwickelt, würde Spencer die Flucht noch schwerer fallen.

Aufgrund der zahlreichen Umwege, die er eingeschlagen hatte, um seine Verfolger loszuwerden, war Spencer überrascht, als er rechts an einem der neuesten Luxushotels vorbeiraste. Der Las Vegas Boulevard South lag nur ein paar hundert Meter vor ihm. Die Ampel zeigte ihm rotes Licht, doch er entschloß sich, alles darauf zu setzen, daß sie umspringen würde, ehe er sie erreichte.

Der Chevy blieb dicht hinter ihm. Wenn er anhielt, würden die Arschlöcher aus ihrem Wagen springen, den Explorer umstellen und mehr Pistolen auf ihn richten, als ein Stachelschwein Stacheln hatte.

Noch dreihundert Meter bis zur Kreuzung. Zweihundertfünfzig.

Die Ampel zeigte noch immer Rot. Der Querverkehr war nicht so dicht, wie es weiter nördlich auf dem Strip der Fall sein würde, aber auch nicht gerade dünn.

Da die Zeit immer knapper wurde, bremste Spencer etwas ab,

nicht so sehr, daß er den Fahrer des Chevys ermutigte, neben ihn zu ziehen, aber doch genug, um im Augenblick der Entscheidung manövrierfähiger zu sein.

Hundert Meter. Fünfundsiebzig. Fünfzig.

Das Glück war nicht auf seiner Seite. Er setzte noch immer auf grünes Licht, aber das Rot blieb oben.

Von links näherte sich ein riesiger Tankwagen der Kreuzung. Er nutzte die seltene Gelegenheit, auf dem Strip etwas Tempo zu machen, und fuhr schneller, als die Geschwindigkeitsbegrenzung es eigentlich zuließ.

Rocky begann wieder zu nicken.

Schließlich bemerkte der Fahrer des Tankwagens den Explorer und versuchte zu bremsen, ohne daß der Hänger ausbrach.

»Alles klar, schon gut, schon gut, wir schaffen es«, hörte Spencer sich sagen, fast singen, als sei er wie verrückt entschlossen, die Wirklichkeit mit positivem Denken zu formen.

Nie den Hund anlügen!

»Wir stecken tief in der Scheiße, Kumpel«, berichtigte er sich, als er in einem weiten Bogen auf die Kreuzung fuhr, im Angesicht des sich nähernden Trucks.

Während die Panik seine Wahrnehmungen in Zeitlupe ablaufen ließ, sah Spencer den Tankwagen auf sich zugleiten. Die riesigen Reifen rollten und sprangen und rollten und sprangen, während der entsetzte Fahrer geschickt abbremste, so stark er es wagte. Und nun näherte der Tanklaster sich nicht nur, nun schien er sich über ihnen aufzubäumen, ein unerbittlicher und unvermeidlicher Behemoth, riesig, viel größer, als er noch vor einem Sekundenbruchteil gewirkt hatte, und nun noch größer, turmhoch, gewaltig. Gott im Himmel, er schien größer als ein Jumbojet zu sein, und Spencer war nichts weiter als ein Käfer auf der Rollbahn. Der Explorer brach nach rechts aus, als wolle er sich überschlagen, und Spencer steuerte leicht dagegen und trat behutsam auf die Bremse. Doch die Energie des abgebrochenen Überschlags wurde in ein Schlittern umgewandelt, und die Rückseite des Geländewagens rutschte mit einem Kreischen der gequälten Reifen zur Seite. Das Lenkrad drehte sich in Spencers schweißnassen Händen hin und her. Der Explorer war außer Kontrolle, und der Tankwagen war auf gleicher Höhe, so groß wie Gott, doch wenigstens schlitterten sie in die richtige Richtung, weg von dem riesigen Gefährt, wenngleich wohl nicht weit genug, um ihm zu entgehen. Dann kreischte das sechzehnrädrige Ungetüm nur ein paar Zentimeter von ihnen entfernt vorbei, eine gekrümmte Wand aus poliertem Stahl, die undeutlich und verschwommen vorüberraste und dabei einen Sturm erzeugte, den Spencer auch durch die geschlossenen Scheiben zu spüren glaubte.

Der Explorer drehte sich um dreihundertsechzig Grad, und dann um weitere neunzig. Er kam schlitternd zum Stehen, auf der anderen Seite der zweigeteilten Straße und mit der Schnauze vom Tankwagen abgewandt, während der Behemoth noch an ihm vorbeidonnerte.

Der Verkehr auf der Fahrspur, auf die Spencer geschlittert war, konnte abbremsen, bevor es zu einem Zusammenstoß kam, wenn auch nicht ohne kreischende Reifen und wütendes Gehupe.

Rocky war wieder auf dem Boden.

Spencer wußte nicht, ob der Hund wieder vom Sitz geschleudert worden oder in einem plötzlichen Anfall von Vernunft hinabgesprungen war.

»Bleib unten!« sagte er, als Rocky schon wieder hinaufspringen wollte.

Das Dröhnen eines Motors. Von links. Auf der breiten Kreuzung. Der Chevy. Er schlitterte an dem endlich stehenden Tankwagen vorbei, hielt auf den Explorer zu.

Spencer drückte heftig aufs Gas. Die Reifen drehten durch, dann bekam das Gummi Asphalt zu fassen. Der Explorer raste in südliche Richtung los, und im gleichen Augenblick schoß der Chevy an der hinteren Stoßstange vorbei. Ein kaltes Kreischen ertönte, und Metall küßte Metall.

Schüsse peitschten auf. Drei oder vier Kugeln. Keine schien den Explorer zu treffen.

Rocky blieb keuchend auf dem Sitz hocken, die Krallen tief in das Polster gegraben, entschlossen, sich diesmal festzuklammern.

Spencer ließ Vegas hinter sich, was gleichzeitig gut und schlecht war. Gut, weil das Risiko, in einen Verkehrsstau zu geraten, um so geringer wurde, je weiter er nach Süden kam, zur offenen Wüste und der letzten Auffahrt zur Interstate 15. Schlecht, weil hinter dem Dickicht der Hotels das öde Land wenig Fluchtrouten und noch weniger Verstecke bot. In der weiten, flachen Mojave-Wüste konnten die Killer in dem Chevy zwei oder drei Kilometer weit zurückfallen und ihn trotzdem noch im Auge behalten.

Dennoch war es die einzig vernünftige Wahl, die Stadt zu verlassen. Der Aufruhr auf der Kreuzung hinter ihm würde ganz schnell die Polizei herbeilocken.

Als er an den neuesten Hotels und Kasinos der Stadt vorbeiraste – zu denen auch Spaceport Vegas gehörte, ein zweihundert Morgen großer Freizeitpark – war seine einzige vernünftige Wahl plötzlich gar keine Wahl mehr. Hundert Meter vor ihm scherte ein nach Norden fahrender Wagen aus dem entgegenkommenden Verkehr aus, drängte über den niedrigen Mittelstreifen, durchbrach eine Buschreihe und setzte auf den nach Süden führenden Fahrspuren auf. Er kam schlitternd mitten auf den beiden Spuren zum Stehen und blockierte die Straße, bereit, Spencer zu rammen, sollte er versuchen, sich rechts oder links vorbeizuzwängen.

Er hielt dreißig Meter vor dem Wagen an.

Es handelte sich um einen Chrysler, doch ansonsten war er dem Chevy so ähnlich, daß die beiden aus ein und derselben Fabrik hätten stammen können.

Der Fahrer blieb hinter dem Lenkrad sitzen, aber die anderen Türen wurden geöffnet. Große, gefährlich aussehende Männer stiegen aus.

Ein Blick in den Rückspiegel enthüllte, was Spencer befürchtet hatte: Der Chevy hatte ebenfalls quer auf der Straße angehalten, fünfzehn Meter hinter ihm. Auch aus diesem Wagen stiegen Männer aus – und sie waren bewaffnet.

Vor ihm hatten die Männer beim Chrysler ebenfalls Pistolen gezogen. Irgendwie überraschte Spencer das nicht.

Das letzte Bild war in einem weißen Umschlag aufbewahrt worden, der mit einem Streifen Klebeband verschlossen war.

Aufgrund der Form und Dünne des Gegenstands wußte Roy, bevor er den Umschlag öffnete, daß es sich um ein weiteres Foto handelte, auch wenn es größer als ein normaler Schnappschuß war. Als er das Klebeband abzog, erwartete er, ein Studioporträt der Mutter vorzufinden, ein Andenken, das für Grant eine besondere Bedeutung hatte.

Es war in der Tat eine Schwarzweißfotografie, doch sie zeigte einen Mann Mitte der Dreißiger.

Einen seltsamen Augenblick lang gab es für Roy weder ein Eukalyptuswäldchen hinter den Fenstern noch ein Fenster, durch das er die Bäume hätte sehen können. Sogar die Küche zog sich vor seiner Wahrnehmung zurück, bis es nichts mehr außer ihm und diesem einen Foto gab, auf das er sogar noch stärker reagierte als auf die von der Frau.

Er konnte nur ganz flach atmen.

Falls jemand den Raum betreten und ihm eine Frage gestellt hätte, hätte er nicht antworten können.

Er fühlte sich von der Wirklichkeit losgelöst, wie in einem Fieberanfall, aber er hatte kein Fieber. Ihm war sogar kalt, wenn auch nicht auf unangenehme Art und Weise: Es war die Kälte eines aufmerksamen Chamäleons während eines Herbstmorgens, das vorgab, ein Stein auf einem Stein zu sein; es war eine Kälte, die ihn belebte, die sein gesamtes Bewußtsein konzentrierte, die die Zahnräder seines Verstands zusammenzog und seinen Gedanken ermöglichte, schnell und ohne die geringste Reibung zu rotieren. Sein Herz schlug nicht schneller, wie es bei einem Fieber der Fall gewesen wäre. Sein Puls nahm sogar ab, bis er so langsam und schwerfällig war wie der eines Schlafenden und jeder Herzschlag durch seinen Körper hallte wie die Tonbandaufnahme einer Kirchenglocke, die mit einem Viertel der üblichen Geschwindigkeit abgespielt wurde: ein in die Länge gezogenes, ernstes, schweres Geläut.

Offensichtlich war das Foto von einem sehr begabten Profi gemacht worden, unter Studiobedingungen, mit viel Aufmerksamkeit für die Beleuchtung und die Auswahl der idealen Linse. Der Fotografierte, der ein am Hals offenes Hemd und eine Lederjacke trug, wurde von der Hüfte aufwärts gezeigt. Er stand vor einer weißen Wand und hatte die Arme vor der Brust verschränkt. Er war auffallend stattlich. Sein dichtes, dunkles Haar hatte er glatt aus der Stirn gekämmt. Das Foto sollte offensichtlich den Portraitierten im besten Licht zeigen, eine PR-Aufnahme, wie sie normalerweise bei jungen Schauspielern gang und gäbe war, aber eine gute, weil das Objekt eine natürliche Ausstrahlung hatte, eine Aura des Geheimnisvollen und Dramatischen, die der Fotograf nicht erst mit bravourösen Techniken erzeugen mußte.

Sein direkter und durchdringender Blick, die fest zusammengedrückten Lippen, die aristokratischen Gesichtszüge und sogar die täuschend beiläufige Körperhaltung schienen einen Mann zu enthüllen, der nie Selbstzweifel, Niedergeschlagenheit oder Furcht gekannt hatte. Er war mehr als bloß selbstbeherrscht und von sich überzeugt. Auf dem Foto stellte er eine feine, aber unverkennbare Arroganz zur Schau. Sein Gesichtsausdruck schien zu besagen, daß er ohne Ausnahme alle anderen Angehörigen der menschlichen Rasse mit Erheiterung und Verachtung betrachtete.

Und doch blieb er äußerst ansprechend, als hätte er sich aufgrund seiner Intelligenz und Erfahrung das Recht verdient, sich überlegen zu fühlen. Als Roy das Foto betrachtete, spürte er, daß er hier einen Mann sah, der einen interessanten, unvorhersagbaren, unterhaltsamen Freund ergeben würde. Wie dieses Individuum aus seinen Schatten hervorsah, zeigte es einen animalischen Magnetismus, der seinem Ausdruck von Verachtung jeden beleidigenden Anflug nahm. Dieser Hauch von Arroganz schien sogar genau zu ihm zu *passen* – wie ein Löwe mit katzenhafter Anmaßung gehen mußte, wollte er wie ein Löwe erscheinen.

Der Zauber, den das Foto ausstrahlte, ließ allmählich an Stärke nach, verschwand aber nicht völlig. Die Küche kehrte langsam aus den Nebeln von Roys Fixierung zurück, dann auch die Fenster und das Eukalyptuswäldchen.

Er kannte diesen Mann. Er hatte ihn schon mal gesehen.

Vor langer Zeit...

Vertrautheit war einer der Gründe, wieso das Bild eine so starke Wirkung auf ihn ausübte. Doch wie zuvor bei der Frau konnte Roy mit dem Gesicht keinen Namen in Verbindung bringen oder sich an die Umstände erinnern, unter denen er diese Person gesehen hatte.

Er wünschte, der Fotograf hätte das Gesicht seines Objekts besser ausgeleuchtet. Aber die Schatten schienen den dunkeläugigen Mann zu lieben.

Roy legte das Foto auf den Küchentisch, neben den Schnappschuß von Mutter und Sohn am Swimmingpool.

Die Frau. Der Junge. Die Scheune im Hintergrund. Der Mann in den Schatten.

Mitten auf dem Las Vegas Boulevard South stehend und von Männern vor und hinter ihm bedrängt, drückte Spencer auf die Hupe, riß das Lenkrad scharf nach rechts und trat auf das Gaspedal. Der Explorer schoß auf den Vergnügungspark zu, Spaceport Vegas, und drückte ihn und Rocky in die Sitze zurück, als wären sie Astronauten auf einem Mondflug.

Die anmaßende Kühnheit der Bewaffneten ließ darauf schließen, daß es sich bei ihnen tatsächlich um *irgendwelche* Bundesbeamten handelte, obwohl sie falsche Ausweise benutzten, um ihre wahre Identität zu verbergen. Sie hätten ihm niemals vor Zeugen auf einer Hauptverkehrsstraße aufgelauert, wären sie nicht überzeugt, die örtliche Polizei in Schach halten zu können.

Auf dem Bürgersteig vor dem Spaceport Vegas stoben Fußgänger auseinander, die gerade vom einen Kasino zum anderen unterwegs waren, und der Explorer schoß auf eine Einfahrt zu, die nur für Busse bestimmt war, obwohl im Moment keine in Sicht waren.

Vielleicht wegen des Kälteeinbruchs und des bevorstehenden Sturms oder auch, weil erst Mittag war, hatte Spaceport Vegas nicht geöffnet. Die Kassenhäuschen waren geschlossen, und bei den Achterbahnen und anderen Attraktionen, die so hoch waren, daß man sie hinter den Parkmauern sah, rührte sich nichts.

Doch an den Mauern um den Park, die knapp drei Meter hoch und wie die gepanzerte Hülle eines Raumschiffs gestrichen waren, pochten und blitzten futuristische Darstellungen aus Neon und Fiberglas. Eine lichtempfindliche Zelle mußte die mittägliche Düsterkeit des näher ziehenden Sturms fälschlicherweise für die Abenddämmerung gehalten und die Beleuchtung eingeschaltet haben.

Spencer fuhr zwischen zwei raketenförmigen Kassenhäuschen auf einen vier Meter durchmessenden Tunnel aus poliertem Stahl zu, der in die Mauer eingelassen war. In blauem Neon verhießen die Worte TIME TUNNEL TO SPACEPORT VEGAS den idealen Fluchtweg. So weit wollte er gar nicht.

Er schoß die sanft aufsteigende Rampe hinauf, ohne die Bremse auch nur zu berühren, und raste sorglos durch die Zeit.

Das gewaltige Rohr war sechzig Meter lang. Hellblaue Neonröhren bogen sich die Wände hinauf bis unter die Decke. Sie blinkten in schneller Folge vom Eingang hin zum Ausgang und schufen die Illusion eines Trichters aus Lichtern.

Unter normalen Umständen wurden die Besucher von schwerfälligen Wägelchen in den Park transportiert, doch bei höherer Geschwindigkeit war die stark blendende Lichtflut wesentlich wirksamer. Spencers Augen pochten, und er hätte fast geglaubt, wirklich in eine ferne Epoche katapultiert worden zu sein.

Rocky wackelte wieder mit dem Kopf.

»Ich wußte gar nicht«, sagte Spencer, »daß ich einen Hund habe, der auf Speed steht.«

Er floh in die hinteren Teile des Parks, in denen das Licht im Gegensatz zu der Mauer und zum Tunnel nicht eingeschaltet worden war. Der verlassene und anscheinend endlose Weg hob und senkte sich, wurde schmaler und breiter und wieder schmaler und führte wiederholt in Schleifen auf sich selbst zurück.

Spaceport Vegas bot eine Looping-Achterbahn, Sturzkampfbomber, Raketen, Schiffsschaukeln und all die anderen üblichen Karussells, auf denen sich einem der Magen umdrehte. Sie alle waren mit verschwenderischen Science-fiction-Fassaden, grellem Deko und hypermodernen Namen versehen. Lichtschlitten zum Ganymed. Hyperraum-Hammer. Sonnen-Strahlungs-Hölle. Asteroiden-Kollision. Devolutions-Sturz. Der Park bot auch ausgeklügelte Abenteuer in Flugsimulatoren und Virtual-Reality-Erlebnisse in Gebäuden mit futuristischer oder bizarr außerirdischer Architektur: Planet der Schlangenmenschen, Blutmond, Vortex-Blaster, Todeswelt. Bei den Robot-Kriegen bewachten Mordmaschinen mit roten Augen den Eingang, und das Portal zum Sternenmonstrum sah aus wie eine funkelnde Öffnung am einen oder anderen Ende des Verdauungstrakts eines außerirdischen Ungetüms.

Unter dem trüben Himmel, durch den ein kalter Wind fegte, während das graue Licht des sich nähernden Sturms aus allem die Farbe sog, war die Zukunft, wie die Schöpfer von Spaceport Vegas sie sich vorstellten, erbarmungslos feindselig.

Seltsamerweise wurde sie dadurch für Spencer um so realistischer. Sie kam ihm eher wie eine zutreffende Vision und weniger wie der Vergnügungspark vor, den die Designer im Sinn gehabt hatten. Überall waren außerirdische, maschinelle und menschliche Raubtiere auf der Pirsch. Bei jeder Abzweigung drohten kosmische Katastrophen: Die Explodierende Sonne, Kometeneinschlag, Zeitfalle, Der Große Knall, Die Öde. Das Ende der Zeit befand sich auf derselben Straße, die auch ein Abenteuer namens Aussterben feilbot. Wenn man diese unheilvollen Attraktionen betrachtete, konnte man wirklich glauben, daß es sich bei dieser schrecklich düsteren Zukunft – wenn nicht in den Einzelheiten, dann zumindest in der Grundstimmung – um jene handeln könnte, welche die zeitgenössische Gesellschaft vielleicht schaffen würde.

Auf der Suche nach einem Liefereingang fuhr Spencer rücksichtslos von einer Attraktion zur anderen die gewundenen Promenaden entlang. Wiederholt machte er zwischen den Karussells und exotischen Gebäuden den Chevy und den Chrysler aus, wenn auch nie in gefährlicher Nähe. Sie waren wie Haie, die in der Ferne ihre Bahnen zogen. Jedesmal wenn er sie erspähte, geriet er unmittelbar darauf hinter einem anderen Gebäude des Irrgartens außer Sicht.

Nachdem er hinter dem Galaktischen Gefängnis abgebogen und am Palast der Parasiten und mehreren Ficusbäumen und einer rotblühenden Oleanderhecke vorbeigefahren war, die im Vergleich zu den Bäumen und Büschen, die auf den Planeten des Krabbennebels wuchsen, sicherlich trist wirkten, fand er eine zweispurige Versorgungsstraße, welche zum hinteren Teil des Parks führte. Er folgte ihr.

Zu seiner Linken standen Bäume, die im Abstand von sechs Metern gepflanzt worden waren. Zwischen den Stämmen verlief die fast zwei Meter hohe Hecke. Zu seiner Rechten hob sich statt der neonerhellten Wand, die die öffentlich zugänglichen Teile des Parks umschloß, ein drei Meter hoher Maschendrahtzaun, dessen Oberteil mit Stacheldraht besetzt war, und dahinter lag ein mit Wüstensträuchern bepflanzter Rasenstreifen.

Er fuhr um eine Ecke, und hundert Meter vor ihm tauchte ein fahrbares Tor aus Metallstangen und Maschendraht auf, das von Hydraulikarmen bewegt werden konnte. Es würde aus dem Weg rollen, wenn man auf die richtige Fernsteuerung drückte – die Spencer nicht hatte.

Er beschleunigte. Er mußte das Tor rammen.

Bei dem Hund stellte sich die übliche Vorsicht wieder ein, und er sprang vom Beifahrersitz und rollte sich im Fußraum zusammen, bevor der zu erwartende Aufprall ihn hinabschleudern konnte.

»Neurotisch, aber nicht dumm«, sagte Spencer anerkennend.

Er hatte die halbe Strecke zum Tor zurückgelegt, als er aus dem Winkel des linken Auges eine flimmernde Bewegung ausmachte. Der Chrysler brach zwischen zwei Ficusbäumen hervor, zerfetzte die Oleanderhecke und flog in einer Wolke aus grünen Blättern und roten Blumen auf die Versorgungsstraße. Er prallte ein Stück hinter Spencer so hart gegen den Zaun, daß der Maschendraht sich bis zum Ende der Straße wellte, als bestünde er aus Stoff.

Der Explorer holte diese Woge im Maschendraht einen Sekundenbruchteil später ein und prallte mit solcher Gewalt gegen das Tor, daß die Motorhaube eingedrückt wurde, ohne aufzuspringen,

Spencers Sicherheitsgurt sich schmerzhaft über der Brust zusammenzog, ihm der Atem aus den Lungen getrieben wurde, seine Zähne aufeinanderschlugen, das Gepäck im Haltenetz auf der Ladefläche laut klapperte – aber nicht so heftig, daß das Tor aus der Verankerung gerissen wurde. Es verzog sich, hing durch, brach halb zusammen, und Stacheldraht kräuselte sich, bis er aussah wie metallische Rastalocken – aber das Tor war noch intakt.

Er legte den Rückwärtsgang ein und gab Gas, und der Explorer schoß zurück, als wäre er eine Kugel, die in einer Welt, in der die Zeit entgegen dem Uhrzeigersinn verlief, in die Gewehrmündung jagte.

Die Schützen in dem Chrysler öffneten die Türen, stiegen aus, zogen ihre Pistolen – bis sie sahen, daß der Geländewagen im Rückwärtsgang auf sie zuraste. Da zogen auch sie sich zurück, sprangen wieder in den Wagen, schlugen die Türen zu.

Er prallte rückwärts in die Limousine, und der Zusammenstoß war so laut, daß er überzeugt war, er hätte es übertrieben, den Explorer beschädigt.

Doch als er wieder den ersten Gang einlegte, machte der Geländewagen einen Satz nach vorn. Kein Reifen war platt oder wurde von einem eingedrückten Kotflügel blockiert. Keine Fenster waren zerbrochen. Kein Benzingestank, also war der Tank nicht geplatzt. Der angeschlagene Explorer klapperte, klirrte, schepperte und knarrte – aber er *bewegte* sich, kraftvoll und anmutig.

Der zweite Stoß riß das Tor aus den Angeln. Der Geländewagen fuhr über den umgestürzten Maschendraht hinweg, fort vom Spaceport Vegas, auf eine riesige Parzelle mit Wüstensträuchern, auf der noch niemand einen Vergnügungspark, ein Hotel, Casino oder einen Parkplatz gebaut hatte.

Spencer schaltete den Allradantrieb ein und fuhr in westliche Richtung, fort vom Strip, hin zur Interstate 15.

Rocky fiel ihm ein, und er schaute hinab zum Fußraum vor dem Beifahrersitz. Der Hund hatte sich zusammengerollt und die Augen fest geschlossen, als erwarte er einen weiteren Zusammenstoß.

»Schon gut, Kumpel.«

Rocky verzog weiterhin in der Erwartung einer Katastrophe das Maul.

»Vertrau mir.«

Rocky öffnete die Augen und sprang auf den Sitz zurück, dessen Vinylpolster von seinen Klauen zerkratzt und durchlöchert war.

Sie schaukelten und rollten über das erodierte, karge Land zum Fundament des Superhighways.

Ein steiler Hang aus Kies und Schieferton erhob sich zehn oder zwölf Meter zu den von Osten nach Westen führenden Fahrbahnen. Selbst wenn er eine Lücke in den Leitplanken über ihm gefunden hätte, hätte der Highway ihm keine Fluchtmöglichkeit – und bestimmt keine Rettung – bieten können. Die Leute, die ihn suchten, würden in beiden Richtungen Kontrollpunkte errichten.

Nach kurzem Zögern wandte er sich in südliche Richtung und folgte dem Fundament des erhöhten Highways.

Aus dem Osten kam über den weißen Sand und den rosagrauen Schiefer der schimmelgrüne Chevrolet. Obwohl der Tag kühl war, sah er aus wie eine Hitzespiegelung. Die niedrigen Dünen und flachen Unterspülungen würden ihn bezwingen. Der Explorer war für Geländefahrten geschaffen, der Chevrolet nicht.

Spencer gelangte an ein wasserloses Flußbett, das die Interstate auf einer niedrigen Betonbrücke querte. Er fuhr den Abhang hinab auf ein weiches Schlammbett, wo Treibholz schlief und tote Steppenläufer sich so unaufhörlich bewegten wie unheimliche Schatten in einem bösen Traum.

Er folgte dem ausgetrockneten Flußbett unter der Interstate hindurch und nach Westen in die ungastliche Mojave-Wüste.

Der dräuende Himmel hing so hart und dunkel wie Granit ein paar Zentimeter über den eisengrauen Bergen. Öde Ebenen hoben sich stufenweise zu diesen noch sterileren Erhebungen und trugen dabei immer geringere Lasten an Mesquitsträuchern, trockenem Haargras und Kakteen.

Er fuhr aus dem Wasserlauf, folgte ihm aber weiterhin hügelaufwärts, den fernen Gipfeln entgegen, die so blank wie uralte Knochen emporragten. Der Chevrolet war nicht mehr zu sehen.

Als er schließlich sicher war, von Überwachungsteams, die den Verkehr auf der Interstate kontrollierten, nicht mehr zufällig ausgemacht werden zu können, bog Spencer in südliche Richtung ab und fuhr parallel zum Highway weiter. Ohne einen Bezugspunkt hätte er sich verirrt. Wirbelnde Windhosen drehten sich über die Wüste und verbargen die verräterischen Staubwolken, die der Explorer hinter sich herzog.

Obwohl es noch nicht regnete, zerfurchten Blitze den Himmel. Die Schatten niedriger Gesteinsformationen sprangen hoch, fielen zurück und sprangen erneut über das alabasterne Land.

Rocky war der Mut vergangen, als der Explorer langsamer geworden war. Er kauerte erneut in kalter Furchtsamkeit auf dem Sitz, winselte gelegentlich und sah seinen Herrn an, damit der ihn beruhigte.

Über den Himmel zuckte das Feuer.

Roy Miro schob die beunruhigenden Fotos beiseite und öffnete auf dem Küchentisch der Hütte in Malibu den Aktenkoffer mit dem Computer. Er schob den Stecker in eine Steckdose und rief Mama in Virginia an.

Als Spencer Grant vor über zwölf Jahren als achtzehnjähriger Junge in die Army der Vereinigten Staaten eingetreten war, mußte er die üblichen Formulare ausgefüllt haben. Unter anderem hatte man von ihm Informationen über seine Ausbildung und die nächsten Verwandten verlangt, den Geburtsort, den Namen des Vaters, den Mädchennamen der Mutter.

Der Annahmeoffizier, bei dem Grant sich verpflichtet hatte, mußte diese grundlegenden Informationen überprüft haben. Später waren sie noch einmal überprüft und bestätigt worden, auf höherer Ebene, bevor Grant den Diensteid geleistet hatte.

Falls »Spencer Grant« eine falsche Identität war, hätte der Junge beträchtliche Schwierigkeiten gehabt, damit in die Army zu kommen. Dennoch blieb Roy davon überzeugt, daß es nicht der Name auf Grants ursprünglicher Geburtsurkunde war, und er wollte unbedingt herausfinden, wie dieser Geburtsname gelautet hatte.

Auf Roys Anweisung verschaffte Mama sich Zugang zu den Unterlagen des Verteidigungsministeriums über ehemalige Armeeangehörige. Sie übertrug Spencer Grants Personalakte auf den Monitor.

Den Angaben auf dem Formular zufolge lautete der Name von Grants Mutter Jennifer Corrine Porth.

Der junge Rekrut hatte sie als »verstorben« eingetragen.

Der Vater war laut Grants Angaben »unbekannt«.

Roy blinzelte überrascht den Bildschirm an.

UNKNOWN.

Das war außergewöhnlich. Grant hatte nicht nur einfach behauptet, unehelich zu sein, sondern angedeutet, die Promiskuität seiner Mutter mache es unmöglich, mit dem Finger auf den Mann zu zeigen, der ihn gezeugt hatte. Jeder andere hätte einen falschen Namen angegeben, einen bequemen erfundenen Vater, der ihm selbst und seiner verstorbenen Mutter diese Peinlichkeit ersparte.

Wäre der Vater tatsächlich unbekannt gewesen, hätte Spencers Nachname logischerweise Porth lauten müssen. Daher hatte seine Mutter den »Grant« entweder von einem berühmten Filmstar geborgt, wie Bosley Donner felsenfest behauptete, oder sie hatte ihren Sohn nach einem der Männer in ihrem Leben benannt, ohne genau zu wissen, ob er den Jungen überhaupt gezeugt hatte.

Oder das »unbekannt« war eine Lüge, und der Name »Spencer Grant« war auch nur eine falsche Identität, vielleicht die erste von vielen, die dieses Phantom sich geschaffen hatte.

Als Grant sich freiwillig gemeldet hatte und seine Mutter bereits tot gewesen und sein Vater unbekannt war, hatte er als nächste Verwandte »Ethel Marie und George Daniel Porth, Großeltern« angegeben. Da ihr Mädchenname ebenfalls Porth gelautet hatte, mußten es die Eltern seiner Mutter sein.

Roy fiel auf, daß die Adresse von Ethel und George Porth – in San Francisco – dieselbe war wie die von Grant zur Zeit seiner Verpflichtung. Anscheinend hatten die Großeltern ihn nach dem Tod seiner Mutter, wann immer das gewesen sein mochte, bei sich aufgenommen.

Falls irgend jemand die wahre Geschichte von Grants Herkunft und die Ursache seiner Narbe kannte, dann Ethel und George Porth. Einmal davon ausgegangen, daß es sie wirklich gab und sie nicht nur Namen in einem Formular waren, die ein Annahmeoffizier vor zwölf Jahren nicht überprüft hatte.

Roy bat um einen Ausdruck der relevanten Teile von Grants Personalakte. Obwohl die Porths eine gute Spur zu sein schienen, war Roy nicht davon überzeugt, daß er in San Francisco etwas erfuhr, das diesem flüchtigen Phantom, das er zum erstenmal vor weniger als achtundvierzig Stunden in der regnerischen Nacht in Santa Monica gesehen hatte, mehr Substanz geben würde.

Nachdem Grant sich völlig aus allen Dateien der Versorgungsbetriebe, der Grundbuch- und sogar der Finanzämter gelöscht hatte ... warum hatte er seinen Namen in denen der Zulassungsstelle, der Sozialversicherung, des LAPD und Militärs stehenlassen?

Er hatte sich an diesen Unterlagen zu schaffen gemacht, hatte seine wahre Adresse gegen mehrere falsche ausgetauscht, aber er hätte die Daten auch völlig löschen können. Über das dazu nötige Wissen und die Fertigkeiten verfügte er. Daher mußte er seinen Namen in einigen Datenbanken absichtlich nicht gelöscht haben.

Roy hatte den Eindruck, daß er Grant schon damit in die Hände spielte, indem er lediglich versuchte, ihn aufzuspüren.

Frustriert richtete er seine Aufmerksamkeit wieder auf die beiden ihn am stärksten berührenden der vierzig Fotos. Die Frau, der Junge und die Scheune im Hintergrund. Der Mann in den Schatten.

Der Explorer war auf allen Seiten von Sand umgeben, der so weiß war wie zu Pulver zerriebene Knochen, und von aschgrauem vulkanischem Gestein und Hängen aus Schieferton, den Millionen Jahre der Hitze, Kälte und Erdbeben zermahlen hatten. Die wenigen Pflanzen waren spröde und stachlig. Bis auf den Staub und die Vegetation, die vom Wind bewegt wurden, war die einzige Bewegung das Kriechen und Gleiten von Skorpionen, Spinnen, Mistkäfern, Giftschlangen und anderer kaltblütiger oder blutloser Kreaturen, die in dieser dürren Einöde gediehen.

Silberne Stacheln und Zacken von Blitzen zuckten fortwährend auf, und schnell wandernde Gewitterwolken, so schwarz wie Tinte, schrieben ein Versprechen auf Regen an den Himmel. Die Bäuche der Wolken hingen sehr tief. Mit lauten Donnerschlägen versuchte der Sturm, sich selbst zu schaffen.

Gefangen zwischen der toten Erde und dem aufgewühlten Himmel, fuhr Spencer in der größtmöglichen Entfernung parallel zum fernen Interstate-Highway. Er machte nur Umwege, wenn die Konturen des Geländes einen Kompromiß verlangten.

Rocky saß mit gesenktem Kopf da und betrachtete lieber seine Pfoten als den stürmischen Tag. Seine Flanken zitterten, als Ströme der Furcht ihn durchflossen wie Elektrizität einen geschlossenen Schaltkreis.

An einem anderen Tag, an einem anderen Ort und in einem anderen Sturm, hätte Spencer unentwegt geredet, um den Hund zu beruhigen. Doch nun war er in einer Stimmung, die sich mit dem Himmel verdunkelte, und konnte sich nur auf den Aufruhr in sich selbst konzentrieren.

Für die Frau hatte er sein mühsam geordnetes Leben aufgegeben. Er hatte die ruhige Bequemlichkeit der Hütte hinter sich gelassen, die Schönheit des Eukalyptuswäldchens, den Frieden des Canyons – und höchstwahrscheinlich würde er nie wieder dorthin zurückkehren können. Er hatte sich zur Zielscheibe gemacht und seine wertvolle Anonymität in Gefahr gebracht.

Er bedauerte nichts davon – denn er hatte noch immer die Hoffnung, ein wirkliches Leben dabei zu gewinnen, ein Leben mit einem gewissen Sinn und Zweck. Obwohl er der Frau helfen wollte, hatte er auch sich selbst helfen wollen.

Doch der Einsatz war plötzlich sehr hoch geworden. Tod und Enthüllung waren nicht die einzigen Risiken, die er eingehen mußte, wollte er sich weiterhin mit Valerie Keenes Problemen befassen. Früher oder später würde er jemanden töten müssen. Sie würden ihm keine Wahl lassen.

Nachdem er am Mittwochabend der Razzia gegen den Bungalow in Santa Monica entkommen war, hatte er es vermieden, über die beunruhigendsten Folgerungen aus der extremen Gewalttätigkeit des SWAT-Teams nachzudenken. Nun erinnerte er sich an die Schüsse, die auf eingebildete Ziele in dem dunklen Haus gerichtet gewesen waren, und die Salven, die man auf ihn abgefeuert hatte, als er über die Grundstücksmauer geklettert war.

Das war nicht nur die Reaktion ein paar nervöser Gesetzesvertreter gewesen, die Angst vor ihrem Opfer gehabt hatten. Es war die kriminell übermäßige Anwendung von Gewalt, der Beweis dafür, daß eine Behörde außer Kontrolle geraten und davon überzeugt war, daß man sie für die Greueltaten, die sie beging, nicht zur Verantwortung ziehen würde.

Und erst vor kurzem war er in dem rücksichtslosen Verhalten der Männer, die ihn aus Las Vegas gejagt hatten, einer ähnlichen Arroganz begegnet.

Er dachte an Louis Lee in dessem eleganten Büro unter dem China Dream. Der Restaurantbesitzer hatte behauptet, daß Regierungen, deren Verwaltungsapparate zu groß geworden waren, oftmals nicht mehr nach den Regeln des Rechts spielten, unter dem sie gewählt worden waren.

Alle Regierungen, selbst Demokratien, hielten ihre Herrschaft durch die Androhung von Gewalt und Freiheitsstrafen aufrecht. Wenn diese Drohung jedoch – auch mit den besten Absichten – von den gesetzlichen Vorschriften losgelöst wurde, bestand zwischen einem Bundesagenten und einem Verbrecher nur noch eine beängstigend schmale Grenze.

Sollte Spencer Valerie aufspüren und herausfinden, weshalb sie auf der Flucht war, konnte er ihr nicht einfach helfen, indem er ihr seine Bargeldreserven zur Verfügung stellte und einen guten Anwalt für sie auftrieb. Dies war bei den wenigen Gelegenheiten, als er sich die Mühe gemacht hatte, darüber nachzudenken, was er unternehmen würde, sobald er sie gefunden hatte, sein nebulöser Plan gewesen.

Doch die Skrupellosigkeit dieser Feinde schloß eine Lösung in irgendeinem Gerichtshof aus.

Wenn er vor der Wahl stand, Gewalt auszuüben oder zu fliehen, würde er sich immer für die Flucht entscheiden und das Risiko eingehen, daß man ihm eine Kugel in den Rücken schoß – zumindest, wenn lediglich sein eigenes Leben auf dem Spiel stand. Doch wenn er irgendwann die Verantwortung für das Leben dieser Frau auf sich nahm, konnte er nicht damit rechnen, daß auch sie einer Pistole den Rücken zukehren würde. Früher oder später würde er somit der Gewalttätigkeit dieser Männer selbst mit Gewalt begegnen müssen.

Während Spencer darüber nachdachte, fuhr er zwischen der zu festen Wüste und dem amorphen Himmel in südliche Richtung. Der ferne Highway war im Osten gerade noch sichtbar, und im Gelände gab es keinen erkennbaren Weg.

Aus dem Westen näherte sich Regen in blendenden Wasserfällen, die für die Mojave-Wüste von seltener Heftigkeit waren, eine sich auftürmende graue Flutwelle, hinter der die Wüste zu verschwinden begann.

Spencer konnte den Regen riechen, obwohl er den Explorer noch nicht erreicht hatte. Es war ein kalter, nasser, ozongesättigter Geruch, der zuerst erfrischend war, dann aber ein seltsames und durch und durch gehendes Frösteln hervorrief.

»Nicht, daß ich mir Sorgen mache, ich wäre nicht imstande, jemanden zu töten, wenn es darauf hinausläuft«, sagte er zu dem sich zusammenkauernden Hund.

Die graue Wand jagte auf sie zu, wurde von Sekunde zu Sekunde schneller, und es schien sich bei ihr auch um mehr als bloßen Regen zu handeln. Sie war auch die Zukunft, und sie war alles, was er über die Vergangenheit zu erfahren fürchtete.

»Ich habe es schon einmal getan. Wenn es sein muß, kann ich es wieder tun.«

Über das Dröhnen des Motors des Explorers konnte er nun den Regen hören. Das Geräusch klang wie eine Million Herzschläge.

»Und wenn irgendein Arschloch es verdient hat, umgebracht zu werden, kann ich es erledigen und empfinde keine Reue. Manchmal ist es richtig. Gerecht. Ich habe kein Problem damit.«

Der Regen fegte über sie hinweg, wogend wie das Tuch eines Bühnenzauberers, das magische Veränderungen brachte. Das fahle Land verdunkelte sich mit den ersten Tropfen dramatisch. Im eigentümlichen Licht des Sturms wurde die ausgedörrte Vegetation, die eher braun als grün war, plötzlich grünlich und glänzend. Innerhalb von ein paar Sekunden schienen ausgetrocknete Blätter und Gras zu üppigen tropischen Formen anzuschwellen, wenngleich alles nur eine Illusion war.

Spencer schaltete die Scheibenwischer und den Allradantrieb ein. »Angst macht mir nur ... und Sorgen ... daß ich diesmal vielleicht ein Arschloch erledige, das es verdient hat ... irgendein Dreckstück ... und es mir *gefällt*.«

Der Wolkenbruch konnte nicht schwächer sein als der, der Noah bei der Sintflut zum Start verholfen hatte, und das heftige Trommeln des Regens auf den Geländewagen war ohrenbetäubend. Der vom Sturm eingeschüchterte Hund konnte seinen Herrn über dem Tosen wahrscheinlich gar nicht verstehen, und doch benutzte Spencer Rockys Anwesenheit als Vorwand dafür, eine Wahrheit einzugestehen, die er lieber nicht gehört hätte. Er sprach sie laut aus, weil er vielleicht gelogen hätte, wenn er nur mit sich selbst gesprochen hätte.

»Es hat mir noch nie gefallen. Ich kam mir danach nie wie ein Held vor. Aber es hat mich auch nicht angewidert. Ich habe nicht gekotzt oder deshalb nicht schlafen können. Aber ... was, wenn beim nächstenmal ... oder beim übernächstenmal...?«

Unter den finsteren Gewitterwolken war das Licht des frühen Nachmittags in den samtschweren Regenschleiern so dunkel wie die Dämmerung geworden. Während er aus der Finsternis ins Geheimnisvolle fuhr, schaltete er die Scheinwerfer ein und stellte überrascht fest, daß sie den Zusammenstoß mit dem Tor des Vergnügungsparks überstanden hatten.

Regen fiel in so gewaltigen Massen lotrecht zur Erde, daß er den

Wind auflöste und fortspülte, der zuvor die Wüste zu Sandfontänen aufgewirbelt hatte.

Sie kamen zu einem drei Meter tiefen, ausgetrockneten Flußlauf mit sich sanft neigenden Rändern. Im Licht der Scheinwerfer schimmerte ein Bächlein aus silberglänzendem Wasser, dreißig Zentimeter breit und vielleicht zehn hoch, in der Mitte der Bodenrinne. Spencer fuhr durch den sechs Meter breiten Wasserlauf auf höheres Gelände auf der anderen Seite.

Als der Explorer die zweite Böschung hinauffuhr, flammten einige gewaltige Blitze durch die Wüste, unmittelbar darauf von Donnerschlägen gefolgt, die den Geländewagen vibrieren ließen. Der Regen fiel noch stärker als zuvor, stärker, als Spencer es je beobachtet hatte.

Er lenkte mit einer Hand und streichelte Rockys Kopf. Der Hund war zu verängstigt, um aufzuschauen oder sich gegen die tröstende Hand zu drücken.

Sie hatten den ersten Trockenlauf keine fünfzig Meter hinter sich gelassen, als Spencer sah, daß sich vor ihnen die Erde bewegte. Sie rollte wellenförmig, als würden Schwärme riesiger Schlangen direkt unter der Wüstenoberfläche kriechen. Als er angehalten hatte, enthüllten die Scheinwerfer eine weniger phantastische, aber genauso erschreckende Erklärung: Nicht die Erde bewegte sich, sondern ein schneller, schlammiger Bach floß von Westen nach Osten die sich sanft neigende Ebene hinab und machte eine Weiterfahrt in südliche Richtung unmöglich.

Die Tiefen dieses neuen Wasserlaufs blieben ihm verborgen. Das rasende Wasser stand nur noch ein paar Zentimeter unter den Rändern der Bodenrinne.

Solche Sturzbäche konnten nicht erst entstanden sein, seit der Sturm vor ein paar Minuten über die Ebene gezogen war. Das Wasser stammte aus den Bergen, in denen es schon seit einer geraumen Weile regnete. Die steinigen, baumlosen Hänge hatten nur wenig davon absorbieren können.

In der Wüste kam es nur selten zu Wolkenbrüchen von dieser Heftigkeit; doch in seltenen Fällen konnten Springfluten mit atemberaubender Plötzlichkeit sogar Teile des erhöhten Interstate-Highways überschwemmen oder sich auf niedrige Teile des nun fernen Strips von Las Vegas ergießen und Autos von Kasinoparkplätzen spülen.

Spencer konnte die Höhe des Wassers nicht abschätzen. Es hätten fünfzig Zentimeter oder fünf Meter sein können. Selbst wenn es nur fünfzig Zentimeter hoch stand, bewegte das Wasser sich so schnell und mit solcher Kraft, daß er nicht wagte, es zu durchfahren. Das zweite Flußbett war breiter als das erste, etwa zwölf Meter. Bevor er es auch nur halb überwunden hätte, wäre der Geländewagen mitgerissen und flußabwärts getragen worden, schlingernd und schaukelnd, wie Treibholz.

Er setzte den Explorer von der schäumenden Flut zurück, drehte um, fuhr zurück und erreichte den ersten Wasserlauf schneller, als er erwartet hatte. In der kurzen Zeitspanne, die vergangen war, seit er ihn überquert hatte, war aus dem silbernen Bächlein ein ungestümer Fluß geworden, der das ehemalige Trockental fast vollständig ausfüllte.

Von zwei Stromschnellen eingeschlossen, konnte Spencer nicht mehr parallel zur fernen Interstate fahren.

Er überlegte, ob er einfach hier warten sollte, bis der Sturm vorbeigezogen war. Wenn es zu regnen aufhörte, würden die Flußläufe sich so schnell leeren, wie sie sich gefüllt hatten. Doch er spürte, daß die Situation gefährlicher war, als es den Anschein hatte.

Er öffnete die Tür, trat in den Wolkenbruch und war bis auf die Haut durchnäßt, als er zur Vorderseite des Explorers gegangen war. Der auf ihn einschlagende Regen hämmerte ein Frösteln tief in seine Haut.

Die Kälte und Nässe trugen weniger zu seinem Elend bei als der unglaubliche *Lärm*. Das ohrenbetäubende Tosen des Sturms blendete alle anderen Geräusche aus. Das Prasseln des Regens auf dem Wüstenboden, das Rauschen und Poltern des Flusses und die dröhnenden Donnerschläge taten sich zusammen und verwandelten die weite Mojave-Wüste in eine Umgebung, die so eng und klaustrophobieerzeugend war wie das Innere des Fasses eines Stuntman am Rand der Niagarafälle.

Er wollte eine bessere Sicht auf die vorwärtsdrängende Flut haben, als er sie aus dem Inneren des Geländewagens hatte, aber beim näheren Hinsehen wuchs seine Besorgnis nur. Von Sekunde zu Sekunde schwappte das Wasser höher gegen die Ufer der Flußläufe; bald würde es die Ebene überfluten. Teile der weichen Uferdämme brachen zusammen, lösten sich in den trüben Fluten auf und wurden davongetragen. Obwohl der wütende Strom sich einen breiteren Kanal schuf, schwoll er gewaltig an und wurde gleichzeitig höher und breiter. Spencer wandte sich von der ersten Wasserrinne ab und lief zur zweiten, südlich des Geländewagens. Er erreichte den anderen aus dem Nichts entstandenen Fluß schneller als erwartet. Wie der erste war er höher und breiter geworden. Als er zum erstenmal hindurchgefahren war, hatten fünfzig Meter die beiden Wasserläufe getrennt, doch nun war diese Entfernung auf dreißig Meter geschrumpft.

Dreißig Meter waren noch immer eine beträchtliche Strecke. Er konnte sich kaum vorstellen, daß die beiden Wasserläufe sich durch so viel verbliebenes Land fraßen und sich schließlich vereinigten.

Dann öffnete sich unmittelbar vor seinen Schuhen eine Spalte im Boden. Ein langer, scharfkantiger Riß. Die Erde grinste, und ein zwei Meter breiter Brocken Flußböschung fiel in das anstürmende Wasser.

Spencer stolperte zurück, aus der unmittelbaren Gefahrenzone. Der durchnäßte Boden wurde unter ihm immer matschiger.

Das Undenkbare schien plötzlich unvermeidbar zu sein. Die Wüste bestand zu großen Teilen aus sedimentärem und vulkanischem Gestein und Quarzit, doch er hatte das Pech, von einem Wolkenbruch überrascht zu werden, während er über ein unergründliches Sandmeer fuhr. Wenn zwischen den beiden Wasserläufen kein verborgener Felsgrat lag, konnte das dazwischenliegende Land in der Tat davongespült werden. Die gesamte Ebene würde vielleicht neue Umrisse bekommen, je nachdem, wie lange der Sturm noch mit seiner derzeitigen Stärke wütete.

Der sowieso schon unmöglich heftige Wolkenbruch wurde plötzlich noch heftiger.

Spencer lief zum Explorer, stieg hinein und zog die Tür zu. Zitternd und tropfnaß setzte er den Wagen ein Stück vom nördlichen Wasserlauf zurück. Er befürchtete, daß die Räder unterspült werden könnten.

Den Kopf noch immer gesenkt, sah Rocky besorgt zu seinem Herrn auf.

»Wir müssen zwischen den Wasserläufen weiterfahren, nach Osten oder Westen«, dachte Spencer laut, »solange es noch etwas gibt, *worauf* wir fahren können.«

Die Scheibenwischer waren den Fluten, die über das Glas strömten, nicht mehr gewachsen, und über die vom Regen verwischte

Landschaft legte sich der noch tiefere Schatten eines trügerischen Zwielichts. Er versuchte, die Scheibenwischer auf eine höhere Stufe zu stellen, doch sie standen bereits auf der höchsten.

»Wir sollten nicht bergab fahren. Je länger das Wasser fließt, desto schneller wird es. Da unten wird es wahrscheinlich zu Unterspülungen kommen.«

Er schaltete das Fernlicht ein, doch es hellte rein gar nichts auf. Es prallte von den Regensträngen ab, und das Gelände vor ihm schien von einem Vorhang gespiegelter Tropfen nach dem anderen verdunkelt zu werden. Er schaltete wieder das Abblendlicht ein.

»Hügelaufwärts ist es sicherer. Müßte dort mehr Felsen geben.«

Der Hund zitterte nur.

»Der Abstand zwischen den Wasserläufen wird wahrscheinlich breiter werden.«

Spencer legte den Gang ein. Im Westen klomm die Ebene allmählich zu unbekanntem Terrain hinauf.

Während riesige Nadeln aus Blitzen den Himmel mit der Erde vernähten, fuhr er in die verbleibende schmale Tasche aus Dunkelheit hinauf.

Auf Roy Miros Anweisung suchten Agenten in San Francisco Ethel und George Porth, die Großeltern mütterlicherseits, die Spencer Grant nach dem Tod seiner Mutter aufgezogen hatten. Derweil fuhr Roy zur Praxis von Dr. Nero Mondello in Beverly Hills.

Mondello war der prominenteste plastische Chirurg in einer Gemeinde, in der Gottes Werk öfter überarbeitet wurde als irgendwo sonst, von Palm Beach und Palm Springs einmal abgesehen. An einer mißgebildeten Nase konnte er ein Wunder vollbringen, das denen gleichkam, die Michelangelo an riesigen Würfeln aus Carraramarmor vollbracht hatte – wenngleich Mondellos Honorare beträchtlich höher waren als die des italienischen Meisters.

Da er glaubte, dem FBI bei einer verzweifelten Suche nach einem besonders brutalen Massenmörder zu helfen, hatte er eingewilligt, Veränderungen in einem übervollen Terminkalender vorzunehmen und mit Roy zu sprechen.

Sie trafen sich im geräumigen Büro des Arztes: weißer Marmorboden, weiße Wände und Decke, weiße Kaminsitze. Zwei abstrakte Gemälde in weißen Rahmen. Die einzige Farbe war weiß, und der Künstler erzielte seine Wirkung einzig und allein mit der Struktur des dick aufgetragenen Pigments. Zwei weißlackierte Stühle mit weißen Lederkissen flankierten einen Tisch aus Glas und Stahl und standen an einem Fenster mit zugezogenen weißen Seidenvorhängen vor einem weißlackierten Schreibtisch aus knotigem Holz.

Roy nahm auf einem der Stühle Platz, kam sich in all dem Weiß wie ein Schmutzfleck vor und fragte sich, was er sehen würde, würde man die Vorhänge öffnen. Er hatte die verrückte Vorstellung, daß hinter dem Fenster, mitten in Beverly Hills, eine schneebedeckte Landschaft lag.

Abgesehen von den Fotos von Spencer Grant, die Roy mitgebracht hatte, war der einzige Gegenstand auf der lackierten Schreibtischoberfläche eine blutrote Rose in einer Kristallvase von Waterford. Die Blume zeugte davon, daß Perfektion möglich war – und lenkte die Aufmerksamkeit des Besuchers auf den Mann, der hinter ihr saß, hinter dem Schreibtisch.

Groß, schlank, stattlich, in den Vierzigern, war Dr. Nero Mondello der Brennpunkt seines gebleichten Reichs. Mit seinem dichten, pechschwarzen, aus der Stirn zurückgekämmten Haar, der angenehm gebräunten Haut und Augen vom purpurnen Schwarz reifer Pflaumen machte der Chirurg einen fast so starken Eindruck, wie ihn eine Geistererscheinung gemacht hätte. Er trug einen weißen Kittel über einem weißen Oberhemd und einer roten Seidenkrawatte. Am Zifferblatt seiner goldenen Rolex funkelten passende Brillanten, als wären sie mit übernatürlicher Energie aufgeladen.

Trotz ihrer unverhohlenen Theatralik waren der Raum und der Mann nicht weniger beeindruckend. Mondello hatte es sich zum Beruf gemacht, die Wahrheit der Natur durch überzeugende Illusionen zu ersetzen, und alle guten Bühnenzauberer waren theatralisch.

»Ja«, sagte Mondello, nachdem er das Foto von der Zulassungsstelle und das computergenerierte Porträt betrachtet hatte, »das muß eine schwere Verletzung gewesen sein, ziemlich schrecklich.«

»Was könnte sie verursacht haben?« fragte Roy.

Mondello öffnete eine Schreibtischschublade, holte ein Vergrößerungsglas mit einem silbernen Griff hervor und betrachtete die Fotos genauer.

»Es war eher ein Schnitt als ein Riß«, sagte er schließlich. »Also muß es ein relativ scharfer Gegenstand gewesen sein.«

»Ein Messer?«

»Oder Glas. Aber es war keine völlig glatte Schnittfläche. Sehr scharf, aber etwas unregelmäßig, wie Glas – oder eine Klinge mit Wellenschliff. Eine glatte Klinge hätte eine sauberere Wunde und eine schmalere Narbe verursacht.«

Roy beobachtete Mondello, wie er die Fotos eifrig studierte. Die Gesichtszüge des Chirurgen, so wurde ihm plötzlich klar, waren so fein und unheimlich gut proportioniert, daß ein begabter Kollege ihn unter dem Messer gehabt haben mußte.

»Es ist altes Narbengewebe.«

»Wie bitte?« sagte Roy.

»Zusammenhängendes Gewebe, das sich zusammengezogen und eine sogenannte Runzel oder Falte gebildet hat«, sagte Mondello, ohne von dem Foto aufzublicken. »Obwohl sie in Anbetracht der Breite relativ glatt ist.« Er legte das Vergrößerungsglas in die Schublade zurück. »Viel mehr kann ich Ihnen nicht sagen – abgesehen davon, daß es keine frische Narbe ist.«

»Könnte man sie chirurgisch beseitigen, etwa mit einer Hautverpflanzung?«

»Nicht vollständig, aber man könnte sie weitaus unauffälliger machen, nur eine dünne Linie, eine schmale Verfärbung.«

»Wäre das schmerzhaft?« fragte Roy.

»Ja, aber das hier« – Mondello klopfte leicht auf das Foto – »macht im Gegensatz zu Verbrennungen keine lange Reihe von Operationen über ein paar Jahre hinweg erforderlich.«

Mondellos Gesicht war außergewöhnlich, weil die Proportionen so wohlüberlegt waren, als wäre die führende Ästhetik hinter der Operation nicht nur die Intuition eines Künstlers gewesen, sondern auch die logische Strenge eines Mathematikers. Der Arzt hatte sich mit derselben eisernen Kontrolle neu geschaffen, die große Politiker auf die Gesellschaft anwanden, um ihre unvollkommenen Bürger zu besseren Menschen zu machen. Die Menschen – das war Roy schon vor langer Zeit klargeworden – waren so stark mit Fehlern behaftet, daß keine Gesellschaft perfekte Gerechtigkeit haben konnte, ohne ihr von oben eine mathematisch rigorose Planung und harte Führung aufzuerlegen. Doch er hatte bis jetzt noch nie bemerkt, daß seine Leidenschaft für ideale Schönheit und sein Verlangen nach Gerechtigkeit lediglich zwei Aspekte ein und derselben Sehnsucht nach einem Utopia waren.

Manchmal war Roy selbst von seiner intellektuellen Vielschichtigkeit erstaunt.

»Warum«, fragte er Mondello, »sollte jemand mit dieser Narbe leben wollen, wenn man sie praktisch unsichtbar machen könnte? Abgesehen davon natürlich, daß er sich die Operation nicht leisten kann.«

»Oh, die Kosten wären kein Hinderungsgrund. Wenn der Patient kein Geld hätte und die Regierung nicht zahlen würde, würde er trotzdem behandelt werden. Die meisten Chirurgen haben schon immer einen Teil ihrer Arbeitszeit Wohltätigkeitsfällen wie diesem gewidmet.«

»Warum also?«

Mondello zuckte mit den Achseln und schob die Fotos über den Schreibtisch. »Vielleicht hat er Angst vor Schmerzen.«

»Das glaube ich nicht. Nicht dieser Mann.«

»Oder Angst vor Ärzten, Krankenhäusern, scharfen Instrumenten, der Anästhesie. Es gibt zahllose Phobien, die die Menschen davon abhalten, sich operieren zu lassen.«

»Dieser Mann leidet nicht unter Phobien«, sagte Roy und steckte die Fotos in den Umschlag zurück.

»Vielleicht ein Schuldgefühl. Falls er einen Unfall überlebt hat, bei dem andere Menschen gestorben sind, könnte er Schuldgefühle haben. Das ist bei Überlebenden typisch. Besonders, wenn ein geliebter Mensch dabei umgekommen ist. Er ist der Ansicht, nicht besser als sie zu sein, und fragt sich, warum er verschont blieb, während sie gestorben ist. Er fühlt sich schuldig, weil er noch lebt, und will es wiedergutmachen, indem er mit der Narbe leidet.«

Roy erhob sich stirnrunzelnd. »Ich weiß nicht.«

»Ich habe Patienten mit diesem Problem gehabt. Sie wollten sich nicht operieren lassen, weil das Schuldgefühl, überlebt zu haben, sie glauben ließ, sie hätten ihre Narben verdient.«

»Das klingt auch nicht richtig. Nicht bei diesem Burschen.«

»Wenn er weder an einer Phobie noch an der Überlebensschuld leidet«, sagte Mondello, kam um den Schreibtisch herum und begleitete Roy zur Tür, »können Sie darauf wetten, daß er wegen *irgend etwas* Schuldgefühle hat. Er bestraft sich mit dieser Narbe. Erinnert sich an etwas, das er gern vergessen würde, fühlt sich aber verpflichtet, sich daran zu erinnern. So etwas habe ich auch schon gesehen.«

Während der Chirurg sprach, betrachtete Roy sein Gesicht. Ihn faszinierte die feingeschliffene Knochenstruktur, und er fragte sich, wieviel von der Wirkung von echten Knochen und wieviel von Plastikimplantaten erzielt wurde, wußte jedoch, daß es taktlos war, danach zu fragen.

»Herr Doktor«, sagte er an der Tür, »glauben Sie an die Perfektion?«

Mondello ließ die Hand auf dem Türgriff ruhen. Die Frage schien ihn leicht zu verwirren. »Perfektion?«

»Persönliche und gesellschaftliche Perfektion. Eine bessere Welt.«

»Nun ja ... ich glaube, daß man stets danach streben sollte.«

»Gut.« Roy lächelte. »Ich habe gewußt, daß Sie daran glauben.«

»Aber ich glaube nicht, daß man sie erreichen kann.«

Roys Lächeln gefror. »Oh, aber ich habe gelegentlich schon Perfektion gesehen. Vielleicht nicht die Perfektion eines Gesamten, aber die eines Teils.«

Mondello lächelte nachsichtig und schüttelte den Kopf. »Die Vorstellung des einen Menschen von perfekter Ordnung ist das Chaos des anderen. Die Vision des einen Menschen von perfekter Schönheit entspricht der Vorstellung eines anderen von Mißbildung.«

Roy schätzte solch ein Gerede nicht. Daraus folgerte, daß jedes Utopia gleichzeitig die Hölle war. »In der Natur gibt es perfekte Schönheit«, sagte er, bemüht, Mondello von einer anderen Sichtweise zu überzeugen.

»Es gibt immer einen Makel. Die Natur verabscheut Symmetrie, gerade Linien, Ordnung – all die Dinge, die wir mit Schönheit gleichsetzen.«

»Ich habe neulich eine Frau mit perfekten Händen gesehen. Fehlerlosen Händer, ohne jeden Makel, vorzüglich geformt.«

»Ein kosmetischer Chirurg betrachtet die menschliche Gestalt mit einem kritischeren Blick als andere Menschen. Ich bin mir sicher, ich hätte jede Menge Fehler gesehen.«

Plötzlich wurde Roy klar, daß er beinah Dinge enthüllt hatte, die die unverzügliche Exekution des Chirurgen erforderlich gemacht hätten.

Besorgt, sein aufgewühlter Geisteszustand könnte ihn veranlassen, einen weiteren und noch schlimmeren Fehler zu begehen, hielt es Roy nicht länger. Er dankte Mondello für dessen Hilfe und verließ das weiße Zimmer.

Auf dem Parkplatz der Klinik war der Februar-Sonnenschein eher weiß als golden. Er hatte eine schroffe Schärfe, und einige Palmen warfen lange, nach Osten fallende Schatten. Der Nachmittag wurde kalt.

Als er den Schlüssel ins Zündschloß steckte und den Motor anspringen ließ, meldete sich sein Piepser. Er sah auf das kleine Sichtfenster, machte eine Nummer mit der Vorwahl der Zweigstelle in der Stadtmitte von Los Angeles aus und rief mit dem Handy zurück.

Man hatte eine wichtige Nachricht für ihn. Spencer Grant wäre in Las Vegas fast zur Strecke gebracht worden. Er befand sich nun auf der Flucht, mit dem Wagen quer durch die Mojave-Wüste. Ein Learjet stand am Flughafen von Los Angeles bereit, Roy nach Nevada zu bringen.

Während Spencer auf einer ständig schmaler werdenden Halbinsel aus durchweichtem Sand den kaum wahrnehmbaren Hang zwischen den beiden tosenden Flüssen dahinfuhr und nach einer hervorstehenden Felsformation Ausschau hielt, auf die er fahren konnte, um den Sturm abzuwarten, wurde die Sicht immer schlechter. Die Wolken waren so dicht, so fahl, daß das Tageslicht über der Wüste so trüb war, als hätte er sich ein paar Faden tief in einem Meer befunden. Der Regen fiel in biblischen Mengen und überforderte die Scheibenwischer, und obwohl er die Scheinwerfer eingeschaltet hatte, konnte er kaum einen klaren Blick auf das Gelände vor ihm erhaschen.

Große, feurige Peitschenhiebe quälten den Himmel. Die blendende Pyrotechnik steigerte sich zu einer fast ununterbrochenen Kette von Blitzen, deren grelle Glieder rasselnd den Himmel hinabfuhren, als wolle sich ein böser Engel, der im Sturm gefangen war, wütend von seinen Fesseln befreien. Trotzdem erhellte das unbeständige Licht fast gar nichts, während Scharen von stroboskopischen Schatten über die Landschaft flackerten und das ihre zu der Düsterkeit und Verwirrung beitrugen.

Plötzlich tauchte nicht ganz einen halben Kilometer im Westen vor ihnen auf Bodenhöhe ein blaues Licht auf, das aus einer anderen Dimension zu kommen schien. Augenblicklich bewegte es sich mit hoher Geschwindigkeit in südliche Richtung.

258

Spencer kniff die Augen zusammen, starrte durch den Regen und die Schatten und versuchte, die Natur und Größe der Lichtquelle zu erkennen, doch Einzelheiten blieben ihm verborgen.

Der blaue Reisende wandte sich nach Osten, schoß ein paar hundert Meter vorwärts, drehte dann in nördliche Richtung zum Explorer ab. Sphärisch. Weißglühend.

»Verdammt, was ...?« Spencer trat auf die Bremse und beobachtete das unheimliche Leuchten.

Als das Ding noch hundert Meter von ihm entfernt war, brach es in westliche Richtung aus, näherte sich der Stelle, an der es ursprünglich erschienen war, schoß daran vorbei, stieg in die Höhe, flackerte und verschwand.

Noch bevor das erste Licht erlosch, bemerkte Spencer aus dem Augenwinkel ein zweites. Er hielt an und sah nach Westen.

Das neue Objekt – blau, pulsierend – bewegte sich unglaublich schnell auf einem willkürlich gewundenen Kurs, der es zuerst näher heranführte, bis es dann in östliche Richtung abbog. Abrupt rotierte es wie ein Feuerwerksrad und verschwand dann.

Beide Gegenstände hatten sich völlig geräuschlos bewegt, waren wie Erscheinungen über die sturmumtoste Wüste geglitten.

Auf Spencers Armen und Nacken stellten sich die Härchen auf.

Obwohl er normalerweise allen übersinnlichen Dingen gegenüber skeptisch war, hatte er in den letzten paar Tagen das Gefühl gehabt, sich ins Unbekannte, ins Unheimliche zu wagen. In seiner Zeit und seinem Land war das wirkliche Leben zu einer dunklen Phantasie geworden, so voller Magie wie die Romane über Länder, in denen Magier herrschten, Drachen umherstreiften und Trolle Kinder fraßen. Am Mittwochabend war er durch eine unsichtbare Türöffnung getreten, die seine lebenslange Wirklichkeit von einem anderen Ort trennte. In dieser neuen Wirklichkeit war Valerie sein Schicksal. Wenn er sie erst einmal gefunden hatte, würde sie eine magische Linse sein, die seine Sichtweise auf ewig verändern würde. Alles, was geheimnisvoll war, würde klar werden, doch Dinge, die er schon seit langem kannte und verstand, würden wieder geheimnisvoll werden.

Das fühlte er tief in den Knochen, wie ein Mann, der an Arthritis litt, das Nahen eines Sturms fühlte, bevor die erste Wolke am Himmel zu sehen war. Auch wenn er es eher spürte, als daß er es verstand, das Erscheinen der beiden blauen Kugeln schien zu bestätigen, daß er die richtige Spur aufgenommen hatte, die ihn zu Valerie führen würde, und an einen seltsamen Ort, der ihn verwandeln würde.

In der Hoffnung, daß Rocky dorthin schauen würde, wo das zweite Licht verschwunden war, warf Spencer einen Blick auf seinen vierbeinigen Gefährten. Er brauchte die Bestätigung, daß er sich nicht nur alles eingebildet hatte, auch wern sie nur von einem Hund kam. Doch Rocky kauerte vor Entsetzen zitternd auf dem Sitz. Er hielt den Kopf immer noch gesenkt und den Blick nach unten gerichtet.

Rechts vom Explorer spiegelten sich die Blitze in tobendem Wasser. Der Fluß war viel näher, als er erwartet hatte. Der rechte Wasserlauf hatte sich in der letzten Minute dramatisch verbreitert.

Über das Lenkrad gekrümmt, steuerte er zur neuen Mitte des immer schmaler werdenden Streifens aus hohem Gelände und fuhr weiter, auf der Suche nach festem Gestein. Er fragte sich, ob die geheimnisvolle Mojave-Wüste noch weitere Überraschungen für ihn in petto hatte.

Das dritte blaue Rätsel stürzte aus dem Himmel, so schnell und lotrecht wie ein Expresslift, zweihundert Meter und ein Stück links vor ihm. Es hielt sanft an und schwebte, sich schnell drehend, ein Stück über dem Boden.

Spencers Herz hämmerte schmerzhaft gegen seine Rippen. Er nahm den Fuß vom Gaspedal. Er schwankte zwischen Staunen und Entsetzen.

Das leuchtende Objekt schoß genau auf ihn zu: so groß wie der Geländewagen, noch immer ohne deutlich auszumachende Einzelheiten, lautlos, wie aus einer anderen Welt, auf einem Kollisionskurs. Er trat aufs Gaspedal. Die leuchtende Erscheinung schwenkte herum, um die Bewegung des Explorers abzufangen, blähte sich noch heller auf, füllte den Geländewagen mit blauem Licht. Um ein kleineres Ziel zu bieten, bog er nach rechts, bremste hart, bot dem sich nähernden Objekt die Rückseite des Wagens. Es prallte ohne Wucht dagegen, aber mit einem Sprühen saphirblauer Funken, und Dutzende elektrischer Bogen flackerten von einer hervorstehenden Spitze des Explorers zur anderen auf.

Spencer wurde von einer betörenden blauen Sphäre aus zischendem, knisterndem Licht umschlossen. Und plötzlich wußte er, was es war. Eins der seltensten aller Wetterphänomene. Ein Kugelblitz. Es war keine bewußte Lebensform, nicht die außerirdische Kraft, die er sich halbwegs eingebildet hatte. Sie verfolgte ihn weder, noch wollte sie ihn verführen. Es war einfach ein weiteres Element des Sturms, so unpersönlich wie ein ganz normaler Blitz, wie der Donner, der Regen.

Auf seinen vier Reifen war der Explorer ungefährdet. Als die Kugel über ihnen zersprang, löste ihre Energie sich auf. Zischend und knallend verblich sie schnell zu einem schwächeren Blau, wurde immer trüber.

Sein Herz hatte vor seltsamer Freude zu pochen begonnen, als habe er unbedingt einem übersinnlichen Phänomen begegnen wollen, auch wenn es ihm feindselig gesonnen war, eher als zu einem Leben ohne Wunder zurückzukehren. Obwohl Kugelblitze selten waren, waren sie viel zu weltlich, um seine Erwartungen zu befriedigen, und die Enttäuschung verlangsamte seinen Herzschlag fast wieder auf normales Maß.

Mit einem heftigen Ruck senkte sich jäh der vordere Teil des Geländewagens, und das Fahrerhaus kippte vor. Als der letzte Lichtbogen vom linken Scheinwerfer zur rechten Ecke der Windschutzscheibe knisterte, spülte schmutziges Wasser über die Motorhaube.

In seinem panischen Versuch, dem blauen Licht auszuweichen, hatte Spencer sich zu weit nach rechts gewagt und erst am Rand des Wasserlaufs gebremst. Die weiche Sandmauer unter ihm brach zusammen.

Sein Herzschlag raste wieder, die Enttäuschung war vergessen.

Er legte den Rückwärtsgang ein und trat *behutsam* auf das Gaspedal. Der Geländewagen bewegte sich rückwärts, den zusammenbrechenden Hang hinauf.

Ein weiterer gewaltiger Brocken des Uferdamms gab nach. Der Explorer kippte wieder nach vorn. Wasser schlug fast bis zur Windschutzscheibe über der Motorhaube zusammen.

Spencer gab jede Vorsicht auf und drückte das Gaspedal durch. Der Geländewagen *sprang* zurück. Aus dem Wasser. Reifen wühlten sich durch den weichen, nassen Boden. Der Geländewagen richtete sich auf, stand fast wieder senkrecht.

Der Uferdamm war zu instabil, um diese Belastung zu verkraften. Die durchdrehenden Reifen destabilisierten den gallertartigen Boden. Mit kreischendem Motor und im trügerischen Schlamm durchdrehenden Reifen glitt der Explorer in die Fluten und protestierte dabei so laut wie ein Mastodon, das in einer Teergrube versank.

»Verdammte Scheiße!« Spencer atmete tief ein und hielt die Luft an, als wäre er ein Schüler, der in einen Teich sprang.

Der Geländewagen klatschte unter die Wasseroberfläche, sank vollständig ein.

Entnervt von den schrecklichen Geräuschen und Bewegungen wimmerte Rocky elendig, als reagiere er nicht nur auf die aktuellen Ereignisse, sondern auf den sich anhäufenden Schrecken seines gesamten beschwerlichen Lebens.

Der Explorer brach durch die Oberfläche, schlingerte wie ein Boot in rauher See. Da die Fenster geschlossen waren, konnte das kalte Wasser nicht hereinströmen, doch der Motor war ausgefallen.

Der Geländewagen wurde schlingernd und stampfend flußabwärts gezerrt, trieb aber höher in den Fluten, als Spencer es erwartet hatte. Die unruhige Oberfläche schwappte lediglich bis zehn, fünfzehn Zentimeter unter das Seitenfenster hinauf.

Er wurde von flüssigen Geräuschen bestürmt, einer symphonischen chinesischen Wasserfolter: das hohle Klopfen des Regens auf dem Dach, das Rauschen und Plätschern und Gurgeln der wühlenden Fluten am Explorer.

Über all diesen miteinander konkurrierenden Geräuschen erregte ein Tröpfeln Spencers Aufmerksamkeit, denn es war ganz nah, wurde nicht von Metallplatten oder Glas gedämpft. Das Rasseln einer Klapperschlange hätte nicht beunruhigender sein können. Irgendwo sickerte Wasser in den Wagen.

Der Bruch war nicht katastrophal – ein Tropfen, kein Strömen. Doch mit jedem Liter Wasser, den der Wagen aufnahm, würde er tiefer sinken, bis er schließlich ganz versank. Dann würde er über das Flußbett scharren, geschoben werden und nicht mehr treiben, und die Karosserie würde eingedrückt, die Fenster würden zerschmettert werden.

Beide Vordertüren waren dicht. Keine Lecks.

Während der Wagen schwankend flußabwärts driftete, drehte Spencer sich, vom Sicherheitsgurt umfangen, auf dem Sitz um und untersuchte die Ladefläche. Alle Fenster waren unversehrt. Die Heckklappe war dicht. Der Rücksitz war umgeklappt, so daß er den Boden darunter nicht sehen konnte, doch er bezweifelte, daß Wasser durch die hinteren Türen eindrang.

Als er sich wieder umdrehte, stand das Wasser um seine Füße drei Zentimeter hoch.

Rocky jaulte, und Spencer sagte: »Schon in Ordnung.«

Beunruhige den Hund nicht. Lüg ihn nicht an, aber beunruhige ihn auch nicht.

Die Heizung. Der Motor war ausgefallen, aber die Heizung funktionierte noch. Das Wasser drang durch die unteren Lüftungsöffnungen ein. Spencer schaltete die Heizung aus und schloß die Klappen. Das Tröpfeln verstummte.

Während der Geländewagen dahinstampfte, rissen die Scheinwerfer den dunklen Himmel auf und glitzerten auf den tödlichen Regenströmen. Dann schlingerte der Explorer, und die Lichtstrahlen schwangen wild nach rechts und links und schienen die Eingrenzungen des Wasserlaufs aufzuschneiden. Erdbrocken stürzten krachend in die schmutzige Flut und wirbelten eine Gischt trüben Schaums auf. Spencer schaltete die Scheinwerfer aus, und die grau in graue Welt, die er danach sah, war weniger chaotisch.

Die Scheibenwischer wurden vom Batteriestrom gespeist. Er schaltete sie aber nicht aus; er mußte so deutlich wie möglich sehen, was auf ihn zukam.

Es wäre weniger belastend gewesen, hätte er wie Rocky den Kopf gesenkt, die Augen geschlossen und darauf gewartet, daß das Schicksal so mit ihm verfuhr, wie es dies vorgesehen hatte. Er wäre in diesem Fall kaum schlimmer dran gewesen. Vor einer Woche hätte er es vielleicht noch getan. Nun schaute er besorgt nach vorn und hielt die Hände um das nutzlose Lenkrad geschlossen.

Es überraschte ihn, wie heftig sein Überlebensdrang war. Bis er ins Red Door gegangen war, hatte er nichts mehr vom Leben erwartet: nur den Wunsch, eine gewisse Würde zu bewahren und ohne Beschämung zu sterben.

Geschwärzte Steppenläufer, dornige Glieder entwurzelter Kakteen, Massen von Wüstengras, bei denen es sich um die blonden Haare ertrunkener Frauen hätte handeln können, und bleiches Treibholz trieben gemeinsam mit dem Explorer den alles niederwalzenden Fluß hinab, schlugen gegen ihn, scharrten an ihm. Mit einem gefühlsmäßigen Aufruhr, der dem Toben der Naturgewalten gleichkam, begriff Spencer, daß er durch die Jahre gereist war, als wäre er ebenfalls Treibholz; aber wenigstens *lebte* er noch.

Das ehemalige Trockental senkte sich abrupt um drei oder vier

Meter, und der Geländewagen schoß einen donnernden Wasserfall hinab und kippte nach vorn. Er tauchte in das tosende Wasser ein, in eine sintflutliche Dunkelheit. Spencer wurde in dem Sicherheitsgurt nach vorn gerissen und prallte dann wieder zurück. Sein Kopf schlug gegen die Kopfstütze. Der Explorer berührte den Boden nicht, sondern brach wieder durch die Oberfläche und trieb weiterhin flußabwärts.

Rocky hockte noch immer zusammengekauert und elend auf dem Beifahrersitz. Er hatte sich auf dem Polster festgekrallt.

Spencer streichelte und drückte sanft den Hals des Hundes.

Rocky hob den gesenkten Kopf nicht, drehte sich aber zu seinem Herrn um und verdrehte die Augen, um ihn ansehen zu können.

Die Interstate 15 lag einen halben Kilometer vor ihnen. Spencer war verblüfft, daß der Geländewagen in so kurzer Zeit so weit getragen worden war. Die Strömung war noch schneller, als es den Anschein gehabt hatte.

Der Highway überspannte den normalerweise ausgetrockneten Flußlauf auf massiven Betonsäulen. Durch die verschmierte Windschutzscheibe und den schweren Regen schien Spencer absurd viele Brückenträger auszumachen, als hätten die Architekten der Regierung das Gebilde hauptsächlich zu dem Zweck entworfen, dem in der Baubranche tätigen Neffen eines Senators einen Millionenauftrag zuzuschustern.

Der mittlere Durchgang zwischen den Brückenträgern war so breit, daß er von fünf Lastwagen gleichzeitig hätte passiert werden können. Doch die Hälfte der Wassermassen brodelte durch die schmaleren Öffnungen zwischen den dichtstehenden Säulen auf beiden Seiten neben dem Hauptkanal. Ein Zusammenprall mit den Brückenträgern würde tödlich enden.

Schlingernd und immer wieder in die Fluten tauchend, trieben sie durch einige Stromschnellen. Wasser spritzte gegen die Scheiben. Der Fluß wurde schneller. Beträchtlich schneller.

Rocky zitterte heftiger denn je und keuchte.

»Ruhig, Kumpel, ganz ruhig. Pinkel lieber nicht auf den Sitz. Hörst du?«

Auf der I-15 bewegten sich die Scheinwerfer der großen Sattelschlepper und Autos durch den vom Sturm verdunkelten Tag. Am Straßenrand warfen die Warnblinkanlagen von Fahrzeugen, deren

Führer angehalten hatten, um den Sturm abzuwarten, rote Lichter in den Regen.

Die Brücke schien immer größer zu werden. Das Wasser prallte unaufhörlich gegen die Betonsäulen und warf Gischt in die vom Regen gesättigte Luft hoch.

Der Geländewagen hatte eine beängstigende Geschwindigkeit gewonnen, *schoß* geradezu flußabwärts. Er schlingerte heftig, und Wellen der Übelkeit durchliefen Spencer.

»Pinkel lieber nicht auf den Sitz«, wiederholte er, doch diesmal sprach er nicht nur zu dem Hund.

Er griff unter seine gefütterte Denimjacke, unter das durchnäßte Hemd, und zog das jadegrüne Seifenstein-Medaillon hervor, das an einer Goldkette um seinen Hals hing. Auf der einen Seite war ein Drachenkopf eingeschnitzt, auf der anderen ein ebenso stilisierter Fasan.

Spencer erinnerte sich lebhaft an das elegante, fensterlose Büro unter dem China Dream. An Louis Lees Lächeln. Die Fliege und die Hosenträger. Die sanfte Stimme. *Manchmal schenke ich eins davon Leuten, die es zu brauchen scheinen.*

Ohne die Kette über den Kopf zu ziehen, hielt er das Medaillon in einer Hand. Er kam sich kindisch vor, aber er hielt es trotzdem fest.

Die Brücke war noch fünfzig Meter entfernt. Der Explorer würde den Säulen an der rechten Seite gefährlich nahe kommen.

Pfauen und Drachen. Wohlstand und langes Leben.

Er erinnerte sich an die Statue der Quan Yin am Eingang des Restaurants. Ruhig, aber wachsam. Sie bot Schutz gegen neidische Menschen.

Daran können Sie nach dem, was Sie durchgemacht haben, wirklich noch glauben?

Wir müssen an irgend etwas glauben, Mr. Grant.

Als der Geländewagen noch zehn Meter von der Brücke entfernt war, wurde er von einer wilden Strömung erfaßt und hinabgedrückt. Er kippte halb auf die rechte Seite, rollte dann aber wieder nach links hoch. Wasser schlug laut gegen die Türen.

Sie trieben aus dem Sturm in den verfinsternden Schatten des Highways über ihnen, passierten ganz knapp die erste Brückensäule in der Reihe rechts von ihnen. Passierten die zweite. Mit einer fürchterlichen Geschwindigkeit. Der Fluß war so hoch, daß die massive

Unterseite der Brücke sich nur dreißig Zentimeter über dem Geländewagen befand. Sie wurden näher an die Säulen gedrängt, schossen an der dritten vorbei, noch näher an der vierten.

Pfauen und Drachen. Pfauen und Drachen.

Die Strömung zerrte den Geländewagen von den Betonträgern fort und kippte ihn in eine Senke in der turbulenten Oberfläche, in der das schmutzige Wasser bis zu den Fensterscheiben stand. Der Fluß hänselte Spencer mit der Aussicht auf sichere Passage in dieser Mulde, stieß sie voran, als säßen sie auf einem Schlitten in einer Rodelbahn – und verhöhnte Spencers kurz aufflackernde Hoffnung dann, indem er den Explorer wieder hob und mit der Beifahrerseite gegen die nächste Säule warf. Der Aufprall war so laut wie eine Bombenexplosion. Metall kreischte, und Rocky heulte.

Der Zusammenstoß warf Spencer nach links, eine Bewegung, die der Sicherheitsgurt nicht zurückhalten konnte. Er prallte mit der Schläfe gegen das Fenster. Trotz des anderen Lärms hörte er, daß das Glas von einer Million Haarrisse durchzogen wurde, ein Geräusch, als würde man eine krosse Toastscheibe zusammendrücken, indem man die Hand um sie schloß und zur Faust ballte.

Fluchend berührte er mit der linken Hand die Schläfe. Kein Blut. Nur ein heftiges Pochen im Rhythmus mit seinem Herzschlag.

Das Fenster war ein Mosaik aus Tausenden winziger Glassplitter, die von dem Klebefilm in der Mitte der doppelwandigen Scheibe zusammengehalten wurden.

Wundersamerweise war das Fenster auf Rockys Seite unbeschädigt geblieben. Der Hund jaulte, als er den wilden Fluß betrachtete, die niedrige Betonbrücke und das Rechteck des freudlosen grauen Sturmlichts hinter der Brücke.

»Verdammt«, sagte Spencer, »pinkel auf den Sitz, wenn du willst.«

Der Geländewagen sank in eine weitere Mulde.

Sie hatten zwei Drittel des Tunnels hinter sich gelassen.

Ein zischendes, nadeldünnes Wasserbächlein *spritzte* durch einen winzigen Bruch im verzogenen Türrahmen. Rocky jaulte auf, als das Wasser ihn benetzte.

Als der Geländewagen aus der Mulde schoß, wurde er nicht gegen die Säulen geschleudert. Schlimmer noch, der Fluß hob sich, als glitte er über ein gewaltiges Hindernis auf dem Boden des Wasserlaufs hinweg, und rammte den Explorer gegen die Betonunterseite der Brücke.

Sich mit beiden Händen am Lenkrad abstützend, entschlossen, sich nicht gegen das Seitenfenster werfen zu lassen, hatte Spencer nicht damit gerechnet, nach oben zu prallen. Er ließ sich in den Sitz fallen, als das Wagendach eingedrückt wurde, war jedoch nicht schnell genug und stieß mit dem Hinterkopf gegen die Decke. Helle Blitze aus Schmerz zuckten hinter seinen Augen und sein Rückgrat entlang. Blut strömte sein Gesicht hinab. Kochendheiße Tränen. Er sah nur noch verschwommen.

Der Fluß trug den Wagen von der Unterseite der Brücke hinab, und Spencer versuchte, sich in seinem Sitz aufzurichten. Die Anstrengung machte ihn benommen, und schwer atmend sackte er wieder hinab.

Seine Tränen wurden schnell dunkler, als wären sie verunreinigt. Er konnte immer weniger erkennen. Kurz darauf waren die Tränen schwarz wie Tinte, und er war blind.

Die Aussicht auf Blindheit ließ ihn in Panik geraten, und die Panik öffnete eine Tür zum Verständnis: Er war nicht blind, Gott sei Dank, aber er *wurde* ohnmächtig.

Er klammerte sich verzweifelt ans Bewußtsein. Wenn er ohnmächtig wurde, würde er vielleicht nie wieder aufwachen. Er balancierte am Rand der Bewußtlosigkeit. Dann erschienen Hunderte von grauen Punkten in der Schwärze, dehnten sich zu komplizierten Mustern aus Licht und Schatten aus, bis er das Innere des Explorers wieder sehen konnte.

Er richtete sich in dem Sitz auf, soweit das eingedrückte Dach es erlaubte, und wäre erneut fast ohnmächtig geworden. Vorsichtig berührte er seine blutende Kopfhaut. Das Blut tropfte eher, als daß es strömte. Wohl kaum eine lebensgefährliche Verletzung.

Sie befanden sich wieder im Freien. Regen hämmerte auf den Geländewagen.

Die Batterie war noch nicht leer. Die Scheibenwischer bewegten sich noch.

Der Explorer wälzte sich gemächlich die Mitte des Flusses entlang, die breiter denn je war. Vielleicht vierzig Meter breit. Das Wasser schlug gegen die Umgrenzungen. Stieg es noch ein paar Zentimeter höher, trat es über die Ufer. Gott allein mochte wissen, wie tief der Wasserlauf war. Die Fluten bewegten sich nun langsamer als zuvor, aber noch immer verhältnismäßig schnell.

Rocky schaute besorgt auf die flüssige Straße vor ihnen und gab elende Geräusche von sich. Er wackelte nicht mehr mit dem Kopf, erfreute sich nicht mehr an ihrer Geschwindigkeit, wie er es auf den Straßen von Las Vegas getan hatte. Er schien der Natur nicht so sehr zu vertrauen wie seinem Herrn.

»Guter, alter Rocky«, sagte Spencer liebevoll, »braver Hund«, und stellte betroffen fest, daß er ganz undeutlich sprach.

Trotz Rockys Besorgnis sah Spencer keine ungewöhnlichen Gefahren unmittelbar vor ihnen, nichts wie die Brücke. Ein paar Kilometer weit schien das Wasser ungehindert zu fließen, bis es im Regen, Nebel und dem eisenfarbigen Licht der von dem Gewitter gefilterten Sonne verschwand.

Auf beiden Seiten dehnten sich Wüstenebenen aus, öde, aber nicht völlig karg. Mesquitsträucher sträubten sich. Zusammenballungen von drahtigem Gras. An die Oberfläche tretende Gesteinsausläufer. Es waren natürliche Formationen, doch sie wiesen die seltsame Geometrie antiker Druidenbauten auf.

In Spencers Schädel entfaltete sich ein neuer Schmerz. Unwiderstehliche Dunkelheit erblühte hinter seinen Augen. Vielleicht war er eine Minute oder eine Stunde lang ohnmächtig gewesen. Er hatte nicht geträumt, war lediglich in eine zeitlose Dunkelheit gestürzt.

Als er wieder zu sich kam, floß kühle Luft schwach über seine Stirn, und kalter Regen netzte sein Gesicht. Die vielen flüssigen Stimmen des Flusses murrten, zischten und kicherten lauter als zuvor.

Er saß eine Zeitlang da und fragte sich, wieso das Geräusch um so vieles lauter war. Seine Gedanken waren verwirrt. Schließlich wurde ihm klar, daß das Seitenfenster eingebrochen war, als er bewußtlos gewesen war. Zahlreiche winzige, klebrige Glassplitter lagen auf seinem Schoß.

Das Wasser stand knöchelhoch auf dem Boden. Seine Füße waren vor Kälte halb taub. Er legte sie auf die Pedale und bog die Zehen in den vollgesogenen Schuhen. Der Explorer hing tiefer, als es der Fall gewesen war, als er zum letztenmal hinausgeschaut hatte. Das Wasser stand nur noch zwei, drei Zentimeter unter dem Fensterrand. Obwohl der Strom schnell floß, war er nicht mehr so turbulent, vielleicht, weil er breiter geworden war. Wenn das Flußbett wieder schmaler würde oder das Terrain sich veränderte, würde das Wasser wieder ungestümer fließen, hineinschwappen und sie versenken.

Spencer war kaum klar genug um Kopf, um zu wissen, daß er hätte beunruhigt sein müssen. Trotzdem empfand er nur eine leichte Besorgnis.

Er mußte eine Möglichkeit finden, die gefährliche Lücke zu schließen, wo das Fenster gewesen war. Doch das Problem kam ihm unüberwindlich vor. Unter anderem hätte er sich bewegen müssen, um das Leck zu stopfen, und er wollte sich nicht bewegen.

Er wollte lediglich schlafen. Er war so müde. Erschöpft.

Sein Kopf rollte nach rechts gegen die Kopfstütze, und er sah den Hund auf dem Beifahrersitz. »Wie geht's dir, alter Knabe?« fragte er mit schwerer Zunge, als hätte er diverse Bier gekippt.

Rocky sah ihn an und schaute dann wieder zum Fluß vor ihnen.

»Hab keine Angst, Kumpel. Er gewinnt, wenn du Angst hast. Laß den Mistkerl nicht gewinnen. Wir dürfen ihn nicht gewinnen lassen. Müssen Valerie finden. Bevor er sie findet. Er ist da draußen. Er ist stets ... auf der Jagd ...«

Mit der Frau im Sinn und einem tiefen Unbehagen im Herzen fuhr Spencer Grant durch den glitzernden Tag, murmelte fieberhaft vor sich hin, auf der Suche nach etwas Unbekanntem, Unerkennbarem. Der wachsame Hund saß still neben ihm. Regen schlug auf das eingedrückte Dach des Geländewagens.

Vielleicht war er wieder ohnmächtig geworden, vielleicht hatte er nur die Augen geschlossen, doch als sein Fuß vom Bremspedal rutschte und ins Wasser spritzte, das bereits bis zu seinen Waden stand, hob Spencer den pochenden Kopf und sah, daß die Scheibenwischer nicht mehr arbeiteten. Die Batterie war leer.

Der Fluß raste wie ein Schnellzug dahin. Einige Turbulenzen waren zurückgekehrt. Schlammiges Wasser leckte an der Unterseite des zerbrochenen Fensters.

Ein paar Zentimeter hinter der Öffnung trieb eine tote Ratte auf der Wasseroberfläche am Geländewagen vorbei. Lang und schlank. Ein starres, glasiges Auge schien sich auf Spencer zu richten. Die Lippen von scharfen Zähnen zurückgezogen. Der lange, widerwärtige Schwanz war so starr wie Draht und seltsam zusammengerollt.

Der Anblick der Ratte beunruhigte Spencer stärker als der des Wassers, das gegen das Fenster plätscherte. Mit der atemlosen, im Herzen hämmernden Furcht, die er aus Alpträumen kannte, wußte er, daß er sterben würde, wenn die Ratte in den Wagen gespült wurde, denn es handelte sich bei ihr nicht nur um eine Ratte. Sie war der Tod. Sie war ein Schrei in der Nacht und das Heulen einer Eule, eine aufblitzende Klinge und der Geruch von heißem Blut, sie war die Katakomben, sie war der Geruch von Kalk und Schlimmerem, sie war die Tür, die aus der Unschuld der Kindheit führte, der Durchgang zur Hölle, der Raum am Ende des Nirgendwo: All das war in dem kalten Fleisch eines einzigen Nagetiers. Wenn sie ihn berührte, würde er schreien, bis seine Lungen platzten, und sein letzter Atemzug würde Dunkelheit sein.

Wenn er nur einen Gegenstand finden könnte, den er durch das Fenster schieben und mit dem er das Ding davonstoßen konnte, ohne es direkt berühren zu müssen. Doch er war zu schwach, um nach irgend etwas zu suchen, das er als Stock benutzen konnte. Seine Hände lagen, die Handflächen nach oben, in seinem Schoß, und bereits der Versuch, die Finger zu Fäusten zu ballen, erforderte mehr Kraft, als er aufbringen konnte.

Vielleicht war er, als er mit dem Kopf gegen die Decke geprallt war, schwerer verletzt worden, als er mitbekommen hatte. Er fragte sich, ob die Lähmung bereits durch seinen Körper kroch. Und falls ja, ob dies noch irgendeine Rolle spielte.

Blitze vernarbten den Himmel. Eine helle Reflektion verwandelte das dunkle Auge der Ratte in eine flammendweiße Kugel, die sich in der Höhle zu drehen schien, um Spencer noch direkter ansehen zu können.

Er hatte das Gefühl, daß seine Konzentration auf die Ratte sie anziehen würde, daß sein entsetzter Blick ein Magnet für ihr eisenschwarzes Auge war. Er wandte den Blick von ihr ab. Nach vorn. Auf den Fluß.

Obwohl er stark schwitzte, war ihm kälter als zuvor. Selbst seine Narbe war kalt, schien nicht mehr in Flammen zu stehen. Sie war der kälteste Teil von ihm. Seine Haut schien aus Eis zu bestehen, die Narbe jedoch aus gefrorenem Stahl.

Spencer blinzelte den Regen fort, der schräg durch das Fenster fiel, und sah zu, wie der Fluß an Geschwindigkeit gewann, dem einzig interessanten Merkmal in einer ansonsten langweiligen Landschaft aus sanft abfallenden Ebenen entgegenraste.

Von Norden nach Süden zog sich ein Felsgrat durch die Mojave-Wüste, der sich an einigen Stellen sechs oder neun, an anderen nur einen Meter hoch erhob. Teilweise verschwand er im Nebel. Obwohl es sich um eine natürliche geologische Formation handelte, wirkte er seltsam verwittert und wies zahlreiche vom Wind geschnittene Fenster auf. Er erinnerte Spencer an die zerstörten Überreste einer gewaltigen Festung, die in einem Krieg tausend Jahre vor dem Beginn der Geschichtsschreibung erbaut und vernichtet worden war. An einigen der höchsten Stellen der Ausdehnung schienen sich zerbröckelte und mit unregelmäßigen Zinnen versehene Brustwehren zu befinden. Stellenweise war der Wall von oben bis unten gebrochen, als wäre dort eine feindliche Armee in die Festung eingedrungen.

Um sich von der toten Ratte abzulenken, die dicht neben dem zerbrochenen Fenster auf seiner Seite trieb, konzentrierte Spencer sich auf die Phantasievorstellung einer uralten Burg, überlagerte damit das Schanzwerk aus Stein.

In seiner geistigen Verwirrung machte er sich anfangs nicht die geringsten Sorgen darüber, daß der Fluß ihn zu diesen Zinnen beförderte. Allmählich wurde ihm jedoch klar, daß es für den Geländewagen fast so verheerend werden konnte, sich diesem Felsgrat zu nähern, wie es bei der brutalen Flipperpartie unter der Brücke gewesen war. Wenn die Strömung den Explorer durch eine der Schleusen und weiter flußabwärts trug, waren die seltsamen Gesteinsformationen nur eine interessante Landschaft. Aber wenn der Geländewagen gegen einen dieser natürlichen Torpfosten prallte...

Der Felsgrat durchzog den Wasserlauf, war aber von den Fluten an drei Stellen durchbrochen worden. Die größte Lücke war fünfzehn Meter breit und lag rechts von ihm, eingerahmt vom südlichen Ufer und einem zwei Meter breiten, sechs Meter hohen Turm aus dunklem Gestein, der sich aus dem Wasser erhob. Die schmalste Passage, nicht einmal zweieinhalb Meter breit, lag in der Mitte, zwischen diesem ersten Turm und einer weiteren Felssäule, die drei Meter breit und vier Meter hoch war. Zwischen *diesem* Turm und dem linken Ufer, an dem die Zinnen sich wieder erhoben und ungebrochen nach Norden verliefen, lag der dritte Durchgang, der sechs bis zehn Meter breit sein mußte.

»Wir werden es schaffen.« Er versuchte, nach dem Hund zu greifen. Konnte es nicht.

Als sie noch etwa hundert Meter von der Formation entfernt waren, schien der Explorer schnell auf die südlichste und breiteste Öffnung zuzutreiben.

Spencer konnte den Blick nicht von der linken Seite abwenden. Von der fehlenden Fensterscheibe. Von der Ratte. Die neben dem Wagen trieb. Näher als zuvor. Der steife Schwanz war rosa und schwarz gefleckt.

Eine Erinnerung huschte durch seinen Verstand: *Ratten an einem engen Ort, haßerfüllte rote Augen in den Schatten, Ratten in den Katakomben, unten in den Katakomben, und vor ihm liegt der Raum am Ende des Nirgendwo.*

Mit einem Beben des Abscheus schaute er nach vorn. Die Windschutzscheibe war vom Regen verschmiert. Nichtsdestoweniger konnte er zu viel sehen. Nachdem sie sich bis auf fünfzig Meter der Stelle genähert hatten, an der der Fluß sich teilte, trieb der Geländewagen nicht mehr auf die breiteste Öffnung zu. Er hielt nach links, zum mittleren Tor, dem gefährlichsten der drei.

Der Flußlauf wurde schmaler. Das Wasser floß schneller.

»Festhalten, Kumpel. Festhalten.«

Spencer hoffte, scharf nach links getrieben zu werden, am mittleren Tor vorbei zur nördlichen Öffnung. Zwanzig Meter vor den schleusenähnlichen Öffnungen verlangsamte sich die seitliche Drift des Geländewagens. Er würde die nördliche Öffnung nicht erreichen, sondern durch die mittlere rasen.

Fünfzehn Meter. Zehn.

Sie brauchten Glück, um die mittlere Öffnung passieren zu können. Im Augenblick schossen sie auf den sechs Meter hohen Torpfosten aus festem Gestein auf der rechten Seite dieser Öffnung zu.

Vielleicht würden sie die Säule nur streifen oder um Haaresbreite an ihr vorbeitreiben.

Sie befanden sich jetzt so nah, daß Spencer den Fuß des steinernen Turms hinter der Motorhaube des Explorers nicht mehr ausmachen konnte. »Bitte, lieber Gott.«

Die Stoßstange schlug gegen den Fels, als wolle sie ihn spalten. Der Aufprall war so groß, daß Rocky wieder zu Boden rutschte. Der rechte vordere Kotflügel wurde abgerissen und flog davon. Die Motorhaube verbog sich, als bestünde sie aus Stanniol. Die Windschutzscheibe implodierte, doch statt Spencer mit Scherben zu übersähen, bröckelte das Verbundglas in klebrigen, stachligen Klumpen auf das Armaturenbrett.

Nach der Kollision verharrte der Explorer einen Augenblick lang reglos mit der Schnauze nach vorn im Wasser. Dann erfaßte die wütende Strömung die Seite des Geländewagens und schob das Heck nach links.

Spencer öffnete die Augen und beobachtete ungläubig, wie der Explorer sich in dem Fluß querstellte. Seitlich würde er nie zwischen den beiden Felsmassen neben der mittleren Schleuse hindurchpassen. Die Lücke war zu schmal; der Wagen würde sich verkeilen. Dann würde der tosende Fluß gegen die Beifahrerseite hämmern, bis er das Innere überflutet hatte, oder vielleicht ein Stück Treibholz durch die offene Scheibe gegen Spencers Kopf schleudern.

Erzitternd und knirschend scharrte die Vorderseite des Explorers am Fels entlang, tiefer in die Durchfahrt, und das Heck wurde weiterhin nach links geschoben. Der Fluß drückte heftig gegen die Beifahrerseite und wallte halbwegs zu den Fenstern hinauf. Während die Fahrerseite des Wagens quer gegen die schmale Schleuse geschoben wurde, entstand ein schwacher Wellengang, der sich über die Fensteröffnung hob. Das Heck des Wagens prallte gegen den zweiten Steinturm, und Wasser strömte hinein, auf Spencer, und trug den toten Schädling mit, der den Geländewagen auch weiterhin umkreist hatte.

Die Ratte schlüpfte glitschig über seine Handflächen und neben seinen Beinen auf den Sitz. Der steife Schwanz blieb auf seiner rechten Hand liegen.

Die Katakomben. Die feurigen Augen, die ihn aus den Schatten beobachteten. Der Raum, der Raum, der Raum am Ende des Nirgendwo.

Er wollte schreien, hörte jedoch nur ein ersticktes und gebrochenes Schluchzen wie das eines Kindes, dem man mehr Angst eingejagt hatte, als es ertragen konnte.

Womöglich halb von dem Schlag gegen den Kopf, zweifellos aber von der Furcht gelähmt, brachte er trotzdem ein krampfhaftes Zucken beider Hände zustande und warf die Ratte vom Sitz. Sie fiel platschend in einen kniehohen Teich aus schlammigem Wasser auf dem Boden des Wagens. Nun war sie außer Sicht. Aber nicht verschwunden. Sie war noch da unten, trieb zwischen seinen Beinen.

Denk nicht darüber nach.

Er war benommen, als wäre er stundenlang Karussell gefahren, und an den Rändern seines Sichtfelds sickerte die Dunkelheit einer Geisterbahn ein.

Er schluchzte nicht mehr. Er wiederholte mit heiserer, gequälter Stimme immer wieder ein und denselben Satz: »Es tut mir leid, es tut mir leid, es tut mir leid...«

In seinem sich stärkenden Delirium wußte er, daß er nicht den Hund oder Valerie Keene, die er nun nicht mehr retten konnte, um Verzeihung bat, sondern seine Mutter, weil er sie auch nicht gerettet hatte. Sie war jetzt seit über zweiundzwanzig Jahren tot. Als sie gestorben war, war er erst acht Jahre alt gewesen, zu klein, um sie retten zu können, zu klein, um jetzt eine so gewaltige Schuld zu empfinden, und dennoch quoll das »Es tut mir leid!« über seine Lippen.

Der Fluß schob den Explorer fleißig tiefer in die Schleuse, obwohl er sich mittlerweile völlig quergestellt hatte. Sowohl die vorderen als auch die hinteren Stoßdämpfer scharrten und rasselten an den Felswänden entlang. Der gequälte Ford kreischte, stöhnte und ächzte: Er war höchstens zwei, drei Zentimeter kürzer als die Breite der vom Wasser geglätteten Lücke, durch die er sich kämpfte. Die Strömung schob und zerrte an ihm, klemmte ihn abwechselnd fest und riß ihn wieder los, drückte ihn an beiden Enden zusammen, um ihn knirschend weitere zwanzig oder auch nur zwei Zentimeter vorwärts zu drücken.

Gleichzeitig schob der gewaltige Druck der blockierten Strömung den Geländewagen nach und nach um zwanzig, dreißig Zentimeter hoch. Das dunkle Wasser drängte gegen die Beifahrerseite, nicht mehr auf halber Höhe der Fenster dieser Flanke, sondern an ihrem unteren Ende.

Rocky blieb reglos in dem halb überfluteten Fußraum kauern.

Als Spencer seine Benommenheit mit reiner Willenskraft niedergekämpft hatte, sah er, daß der Felsgrat, der die Wasserrinne querte, nicht so dick war, wie er angenommen hatte. Vom Eingang bis zum Ausgang der schleusenähnlichen Öffnung durchmaß der steinerne Korridor nicht mehr als vier Meter.

Der drängende Fluß schob den Explorer drei Meter tief in den Durchgang, und dann verklemmte der Wagen sich mit einem lauten Kreischen von zerreißendem Metall und einem häßlichen Knirschen. Hätte er es nur noch einen Meter weiter geschafft, wäre der Explorer durchgekommen, hätte frei und ungehindert auf dem Fluß treiben können. So knapp...

Nun, da der Geländewagen festgeklemmt war und nicht mehr gegen den Griff des Felsens protestierte, war der Regen wieder das lauteste Geräusch des Tages. Obwohl er nicht dichter fiel, klang er donnernder als zuvor. Vielleicht kam er Spencer auch nur lauter vor, weil er ihn unglaublich satt hatte.

Rocky war wieder auf den Sitz geklettert, aus dem Wasser auf dem Boden, und hockte tropfnaß und unglücklich da.

»Es tut mir so leid«, sagte Spencer.

Während er die Verzweiflung und die hartnäckige Dunkelheit abwehrte, die sein Sichtfeld beschränkte, und nicht imstande war, dem Hund in die vertrauensvollen Augen zu sehen, drehte Spencer den Kopf zum Seitenfenster, zum Fluß, den er in letzter Zeit gefürchtet und gehaßt hatte, nun aber gern umarmt hätte.

Der Fluß war nicht mehr da.

Er glaubte zu halluzinieren.

Weit in der Ferne, von heftigem Regen verschleiert, bildete eine Gebirgskette den Horizont, deren höchsten Erhebungen sich in den Wolken verloren. Kein Fluß strömte von diesen fernen Gipfeln auf ihn zu. In der Tat schien sich überhaupt nichts zwischen dem Geländewagen und den Bergen zu befinden. Der Ausblick war wie ein Gemälde, auf dem der Künstler den Vordergrund der Leinwand völlig leer gelassen hatte.

Dann, fast verträumt, wurde Spencer klar, daß er nicht gesehen hatte, was es zu sehen gab. Seine Wahrnehmung war sowohl von seinen Erwartungen als auch von seinen verwirrten Sinnen gestört worden. Die Leinwand war überhaupt nicht leer. Spencer mußte nur den Blickwinkel verändern, den Kopf senken, um den dreihundert Meter tiefen Abgrund zu sehen, in den der Fluß stürzte.

Der kilometerlange Grat aus verwittertem Fels, von dem er angenommen hatte, er ziehe sich durch die ansonsten flache Wüste, war in Wirklichkeit die unregelmäßige Brüstung einer gefährlichen Klippe. Auf seiner Seite war die sandige Ebene im Lauf der Äonen abgetragen worden und lag nun beträchtlich tiefer als der Fels. Auf der anderen Seite befand sich keine weitere Ebene, sondern eine schiere Felsfläche, auf die der Fluß nun mit sintflutartigem Tosen stürzte.

Des weiteren hatte er fälschlicherweise angenommen, sich das lautere Tosen des Regens nur eingebildet zu haben. In Wirklichkeit wurde dieses Tosen von drei Wasserfällen erzeugt, die zusammen eine Breite von über dreißig Metern hatten und hundert Stockwerke tief auf den Talboden unter ihm stürzten.

Da der Explorer direkt darüber hing, konnte Spencer die schäumenden Stromschnellen nicht sehen. Es mangelte ihm an der Kraft, sich an der Tür hochzuziehen und hinauszuschauen. Während die Wassermassen heftig gegen die Beifahrerseite drückten, aber auch unter ihr herglitten, hing der Geländewagen in Wirklichkeit *in* dem schmalsten der drei Wasserfälle. Nur die Schraubstöcke der Felsen verhinderten, daß er über den Rand geschoben wurde. Er fragte sich, wie in Gottes Namen er lebendig aus dem Geländewagen und dem Fluß kommen sollte. Allein der Gedanke daran untergrub die geringe Kraft, die er noch hatte. Er mußte sich zuerst ausruhen und später nachdenken.

Obwohl Spencer vom Fahrersitz aus den senkrecht abfallenden Fluß nicht sehen konnte, hatte er einen ungehinderten Blick auf das breite Tal drunten und den gewundenen Lauf des Wassers, das dort wieder horizontal über das tieferliegende Land floß. Der tiefe Abhang und das gekippte Panorama an dessen Fuß löste einen neuen Schwindelanfall aus, und er wandte sich ab, um nicht ohnmächtig zu werden.

Zu spät. Die Bewegung eines Phantomkarussells suchte ihn heim, und der wirbelnde Blick auf Felsen und Regen wurde zu einer engen Spirale aus Dunkelheit, in die er stürzte, herum und herum und hinab und fort.

... und dort in der Nacht hinter der Scheune setzt mir noch immer der herabstoßende Engel zu, der nur eine Eule war. Als die Vision von meiner Mutter in Himmelsroben und mit Schwingen sich lediglich als eine Phantasievorstellung erweist, werde ich unerklärlicherweise von einem anderen Bild von ihr heimgesucht: blutig, verkrümmt, nackt, tot in einem Graben, hundertundzwanzig Kilometer von zu Hause entfernt, wie man sie vor sechs Jahren gefunden hat. Ich habe sie in Wirklichkeit nie so gesehen, nicht einmal auf einem Bild in der Zeitung, nur davon gehört; ein paar Kinder in der Schule haben mir die Szene beschrieben, boshaft wie Kinder sind. Doch nachdem die Eule ins Mondlicht verschwunden ist, kann ich die Vision eines Engels nicht zurückbehalten, so sehr ich mich auch bemühe, und das fürchterliche Bild von einer verstümmelten Leiche nicht loswerden, obwohl beide Vorstellungen nur Produkte meiner Phantasie sind und eigentlich meiner Kontrolle unterworfen sein sollten.

Mit nacktem Oberkörper und bloßen Füßen bewege ich mich weiter hinter die Scheune, die seit über fünfzehn Jahren eigentlich gar keine richtige Scheune mehr ist. Ich kenne sie gut; sie gehört zu meinem Leben, solange ich zurückdenken kann – doch heute nacht scheint sie sich von der Scheune zu unterscheiden, die ich kenne. Sie scheint sich auf irgendeine Art und Weise verändert zu haben, die ich nicht genau bestimmen kann, mir aber Unbehagen einflößt.

Es ist eine seltsame Nacht, seltsamer noch, als mir bereits klar ist. Und ich bin ein seltsamer Junge, voller Fragen, die ich mir nie zu stellen wagte. Ich suche in der Dunkelheit dieser Julinacht nach Antworten, obwohl diese Antworten sich doch in mir befinden, wenn ich nur dort nach ihnen suchen würde. Ich bin ein seltsamer Junge, der die Krümmung im Unterholz eines gescheiterten Lebens spürt, sich aber einredet, die gekrümmte Linie sei in Wirklichkeit genau richtig und gerade. Ich bin ein seltsamer Junge, der Geheimnisse vor sich selbst bewahrt – und sie so gut bewahrt wie die Welt das Geheimnis ihrer Bedeutung.

In der unheimlich stillen Nacht gehe ich hinter der Scheune vorsichtig auf den Chevy zu, den ich noch nie gesehen habe. Niemand befindet sich hinter dem Lenkrad oder auf dem Beifahrersitz. Ich lege die Hand auf die Motorhaube, und sie ist noch warm. Das Metall kühlt sich mit schwachem Ticken und Klingeln ab. Ich gehe an dem Regenbogengemälde auf der Seite des Kastenwagens vorbei zur geöffneten hinteren Tür.

Obwohl das Innere des Laderaums dunkel ist, fällt genug Mondlicht durch die Windschutzscheibe, um zu enthüllen, daß sich auch dort niemand aufhält. Ich kann des weiteren sehen, daß es sich lediglich um einen Zweisitzer ohne weitere Annehmlichkeiten handelt, obwohl ich aufgrund des Äußeren mit einem gut ausgestatteten Campingfahrzeug gerechnet hatte.

Ich spüre noch immer, daß der Kastenwagen etwas Bedrohliches an sich hat – einmal von der schlichten Tatsache abgesehen, daß er nicht hierher gehört. Auf der Suche nach einer Begründung für dieses Gefühl beuge ich mich durch die geöffnete Tür hinein und kneife die Augen zusammen. Als ich mir wünsche, ich hätte eine Taschenlampe mitgenommen, bemerke ich den Gestank nach Urin. Jemand hat auf die Ladefläche des Wagens gepinkelt. Unheimlich. Großer Gott. Vielleicht hat nur ein Hund diese Schweinerei angerichtet, was dann nicht mehr so unheimlich wäre, aber ekelhaft ist es trotzdem.

Ich halte die Luft an, rümpfe die Nase, trete von der Tür zurück und gehe in die Hocke, um mir das Nummernschild genauer anzusehen. Der Wagen ist in Colorado zugelassen, nicht in einem anderen Bundesstaat.

Ich stehe auf.

Ich lausche. Stille.

Die Scheune wartet.

Wie viele Scheunen, die in Gegenden errichtet wurden, in denen viel Schnee fällt, wurde sie praktisch fensterlos gebaut. Selbst nach dem grundlegenden Umbau des Inneren gibt es nur zwei Fenster in der Südseite des Erdgeschosses und vier Scheiben im Obergeschoß dieser Seite. Diese vier über mir sind groß und breit, damit sie von der Morgen- bis zur Abenddämmerung das aus dem Norden einfallende Licht durchlassen können.

Die Fenster sind dunkel. In der Scheune ist alles still.

In der Nordwand befindet sich ein einziger Eingang. Eine mannsgroße Tür.

Nachdem ich auf die andere Seite des Wagens gegangen bin und auch dort niemanden gefunden habe, verharre ich ein paar kostbare Sekunden lang unentschlossen.

Aus einer Entfernung von sechs Metern und unter einem Mond, der mit seinen Schatten genausoviel zu verbergen scheint, wie er mit seinem milchigen Licht enthüllt, sehe ich trotzdem, daß die Tür in der Nordwand weit offensteht.

Auf irgendeiner tiefen Ebene weiß ich vielleicht, was ich tun sollte, was ich tun muß. Aber der Teil von mir, der Geheimnisse so gut bewahrt, beharrt darauf, daß ich in mein Bett zurückkehre, den Schrei vergesse, der mich aus einem Traum von meiner Mutter geweckt hat, und den Rest der Nacht verschlafe. Am Morgen werde ich natürlich in dem Traum weiterleben müssen, den ich mir selbst geschaffen habe, ein Gefangener dieses Lebens der Selbsttäuschung, in dem die Wahrheit und Wirklichkeit in ein vergessenes Hinterstübchen meines Verstandes weggesteckt wurden. Vielleicht ist das Gewicht dieser Ausbuchtung zu schwer geworden, als daß das Gewebe sie noch tragen kann, und vielleicht haben die Nähte zu reißen begonnen. Auf irgendeiner tiefen Ebene habe ich mich vielleicht entschlossen, meinen Wachtraum zu beenden.

Oder ist die Wahl, die ich getroffen habe, vielleicht vorherbestimmt, hat weniger mit den Qualen meines Unterbewußtseins oder mit meinem Gewissen zu tun als mit der Schicksalsspur, auf der ich mich seit dem Tag meiner Geburt bewege? Vielleicht ist die Wahlmöglichkeit nur eine Illusion, und vielleicht sind die einzigen Wege, die wir in unserem Leben einschlagen können, diejenigen, die im Augenblick unserer Empfängnis auf einer Karte eingezeichnet werden. Ich bete zu Gott, daß das Schicksal nicht hart wie Eisen ist, sondern gebogen und neu geformt werden kann, daß es sich der Macht der Gnade, Ehrlichkeit, Freundlichkeit und Tugend beugt – denn andernfalls könnte ich nicht ertragen, zu welcher Person ich werden muß, oder welche Dinge ich tun, welches Ende ich finden werde.

In dieser schwülen Julinacht, schweißgebadet, aber fröstelnd, mit vierzehn Jahren im Mondlicht, denke ich an nichts davon: kein Nachsinnen über verborgene Geheimnisse oder das Schicksal. In dieser Nacht werde ich eher von Gefühlen statt vom Intellekt getrieben, von reiner Intuition statt von Vernunft, von Bedürfnissen statt von Neugier. Ich bin schließlich erst vierzehn Jahre alt. Erst vierzehn.

Die Scheune wartet.

Ich gehe zur Tür, die ein Stück offensteht.

Ich lausche in die Lücke zwischen Tür und Rahmen.

In der Scheune Stille.

Ich stoße die Tür nach innen auf. Die Scharniere sind gut geölt, meine Füße sind nackt, und ich trete mit einer Stille ein, die genauso vollkommen ist wie die Dunkelheit, die mich willkommen heißt...

Spencer öffnete die Augen im dunklen Inneren der Scheune des Traums, sah ins dunkle Innere des zwischen den Felsen klemmenden Explorers und begriff, daß die Nacht sich über die Wüste gesenkt hatte. Er war mindestens fünf oder sechs Stunden lang bewußtlos gewesen.

Sein Kopf war nach vorn gekippt, das Kinn ruhte auf der Brust. Er blickte auf seine kreideweißen und flehend geöffneten Handflächen hinab.

Die Ratte war auf dem Boden. Er konnte sie nicht sehen. Aber sie war da. Treibend in der Dunkelheit.

Denk nicht daran.

Der Regen hatte aufgehört. Kein Trommeln auf dem Dach mehr.

Er hatte Durst. War ausgedörrt. Angeschwollene Zunge. Rissige Lippen.

Der Geländewagen schaukelte leicht. Der Fluß versuchte, ihn über die Klippe zu stoßen. Der verdammte, unermüdliche Fluß. Nein. Das konnte nicht die Erklärung sein. Das Tosen des Wasserfalls war verklungen. Die Nacht war still. Kein Donner. Keine Blitze. Nirgendwo mehr die Geräusche von Wasser.

Ihm tat der ganze Körper weh. Kopf und Hals schmerzten am schlimmsten.

Er fand kaum die Kraft, von seinen Händen aufzublicken.

Rocky war verschwunden.

Die Beifahrertür hing offen.

Der Geländewagen schaukelte erneut. Klapperte und knarrte.

Die Frau tauchte am unteren Ende der offenen Tür auf. Zuerst der Kopf, dann die Schultern, als erhebe sie sich aus der Flut. Abgesehen davon, daß die Flut, der verhältnismäßigen Stille nach zu urteilen, verschwunden sein mußte.

Da seine Augen sich auf die Dunkelheit eingestellt hatten und kühles Mondlicht zwischen ausgefransten Wolken hinabfiel, erkannte Spencer sie.

»Hallo«, sagte er mit einer Stimme, die trocken wie Asche, aber nicht mehr undeutlich war.

»Selber hallo«, sagte sie.

»Kommen Sie rein.«

»Danke. Ich glaube, das werde ich auch.«

»Hier ist es schön«, sagte er.

»Gefällt es Ihnen da drin?«

»Besser als in dem anderen Traum.«

Sie zog sich in den Wagen hoch, und er schwankte stärker als zuvor, rieb an beiden Enden an den Felsen.

Die Bewegung störte ihn – nicht, weil er sich Sorgen machte, der Geländewagen könnte umkippen, sich losreißen und abstürzen, sondern weil sie wieder einen Schwindelanfall auslöste. Er befürchtete, er würde sich aus diesem Traum und zurück in den Alptraum vom Juli und von Colorado winden.

Sie setzte sich dorthin, wo Rocky gesessen hatte, verharrte einen Augenblick lang ganz ruhig und wartete, daß der Geländewagen aufhörte, sich zu bewegen. »Da haben Sie sich in eine verdammt schwierige Situation gebracht.«

»Kugelblitz«, sagte er.

»Wie bitte?«

»Kugelblitz.«

»Natürlich.«

»Hat den Wagen in den Wasserlauf gestoßen.«

»Warum auch nicht«, sagte sie.

Es fiel ihm schwer, zu denken und sich klar auszudrücken. Das Denken tat weh. Das Denken machte ihn benommen.

»Dachte, es wären Außerirdische gewesen«, erklärte er.

»Außerirdische?«

»Kleine Männchen. Große Augen. Spielberg.«

»Warum haben Sie gedacht, es wären Außerirdische?«

»Weil es so schön war«, sagte er, obwohl die Worte nicht übermittelten, was er meinte. Trotz des spärlichen Lichts erkannte er, daß sie ihn mit einem seltsamen Blick bedachte. Er bemühte sich, bessere Worte zu finden, doch die Anstrengung machte ihn benommen. »In Ihrer Umgebung müssen wunderbare Dinge geschehen«, sagte er. »Ständig ... in Ihrer Gegenwart...«

»Ah ja, ich bin der Mittelpunkt wahrer *Festspiele.*«

»Sie müssen Kenntnis von wunderbaren Dingen haben. Deshalb sind sie hinter Ihnen her. Weil Sie von einigen wunderbaren Dingen wissen.«

»Haben Sie Drogen genommen?«

»Ich könnte ein paar Aspirin gebrauchen. Auf jeden Fall ... sind sie nicht hinter Ihnen her, weil Sie ein schlechter Mensch sind.«

»Ach ja?«

»Nein. Denn das sind Sie nicht. Ein schlechter Mensch, meine ich.«

Sie beugte sich zu ihm und legte ihm eine Hand auf die Stirn. Selbst diese leichte Berührung ließ ihn vor Schmerz zusammenzucken.

»Woher wollen Sie wissen, daß ich kein schlechter Mensch bin?« fragte sie.

»Sie waren nett zu mir.«

»Vielleicht war das nur gespielt.«

Sie zog eine Stabtaschenlampe aus ihrer Jacke, zog sein linkes Lid zurück und richtete den Strahl auf sein Auge. Das Licht tat weh.

Alles tat weh. Die kühle Luft schmerzte auf seinem Gesicht. Der Schmerz verstärkte seinen Schwindel.

»Sie waren nett zu Theda.«

»Vielleicht war das auch gespielt«, sagte sie und richtete die kleine Taschenlampe nun auf sein rechtes Auge.

»Theda kann man nichts vormachen.«

»Warum nicht?«

»Sie ist klug.«

»Na ja, das stimmt.«

»Und sie macht *große* Schokoladenplätzchen.«

Nachdem sie seine Augen untersucht hatte, drückte sie seinen Kopf hinab, um sich die klaffende Wunde auf seinem Schädel anzusehen. »Häßlich. Das Blut ist geronnen, aber die Wunde muß gesäubert und genäht werden.«

»Autsch!«

»Wie lange haben Sie geblutet?«

»Träume tun nicht weh.«

»Glauben Sie, viel Blut verloren zu haben?«

»Das tut weh.«

»Weil Sie nicht träumen.«

Er leckte sich über die aufgesprungenen Lippen. Seine Zunge war trocken. »Habe Durst.«

»Ich werde Ihnen gleich was zu trinken holen«, sagte sie, legte zwei Finger unter sein Kinn und schob den Kopf wieder hoch.

All dieses Schieben und Drücken machte ihn gefährlich benommen, doch es gelang ihm zu sagen: »Kein Traum? Sind Sie sicher?«

»Ganz bestimmt.« Sie berührte seine rechte Handfläche. »Können Sie meine Hand drücken?«

»Ja.«

»Dann mal los.«

»In Ordnung.«

»Sofort, meine ich.«

»Oh.« Er schloß seine Hand um die ihre.

»Das war nicht schlecht«, sagte sie.

»Es ist schön.«

»Ein fester Griff. Wahrscheinlich keine Rückgratverletzung. Ich hatte das Schlimmste befürchtet.«

Sie hatte eine warme, starke Hand.

»Schön«, sagte er.

Er schloß die Augen. Eine innere Dunkelheit sprang ihn an. Er öffnete die Augen sofort wieder, bevor er in den Traum zurückstürzen konnte.

»Sie können meine Hand jetzt loslassen«, sagte sie.

»Kein Traum, was?«

»Kein Traum.«

Sie schaltete die Taschenlampe wieder ein und richtete sie nach unten, zwischen seinen Sitz und die Mittelkonsole.

»Das ist wirklich komisch«, sagte er.

Sie spähte an dem schmalen Lichtstrahl hinab.

»Kein Traum«, sagte er. »Dann muß es eine Halluzination sein.«

Sie drückte auf den Knopf, der den Sicherheitsgurt aus dem Schnappschloß zwischen dem Sitz und der Konsole freigab.

»Ist nicht schlimm«, sagte er.

»Was ist nicht schlimm?« fragte sie, schaltete die Taschenlampe aus und steckte sie wieder in die Jackentasche.

»Daß du auf den Sitz gepinkelt hast.«

Sie lachte.

»Ich höre dich gern lachen.«

Sie lachte noch immer, während sie ihn vorsichtig von dem Sicherheitsgurt befreite.

»Du hast noch nie gelacht«, sagte er.

»Na ja«, sagte sie, »in letzter Zeit nicht mehr.«

»Auch vorher nicht. Du hast auch noch nie gebellt.«

Sie lachte erneut.

»Ich werde dir einen neuen Ochsenziemer besorgen.«

»Sie sind sehr freundlich.«

»Das ist verdammt interessant«, sagte er.

»Das ist es allerdings.«

»Es ist so wirklich.«

»Mir kommt es unwirklich vor.«

Obwohl Spencer während der Prozedur größtenteils passiv blieb, war er so benommen, als er von dem Sicherheitsgurt befreit war, daß er die Frau und jeden einzelnen Schatten im Wagen wie überlagerte Bilder auf einer Fotografie dreifach sah.

Da er befürchtete, ohnmächtig zu werden, bevor er sich richtig erklären konnte, sprach er mit einem krächzenden Wortschwall. »Du bist ein echter Freund, Kumpel, bist du wirklich, du bist ein perfekter Freund.«

»Wir werden sehen, ob es sich so ergibt.«

»Du bist der einzige Freund, den ich habe.«

»Na schön, mein Freund, jetzt kommen wir zum schweren Teil. Verdammt, wie soll ich Sie aus diesem Schrotthaufen rausholen, wenn Sie nicht mithelfen können?«

»Ich kann mithelfen.«

»Wirklich?«

»Ich war bei der Army mal Ranger. Und dann Cop.«

»Ja, ich weiß.«

»Ich bin in Taekwondo ausgebildet.«

»Das käme uns wirklich sehr gelegen, wenn wir von einem Haufen Ninja angegriffen würden. Aber können Sie mir auch helfen, Sie dort rauszuholen?«

»Ein wenig.«

»Wir müssen es wohl oder übel versuchen.«

»Na schön.«

»Können Sie die Beine heben und sie zu mir drehen?«

»Ich will die Ratte nicht stören.«

»Da unten liegt eine Ratte?«

»Sie ist schon tot, aber ... Sie wissen ja.«

»Natürlich.«

»Mir ist ganz schwindlig.«

»Dann warten wir einen Augenblick. Ruhen Sie sich erst aus.«

»Ganz, ganz schwindlig.«

»Immer mit der Ruhe.«

»Leben Sie wohl«, sagte er und ergab sich einem schwarzen Wirbel, der ihn erfaßte und davontrug. Dabei dachte er aus irgendeinem Grund an Dorothy und Toto und das zauberhafte Land Oz.

Die Hintertür der Scheune öffnet sich auf einen kurzen Gang. Ich trete hinein. Kein Licht. Keine Fenster. Das grüne Leuchten des Sichtfensters der Alarmanlage – READY TO ARM – an der rechten Wand spendet mir nur wenig Licht. Immerhin kann ich sehen, daß ich in dem Korridor allein bin. Ich ziehe die Tür hinter mir nicht ganz zu, sondern lasse sie ein Stück offenstehen, wie ich sie gefunden habe.

Der Boden unter meinen Füßen scheint schwarz zu sein, besteht aber aus blankem Kiefernholz. Links von mir ein Badezimmer und ein Raum, in dem Malereibedarf gelagert ist. Diese Türen sind kaum auszumachen in dem schwachen grünen Licht, das wie die unheimliche Beleuchtung in einem Traum aussieht, weniger wie echtes Licht denn wie eine verweilende Erinnerung an Neon. Rechts ein Zimmer mit Aktenschränken. Vor mir, am Ende des Ganges, die Tür zur großen Galerie im Untergeschoß, von der aus eine Treppe zum Studio meines Vaters hinaufführt. Dieser Raum beansprucht das gesamte Obergeschoß und ist mit den großen Fenstern in der Nordwand versehen, unter denen draußen der Kastenwagen steht.

Ich lauschte in die Dunkelheit im Gang.

Sie spricht weder, noch atmet sie.

Der Lichtschalter ist rechts von mir, doch ich rühre ihn nicht an.

In dem grünschwarzen Halbdunkel öffne ich die Badezimmertür. Trete ins Bad. Warte auf ein Geräusch, auf eine Bewegung, einen Schlag. Nichts.

Der Lagerraum ist ebenfalls verlassen.

Ich gehe zur rechten Wand des Korridors und öffne leise die Tür zu dem Aktenraum. Ich trete über die Schwelle.

Die Neonröhren unter der Decke sind dunkel, aber da ist ein anderes Licht, wo eigentlich kein Licht sein sollte. Gelb und ätzend. Matt und seltsam. Von einer geheimnisvollen Quelle am anderen Ende des Raums.

Ein langer Arbeitstisch nimmt die Mitte dieses rechteckigen Zimmers ein. Zwei Stühle. An einer der langen Wände stehen Aktenschränke.

Mein Herz schlägt so heftig, daß meine Arme zittern. Ich balle die Hände zu Fäusten, drücke sie gegen meine Oberschenkel und versuche, mich zu beherrschen.

Ich entschließe mich, ins Haus zurückzukehren, ins Bett, zum Schlaf.

Dann bin ich am anderen Ende des Aktenraums, obwohl ich mich nicht erinnere, auch nur einen einzigen Schritt in diese Richtung getan zu haben. Ich scheine diese sechs Meter wie im Schlaf zurückgelegt zu haben, in dem mich etwas, jemand, gerufen hat. Als hätte ich auf einen starken hypnotischen Befehl reagiert. Auf eine wortlose, stumme Aufforderung.

Ich stehe vor einem Holzschrank, der sich vom Boden bis zur Decke und von einer Ecke des fünf Meter breiten Raums bis zur

anderen erstreckt. Der Schrank weist drei hohe, schmale Doppel-
türen auf.
Die mittlere steht offen.
Hinter dieser Tür sollten sich eigentlich nur Regale befinden.
Auf den Regalen sollten sich Ordner mit alten Steuerunterlagen,
Korrespondenz und anderen Akten befinden, die nicht mehr in
den Metallschränken an der anderen Wand aufbewahrt werden.
In dieser Nacht wurden die Regale mitsamt ihrem Inhalt und
der Rückseite des Kiefernschranks einen oder anderthalb Meter in
ein Geheimzimmer hinter dem Aktenraum zurückgeschoben, in
eine geheime Kammer, die ich noch nie gesehen habe. Das ätzende
gelbe Licht kommt aus einem Raum hinter dem Schrank.

Vor mir befindet sich der Extrakt aller knabenhaften Phanta-
sien: der geheime Durchgang in eine Welt der Gefahren und
Abenteuer, zu fernen und noch ferneren Sternen, zum Mittelpunkt
der Erde, zum Land der Trolle oder Piraten oder intelligenten Af-
fen oder Roboter, zur fernen Zukunft oder dem Zeitalter der Dino-
saurier. Hier wartet eine Treppe zu geheimnisvollen Reichen auf
mich, ein Tunnel, durch den ich zu heldenhafter Fahrt aufbrechen
kann, oder eine Zwischenstation auf einer seltsamen Straße in
unbekannte Dimensionen.

Ich erschauere kurz, als ich daran denke, welche exotischen
Reisen und magischen Entdeckungen mich wohl erwarten werden.
Doch der Instinkt sagt mir schnell, daß auf der anderen Seite die-
ses geheimen Durchgangs etwas Seltsameres und Tödlicheres liegt
als ein außerirdischer Planet oder ein Kerker der Morlocks. Ich
will zum Haus zurückkehren, zu meinem Schlafzimmer, in den
Schutz der Laken, sofort, so schnell ich laufen kann. Die perverse
Verlockung des Schreckens und des Unbekannten fällt von mir ab,
und ich bin plötzlich versessen darauf, diesen Wachtraum zu ver-
lassen und in die weniger bedrohlichen Länder zurückzukehren,
die man auf der dunklen Seite des Schlafs findet.

Obwohl ich mich nicht erinnern kann, die Schwelle überschrit-
ten zu haben, finde ich mich in dem großen Schrank, statt durch
die Nacht, das Mondlicht und die Eulenschatten zum Haus zu
eilen. Ich blinzle, und dann stelle ich fest, daß ich noch weiter ge-
gangen bin, nicht einen Schritt zurück, sondern vorwärts in den
geheimen Raum.

Es ist eine Art Verbindungsgang von zwei mal zwei Metern.

Betonboden. Mauern aus Betonblöcken. Eine gelbe Glühbirne in einer Fassung an der Decke.

Eine flüchtige Untersuchung enthüllt, daß die Rückwand des Kiefernschranks mit den an ihr befestigten und beladenen Regalbrettern mit kleinen, verborgenen Rollen versehen ist. Es handelt sich bei ihr praktisch um eine Schiebetür.

Rechts führt eine Tür aus dem Verbindungsgang. Eine in vielerlei Hinsicht ganz normale Tür. Dem Anschein nach schwer. Massives Holz. Messingbeschläge. Sie ist weiß lackiert, und an einigen Stellen hat der Zahn der Zeit das Weiß vergilbt. Doch obwohl sie eher weiß und gelb als sonst etwas ist, ist sie in dieser Nacht weder eine weiße noch eine gelbe Tür. Eine Reihe blutiger Handabdrücke verläuft in einem Bogen von der Messingklinke bis zum oberen Teil der Tür, und ihre hellen Muster machen die Farbe des Untergrunds unwichtig. Acht, zehn, zwölf oder mehr Abdrücke vom Handpaar einer Frau. Gespreizte Finger. Jeder Handabdruck bedeckt teilweise den vorhergehenden. Einige verschmiert, andere so klar und deutlich wie Fingerabdrücke in einer Polizeikartei. Alle glänzend, naß. Alle frisch. Diese scharlachroten Abdrücke rufen mir die gespreizten Schwingen eines abhebenden Vogels in Erinnerung zurück, der in flatternder Furcht in den Himmel fliegt. Als ich sie anstarre, bin ich wie hypnotisiert, kann ich nicht einatmen. Doch mein Herzschlag rast, denn die Handabdrücke übermitteln einen unerträglichen Eindruck von dem Entsetzen, der Verzweiflung und dem hektischen Widerstand der Frau gegen die Aussicht, hinter die graue Betonkammer dieser geheimen Welt gezwungen zu werden.

Ich kann nicht weitergehen. Kann es einfach nicht. Werde auch nicht weitergehen. Ich bin nur ein Junge, barfuß, unbewaffnet, verängstigt, nicht bereit für die Wahrheit.

Ich erinnere mich nicht, die rechte Hand bewegt zu haben, doch nun liegt sie auf der Messingklinke. Ich öffne die rote Tür.

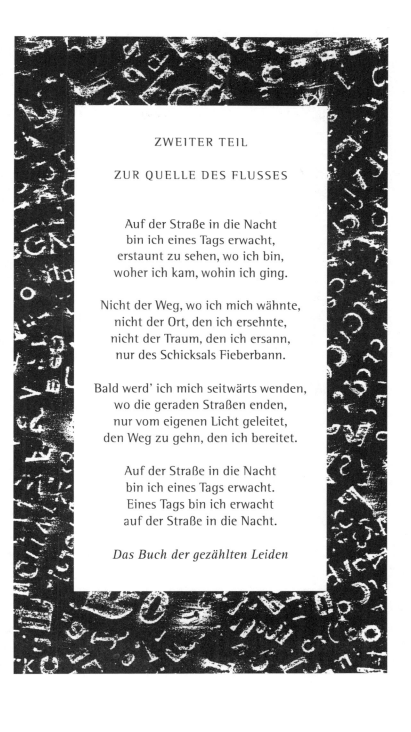

ZWEITER TEIL

ZUR QUELLE DES FLUSSES

Auf der Straße in die Nacht
bin ich eines Tags erwacht,
erstaunt zu sehen, wo ich bin,
woher ich kam, wohin ich ging.

Nicht der Weg, wo ich mich wähnte,
nicht der Ort, den ich ersehnte,
nicht der Traum, den ich ersann,
nur des Schicksals Fieberbann.

Bald werd' ich mich seitwärts wenden,
wo die geraden Straßen enden,
nur vom eigenen Licht geleitet,
den Weg zu gehn, den ich bereitet.

Auf der Straße in die Nacht
bin ich eines Tags erwacht.
Eines Tags bin ich erwacht
auf der Straße in die Nacht.

Das Buch der gezählten Leiden

Nachdem Roy Miro mit Dr. Mondello über Spencer Grants Narbe gesprochen hatte, verließ er Los Angeles am Freitagnachmittag in einem Learjet der Agency mit einem Glas genau richtig gekühlten Chardonnays der Kellerei Robert Mondavi in einer Hand und einer Schüssel mit geschälten Pistazien auf dem Schoß. Er war der einzige Passagier und rechnete damit, in einer Stunde in Las Vegas zu sein.

Ein paar Minuten, bevor er sein Ziel erreichte, wurde das Flugzeug nach Flagstaff in Arizona umgeleitet. Plötzliche Überschwemmungen, hervorgerufen von dem schlimmsten Sturm, der Nevada seit einem Jahrzehnt heimgesucht hatte, hatten die tieferen Teile von Las Vegas unter Wasser gesetzt. Des weiteren hatte das Gewitter hochwichtige elektronische Systeme des Flughafens, McCarran International, beschädigt, woraufhin der Flugverkehr eingestellt werden mußte.

Als das Privatflugzeug in Flagstaff aufgesetzt hatte, hieß es, McCarran würde in höchstens zwei Stunden den Betrieb wieder aufnehmen. Roy blieb an Bord, um keine wertvollen Minuten damit zu verschwenden, vom Terminal zur Maschine zurückzukehren, sobald der Pilot erfuhr, daß eine Landung in McCarran wieder möglich war.

Er vertrieb sich die Zeit anfangs damit, sich mit Mama in Virginia in Verbindung zu setzen und mit Hilfe ihrer umfassenden Datenbank-Verbindungen Captain Harris Descoteaux eine Lektion zu erteilen, dem Polizeibeamten aus Los Angeles, der ihn am Morgen so erzürnt hatte. Descoteaux brachte höheren Autoritäten zu wenig Respekt entgegen. Doch bald würde seine Stimme nicht nur den Karibik-Singsang, sondern auch einen neuen Ton der Erniedrigung aufweisen.

Später sah Roy sich auf einem der drei Fernsehgeräte, die den Passagieren des Learjets zur Verfügung standen, einen PBS-Dokumentarfilm an. Die Sendung beschäftigte sich mit einem gewissen Dr. Jack Kevorkian – dem die Medien den Spitznamen Dr. Tod verliehen hatten –, welcher es sich zur Lebensaufgabe gemacht hatte, todkranken Menschen zu helfen, die dem Wunsch Ausdruck verliehen, Selbstmord zu begehen, und der deshalb von den Gesetzesbehörden verfolgt wurde.

Roy war von dem Dokumentarfilm fasziniert. Mehr als einmal war er zu Tränen gerührt. In der Mitte der Sendung mußte er sich jedesmal, wenn Jack Kevorkian in einer Großaufnahme gezeigt wurde, in seinem Sitz vorbeugen und eine Hand flach auf die Mattscheibe legen. Während er auf diese Weise das Abbild des Gesichts des Arztes segnete, *fühlte* Roy die Reinheit des Mannes, eine heilige Aura, einen Schauder der spirituellen Macht.

In einer fairen Welt, in einer Gesellschaft, die auf wahrer Gerechtigkeit beruhte, hätte man Kevorkian in Ruhe seine Arbeit tun lassen. Niedergeschlagen hörte Roy, wie sehr der Mann unter den Attacken regressiver Kräfte litt.

Er fand jedoch Trost in dem Wissen, daß sich der Tag schnell näherte, an dem ein Mann wie Kevorkian nicht mehr wie ein Paria behandelt werden würde. Eine dankbare Nation würde ihn umarmen und ihm ein Büro, die nötigen Geräte und ein Gehalt bieten, das seinem Beitrag für eine bessere Welt angemessen war.

Die Welt war so voller Leid und Ungerechtigkeit, daß *jeder*, der bei einem Selbstmord Beistand verlangte, ob er nun todkrank war oder nicht, diese Unterstützung bekommen sollte. Roy vertrat leidenschaftlich die Meinung, daß man sogar den chronisch, wenn auch nicht unheilbar Kranken, darunter auch viele ältere Menschen, die ewige Ruhe gewähren sollte, wenn sie nach ihr verlangten.

Aber auch diejenigen, die nicht einsahen, wie klug solch eine Selbstauslöschung war, sollte man nicht im Stich lassen. Man sollte ihnen kostenlose Beratung zukommen lassen, bis sie die unermeßliche Schönheit des Geschenks erkannten, das man ihnen anbot.

Hand auf der Mattscheibe. Kevorkian in Großaufnahme. *Fühle* die Macht.

Der Tag würde kommen, an dem die Behinderten keine Pein oder Demütigungen mehr ertragen mußten. Keine Rollstühle oder Krücken. Keine Blindenhunde. Keine Hörgeräte, künstliche Gliedmaßen oder fürchterliche Sitzungen bei Sprachtherapeuten. Nur der Friede des endlosen Schlafs.

Dr. Jack Kevorkians Gesicht füllte den Bildschirm aus. Lächelnd. Oh, dieses Lächeln.

292

Roy legte *beide* Hände auf das warme Glas. Er öffnete sein Herz und ließ zu, daß dieses fabelhafte Lächeln in ihn floß. Er ließ seiner Seele freien Lauf und gestattete, daß Kevorkians spirituelle Macht ihn erhob.

Irgendwann würde die Wissenschaft der Genetik gewährleisten, daß nur noch gesunde Kinder geboren wurden, und irgendwann würden sie alle nicht nur stark und normal, sondern auch wunderschön sein. Sie würden *perfekt* sein. Doch bis dieser Tag kam, hielt Roy ein Programm für erforderlich, das Kleinkindern, die mit weniger als dem vollen Gebrauch ihrer fünf Sinne und aller vier Gliedmaßen geboren wurden, beim Freitod Beistand gewährte. In dieser Hinsicht war er sogar Kevorkian voraus.

Er würde sogar noch weiter gehen. Wenn seine schwere Arbeit für die Agency getan war, wenn das Land die mitfühlende Regierung hatte, die es verdiente, und auf der Schwelle zum Utopia stand, würde er gern den Rest seiner Tage damit verbringen, an einem Programm mitzuwirken, das Kleinkindern Beistand beim Selbstmord bot. Er konnte sich keine dankbarere Aufgabe vorstellen, als ein schadhaftes Baby in den Armen zu halten, während die tödliche Injektion verabreicht wurde, das Kind zu trösten, während es vom unvollkommenen Fleisch und Blut auf eine transzendente geistige Ebene hinüberwechselte.

Ihm wurde warm ums Herz vor Liebe für diejenigen, die weniger Glück als er hatten. Die Lahmen und Blinden. Die Verstümmelten und Kranken und Alten und Depressiven und Lernbehinderten.

Nachdem sie in Flagstaff zwei Stunden lang auf dem Boden gestanden hatten, der Flughafen McCarran den Betrieb wiederaufgenommen hatte und der Learjet zu einem zweiten Versuch in Las Vegas gestartet war, endete der Dokumentarfilm. Kevorkians Lächeln war nicht mehr zu sehen. Dennoch blieb Roy in einem Zustand des Entzückens zurück, von dem er sicher war, daß er noch mindestens einige Tage lang anhalten würde.

Nun war die Macht in ihm. Er würde keine weiteren Fehl- oder Rückschläge mehr erleiden müssen.

Während des Flugs erhielt er einen Anruf von dem Agenten, der Ethel und George Porth suchte, die Großeltern, die Spencer Grant nach dem Tod seiner Mutter großgezogen hatten. Dem Grundbuchamt des Bezirks zufolge hatte den Porths einst ein Haus mit der Adresse gehört, die in Grants Militärakte angegeben war, doch vor zehn Jahren hatten sie es verkauft. Die Käufer hatten es weitere sieben Jahre später ebenfalls verkauft, und die neuen Besitzer, die seit gerade einmal drei Jahren dort wohnten, hatten nie von den Porths gehört und keine Ahnung, wo sie jetzt wohnen mochten. Der Agent setzte die Suche fort.

Roy war fest davon überzeugt, daß sie die Porths finden würden. Der Wind hatte sich zu ihren Gunsten gedreht. *Fühle* die Macht.

Als der Learjet in Las Vegas landete, hatte die Nacht sich über die Stadt gesenkt. Der Himmel war zwar noch bewölkt, doch es regnete nicht mehr.

Am Ankunftsterminal wurde Roy von einem Fahrer abgeholt, der wie ein Kadettenschleifer in einem Straßenanzug aussah. Er sagte nur, sein Name sei Prock, und der Wagen stehe vor der Tür. Verdrossen marschierte er davon, in der Erwartung, daß Roy ihm folgte. Er war eindeutig nicht an oberflächlicher Konversation interessiert und so unhöflich wie der arroganteste Oberkellner in New York City.

Roy entschloß sich, erheitert statt beleidigt zu reagieren.

Der nicht als Dienstfahrzeug gekennzeichnete Chevrolet stand im Halteverbot. Obwohl Prock größer als der Wagen zu sein schien, den er fuhr, gelang es ihm irgendwie, sich hineinzuzwängen.

Die Luft war kühl, aber Roy kam sie belebend vor.

Da Prock die Heizung auf die höchste Stufe gestellt hatte, war das Innere des Wagens stickig, doch Roy zog es vor, es für behaglich zu halten.

Er war in hervorragender Stimmung.

Sie fuhren mit ungesetzlicher Eile in die Innenstadt.

Obwohl Prock auf Nebenstraßen blieb und sich von den großen Hotels und Kasinos fernhielt, wurde das grelle Leuchten dieser neonumsäumten Prachtstraßen von den Bäuchen der tiefhängenden Wolken reflektiert. Der rot-orange-grün-gelbe Himmel wäre einem Spieler, der gerade das Haushaltsgeld für die nächste Woche verloren hatte, vielleicht wie eine Vision der Hölle vorgekommen, doch Roy kam er festlich vor.

Nachdem Prock seinen Fahrgast vor der Filiale der Agency in der Innenstadt abgesetzt hatte, fuhr er weiter und lieferte das Gepäck in dem Hotel ab, in dem man für Roy ein Zimmer reserviert hatte.

Im vierten Stock des Hochhauses wartete Bobby Dubois auf ihn.

Dubois, der an diesem Abend diensthabende Beamte, war ein großer, schlaksiger Texaner mit schlammbraunen Augen und Haar von der Farbe von Wüstenstaub. Die Kleidung schlotterte an ihm wie die ausgemusterten Klamotten eines Secondhandladens an einer altmodischen Vogelscheuche aus Stöcken und Stroh. Obwohl er grobknochig und ungeschlacht war und eine gefleckte Haut, Hände wie Bratpfannen und Zähne hatte, die so schief waren wie die Grabsteine in einem Kuhdorf im Wilden Westen, und kein einziges Merkmal aufweisen konnte, das selbst dem gnädigsten Kritiker perfekt vorgekommen wäre, hatte Dubois den Charme des guten alten Jungen vor nebenan und ein ungezwungenes Benehmen, das die Aufmerksamkeit von der Tatsache ablenkte, daß er eine biologische Tragödie war.

Manchmal überraschte es Roy, daß er sich lange in Dubois' Gegenwart aufhalten und trotzdem dem Drang widerstehen konnte, ihn aus Barmherzigkeit zu töten.

»Dieser Bursche ... das ist ein findiger Mistkerl. Wie der aus der Straßensperre und in diesen Vergnügungspark gefahren ist!« sagte Dubois, als er Roy den Korridor von seinem Büro zum Satelliten-Überwachungsraum entlangführte. »Und sein Hund hat einfach nur mit dem Kopf gewackelt, auf und ab, wie diese Spielzeuge mit der Feder im Hals, die die Leute auf die Ablagebretter hinten in ihrem Wagen stellen. Hat der Hund 'ne Schüttellähmung oder was?«

»Keine Ahnung«, sagte Roy.

»Mein Grandpa, der hatte mal 'nen Hund mit 'ner Schüttellähmung. Er hieß Scooter, aber wir nannten ihn Boomer, weil er immer furchtbar laute Fürze abgedrückt hat. Ich spreche von dem Hund, nicht von meinem Opa, das haben Sie doch mitbekommen?«

»Natürlich«, sagte Roy, als sie die Tür am Ende des Ganges erreichten.

»In seinem letzten Jahr hat Boomer 'ne Schüttellähmung gekriegt«, sagte Dubois und zögerte, während seine Hand schon auf der Klinke lag. »Natürlich war er damals schon sehr alt, es war also keine große Überraschung für uns. Sie hätten sehen müssen, wie der arme Hund gezittert hat. Das können Sie sich nicht vorstellen. Glauben Sie mir, Roy, wenn der alte Boomer mit seiner Schüttellähmung ein Hinterbein hob und sein Wasser abschlug – dann sind wir in Deckung gesprungen oder haben uns gewünscht, in 'nem andern Bezirk zu sein.«

»Vielleicht hätte jemand ihn einschläfern lassen sollen«, sagte Roy, als Dubois die Tür öffnete.

Der Texaner folgte Roy in das Satelliten-Überwachungszentrum. »Nee, Boomer war 'n guter alter Hund. Wenn's andersrum gekommen wär', hätt' der alte Köter auch nich' 'n Gewehr genommen und Opa eingeschläfert.«

Roy war *wirklich* in ausgezeichneter Stimmung. Er hätte Bobby Dubois stundenlang zuhören können.

Das Satelliten-Überwachungszentrum war zwölf mal achtzehn Meter groß. Nur zwei der zwölf Computerterminals in der Mitte des Raums waren besetzt, beide von Frauen, die Kopfhörer trugen und in Mikrofone vor ihren Mündern murmelten, während sie die Daten studierten, die über ihre Monitore strömten. Ein dritter Techniker arbeitete an einem von unten beleuchteten Tisch und untersuchte mit einem Vergrößerungsglas mehrere riesige Foto-Negative.

Die eine der beiden längeren Wände wurde hauptsächlich von einem gewaltigen Bildschirm beansprucht, auf den eine Weltkarte projiziert war. Wolkenformationen überlagerten teilweise die Kontinente und Meere, und grüne Beschriftungen gaben Auskunft über die Wetterlage auf dem gesamten Planeten.

Rote, blaue, weiße, gelbe und grüne Lämpchen blinkten unablässig und enthüllten die derzeitigen Positionen Dutzender von Satelliten. Bei vielen handelte es sich um elektronische Kommunikationsanlagen, die als Kurzwellenrelais für Telefon-, Fernseh- und Radiosignale fungierten. Andere wurden bei der topographischen Vermessung, der Ölausbeutung, Meteorologie, Astronomie, internationalen Spionage oder inländischen Überwachung und einer Vielzahl weiterer Aufgaben eingesetzt.

Bei den Besitzern dieser Satelliten handelte es sich von Privatfirmen über Regierungsbehörden bis hin zum Militär. Einige waren im Besitz anderer Nationen oder von Konzernen, die außerhalb der Grenzen der USA ansässig waren. Doch ganz egal, wem sie gehörten oder woher sie stammten, die Agency hatte Zugriff auf jeden auf dieser Weltkarte dargestellten Satellit und konnte ihn für ihre Zwecke einsetzen, und die rechtmäßigen Benutzer bekamen normalerweise nicht einmal mit, daß jemand in ihre Systeme eingedrungen war.

Bobby Dubois blieb an einer U-förmigen Kontrollkonsole vor dem großen Bildschirm stehen. »Das Arschloch fuhr direkt aus dem

Spaceport Vegas in die Wüste«, sagte er, »und unsere Leute hatten nicht die richtige Ausrüstung dabei, um ihm nachzusetzen und Lawrence von Arabien zu spielen.«

»Haben Sie ihn mit einem Hubschrauber verfolgen lassen?«

»Das Wetter war zu schlecht. Es hat richtig geschüttet; der Regen kam runter, als wär' jeder Engel im Himmel gleichzeitig pissen gegangen.«

Dubois drückte auf einen Knopf auf der Konsole, und die Weltkarte auf dem Bildschirm verblich. Statt dessen erschienen echte Satellitenaufnahmen von Oregon, Idaho, Kalifornien und Nevada. Aus der Erdumlaufbahn konnte man die Grenzen dieser vier Bundesstaaten kaum feststellen; deshalb waren sie mit orangenen Linien eingezeichnet.

Das westliche und südliche Oregon, das südliche Idaho, das nördliche bis mittlere Kalifornien und ganz Nevada waren unter einer dichten Wolkenschicht verborgen.

»Das hier ist eine direkte Satelliteneinspeisung. Die Verzögerung beträgt lediglich drei Minuten. Die Aufnahmen müssen gefunkt und dann vom digitalen Kode wieder in Bilder umgewandelt werden«, erklärte Dubois.

Im östlichen Nevada und östlichen Idaho kräuselten sich weiche Lichtstöße durch die Wolken. Roy wußte, daß er aus einer Perspektive von oberhalb des Sturms Blitze sah. Es war ein Bild von seltsamer Schönheit.

»Im Augenblick kommt es nur noch am östlichen Rand der Wolkenfront zu Sturmaktivität. Abgesehen von ein paar örtlich begrenzten Regenfällen hier und da haben sich die Dinge bis zum äußersten Ende von Oregon wieder beruhigt. Aber wir können das Arschloch einfach nicht sehen, nicht mal mit Infrarot. Genausogut könnten wir versuchen, durch einen dicken Eintopf den Grund einer Schüssel zu sehen.«

»Wie lange wird es dauern, bis der Himmel sich aufklart?«

»In den höheren Regionen pustet ein verdammt starker Wind, der die Front in östlich-südöstliche Richtung treibt. Mit etwas Glück müßten wir vor Anbruch der Dämmerung einen klaren Blick auf die gesamte Mojave-Wüste und die Umgebung haben.«

Saß das Objekt einer Überwachung im Sonnenschein auf einer Parkbank und las eine Zeitung, konnte man es von einem Satelliten aus mit so hcher Auflösung filmen, daß man die Schlagzeile lesen konnte. Doch weil das abzusuchende Gebiet so groß war, war es bei klarem Wetter nicht einfach, in einer unbewohnten Einöde, in der keine menschengroßen Tiere lebten, ein sich bewegendes Objekt von der Größe eines Ford Explorer zu lokalisieren und zu identifizieren.

Nicht einfach, aber auch nicht unmöglich.

»Er könnte aus der Wüste auf einen beliebigen Highway fahren«, sagte Roy,»das Gaspedal durchdrücken und wäre morgen früh schon längst verschwunden.«

»In diesem Teil des Staats gibt es verdammt wenig gepflasterte Straßen. Wir haben in allen Richtungen Posten aufgestellt, auf jeder größeren Route und jeder elenden Asphaltstraße. Auf dem Interstate 15, den Highways 93 und 95 und den Staatsstraßen 146, 156, 158, 160, 168 und 169. Unsere Jungs halten Ausschau nach einem grünen Ford Explorer mit Schäden vorn und hinten. Nach einem Mann mit Hund in *jedem beliebigen* Fahrzeug. Nach einem Mann mit einer großen Narbe im Gesicht. Verdammt, wir haben um diesen Teil des Staates ein Netz gespannt, das enger ist als der Arsch eines Moskitos.«

»Wenn er nicht schon aus der Wüste raus und wieder auf einem Highway war, bevor Sie Ihre Leute postiert haben.«

»Wir haben sofort gehandelt. Und wenn er in einem so schlimmen Sturm querfeldein fährt, kommt er nur beschissen voran. Verdammt, er kann von Glück sprechen, wenn er sich nicht irgendwo festfährt, ob er nun einen Allradantrieb hat oder nicht. Wir werden das Arschloch morgen festnageln.«

»Hoffentlich haben Sie recht«, sagte Roy.

»Da wette ich meinen Schwanz drauf.«

»Und es heißt immer, die Bewohner von Las Vegas wären keine großen Spieler.«

»Was hat er überhaupt mit der Frau zu schaffen?«

»Wenn ich das nur wüßte«, sagte Roy und schaute zu, wie das Gewitter sanft unter den Wolken am Rand der Sturmfront weitertrieb. »Was ist mit dem Tonband mit dem Gespräch zwischen Grant und dieser alten Frau?«

»Wollen Sie es hören?«

»Ja.«

»Es fängt da an, als er zum erstenmal den Namen Hannah Rainey sagt.«

298

»Hören wir es uns trotzdem an«, erwiderte Roy und wandte sich von dem Wandbildschirm ab.

Während sie den Korridor entlanggingen und dann im Fahrstuhl in die tiefste unterirdische Etage des Gebäudes fuhren, sprach Dubois unentwegt von den Restaurants, in denen man in Vegas den besten Chili bekam, als habe er Grund zu der Annahme, daß Roy daran etwas lag. »Es gibt da diesen Schuppen an der Paradise Road, da ist der Chili so scharf, daß einige Leute 'ne spontane Selbstentzündung gehabt haben; als sie ihn aßen, *puff*, gingen sie einfach in Flammen auf.«

Der Fahrstuhl erreichte das unterste Stockwerk.

»Wir sprechen hier von Chili, bei dem Ihnen der Schweiß aus den Fingernägeln bricht und Ihr Magen hüpft wie ein Gummiball.«

Die Türen glitten auf.

Roy trat in einen fensterlosen Betonraum.

An der gegenüberliegenden Wand standen Dutzende von Aufnahmegeräten.

In der Mitte des Raums erhob sich von einem Computerterminal die prächtigste Frau, die Roy je gesehen hatte, blond und grünäugig, so wunderschön, daß es ihm den Atem verschlug und sein Blutdruck so stark anstieg, daß ihm ein Schlaganfall drohte; so schmerzend wunderschön, daß keine Worte sie angemessen beschreiben konnten und es nie ein Lied geben würde, das sie auch nur annähernd würde preisen können, so schön und so unvergleichlich, daß er nicht atmen oder sprechen konnte; so strahlend, daß sie ihn gegenüber der Trübseligkeit dieses Bunkers blind machte und ihn vollständig in ihr schimmerndes Licht hüllte.

Die Flut war über die Klippe verschwunden wie Badewasser durch ein Ablaufrohr. Das Flußbett war nur noch ein riesiger Graben.

Der Boden bestand bis in eine beträchtliche Tiefe hauptsächlich aus äußerst porösem Sand, so daß der Regen keine Pfützen darauf gebildet hatte. Der Wolkenbruch war schnell in dem tiefen Erdreich versickert. Die Oberfläche war getrocknet und fast so schnell wieder fest geworden, wie der leere Kanal sich zuvor in einen rasenden, schäumenden Fluß verwandelt hatte.

Der Range Rover hatte zwar eine Bodenhaftung wie ein Panzer, doch bevor sie riskierte, ihn in den Kanal zu fahren, schritt sie die Strecke von der eingebrochenen Wand des Flußlaufs bis zum Explorer zu Fuß ab und überprüfte den Zustand des Untergrunds. Nachdem sie sich überzeugt hatte, daß das Flußbett weder verschlammt noch weich war und genügend Reibungsdruck bot, war sie mit dem Rover den Abhang hinab und rückwärts zwischen die beiden Felssäulen zu dem dort hängenden Explorer gefahren.

Auch jetzt noch, nachdem sie den Hund gerettet und ihn auf die Rückbank des Rovers gesetzt und Grant aus dem Sicherheitsgurt befreit hatte, konnte sie kaum fassen, in welch gefährlicher Lage der Explorer sich befunden hatte. Sie spürte die Versuchung, sich an dem Bewußtlosen vorbeizubeugen und durch das klaffende Loch zu schauen, das einmal das Seitenfenster gewesen war, doch selbst, wenn sie in der Dunkelheit etwas hätte erkennen können, wußte sie, daß der Blick ihr nicht gefallen würde.

Die Flutwelle hatte den Geländewagen gut drei Meter über den Boden des Flußlaufs gehoben, bevor sie ihn dann am Rand der Klippe in dieser Kneifzange aus Stein eingeklemmt hatte. Nun, da der Fluß darunter verschwunden war, hing der Explorer dort oben, die vier Räder in der Luft, wie in der Pinzette eines Riesen gefangen.

Als sie ihn zuerst gesehen hatte, hatte sie ihn mit kindlichem Staunen betrachtet, mit weit geöffnetem Mund und großen Augen. Sie war nicht weniger erstaunt, als hätte sie eine fliegende Untertasse und ihre außerirdische Besatzung gesehen.

Sie war überzeugt gewesen, daß Grant aus dem Wagen geschleudert worden und zu Tode gestürzt war. Oder daß er tot in dem Fahrzeug lag.

Um zu seinem Geländewagen hinaufzukommen, mußte sie den Rover darunter setzen. Dabei kamen die Hinterreifen dem Rand der Klippe unangenehm nah. Dann hatte sie sich auf das Dach gestellt, wobei ihr Kopf gerade den unteren Rand der Vordertür auf der Beifahrerseite des Wagens erreichte. Sie hatte mit der Hand den Türgriff gepackt, und trotz des ungünstigen Winkels war es ihr gelungen, die Tür zu öffnen.

Wasser floß hinaus, doch der Hund bereitete ihr die größten Sorgen. Er kauerte wimmernd und unglücklich auf dem Beifahrersitz und schaute mit einer Mischung aus Beunruhigung und Sehnsucht zu ihr hinab.

Sie wollte nicht, daß er auf den Rover sprang. Er hätte auf dessen glatter Oberfläche ausrutschen und sich ein Bein oder hinabfallen und sich den Hals brechen können.

Obwohl das Tier nicht den Eindruck gemacht hatte, versessen darauf zu sein, irgendwelche Hundekunststücke vorzuführen, hatte sie ihm befohlen, zu bleiben, wo es war. Sie kletterte von dem Rover hinab, fuhr fünf Meter vor, wendete ihn, damit die Scheinwerfer den Boden unter dem Explorer beleuchteten, stieg wieder aus und überredete den Hund, auf das sandige Flußbett zu springen.

Es war *jede Menge* Überredungskunst nötig. Der Hund klebte auf dem Rand des Sitzes und bemühte sich mehrmals, den Mut für den Sprung aufzubringen. Doch jedesmal wandte er im letzten Augenblick den Kopf ab und schreckte zurück, als habe er keine drei, dreieinhalb Meter, sondern einen Abgrund vor sich.

Schließlich fiel ihr ein, wie Theda Davidowitz immer mit Sparkle gesprochen hatte, und sie versuchte es bei diesem Hund auf dieselbe Weise:»Komm schon, Schätzchen, komm zu Mama, komm schon. Mein kleiner Süßer, mein Prachtkerl, mein Schätzchen.«

In dem Geländewagen über ihr spitzte der Hund ein Ohr und betrachtete sie mit brennendem Interesse.

»Komm her, komm schon, Schätzchen, mein kleiner Süßer.«

Er begann vor Aufregung zu zittern.

»Komm zu Mama. Komm schon, mein kleiner Hübscher.«

Der Hund duckte sich auf dem Sitz, spannte die Muskeln an, bereitete sich auf den Sprung vor.

»Komm, gib Mama ein Küßchen, kleines Schätzchen, mein kleiner Süßer, mein Hübscher.«

Sie kam sich idiotisch vor, aber der Hund sprang. Er machte einen Satz aus der offenen Tür des Explorers, segelte in einem langgezogenen, eleganten Bogen durch die Nachtluft und landete auf allen vieren.

Er war so verblüfft über seine eigene Behendigkeit und Kühnheit, daß er zu dem Geländewagen aufschaute und sich dann setzte, als habe er einen Schock erlitten. Er ließ sich auf die Seite fallen und atmete schwer.

Sie mußte ihn zum Rover tragen und in den Gepäckraum direkt hinter dem Vordersitz legen. Er verdrehte wiederholt die Augen und sah sie an, und einmal leckte er ihre Hand.

»Du bist mir ein Komischer«, sagte sie, und der Hund seufzte.

Dann wendete sie den Rover wieder, fuhr unter den zwischen den Felstürmen hängenden Explorer, kletterte hinauf und stellte fest, daß Spencer Grant reglos hinter dem Lenkrad saß.

Jetzt schien er wieder zu sich zu kommen. Er murmelte jemandem in einem Traum etwas zu, und sie fragte sich, wie sie ihn aus dem Explorer schaffen sollte, wenn er sich nicht bald wieder erholte.

Sie versuchte, mit ihm zu sprechen, und schüttelte ihn sanft, bekam jedoch keine Antwort von ihm. Er war bereits naß und zitterte; es hatte also keinen Zweck, eine Handvoll Wasser vom Boden des Wagens zu schöpfen und ihm ins Gesicht zu spritzen.

Seine Verletzungen mußten so schnell wie möglich behandelt werden, doch das war nicht der hauptsächliche Grund, weshalb sie ihn unbedingt aus dem Rover und von hier fort schaffen wollte. Gefährliche Leute suchten nach ihm. Mit den Hilfsmitteln, die ihnen zur Verfügung standen, würden sie ihn trotz des Wetters und unwirtlichen Terrains bald finden, wenn sie ihn nicht schnell an einen sicheren Ort brachte.

Grant löste ihr Dilemma, indem er nicht nur wieder zu Bewußtsein kam, sondern regelrecht aus seinem unnatürlichen Schlaf *explodierte*. Mit einem Keuchen und einem wortlosen Schrei setzte er sich in seinem Sitz auf, plötzlich schweißgebadet, aber trotzdem so heftig zitternd, daß seine Zähne klapperten.

Er saß ihr genau gegenüber, nur ein paar Zentimeter entfernt, und trotz des schlechten Lichts sah sie das Entsetzen in seinen Augen. Noch schlimmer kam ihr vor, daß er mit einer Verzweiflung sprach, die sein Frösteln tief in ihr Herz übertrug.

Er sprach eindringlich, obwohl die Erschöpfung und der Durst seine Stimme zu einem heiseren Flüstern reduziert hatten: »*Das weiß niemand.*«

»Ist schon gut«, sagte sie.

»*Niemand. Das weiß niemand.*«

»Ganz ruhig. Sie kommen wieder in Ordnung.«

»*Das weiß niemand*«, beharrte er, und er schien zwischen Furcht und Trauer, zwischen Entsetzen und Tränen gefangen zu sein.

Eine schreckliche Hoffnungslosigkeit verzerrte seine gequälte Stimme und jeden Zug seines Gesichts in solch einem Ausmaß, daß sie völlig sprachlos war. Es kam ihr töricht vor, einem Menschen wiederholt Beruhigungen zuzuflüstern, dem ein Blick auf die krebszerfressenen Seelen im Hades gewährt worden war.

Obwohl Spencer in ihre Augen schaute, schien er jemanden oder etwas in weiter Ferne anzublicken, und er sprach gehetzt, überstürzt, eher zu sich selbst als zu ihr: *»Es ist eine Kette, eine eiserne Kette, sie verläuft durch mich, durch mein Gehirn, mein Herz, durch meine Eingeweide, eine Kette, kann mich nicht befreien, kann nicht fliehen.«*

Er machte ihr angst. Sie hatte nicht gedacht, daß man ihr noch angst machen konnte, zumindest nicht so leicht, zumindest nicht lediglich mit Worten. Aber er brachte sie vor Angst fast um den Verstand.

»Kommen Sie, Spencer«, sagte sie. »Gehen wir. Okay? Helfen Sie mir, Sie da rauszuholen.«

Als der etwas pausbäckige Mann mit den funkelnden Augen mit Bobby Dubois aus dem Fahrstuhl in das fensterlose Untergeschoß trat, blieb er abrupt stehen und starrte Eve an, wie ein Verhungernder eine Schüssel mit Pfirsichen und Sahne angestarrt hätte.

Eve Jammer war es gewöhnt, eine starke Wirkung auf Männer auszuüben. Als sie auf den Bühnen von Las Vegas oben ohne getanzt hatte, war sie eine Schönheit unter vielen gewesen – und doch waren die Blicke aller Männer ihr gefolgt, als spreche etwas an ihrem Gesicht und Körper nicht nur das Auge an, sondern sei so harmonisch, daß es wie ein geheimer Sirenengesang wirkte. Sie zog die Blicke eines Mannes so unausweichlich auf sich, wie ein geübter Hypnotiseur den Geist eines Opfers in den Bann schlagen konnte, indem er ein Goldmedaillon an einer Kette schwang oder lediglich seine Hände bewegte.

Selbst der arme kleine Thurmon Stookey – der Zahnarzt, der das Pech gehabt hatte, sich in demselben Hotelfahrstuhl zu befinden wie die beiden Gorillas, denen Eve die Million in Scheinen geraubt hatte – war in einem Augenblick, da er eigentlich zu entsetzt gewesen sein sollte, um auch nur den geringsten Gedanken an Sex zu hegen, hilflos ihren Reizen ausgeliefert gewesen. Während die beiden Schläger tot auf dem Fahrstuhlboden lagen und der Korth .38 auf sein Gesicht gerichtet war, war Stookeys Blick vom Bohrloch der Pistole zu der üppigen Furche geglitten, die Eves tief ausgeschnittener Pulli enthüllt hatte. Dem Glanz nach zu urteilen, der sich auf seine kurzsichtigen Augen gelegt hatte, als sie auf den Abzug drückte, war der letzte Gedanke des Zahnarzts wohl nicht *Gott steh mir bei!* gewesen, sondern *Was für Möpse!*

Kein Mann hatte je auch nur einen kleinen Teil der Wirkung auf

Eve ausgeübt, die sie auf die meisten Männer ausübte. In der Tat lag ihr an den meisten Männern rein gar nichts. Sie interessierte sich nur für solche, die sie um Geld erleichtern oder von denen sie die Tricks lernen konnte, wie man Macht bekam und behielt. Schließlich war es ja ihr Ziel, äußerst reich und gefürchtet zu werden, während ihr nichts daran lag, geliebt zu werden. Jemand zu sein, der gefürchtet wurde, der alles völlig unter Kontrolle, der die Macht über Leben und Tod anderer Menschen hatte: *Das* war unendlich erotischer, als der Körper *irgendeines* Mannes oder seine Fertigkeiten im Bett es je sein konnten.

Doch als man ihr Roy Miro vorstellte, spürte sie etwas Ungewöhnliches. Ein Herzflattern. Eine leichte Verwirrung, die nicht im geringsten unangenehm war.

Dieses Gefühl konnte man kaum Begierde nennen. Eves Begierden waren erschöpfend kartographiert und etikettiert worden, und jede einzelne davon wurde mit mathematischer Berechnung periodisch befriedigt, nach einem Fahrplan, wie ihn ein faschistischer Zugschaffner nicht genauer hätte einhalten können. Sie hatte keine Zeit oder Geduld für Spontanität in geschäftlichen oder persönlichen Belangen; die Störung durch ungeplante Leidenschaften oder Gefühlsausbrüche wäre ihr so widerwärtig gewesen, als hätte man sie gezwungen, Würmer zu essen.

Doch es ließ sich nicht bestreiten, daß sie vom ersten Augenblick an, da sie Roy Miro sah, *irgend etwas* empfand. Und während sie über das Grant-Davidowitz-Tonband sprachen und es dann abhörten, wurde ihr seltsames Interesse an ihm von einer Minute zur anderen größer. Ein unbekannter Schauder der Erwartung durchfloß sie, während sie sich fragte, wohin dies führen mochte.

So wahr sie dort stand, sie hätte nicht sagen können, welche Eigenschaften dieses Mannes ihre Faszination hervorriefen. Er sah einigermaßen gut aus, hatte fröhliche blaue Augen, ein Chorknabengesicht und ein nettes Lächeln – aber er war im üblichen Sinne des Wortes keineswegs stattlich. Er hatte fünfzehn Pfund Übergewicht, war etwas blaß und schien auch nicht reich zu sein. Er war weniger adrett gekleidet als irgendein Sektierer, der von Haustür zu Haustür ging und religiöse Pamphlete verteilte.

Miro bat sie mehrmals, bestimmte Passagen der Grant-Davidowitz-Aufzeichnung abzuspielen, als sei er der Meinung, sie enthielten Hinweise, über die man nachdenken müsse, doch sie wußte, daß sie ihn völlig in Anspruch genommen und er nicht richtig hingehört hatte.

Sowohl für Eve als auch für Miro schien es Bobby Dubois einfach nicht mehr zu geben. Trotz seiner Größe und körperlichen Unbeholfenheit, trotz seines bunten und unaufhörlichen Geplauders interessierte Dubois sie nicht stärker als die schlichten Betonwände des Bunkers.

Nachdem sie das Band mehrfach abgespielt hatte, machte Miro ein paar lahme Ausflüchte, die darauf hinausliefen, er könne im Augenblick wegen Grant nichts unternehmen, nur warten: darauf warten, daß er irgendwo auftauchte; darauf warten, daß der Himmel aufklarte und sie mit der Satellitensuche beginnen konnten; darauf warten, daß die bereits im Einsatz befindlichen Suchtrupps etwas entdeckten; darauf warten, daß andere Agenten, die in anderen Städten andere Aspekte des Falles untersuchten, sich bei ihm meldeten. Dann fragte er Eve, ob sie zum Abendessen schon was vorhabe.

Sie akzeptierte die Einladung, ohne sich im geringsten zu zieren, was sehr untypisch für sie war. In ihr wurde das Gefühl immer stärker, daß sie auf irgendeine geheime Macht reagierte, die der Mann hatte, eine Kraft, die hauptsächlich verborgen war und sich nur in dem Selbstvertrauen seines bereitwilligen Lächelns und in diesen blauen Augen enthüllte, die lediglich Erheiterung zeigten, als erwarte dieser Mann, immer zuletzt zu lachen.

Obwohl Miro während seines Aufenthalts in Vegas einen Wagen aus dem Fuhrpark der Agency benutzen konnte, fuhren sie in ihrem Honda zu einem ihrer Lieblingsrestaurants an der Flamingo Road. Reflektionen eines Neonmeers rollten in Flutwellenmustern über die tiefhängenden Wolken, und die Nacht schien mit Magie erfüllt zu sein.

Sie rechnete damit, ihn beim Abendessen und bei ein paar Gläsern Wein besser kennenzulernen – und spätestens beim Nachtisch zu wissen, wieso er sie dermaßen faszinierte. Doch seine Fähigkeiten, belanglose Konversation zu treiben, waren seinem Aussehen gleichwertig: zwar angenehm, aber keineswegs verlockend. Nichts, was Miro sagte, nichts, was er tat, keine Geste, kein Blick brachte Eve dem Verständnis näher, wieso er auf sie so seltsam anziehend wirkte.

Als sie das Restaurant verließen und über den Parkplatz zu

ihrem Wagen gingen, war sie verärgert und verwirrt zugleich. Sie wußte nicht, ob sie ihn einladen sollte oder nicht, mit in ihre Wohnung zu kommen. Sie wollte nicht mit ihm schlafen. Diese Anziehung übte er nicht gerade auf sie aus. Natürlich enthüllten einige Männer beim Sex ihr wahres Ich: durch das, was sie gern taten, wie sie es taten, was sie sagten und wie sie sich sowohl währenddessen als auch danach verhielten. Aber sie wollte ihn nicht mit nach Hause nehmen, es mit ihm treiben, den ganzen widerwärtigen Weg gehen, um dann verschwitzt dazuliegen und *noch immer* nicht zu wissen, was sie an ihm so faszinierte.

Sie war in einem Dilemma.

Als sie sich dann ihrem Wagen näherten, während der kalte Wind in einigen Palmen in der Nähe rauschte und die Luft den Geruch von auf Holzkohle gebratenen Steaks aus dem Restaurant mit sich trug, tat Roy Miro das Unerwartetste und Unerhörteste, das Eve in dreiunddreißig Jahren der unerhörten Erlebnisse je gesehen hatte.

Einen unermeßlichen Zeitraum, nachdem Spencer aus dem Explorer und in den Range Rover gestiegen war – was eine Stunde oder zwei Minuten oder einen ganzen Monat her sein konnte, er wußte es einfach nicht – erwachte er und sah ein Rudel Steppenläufer, das vor ihnen hergetrieben wurde. Die Schatten von Mesquitsträuchern und paddelblättrigen Kakteen tanzten durch das Licht der Scheinwerfer.

Er drehte den Kopf auf der Stütze nach links und sah Valerie hinter dem Lenkrad. »Hallo.«

»Ebenfalls hallo.«

»Wie haben Sie mich gefunden?«

»Das ist im Augenblick zu kompliziert für Sie.«

»Ich bin ein komplizierter Bursche.«

»Das bezweifle ich nicht.«

»Wohin fahren wir?«

»Weg.«

»Gut.«

»Wie fühlen Sie sich?«

»Benommen.«

»Pinkeln Sie nicht auf den Sitz«, sagte sie mit offensichtlicher Erheiterung.

»Ich will's versuchen.«

»Gut.«

»Wo ist mein Hund?«

»Was glauben Sie, wer da Ihr Ohr leckt?«

»Oh.«

»Er sitzt direkt hinter Ihnen.«

»Hallo, Kumpel.«

»Wie heißt er?« fragte sie.

»Rocky.«

»Sie belieben zu scherzen.«

»Wieso?«

»Der Name paßt überhaupt nicht zu ihm.«

»Ich habe ihn so genannt, damit er mehr Selbstvertrauen bekommt.«

»Das hat aber nicht funktioniert«, sagte sie.

Vor ihnen waren undeutlich seltsame Felsformationen auszumachen, wie Tempel, die Göttern geweiht worden waren, bevor die Menschheit imstande gewesen war, die Vorstellung von Zeit zu entwickeln und den Ablauf der Tage zu zählen. Sie flößten ihm Ehrfurcht ein, und die Frau fuhr mit großem Geschick zwischen ihnen hindurch, sauste nach links und rechts, einen langen Hügel hinab auf eine riesige, dunkle Ebene.

»Hab' seinen richtigen Namen nie erfahren.«

»Seinen richtigen Namen?«

»Den als Welpe. Vor dem Tierheim.«

»Er hieß nicht Rocky?«

»Wahrscheinlich nicht.«

»Und wie war der richtige Name vor Spencer?«

»Er hieß nie Spencer.«

»Also sind Sie klar genug im Kopf, um mir auszuweichen.«

»Eigentlich nicht. Reine Gewohnheit. Wie heißen Sie?«

»Valerie Keene.«

»Sie lügen.«

Er dämmerte eine Weile vor sich hin. Als er wieder zu sich kam, waren sie noch immer in der Wüste: Sand und Gestein, Sträucher und Steppenläufer, Dunkelheit, die von den Scheinwerfern durchdrungen wurde.

»Valerie«, sagte er.

»Ja?«

»Wie heißen Sie wirklich?«
»Bess.«
»Bess und wie noch?«
»Bess Baer.«
»Buchstabieren Sie das.«
»B-A-E-R.«
»Wirklich?«
»Wirklich. Im Augenblick.«
»Was soll das heißen?«
»Es heißt, was es heißt.«
»Sie meinen, das ist Ihr jetziger Name, nach Valerie.«
»Na und?«
»Wie hießen Sie vor Valerie?«
»Hannah Rainey.«
»Ach ja«, sagte er. Ihm wurde klar, daß er nur auf vier seiner sechs Zylinder fuhr. »Und davor?«
»Gina Delucio.«
»Ist das Ihr richtiger Name?«
»Er kam mir richtig vor.«
»Ist das der Name, mit dem Sie geboren wurden?«
»Sie meinen den Welpennamen?«
»Ja. Ist das Ihr Welpenname?«
»Seit ich in dem Tierheim war, hat mich niemand mehr mit dem Welpennamen gerufen.«
»Sie sind sehr komisch.«
»Mögen Sie komische Frauen?«
»Muß ich wohl.«
»Und dann fuhren die komische Frau«, sagte sie, als lese sie laut von einer Buchseite vor, »der feige Hund und der geheimnisvolle Mann in die Wüste, um ihre richtigen Namen zu suchen.«
»Um einen Ort zu suchen, wo sie kotzen können.«
»O nein.«
»O doch.«
Sie trat auf die Bremse, und er riß die Tür auf.
Als er später erwachte, fuhren sie noch immer durch die dunkle Wüste. »Ich habe einen ganz fürchterlichen Geschmack im Mund«, sagte er.
»Das bezweifle ich nicht.«
»Wie heißen Sie?«

»Bess.«

»Scheißdreck.«

»Nein. Baer. Bess Baer. Und wie heißen Sie?«

»Mein treuer indianischer Helfer nennt mich Kemosabe.«

»Wie fühlen Sie sich?«

»Beschissen«, sagte er.

»Tja, genau das bedeutet ›Kemosabe‹.«

»Werden wir je anhalten?«

»Nicht, solange die Wolken uns Deckung geben.«

»Was haben die Wolken damit zu tun?«

»Satelliten«, sagte sie.

»Sie sind die seltsamste Frau, die ich je kennengelernt habe.«

»Warten Sie nur ab.«

»Verdammt, wie haben Sie mich gefunden?«

»Vielleicht bin ich Hellseherin.«

»Sind Sie Hellseherin?«

»Nein.«

Er seufzte und schloß die Augen. Er konnte sich fast vorstellen, gerade Karussell zu fahren. »Eigentlich wollte ich *Sie* finden.«

»Überraschung.«

»Ich wollte Ihnen helfen.«

»Danke.«

Er gab seinen Griff um die Welt der Wachen auf. Eine Weile war alles still und ruhig. Dann ging er aus der Dunkelheit und öffnete die rote Tür. In den Katakomben waren Ratten.

Roy tat etwas Verrücktes. Noch während er es tat, war er erstaunt, welches Risiko er einging.

Er entschloß sich, vor Eve Jammer er selbst zu sein. Sein wirkliches Ich zu zeigen. Sein zutiefst bloßgestelltes, mitfühlendes, betroffenes Ich, das bei dem sanften, bürokratischen Funktionär, als der er vor den meisten Menschen auftrat, nie mehr als zur Hälfte enthüllt wurde.

Roy war bereit, bei dieser phantastischen Frau Risiken einzugehen, weil er spürte, daß ihr Verstand genauso wunderbar war wie ihr atemberaubendes Gesicht und ihr hinreißender Körper. Die Frau darin, die der gefühlsmäßigen und intellektuellen Perfektion so nahe kam, würde ihn verstehen, wie ihn noch nie zuvor jemand verstanden hatte.

Beim Abendessen hatten sie den Schlüssel nicht gefunden, der die Türen in ihren Seelen öffnen und sie verschmelzen lassen würde, wie es ihre Bestimmung war. Als sie das Restaurant verließen, war Roy zutiefst besorgt, daß ihr Augenblick der Gelegenheit verstreichen und ihr Schicksal vereitelt werden könnte, und deshalb zapfte er die Macht Dr. Kevorkians an, die er vor kurzem vom Fernsehgerät im Learjet aufgenommen hatte. Er fand den Mut, Eve sein wahres Herz zu offenbaren und die Erfüllung ihrer Bestimmung zu erzwingen.

Hinter dem Restaurant stand drei Parklücken rechts von Eves Honda ein Kastenwagen, ein blauer Dodge, und ein Mann und eine Frau stiegen gerade aus, um sich zum Abendessen zu begeben. Sie waren in den Vierzigern, und der Mann saß in einem Rollstuhl. Er ließ sich mit einem kleinen elektrischen Lift, den er ohne Hilfe bediente, aus einer Seitentür des Kastenwagens hinab.

Ansonsten war der Parkplatz verlassen.

»Kommen Sie mal eben mit«, sagte Roy zu Eve. »Ich möchte jemanden begrüßen.«

»Was?«

Roy ging direkt zu dem Dodge.

»Guten Abend«, sagte er, während er nach seinem Schulterhalfter unter dem Jackett griff.

Das Ehepaar sah zu ihm hoch, und beide sagten: »Guten Abend.« Ihren Stimmen haftete ein Anflug von Verwirrung an, als versuchten sie sich zu erinnern, wo sie ihn kennengelernt hatten.

»Ich fühle Ihren Schmerz«, sagte Roy, während er seine Pistole zog.

Er schoß dem Mann in den Kopf.

Sein zweiter Schuß traf die Frau in den Hals, tötete sie aber nicht. Sie fiel zu Boden und zuckte grotesk.

Roy trat an dem Toten im Rollstuhl vorbei. »Tut mir leid«, sagte er zu der Frau auf dem Boden und schoß erneut auf sie.

Der neue Schalldämpfer der Beretta funktionierte ausgezeichnet. Der Februarwind, der in den Palmwedeln stöhnte, hatte keins der drei Schußgeräusche weiter als zehn Meter getragen.

Roy drehte sich zu Eve Jammer um.

Sie sah aus wie vom Donner gerührt.

Er fragte sich, ob er für eine erste Verabredung zu impulsiv gewesen war.

»Es ist traurig«, sagte er, »was für ein Leben manche Menschen zu ertragen gezwungen sind.«

Eve sah von den Leichen auf und erwiderte Roys Blick. Sie schrie nicht, sagte keinen Ton. Natürlich war es möglich, daß sie einen Schock erlitten hatte. Aber er war nicht der Ansicht, daß dem so war. Sie schien lediglich um Verständnis zu ringen. Vielleicht würde ja doch noch alles in Ordnung kommen.

»Kann sie nicht so liegen lassen.« Er schob die Pistole in das Halfter zurück und zog seine Handschuhe an. »Sie haben das Recht, würdevoll behandelt zu werden.«

Die Fernbedienung, mit der man den Fahrstuhl betätigen konnte, war an einer Lehne des Stuhls angebracht. Roy drückte auf einen Knopf und schickte den Toten wieder vom Parkplatz hoch.

Er stieg durch die geöffnete hintere Schiebetür in den Kastenwagen. Als der Fahrstuhl seinen Aufstieg vollendet hatte, rollte er ihn hinein.

Roy ging davon aus, daß es sich bei dem Mann und der Frau um ein Ehepaar handelte, und ordnete sie dementsprechend an. Die Situation war so öffentlich, daß er keine Zeit hatte, einigermaßen originell vorzugehen. Er würde wiederholen müssen, was er am Mittwochabend in Beverly Hills mit den Bettonfields gemacht hatte.

Der Parkplatz wurde von großen Straßenlampen erhellt. Aus der geöffneten Tür fiel gerade so viel bläuliches Licht, daß er seine Arbeit tun konnte.

Er hob den Toten aus dem Stuhl und legte ihn mit dem Gesicht nach oben auf den Boden des Kastenwagens, der leider nicht mit einem Teppich belegt war. Roy bedauerte dies, sah aber keine Kissen oder Decken, mit denen er die letzte Ruhe des Ehepaars bequemer machen könnte.

Er schob den Rollstuhl in eine Ecke, aus dem Weg.

Dann sprang er wieder hinaus, hob die Tote hoch und legte sie in den Wagen. Eve beobachtete ihn aufmerksam. Er stieg wieder hinein, legte die Leiche neben ihren toten Gatten und schloß ihre rechte Hand um die linke des Mannes.

Beide Augen der Frau waren geöffnet, wie auch eins ihres Mannes, und Roy wollte sie gerade mit seinen behandschuhten Fingern zudrücken, als ihm eine bessere Idee kam. Er zog das geschlossene Lid des Mannes hoch und wartete ab, ob es geöffnet bleiben würde. Dem war so. Dann drehte er den Kopf des Mannes nach links und den der Frau nach rechts, so daß sie einander in die Augen sahen, in der Ewigkeit, die sie nun in einem viel besseren Reich miteinander teilten, als es Las Vegas in Nevada war, einem viel besseren Ort, als es ihn auf dieser trostlosen, unvollkommenen Welt gab.

Er blieb einen Augenblick lang zu den Füßen der Leichen hocken und bewunderte sein Werk. Die Zärtlichkeit, die ihre Körperhaltung ausdrückte, gefiel ihm außerordentlich. Offensichtlich hatten sie sich geliebt und waren nun auf ewig vereint, wie es sich jedes Liebespaar wünschte.

Eve Jammer stand an der geöffneten Tür und starrte das tote Paar an. Selbst der Wüstenwind schien sich ihrer außergewöhnlichen Schönheit bewußt zu sein und sie zu schätzen, denn ihr goldblondes Haar wurde zu vorzüglich geformten Tressen verweht. Der Wind schien sie nicht zu zerzausen, sondern zu *verehren*.

»Es ist so traurig«, sagte Roy. »Was für ein Leben hätten sie schon führen können – er an einen Rollstuhl gefesselt, und sie durch die Bande ihrer Liebe an ihn gefesselt? Ihr Leben war durch seine Behinderung so beschränkt, ihre Zukunft war an diesen verdammten Stuhl gebunden. Jetzt geht es ihnen doch viel besser.«

Ohne ein Wort zu sagen, wandte Eve sich ab und ging zum Honda.

Roy stieg aus dem Dodge und zog nach einem letzten Blick auf das sich liebende Paar die Schiebetür zu.

Eve wartete hinter dem Lenkrad ihres Wagens auf ihn, dessen Motor bereits lief. Hätte sie Angst vor ihm gehabt, hätte sie versucht, ohne ihn davonzufahren oder wäre ins Restaurant zurückgelaufen.

Er stieg ein und schnallte sich an.

Sie saßen schweigend da.

Eindeutig ahnte sie, daß er kein Mörder war, daß er eine moralische Tat begangen hatte und auf einer höheren Ebene agierte als ein Durchschnittsmensch. Ihr Schweigen verlieh lediglich ihrer Bemühung Ausdruck, ihre Ahnung in verstandesmäßige Begriffe umzusetzen.

Sie fuhr vom Parkplatz.

Roy zog seine Lederhandschuhe aus und steckte sie in die Innentasche des Mantels zurück, aus der er sie hervorgeholt hatte.

Eine Zeitlang fuhr Eve ziellos durch einige Wohnviertel, einfach, um zu fahren, obwohl sie noch kein Ziel hatte.

Roy kamen die Lichter in all den zusammengedrängten Häusern nicht mehr warm oder geheimnisvoll vor, wie es in anderen Nächten und anderen Wohnvierteln, in anderen Städten, der Fall gewesen war, wenn er allein auf ähnlichen Straßen unterwegs war. Jetzt waren sie nur noch traurig: schrecklich traurige kleine Lichter, die unzulänglich die traurigen kleinen Leben von Menschen beleuchteten, die nie eine leidenschaftliche Hingabe an ein Ideal genießen würden, jedenfalls keine der Art, die Roys Leben dermaßen bereicherte, traurige kleine Menschen, die sich niemals über die Herde erheben würden, wie er sich erhoben hatte, die niemals eine transzendente Beziehung mit einem so außergewöhnlichen Menschen wie Eve Jammer er eben würden.

»Ich sehne mich nach einer besseren Welt«, sagte er, als endlich der richtige Augenblick gekommen zu sein schien. »Nein, nach einer mehr als nur einer besseren, Eve. Nach viel mehr.«

Sie antwortete nicht.

»Perfektion«, sagte er leise, aber mit großer Überzeugung, »in allen Dingen. Perfekte Gesetze und perfekte Gerechtigkeit. Perfekte Schönheit. Ich träume von einer perfekten Gesellschaft, in der jeder Mensch perfekte Gesundheit, perfekte Gleichheit genießt, in der die Wirtschaft stets wie eine perfekt eingestellte Maschine summt, in der jeder in Harmonie mit allen anderen und mit der Natur lebt. In der nie jemand eine Beleidigung hinnehmen muß oder aussprechen wird. In der alle Träume völlig vernünftig und rücksichtsvoll sind. In der *alle* Träume wahr werden können.«

Er war von seinem Monolog dermaßen gerührt, daß seine Stimme am Ende ganz belegt klang und er gegen die Tränen ankämpfen mußte.

Sie sagte noch immer nichts.

Nächtliche Straßen. Erleuchtete Fenster. Kleine Häuser, kleine Leben. So viel Verwirrung, Traurigkeit, Sehnsucht und Entfremdung in diesen Häusern.

»Ich tue, was ich kann«, sagte er, »um eine ideale Welt zu schaffen. Ich entferne einige ihrer unvollkommenen Elemente und schiebe sie einen knirschenden Zentimeter nach dem anderen der Vollkommenheit entgegen. O nein, ich glaube keineswegs, die Welt verändern zu können. Nicht allein, nicht ich, nicht mal mit tausend oder hunderttausend anderen Menschen, die so sind wie ich. Aber wann immer ich kann, zünde ich eine kleine Kerze an, eine kleine

Kerze nach der anderen, und dränge die Dunkelheit um einen kleinen Schatten nach dem anderen zurück.«

Sie waren jetzt auf der östlichen Seite der Stadt, fast an der Stadtgrenze, und näherten sich höherem Land und spärlicher besiedelten Vierteln als denen, wo sie bislang ziellos umhergefahren waren. An einer Kreuzung machte Eve eine scharfe Wende und brauste zu dem Lichtermeer zurück, aus dem sie gekommen waren.

»Man könnte sagen, ich bin ein Träumer«, gestand Roy ein. »Aber ich bin nicht der einzige. Ich glaube, du bist auch eine Träumerin, Eve, auf deine ganz besondere Art und Weise. Wenn du dir eingestehen könntest, eine Träumerin zu sein ... wenn vielleicht wir alle, die wir Träumer sind, es eingestehen und uns zusammentun, könnte die Welt eines Tages vielleicht diesen Traum leben.«

Ihr Schweigen war nun tiefgründig.

Er wagte es, sie anzusehen, und sie war umwerfender, als er es in Erinnerung gehabt hatte. Sein Herz hämmerte langsam und schwerfällig, niedergedrückt von der süßen Last ihrer Schönheit.

Als sie endlich sprach, zitterte ihre Stimme. »Du hast ihnen nichts abgenommen.«

Es war nicht die Furcht, die ihre Worte verzerrte, als sie durch ihren erlesenen Hals und über ihre reifen Lippen kamen, sondern eine gewaltige Erregung. Und das Zittern in ihrer Stimme erregte wiederum Roy. »Nein«, sagte er. »Nichts.«

»Nicht einmal das Geld in ihrer Handtasche oder seinem Portemonnaie.«

»Natürlich nicht. Ich nehme nicht, Eve, ich gebe.«

»Ich habe noch nie ...« Sie schien nicht die Worte finden zu können, die beschrieben, was er getan hatte.

»Ja«, sagte er, erfreut darüber, wie sehr er sie beeindruckt hatte. »Ich weiß.«

»... noch nie solche ...«

»Ja.«

»... nie solche ...«

»Ich weiß, meine Liebe. Ich weiß.«

»... *Macht* gesehen«, sagte sie.

Das war nicht das Wort, das er erwartet hatte. Aber sie hatte es mit solcher Leidenschaft ausgesprochen, so viel erotische Energie hineingelegt, daß er nicht enttäuscht sein konnte, daß sie die volle Bedeutung dessen, was er getan hatte, noch nicht erfaßte.

»Sie fahren einfach zum Abendessen«, sagte sie erregt. Sie fuhr mittlerweile zu schnell, rücksichtslos. »Sie wollen nur essen gehen, an einem ganz normalen Abend, nichts Besonderes, und *päng!*, bringst du sie um! Einfach so, Gott im Himmel, du erschießt sie, und nicht mal, um dir etwas zu nehmen, das ihnen gehört, nicht mal, weil sie dir in die Quere gekommen sind oder so. Nur für mich. Nur für mich, um mir zu zeigen, wer du *wirklich* bist.«

»Ja, sicher, für dich«, sagte er. »Aber nicht nur für dich, Eve. Verstehst du es nicht? Ich habe zwei unvollkommene Leben aus der Schöpfung entfernt, die Welt der Vollkommenheit ein Stück nähergebracht. Gleichzeitig habe ich diese beiden armen Menschen von der Last dieses grausamen Lebens befreit, von dieser unvollkommenen Welt, in der nichts je so sein könnte, wie sie es sich erhofft haben. Ich habe der Welt ein Geschenk gemacht, und ich habe diesen armen Menschen ein Geschenk gemacht, und es gab keine Verlierer dabei.«

»Du bist wie der Wind«, sagte sie atemlos, »wie ein phantastischer Sturm, ein Hurrikan, ein Tornado; aber es gibt keine Wettervorhersage, die jemanden vor deiner Ankunft warnen könnte. Du hast die Macht eines Sturms, du bist eine Naturgewalt – schlägst aus dem Nichts zu, grundlos. *Päng!*«

»Warte«, sagte Roy besorgt, daß sie doch nicht verstand, worauf es ihm ankam, »warte einen Augenblick, Eve, hör mir zu.«

Sie war so erregt, daß sie nicht mehr fahren konnte. Sie hielt am Straßenrand an, trat so hart auf die Bremse, daß Roy gegen die Windschutzscheibe geschleudert worden wäre, hätte der Sicherheitsgurt ihn nicht gehalten.

Sie legte den Gang mit einer so harten Bewegung aus, daß sie fast den Schalthebel herausgerissen hätte, und drehte sich zu ihm um. »Du bist wie ein Erdbeben, genau, wie ein Erdbeben. Die Leute können sorglos umhergehen, die Sonne scheint, die Vögel singen – und dann tut sich die Erde auf und verschluckt sie einfach.«

Sie lachte vor Vergnügen. Sie hatte ein mädchenhaftes, trillerndes, musikalisches Gelächter, so ansteckend, daß er Schwierigkeiten hatte, nicht in das Lachen einzufallen.

Er nahm ihre Hände in die seinen. Sie waren elegant und langfingrig, so exquisit geformt wie die Guineveres, und die Berührung war mehr, als irgendein Mann verdient hatte.

Leider waren Speiche und Elle über den perfekt geformten

Handwurzelknochen nicht vom überlegenen Format der Knochen in ihren Händen. Er achtete sorgfältig darauf, sie nicht zu betrachten. Oder zu berühren.

»Eve, hör mir zu. Du mußt mich verstehen. Es ist von äußerster Wichtigkeit, daß du es verstehst.«

Sie wurde sofort wieder ernst, begriff, daß sie an einem entscheidenden Punkt in ihrer Beziehung angelangt waren. Wenn sie ernst war, war sie noch schöner, als wenn sie lachte.

»Du hast recht«, sagte er, »das ist eine große Macht. Die größte Macht von allen, und deshalb muß dir eins völlig klar sein.«

Obwohl das einzige Licht im Wagen vom Armaturenbrett kam, strahlten ihre grünen Augen, als würde die Sommersonne sich darin spiegeln. Es waren perfekte Augen, so makellos und zwingend wie die der Frau, die er seit einem Jahr jagte, deren Foto er in der Brieftasche mit sich trug.

Auch Eves linke Braue war perfekt. Aber eine leichte Unregelmäßigkeit beeinträchtigte den rechten behaarten Bogen über der Augenhöhle: Er stand leider etwas zu weit vor, nur einen Bruchteil mehr als der linke, beinhaltete vielleicht ein Gramm Knochen zu viel, war aber trotzdem aus dem Gleichgewicht geraten und zeigte nicht die Perfektion des linken.

Das war in Ordnung. Damit konnte er leben. Er würde sich einfach auf ihre engelhaften Augen unterhalb der Brauen konzentrieren, und auf ihre unvergleichlichen Hände unter der knorrigen Elle und Speiche. Obwohl sie Schwächen hatte, war sie die einzige Frau mit mehr als einem perfekten Merkmal, die er jemals gesehen hatte. Jemals. Und ihre Schätze waren nicht auf ihre Hände und Augen begrenzt.

»Im Gegensatz zu anderer Macht, Eve, strömt diese nicht aus der Wut«, erklärte er. Er wollte, daß diese kostbare Frau seine Mission und sein innerstes Ich verstand. »Sie entsteht auch nicht aus Haß. Es ist nicht die Macht des Zorns, des Neids, der Verbitterung oder Gier. Es ist nicht die Macht, die einige Menschen im Mut oder in der Ehre finden – oder die sie aus einem Glauben an Gott gewinnen. Sie geht über diese Art von Macht hinaus, Eve. Weißt du, was für eine Macht es ist?«

Sie war hingerissen, konnte nicht sprechen. Sie schüttelte nur den Kopf: Nein.

»Meine Macht«, sagte er, »liegt im Mitgefühl.«

»Mitgefühl«, flüsterte sie.

»Mitleid. Wenn du versuchst, andere Menschen zu verstehen, ihren Schmerz zu fühlen, wirklich die Qual ihres Lebens kennenzulernen, sie trotz ihrer Fehler zu lieben, wirst du von solchem Mitleid überwältigt, solch *starkem* Bedauern, daß es unerträglich ist. Es muß gelindert werden. Also zapfst du die unermeßliche, unerschöpfliche Macht des Mitgefühls an. Du handelst, um das Leiden zu lindern, um die Welt um eine Haaresbreite näher an die Perfektion zu bringen.«

»Mitgefühl«, flüsterte sie erneut, als hätte sie das Wort noch nie zuvor gehört, oder als hätte er ihr eine Definition davon erläutert, die sie nie zuvor erkannt hatte.

Roy konnte den Blick nicht von ihrem Mund abwenden, als sie das Wort zweimal wiederholte. Ihre Lippen waren göttlich. Er konnte sich nicht vorstellen, wieso er einmal angenommen hatte, Melissa Wickluns Lippen wären perfekt, denn im Vergleich mit Eves Lippen waren Melissas genauso attraktiv wie die einer an Lepra leidenden Kröte. Es waren Lippen, neben denen die reifste Pflaume runzlig wie eine Backpflaume wirken, neben denen die süßeste Erdbeere sauer aussehen würde.

Er fuhr damit fort, bei seiner Eliza Doolittle die Rolle von Henry Higgins einzunehmen, und vertiefte ihre erste Lektion in moralischer Veredlung: »Wenn man ausschließlich von Mitgefühl getrieben wird, wenn es nicht um einen persönlichen Vorteil geht, ist *jede* Tat moralisch, völlig moralisch, und man ist niemandem eine Erklärung schuldig. Wenn man aus Mitgefühl handelt, ist man von jedem Zweifel befreit, und das ist eine Macht, wie es keine zweite gibt.«

»Jede Tat«, sagte sie, von der Vorstellung dermaßen überwältigt, daß sie kaum sprechen konnte.

»Jede«, versicherte er ihr.

Sie leckte sich über die Lippen.

O Gott, ihre Zunge war so fein, schimmerte so faszinierend, glitt so sinnlich über ihre Lippen, lief so *perfekt* zu, daß ihm, bevor er es merkte, ein schwaches Seufzen der Ekstase entwich.

Perfekte Lippen. Perfekte Zunge. Wäre ihr Kinn nur nicht so tragisch fleischig. Andere hätten es für das Kinn einer Göttin gehalten, doch Roy war mit einer größeren Sensibilität für Unvollkommenheit verflucht als andere Männer. Er war sich genau der winzigen Menge überschüssigen Fetts bewußt, die ihrem Kinn ein kaum wahrnehmbar aufgedunsenes Aussehen verlieh. Er mußte sich einfach auf ihre Lippen konzentrieren, auf ihre Zunge, und vermeiden, daß sein Blick von dort tiefer glitt.

»Wie viele hast du erledigt?« fragte sie.

»Erledigt? Ach, du meinst, wie auf dem Parkplatz.«

»Ja. Wie viele?«

»Na ja, ich zähle sie nicht. Das käme mir ... ich weiß nicht ... es käme mir hochmütig vor. Ich will kein Lob. Nein. Meine Befriedigung liegt nur darin, das zu tun, von dem ich weiß, daß es richtig ist. Es ist eine sehr private Genugtuung.«

»Wie viele?« beharrte sie. »Eine grobe Schätzung.«

»Ach, ich weiß es nicht. Im Lauf der Jahre ... ein paar hundert, vielleicht zwei-, dreihundert, so was in der Art.«

Sie schloß die Augen und erschauderte. »Wenn du sie umbringst ... kurz bevor du sie umbringst, und sie sehen dir in die Augen ... haben sie Angst?«

»Ja, aber ich wünschte, sie hätten keine. Ich wünschte, sie könnten begreifen, daß ich ihre Qual kenne, daß ich aus Mitgefühl handle, daß es schnell und schmerzlos gehen wird.«

»Sie sehen dir in die Augen«, sagte sie, die eigenen Augen geschlossen, anscheinend einer Ohnmacht nah, »und sie sehen die Macht, die du über sie hast, die Macht eines *Sturms*, und sie haben Angst.«

Er ließ ihre rechte Hand los und richtete den Zeigefinger auf den flachen Knochen unmittelbar über der Wurzel ihrer perfekten Nase. Es war eine Nase, die alle anderen schönen Nasen so unförmig wie die »Nase« auf einer Kokosnußschale aussehen ließ. Langsam bewegte er den Finger auf ihr Gesicht zu und sagte: »Du. Hast. Die. Exquisiteste. Glabella. Die. Ich. Je. Gesehen. Habe.«

Beim letzten Wort berührte er ihre Glabella, den flachen Teil des Schädelknochens zwischen ihrer makellosen linken und der leider knochigen rechten Braue, direkt über der Nase, mit dem Finger.

Obwohl ihre Augen geschlossen waren, zuckte Eve angesichts der Berührung nicht vor Überraschung zurück. Sie schien so schnell eine solche Nähe zu ihm entwickelt zu haben, daß sie sich jeder seiner Absichten und geringsten Bewegungen auch ohne die Hilfe ihres Sehvermögens bewußt war – und ohne sich auf einen der anderen fünf Sinne verlassen zu müssen.

318

Er nahm den Finger von ihrer Glabella. »Glaubst du an das Schicksal?«

»Ja.«

»Wir *sind* das Schicksal.«

Sie öffnete die Augen. »Fahren wir zu mir«, sagte sie.

Auf der Fahrt zu ihrer Wohnung verstieß sie gegen Dutzende von Verkehrsregeln. Roy billigte dies nicht, verzichtete aber auf einen Kommentar.

Sie wohnte in einem kleinen, zweistöckigen Haus in einer vor kurzem errichteten Siedlung. Es war nahezu identisch mit den anderen Häusern an der Straße.

Roy hatte Glanz erwartet. Enttäuscht rief er sich in Erinnerung zurück, daß Eve zwar phantastisch aussah, aber auch nur eine traurig unterbezahlte Verwaltungsangestellte war.

»Wie ist eine Frau wie du bei der Agency gelandet?« fragte er, während sie auf der Auffahrt in dem Honda darauf warteten, daß das automatische Garagentor sich hob.

»Ich wollte den Job, und mein Vater hatte den nötigen Einfluß, daß ich ihn bekam«, sagte sie, als sie in die Garage fuhr.

»Wer ist dein Vater?«

»Ein mieses Arschloch«, sagte sie. »Ich hasse ihn. Sprechen wir nicht darüber, Roy. Bitte. Verdirb nicht die Stimmung.«

Das war das letzte, was er wollte – die Stimmung verderben.

Als sie den Wagen verlassen hatten, vor der Tür zwischen der Garage und dem Haus standen und Eve in ihrer Handtasche nach den Schlüsseln suchte, war sie plötzlich nervös und unbeholfen. Sie drehte sich zu ihm um, drückte sich eng an ihn. »Mein Gott, ich muß immer wieder daran denken, wie du sie erledigt hast, wie du einfach zu ihnen gegangen bist und sie erledigt hast. Die Art und Weise, wie du es getan hast ... es lag eine solche *Macht* darin.«

Sie brannte geradezu vor Begierde. Er fühlte, wie die Hitze aus ihr strömte und die Februarkälte aus der Garage verdrängte.

»Du mußt mir so viel beibringen«, sagte sie.

Sie waren an einem Wendepunkt in ihrer Beziehung angelangt. Roy mußte sich noch in einer weiteren Sache erklären. Er hatte es so lange wie möglich hinausgezögert, aus Angst, sie würde diese Eigenart nicht so bereitwillig verstehen, wie sie aufgenommen und akzeptiert hatte, was er über die Macht des Mitgefühls zu sagen hatte. Aber er konnte nicht noch länger zögern.

»Ich will dich ausgezogen sehen«, sagte Roy, als Eve ihre Aufmerksamkeit wieder auf ihre Handtasche richtete und endlich den Schlüsselbund hinauszog.

»Ja, Schatz, ja«, sagte sie, und die Schlüssel klimperten geräuschvoll, als sie nach dem richtigen am Bund suchte.

»Ich will dich völlig nackt sehen.«

»Völlig nackt, ja, alles für dich.«

»Ich muß wissen, wieviel vom Rest von dir so perfekt wie die perfekten Teile ist, die ich bereits sehen kann.«

»Du bist so süß«, sagte sie und schob den richtigen Schlüssel schnell ins Sicherheitsschloß.

»Von den Fußsohlen bis zur Krümmung deines Rückgrats, von den Ohrläppchen bis zu den Poren in deiner Kopfhaut. Ich will jeden Zentimeter von dir sehen, nichts darf mir verborgen bleiben, überhaupt nichts.«

Sie stieß die aufgeschlossene Tür auf, stürmte hinein, schaltete eine Küchenlampe ein. »Du bist zu viel für mich, du bist so *stark*. Jede Spalte, Schatz, jeder Zentimeter, jede Furche und Spalte.«

Als sie die Handtasche und den Schlüsselbund auf den Küchentisch legte und den Mantel auszog, folgte er ihr hinein. »Aber das heißt nicht«, sagte er, »daß *ich* mich ausziehe oder sonst etwas tue.«

Das ließ sie verharren. Sie sah ihn blinzelnd an.

»Ich will dich sehen«, sagte er. »Und dich berühren, aber nicht viel. Nur ein wenig berühren, wenn etwas perfekt aussieht, um zu fühlen, ob die Haut so glatt und seidig ist, wie es den Anschein hat; um die Elastizität zu testen; um festzustellen, ob die Muskelspannung so wunderbar ist, wie es aussieht. Du brauchst mich überhaupt nicht anzufassen.« Er befürchtete, daß sie ihm entglitt, und sprach schnell weiter. »Ich will dich lieben, die perfekten Teile von dir, dich leidenschaftlich mit den Augen lieben, mit ein paar schnellen Berührungen vielleicht, aber nicht mit mehr. Ich will es nicht verderben, indem ich ... tue, was andere Leute tun. Will es nicht erniedrigen. So etwas brauche ich nicht.«

Sie starrte ihn so lange an, daß er sich fast umgedreht hätte und geflohen wäre.

Plötzlich schrie Eve schrill auf, und Roy trat einen Schritt zurück. Er hatte mehr als nur etwas Angst vor ihr. Beleidigt und erniedrigt würde sie sich vielleicht auf ihn stürzen, sein Gesicht zerkratzen, ihm die Augen herausreißen.

Dann wurde ihm zu seinem Erstaunen klar, daß sie lachte, aber nicht gefühllos; sie lachte ihn nicht aus. Sie lachte vor reiner Freude. Sie legte die Arme um ihre Schultern und kreischte wie ein Schulmädchen, und ihre erhabenen grünen Augen strahlten vor Freude.

»Mein Gott«, sagte sie zitternd, »du bist sogar noch besser, als es den Anschein hatte, noch besser, als ich dachte, besser, als ich es mir je erhofft hätte. Du bist perfekt, Roy, du bist perfekt, perfekt.«

Er lächelte unsicher. Er befürchtete noch immer, daß sie ihm die Augen auskratzen wollte.

Eve nahm seine rechte Hand, zog ihn durch die Küche, durch ein Eßzimmer, schaltete Lampen ein und redete dabei unaufhörlich vor sich hin: »Ich war bereit dazu ... wenn du *das* gewollt hättest. Aber das will ich auch nicht, dieses Betatschen und Drücken, dieses Schwitzen; es ekelt mich an, den Schweiß einer anderen Person auf mir zu fühlen, ganz glitschig und klebrig von dem Schweiß eines anderen Menschen zu sein, das kann ich nicht ertragen, es ist *widerlich.*«

»Flüssigkeiten«, sagte er voller Abscheu, »was kann an den Körperflüssigkeiten einer anderen Person aufreizend sein, was ist sexy daran, Flüssigkeiten auszutauschen?«

Mit wachsender Erregung zog sie ihn in eine Diele. »Mein Gott, Flüssigkeiten«, sagte sie, »da würde man doch am liebsten sterben, einfach *sterben*, bei all diesen Flüssigkeiten, die damit zu tun haben ... es ist so *naß*. Sie wollen an meinen Brüsten lecken und saugen, all dieser Speichel, es ist so schrecklich, und ihre Zunge in meinen Mund schieben ...«

»Speichel!« sagte er und verzog das Gesicht. »Um Gottes willen, was ist so erotisch daran, Speichel auszutauschen?«

Sie hatten die Schwelle ihres Schlafzimmers erreicht. Er hielt sie am Rand des Paradieses an, das sie gemeinsam schaffen würden.

»Sollte ich dich jemals küssen«, versprach er, »wird es ein trockener Kuß sein, so trocken wie Papier, trocken wie Sand.«

Eve zitterte vor Erregung.

»Keine Zunge«, versicherte er. »Nicht einmal die Lippen dürfen feucht sein.«

»Und niemals die Lippen aufeinander ...«

»... denn selbst bei einem trockenen Kuß ...«

»... würden wir ...«

»... unseren Atem austauschen ...«

»... und im Atem ist Feuchtigkeit ...«

»... Dämpfe aus den Lungen«, sagte er.

Roy war so froh ums Herz, daß er es fast nicht ertragen konnte. Er wußte, daß diese prachtvolle Frau ihm wirklich ähnlicher war, als er es hatte erhoffen können, als er aus diesem Fahrstuhl getreten war und sie zum erstenmal gesehen hatte. Sie waren zwei Stimmen, die sich zu einer Harmonie zusammengefunden hatten, zwei Herzen, die im Einklang schlugen, zwei Seelen, die sich zu ein und demselben Lied erhoben, die gefühlsmäßig eins waren.

»Kein Mann ist je in diesem Schlafzimmer gewesen«, sagte sie und führte ihn über die Schwelle. »Nur du. Nur du.«

Die Teile der Wände unmittelbar rechts und links vom Bett waren verspiegelt, wie auch die Decke direkt über dem Bett. Ansonsten waren Wände und Decke mit einer mitternachtsblauen Seidentapete von genau derselben Schattierung wie der Teppich bedeckt. In einer Ecke stand ein Stuhl, mit silberfarbener Seide gepolstert. Die beiden Fenster waren mit glänzenden, vernickelten Jalousien versehen. Das Bett war glatt und modern, mit einem runden Fußteil, einem Kopfteil, in das Regale und eine Ablage eingelassen waren, und hohen Vitrinen an der Seite. Es war mit mehreren Schichten glänzenden, mitternachtsblauen Satins bezogen, in dem silberne Sprenkel wie Sterne funkelten. Über dem Kopfteil war ein weiterer Spiegel angebracht. Statt einer Tagesdecke lag ein Silberfuchsfell darauf – »Nur ein Webpelz«, versicherte sie ihm, als er seiner Sorge um die Rechte hilfloser Tiere Ausdruck verlieh. Ein so glänzendes, luxuriöses Ding hatte er noch nie zuvor gesehen.

Hier war die Pracht, nach der Roy sich gesehnt hatte.

Die computerisierte Beleuchtung war stimmaktiviert. Dank einer ausgeklügelten Kombination von strategisch angebrachten Halogenstrahlern (mit einer Vielzahl gefärbter Linsen), spiegelumrahmten Neonleuchten in drei Farben (die einzeln, zu zweit oder dritt dazugeschaltet werden konnten) und einer einfallsreichen Anwendung von Fiberoptik ließen sich sechs verschiedene Grundnuancen justieren. Überdies konnte jede Beleuchtung stufenlos über einen stimmaktivierten Rheostaten eingestellt werden, der auf die Anweisungen »heller« und »dunkler« reagierte.

Als Eve einen Knopf im Kopfteil berührte, schoben sich die Tambourtüren der hohen Vitrinen neben dem Bett summend zurück und enthüllten Regale, auf denen Flaschen mit Lotionen und Duftölen standen und zehn oder zwölf Gummiphalli in verschiedenen Größen und Farben und eine Sammlung batterie- und handbetriebener Sexspielzeuge lagen, verwirrend in ihrer Form und Komplexität.

Eve schaltete einen CD-Player mit einem 100-CD-Wechsler ein und stellte ihn auf Zufallsauswahl. »Er ist mit allem möglichen geladen, von Rod Stewart bis zu Metallica. Elton John, Garth Brooks, die Beatles, die Bee Gees, Bruce Springsteen, Bob Seger, Screamin' Jay Hawkins, James Brown and the Famous Flames und Bachs *Goldberg-Variationen* ... Irgendwie ist es aufregender, wenn es so viele verschiedene Arten von Musik gibt und man nie weiß, was als nächstes kommen wird ...«

Nachdem er den Mantel, aber nicht die Anzugjacke abgelegt hatte, zog Roy Miro den Stuhl aus der Ecke. Er trug ihn an eine Seite des Bettes, neben das Fußteil, um einen herrlichen Blick zu haben, aber nicht selbst von den Spiegeln erfaßt zu werden und die zahlreichen Spiegelungen *ihrer* Perfektion zu verderben.

Er setzte sich und lächelte.

Sie stand voll bekleidet neben dem Bett, während Elton John von heilenden Händen sang. »Das ist wie ein Traum. Hier zu sein, genau das zu tun, was ich so gern tue, aber mit jemandem, der es zu würdigen weiß ...«

»Ich weiß es zu würdigen, wirklich.«

»... der mich verehrt ...«

»Ich verehre dich.«

»... der sich mir ausliefert ...«

»Ich gehöre dir.«

»... ohne die Schönheit des Akts zu beschmutzen.«

»Keine Flüssigkeiten. Kein Betatschen.«

»Plötzlich«, sagte sie, »bin ich so schüchtern wie eine Jungfrau.«

»Ich könnte dich stundenlang ansehen, ohne daß du dich ausziehst.«

Sie zerrte sich die Bluse so heftig vom Leib, daß Knöpfe absprangen und der Stoff riß. Nach einer Minute war sie völlig nackt, und von dem, was verborgen gewesen war, war mehr perfekt als unvollkommen.

»Verstehst du, warum ich nicht auf die übliche Weise mit einem Mann schlafen will?« sagte sie, während sie in seinem Keuchen des ungläubigen Vergnügens schwelgte. »Wofür brauche ich einen anderen Menschen, wenn ich doch mich habe?«

Danach wandte sie sich von ihm ab und fuhr mit dem fort, was sie getan hätte, wenn er nicht bei ihr gewesen wäre. Das Wissen, daß sie ihn völlig in ihrer Gewalt halten konnte, ohne ihn auch nur einmal berühren zu müssen, verschaffte ihr eindeutig eine immense Befriedigung.

Sie stellte sich vor den Spiegel, betrachtete sich aus jedem Winkel, streichelte sich zärtlich und staunend, und ihr Entzücken über das, was sie sah, erregte Roy dermaßen, daß er nur noch ganz flach atmen konnte.

Als Bruce Springsteen schließlich von Whiskey und Autos sang, ging sie zum Bett und zog das Silberfuchsfell herunter. Einen Augenblick lang war Roy enttäuscht, denn er hatte sehen wollen, wie sie sich auf dem glänzenden Pelz wand, ob er nun falsch oder echt war. Doch sie zog auch die Satinlaken herunter und enthüllte einen Matratzenbezug aus schwarzem Gummi, der ihn augenblicklich faszinierte.

Von einem Regalbrett in einer der offenen Vitrinen nahm sie eine Flasche mit juwelenreinem, bernsteinfarbigem Öl, schraubte den Verschluß ab und goß eine kleine Menge davon mitten auf das Bett. Ein feiner, angenehmer Geruch trieb zu Roy hinüber, so leicht und frisch wie eine Frühlingsbrise: nicht der Duft von Blumen, sondern das Aroma von Gewürzen – Zimt, Ingwer und anderen, exotischeren Ingredienzen.

Während James Brown von brennender Begierde sang, wälzte Eve sich auf das große Bett und setzte sich mit gespreizten Beinen auf die Ölpfütze. Sie salbte ihre Hände und arbeitete die bernsteinfarbene Essenz in ihre makellose Haut ein. Fünfzehn Minuten lang bewegten ihre Hände sich wissend über jede Krümmung und Ebene ihres Körpers, verweilten bei jeder wunderschönen, nachgiebigen Rundung und jeder schattigen, geheimnisvollen Spalte. Fast immer war das, was Eve berührte, perfekt. Doch wenn sie einen Teil berührte, der unter Roys Niveau war und ihn bestürzte, konzentrierte er sich auf ihre Hände, denn sie waren makellos – zumindest bis zu den allzu knochigen Ellen und Speichen.

Der Anblick von Eve auf dem glänzenden schwarzen Gummi, ihres üppigen goldenen und rosa Körpers, eingeölt mit einer Flüssigkeit, die befriedigend rein und nicht menschlichen Ursprungs war, hatte Roy Miro auf eine spirituelle Ebene erhoben, die er noch nie zuvor erreicht hatte, nicht einmal mit den geheimen östlichen Meditationstechniken; nicht einmal, als ein Medium bei einer Séance in Pacific Heights den Geist seiner toten Mutter herbeigerufen hatte; nicht einmal mit Peyote oder vibrierenden Kristallen oder sogar einer Hydro-Colon-Therapie, die von einer unschuldig aussehenden einundzwanzigjährigen Krankenschwester durchgeführt wurde, welche sich angemessenerweise wie eine Pfadfinderin angezogen hatte. Und dem gemächlichen Tempo nach zu urteilen, das sie an den Tag ˙egte, würde Eve ihren prächtigen Körper wohl stundenlang erkunden.

Folglich tat Roy etwas, das er noch nie zuvor getan hatte. Er holte seinen Piepser aus der Tasche, und da sich dieses Modell nicht ausschalten lie 3, öffnete er die Plastikplatte auf der Rückseite und nahm die Batterien heraus.

Eine Nacht lang mußte sein Land ohne ihn auskommen, und die leidende Menschheit würde sich ohne ihren Fürsprecher behelfen müssen.

Der Schmerz holte Spencer aus einem schwarzweißen Traum, voll surrealer Architektur und mutierter Biologie, der um so beunruhigender war, da es ihm an Farben mangelte. Sein gesamter Körper war eine Masse chronischer Schmerzen, die dumpf und unaufhörlich pochten, aber ein scharfer Schmerz direkt unter seinem Schädelknochen brach die Ketten seines unnatürlichen Schlafs.

Es war noch immer Nacht. Oder schon wieder Nacht. Er wußte es nicht.

Er lag auf dem Rücken, auf einer Luftmatratze, unter einer Decke. Seine Schultern und der Kopf wurden von einem Kissen und etwas unter dem Kissen gestützt.

Das leise Zischen und charakteristische unheimliche Leuchten einer Grubenlampe identifizierte die Lichtquelle irgendwo hinter ihm.

Das flackernde Licht enthüllte rechts und links vom Wetter geglättete Felsformationen. Direkt vor ihm lag eine Ebene, die er für die Mojave-Wüste hielt, überzogen mit einem Zuckerguß der Nacht, den die Strahlen der Lampe nicht schmelzen konnten. Über ihm erstreckte sich von einem Felsblock zum anderen eine zur Tarnung in Wüstenfarben getönte Zeltleinwand.

Ein weiterer scharfer Schmerz stach durch seine Kopfhaut.

»Bleiben Sie ruhig liegen«, sagte sie.

Ihm wurde klar, daß sein Kissen auf ihren übereinandergeschlagenen Beinen ruhte und sein Kopf in ihrem Schoß lag.

»Was machen Sie da?« Es erschreckte ihn, wie schwach seine Stimme klang.

»Ich nähe diese Wunde.«

»Das können Sie nicht.«

»Sie bricht immer wieder auf und blutet.«

»Ich bin doch keine Steppdecke.«

»Was soll das heißen?«

»Sie sind keine Ärztin.«

»Ach nein?«

»Oder sind Sie doch eine?«

»Nein. *Bleiben Sie ruhig liegen!*«

»Es tut weh.«

»Natürlich.«

»Sie wird sich entzünden«, sagte er besorgt.

»Ich habe Ihnen zuerst die Haare abrasiert und die Stelle dann sterilisiert.«

»Sie haben mir eine *Glatze* geschnitten?«

»Nur eine kleine Stelle, um den Riß.«

»Wissen Sie überhaupt, was Sie da tun?«

»Meinen Sie, was das Rasieren oder das Verarzten betrifft?«

»Sowohl als auch.«

»Ich habe gewisse Grundkenntnisse.«

»Autsch, verdammt!«

»Wenn Sie sich wie ein Baby anstellen, werde ich Ihnen eine Spritze geben und Sie örtlich betäuben.«

»Sie haben so was dabei? Warum haben Sie mir keine Spritze verpaßt?«

»Sie waren bereits bewußtlos.«

Er schloß die Augen, ging durch einen schwarzweißen Ort, der aus Knochen bestand, unter einem Gewölbe aus Schädeln einher und öffnete die Augen wieder. »Na ja«, sagte er, »jetzt bin ich es nicht mehr.«

»Was sind Sie nicht?«

»Bewußtlos.«

»Sie waren es gerade wieder. Zwischen unserem letzten Wortwechsel und diesem sind ein paar Minuten verstrichen. Und während Sie ohnmächtig waren, habe ich weitergemacht. Ich bin fast fertig. Noch ein Stich, und Sie haben's geschafft.«

»Warum haben wir angehalten?«

»Das Fahren ist Ihnen nicht gut bekommen.«

»Ist doch Blödsinn.«

»Sie mußten behandelt werden. Und jetzt brauchen Sie Ruhe. Außerdem reißt die Wolkendecke schnell auf.«

»Wir müssen weiter. Wer zuerst kommt, zeichnet zuerst.«

»Zeichnet? Ist ja interessant.«

Er runzelte die Stirn. »Habe ich ›zeichnet‹ gesagt? Warum wollen Sie mich verwirren?«

»Weil es so einfach ist. Da – der letzte Stich.«

Spencer schloß die verklebten Augen. In der düsteren Schwarzweißwelt stöberten Schakale mit menschlichen Gesichtern in den von Schlingpflanzen überwucherten Trümmern einer einstmals großen Kathedrale. Aus Räumen, die unter den Ruinen verborgen waren, drang das Weinen von Kindern.

Als er die Augen öffnete, lag er flach auf dem Boden. Sein Kopf ruhte nur noch auf einem ein paar Zentimeter hohem Kissen.

Valerie saß neben ihm auf dem Boden und betrachtete ihn. Ihr dunkles Haar fiel weich an einer Seite ihres Gesichts hinab, und im Licht der Lampe war sie sehr hübsch.

»Sie sind hübsch im Licht der Lampe«, sagte er.

»Gleich fragen Sie mich, ob ich Wassermann oder Steinbock bin.«

»Nein, das ist mir scheißegal.«

Sie lachte.

»Mir gefällt, wie Sie lachen«, sagte er.

Sie lächelte, wandte den Kopf ab und schaute nachdenklich auf die dunkle Wüste hinaus.

»Was gefällt Ihnen an mir?« fragte er.

»Mir gefällt Ihr Hund.«

»Ein toller Hund. Was noch?«

Sie sah ihn wieder an. »Sie haben schöne Augen«, sagte sie.

»Wirklich?«

»Ehrliche Augen.«

»Ach was? Ich hatte auch mal schönes Haar. Das ist jetzt weg. Man hat mich verstümmelt.«

»Rasiert. Nur eine kleine Stelle.«

»Rasiert und dann verstümmelt. Was machen Sie hier draußen in der Wüste?«

Sie sah ihn eine Weile an und wandte den Kopf dann ab, ohne zu antworten.

So leicht würde er sie nicht davonkommen lassen. »Was machen Sie hier draußen? Ich werde so lange fragen, bis die Wiederholung Sie in den Wahnsinn treibt. Was machen Sie hier draußen?«

»Ihren Arsch retten.«

»Geschickte Antwort. Ich meine, wieso sind Sie überhaupt in die Wüste gefahren?«

»Weil ich nach Ihnen gesucht habe.«

»Warum?« fragte er.

»Weil Sie nach mir gesucht haben.«

»Aber um Gottes willen, wie haben Sie mich gefunden?«

»Mit einem Pendel.«

»Ich kann Ihnen wohl kein Wort glauben.«

»Sie haben recht. Es waren Tarotkarten.«

»Vor wem sind wir auf der Flucht?«

Sie zuckte mit den Achseln. Die Wüste beanspruchte wieder ihre Aufmerksamkeit. »Vor der Geschichte, vermute ich«, sagte sie schließlich.

»Da passiert es schon wieder. Sie wollen mich verwirren.«

»Besonders vor der Küchenschabe.«

»Wir laufen vor einer Küchenschabe davon?«

»So nenne ich ihn. Weil es ihn wütend macht.«

Sein Blick hob sich von Valerie zu dem Segeltuch drei Meter über ihnen. »Warum das Dach?«

»Zur Tarnung. Es besteht darüber hinaus aus einem Wärme zerstreuenden Material, damit wir auf einer Infrarotaufnahme keine allzu starken Eindrücke hinterlassen.«

»Bei einer Aufnahme?«

»Augen im Himmel.«

»Gott?«

»Nein, die Küchenschabe.«

»Die Küchenschabe hat Augen im Himmel?«

»Er und seine Leute, ja.«

Spencer dachte darüber nach. »Ich weiß nicht«, sagte er schließlich, »ob ich wach bin oder träume.«

»An manchen Tagen«, sagte sie, »weiß ich das auch nicht.« In der schwarzweißen Welt brodelte der Himmel vor Augen, und eine große, weiße Eule flog über ihn hinweg und warf einen Mondschatten von der Gestalt eines Engels.

Eves Begierde war unersättlich, und ihre Energie war unerschöpflich, als würde jeder ausgedehnte Anfall von Ekstase sie elektrisieren statt ermüden. Nach einer Stunde wirkte sie lebendiger, schöner, strahlender denn je zuvor.

Vor Roys bewundernden Blicken schien ihr unglaublicher Körper von ihrem unaufhörlichen, rhythmischen Biegen, Beugen und Biegen gemeißelt und aufgepumpt zu werden, von ihrem Krümmen, Stoßen und Schieben, wie eine lange Sitzung des Eisenstemmens einen Bodybuilder aufpumpte. Nach Jahren der Erkundung aller Möglichkeiten, wie sie sich befriedigen konnte, erfreute sie sich einer Biegsamkeit, die Roy irgendwo zwischen der einer Turnerin einschätzte, die bei den Olympischen Spielen eine Goldmedaille gewonnen hatte, und der einer Schlangenfrau auf einem Jahrmarkt, kombiniert mit der Ausdauer eines Husky-Hundeschlittengespanns. Es bestand nicht der geringste Zweifel, daß sie während einer Sitzung allein auf ihrem Bett gründlich jeden Muskel vom strahlenden Kopf bis zu den niedlichen Zehen beanspruchte.

Trotz der erstaunlichen Knoten, zu denen sie sich verschlang, trotz der bizarren sexuellen Intimitäten, die sie bei sich vornahm, wirkte sie nie grotesk oder absurd, sondern stets unfehlbar schön, aus jedem Blickwinkel, selbst bei den unwahrscheinlichsten Handlungen. Sie war auf diesem schwarzen Gummi stets Milch und Honig, Pfirsich und Sahne, fließend und geschmeidig, das begehrenswerteste Geschöpf, das die Erde je verschönert hatte.

Nach einer weiteren halben Stunde war Roy davon überzeugt, daß sechzig Prozent der Merkmale dieses Engels – sowohl ihres Körpers als auch ihres Gesichts – selbst nach strengsten Maßstäben perfekt waren. Weitere fünfunddreißig Prozent von ihr waren nicht perfekt, aber so *nah* an der Vollkommenheit, daß es ihm fast das Herz brach, und lediglich fünf Prozent waren minder anziehend.

Nichts an ihr – nicht die geringste Linie oder konkave oder konvexe Krümmung – war häßlich.

Roy nahm an, daß Eve bald aufhören mußte, sich Vergnügen zu verschaffen, oder bewußtlos zusammenbrechen würde. Doch am

Ende dieser zweiten Stunde schien sie mehr Verlangen und Energie zu haben als am Anfang. Die Macht ihrer Sinnlichkeit war so groß, daß jedes Musikstück von ihrem horizontalen Tanz verändert wurde, bis es den Anschein hatte, daß sie alle, sogar das von Bach, ausdrücklich als Partitur für einen pornographischen Film komponiert worden waren. Von Zeit zu Zeit rief sie die Nummer eines neuen Beleuchtungsarrangements auf, sagte zu dem Rheostat »Heller!« oder »Dunkler!«, und ihre Auswahl war stets die schmeichelhafteste für die nächste Position, die sie einnahm.

Es erregte sie, sich selbst in den Spiegeln zu beobachten. Und sich zu beobachten, wie sie sich beobachtete. Und sich zu beobachten, wie sie beobachtete, wie sie sich beobachtete. Die Unendlichkeit der Bilder sprang zwischen den Spiegeln auf den gegenüberliegenden Seiten hin und her, bis sie glauben konnte, das Universum mit Replikationen ihrer selbst gefüllt zu haben. Es schien sich um Zauberspiegel zu handeln, welche die gesamte Energie einer jeden Reflektion zurück in ihr dynamisches Fleisch übertrugen und sie mit Kraft überluden, bis sie zu einer unaufhörlich arbeitenden blonden Maschine der Erotik wurde.

Irgendwann während der dritten Stunde gaben die Batterien in einigen ihrer Lieblingsspielzeuge auf, und bei anderen klemmten einzelne Teile, und sie gab sich wieder dem gekonnten Spiel ihrer bloßen Hände hin. Eine Zeitlang schienen ihre Hände sogar von ihr losgelöste Wesen zu sein, jede mit einem Eigenleben. Sie befanden sich in einer solchen Raserei der Lust, daß sie sich nicht lange mit nur einem ihrer vielen Schätze beschäftigen konnten; sie glitten immer wieder über ihre üppigen Kurven, ihre eingeölte Haut hinauf und hinab, massierten und zwickten und liebkosten und streichelten einen Wonnepunkt nach dem anderen. Sie waren wie zwei ausgehungerte Gäste bei einem sagenhaften Buffet, das aufgebaut worden war, um das unmittelbar bevorstehende Armageddon zu feiern, Gäste, denen nur ein paar wertvolle Sekunden blieben, um sich vollzustopfen, bevor alles von der zur Nova gewordenen Sonne ausgelöscht wurde.

Aber die Sonne wurde natürlich nicht zur Nova, und irgendwann – wenn auch nur allmählich – wurden diese einzigartigen Hände langsamer, immer langsamer, bis sie schließlich übersättigt innehielten. Wie auch ihre Herrin.

Nachdem es vorüber war, konnte Roy sich eine Weile nicht von seinem Stuhl erheben. Er konnte sich nicht einmal auf der Stuhlkante zurücklehnen. Er war taub, gelähmt, und in jedem seiner Glieder kribbelte es seltsam.

Schließlich erhob Eve sich von dem Bett und ging in das angrenzende Badezimmer. Als sie mit zwei Handtüchern – eins feucht, eins trocken – zurückkehrte, glänzte sie nicht mehr vor Öl. Mit dem feuchten Tuch entfernte sie den schimmernden Rückstand von der Gummimatratze, mit dem trockenen wischte sie die Unterlage dann sorgfältig ab. Dann zog sie das Laken darüber, das sie zuvor entfernt hatte.

Roy gesellte sich zu ihr auf das Bett. Eve lag auf dem Rücken, den Kopf auf einem Kissen. Er streckte sich neben ihr aus, ebenfalls auf dem Rücken, den Kopf auf einem anderen Kissen. Sie war noch immer herrlich nackt, und er blieb vollständig bekleidet – obwohl er irgendwann während der Nacht seine Krawatte um zwei, drei Zentimeter gelockert hatte.

Keiner von ihnen beging den Fehler, ein Wort darüber zu verlieren, was sich gerade ereignet hatte. Bloße Worte hätten dem Ereignis keine Gerechtigkeit widerfahren lassen können und hätten eine fast religiöse Odyssee vielleicht irgendwie geschmacklos erscheinen lassen. Auf jeden Fall wußte Roy bereits, daß Eve ihre Erfüllung gefunden hatte; und was ihn betraf ... nun ja, er hatte in diesen wenigen Stunden mehr körperliche menschliche Perfektion gesehen – und überdies noch in *Aktion* – als in seinem gesamten Leben zuvor.

Er betrachtete das Spiegelbild seiner Geliebten an der Decke, während sie das seine musterte, und nach einer Weile begann er zu sprechen, und die Nacht trat in eine neue Phase der Kommunikation ein, die fast so intim, intensiv und lebensverändernd war wie die körperliche Phase, die ihr vorausgegangen war. Er sprach erneut über die Macht des Mitgefühls, versuchte seine Idee zu verdeutlichen. Er erklärte ihr, daß die Menschheit stets nach Perfektion hungerte. Die Menschen würden unerträgliche Schmerzen auf sich nehmen, schreckliche Not akzeptieren, grausame Brutalität ertragen, in ständigem und erbärmlichem Schrecken leben – wenn sie nur davon überzeugt waren, daß ihr Leiden der Tribut war, den sie auf dem Weg zum Utopia, zum Himmel auf Erden, zahlen mußten. Eine Person, die von Mitgefühl getrieben wurde und die sich gleichzeitig der Bereitschaft der Massen zum Leiden bewußt war, konnte die Welt verändern. Obwohl er, Roy Miro mit den fröhlichen blauen

Augen und dem Nikolauslächeln, nicht glaubte, über das Charisma zu verfügen, um jener Führer der Führer werden zu können, der den nächsten Kreuzzug für die Perfektion in Gang setzen würde, hoffte er doch, dieser besonderen Person dienen zu können, und zwar gut.

»Ich zünde meine kleinen Kerzen an«, sagte er. »Eine nach der anderen.«

Roy sprach stundenlang, während Eve zahllose Fragen einwarf und kluge Kommentare gab. Es faszinierte ihn, daß seine Ideen sie fast so sehr erregten wie ihre batteriebetriebenen Spielzeuge und ihre geübten Hände zuvor.

Sie war besonders bewegt, als er ihr erklärte, wie eine aufgeklärte Gesellschaft auf der Arbeit von Dr. Kevorkian aufbauen und mitfühlend nicht nur der Selbstvernichtung von Menschen beistehen sollte, die Selbstmord begehen wollte, sondern auch der jener armen Seelen, die an starken Depressionen litten; die nicht nur den Todkranken leichte Auswege bieten sollte, sondern auch den chronisch Kranken, den Behinderten, den Verstümmelten, den psychologisch Beeinträchtigten.

Und als Roy über seine Vorstellungen für ein Selbstmord-Beistands-Programm für Kleinkinder sprach, um eine mitfühlende Lösung für das Problem der Babys zu bieten, die mit Behinderungen, und seien sie auch nur leicht, geboren wurden, welche ihr Leben beeinträchtigen konnten, gab Eve ein paar atemlose Geräusche von sich, die jenen ähnelten, die ihr bei ihren Krämpfen der Leidenschaft über die Lippen gekommen waren. Sie drückte erneut die Hände auf ihre Brüste, doch diesmal nur in dem Versuch, das heftige Hämmern ihres Herzens zu beruhigen.

Als Eve ihre Hände mit ihren Brüsten füllte, konnte Roy den Blick nicht von dem Spiegelbild von ihr abwenden, das über ihm schwebte. Einen Augenblick lang glaubte er, angesichts ihres zu sechzig Prozent perfekten Gesichts und Körpers weinen zu müssen.

Irgendwann vor der Morgendämmerung schickten die intellektuellen Orgasmen sie so befriedigt in den Schlaf, wie es körperlichen nicht möglich gewesen wäre. Roy war so erfüllt, daß er nicht einmal träumte.

Stunden später weckte Eve ihn. Sie hatte bereits geduscht und sich angezogen.

»Du hast nie strahlender ausgesehen«, sagte er.

»Du hast mein Leben verändert«, sagte sie.

»Und du das meine.«

Obwohl sie zu spät zur Arbeit in ihren Betonbunker kam, fuhr sie ihn zu dem Hotel am Strip, in dem Prock, sein schweigsamer Fahrer vom Vorabend, sein Gepäck abgeliefert hatte. Es war Samstag, doch Eve arbeitete sieben Tage in der Woche. Roy bewunderte ihre Hingabe.

Der Wüstenmorgen war hell. Der Himmel war von einem kühlen, heiteren Blau.

Bevor Roy ausstieg, verabredeten sie vor dem Hotel, unter dem Säulengang am Portal, sich bald wieder zu treffen, um sich dann aufs neue den Vergnügungen der gerade vergangenen Nacht zu ergeben.

Er blieb am Eingang stehen und sah ihr nach, wie sie davonfuhr. Als sie nicht mehr zu sehen war, ging er hinein. Er ging am Empfang vorbei, durch das laute Kasino und nahm einen Fahrstuhl zum fünfunddreißigsten und obersten Stockwerk des Hauptturms.

Er konnte sich nicht erinnern, einen Fuß vor den anderen gesetzt zu haben, seit er aus ihrem Wagen gestiegen war. Er hätte schwören können, zum Fahrstuhl geschwebt zu sein.

Er hätte sich niemals träumen lassen, daß seine Verfolgung des flüchtigen Miststücks und des Mannes mit der Narbe ihn zu der perfektesten Frau auf der Welt führen würde. Das Schicksal war schon eine komische Sache.

Als die Türen sich im fünfunddreißigsten Stock öffneten, trat Roy in einen langen Gang mit einem festverklebten, Ton in Ton gehaltenen Edward-Fields-Teppichboden. Der Korridor war so breit und lang, daß man ihn auch als Galerie hätte bezeichnen können, und mit Antiquitäten aus dem Frankreich des frühen neunzehnten Jahrhunderts und durchaus ansehnlichen Gemälden aus derselben Periode ausgestattet.

Dies war eins von drei Stockwerken, die ursprünglich dazu gedacht waren, Kunden, die unten an den Spieltischen gewaltige Vermögen setzten, große, kostenlose Luxussuiten zur Verfügung zu stellen. Das vierunddreißigste und dreiunddreißigste Stockwerk dienten noch immer diesem Zweck. Doch nachdem die Agency das Hotel und Kasino gekauft hatte, um damit gleichermaßen Geld zu verdienen und waschen zu können, waren die Suiten in der obersten Etage für Agenten in leitenden Positionen von außerhalb reserviert.

Der fünfunddreißigste Stock verfügte über einen eigenen Concierge, der in einem behaglichen Büro gegenüber vom Fahrstuhl untergebracht war. Roy ließ sich von dem gerade Diensttuenden, Henry, den Schlüssel für seine Suite geben. Der Mann runzelte angesichts des zerknitterten Anzugs seines Gastes nicht einmal die Stirn.

Mit dem Schlüssel in der Hand ging Roy leise pfeifend zu seinem Zimmer. Er freute sich auf eine heiße Dusche, eine Rasur und ein üppiges Frühstück vom Zimmerservice. Doch als er die vergoldete Tür öffnete und die Suite betrat, stellte er fest, daß zwei örtliche Agenten auf ihn warteten. Sie legten eine akute, aber respektvolle Bestürzung an den Tag, und erst als Roy sie sah, fiel ihm wieder ein, daß sein Piepser in einer seiner Jackentaschen und die Batterien in einer anderen waren.

»Wir haben seit vier Uhr morgens überall nach Ihnen gesucht«, sagte einer seiner Besucher.

»Wir haben Grants Explorer gefunden«, sagte der andere.

»Verlassen«, sagte der erste. »Man hat eine Bodensuche nach ihm eingeleitet ...«

»... obwohl er tot sein könnte ...«

»... vielleicht aber auch gerettet wurde ...«

»... denn es sieht ganz so aus, als wäre jemand vor uns dort gewesen ...«

»... auf jeden Fall haben wir andere Reifenspuren gefunden ...«

»... wir haben also nicht viel Zeit, müssen etwas unternehmen ...«

Roy stellte sich Eve Jammer vor: golden und rosa, eingeölt und Lockerungsübungen machend, sich auf schwarzem Gummi windend, in mehr Merkmalen perfekt als unvollkommen. Das würde ihm Kraft geben, ganz gleich, als wie schlecht der Tag sich erweisen würde.

Spencer wachte in dem purpurnen Schatten unter dem Tarnstoff auf, doch die Wüste dahinter war in grelles, weißes Sonnenlicht gebadet.

Das Licht tat ihm in den Augen weh, zwang ihn, sie zusammenzukneifen, doch dieser Schmerz war nichts im Vergleich zu dem, der in einer leicht gebogenen Diagonale seinen Schädel von der einen Schläfe zur anderen spaltete. Hinter seinen Augäpfeln drehten sich rote Lichter wie rasiermesserscharfe Stecknadelköpfe.

Ihm war fürchterlich heiß. Er verbrannte. Obwohl er argwöhnte, daß der Tag nicht besonders warm war. Durstig. Seine Zunge schien geschwollen zu sein. Sie klebte am Gaumen. Sein Hals war kratzig, rauh.

Er lag noch immer auf einer Luftmatratze, den Kopf auf einem niedrigen Kissen, trotz der unerträglichen Hitze unter einer Decke – aber er lag nicht mehr allein dort. Die Frau kuschelte sich an seine rechte Seite, übte einen süßen Druck auf seine Rippen, die Hüfte und Schenkel aus. Irgendwie hatte er den rechten Arm um sie gelegt, ohne daß sie Einspruch erhoben hatte – *Immerhin etwas, Spence, alter Knabe!* –, und nun genoß er das Gefühl von ihr unter seiner Hand: so warm, so weich, so schlank, so pelzig.

Ungewöhnlich pelzig für eine Frau.

Er drehte den Kopf und sah Rocky.

»Hallo, Kumpel.«

Das Sprechen tat weh. Jedes Wort war eine stachlige Gräte, die durch seinen Hals gezerrt wurde. Und seine kurze Ansprache hallte durchdringend in seinem Schädel, als würde sie von Verstärkern in den Nebenhöhlen übertragen.

Der Hund leckte Spencers rechtes Ohr.

»Ja«, sagte er flüsternd, um seinen Hals zu schonen, »ich hab' dich auch gern.«

»Störe ich etwa?« fragte Valerie und ließ sich auf seiner linken Seite auf die Knie nieder.

»Nur ein Junge und sein Hund, die sich keinen Zwang antun.«

»Wie fühlen Sie sich?«

»Beschissen.«

»Sind Sie gegen irgendwelche Medikamente allergisch?«

»Ich kann den Geschmack von Pepto-Bismol nicht ausstehen.«

»Sind Sie gegen irgendwelche Antibiotika allergisch?«

»Es dreht sich alles.«

»Sind Sie allergisch gegen irgendwelche Antibiotika?«

»Von Erdbeeren krieg ich Ausschlag.«

»Phantasieren Sie, oder sind Sie einfach nur schwierig?«

»Beides.«

Vielleicht war er wieder eine Weile weggetreten, denn danach bekam er mit, daß sie ihm eine Spritze in den linken Arm gab. Er roch den Alkohol, mit dem sie die Haut über der Ader abgetupft hatte.

»Antibiotika?« flüsterte er.

»Flüssige Erdbeeren.«

Der Hund lag nicht mehr neben Spencer. Er saß neben der Frau und beobachtete interessiert, wie sie die Nadel aus dem Arm seines Herrn zog.

»Habe ich eine Infektion?« fragte Spencer.

»Vielleicht eine sekundäre. Ich will kein Risiko eingehen.«

»Sind Sie Krankenschwester?«

»Weder Ärztin noch Krankenschwester.«

»Woher wissen Sie dann, was Sie zu tun haben?«

»Er sagt es mir«, antwortete sie und zeigte auf Rocky.

»Ha, ha. Immer ein Scherz auf den Lippen. Sie müssen Komikerin sein.«

»Ja, aber eine mit einem Diplom für Spritzensetzen. Glauben Sie, Sie können etwas Wasser bei sich behalten?«

»Wie wäre es mit Eiern und Schinken?«

»Versuchen Sie es erst mal mit Wasser. Das letzte haben Sie erbrochen.«

»Wie ekelhaft.«

»Sie haben sich entschuldigt.«

»Ich bin eben ein Gentleman.«

Selbst mit ihrer Hilfe mußte er bei dem Versuch, sich aufzusetzen, bis an die Grenze seiner Kräfte gehen. Er mußte ein paarmal würgen, aber das Wasser schmeckte kühl und süß, und er hoffte, es im Magen behalten zu können.

»Sagen Sie mir die Wahrheit«, sagte er, nachdem sie ihn wieder auf den Rücken hinabgelassen hatte.

»Wenn ich sie nur wüßte.«

»Liege ich im Sterben?«

»Nein.«

»Wir haben hier eine Regel«, sagte er.

»Und die wäre?«

»Nie den Hund belügen!«

Sie sah Rocky an.

Der Hund wedelte mit dem Schwanz.

»Belügen Sie sich selbst. Belügen Sie mich. Aber belügen Sie nie den Hund!«

»Was Regeln betrifft, scheint die ziemlich vernünftig zu sein«, sagte sie.

336

»Also, werde ich sterben?«

»Ich weiß es nicht.«

»Schon besser«, sagte Spencer und wurde ohnmächtig.

Roy Miro brauchte fünfzehn Minuten, um sich zu rasieren, die Zähne zu putzen und zu duschen. Er zog Freizeithosen, einen roten Baumwollpulli und eine braune Kordjacke an. Für das Frühstück, das er sich so ersehnt hatte, blieb ihm keine Zeit. Henri, der Concierge, besorgte ihm zwei Schoko-Mandel-Croissants in einer weißen Papiertüte und zwei Tassen des besten kolumbianischen Kaffees in Wegwerf-Thermo-Bechern aus Plastik.

In einer Ecke des Hotelparkplatzes wartete ein Bell JetRanger-Hubschrauber auf Roy. Wie in dem Jet aus L.A. war er der einzige Gast in der üppig gepolsterten Passagierkabine.

Auf dem Flug zur Fundstelle in der Mojave-Wüste aß Roy beide Croissants und trank den schwarzen Kaffee, während er über den Computer in seinem Aktenkoffer Verbindung mit Mama aufnahm und die Ergebnisse der letzten Nacht abfragte.

Es war nicht viel passiert. Im südlichen Kalifornien war John Kleck auf keinerlei Spuren gestoßen, die ihm verraten hätten, wohin die Frau sich gewandt hatte, nachdem sie ihren Wagen am Flughafen vom Orange County stehengelassen hatte. Genausowenig war es ihnen gelungen, die Telefonnummer herauszufinden, an die Grants so clever programmiertes System die Fotos von Roy und seinen Männern aus der Hütte in Malibu gefaxt hatte.

Die bedeutendste Nachricht, die allerdings auch nicht umwerfend war, kam aus San Francisco. Der Agent, der George und Ethel Porth aufspüren sollte – die Großeltern, die Spencer Grant nach dem Tod seiner Mutter offenbar großgezogen hatten – wußte nun aufgrund städtischer Unterlagen, daß vor zehn Jahren ein Totenschein für Ethel ausgestellt worden war. Anscheinend hatte ihr Mann das Haus damals aus diesem Grund verkauft. George Porth war ebenfalls gestorben, vor drei Jahren. Nun, da der Agent nicht mehr hoffen konnte, mit den Porths über ihren Enkel zu sprechen, schlug er in seiner Ermittlung andere Wege ein.

Durch Mama leitete Roy eine Nachricht an die E-Mail-Nummer des Agenten in San Francisco weiter und schlug vor, er solle die Unterlagen des Nachlaßgerichts daraufhin überprüfen, wer etwas von Ethel Porth oder später von ihrem Mann geerbt hatte. Vielleicht hatten die Porths ihren Enkel nicht als »Spencer Grant« gekannt und in ihren Testamenten seinen richtigen Namen benutzt. Falls sie aus irgendeinem unerklärlichen Grund die Verwendung einer falschen Identität bei der Bewerbung beim Militär geduldet oder sogar begünstigt hatten, hatten sie in den Testamenten vielleicht doch den richtigen Namen angegeben.

Es war keine verheißungsvolle Spur, aber es konnte sich lohnen, ihr nachzugehen.

Als Roy den Computer ausstöpselte und den Aktenkoffer schloß, informierte der Pilot ihn über die Bordsprechanlage darüber, daß sie noch eine Minute von ihrem Ziel entfernt waren. »Sie können es rechts schon sehen.«

Roy beugte sich zu dem Fenster neben seinem Sitz. Sie flogen fast genau in östliche Richtung durch die Wüste einen breiten ausgetrockneten Flußlauf entlang.

Das Funkeln der Sonne auf dem Sand war intensiv. Er nahm eine Sonnenbrille aus einer Innentasche seiner Jacke und setzte sie auf.

Vor ihm drängten sich drei Jeeps, alles Fahrzeuge der Agency, in der Mitte der trockenen Bodenrinne zusammen. Acht Männer warteten in der Nähe der Wagen, und die meisten beobachteten den sich nähernden Hubschrauber.

Der JetRanger fegte über die Jeeps und Agenten hinweg, und als der Hubschrauber über den Rand eines Abgrunds flog, fiel das Land unter ihm plötzlich dreihundert Meter tief ab. Auch Roys Magen sackte tiefer, wegen der abrupten Veränderung der Perspektive und weil Roy etwas bemerkt hatte, aber nicht glauben konnte, daß er es tatsächlich gesehen hatte.

Hoch über dem Talboden zog der Pilot den Hubschrauber in einer weiten Kurve nach rechts, und Roy bekam einen besseren Blick auf die Stelle geboten, an der der Flußlauf auf den Rand der Klippe traf. Mehr noch, der Pilot benutzte die beiden Felstürme in der Mitte des Trockenflusses als visuellen Drehpunkt und flog einen vollen Kreis von dreihundertundsechzig Grad. Roy konnte somit den Explorer aus jedem erdenklichen Winkel betrachten.

Er nahm die Sonnenbrille ab, sah den Geländewagen nun im vollen Glanz des Tageslichts. Als der JetRanger den Kreisflug vollendete und in der Nähe der Jeeps im Trockenlauf landete, setzte er die Brille wieder auf.

Als Roy aus dem Hubschrauber stieg, wurde er von Ted Tavelov begrüßt, dem Einsatzleiter an der Fundstätte. Tavelov war kleiner und zwanzig Jahre älter als Roy, schlank und sonnengebräunt; da er sich viele Jahre lang draußen in der Wüste aufgehalten hatte, war seine Haut ledrig und trocken wie die eines Büffels geworden. Er war mit Cowboystiefeln, Jeans, einem blauen Flanellhemd und einem Stetson bekleidet. Obwohl der Tag kühl war, trug Tavelov keine Jacke, als hätte er so viel Hitze der Mojave-Wüste in seiner Haut gespeichert, daß ihm nie wieder kalt sein würde.

Als sie zum Explorer gingen, verstummte der Motor des Hubschraubers hinter ihnen. Die Rotoren drehten sich langsamer und hielten schließlich inne.

»Wie man mir mitgeteilt hat, gibt es keine Spur von dem Mann oder dem Hund«, sagte Roy.

»In dem Wagen liegt nur 'ne tote Ratte.«

»Stand das Wasser wirklich *so* hoch, als es den Geländewagen zwischen den Felsen eingeklemmt hat?«

»Ja. Irgendwann gestern nachmittag, auf dem Höhepunkt des Sturms.«

»Dann ist er vielleicht hinausgeschwemmt worden und den Abhang heruntergestürzt.«

»Nicht, wenn er sich angeschnallt hatte.«

»Tja, vielleicht hat er weiter flußaufwärts versucht, zum Ufer zu schwimmen.«

»Wenn man versucht, in einer Springflut zu schwimmen, wäre man ein Narr. Das Wasser fließt mit dem Tempo eines Schnellzugs. Ist dieser Mann ein Narr?«

»Nein.«

»Sehen Sie diese Spuren hier?« sagte Tavelov und deutete auf Reifenabdrücke im Schlamm des Flußbetts. »Selbst der schwache Wind, der nach dem Sturm aufgekommen ist, hat sie etwas verwischt. Aber Sie können noch immer erkennen, daß jemand zum südlichen Rand gefahren ist, unter den Explorer, und sich wahrscheinlich auf das Dach seines Fahrzeugs gestellt hat, um dort hinaufzukommen.«

»Wann ist der Flußlauf dazu wieder trocken genug gewesen?«

»Wenn der Regen aufhört, sinkt die Wasserhöhe rapide. Und dieser Boden, tiefer Sand ... er nimmt das Wasser rasch auf. Sagen wir, gestern abend gegen sieben oder acht.«

Sie standen tief in der felsumsäumten Passage und sahen zu dem Explorer hoch. »Grant hätte hinabgeklettert und davongegangen sein können, bevor das andere Fahrzeug hier eintraf.«

»Nein, hier gibt es einige undeutliche Fußabdrücke, die *nicht* von der ersten Gruppe meiner hoffnungslos blöden Assistenten stammen, die hier alles zertrampelt haben. Und ihnen zufolge könnte man schließen, daß eine Frau hierher gefahren ist und ihn weggebracht hat. Ihn und den Hund. Und sein Gepäck.«

Roy runzelte die Stirn. »Eine Frau?«

»Einige Fußabdrücke sind so groß, daß sie von einem Mann stammen müssen. Selbst große Frauen haben im Verhältnis zum Rest ihres Körpers nur selten so große Füße. Die anderen sind viel kleiner, vielleicht die eines Jungen von ... sagen wir ... zehn bis dreizehn Jahren. Aber ich bezweifle, daß ein Junge allein hier hinausgefahren ist. Einige kleine Männer haben Füße, die vielleicht in Schuhe dieser Größe passen. Aber nicht viele. Also war es höchstwahrscheinlich eine Frau.«

Falls Grant von einer Frau gerettet worden war, mußte Roy sich fragen, ob es sich um *die* Frau handelte, die Flüchtige. Das warf eine ganze Reihe von Fragen auf, die ihm seit Mittwochabend zu schaffen machten: Wer *war* Spencer Grant? Was, zum Teufel, hatte der Mistkerl mit der Frau zu schaffen? Was für eine unbekannte Größe war er; würde er ihre Operationen auffliegen lassen können, und legte er es darauf an, sie alle zu entlarven?

Als Roy am gestrigen Tag in Eves Bunker gestanden und sich die Laser-Disc-Aufzeichnung angehört hatte, hatte ihn das, was er gehört hatte, eher verwirrt, als ihm neue Erkenntnisse zu verschaffen. Den Fragen und wenigen Äußerungen zufolge, die Grant in den Monolog der Davidowitz hatte einwerfen können, wußte er kaum etwas über »Hannah Rainey«, wollte aber aus geheimnisvollen Gründen so viel wie möglich über sie in Erfahrung bringen. Bis dahin hatte Roy vermutet, daß Grant und die Frau bereits in einer engen Beziehung miteinander standen; also war es seine Aufgabe gewesen, die Natur dieser Beziehung zu ergründen und festzustellen, wie viele wichtige Informationen die Frau an Grant weitergegeben hatte. Doch warum war der Bursche in jener Regennacht in ihrem Bungalow gewesen, wenn er sie nicht kannte, und warum hatte er es zu seinem persönlichen Kreuzzug gemacht, sie zu suchen?

Roy wollte nicht glauben, daß *die* Frau hier in dem Flußlauf aufgetaucht war, denn das hätte ihn noch mehr verwirrt. »Was glauben Sie also – daß e⁻ sie mit seinem Handy angerufen hat und sie sofort zu seiner Rettung herbeigeeilt ist?«

Tavelov ließ sich von Roys Sarkasmus nicht erschüttern. »Vielleicht ist es irgend so eine Wüstenratte gewesen. Die leben hier draußen, ohne Telefon oder Strom. Es gibt einige davon. Allerdings weiß ich im Umkreis von dreißig Kilometern von keiner. Oder es war ein Offroad-Freak, der einfach mal zum Spaß in die Wüste gefahren ist.«

»Während eines Sturms.«

»Der Sturm war vorbei. Außerdem gibt es jede Menge Idioten auf der Welt.«

»Und diese Person stolpert dann zufällig über den Explorer. In dieser riesigen Wüste.«

Tavelov zuckte mit den Achseln. »Wir haben den Geländewagen gefunden. Ihre Aufgabe ist es, sich darauf einen Reim zu machen.«

Sie gingen zur Öffnung der von Felsen umgebenen Erdspalte. Roy sah zum anderen Flußufer. »Wer auch immer sie war«, sagte er, »sie ist von Süden in den Flußlauf gefahren und dann ebenfalls in südliche Richtung zurückgekehrt. Können wir den Reifenspuren folgen?«

»Ja, das können Sie – sie sind vielleicht vierhundert Meter weit ziemlich deutlich, dann noch mal zweihundert Meter weit verschwommen. Dann verschwinden sie. An einigen Stellen wurden sie vom Wind verweht. An anderen ist der Boden zu hart, um Spuren aufzunehmen.«

»Na, dann suchen wir doch ein Stück weiter. Vielleicht tauchen die Spuren ja wieder auf.«

»Haben wir schon versucht. Während wir gewartet haben.«

Tavelov betonte das Wort »gewartet« eigentümlich.

»Mein verdammter Piepser war kaputt«, sagte Roy, »und ich hab's nicht gewußt.«

»Wir haben uns an der südlichen Öffnung des Flußlaufs umgesehen. Zu Fuß und mit dem Hubschrauber. Fünf Kilometer in östliche, südliche und westliche Richtung.«

»Tja«, sagte Roy, »weiten Sie die Suche aus. Versuchen Sie, die Spur in zehn Kilometern Entfernung aufzunehmen.«

»Das wäre reine Zeitverschwendung.«

Roy dachte daran, was er in der letzten Nacht mit Eve erlebt hatte, und diese Erinnerung gab ihm die Kraft, ruhig zu bleiben, zu lächeln und mit seiner üblichen Freundlichkeit zu sagen: »Wahrscheinlich ist es reine Zeitverschwendung, sehr wahrscheinlich sogar. Aber wir sollten es trotzdem versuchen.«

»Der Wind frischt auf.«

»Vielleicht.«

»Nein, ganz bestimmt. Er wird alles verwehen.«

Perfektion auf schwarzem Gummi.

»Dann versuchen wir doch, ihm einen Schritt vorauszubleiben«, sagte Roy. »Fordern Sie mehr Leute und einen zweiten Hubschrauber an, und weiten Sie die Suche auf *fünfzehn* Kilometer in jede Richtung aus.«

Spencer war nicht wach. Aber er schlief auch nicht. Er wandelte wie ein Betrunkener auf dem schmalen Grat dazwischen.

Er hörte, wie er vor sich hinmurmelte. Er konnte seinen Worten keinen großen Sinn entnehmen. Und doch hielt ihn ein fieberhafter Drang im Griff, und er war sicher, daß er irgend jemandem etwas Wichtiges sagen mußte – wenngleich sich ihm entzog, um welche wichtige Information es sich handelte und wem er sie mitteilen mußte.

Gelegentlich öffnete er die Augen. Verschwommene Sicht. Er blinzelte. Kniff die Augen zusammen. Konnte nicht gut genug sehen, um genau zu wissen, ob es Tag war oder das Licht von der Grubenlampe kam.

Valerie war immer da. So nah, daß er selbst mit seiner schlechten Sehkraft wußte, daß es sich um sie handelte. Manchmal wischte sie sein Gesicht mit einem feuchten Tuch ab, manchmal wechselte sie eine kühle Kompresse auf seiner Stirn. Manchmal beobachtete sie ihn nur, und obwohl er ihren Gesichtsausdruck nicht deutlich erkennen konnte, spürte er, daß sie sich Sorgen machte.

Als er einmal aus seiner persönlichen Dunkelheit hinaufgetrieben wurde und aus den verzerrenden Teichen hinausschaute, die in seinen Augenhöhlen schimmerten, hatte Valerie sich, mit einer verborgenen Aufgabe beschäftigt, halb von ihm abgewandt. Hinter ihm, tiefer unter der Tarnplane, brummte der Motor des Rovers im Leerlauf. Er hörte ein anderes vertrautes Geräusch: das leise, aber unmißverständliche Klicken, das geübte Finger erzeugten, die über eine Computertastatur flogen. Seltsam.

Von Zeit zu Zeit sprach sie mit ihm. Das waren die Augenblicke, in denen er seine Gedanken am besten konzentrieren und etwas murmeln konnte, das halbwegs verständlich war, wenngleich er noch immer gelegentlich ohnmächtig wurde.

Einmal kam er soweit zu sich, daß er sich fragen hörte: »... wie haben Sie mich gefunden ... hier draußen ... so weit draußen ... zwischen dem Nichts und dem Nirgendwo?«

»Eine Wanze an Ihrem Explorer.«

»Eine Küchenschabe?«

»Die andere Art von Wanze.«

»Eine Spinne?«

»Eine elektronische.«

»Eine Wanze an meinem Geländewagen?«

»Genau. Ich hab' sie dort angebracht.«

»Wie ... Sie meinen ... einen Sender?« fragte er verwirrt.

»So ähnlich wie ein Sender.«

»Warum?«

»Weil Sie mir nach Hause gefolgt sind.«

»Wann?«

»Dienstagabend. Streiten Sie es gar nicht erst ab.«

»Ach ja. An jenem Abend, an dem wir uns kennengelernt haben.«

»Bei Ihnen klingt das fast romantisch.«

»War es für mich auch.«

Valerie schwieg. Schließlich sagte sie: »Sie meinen es ernst, nicht wahr?«

»Hab' Sie von Anfang an gemocht.«

Nach einer weiteren Pause sagte sie: »Sie sind zum Red Door gekommen, haben mich angequatscht, schienen ein ganz netter Gast zu sein und sind mir dann nach Hause gefolgt.«

Die volle Bedeutung ihrer Enthüllung sank allmählich ein, und dann überkam ihn ein langsam dämmerndes Erstaunen. »Sie haben es gewußt?«

»Sie waren gut. Aber wenn ich einen Schatten nicht bemerken würde, wäre ich schon längst tot.«

»Die Wanze. Wie?«

»Wie ich sie angebracht habe? Schlüpfte zur Hintertür hinaus, als Sie auf der anderen Straßenseite in Ihrem Geländewagen saßen. Schloß vielleicht einen Block entfernt ein Auto kurz, fuhr zu meiner

Straße, parkte ein Stück hinter Ihnen, wartete, bis Sie losfuhren, und bin Ihnen gefolgt.«

»*Mir* gefolgt?«

»Wie du mir, so ich dir.«

»Sind mir nach ... Malibu gefolgt?«

»Bin Ihnen nach Malibu gefolgt.«

»Und ich hab' Sie nicht bemerkt.«

»Na ja, Sie haben nicht damit gerechnet, daß jemand Ihnen folgt.«

»Gott im Himmel.«

»Ich bin über das Tor geklettert und habe gewartet, bis alle Lichter in der Hütte ausgingen.«

»Gott im Himmel.«

»Habe den Sender am Fahrgestell Ihres Geländewagens angebracht und mit der Batterie verbunden, damit er Strom bekommt.«

»Und Sie hatten rein zufällig so einen Sender.«

»Sie wären überrascht, was ich alles rein zufällig habe.«

»Vielleicht nicht mehr.«

Obwohl Spencer bei ihr bleiben wollte, wurde Valerie immer verschwommener und verblich dann in den Schatten. Er trieb erneut in seine innere Dunkelheit.

Später mußte er wieder an die Oberfläche geschwommen sein, denn sie flimmerte schwach vor ihm. Er hörte sich erstaunt sagen: »Eine Wanze an meinem Explorer.«

»Ich mußte wissen, wer Sie sind, weshalb Sie mir folgten. Ich wußte, daß Sie keiner von *ihnen* waren.«

»Von den Leuten der Küchenschabe«, sagte er schwach.

»Genau.«

»Hätte einer von ihnen sein können.«

»Nein, denn dann hätten Sie mir bei der ersten Gelegenheit das Gehirn aus dem Kopf gepustet.«

»Die mögen Sie nicht, was?«

»Nicht sehr. Also hab' ich mich gefragt, wer Sie sind.«

»Jetzt wissen Sie es.«

»Eigentlich nicht. Sie sind ein geheimnisvoller Mann, Spencer Grant.«

»Ich und geheimnisvoll!« Er lachte. Wenn er lachte, hämmerte der Schmerz in seinem gesamten Schädel, aber er lachte trotzdem.

»Wenigstens kennen Sie meinen Namen.«

»Klar. Aber er ist genauso echt wie die Namen, unter denen Sie mich kennen.«

»Er ist echt.«

»Klar.«

»Mein rechtmäßig angenommener Name. Spencer Grant. Ehrlich.«

»Vielleicht. Aber wer waren Sie, bevor Sie ein Cop waren, bevor Sie zur UCLA gegangen sind, damals, bevor Sie in der Army waren?«

»Sie wissen alles über mich.«

»Nicht alles. Nur das, was Sie in den Unterlagen stehengelassen haben, nur das, was man über Sie herausfinden darf. Sie sind mir nach Hause gefolgt, haben mir einen Schrecken eingejagt, also habe ich Sie überprüft.«

»Sie sind wegen mir aus dem Bungalow ausgezogen.«

»Verdammt, ich hab' nicht gewußt, wer Sie sind. Aber ich dachte mir, wenn Sie mich finden können, können die anderen das auch. Schon wieder.«

»Und sie haben Sie gefunden.«

»Am nächsten Tag.«

»Indem ich Ihnen einen Schrecken eingejagt habe ... habe ich Sie also gerettet.«

»So könnte man es sehen.«

»Ohne mich wären Sie dort gewesen.«

»Vielleicht.«

»Als das SWAT-Team zuschlug.«

»Wahrscheinlich.«

»Kommt mir vor, als hätte das alles ... irgendwie so sein sollen.«

»Aber was haben Sie dort gemacht?« fragte sie.

»Na ja ...«

»In meinem Haus.«

»Sie waren weg.«

»Na und?«

»War also nicht mehr Ihr Haus.«

»Haben Sie gewußt, daß es nicht mehr mein Haus war, als Sie eingebrochen sind?«

Die volle Bedeutung ihrer Enthüllungen versetzte ihm einen verspäteten Schock nach dem anderen. In dem vergeblichen Versuch, ihr Gesicht deutlich zu sehen, blinzelte er wütend. »Mein Gott, wenn Sie den Explorer verwanzt haben ...«

»Ja?«

»Dann sind Sie mir Mittwochabend gefolgt?«

»Ja«, sagte sie. »Ich wollte sehen, was Sie vorhatten.«

»Von Malibu ...«

»Zum Red Door.«

»Und dann zurück zu Ihrem Haus in Santa Monica?«

»Ich war nicht *drinnen*, wie Sie.«

»Aber Sie haben es gesehen ... die Razzia ...«

»Aus einiger Entfernung. Wechseln Sie nicht das Thema.«

»Was für ein Thema?« fragte er ehrlich verwirrt.

»Sie wollten mir erklären, warum Sie am Mittwochabend in mein Haus eingebrochen sind«, erinnerte sie ihn. Sie war nicht wütend. Ihre Stimme war nicht scharf. Wäre sie stinksauer auf ihn gewesen, hätte er sich besser gefühlt.

»Sie ... Sie sind nicht zur Arbeit gekommen.«

»Und deshalb sind Sie in mein Haus eingebrochen?«

»Die Tür war nicht abgeschlossen.«

»Sie fassen jede nicht abgeschlossene Tür als Einladung auf?«

»Ich ... habe mir Sorgen gemacht.«

»Ja, Sorgen. Kommen Sie schon, sagen Sie mir die Wahrheit. Wonach haben Sie an diesem Abend in meinem Haus gesucht?«

»Ich war ...«

»Sie waren was?«

»Ich mußte ...«

»Was? Was haben Sie in meinem Haus gemußt?«

Spencer wußte nicht genau, ob er an seinen Verletzungen oder vor Verlegenheit starb. Wie dem auch sein mochte, er verlor das Bewußtsein.

Der Bell JetRanger brachte Roy Miro von dem trockenen Flußlauf in der offenen Wüste direkt auf die Landefläche auf dem Dach des Hochhauses der Agency in der Innenstadt von Las Vegas. Während in der Mojave-Wüste eine Boden- und Luftsuche nach der Frau und ihrem Fahrzeug durchgeführt wurde, mit dem Spencer Grant von den Trümmern seines Explorers weggebracht worden war, verbrachte Roy den Samstagnachmittag im Satelliten-Überwachungszentrum im vierten Stock.

Während er arbeitete, aß er ein üppiges Mittagessen, das er in der Kantine bestellt hatte, einerseits als Ersatz für das prächtige

Frühstück, von dem er geträumt hatte, andererseits, weil er später alle Kraft brauchen würde, die er aufbringen konnte, wenn er wieder mit Eve Jammer nach Hause fuhr.

Als Bobby Dubois Roy am Vorabend in diesen Raum geführt hatte, war hier alles ganz ruhig und nur eine Notbesatzung an der Arbeit gewesen. Nun war jeder Computer und jedes andere Gerät bemannt, und überall in dem großen Raum wurden gemurmelte Gespräche geführt.

Höchstwahrscheinlich hatte das Fahrzeug, das sie suchten, während der Nacht trotz des unwirtlichen Terrains eine beträchtliche Entfernung zurückgelegt. Vielleicht waren Grant und die Frau sogar so weit gekommen, daß sie hinter den Streckenposten, welche die Agency errichtet hatte, auf einen Highway gefahren waren, womit sie erneut durch das Netz geschlüpft wären.

Andererseits waren sie vielleicht nicht besonders weit gekommen. Vielleicht hatten sie sich festgefahren. Vielleicht war ihr Wagen kaputtgegangen.

Vielleicht war Grant in dem Explorer verletzt worden. Ted Tavelov zufolge hatten Blutflecke den Fahrersitz verfärbt, und es hatte nicht den Anschein, als stamme dieses Blut von der toten Ratte. Falls es Grant schlecht ging, war er vielleicht nicht transportfähig.

Roy war entschlossen, positiv zu denken. Die Welt war, was man daraus machte - oder zu machen versuchte. Sein gesamtes Leben war dieser Philosophie gewidmet.

Von den verfügbaren Satelliten in geosynchroner Umlaufbahn, die sie ständig über dem westlichen und südwestlichen Teil der Vereinigten Staaten hielt, waren drei zu der gründlichen Überwachung fähig, die Roy Miro im Staat Nevada und allen Nachbarstaaten durchführen wollte. Eine dieser Beobachtungsstationen im Weltraum stand unter der Kontrolle der Drug Enforcement Administration. Eine gehörte der Environmental Protection Agency, der Umweltschutzbehörde. Bei der dritten handelte es sich um einen militärischen Satelliten, den sich offiziell die Army, Navy, Luftwaffe, die Marines und die Küstenwache teilten - doch in Wirklichkeit stand er unter der eisernen Kontrolle des Militärischen Oberkommandos.

Keine Qual der Wahl. Die Umweltschutzbehörde.

Die Drogenfahndung hatte - trotz der hingebungsvollen Arbeit ihrer Agenten und hauptsächlich wegen der Einmischung von Politikern – den ihr erteilten Auftrag kaum erfüllen können. Und das Militär war, zumindest in den Jahren nach dem Ende des Kalten Kriegs, völlig verwirrt, was seine Aufgabe betraf, unterfinanziert und dem Tod geweiht.

Im Gegensatz dazu erfüllte die Environmental Protection Agency ihre Aufgabe in einem bei einer Regierungsbehörde noch nie dagewesenen Ausmaß, zum Teil, weil ihr kein gut organisiertes kriminelles Element oder eine konzertierte Lobby Widerstand leistete, aber auch, weil viele ihrer Mitarbeiter von dem starken Drang motiviert wurden, die natürliche Umwelt zu retten. Die EPA arbeitete so erfolgreich mit dem Justizministerium zusammen, daß ein Bürger, der selbst unabsichtlich ein geschütztes Feuchtgebiet verschmutzte, das Risiko einging, länger ins Gefängnis zu wandern als ein bis zu den Ohren unter Dope stehender Möchtegern-Gangster, der vierzig Dollar und einen Mars-Riegel stahl und dabei den Verkäufer eines 7-Eleven, eine schwangere Mutter, zwei Nonnen und ein Kätzchen umbrachte.

Da strahlende Erfolge erhöhte Budgets und den größten Zugang zu weiteren, noch nicht zugeteilten Finanzmitteln nach sich zogen, besaß die EPA die beste Hardware von Büroeinrichtungen bis zu Überwachungssatelliten in der Erdumlaufbahn. Sollte irgendeine Bundesbehörde je unabhängige Kontrolle über Atomwaffen bekommen, dann inzwischen wohl die EPA, obwohl sie diese Waffen wahrscheinlich nie einsetzen würde – es sei denn, bei Zuständigkeitsproblemen mit dem Innenministerium.

Um Spencer Grant und die Frau zu finden, setzte die Agency daher den Überwachungssatelliten der EPA – Earthguard 3 – ein, der sich in einer stationären Umlaufbahn über dem Westen der Vereinigten Staaten befand. Um die uneingeschränkte Kontrolle über dieses Hilfsmittel zu bekommen, infiltrierte Mama die Computer der EPA und fütterte sie mit falschen Daten, die besagten, daß bei Earthguard 3 ein plötzlicher und vollständiger Systemausfall aufgetreten war. Wissenschaftler im Satellitenzentrum der EPA hatten augenblicklich damit begonnen, mittels einer Serie telemechanischer Überprüfungen dem Mißstand von Earthguard 3 auf die Spur zu kommen. Doch Mama fing insgeheim sämtliche Kommandos ab, die an dieses Achtzig-Millionen-Dollar-Paket hochmoderner Elektronik geschickt wurden – und würde damit weitermachen, bis die

Agency Earthguard 3 nicht mehr benötigte. Erst dann würde sie der EPA den Zugriff auf den Satelliten wieder gestatten.

Die Agency konnte nun aus dem Weltall eine supravergrößerte visuelle Untersuchung eines Gebiets vornehmen, das mehrere Bundesstaaten umfaßte, bis hinab zu einem Suchmuster, bei dem sich der Satellit einen Quadratmeter nach dem anderen vornahm, falls eine so genaue Suche nach einem verdächtigen Fahrzeug oder einer Person erforderlich werden sollte. Earthguard 3 bot auch zwei Methoden der hochentwickelten Nachtsuche. Mit profilgeleitetem Infrarot konnte der Satellit allein aufgrund der Mobilität des Meßgegenstands und seiner einzigartigen Thermalstruktur zwischen einem Fahrzeug und einer stationären Wärmequelle unterscheiden. Das System konnte des weiteren mit einer Variation der Nachtsicht-Technik von Star Tron ausreichend vorhandenes Licht um einen Faktor von achtzehntausend verstärken und eine nächtliche Landschaft fast so hell wie an einem bewölkten Tag darstellen – wenn auch in einer monochromatischen grünlichen Schattierung.

Bevor der Satellit die Bilder kodierte und zur Erde funkte, wurden sie automatisch einer Aufbereitung unterzogen. Und nachdem sie im Kontrollzentrum in Vegas empfangen worden waren, verbesserte ein ebenfalls automatisiertes, aber moderneres Aufbereitungsprogramm, das auf dem modernsten Cray-Supercomputer lief, das hochaufgelöste Videobild erneut, bevor es dann auf dem Wandbildschirm abgespielt wurde. Falls zusätzliche Aufbereitungen nötig waren, konnten unter der Aufsicht talentierter Techniker Standbilder des Videobands weiteren derartigen Prozeduren unterzogen werden.

Die Wirksamkeit der Satellitenüberwachung – ob nun Infrarot-, Nachtsicht- oder gewöhnliche Teleskopfotografie – variierte entsprechend der Topographie des überprüften Gebiets. Im allgemeinen galt der Grundsatz, je dichter ein Gebiet besiedelt war, desto geringer war die Aussicht, bei einer Suche aus dem All ein so kleines Objekt wie einen Menschen oder ein Fahrzeug ausfindig zu machen. Es gab dann einfach zu viele bewegliche Objekte und zu viele Wärmequellen, als daß sie genau und schnell genug aussortiert und analysiert werden konnten. Kleinstädte waren leichter zu beobachten als Großstädte, ländliche Gebiete leichter als Kleinstädte, und offene Highways konnten leichter überwacht werden als Hauptverkehrsstraßen einer Metropole.

Falls Spencer Grant und die Frau bei ihrer Flucht aufgehalten worden waren, wie Roy hoffte, befanden sie sich noch in einem idealen Territorium, um von Earthguard 3 lokalisiert zu werden. In einer trockenen, unbewohnten Wüste.

Die verdächtigen Fahrzeuge, die am Samstagnachmittag bis hin zum Abend aufgespürt wurden, wurden entweder untersucht und aussortiert oder auf eine Beobachtungsliste gesetzt, bis man festgestellt hatte, ob ihre Insassen dem Profil der Flüchtigen entsprachen: Frau, Mann und Hund.

Nachdem Roy den großen Wandbildschirm stundenlang betrachtet hatte, war er beeindruckt, wie *perfekt* ihr Teil der Welt aus der Erdumlaufbahn aussah. Alle Farben waren weich und gedämpft, alle Formen wirkten harmonisch.

Die Illusion der Perfektion war noch überzeugender, wenn Earthguard größere statt kleinere Flächen absuchte und daher die niedrigste Vergrößerungsstufe benutzte. Am *überzeugendsten* war sie bei Infrarotbildern. Je weniger offensichtliche Spuren der menschlichen Zivilisation der Satellit entdecken konnte, desto näher schien der Planet der Perfektion zu kommen.

Vielleicht hatten diese Extremisten gar nicht so unrecht, die darauf beharrten, die Bevölkerung der Erde um neunzig Prozent zu reduzieren, um die Ökologie zu retten. Welche Lebensqualität konnte es in einer Welt geben, die von der Zivilisation völlig verschandelt worden war?

Falls man je ein solches Programm einer Bevölkerungsreduzierung einführen sollte, würde Roy tiefe persönliche Befriedigung darin finden, an ihm mitzuwirken, obwohl die Arbeit anstrengend sein und ihm wahrscheinlich keinen Dank einbringen würde.

Der Tag verging, ohne daß bei der Boden- oder der Luftsuche eine Spur der Flüchtigen entdeckt wurde. Bei Einbruch der Nacht wurde die Suche bis zur Morgendämmerung unterbrochen. Und Earthguard 3 hatte mit all seinen Augen und Möglichkeiten nicht mehr Erfolg als die Männer zu Fuß und in den Hubschraubern, obwohl er die Suche zumindest auch während der Nacht fortsetzen konnte.

Roy blieb bis fast acht Uhr in dem Satelliten-Überwachungszentrum und brach dann auf, um sich mit Eve Jammer in einem armenischen Restaurant zum Abendessen zu treffen. Bei einem schmackhaften Fattoush-Salat und dann einem ausgezeichneten vorderen Rippenstück vom Lamm sprachen sie über die Möglichkeit einer umfassenden und schnellen Bevölkerungsreduzierung. Sie stellten sich Mittel und Wege vor, wie dies ohne unerwünschte Nebenwirkungen – wie etwa atomare Verseuchung und unkontrollierbaren Unruhen auf den Straßen – erreicht werden konnte. Und sie dachten sich *mehrere* Möglichkeiten aus, wie man entscheiden konnte, welche zehn Prozent der Bevölkerung überleben sollten, damit sie eine weniger chaotische und drastisch perfektionierte Version der Menschheitsgeschichte fortschreiben konnten. Sie entwarfen mögliche Symbole für die Bevölkerungs-Reduzierungs-Bewegung, verfaßten mitreißende Parolen und erörterten, wie die Uniformen aussehen sollten. Als sie das Restaurant verließen, um zu Eves Wohnung zu fahren, waren sie in einem Zustand höchster Erregung. Sie hätten jeden Polizisten getötet, der so töricht gewesen wäre, sie anzuhalten, weil sie in Wohn- und Krankenhauszonen mit Tempo dreißig einhundert Stundenkilometer schnell fuhren.

Die von Schatten gefleckten Wände hatten Gesichter. Seltsame, eingebettete Gesichter. Halb sichtbare, gequälte Ausdrücke. Münder, die sich zu Schreien um Gnade öffneten, die nie erhört wurden. Hände. Ausgestreckte Hände. Stumm flehend. Geisterhaft weiße Darstellungen, an einigen Stellen grau und rostrot gestreift, an anderen braun und gelb gefleckt. Gesicht neben Gesicht und Körper neben Körper, einige Glieder übereinander, aber immer die Haltung des demütig Flehenden, immer der Ausdruck des verzweifelten Bettlers: bittend, ersehnend, betend.

»*Das weiß niemand ... das weiß niemand ...*«

»Spencer? Hören Sie mich, Spencer?«

Valeries Stimme hallte durch einen langen Tunnel zu ihm, während er an einem Ort zwischen dem Wachsein und dem wahren Schlaf wandelte, zwischen Leugnen und Einverständnis, zwischen einer Hölle und der anderen.

»Ganz ruhig, ruhig, haben Sie keine Angst, es ist alles in Ordnung, Sie träumen.«

»Nein. Sehen Sie? Sehen Sie? Hier in den Katakomben, hier in den Katakomben.«

»Nur ein Traum.«

»Wie in der Schule, in dem Buch, Bilder, wie in Rom, Märtyrer, unten in den Katakomben, aber schlimmer, schlimmer, schlimmer ...«

»Sie können von dort fort. Es ist nur ein Traum.«

Er hörte, wie seine Stimme sich von einem Schrei zu einem verdorrten, elenden Krächzen verminderte: »O Gott, o mein Gott, *o mein Gott!*«

»Hier, nehmen Sie meine Hand. Spencer, hören Sie mich? Halten Sie meine Hand. Ich bin hier. Ich bin bei Ihnen.«

»Sie hatten solche Angst, solche Angst. Ganz allein und solche Angst. Sehen Sie, welche Angst sie haben? Allein, niemand kann sie hören, niemand, niemand hat es je gewußt, solche Angst. O Gott, lieber Gott, hilf mir, lieber Gott.«

»Kommen Sie, halten Sie meine Hand, genau, so ist es gut, halten Sie sich fest. Ich bin bei Ihnen. Sie sind nicht mehr allein, Spencer.«

Er hielt ihre warme Hand fest, und irgendwie führte sie ihn von den blinden weißen Gesichtern fort, den stummen Schreien.

Durch die Kraft der Hand trieb Spencer, leichter als Luft, von dem tiefen Ort hinauf, durch die Dunkelheit, durch eine rote Tür. Nicht die Tür mit den nassen Handabdrücken auf einem vom Alter weißen Untergrund. Diese Tür war völlig tot, trocken, von einer Staubschicht überzogen. Sie öffnete sich, und er sah saphirblaues Licht, schwarze Nischen und Stühle, Dekorationen aus poliertem Stahl, gespiegelte Wände. Ein verlassenes Musikpodium. Eine Handvoll Leute, die ruhig an Tischen saßen und tranken. Es war nicht viel zu tun, und sie saß in Jeans und einer Wildlederjacke statt einem geschlitzten Rock und schwarzem Pulli auf dem Barhocker neben ihm. Er lag auf einer Luftmatratze, schwitzend und doch fröstelnd, und sie saß auf einem Hocker, und doch befanden sie sich auf gleicher Höhe, hielten Händchen, unterhielten sich ungezwungen, als wären sie alte Freunde, und im Hintergrund zischte die Grubenlampe.

Er wußte, daß er phantasierte. Es war ihm gleichgültig. Sie war so schön.

»Warum sind Sie am Mittwochabend in mein Haus gegangen?«

»Hab' ich Ihnen das nicht schon gesagt?«

»Nein. Sie weichen meiner Frage ständig aus.«

»Ich mußte etwas über Sie erfahren.«

»Warum?«

»Hassen Sie mich?«

»Natürlich nicht. Ich will es nur verstehen.«

»Ging in Ihr Haus, Betäubungsgranaten flogen durch die Fenster.«

»Als Sie herausfanden, welche Schwierigkeiten ich den Menschen bringe, hätten Sie sich von mir fernhalten können.«

»Nein, konnte nicht zulassen, daß Sie in einem Graben enden, hundertzwanzig Kilometer von zu Hause entfernt.«

»Was?«

»Oder in Katakomben.«

»Warum haben Sie sich noch tiefer reingeritten, als Sie wußten, daß ich Ihnen Schwierigkeiten bringen werde?«

»Ich habe es Ihnen doch gesagt. Sie haben mir auf den ersten Blick gefallen.«

»Das war doch erst am Dienstagabend! Ich bin Ihnen doch völlig fremd.«

»Ich will ...«

»Was?«

»Ich will ... ein Leben.«

»Sie haben kein Leben?«

»Ein Leben ... mit Hoffnung.«

Die Bar löste sich auf, und das blaue Licht verwandelte sich in scharfes Gelb. Die gebeizten und in den Schatten liegenden Wände hatten Gesichter. Weiße Gesichter, Todesmasken, die Münder in stimmlosem Entsetzen geöffnet, stumm flehend.

Eine Spinne krabbelte über das elektrische Kabel, das in Schleifen von der Decke hing, und ihr vergrößerter Schatten huschte über die befleckten weißen Gesichter der Unschuldigen.

»Sie sind ein guter Mensch«, sagte er später zu ihr, als er wieder in der Bar war.

»Das können Sie nicht wissen.«

»Theda.«

»Theda hält jeden für einen guten Menschen.«

»Sie war so krank. Sie haben sich um sie gekümmert.«

»Nur zwei Wochen lang.«

»Tag und Nacht.«

»Das war gar keine so große Sache.«

»Und jetzt ich.«

»Sie habe ich noch nicht durchgebracht.«

»Je mehr ich über Sie erfahre, desto besser sind Sie.«

»Verdammt«, sagte sie, »vielleicht *bin* ich eine Heilige.«

»Nein. Nur ein guter Mensch. Zu sarkastisch für eine Heilige.«
Sie lachte. »Es tut mir leid, ich kann nicht anders, ich mag Sie
einfach, Spencer Grant.«
»Das ist schön. Daß wir uns besser kennenlernen.«
»Ach? Wir lernen uns also besser kennen?«
»Ich liebe dich«, sagte er impulsiv.
Valerie schwieg so lange, daß Spencer dachte, er sei schon wie-
der bewußtlos geworden.
»Sie reden im Fieber«, sagte sie schließlich.
»Nicht, was das betrifft.«
»Ich werde die Kompresse auf Ihrer Stirn wechseln.«
»Ich liebe dich.«
»Seien Sie lieber still, und ruhen Sie sich etwas aus.«
»Ich werde dich immer lieben.«
»Seien Sie still, Sie seltsamer Mann«, sagte sie mit – wie er
glaubte und hoffte – Zuneigung. »Seien Sie einfach still, und ruhen
Sie sich aus.«
»Immer«, wiederholte er.
Nachdem Spencer gestanden hatte, daß sie die Hoffnung war,
die er suchte, war er so erleichtert, daß er in eine Dunkelheit ohne
Katakomben sank.
Viel später, als er erneut nicht wußte, ob er wach war oder
schlief, in einem schwachen Licht, bei dem es sich um das der Mor-
gen- oder Abenddämmerung, das einer Lampe oder die kalte, dif-
fuse Beleuchtung in einem Traum handeln konnte, überraschte es
Spencer, als er sich »Michael!« sagen hörte.
»Ah, Sie sind wieder da«, sagte sie.
»Michael.«
»Hier gibt es keinen Michael.«
»Sie müssen etwas über ihn wissen«, warnte Spencer sie.
»Na schön. Erzählen Sie es mir.«
Er wünschte sich, er könnte sie sehen. Doch es gab nur Licht
und Schatten, nicht mal mehr eine verschwommene Gestalt.
»Sie müssen es wissen«, sagte er, »wenn ... wenn Sie mit mir zu-
sammen sein wollen.«
»Erzählen Sie es mir«, ermutigte sie ihn.
»Hassen Sie mich nicht, wenn Sie es wissen!«
»Ich hasse nicht so schnell. Vertrauen Sie mir, Spencer. Vertrauen
Sie mir, und sprechen Sie mit mir. Wer ist Michael?«

Seine Stimme war zerbrechlich. »Er ist mit vierzehn Jahren gestorben.«

»Michael war ein Freund?«

»Er war ich. Mit vierzehn gestorben ... aber erst mit sechzehn begraben.«

»Michael waren Sie?«

»Wandelte zwei Jahre lang tot auf Erden, dann wurde ich Spencer.«

»Wie war Ihr ... wie war Michaels Nachname?«

Da wußte er, daß er wach sein mußte und nicht träumte, denn in einem Traum hatte er sich noch nie so schlecht gefühlt wie in diesem Augenblick. Das Bedürfnis, die Wahrheit zu enthüllen, konnte nicht mehr unterdrückt werden, und doch war die Enthüllung die reinste Qual. Sein Herz schlug heftig und schnell, obwohl es von Geheimnissen durchbohrt wurde, die genauso schmerzhaft wie Nadeln waren. »Sein Nachname ... war der Name des Teufels ...«

»Wie lautet der Name des Teufels?«

Spencer schwieg, versuchte etwas zu sagen, konnte es aber nicht.

»Wie lautet der Name des Teufels?« wiederholte sie.

»Ackblom«, sagte er, spuckte die verhaßten Silben geradezu aus.

»Ackblom? Warum ist das der Name des Teufels?«

»Erinnern Sie sich nicht daran? Haben Sie nie davon gehört?«

»Nein, Sie müssen es mir wohl oder übel sagen.«

»Bevor Michael Spencer wurde«, sagte Spencer, »hatte er einen Vater. Wie andere Jungs ... hatte er einen Dad ... aber der war nicht wie andere Väter. Der Name seines V-vaters war ... war ... sein Name war Steven. Steven Ackblom. Der Künstler.«

»O mein Gott!«

»Haben Sie keine Angst vor mir«, sagte er, und seine Stimme brach auseinander, Wort für verzweifeltes Wort.

»Sie sind der Junge?«

»Hassen Sie mich nicht!«

»Sie sind dieser Junge.«

»Hassen Sie mich nicht!«

»Warum sollte ich Sie hassen?«

»Weil ... ich der Junge bin.«

»Der Junge, der ein Held war«, sagte sie.

»Nein.«

»Doch, Sie waren ein Held.«

»Ich konnte sie nicht retten.«

»Aber Sie haben all die gerettet, die vielleicht nach ihnen gekommen wären.«

Der Klang seiner Stimme ließ ihn stärker frösteln als zuvor der kalte Regen. »Konnte sie nicht retten.«

»Ist schon gut.«

»Konnte sie nicht retten.« Er fühlte eine Hand auf seinem Gesicht. Auf seiner Narbe. Sie zog die heiße Linie des Narbengewebes nach.

»Sie armer Hund«, sagte sie. »Sie armer, netter Hund.«

Am Samstagabend hockte Roy Miro in Eve Jammers Schlafzimmer auf der Stuhlkante und sah Beispiele von Perfektion, die selbst der beste Überwachungssatellit ihm nicht hätte zeigen können. Diesmal zog Eve die Satindecken nicht zurück, um schwarzes Gummi zu enthüllen, und benutzte auch kein Duftöl. Sie hatte neue – und noch seltsamere – Spielzeuge. Und obwohl es Roy überraschte, daß dies überhaupt möglich war, erreichte Eve größere Höhen der Selbstbefriedigung und hatte eine stärkere erotische Wirkung auf ihn, als es in der Nacht zuvor der Fall gewesen war.

Nachdem Roy eine Nacht lang Eves Vollkommenheiten katalogisiert hatte, war er mit der größtmöglichen Geduld für den unvollkommenen Tag ausgestattet, der folgen sollte.

Den gesamten Sonntagmorgen und -nachmittag hindurch hatten die Satellitenüberwachung, die Hubschrauber und die zu Fuß im Einsatz befindlichen Suchtrupps nicht mehr Erfolg als am Samstag gehabt, die Flüchtigen aufzuspüren.

Agenten in Carmel im Bundesstaat Kalifornien – die nach Theda Davidowitz' Enthüllung Grant gegenüber dorthin geschickt worden waren, daß »Hannah Rainey« diese Stadt für den idealen Wohnort hielt – genossen die Schönheit der dortigen Natur und den erfrischenden Winternebel. Von der Frau hatten sie jedoch keine Spur gefunden.

Aus dem Orange County hatte John Kleck einen weiteren, wichtig klingenden Bericht geschickt, der letztlich darauf hinauslief, daß er nicht die geringste Spur gefunden hatte.

In San Francisco hatte der Agent, der die Porths aufgespürt hatte, nur um herauszufinden, daß sie schon vor Jahren gestorben waren, sich Zugang zu den Unterlagen des Nachlaßgerichts verschafft. Er hatte herausgefunden, daß Ethel Porth ihren gesamten Besitz George vererbt hatte. Georges Nachlaß war ihrem Enkel zugefallen – Spencer Grant aus Malibu, Kalifornien, einziger Nachkomme von Jennifer, des einzigen Kinds der Porths. Der Agent hatte nicht den geringsten Hinweis darauf gefunden, daß Grant je unter einem anderen Namen geführt worden oder die Identität seines Vaters bekannt war.

Roy begab sich in eine Ecke des Satelliten-Überwachungszentrums und rief Thomas Summerton an. Obwohl Sonntag war, befand Summerton sich in seinem Büro in Washington und nicht auf seinem Landsitz in Virginia. So sicherheitsbewußt wie immer, tat er so, als hätte Roy sich verwählt, und rief ihn kurz darauf über eine abhörsichere Leitung zurück, die von einem Verzerrer geschützt wurde, wie auch Roy ihn benutzte.

»Ein verdammter Schlamassel in Arizona«, sagte Summerton. Er war wütend.

Roy wußte nicht, wovon sein Boß sprach.

»So ein Aktivist da draußen«, sagte Summerton, »ein reiches Arschloch, das glaubt, es könne die Welt retten. Haben Sie die Nachrichten gesehen?«

»War zu beschäftigt«, sagte Roy.

»Dieses Arschloch – er hat irgendwelche Beweise, die mich wegen dieser Sache in Texas, letztes Jahr, in Verlegenheit bringen könnten. Er hat bei ein paar Leuten angefragt, wie man die Story am besten bringen kann. Also wollten wir ihn schnell aus dem Spiel nehmen und dafür sorgen, daß auf seinem Grundstück Beweise für Drogenhandel gefunden werden.«

»Das Zwangsenteignungs-Gesetz?«

»Ja. Alles beschlagnahmen. Wenn seine Familie kein Geld zum Leben und er keine Mittel für einen vernünftigen Anwalt mehr hat, wird er schnell wieder vernünftig werden. Das ist immer so. Aber dann ging die Operation schief.«

Das ist immer so, dachte Roy müde. Aber er sprach es nicht aus. Ihm war bekannt, daß Summerton Aufrichtigkeit nicht zu schätzen wußte. Außerdem war dieser Gedanke ein ausgezeichnetes Beispiel für schändliches negatives Denken gewesen.

»Und jetzt«, sagte Summerton verdrossen, »ist ein FBI-Agent tot, da draußen in Arizona.«

»Ein echter oder ein Schwimmer wie ich?«

»Ein echter. Und die Frau und der Junge dieses Arschlochs liegen auch tot im Garten, und er hat sich verbarrikadiert und ballert aus dem Haus, und überall wimmelt es vor Fernsehkameras, und wir können die Leichen nicht verbergen. Außerdem hat ein Nachbar alles auf Video aufgenommen.«

»Hat der Typ seine Frau und seinen Sohn umgebracht?«

»Ich wünschte, es wäre so. Aber vielleicht können wir es ja noch so aussehen lassen.«

»Trotz des Videobands?«

»Sie sind schon lange genug im Geschäft, um zu wissen, daß fotografische Beweise nur selten niet- und nagelfest sind. Sehen Sie sich doch das Rodney-King-Video an. Verdammt, sehen Sie sich Zapruders Film von dem Attentat auf Kennedy an.« Summerton seufzte. »Ich hoffe also, Sie haben gute Nachrichten für mich, Roy, irgendwas, was mich aufheitern kann.«

Summertons rechte Hand zu sein wurde allmählich zu einer trübseligen Angelegenheit. Roy wünschte, er könnte bei seinem derzeitigen Fall *irgendwelche* Fortschritte melden.

»Na ja«, sagte Summerton, kurz bevor er auflegte, »im Augenblick kommt mir das fast wie eine gute Nachricht vor.«

Bevor Roy später am Sonntagabend die Büros in Vegas verließ, beauftragte er Mama, Nexis und andere Datensuch-Dienste zu benutzen, in allen Mediendatenbanken, die die zahlreichen Informations-Netzwerke boten, nach »Jennifer Corrine Porth« zu suchen und ihm am Morgen Bericht zu erstatten.

Die vergangenen fünfzehn bis zwanzig Jahrgänge vieler großer Zeitungen und Zeitschriften, darunter die *New York Times*, waren elektronisch gespeichert und standen zu Online-Nachforschungen zur Verfügung. Bei einer vorherigen sorgfältigen Durchsicht dieser Quellen hatte Mama den Namen »Spencer Grant« nur mit dem Tod zweier Autodiebe in Los Angeles vor ein paar Jahren in Verbindung bringen können. Aber vielleicht hatte sie mit dem Namen der Mutter ja mehr Glück.

Falls Jennifer Corrine Porth einen auffälligen Tod gestorben war – oder falls sie in der Geschäftswelt, der Regierung oder im kulturellen Bereich auch nur mittelmäßig bekannt gewesen war –, hatten einige größere Zeitungen bestimmt über ihr Ableben berichtet. Und falls Mama irgendwelche Stories über sie oder einen langen

Nachruf finden würde, mochte darin ein wertvoller Hinweis auf Jennifers einziges überlebendes Kind enthalten sein.

Roy klammerte sich stur an das positive Denken. Er war zuversichtlich, daß Mama einen Hinweis auf Jennifer finden und Licht in den Fall bringen würde.

Die Frau. Der Junge. Die Scheune im Hintergrund. Der Mann in den Schatten.

Er mußte die Fotos nicht aus dem Umschlag nehmen, in dem er sie aufbewahrte, um sich diese Bilder mit völliger Klarheit in Erinnerung zurückzurufen. Die Bilder gingen ihm nicht aus dem Kopf, schienen ihn zu hänseln; denn er wußte, er hatte die Leute darauf schon einmal gesehen. Vor langer Zeit. In einem wichtigen Zusammenhang.

Am Sonntagabend trug Eve dazu bei, Roys Stimmung zu heben und seine Gedanken in positiven Bahnen zu halten. Da sie wußte, daß sie vergöttert wurde und Roys Verehrung ihr völlige Macht über ihn gab, arbeitete sie sich in eine Raserei, die alles übertraf, was er bislang gesehen hatte.

Einen Teil ihrer unvergeßlichen dritten Begegnung verbrachte er auf dem geschlossenen Toilettendeckel, während sie bewies, daß eine Duschkabine erotischen Spielen genauso förderlich sein konnte wie ein mit Pelz belegtes, mit Seide bezogenes oder mit Gummi bedecktes Bett.

Es erstaunte ihn, daß überhaupt jemand auf den Gedanken gekommen war, viele der Wasserspielzeuge in ihrer Sammlung zu erfinden oder herzustellen. Diese Geräte waren clever entworfen, faszinierend biegsam, funkelten vor lebensähnlichen Bedürfnissen, waren mit ihrem batterie- oder handbetriebenen Pulsieren überzeugend *biologisch* und in ihrer verschlungenen, buckligen und faltigen Gummibeschaffenheit geheimnisvoll und aufregend. Roy konnte sich mit ihnen identifizieren, als wären sie Verlängerungen jenes – zum Teil menschlichen, zum Teil maschinellen – Körpers, dem er manchmal in Träumen innewohnte. Wenn Eve diese Spielzeuge handhabte, kam Roy sich vor, als manipulierten ihre perfekten Hände mit einer Fernsteuerung Teile seiner eigenen Anatomie.

In dem verwischenden Dampf, dem heißen Wasser, dem Schaum der duftenden Seife schien Eve zu neunzig statt nur zu sechzig Prozent perfekt zu sein. Sie war so unwirklich wie eine idealisierte Frau auf einem Gemälde.

Nichts auf dieser Seite des Todes hätte für Roy erfüllender sein können, als Eve dabei zu beobachten, wie sie methodisch ein exquisites Merkmal ihrer Anatomie nach dem anderen stimulierte, jedesmal mit einem Gerät, bei dem es sich um das amputierte, aber funktionsfähige Organ eines Superliebhabers aus der Zukunft zu handeln schien. Roy konnte sich bei seinen Beobachtungen so stark konzentrieren, daß Eve selbst für ihn gar nicht mehr existierte und jede sinnliche Begegnung in der großen Duschkabine – mit einer Bank und Haltegriffen – lediglich zwischen einem perfekten Körperteil und seiner fleischlosen Analogie stattfand: erotische Geometrie, lüsterne Physik, eine Studie in der flüssigen Dynamik unersättlicher Lust. Das Erlebnis wurde von keinerlei persönlichen oder irgendwelchen anderen menschlichen Wesenszügen oder Assoziationen befleckt. Roy wurde in so intensive extreme Bereiche des voyeuristischen Vergnügens befördert, daß er vor dem Schmerz seiner Freude fast schrie.

Spencer erwachte, als die Sonne über den Bergen im Osten stand. Das Licht war kupfern, und lange Morgenschatten ergossen sich von jedem Felsen und jeder Erhebung der knorrigen Vegetation in westliche Richtung über die Einöde.

Sein Sehvermögen war nicht mehr verschwommen. Die Sonne schmerzte nicht mehr in seinen Augen.

Am Rand des Schattens, den die Plane warf, saß Valerie auf dem Boden. Sie hatte ihm den Rücken zugewandt und widmete sich einer Aufgabe, die er nicht sehen konnte.

Rocky saß neben ihr, Spencer ebenfalls den Rücken zugewandt.

Ein Motor brummte im Leerlauf. Spencer hatte die Kraft, den Kopf zu heben und in die Richtung zu drehen, aus der das Geräusch kam. Der Range Rover. Hinter ihm, tiefer in der mit der Plane bedeckten Nische. Ein gelbes Kabel verlief aus der geöffneten Fahrertür des Rovers zu Valerie.

Spencer fühlte sich schrecklich, war aber dankbar, daß sein Zustand sich gebessert hatte, seit er das vergangene Mal bei Bewußtsein gewesen war. Sein Schädel schien nicht mehr jeden Augenblick explodieren zu wollen; der Kopfschmerz hatte sich zu einem dumpfen Pochen über dem rechten Auge abgeschwächt. Trockener Mund. Aufgerissene Lippen. Aber sein Hals war nicht mehr heiß und schmerzte auch nicht mehr.

Der Morgen war angenehm warm. Die Hitze kam nicht von dem Fieber, denn seine Stirn fühlte sich kalt an. Er warf die Decke zurück.

Er gähnte, streckte sich – und stöhnte. Seine Muskeln schmerzten, doch nach dem, was er durchgemacht hatte, war damit wohl zu rechnen.

Von Spencers Stöhnen alarmiert, eilte Rocky zu ihm. Der Hund grinste, zitterte und peitschte den Schwanz in rasender Freude, seinen Herrn wach zu sehen, von einer Seite zur anderen.

Spencer mußte ein enthusiastisches Ablecken des Gesichts über sich ergehen lassen, bevor er das Halsband des Hundes zu fassen bekam und ihn auf Zungenlänge zurückschieben konnte.

Valerie sah über die Schulter. »Guten Morgen«, sagte sie.

Sie war in der Morgensonne genauso schön wie im Lampenlicht.

Er hätte dies beinah laut wiederholt, erinnerte sich aber schwach und verlegen daran, bereits zu viel gesagt zu haben, als er nicht bei Verstand gewesen war. Er argwöhnte, nicht nur Geheimnisse enthüllt zu haben, die er lieber für sich behalten hätte, sondern auch von plumper Aufrichtigkeit über seine Gefühle für sie gewesen zu sein, so naiv wie ein vernarrter Welpe.

Spencer setzte sich auf und verhinderte, daß der Hund ihm erneut das Gesicht leckte. »Nimm es mir nicht übel, Kumpel, aber du riechst etwas streng.«

Er kam auf die Knie, erhob sich und stand einen Augenblick lang schwankend da.

»Noch benommen?« fragte Valerie.

»Nein. Das ist vorbei.«

»Gut. Ich glaube, Sie hatten eine schlimme Gehirnerschütterung. Ich bin kein Arzt – wie Sie mir völlig klargemacht haben. Aber ich habe ein paar Nachschlagewerke dabei.«

»Ich bin nur noch etwas schwach. Und hungrig. Eigentlich sogar völlig ausgehungert.«

»Das ist ein gutes Zeichen, glaube ich.«

Nun, da er Rocky nicht mehr vor der Nase hatte, wurde ihm klar, daß nicht der Hund roch. Der Gestank ging von ihm selbst aus: die nasse, schlammige Ausdünstung des Flusses, der saure Schweißgeruch mehrerer Fieberanfälle.

Valerie widmete sich wieder ihrer Arbeit.

Sorgsam darauf bedacht, daß der Wind den Geruch nicht zu ihr trug und nicht über den außer Rand und Band geratenen Hund zu stolpern, schlurfte Spencer zu der schattigen Nische, um zu sehen, was die Frau da machte. Ein Computer stand auf einer Plastikmatte auf dem Boden. Es war kein Laptop, sondern ein großer PC mit einem MasterPiece-Kompensator für Spannungsschwankungen zwischen der Logikeinheit und dem Farbmonitor. Die Tastatur lag auf ihrem Schoß.

Es war bemerkenswert, ein so modernes Gerät mitten in einer primitiven Landschaft zu sehen, die sich seit Hunderttausenden, wenn nicht sogar seit Millionen von Jahren kaum verändert hatte.

»Wie viele Megabytes?« fragte er.

»Nicht Mega. Giga. Zehn Gigabytes.«

»Und die brauchen Sie?«

»Einige der Programme, die ich nutze, sind verdammt groß. Die brauchen 'ne Menge Festplattenkapazität.«

Das gelbe Kabel aus dem Rover war mit der Logikeinheit verbunden. Ein weiteres orangenes Kabel führte von der Rückseite der Logikeinheit zu einem seltsamen Gerät, das drei Meter jenseits der Schattenlinie ihres planenbedeckten Verstecks im Sonnenlicht stand. Es sah aus wie ein umgedrehter Frisbee mit einem sich nach außen erweiternden statt nach innen biegenden Rand. Darunter war es in der Mitte an einem Kugelgelenk befestigt, das wiederum an einem über einen Meter langen Schwenkarm aus schwarzem Metall befestigt war, welcher in einem grauen Kasten verschwand, der etwa dreißig Zentimeter breit und einen Meter lang war.

Valerie nahm die Finger nicht von der Tastatur und beantwortete seine Frage, bevor er sie aussprechen konnte. »Eine Satelliten-Verbindung.«

»Sie sprechen mit Außerirdischen?« fragte er nur halb im Scherz.

»Im Augenblick mit dem De-oh-de-Computer«, sagte sie und ließ die Finger ruhen, um die Daten zu betrachten, die über den Bildschirm rollten.

»De-oh-de?« fragte er.

»Department of Defense.«

DOD.

Er ging in die Hocke. »Sind Sie Agentin der Regierung?«

»Ich habe nicht behauptet, daß das Verteidigungsministerium mir erlaubt hätte, mit seinem Computer zu spielen. Oder auch nur davon weiß. Ich habe eine Verbindung mit dem Satelliten einer Telefongesellschaft geschaltet, mir Zugang zu einem ihrer Kanäle verschafft, die für Systemtests reserviert sind, und den unterirdischen DOD-Computer in Arlington in Virginia angezapft.«

»Unterirdisch?« meinte er nachdenklich.

»Höchste Sicherheitsstufe.«

»Ich wette, die Telefonnummer haben Sie nicht von der Auskunft bekommen.«

»Telefonnummern sind nicht das schwierigste Problem. Viel schwieriger ist es, die Kodes zu bekommen, mit denen man ihr System benutzen kann, sobald man erst mal drin ist. Ohne diese Kodes könnte ich mir die Mühe sparen, überhaupt in das System einzudringen.«

»Und diese Kodes haben Sie?«

»Ich habe seit vierzehn Monaten vollen Zugang zum DOD.« Ihre Finger flogen wieder über die Tastatur. »Am schwierigsten ist es, den Zugangskode des Programms zu bekommen, mit dem sie *alle anderen* Zugangskodes regelmäßig ändern. Aber wenn man *dieses* Scheißding nicht hat, kann man nicht auf dem laufenden bleiben, bis sie einem gelegentlich eine neue Einladung schicken.«

»Also haben Sie vor vierzehn Monaten diese Kodes und was weiß ich nicht noch alles zufällig gefunden? Wahrscheinlich auf die Wand einer Damentoilette gekritzelt?«

»Drei Menschen, die ich liebte, haben für diese Kodes ihr Leben gegeben.«

Obwohl diese Erwiderung nicht ernster als alles andere ausgesprochen wurde, was Valerie bislang gesagt hatte, schwang in ihr eine emotionale Bedeutung mit, die Spencer nachdenklich verstummen ließ.

Eine dreißig Zentimeter lange Eidechse – hauptsächlich braun, mit schwarzen und goldenen Flecken gesprenkelt – glitt aus ihrem Versteck unter einem Fels in den Sonnenschein und huschte über den warmen Sand. Als sie Valerie sah, erstarrte sie und beobachtete die Frau. Sie hatte silbern und grün schimmernde, hervorstehende Augen mit kieselähnlichen Lidern.

Rocky sah die Eidechse ebenfalls. Er zog sich hinter seinen Herrn zurück.

Spencer stellte fest, daß er das Reptil anlächelte, wenngleich er nicht wußte, wieso er sich über dessen plötzliches Erscheinen dermaßen freute. Dann bemerkte er, daß er unterbewußt das Medaillon aus Seifenstein betastete, das an seiner Brust hing, und er begriff. Louis Lee. Fasane und Drachen. Wohlstand und langes Leben. *Drei Menschen, die ich liebte, haben für diese Kodes ihr Leben gegeben.*

Spencers Lächeln verblich. »Was sind Sie?« fragte er Valerie.

»Sie meinen«, sagte sie, ohne von dem Bildschirm aufzusehen, »bin ich eine internationale Terroristin oder eine gute patriotische Amerikanerin?«

»Na ja, so würde ich es nicht ausdrücken.«

»In den letzten fünf Tagen«, sagte sie, statt ihm zu antworten, »habe ich versucht, so viel wie möglich über Sie herauszufinden. Aber es war nicht besonders viel. Sie haben sich praktisch aus allen offiziellen Unterlagen gelöscht. Also habe ich wohl das Recht, Ihnen dieselbe Frage zu stellen: Was sind *Sie?*«

Er zuckte mit den Achseln. »Nur jemand, der sein Privatleben schätzt.«

»Klar doch. Und ich bin eine besorgte und interessierte Bürgerin – kaum etwas anderes als Sie.«

»Abgesehen davon, daß ich nicht weiß, wie man in den Computer des Verteidigungsministeriums eindringen kann.«

»Sie haben Ihre Militärunterlagen manipuliert.«

»Das ist eine leicht zugängliche Datenbank im Vergleich zu dem Sumpf, in dem Sie gerade waten. Verdammt, wonach suchen Sie?«

»Das Verteidigungsministerium verfolgt sämtliche Satelliten in der Umlaufbahn: zivile, militärische, die der Regierung – sowohl unsere als auch die anderer Länder. Ich suche alle Satelliten heraus, die imstande sind, auf diesen kleinen Teil der Welt hinabzuschauen und uns zu finden, wenn wir unser Versteck verlassen und uns wieder auf den Weg machen.«

»Ich dachte, das wäre Teil eines Traums«, sagte er unbehaglich, »dieses Gerede von Augen im Himmel.«

»Sie wären überrascht, was alles da oben ist. Und das ist noch zurückhaltend ausgedrückt. Was die Überwachung betrifft, so befinden sich etwa zweiundsechzig Satelliten mit dieser Fähigkeit in Umlaufbahnen über den westlichen und südwestlichen Staaten der USA.«

»Was passiert, wenn Sie sie identifiziert haben?« fragte er nachdenklich.

»Das Verteidigungsministerium hat ihre Zugriffkodes. Ich setze mich über die Satellitenschüssel mit ihnen in Verbindung, stöbere in ihren aktuellen Programmen herum und finde heraus, ob sie nach uns suchen.«

»Diese tolle Lady hier stöbert in Satelliten herum«, sagte er zu Rocky, doch das Tier schien nicht so beeindruckt wie sein Herr zu sein, als hätten Hunde solche Tricks schon seit Ewigkeiten drauf. »Der Begriff ›Hacker‹ ist für Sie wohl kaum angemessen«, sagte er dann zu Valerie.

»Hm ... wie hat man Leute wie mich genannt, als Sie noch bei dieser Sondereir heit für Computerkriminalität waren?«

»Wir haben uns damals nicht vorstellen können, daß es Leute wie Sie überhaupt *gibt*.«

»Na ja, wir sind hier.«

»Jagen die uns wirklich mit Satelliten?« fragte er zweifelnd. »Ich meine, so wichtig sind wir doch nicht ... oder?«

»Mich halten sie für so wichtig. Und Sie haben sie völlig verwirrt; sie kommen einfach nicht dahinter, wie Sie in die Sache hineinpassen. Bis sie genau wissen, womit sie es zu tun haben, werden sie Sie für genauso gefährlich halten wie mich ... vielleicht für noch gefährlicher. Das Unbekannte – und aus ihrer Sicht sind Sie das – ist immer erschreckender als das Bekannte.«

Er dachte darüber nach. »Wer sind diese Leute, von denen Sie sprechen?«

»Vielleicht sind Sie ungefährdeter, wenn Sie es nicht wissen.«

Spencer öffnete den Mund, um etwas zu erwidern, schwieg dann aber. Er wollte nicht streiten. Noch nicht jedenfalls. Zuerst mußte er sich waschen und etwas zu essen besorgen.

Ohne ihre Arbeit zu unterbrechen, erklärte Valerie ihm, daß auf der Ladefläche des Rovers Plastikbehälter mit Wasser, eine Schüssel, Flüssigseife, Schwämme und ein sauberes Handtuch lagen. »Verbrauchen Sie nicht zu viel Wasser. Es ist unser Trinkwasservorrat, wenn wir noch ein paar Tage hierbleiben müssen.«

Rocky folgte seinem Herrn zum Geländewagen und sah nervös zu der Eidechse in der Sonne zurück.

Spencer stellte fest, daß Valerie seine Besitztümer aus dem Explorer geborgen hatte. Nachdem er sich mit einem Schwamm gewaschen hatte, konnte er sich rasieren und saubere Sachen anziehen. Er fühlte sich erfrischt und konnte seinen Körpergeruch nicht mehr wahrnehmen. Sein Haar bekam er jedoch nicht so sauber, wie er es gern gehabt hätte, denn seine Kopfhaut war empfindlich, nicht nur an der vernarbten Stelle, sondern auf dem gesamten Scheitel.

Bei dem Rover handelte es sich um einen ähnlichen Geländewagen wie bei dem Explorer, und er war von der Heckklappe bis knapp zu den Vordersitzen mit Geräten und Vorräten vollgepackt. Die Lebensmittel befanden sich genau dort, wo eine ordentliche und logisch vorgehende Person sie untergebracht hätte: in Behältern und Kühltaschen unmittelbar hinter dem schmalen Freiraum, damit sie vom Fahrer- oder Beifahrersitz aus leicht zugänglich waren.

Bei den meisten Vorräten handelte es sich um Lebensmittel in Dosen oder Gläsern, von diversen Packungen Crackern einmal abgesehen. Da Spencer zu hungrig war, um sich die Zeit zu nehmen, etwas zu kochen, entschied er sich für zwei kleine Dosen mit Wiener Würstchen, zwei kleine Packungen Käsecracker und eine kleine Dose Birnen.

In einer der Kühltaschen, die ebenfalls in Griffnähe der Vordersitze standen, fand er Waffen. Eine SIG-9-Millimeter-Pistole. Eine Micro-Uzi, die illegal auf vollautomatisches Feuer umgerüstet worden zu sein schien. Für beide Waffen fand er Ersatzmunition.

Spencer starrte die Waffen an und drehte dann den Kopf, um die Frau zu betrachten, die sechs Meter entfernt an ihrem Computer saß.

Spencer hatte nicht den geringsten Zweifel, daß diese Valerie in vielen Dingen beschlagen war. Sie schien so gut auf jeden Notfall vorbereitet zu sein, daß sie nicht nur ein Vorbild für alle Pfadfinderinnen, sondern auch für die Survivalisten sein könnte, die jeden Tag mit dem Untergang der Zivilisation rechneten. Sie war gerissen, intelligent, humorvoll, waghalsig, couragiert und im Laternenschein und bei Sonnenlicht – ach was, bei jedem Licht – angenehm anzuschauen. Zweifellos war sie auch im Gebrauch sowohl der Pistole als auch der Maschinenpistole geübt, denn sie war zu praktisch veranlagt, als daß sie sie sonst mitgeschleppt hätte: Sie würde einfach keinen Platz für Werkzeuge verschwenden, mit denen sie nicht umgehen konnte, und auf keinen Fall das Risiko eingehen, wegen Besitzes einer vollautomatischen Uzi ins Gefängnis zu gehen, wenn sie nicht imstande – und bereit war –, damit auch zu schießen.

Spencer fragte sich, ob sie je gezwungen gewesen war, auf einen anderen Menschen zu schießen. Er hoffte, daß dem nicht so war. Und er hoffte, daß sie nie zu solch einem Extrem gezwungen sein würde. Doch traurigerweise schien das Leben für sie nichts als Extreme vorgesehen zu haben.

Er öffnete eine Dose Würstchen, indem er den Verschlußring aufzog. Dann mußte er dem Drang widerstehen, den Inhalt mit einem großen Bissen herunterzuschlingen. Er aß langsam eins der kleinen Wiener, dann ein zweites. In seinem ganzen Leben hatte noch nie etwas so gut geschmeckt. Er steckte sich das dritte in den Mund und kehrte zu Valerie zurück.

Rocky tanzte und jaulte neben ihm und bat um seinen Anteil.

»Meins«, sagte Spencer.

Er kauerte sich neben Valerie nieder, sprach aber nicht mit ihr. Sie schien die rätselhaften Daten, die den Monitor füllten, besonders konzentriert zu betrachten.

Die Eidechse lag wachsam und fluchtbereit in der Sonne, genau an der Stelle, ar der sie auch schon eine halbe Stunde zuvor gelegen hatte. Ein winziger Dinosaurier.

Spencer öffnete die zweite Dose Würstchen, gab dem Hund zwei ab und aß gerade das letzte, als Valerie zusammenzuckte.

Sie schnappte nach Luft. »*Ach du Scheiße!*«

Die Echse verschwand unter dem Felsen, unter dem sie hervorgekommen war.

Spencer sah, daß auf dem Monitor ein einzelnes Wort aufblitzte: LOCKON.

Valerie drückte auf den Einschaltknopf der Logikeinheit.

Bevor der Bildschirm erlosch, sah Spencer zwei weitere Worte unter dem ersten aufblitzen: TRACE BACK.

Valerie sprang auf, zerrte beide Stromkabel aus dem Computer und lief in die Sonne, zu der Satellitenschüssel. »Laden Sie alles in den Rover!«

Spencer stand auf. »Was ist los?« fragte er.

»Sie benutzen einen Satelliten der EPA.« Sie hatte die Schüssel bereits hochgehoben und drehte sich zu ihm um. »Und sie haben ein verdammt unheimliches Sicherheitsprogramm. Es erfaßt jedes eindringende Signal und verfolgt es zurück.« Sie eilte an ihm vorbei. »Helfen Sie mir beim Packen. Nun machen Sie schon, verdammt, *machen Sie schon!*«

Er legte die Tastatur auf den Bildschirm und hob die gesamte

Anlage einschließlich der Gummimatte darunter hoch. Als er Valerie zum Rover folgte, protestierten seine verkrampften Muskeln gegen die Eile. »Sie haben uns gefunden?« fragte er.

»Diese Arschlöcher!« sagte sie wütend.

»Vielleicht haben Sie das Gerät noch rechtzeitig ausgeschaltet.«

»Nein.«

»Woher wollen sie wissen, daß wir es sind?«

»Sie wissen es.«

»Es war doch nur ein Kurzwellensignal. Darauf gibt's keine Fingerabdrücke.«

»Sie kommen«, beharrte sie.

Am Sonntagabend, ihrem dritten gemeinsamen Abend, hatten Eve Jammer und Roy Miro früher als an den vorangegangenen Tagen mit ihrem leidenschaftlichen, aber kontaktfreien Liebesspiel angefangen. Daher waren sie, obwohl es sich bei dieser Sitzung um die bislang längste und leidenschaftlichste handelte, schon vor Mitternacht fertig. Danach lagen sie in dem weichen, blauen Leuchten des indirekten Neonlichts keusch nebeneinander auf ihrem Bett, beide behütet von den liebevollen Blicken des Spiegelbilds des jeweils anderen auf der Decke. Eve war so nackt wie an dem Tag, an dem sie in die Welt geglitten war, und Roy war vollständig bekleidet. Schließlich genossen sie einen tiefen, erholsamen Schlaf.

Da Roy eine Reisetasche mitgebracht hatte, konnte er sich am Morgen für die Arbeit fertigmachen, ohne in seine Hotelsuite am Strip zurückkehren zu müssen. Er duschte nicht in Eves, sondern im Gästebad, denn er wollte sich nicht ausziehen und seine vielen Unvollkommenheiten enthüllen, von seinen dicken, kurzen Zehen über die knochigen Knie und dem Rettungsring um die Hüften bis zu den Sommersprossen und den beiden Muttermalen auf der Brust. Außerdem wollte keiner von ihnen irgendeine Dusche betreten, nachdem der andere sie benutzt hatte. Wenn er Fliesen betrat, die von ihrem Badewasser naß waren, oder umgekehrt ... nun ja, dies würde auf eine peinliche Art und Weise die von Flüssigkeitsaustausch freie Beziehung stören, die sie errichtet hatten und die sie aufleben ließ.

Er nahm an, daß manche Menschen sie vielleicht für verrückt halten würden. Aber jeder, der wirklich verliebt war, würde sie verstehen.

Da Roy nicht mehr zum Hotel zurückkehren mußte, traf er schon früh am Montagmorgen im Satelliten-Kommunikationsraum ein. Als er durch die Tür ging, wußte er, daß sich unmittelbar zuvor etwas Aufregendes ereignet haben mußte. Mehrere Personen standen vor der gegenüberliegenden Wand und betrachteten den großen Bildschirm, und das Summen der Gespräche hatte einen positiven Klang.

Ken Hyckman, der diensthabende Agent an diesem Morgen, lächelte breit. Eindeutig darauf versessen, Roy die gute Nachricht als erster mitzuteilen, winkte er ihn zu der U-förmigen Kontrollkonsole hinüber.

Hyckman war groß, auf zurückhaltende Weise stattlich und geschniegelt. Er sah aus, als sei er zur Agency gekommen, nachdem er erfolgreich als Nachrichtensprecher im Fernsehen gearbeitet hatte.

Eve zufolge hatte Hyckman mehrmals versucht, sie anzubaggern, aber sie hatte ihn jedesmal abblitzen lassen. Wäre Roy der Ansicht gewesen, daß Ken Hyckman Eve irgendwie gefährlich werden könnte, hätte er dem Arschloch an Ort und Stelle das Gehirn aus dem Kopf geschossen, und zum Teufel mit den Konsequenzen. Er fand jedoch großen Seelenfrieden in dem Wissen, daß er sich in eine Frau verliebt hatte, die ziemlich gut allein auf sich aufpassen konnte.

»Wir haben sie gefunden!« verkündete Hyckman, als Roy zu dem Kontrollpult ging. »Sie hat sich in Earthguard eingeklinkt, um festzustellen, ob wir sie mit dem Satelliten überwachen.«

»Woher wissen Sie, daß sie es war?«

»Es ist ihr *Stil*.«

»Klar, Sie ist unglaublich unverschämt«, gestand Roy ein. »Aber ich hoffe, Sie verlassen sich dabei auf mehr als nur auf Ihren Instinkt.«

»Verdammt, der Funkspruch kam mitten aus dem Nichts. Wer sonst sollte es sein?« sagte Hyckman und zeigte auf die Wand.

Bei dem Blick aus der Umlaufbahn, der auf dem Bildschirm zu sehen war, handelte es sich um eine schlichte vergrößerte Teleskopaufnahme, die die südlichen Hälften von Nevada und Utah und das nördliche Drittel von Arizona zeigte. Las Vegas war in der unteren linken Ecke. Die drei roten und zwei weißen Ringe einer kleinen, aufblitzenden Zielscheibe markierten die Position, aus der der Kontakt mit dem Satelliten aufgenommen worden war.

»Einhundertundachtzig Kilometer nord-nordöstlich von Vegas«, erklärte Hyckman, »in der Wüstenebene nordöstlich vom Pahroc Summit und nordwestlich vom Oak Springs Summit. Mitten im Nichts, wie ich gesagt habe.«

»Wir benutzen einen Satelliten der EPA«, erinnerte Roy ihn.

»Vielleicht hat ein Angestellter der EPA versucht, eine Luftaufnahme von seiner Arbeitsstätte zu bekommen, und wollte sie an einen Computer funken lassen. Oder eine spektographische Analyse des Terrains. Oder hundert andere Möglichkeiten.«

»Ein Angestellter der EPA? Da unten, mitten im Nichts?« sagte Hyckman. Er schien an diesem Begriff zu kleben wie an dem unvergeßlichen Text eines alten Lieds. »Mitten im Nichts.«

»Seltsamerweise«, sagte Roy mit einem freundlichen Lächeln, das seinem Sarkasmus die Schärfe nahm, »werden viele Umweltforschungen im Gelände betrieben, mitten in der *Umwelt*, und Sie wären erstaunt, wenn Sie wüßten, wie viel von unserem Planeten mitten im Nichts liegt.«

»Ja, mag schon sein. Aber wenn es jemand war, der zu der Kontaktaufnahme berechtigt ist, ein Wissenschaftler oder so ... warum hat er den Kontakt dann so schnell abgebrochen, statt seine Arbeit zu machen?«

»*Das* ist Ihr erster vernünftiger Einwand«, sagte Roy. »Aber so ein Hinweis läßt die Sache noch nicht zur Gewißheit werden.«

Hyckman schaute verwirrt drein.

»Was soll diese Zielscheibe?« fragte Roy, statt ihm zu erklären, wie er den Satz gemeint hatte. »Ziele werden doch immer mit einem weißen Kreuz markiert.«

»Ich dachte, das wäre interessanter«, sagte Hyckman grinsend und anscheinend sehr zufrieden mit sich. »Macht etwas mehr Spaß.«

»Sieht aus wie ein Videospiel«, sagte Roy.

»Danke«, sagte Hyckman. Offenbar faßte er die Geringschätzung als Kompliment auf.

»Was die Vergrößerung betrifft«, sagte Roy, »welcher Höhe entspricht diese Aufnahme?«

»Zwanzigtausend Fuß.«

»Viel zu hoch«, gab Roy zurück. »Bringen Sie uns auf fünftausend Fuß runter!«

»Wir sind schon dabei«, sagte Hyckman und deutete auf einige der Leute, die an den Computern in der Mitte des Raums an der Arbeit waren.

Eine kühle, weiche, weibliche Stimme erklang aus dem Lautsprechersystem des Kontrollzentrums. *»Höhere Vergrößerung erscheint auf dem Bildschirm.«*

Das Terrain war zerklüftet, wenn nicht sogar gefährlich, doch Valerie fuhr, wie sie auch auf dem glatten Asphaltband eines Highways gefahren wäre. Der geschundene Rover holperte auf und ab, schaukelte und schwankte, raste zitternd und bebend über das unwirtliche Land, knarrte und klapperte, als würde er jeden Augenblick wie die überbeanspruchten Federn und Zahnräder eines uhrwerkbetriebenen Spielzeugs explodieren.

Spencer hatte den Beifahrersitz mit Beschlag belegt. In der rechten Hand hielt er die SIG-9-Millimeter-Pistole. Die Micro-Uzi lag zwischen seinen Füßen auf dem Boden.

Rocky saß hinter ihnen, in dem schmalen Leerraum zwischen den Rückenlehnen der vorderen Sitze und der Masse der Ausrüstungsgegenstände und Vorräte, die den Rest des Laderaums bis zur Heckklappe füllten. Er hatte das gesunde Ohr gespitzt, und das andere hing wie ein nasser Lappen herab.

»Können wir nicht etwas langsamer fahren?« fragte Spencer. Er mußte ziemlich laut sprechen, um sich über den Tumult verständlich machen zu können: der dröhnende Motor, die Reifen, die über eine Bodensenke schliffen.

Valerie beugte sich über das Lenkrad, sah in den Himmel und reckte den Hals nach rechts und links. »Weit und blau. Verdammt, keine Wolken zu sehen. Ich hatte gehofft, wir müßten erst weiterfahren, wenn es wieder bedeckt ist.«

»Spielt das eine Rolle? Was ist mit der Infrarotüberwachung, von der Sie gesprochen haben? Damit können sie doch durch die Wolken sehen, oder?«

Sie schaute nach vorn, während der Range Rover den anderen Rand der Bodensenke hinauffuhr. »Die ist gefährlich, wenn wir irgendwo mitten im Nichts ausharren und kilometerweit die einzige Wärmequelle sind. Aber wenn wir in Bewegung sind, ist sie keine große Hilfe. Besonders nicht, wenn wir mit anderen Fahrzeugen auf einem Highway sind, wo sie die Wärmeabgabe des Rovers nicht analysieren und von dem anderen Verkehr unterscheiden können.«

Das obere Ende der Bodensenke erwies sich als niedriger Grat, über den sie so schnell hinwegrasten, daß sie zwei oder drei Sekunden lang durch die Luft flogen. Sie prallten mit den Vorderreifen zuerst auf einen langen, flachen Hang aus rosa-grau-schwarzem Schieferton.

Von den Reifen aufgewirbelte Schiefersplitter schlugen gegen das Fahrgestell, und Valerie schrie, um sich über das harte Scheppern verständlich zu machen, das so laut wie ein Hagelsturm war: »Bei einem so blauen Himmel müssen wir uns über mehr als nur Infrarot Sorgen machen. Sie haben einen klaren, ungehinderten Blick auf uns.«

»Ob sie uns schon gesehen haben?«

»Sie können Ihren Arsch darauf wetten, daß sie schon nach uns *suchen*«, sagte sie. Wegen der Maschinengewehrsalven des Schiefertons unter ihnen konnte er sie kaum verstehen.

»Augen im Himmel«, sagte er mehr zu sich selbst als zu ihr.

Die Welt schien auf den Kopf gestellt worden zu sein: Ein blauer Himmel war zu dem Ort geworden, an dem Dämonen hausten.

»Ja, sie suchen nach uns«, rief Valerie. »Und wenn man bedenkt, daß wir das einzige sind, was sich im Umkreis von zehn Kilometern hier bewegt, von Schlangen und Wildkaninchen abgesehen, wird es bestimmt nicht mehr allzu lange dauern, bis sie uns gefunden haben.«

Der Rover fuhr von dem Schiefer auf weicheren Boden, und die plötzliche Abnahme des Lärms war eine solche Erleichterung, daß Spencer die üblichen Fahrgeräusche, die er vorher als so störend empfunden hatte, nun im Vergleich dazu wie die Musik eines Streichquartetts vorkamen.

»Verdammt!« sagte Valerie. »Ich habe mich nur eingeklinkt, um mich zu vergewissern, daß die Luft rein ist. Ich hätte nie gedacht, daß sie noch immer da oben sind und es drei Tage lang mit einem Satelliten versuchen. Und ich hab' ganz bestimmt nicht damit gerechnet, daß sie auf eingehende Signale achten.«

»Drei Tage lang?«

»Ja, wahrscheinlich haben sie am späten Samstagnachmittag mit der Überwachung angefangen, als der Sturm vorbeigezogen war und der Himmel aufklarte. Mann, sie müssen es noch dringender auf uns abgesehen haben, als ich dachte.«

»Was für einen Tag haben wir?« fragte er unbehaglich.

»Montag.«

»Ich war sicher, wir hätten Sonntag.«

»Sie haben sich länger von der Welt verabschiedet, als Sie glauben. Seit Freitagnachmittag waren Sie weggetreten.«

Auch wenn die Bewußtlosigkeit irgendwann in der vergangenen Nacht in normalen Schlaf übergegangen war, war er achtundvierzig bis sechzig Stunden lang nicht bei Sinnen gewesen. Da er die Selbstbeherrschung so schätzte, bereitete die Vorstellung ihm Unbehagen, so lange im Delirium gelegen zu haben.

Er erinnerte sich an einiges, was er gesagt hatte, als er nicht bei Verstand gewesen war, und fragte sich, was er ihr noch alles erzählt hatte, woran er sich nicht mehr erinnern konnte.

Valerie sah wieder zum Himmel hoch. »Ich *hasse* diese Arschlöcher!« sagte sie.

»Wer sind sie?« fragte er, nicht zum erstenmal.

»Das wollen Sie gar nicht wissen«, erwiderte sie wie zuvor. »Sobald Sie es wissen, sind Sie so gut wie tot.«

»Sieht so aus, als wäre ich schon jetzt so gut wie tot. Und ich will ganz bestimmt nicht, daß sie mich abknallen und ich nicht mal weiß, wer sie sind.«

Sie dachte darüber nach, während sie aufs Gas trat und einen weiteren Hügel hinauffuhr, diesmal einen höheren. »Na schön. Das hat was für sich. Aber später. Jetzt muß ich mich erst mal darauf konzentrieren, uns aus diesem Schlamassel rauszubringen.«

»Es gibt eine Möglichkeit?«

»Irgendwo zwischen minimal und nicht vorhanden – aber es gibt sie.«

»Ich dachte, mit diesem Satelliten würden sie uns jetzt jeden Augenblick finden.«

»Das werden sie auch. Aber der nächste Ort, in dem sie Leute stationiert haben, ist wahrscheinlich Vegas, und der ist hundertachtzig Kilometer weit entfernt, vielleicht sogar zweihundert. So weit bin ich am Freitagabend gekommen, bis mir klarwurde, daß es Ihrem Zustand nicht gerade förderlich ist, wenn ich weiterfahre. Uns bleiben noch mindestens zwei und höchstens zweieinhalb Stunden, bis sie ein Killerkommando zusammengestellt haben und hierher geflogen sind.«

»Und was wollen wir tun?«

»Sie wieder abschütteln«, sagte sie etwas ungeduldig.

»Um Gottes willen, wie sollen wir sie abschütteln, wenn sie uns aus dem Weltraum beobachten?« fragte er.

»Junge, klingt *das* nicht paranoid?« sagte sie.

»Sie beobachten uns wirklich, also ist es *nicht* paranoid.«

»Ich weiß, ich weiß. Aber es klingt doch verrückt, oder?« Ihre Stimme nahm einen Ton an, der fast klang wie Goofy, die Trickfilmfigur von Disney: »Sie beobachten uns aus dem Weltall, komische Männchen mit spitzen Hüten, mit Strahlenpistolen, sie werden unsere Frauen rauben und die Welt vernichten.«

Hinter ihnen jaulte Rocky leise. Die Goofy-Stimme faszinierte ihn.

Sie sprach wieder normal. »Leben wir nicht in einer beschissenen Zeit? Gott im Himmel, das kann man wohl laut sagen.«

»Im einen Augenblick glaube ich, Sie zu kennen«, sagte Spencer, als sie den Kamm des langen Hügels überquerten und die Federung erneut auf eine harte Probe stellten, »und im nächsten kenne ich Sie überhaupt nicht.«

»Gut. Das hält Sie wachsam. Wir müssen wachsam bleiben.«

»Sie scheinen das plötzlich für sehr komisch zu halten.«

»Ach, manchmal kann ich den Humor genausowenig *fühlen*, wie Sie es im Augenblick können. Aber wir leben in Gottes Vergnügungspark. Wenn man die Sache zu ernst nimmt, dreht man durch. Auf einer bestimmten Ebene ist alles komisch, sogar das Blut und das Sterben. Meinen Sie nicht auch?«

»Nein. Nein, der Meinung bin ich nicht.«

»Wie sind Sie dann je zurechtgekommen?« fragte sie, aber nicht im geringsten schnippisch. Plötzlich war sie wieder völlig ernst.

»Es war nicht leicht.«

Die breite, flache Oberseite des Hügels bot mehr Sträucher, als sie bislang in der Wüste gesehen hatten. Valerie nahm den Fuß nicht vom Gaspedal, und der Rover zerschmetterte alles in seinem Weg.

»Wie sollen wir sie abschütteln«, beharrte Spencer, »wenn sie uns aus dem Weltraum beobachten?«

»Indem wir sie austricksen.«

»Und wie?«

»Mit einigen cleveren Schachzügen.«

»Und zwar?«

»Weiß ich noch nicht.«

Er ließ nicht locker. »Wann werden Sie es wissen?«

»Hoffentlich, bevor unsere zwei Stunden verstrichen sind.« Sie warf stirnrunzelnd einen Blick auf den Kilometerzähler. »Zehn Kilometer scheinen wir schon zurückgelegt zu haben.«

»Mir kommen sie wie hundert vor. Wenn dieses verdammte Schütteln nicht bald aufhört, kriege ich wieder Kopfschmerzen, schlimmer als vorher.«

Die breite Oberseite des Hügels fiel nicht abrupt ab, sondern ging in einen langen, flachen Hang über, der mit hohem Gras bedeckt war, das so trocken, hell und durchscheinend wie Insektenflügel war. Auf seinem Grund verliefen zwei asphaltierte Fahrbahnen nach Osten und Westen.

»Was ist das?« fragte er erstaunt.

»Der alte Bundes-Highway 93«, sagte sie.

»Woher haben Sie gewußt, daß er dort herführt?«

»Entweder habe ich eine Karte studiert, als Sie ohnmächtig waren – oder ich bin doch eine Hellseherin.«

»Wahrscheinlich beides«, sagte er, denn erneut hatte sie ihn überrascht.

Da der Blick aus fünftausend Fuß keine ausreichende Auflösung von fahrzeuggroßen Objekten auf Bodenhöhe bot, verlangte Roy, das System auf eintausend Fuß einzustellen.

Wollte man bei diesem extremen Grad der Vergrößerung ein klares Bild bekommen, mußte man es sorgfältiger als üblich aufbereiten. Die zusätzliche Verarbeitung der hereinkommenden Daten von Earthguard beanspruchte so große Computerkapazitäten, daß der Cray für diese dringliche Aufgabe von anderen Arbeiten freigestellt werden mußte. Ansonsten wäre die Verzögerung zwischen dem Empfang eines Bildes und seiner Projektion im Kontrollzentrum zu groß geworden.

Nach kaum einer Minute meldete sich die kühle, fast flüsternde, weibliche Stimme erneut über das Lautsprechersystem: »*Verdächtiges Fahrzeug entdeckt.*«

Ken Hyckman stürmte von der Kontrollkonsole zu den zwei Reihen der Computer, die allesamt bemannt waren. Nach einer weiteren Minute kehrte er mit einem knabenhaften Strahlen zurück. »Wir haben sie.«

»Das wissen wir noch nicht«, warnte Roy ihn.

»O doch, wir haben sie«, sagte Hyckman aufgeregt, drehte sich um und strahlte den Wandbildschirm an. »Welches andere Fahrzeug könnte schon dort draußen sein, in Bewegung, in demselben Gebiet, in dem jemand eine Verbindung herstellen wollte?«

»Es könnte ein Wissenschaftler der EPA sein.«

»Der plötzlich auf der Flucht ist?«

»Vielleicht fährt er einfach nur herum.«

»Er fährt für dieses Terrain *wirklich* schnell.«

»Na ja, da draußen gibt es keine Geschwindigkeitsbegrenzung.«

»Das kann kein Zufall sein«, sagte Hyckman. »Sie ist es.«

»Wir werden ja sehen.«

Mit einem Kräuseln, das am linken Rand begann und nach rechts über den Wandbildschirm verlief, veränderte das Bild sich. Die neue Ansicht verschob sich, wurde verschwommen und wieder klar – und sie sahen aus einer Höhe von eintausend Fuß auf rauhes Gelände hinab.

Ein Fahrzeug, dessen Marke sie nicht identifizieren konnten – doch offensichtlich handelte es sich um einen Geländewagen –, raste über eine buschbewachsene Hochebene. Aus dieser Höhe wirkte es noch immer jammervoll winzig.

»Stellen Sie den Brennpunkt auf fünfhundert Fuß ein«, befahl Roy.

»Höhere Vergrößerung erscheint auf dem Bildschirm.«

Nach einer kurzen Verzögerung kräuselte das Bild sich erneut von links nach rechts, wurde verschwommen, veränderte sich, wurde erneut verschwommen und wieder klar.

Earthguard 3 befand sich nicht direkt über dem in Bewegung befindlichen Objekt, sondern in einem stationären Orbit im Nordosten davon. Daher wurde das Objekt schräg aufgenommen, was weitere automatische Bildaufbereitungen erforderlich machte, die die durch die Perspektive entstandenen Verzerrungen beseitigten. Das Ergebnis war jedoch ein Bild, das nicht nur die rechteckigen Flächen des Dachs und der Motorhaube zeigte, sondern auch eine Seite des Fahrzeugs.

Obwohl Roy klar war, daß eine gewisse Verzerrung übrigblieb, glaubte er im Schatten dieser Fläche ein paar hellere Flecke auszumachen, bei denen es sich um Spiegelungen der Morgensonne auf den Fenstern der Fahrerseite handeln konnte.

Als das verdächtige Fahrzeug den Rand des Hügels erreichte

und einen langen Hang hinabfuhr, konzentrierte Roy sich auf das vorderste dieser möglichen Fenster und fragte sich, ob auf der anderen Seite einer von der Sonne bronzen gefärbten Scheibe tatsächlich die Frau saß. Hatten sie sie endlich gefunden? Das Zielobjekt näherte sich einem Highway.

»Was für eine Straße ist das?« fragte Roy. »Blenden Sie eine Karte ein, damit wir sie identifizieren können. Schnell.«

Hyckman drückte auf einen Knopf und sprach in ein Mikrofon.

Als das verdächtige Fahrzeug sich auf dem zweispurigen Highway nach Osten wandte, erschien eine mehrfarbige Karte auf dem Wandbildschirm und identifizierte einige topographische Merkmale – und den Bundes-Highway 93.

»Warum nicht nach Westen?« fragte Spencer, als Valerie auf dem Highway ohne das geringste Zögern nach Osten abbog.

»Weil in dieser Richtung lediglich Ödland liegt. Die nächste Stadt ist über dreihundert Kilometer entfernt. Warm Springs heißt sie, aber sie ist so klein, daß sie auch *Warme Spucke* heißen könnte. So weit würden wir nie kommen. Einsames, leeres Land. Es gibt bis dorthin tausend Stellen, an denen sie uns abfangen und erledigen könnte, und niemand würde es mitbekommen. Wir würden einfach vom Antlitz der Erde verschwinden.«

»Und wohin fahren wir also?«

»Es sind noch ein paar Kilometer bis nach Caliente, dann weitere fünfzehn bis nach Panaca ...«

»Das klingt auch nicht nach Großstädten.«

»Und dann fahren wir über die Grenze nach Utah. Modena, Newcastle – das sind nicht gerade Städte, die niemals schlafen. Aber nach Newcastle kommt Cedar City.«

»Ist ja toll.«

»Etwa vierzehntausend Einwohner«, sagte sie. »Was uns vielleicht die Gelegenheit gibt, der Überwachung lange genug zu entgehen, um den Rover gegen ein anderes Fahrzeug wechseln zu können.«

Die zweispurige Asphaltstraße wies zahlreiche Mulden, Dellen und nicht ausgebesserte Schlaglöcher auf. An beiden Banketten war die Befestigung in Verfall geraten. Als Hindernisstrecke stellte der Highway den Rover vor keinerlei Probleme – wenngleich Spencer sich nach der Holperfahrt über das offene Terrain gewünscht hätte, der Geländewagen hätte bessere Stoßdämpfer und eine bessere Federung.

Trotz des schlechten Straßenzustands drückte Valerie aufs Gaspedal und behielt eine Geschwindigkeit bei, die anstrengend, wenn nicht sogar rücksichtslos war.

»Hoffentlich wird die Fahrbahn bald besser«, sagte er.

»Der Karte zufolge wird sie hinter Panaca sogar noch schlechter. Von dort aus gibt es bis nach Cedar City keinen Highway mehr, sondern nur noch Landstraßen.«

»Und wie weit ist es bis nach Cedar City?«

»Etwa zweihundert Kilometer«, sagte sie, als wäre das keine schlechte Nachricht.

Er starrte sie ungläubig an. »Sie machen Witze. Selbst mit viel Glück brauchen wir auf einer Straße wie dieser – auf noch schlechteren Straßen! – zwei Stunden bis dorthin!«

»Wir fahren jetzt hundertundzehn.«

»Mir kommt es vor wie zweihundertzehn!« Seine Stimme zitterte, als die Reifen über ein Stück Pflaster glitten, das so gerippt wie Kordsamt war.

»Junge«, sagte sie, »hoffentlich haben Sie keine Hämorrhoiden.« Ihre Stimme vibrierte ebenfalls.

»Sie werden diese Geschwindigkeit nicht die ganze Zeit über beibehalten können. Wenn wir in Cedar City ankommen, wird uns dieses Killerkommando dicht auf den Fersen sein.«

Sie zuckte mit den Achseln. »Tja, die Leutchen dort können bestimmt etwas Aufregung vertragen. Ist schon lange her seit dem Shakespeare-Festival im letzten Sommer.«

Auf Roys Befehl war das Bild erneut vergrößert worden, so daß es nun einem Blick entsprach, wie man ihn aus sechzig Metern über dem Zielobjekt gehabt hätte. Die Bildaufbereitung wurde von einer Vergrößerungsstufe zur anderen immer schwieriger, doch zum Glück verfügten sie inzwischen über genügend zusätzliche Logikeinheit-Kapazität, um weitere Verzögerungen bei der Bearbeitung zu vermeiden.

Der Maßstab auf dem Wandschirm war um so vieles größer als zuvor, daß das Zielobjekt schnell über die gesamte Bildbreite raste und sich dem rechten Rand näherte. Doch als Earthguard einen neuen Ausschnitt des Terrains zeigte, der unmittelbar östlich von demjenigen lag, den das Objekt gerade verlassen hatte, tauchte es auf der linken Seite wieder auf.

Der Geländewagen fuhr nun nach Osten und nicht mehr, wie kurz zuvor, nach Süden, so daß der Aufnahmewinkel nun einen Teil der Windschutzscheibe enthüllte, über den Reflektionen von Sonnenlicht und Schatten spielten.

»Profil des Zielobjekts identifiziert als neuestes Range-Rover-Modell.«

Roy Miro betrachtete nachdenklich den Bildschirm und versuchte sich zu entschließen, ob er darauf wetten sollte, daß sich in dem verdächtigen Fahrzeug mindestens die Frau, wenn nicht auch der Mann mit der Narbe befand.

Gelegentlich erhaschte er Blicke auf dunkle Gestalten im Rover, konnte sie jedoch nicht identifizieren. Er konnte sie nicht einmal so gut sehen, daß er mit Sicherheit sagen konnte, wie viele Personen sich in dem verdammten Ding befanden oder ob sie männlich oder weiblich waren.

Weitere Vergrößerungen erforderten eine langwierige, komplizierte Aufbereitung. Bis sie einen besseren Blick in das Innere des Fahrzeugs werfen konnten, war es dem Fahrer möglich, eine beliebige von mindestens sechs größeren Städten zu erreichen – und darin unterzutauchen.

Wenn er dem Range Rover Männer in Hubschraubern hinterherschickte und die Insassen sich als unschuldige Leute erweisen sollten, hatte er jede Chance verwirkt, die Frau festzunageln. Sie würde irgendwo Unterschlupf finden, während er abgelenkt war, vielleicht nach Arizona oder zurück nach Kalifornien fahren.

»Die Geschwindigkeit des Objekts beträgt einhundertundneun Stundenkilometer.«

Um eine Verfolgung des Rovers zu rechtfertigen, waren eine Menge Vermutungen erforderlich, für deren Stützung es keine oder nur wenige Beweise gab. Zum Beispiel, daß Spencer Grant überlebt hatte, als sein Explorer von einer Springflut davongetragen worden war. Daß er der Frau irgendwie seinen Aufenthaltsort hatte mitteilen können. Daß sie sich mit ihm in der Wüste getroffen hatte, und daß sie gemeinsam in ihrem Wagen weitergefahren waren. Daß die Frau gewußt hatte, daß die Agency auf die Möglichkeit zurückgreifen konnte, sie aus der Erdumlaufbahn zu suchen, und sich am Samstag, bevor die Wolkendecke aufgerissen war, irgendwo versteckt hatte. Daß sie das Versteck an diesem Morgen verlassen und Kontakt mit allen verfügbaren Überwachungssatelliten aufgenommen hatte, um herauszufinden, ob jemand noch auf diese Weise nach ihr suchte, von dem Aufspürprogramm überrascht worden war und erst vor ein paar Minuten damit begonnen hatte, um ihr Leben zu laufen.

Das waren so viele Vermutungen, daß Roy nicht wohl zumute war.

»Die Geschwindigkeit des Objekts beträgt einhundertundzwölf Stundenkilometer.«

»Viel zu schnell für die Straßen in dieser Gegend«, sagte Ken Hyckman. »Sie ist es, und sie hat Angst.«

Am Samstag und Sonntag hatte Earthguard zweihundertundsechzehn verdächtige Fahrzeuge im bezeichneten Suchgebiet aufgespürt, die meisten davon mit Insassen bemannt, die die eine oder andere Art von Erholung unter freiem Himmel suchten. Die Fahrer und Beifahrer hatten ihre Wagen irgendwann verlassen und waren entweder von Satelliten oder aus Hubschraubern fotografiert worden, und es hatte sich herausgestellt, daß es sich bei keinem von ihnen um Spencer oder die Frau gehandelt hatte. Bei diesem Fahrzeug konnte es sich um den zweihundertundsiebzehnten derartigen falschen Alarm handeln.

»Die Geschwindigkeit des Objekts beträgt einhundertundfünfzehn Stundenkilometer.«

Andererseits war dies das beste Zielobjekt, das sie in über zwei Tagen der Suche gefunden hatten.

Und seit dem Freitagabend in Flagstaff, Arizona, war Kevorkians Macht mit ihm. Sie hatte ihn zu Eve geführt und sein Leben verändert. Er sollte davon ausgehen, daß sie ihn bei seinen Entscheidungen leiten würde.

Er schloß die Augen und atmete mehrmals tief durch. »Stellen wir ein Team zusammen und verfolgen sie«, sagte er dann.

»Ja!« sagte Ken Hyckman, hob eine Hand und ballte in einem ärgerlichen, pubertären Ausdruck der Begeisterung zur Faust.

»Zwölf Mann, volle Ausrüstung«, sagte Roy. »Aufbruch in spätestens fünfzehn Minuten. Sorgen Sie dafür, daß sie oben auf dem Dach abgeholt werden, damit wir nicht noch mehr Zeit verlieren. Zwei große Hubschrauber.«

»Die bekommen Sie«, versprach Hyckman.

»Geben Sie die Anweisung, die Frau zu erschießen, sobald die Männer sie zu Gesicht bekommen.«

»Natürlich.«

»Die Leute sollen äußerste Vorsicht walten lassen.«

Hyckman nickte.

»Lassen Sie ihr keine Chance – *keine* –, uns noch einmal zu entwischen. Aber Grant müssen wir lebend haben. Wir müssen ihn verhören, herausfinden, wie er in diese Sache paßt, für wen das Arschloch arbeitet.«

»Wenn Sie während des Einsatzes Bilder in dieser Qualität empfangen wollen«, sagte Hyckman, »müssen wir Earthguard umprogrammieren. Er muß seine Umlaufbahn befristet verändern und dem Kurs dieses Rovers anpassen.«

»Veranlassen Sie das«, sagte Roy.

An diesem Montagmorgen im Februar hätte es Captain Harris Descoteaux vom Los Angeles Police Department nicht überrascht, wenn man ihm gesagt hätte, daß er am vergangenen Freitag gestorben sei und seitdem in der Hölle weile. Die groben Demütigungen, die man ihm angetan hatte, hätten die Zeit und Energie vieler kluger, boshafter und fleißiger Dämonen in Anspruch genommen.

Als Harris am Freitagabend um halb zwölf gerade mit seiner Frau Jessica bumste und ihre Töchter – Willa und Ondine – in ihren Zimmern schliefen oder fernsahen, drang ein SWAT-Team des FBI, zu dessen Mitgliedern auch Agenten der Drogenfahndung gehörten, in das Haus der Descoteaux an einer ruhigen Straße in Burbank ein. Die Razzia wurde mit einer energischen Hingabe und gnadenlosen Gewalt durchgeführt, wie sie auch ein Kommandotrupp der United States Marines in irgendeiner Schlacht irgendeines beliebigen Krieges in der Geschichte des Landes an den Tag gelegt hatte.

Auf allen Seiten des Hauses wurden – zeitlich so genau aufeinander abgestimmt, daß sogar der anspruchsvollste Dirigent eines Symphonieorchesters neidisch gewesen wäre – Betäubungsgranaten durch die Fenster geworfen. Die lauten Explosionen nahmen Harris, Jessica und ihren beiden Töchtern jede Orientierung und beeinträchtigten vorübergehend auch ihre motorischen Nervenfunktionen.

Noch während unter der Einwirkung all dieser Schockwellen Porzellanfiguren umkippten und Bilder gegen Wände schlugen, wurden die Vorder- und Hintertür eingetreten. Schwer bewaffnete Männer mit schwarzen Helmen und in kugelsicheren Westen schwärmten im Haus der Descoteaux aus und verteilten sich wie eine Flutwelle des Jüngsten Tags in den Zimmern.

Im einen Augenblick lag Harris noch in romantisch weichem, bernsteinfarbenem Lampenlicht in den Armen seiner Frau und glitt am süßen, sich allmählich auflösenden Rand der Seligkeit auf und ab. Im nächsten hatte die Leidenschaft sich in Panik verwandelt, und er schwankte nackt und verwirrt im bestürzend schwachen Licht der Lampe. Seine Glieder zitterten, seine Knie gaben wiederholt nach, und der Raum schien sich zu drehen wie ein riesiges Faß auf einem Jahrmarkt.

Obwohl es in seinen Ohren klingelte, hörte er Männer überall im Haus »FBI! FBI! FBI!« rufen. Die dröhnenden Stimmen waren alles andere als beruhigend. Von den Betäubungsgranaten verwirrt, wollte ihm einfach nicht einfallen, was diese Buchstaben bedeuteten.

Sein Nachttisch fiel ihm ein. Der Revolver. Geladen. Er konnte sich nicht erinnern, wie man eine Schublade öffnete. Plötzlich schien dafür eine übermenschliche Intelligenz und die Geschicklichkeit eines Jongleurs erforderlich zu sein, der brennende Kegel durch die Luft warf und auffing.

Dann drängten sich Männer in das Schlafzimmer, die so groß wie Footballspieler waren und alle durcheinanderschrien. Sie zwangen Harris, sich bäuchlings auf den Boden zu legen und die Arme hinter dem Kopf zu verschränken.

Seine Gedanken wurden wieder klar. Ihm fiel ein, was FBI bedeutete. Schreck und Fassungslosigkeit lösten sich zwar nicht auf, wichen aber teilweise Furcht und Verwirrung.

Ein Hubschrauber flog dröhnend über dem Haus in Position. Das Licht von Suchscheinwerfern glitt über den Garten. Über dem wütenden Hämmern der Rotoren hörte Harris ein so kaltes Geräusch, daß er glaubte, sein Blut habe sich in Eis verwandelt: seine Töchter, die laut schrien, als die Türen ihrer Zimmer aufgestoßen wurden.

Es war zutiefst erniedrigend, nackt auf dem Boden liegen zu müssen, während die ebenfalls splitternackte Jessica aus dem Bett gezerrt wurde. Sie mußte sich in eine Ecke stellen und durfte ihre Blößen nur mit den Händen bedecken, während die Männer das Bett nach Waffen durchsuchten. Nach einer Ewigkeit warfen sie ihr eine Decke zu, und sie hüllte sich darin ein.

Harris durfte sich schließlich, noch immer nackt und vor Erniedrigung brennend, auf eine Bettkante setzen. Sie zeigten ihm den Durchsuchungsbefehl, und er las überrascht seinen Namen und seine Adresse. Er hatte vermutet, daß sie in das falsche Haus eingedrungen waren. Er erklärte, daß er Captain der Polizei von Los Angeles sei, doch das wußten sie bereits, und es beeindruckte sie nicht im geringsten.

Endlich durfte Harris sich einen grauen Trainingsanzug überstreifen. Er und Jessica wurden ins Wohnzimmer geführt. Ondine und Willa saßen zusammengekauert auf dem Sofa und hielten einander in den Armen. Die Mädchen versuchten, zu ihren Eltern zu laufen, wurden aber von Beamten zurückgehalten, die ihnen befahlen, dort sitzen zu bleiben.

Ondine war dreizehn, Willa vierzehn. Beide Mädchen hatten die Schönheit ihrer Mutter geerbt. Ondine trug ein Höschen und ein T-Shirt, auf dem das Gesicht eines Rap-Sängers abgebildet war. Willa trug ein abgeschnittenes Hemd, eine abgeschnittene Schlafanzughose und gelbe Kniestrümpfe.

Einige Beamte betrachteten die Mädchen, wie sie sie eigentlich nicht betrachten sollten. Harris bat, man möge seinen Töchtern erlauben, Bademäntel anzuziehen, doch man ignorierte ihn. Während Jessica zu einem Sessel geführt wurde, wurde Harris von zwei Männern in die Mitte genommen, die versuchten, ihn aus dem Raum zu führen.

Als er erneut verlangte, daß man den Mädchen Bademäntel gab, und ignoriert wurde, riß er sich empört von seinen Bewachern los. Seine Entrüstung wurde als Widerstand aufgefaßt. Man schlug ihm mit dem Griff eines Sturmgewehrs in den Magen, zwang ihn auf die Knie und legte ihm Handschellen an.

In der Garage stand ein Mann, der sich als »Agent Gurland« identifizierte, an der Werkbank und betrachtete hundert Kilo in Plastik gehülltes Kokain, das einen Wert von einigen Millionen Dollar hatte. Harris starrte es ungläubig an, und ihm wurde zunehmend kälter, als man ihm sagte, man habe den Schnee in seiner Garage gefunden.

»Ich bin unschuldig. Ich bin ein Cop. Ich bin reingelegt worden. Das ist doch verrückt!«

Gurland las ihm seine verfassungsmäßigen Rechte vor.

Harris war empört darüber, wie gleichgültig sie auf alles reagierten, was er sagte. Seine Wut und Erregung brachten ihm erneut eine grobe Behandlung ein, als er aus dem Haus und zu einem Wagen am Straßenrand geführt wurde. Zahlreiche Nachbarn waren auf ihre Gärten und Veranden hinausgetreten und beobachteten das Schauspiel.

Er wurde in eine Bundeshaftanstalt gebracht. Dort durfte er seinen Anwalt anrufen – der gleichzeitig sein Bruder Darius war.

Da er Polizist und daher gefährdet war, wenn man ihn mit Straftätern zusammensteckte, die Cops haßten, rechnete er damit, eine Einzelzelle zu bekommen. Statt dessen wurde er mit sechs Männern, die darauf warteten, wegen Vergehen vom Transport von Drogen über Bundesgrenzen bis hin zum Axtmord an einem Bundesmarshal angeklagt zu werden, in eine Verwahrungszelle gesperrt.

Alle behaupteten, man hätte sie aufgrund falscher Beweise verhaftet. Obwohl ein paar von ihnen ganz offensichtlich schwere Jungs waren, war Harris halbwegs geneigt, ihren Unschuldsbeteuerungen zu glauben.

Um halb drei am Samstagmorgen saß er an einem verkratzten Kunststofftisch im Besprechungsraum für Anwälte und ihre Klienten seinem Bruder gegenüber. »Das ist völliger Quatsch«, sagte Darius, »absoluter Blödsinn, es stinkt zum Himmel. Du bist der ehrlichste Mensch, den ich je gekannt habe, schon von Kind an ein völlig aufrichtiger Mensch. Es war die reinste *Hölle* für mich, deinem Beispiel nachzueifern. Du bist ein gottverdammter Heiliger, genau das bist du! Jeder, der behauptet, du wärest ein Drogenhändler, ist ein Narr oder ein Lügner. Hör zu, mach dir keine Sorgen darüber, keine Minute lang, ach was, keine Sekunde, keine Nanosekunde lang. Du hast eine einwandfreie Vergangenheit, kein einziger Schandfleck, die Akte eines gottverdammten Heiligen. Wir werden eine niedrige Kaution kriegen, und dann werden wir sie überzeugen, daß es ein Fehler oder eine Verschwörung war. Hör zu, ich schwöre dir, die Sache wird nie zur Verhandlung kommen, ich schwöre es dir beim Grab unserer Mutter!«

Darius war fünf Jahre jünger als Harris, ähnelte ihm aber so stark, daß sie als Zwillinge hätten durchgehen können. Er war ebenso brillant wie hyperkinetisch, ein guter Strafverteidiger. Wenn Darius sagte, er müsse sich keine Sorgen machen, würde Harris versuchen, sich keine zu machen.

»Hör zu«, sagte Darius, »falls es eine Verschwörung ist ... wer steckt dahinter? Welcher Scheißkerl wäre dazu imstande? Warum? Welche Feinde hast du dir gemacht?«

»Mir fallen keine ein. Keine, die dazu fähig wären.«

»Das ist völliger Blödsinn. Die werden noch auf den Bäuchen angekrochen kommen, um sich zu entschuldigen, die Arschlöcher, die Deppen, die blöden Vollidioten! Das bringt mich auf die Palme. Selbst Heilige machen sich Feinde, Harris.«

»Ich wüßte keinen«, beharrte Harris.

»Vielleicht machen Heilige sich besonders *viele* Feinde.«

Keine acht Stunden später, kurz nach zehn Uhr am Samstagmorgen, trat Harris mit seinem Bruder an seiner Seite vor einen Richter. Der Staatsanwalt beantragte eine Kaution von zehn Millionen Dollar, doch Darius verpflichtete sich, persönlich dafür zu sorgen, daß Harris zur Verhandlung erscheinen würde. Die Kaution wurde auf fünfhunderttausend Dollar angesetzt, was Darius für akzeptabel hielt, da man Harris freilassen würde, wenn er zehn Prozent der Summe aufbringen konnte und zu den neunzig eines berufsmäßigen Kautionsbürgen legte.

Harris und Jessica verfügten über dreiundsiebzigtausend Dollar in Aktien und Sparguthaben. Da Harris nicht beabsichtigte, den Zuständigkeitsbereich des Gerichts zu verlassen, würden sie das Geld zurückbekommen, sobald er zum Prozeß erschien.

Die Situation war nicht ideal. Doch bevor sie sich daranmachen konnten, vor Gericht eine Gegenoffensive zu starten und dafür zu sorgen, daß die Anklage abgewiesen wurde, mußte Harris wieder auf freien Fuß gesetzt werden. Als Polizeibeamter schwebte er in einem Gefängnis in außergewöhnlich großer Gefahr.

Sieben Stunden später, am Samstag um siebzehn Uhr, wurde Harris aus der Verwahrungszelle in den Besprechungsraum gebracht, in dem Darius auf ihn wartete – mit schlechten Nachrichten. Das FBI hatte einen Richter davon überzeugt, daß ein begründeter Anlaß für die Vermutung bestand, das Haus der Descoteaux sei zu illegalen Zwecken benutzt worden, womit eine sofortige Anwendung des Zwangsenteignungsgesetzes des Bundes zulässig war. Das FBI und die DEA hatten daraufhin ein sofortiges Pfandrecht auf das Haus und seinen Inhalt erwirkt.

Um den Anspruch der Regierung durchzusetzen, hatten Bundesmarshals Jessica, Willa und Ondine zur Räumung gezwungen. Sie hatten ihnen lediglich erlaubt, einige wenige Bekleidungsstücke mitzunehmen. Die Schlösser waren ausgewechselt worden. Zumindest im Augenblick standen Wachen vor dem Haus.

»Das ist Scheiße«, sagte Darius. »Na ja, vielleicht verstößt es formell nicht gegen die neueste Entscheidung des Bundesgerichtshofs über die Zwangsenteignung, aber verdammt noch mal, es verstößt gegen den *Geist* des Gesetzes. Zum einen hat mir das Gericht mitgeteilt, daß es dem Besitzer alsbald den Beschlagnahmebescheid zustellen wird.«

»Beschlagnahmebescheid?« fragte Harris verwirrt.

»Natürlich werden sie behaupten, den Bescheid gleichzeitig mit der Räumungsklage zugestellt zu haben, was in gewisser Weise ja auch stimmt. Aber das Gerichtsurteil besagt, daß zwischen der Bekanntmachung und der Räumung eine angemessene Frist liegen muß.«

Harris verstand nicht. »Jessica und die Mädchen zur Räumung gezwungen?«

»Mach dir um sie keine Sorgen«, sagte Darius. »Sie bleiben bei Bonnie und mir. Es geht ihnen gut.«

»Wie kann man sie zur Räumung zwingen?«

»Bis das Oberste Bundesgericht Entscheidungen über andere Aspekte der Zwangsenteignungsgesetze trifft – falls es das je tut –, kann die Räumung noch vor der Anhörung durchgesetzt werden, und das ist unfair. Unfair? Gott im Himmel, es ist schlimmer als unfair, es ist totalitär. Zumindest bekommst du dieser Tage eine Anhörung, was erst seit kurzem erforderlich ist. Du kommst in spätestens zehn Tagen vor den Richter, und er wird sich deine Argumente gegen die Zwangsenteignung anhören.«

»Es ist mein Haus.«

»Das ist kein Argument. Wir werden uns etwas Besseres einfallen lassen müssen.«

»Aber es *ist* mein Haus.«

»Ich muß dir gleich sagen, daß die Anhörung keine große Bedeutung haben wird. Das FBI wird auf alle Tricks in den Lehrbüchern zurückgreifen, damit der Fall an einen Richter verwiesen wird, von dem bekannt ist, daß er die Zwangsenteignungsgesetze gutheißt. Ich werde versuchen, das zu verhindern und einen Richter zu bekommen, der sich noch daran erinnert, daß wir angeblich in einer Demokratie leben. Aber leider sieht es so aus, daß die Anklage in neunundneunzig Prozent aller Fälle den Richter bekommt, den sie haben will. Wir werden zwar eine Anhörung bekommen, aber die Entscheidung wird mit großer Wahrscheinlichkeit gegen uns und für die Zwangsenteignung ausfallen.«

Harris hatte Schwierigkeiten, den Schock darüber zu verdauen, was sein Bruder ihm gesagt hatte. »Sie können meine Familie nicht vor die Tür setzen«, sagte er kopfschüttelnd. »Ich bin noch nicht verurteilt worden.«

»Du bist ein Cop. Du mußt doch wissen, wie die Zwangsenteignungsgesetze funktionieren. Es gibt sie jetzt seit zehn Jahren, und sie werden von Jahr zu Jahr häufiger angewandt.«

»Ich bin Cop, ja, aber kein Staatsanwalt. Ich schnappe die Verbrecher, und der Bezirksstaatsanwalt muß sich dann überlegen, aufgrund welcher Gesetze er sie anklagt.«

»Dann wird das eine unangenehme Lektion für dich werden. Denn ... um deinen Besitz aufgrund der Zwangsenteignungsgesetze zu verlieren, mußt du nicht verurteilt worden sein.«

»Sie können mir mein Eigentum nehmen, obwohl man mich für unschuldig befindet?« sagte Harris und war überzeugt, einen Alptraum zu haben, der auf irgendeiner Kurzgeschichte von Kafka basierte, die er auf dem College gelesen hatte.

»Harris, hör mir genau zu. Jetzt vergiß mal Schuldspruch oder Freispruch. *Sie können dir dein Eigentum nehmen und dich nicht mal eines Verbrechens anklagen.* Ohne dich vor Gericht zu bringen. Aber du *bist* natürlich angeklagt worden, womit sie noch bessere Karten haben.«

»Augenblick, jetzt warte mal. Wie konnte es dazu kommen?«

»Wenn es irgendeinen Beweis dafür gibt, daß dein Besitz für einen illegalen Zweck benutzt wurde, *von dem du noch nicht mal gewußt haben mußt,* ist das ein ausreichend wahrscheinlicher Grund für eine Zwangsenteignung. Ist das nicht ein schlauer Schachzug? Du mußt nicht mal was davon gewußt haben, um deinen Besitz zu verlieren.«

»Nein, ich meine, *wie konnte es in Amerika dazu kommen?«*

»Der Krieg gegen die Drogen. Dafür wurden die Zwangsenteignungsgesetze erlassen. Um es den Drogenhändlern heimzahlen und ihre Macht brechen zu können.«

Darius war niedergeschlagener als bei seinem vorherigen Besuch an diesem Morgen. Seine hyperkinetische Natur drückte sich weniger in seinem üblichen, redegewandten Wortfluß als in seinem unaufhörlichen Herumzappeln aus.

Harris beunruhigte die Veränderung im Verhalten seines Bruders genauso wie das, was er von ihm erfuhr. »Dieser Beweis, das Kokain, wurde mir *untergeschoben.«*

388

»Du weißt das, ich weiß das. Aber das Gericht wird verlangen, daß du es auch beweist, bevor es die Zwangsenteignung aufheben wird.«

»Du meinst, ich bin schuldig, bis ich meine Unschuld bewiesen habe?«

»So funktionieren die Zwangsenteignungsgesetze. Aber wenigstens bist du eines Verbrechens angeklagt worden. Du wirst vor Gericht erscheinen. Indem du bei einem Strafprozeß deine Unschuld beweist, bekommst du indirekt eine Chance, auch zu beweisen, daß die Zwangsenteignung unrechtmäßig war. Jetzt hoffe ich bei Gott, daß sie die Anklage nicht fallenlassen.«

Harris blinzelte überrascht. »Du hoffst, daß sie sie *nicht* fallenlassen?«

»Wenn sie die Anklage fallenlassen, gibt es keinen Strafprozeß. Dann besteht deine beste Aussicht, dein Haus je zurückzubekommen, bei der bevorstehenden Anhörung, die ich erwähnt habe.«

»Meine *beste* Aussicht? Bei dieser manipulierten Anhörung?«

»Nicht gerade manipuliert. Sie findet lediglich vor *ihrem* Richter statt.«

»Was für eine Rolle spielt das schon?«

Darius nickte müde. »Keine große. Und wenn bei dieser Anhörung die Zwangsenteignung zugelassen wird und du keinen Strafprozeß bekommst, bei dem du deine Unschuld beweisen kannst, mußt du rechtliche Schritte ergreifen und das FBI und die DEA verklagen, um die Zwangsenteignung aufzuheben. Das wird ein sehr mühsamer Kampf werden. Die Anwälte der Regierung werden wiederholt den Antrag stellen, deine Klage abzuweisen – solange, bis sie einen Richter finden, der zu ihren Gunsten entscheidet. Selbst wenn du Geschworene oder einen Richter findest, die die Zwangsenteignung aufheben, wird die Regierung immer wieder Berufung einlegen und versuchen, dich auf diese Weise fertigzumachen.«

»Aber wie können sie mein Haus behalten, wenn sie die Anklage gegen mich fallenlassen?« Er verstand, was sein Bruder ihm gesagt hatte. Er verstand nur nicht die Logik dahinter.

»Wie ich dir gerade erklärt habe«, sagte Darius geduldig, »müssen sie lediglich beweisen, daß der *Besitz* für illegale Zwecke benutzt wurde. Aber nicht, daß du oder irgendein Mitglied deiner Familie in diese Aktivitäten verstrickt warst.«

»Aber wer soll das Kokain dann dort versteckt haben?«

Darius seufzte. »Sie müssen niemand namentlich nennen.« Erstaunt und zögernd nahm Harris endlich die Ungeheuerlichkeit dieser Ausführungen hin. »Sie können mein Haus beschlagnahmen, indem sie behaupten, jemand habe darin Drogen versteckt – aber müssen keinen Verdächtigen nennen?«

»Solange sie Beweise haben, ja.«

»Diese Beweise wurden mir untergeschoben!«

»Wie ich gerade gesagt habe, müßtest du das vor Gericht beweisen.«

»Aber wenn sie mich nicht eines Verbrechens anklagen, wird dieser Fall vielleicht nie vor Gericht verhandelt.«

»Genau.« Darius lächelte humorlos. »Das sind keine gesetzlichen Vorschriften. Das ist der reinste *Wahnsinn*.«

Er mußte sich bewegen, eine dunkle Energie verbrennen, die ihn plötzlich ausfüllte. Sein Zorn und seine Empörung waren so groß, daß ihm die Knie zitterten, als er aufstehen wollte. Er konnte sich nur halb erheben und mußte sich wieder setzen, als leide er an den Auswirkungen einer weiteren Betäubungsgranate.

»Alles in Ordnung?« fragte Darius besorgt.

»Aber diese Gesetze sollen angeblich doch nur auf große Drogenhändler, Betrüger und die Mafia angewandt werden.«

»Klar. Leute, die ihren Besitz flüssig machen und außer Landes fliehen könnten, bevor der Prozeß gegen sie eröffnet werden kann. Das war die ursprüngliche Absicht, als diese Gesetze erlassen wurden. Aber jetzt gibt es über zweihundert Bundesvergehen, nicht nur Drogenhandel, bei denen eine Zwangsenteignung ohne Prozeß statthaft ist, und diese Gesetze wurden im letzten Jahr fünfzigtausendmal angewandt.«

»Fünfzigtausend?«

»Diese Beschlagnahmungen werden für die Gesetzesbehörden zu einer bedeutenden Einnahmequelle. Die enteigneten Güter werden verkauft, und die Erlöse gehen zu achtzig Prozent an die in dem Fall ermittelnden Polizeibehörden und zu zwanzig Prozent an die Staatsanwaltschaft.«

Sie saßen schweigend da. Eine altmodische Wanduhr tickte leise. Das Geräusch rief das Bild einer Zeitbombe in Erinnerung, und Harris kam sich vor, als säße er wirklich auf solch einem Gerät.

Sein Zorn war noch genauso stark wie vor ein paar Minuten,

doch jetzt konnte er ihn besser beherrschen. »Sie werden mein Haus verkaufen, nicht wahr?« sagte er schließlich.

»Tja, zumindest wurde es von einer Bundesbehörde beschlagnahmt. Unter den kalifornischen Enteignungsgesetzen wäre es zehn Tage nach der Anhörung weg. Die Bundesbehörden lassen uns mehr Zeit.«

»Sie werden es verkaufen.«

»Hör zu, wir tun alles, was in unserer Macht steht, um den Antrag zu kippen...« Darius verstummte. Er konnte seinem Bruder nicht mehr in die Augen sehen. »Und selbst, wenn dein Besitz verkauft werden sollte, wirst du eine Entschädigung bekommen, sobald die Beschlagnahme für unrechtmäßig erklärt wurde ... wenn auch nicht für die Kosten, die dir dadurch entstehen.«

»Aber ich kann mich von meinem Haus verabschieden. Vielleicht bekomme ich Geld zurück, aber nicht mein Haus. Und niemand wird mir den *Zeitaufwand* entgelten, den ich dafür aufbringen muß.«

»Im Kongreß wird zur Zeit ein Entwurf beraten, der diese Gesetze reformieren soll.«

»Reformieren? Nicht völlig über Bord werfen?«

»Nein. Die Regierung mag diese Gesetze zu sehr. Selbst die vorgeschlagenen Reformen gehen nicht weit genug und haben noch keine breite Unterstützung.«

»Meine Familie zur Räumung gezwungen!« sagte Harris, noch immer von Fassungslosigkeit gepackt.

»Harris, ich fühle mich ganz beschissen. Ich werde alles tun, was ich kann, ich schwöre dir, ich werde ihnen wie ein Tiger im Nacken sitzen, aber ich müßte *mehr* tun können.«

Harris hatte die Hände wieder zu Fäusten geballt. »Es ist nicht deine Schuld, kleiner Bruder. Du hast die Gesetze nicht erlassen. Wir werden ... schon damit fertig werden. Irgendwie werden wir damit fertig werden. Jetzt müssen wir erst einmal die Kaution stellen, damit ich hier heraus kann.«

Darius legte die Ballen seiner kohlenschwarzen Hände auf die Augen und drückte leicht dagegen, als versuche er, seine Müdigkeit zu vertreiben. Wie Harris hatte er in der vergangenen Nacht nicht geschlafen.

»Das wird bis Montag dauern. Ich gehe Montag morgen sofort zu meiner Bank...«

»Nein, nein. Du mußt kein Geld für die Kaution aufbringen. Wir haben die Summe. Hat Jessica es dir nicht gesagt? Und unsere Bank hat samstags geöffnet.«

»Sie hat es mir gesagt. Aber…«

»Jetzt hat sie samstags nicht mehr geöffnet. Aber früher hatte sie es. Mein Gott, ich wollte heute raus.«

Darius nahm die Hände vom Gesicht und sah seinen Bruder zögernd an. »Harris, sie haben auch deine Bankkonten beschlagnahmt.«

»Das können sie nicht«, sagte er wütend, aber nicht mehr mit Überzeugung. »Oder doch?«

»Die Sparbücher, das Girokonto, alles, ob es nun ein gemeinsames Konto mit Jessie ist, dein eigenes oder ihr eigenes. Sie sehen die Guthaben als illegale Drogengewinne an, sogar das Sparbuch für die Weihnachtsgeschenke.«

Harris kam sich vor, als hätte man ihn ins Gesicht geschlagen. Ein seltsam taubes Gefühl breitete sich in ihm aus. »Darius, ich kann nicht … ich kann nicht zulassen, daß du die Kaution aufbringst. Wir haben ein paar Aktien…«

»Das Konto bei deinem Broker ist ebenfalls beschlagnahmt worden und steht zur Zwangsenteignung an.«

Harris betrachtete die Uhr. Der Sekundenzeiger zuckte über das Zifferblatt. Die Zeitbombe schien immer lauter zu ticken.

Darius griff über den Konferenztisch und legte die Hände über Harris' Fäuste. »Großer Bruder«, sagte er, »ich schwöre dir, wir stehen das gemeinsam durch.«

»Wenn alles beschlagnahmt worden ist … haben wir nichts mehr außer dem Bargeld in meiner Brieftasche und Jessicas Portemonnaie. Mein Gott. Vielleicht nur ihr Portemonnaie. Meine Brieftasche liegt zu Hause im Nachttisch, und wenn sie nicht daran gedacht hat, sie mitzunehmen, als … als man sie und die Mädchen gezwungen hat, das Haus zu verlassen…«

»Deshalb werden Bonnie und ich die Kaution stellen, und ich will kein Wort mehr darüber hören«, sagte Darius.

Tick … tick … tick…

Harris' ganzes Gesicht war taub. Sein Nacken war taub und von einer Gänsehaut überzogen. Taub und kalt.

Darius drückte noch einmal beruhigend die Hände seines Bruders und ließ sie dann los.

392

»Wie sollen Jessica und ich uns eine Wohnung mieten, wenn wir noch nicht einmal die erste Miete und die Kaution aufbringen können?« sagte Harris.

»Ihr zieht erst einmal bei Bonnie und mir ein. Das ist bereits geregelt.«

»So groß ist euer Haus doch gar nicht. Ihr habt keinen Platz für vier zusätzliche Personen.«

»Jessie und die Mädchen sind doch schon bei uns. Also ist es nur noch eine Person mehr. Klar, es wird eng werden, aber wir kommen schon klar. Alle sind bereit, etwas enger zusammenzurücken. Wir sind eine Familie. Wir stehen das gemeinsam durch.«

»Aber es dauert vielleicht Monate, bis wir alles geklärt haben. Mein Gott, es könnte vielleicht *Jahre* dauern, oder?«

Tick ... tick ... tick ...

Später, kurz bevor Darius ging, sagte er noch zu seinem Bruder: »Ich möchte, daß du genau nachdenkst, Harris. Diese Sache ist nicht nur ein großer Irrtum. Dazu waren eine genaue Planung und Kontakte erforderlich. Ob du es weißt oder nicht, irgendwo hast du dir einen klugen und mächtigen Feind gemacht. Denk darüber nach. Wenn dir ein Name einfällt, wird mir das vielleicht weiterhelfen.«

Samstag nacht teilte Harris sich eine fensterlose Vierbettzelle mit zwei angeblichen Mördern und einem Vergewaltiger, der sich brüstete, in zehn Bundesstaaten Frauen überfallen zu haben. Er schlief nur unbeständig.

Sonntag nacht schlief er viel besser, wenn auch nur, weil er mittlerweile völlig erschöpft war. Träume quälten ihn. Es waren allesamt Alpträume, und in jedem tauchte früher oder später eine unentwegt tickende Uhr auf.

Am Montag war er bei Anbruch der Dämmerung auf den Beinen. Er sah es nur ungern, daß Darius und Bonnie so viel Geld aufbrachten, um die Kaution für ihn zu stellen. Natürlich hatte er nicht vor, den Zuständigkeitsbereich des Gerichts zu verlassen, so daß sie das Kapital nicht verlieren würden. Und er hatte mittlerweile eine Gefängnisklaustrophobie entwickelt, die bald unerträglich werden würde.

Obwohl seine Lage schrecklich und unvorstellbar war, fand er Trost in der Gewißheit, daß das Schlimmste hinter ihm lag. Man hatte ihm alles genommen – oder würde es ihm bald nehmen. Er war ganz unten, und trotz des langen Kampfes, der vor ihm lag, konnte es nur noch aufwärts gehen.

Das war am Montagmorgen. Früh am Montagmorgen.

Bei Caliente in Nevada bog der Bundes-Highway nach Norden ab, doch bei Panaca verließen sie ihn und nahmen eine Staatsstraße, die nach Osten zur Grenze von Utah führte. Der ländliche Highway brachte sie in höher liegendes Land, das starr und urtümlich wirkte, fast prä-mesozoisch, obwohl es mit Kiefern und Fichten bewachsen war.

So verrückt es auch klang, war Spencer nichtsdestotrotz völlig davon überzeugt, daß Valeries Furcht vor einer Satellitenüberwachung berechtigt war. Über ihnen war alles blau, und es schwebten keine monströsen mechanischen Ungetüme im Himmel, die dem *Krieg der Sterne* hätten entsprungen sein können; doch bei ihm hatte sich das unangenehme Gefühl eingestellt, beobachtet zu werden, Kilometer um einsamen Kilometer.

Trotz des Auges im Himmel und der Profikiller, die vielleicht nach Utah unterwegs waren, um sie dort abzufangen, war Spencer geradezu heißhungrig. Zwei kleine Dosen mit Wiener Würstchen hatten seinen Hunger nicht gestillt. Er aß Käsecracker und spülte sie mit einer Coke herunter.

Hinter den Vordersitzen saß Rocky aufrecht in dem schmalen Zwischenraum. Er war so begeistert von Valeries Fahrstil, daß er kein Interesse an den Käsecrackern zeigte. Er grinste breit, und sein Kopf hüpfte auf und ab, auf und ab.

»Was ist mit dem Hund los?« fragte sie.

»Ihm gefällt, wie Sie fahren. Er steht auf Geschwindigkeit.«

»Wirklich? Die meiste Zeit über hat er immer furchtbare Angst.«

»Das mit der Geschwindigkeit hab' ich auch gerade erst rausgefunden«, sagte Spencer.

»Warum hat er solche Angst vor allem?«

»Bevor er im Tierheim endete und ich ihn zu mir holte, ist er irgendwie mißhandelt worden. Ich habe keine Ahnung, was genau in seiner Vergangenheit vorgefallen ist.«

»Na ja, schön, daß er jetzt solchen Spaß hat.«

Rocky nickte enthusiastisch.

»Ich weiß auch nicht«, sagte Spencer, während Schatten von Bäumen über die Fahrbahn flackerten, »was in Ihrer Vergangenheit vorgefallen ist.« Statt zu antworten, drückte sie das Gaspedal tiefer durch, doch Spencer beharrte: »Vor wem sind Sie auf der Flucht? Jetzt sind es auch meine Feinde. Ich habe ein Recht, es zu wissen.« Sie konzentrierte sich auf die Straße. »Sie haben keinen Namen.« »Was – eine Geheimgesellschaft fanatischer Meuchelmörder, wie in einem alten Fu-Manchu-Roman?«

»Mehr oder weniger.« Sie meinte es ernst. »Es ist eine namenlose Agency, eine Regierungsbehörde, finanziert mit umgelenkten Mitteln, die eigentlich für zahlreiche andere Programme bestimmt waren. Und mit Hunderten von Millionen Dollar pro Jahr aus Fällen, in denen die Zwangsenteignungsgesetze zur Anwendung kommen. Ursprünglich war sie dazu gedacht, die illegalen Aktionen und verpfuschten Operationen von Regierungsbehörden, angefangen von der Post bis hin zum FBI, zu verbergen. Ein politisches Druckventil.«

»Eine unabhängige Abteilung, die Fehlschläge vertuschen soll?«

»Wenn ein Reporter oder sonstwer also Beweise für eine Vertuschung in einem Fall entdeckt, in dem, sagen wir, das FBI ermittelt hat, kann die Vertuschung nicht zu irgendeinem Angehörigen des FBI zurückverfolgt werden. Diese unabhängige Organisation hält dem Bureau den Rücken frei, so daß das FBI nie selbst Beweise vernichten, Richter bestechen oder Zeugen einschüchtern muß, all diese unangenehmen Sachen. Die Agenten sind geheimnisvolle, namenlose Gestalten. Es gibt keinen Beweis dafür, daß sie Angestellte der Regierung sind.«

Der Himmel war blau und wolkenlos, doch der Tag kam ihm dunkler vor als noch gerade eben.

»In dieser Vorstellung ist genug Paranoia für ein halbes Dutzend Filme von Oliver Stone enthalten«, sagte Spencer.

»Stone sieht den Schatten des Unterdrückers, begreift aber nicht, wer ihn wirft«, sagte sie. »Verdammt, nicht mal der durchschnittliche FBI- oder ATF-Agent weiß, daß es diese Agency gibt. Sie operiert auf einer sehr hohen Ebene.«

»Auf einer wie hohen?« fragte er.

»Ihre obersten Beamten sind Thomas Summerton direkt unterstellt.«

Spencer runzelte die Stirn. »Sollte dieser Name mir etwas sagen?«

»Er ist von Haus aus reich, bedeutend und skrupellos und versteht sich bestens darauf, Geld aufzutreiben und an den politischen Rädchen zu drehen. Und er ist im Augenblick der stellvertretende Justizminister.«

»Wovon?«

»Vom Königreich Oz natürlich, was glauben Sie denn?« fragte sie ungeduldig. »Der stellvertretende Justizminister der Vereinigten Staaten!«

»Sie wollen mich verarschen.«

»Schlagen Sie in einem Jahrbuch nach, kaufen Sie sich eine Zeitung.«

»Ich meine damit nicht, daß er der stellvertretende Justizminister ist. Ich meine damit, daß er in eine derartige Verschwörung verstrickt ist.«

»Ich weiß es hundertprozentig. Ich kenne ihn. *Persönlich.*«

»Aber in dieser Position ist er die zweitmächtigste Person im Justizministerium. Und auf der nächsthöheren Stufe der Leiter...«

»Da gefriert Ihnen das Blut in den Adern, was?«

»Wollen Sie damit sagen, daß der Justizminister davon weiß?«

Sie schüttelte den Kopf. »Keine Ahnung. Ich hoffe, nicht. Ich habe nie einen Beweis dafür gesehen. Aber ich schließe überhaupt nichts mehr aus.«

Vor ihnen kam, auf der nach Westen führenden Fahrspur, ein grauer Chevrolet über einen Hügel und hielt auf sie zu. Spencer gefiel das nicht. Valeries Zeitplan zufolge waren sie die nächsten knapp zwei Stunden nicht in unmittelbarer Gefahr. Aber vielleicht irrte sie sich ja. Vielleicht mußte diese Agency ihre Leute nicht aus Vegas einfliegen. Vielleicht waren einige Agenten schon in der Nähe stationiert.

Er wollte ihr schon sagen, sie sollte die Straße sofort verlassen. Sie mußten Bäume zwischen sich und mögliche Salven aus Maschinenpistolen bringen, die man auf sie abfeuern würde. Aber sie konnten nicht ausweichen: Es waren keine Querstraßen in Sicht, und hinter dem schmalen Bankett ging es zwei Meter tief abwärts.

Er legte die Hand auf die SIG-9-Millimeter-Pistole, die auf seinem Schoß lag.

Als der entgegenkommende Chevy am Rover vorbeifuhr, bedachte der Fahrer sie mit einem erstaunten Blick. Der Mann war groß. Etwa vierzig Jahre alt. Ein breites, hartes Gesicht. Seine Augen wurden größer, und sein Mund öffnete sich, als er zu einem anderen Mann etwas sagte, der neben ihm saß, und dann war der Wagen weg.

Spencer drehte sich auf dem Sitz um, um dem Chevy hinterherzusehen, doch wegen Rocky und der halben Tonne Gepäck konnte er nicht aus dem Fenster der Heckklappe schauen. Er sah in den Seitenspiegel und konnte erkennen, daß der Chevy weiterfuhr und immer kleiner zu werden schien. Keine Bremslichter. Er wendete nicht, um dem Rover zu folgen.

Verspätet wurde Spencer klar, daß der verblüffte Gesichtsausdruck des Fahrers nichts mit einem Wiedererkennen zu tun hatte. Der Mann war einfach über ihr Tempo erstaunt gewesen. Dem Tachometer zufolge fuhr Valerie fast hundertundfünfzig, fünfzig Stundenkilometer über der zulässigen Höchstgeschwindigkeit und zwanzig oder dreißig schneller, als der Straßenzustand es eigentlich erlaubte.

Spencers Herz hämmerte. Nicht wegen ihres Fahrstils.

Valerie sah ihn wieder an. Sie war sich eindeutig der Furcht bewußt, die ihn ergriffen hatte. »Ich habe Sie gewarnt. Ich habe Ihnen gesagt, Sie wollen eigentlich gar nicht wissen, was das für Leute sind.« Sie richtete ihre Aufmerksamkeit wieder auf den Highway. »Jetzt haben Sie das große Zittern, was?«

»Das ist wohl kaum der richtige Ausdruck. Ich komme mir vor, als ...«

»Als hätte man Ihnen ein Darmklistier mit Eiswasser verpaßt?« fragte sie.

»Sie finden sogar *das* komisch?«

»Auf einer bestimmten Ebene.«

»Ich nicht. Großer Gott. Wenn der Justizminister es weiß, dann wäre die *nächste* Sprosse auf der Leiter ...«

»Der Präsident der Vereinigten Staaten.«

»Ich weiß nicht, was schlimmer ist: Daß der Präsident und der Justizminister vielleicht eine Organisation billigen, wie Sie sie beschrieben haben ... oder daß sie auf einer so hohen Ebene *ohne* deren Wissen agiert. Denn wenn sie es nicht wissen, und wenn sie zufällig über ihre Existenz stolpern sollten ...«

»Dann wären sie so gut wie tot.«

»Und wenn sie es nicht wissen, dann sind die Leute, die in diesem Land das Sagen haben, nicht diejenigen, die wir gewählt haben.«

»Ich kann nicht sagen, ob die Verschwörung bis zum Justizminister hinaufgeht. Und ich habe nicht die geringste Ahnung, ob das Oval Office darin verstrickt ist. Ich hoffe nicht. Aber...«

»Aber Sie schließen überhaupt nichts mehr aus«, vollendete er den Satz für sie.

»Nicht nach dem, was ich durchgemacht habe. Heutzutage vertraue ich außer Gott und mir selbst keinem mehr. Und in letzter Zeit bin ich mir bei Gott auch nicht mehr so sicher.«

Unten in der Betonhöhle, in der die Agency Las Vegas mit einer Vielzahl geheimer Ohren belauschte, verabschiedete Roy Miro sich von Eve Jammer.

Es gab keine Tränen, kein Bedauern, sich trennen zu müssen und vielleicht nie wiederzusehen. Sie waren zuversichtlich, bald wieder zusammenzusein. Roy war noch immer mit der spirituellen Macht Kevorkians aufgeladen und kam sich fast unsterblich vor. Eve hingegen schien nie begriffen zu haben, daß sie überhaupt sterben oder man ihr irgend etwas verweigern konnte, was sie haben wollte – wie zum Beispiel Roy.

Sie standen dicht nebeneinander. Er stellte seine Aktentasche zu Boden, um ihre makellosen Hände halten zu können. »Ich versuche, heute abend wieder zurück zu sein«, sagte er, »aber ich kann es dir nicht garantieren.«

»Ich werde dich vermissen«, sagte sie heiser. »Aber wenn du es nicht schaffst, werde ich etwas tun, bei dem ich an dich denke, etwas, das mich daran erinnert, wie aufregend du bist, damit ich mir noch sehnlicher wünsche, dich zurückzubekommen.«

»Was? Sag mir, was du tun wirst, damit ich das Bild vor Augen haben kann, das Bild von dir, wie du dafür sorgst, daß die Zeit schneller vergeht.«

Es überraschte ihn, wie gut er in diesem Liebesgeflüster war. Er hatte schon immer gewußt, daß er ein unheilbarer Romantiker war, war sich aber nie sicher gewesen, ob er auch wußte, wie er vorgehen mußte, falls er je eine Frau finden sollte, die seinen Maßstäben gerecht wurde.

»Ich will es dir jetzt nicht sagen«, erwiderte sie verspielt. »Ich will, daß du träumst, staunst, es dir vorstellst. Denn wenn du zurückkommst und ich es dir erzähle – *dann* werden wir die aufregendste Nacht haben, die wir bislang gehabt haben.«

Eve strömte eine unglaubliche Hitze aus. Roy wünschte sich nichts sehnlicher, als die Augen zu schließen und in ihrem strahlenden Glanz zu schmelzen.

Er küßte sie auf die Wange. Seine Lippen waren von der Wüstenluft rissig, und ihre Haut war heiß. Der Kuß war köstlich trocken.

Es war die reinste Qual, sich von ihr abzuwenden. Als die Fahrstuhltür aufglitt, drehte er sich noch einmal zu ihr um.

Sie stand auf einem Fuß, hatte den anderen gehoben. Auf dem Betonboden war eine schwarze Spinne.

»Liebling, nein!« sagte er.

Sie schaute verwirrt zu ihm hoch.

»Eine Spinne ist ein *perfektes* kleines Geschöpf, Mutter Natur in Bestform. Eine Spinnerin wunderbarer Netze. Eine perfekt konstruierte Mordmaschine. Ihre Art gab es schon, bevor der erste Mensch auf der Erde wandelte. Sie hat es verdient, in Frieden zu leben.«

»Ich mag sie nicht besonders«, sagte sie mit dem süßesten kleinen Schmollmündchen, das Roy je gesehen hatte.

»Wenn ich zurückkomme, werden wir eine unter einem Vergrößerungsglas untersuchen«, versprach er. »Du wirst sehen, wie perfekt sie ist, wie kompakt und effizient und funktionell. Wenn ich dir erst gezeigt habe, wie perfekt Arachniden sind, wirst du sie mit ganz anderen Augen sehen. Du wirst sie umsorgen.«

»Na ja« sagte sie zögernd, »na schön«, und sie trat sorgfältig über die Spinne hinweg, statt sie zu zerquetschen.

Von Liebe erfüllt, fuhr Roy im Fahrstuhl in den obersten Stock des Hochhauses. Er stieg eine Personaltreppe zum Dach hinauf.

Acht der zwölf Männer der Kommandoeinheit waren bereits an Bord des ersten der beiden zivilen Hubschrauber gegangen. Mit einem harten Klappern der Rotoren stieg der Helikopter in den Himmel und flog davon.

Der zweite – identische – Hubschrauber schwebte am nördlichen Rand des Gebäudes. Nachdem das Landefeld nun frei war, senkte er sich, um die vier anderen Männer aufzunehmen, die alle Zivilkleidung trugen, aber Seesäcke mit Waffen und Ausrüstungsgegenständen schleppten.

Roy stieg als letzter ein und setzte sich in die hinterste Reihe der Kabine. Der Sitz auf der anderen Seite des Ganges und die beiden in der Reihe vor ihm waren leer.

Als der Hubschrauber startete, öffnete er seinen Aktenkoffer und stöpselte das Strom- und das Übermittlungskabel des Computers in Buchsen in der Rückwand der Kabine ein. Das Handy entfernte er und legte es auf den Sitz auf der anderen Seite des Ganges. Er brauchte es nicht mehr. Statt dessen benutzte er das Kommunikationssystem des Hubschraubers. Rechts auf dem Monitor erschien die Wählscheibe eines Telefons. Nachdem er Mama in Virginia angerufen hatte, identifizierte er sich, lieferte einen Daumenabdruck ab und ließ sich mit dem Satelliten-Überwachungszentrum der Zweigstelle der Agency in Las Vegas verbinden.

Auf Roys Monitor erschien eine Miniaturversion der Szene auf dem Wandbildschirm des Überwachungszentrums. Der Range Rover fuhr weiterhin mit rücksichtsloser Geschwindigkeit, was ein starkes Indiz dafür war, daß tatsächlich die Frau hinter dem Steuer saß. Er hatte Panaca in Nevada hinter sich gelassen und hielt auf die Grenze von Utah zu.

»Früher oder später mußte einfach etwas wie diese Agency entstehen«, sagte sie, als sie sich der Grenze von Utah näherten. »Indem wir auf einer perfekten Welt bestehen, haben wir dem Faschismus Tür und Tor geöffnet.«

»Ich weiß nicht genau, ob ich dem folgen kann«, sagte er. Er wußte auch nicht, ob er dem folgen *wollte*. Sie sprach mit beunruhigender Überzeugung.

»So viele Idealisten mit unterschiedlichen Visionen eines idealen Staates haben so viele Gesetze erlassen, daß niemand auch nur einen einzigen Tag überleben kann, ohne unabsichtlich und unwissend gegen ein Dutzend davon zu verstoßen.«

»Von Polizisten verlangt man, Zehntausende von Gesetzen durchzusetzen«, pflichtete Spencer ihr bei, »mehr, als sie im Kopf haben können.«

»Also neigen sie dazu, das richtige Gefühl für ihren Auftrag zu verlieren. Sie verlieren die richtige Sichtweise. Sie haben es erlebt, als Sie selbst Polizist waren, nicht wahr?«

»Klar. Es gab mehrmals Streit über geheime Operationen der Polizei von Los Angeles, die sich gegen legitime Bürgerrechtsgruppen wandten.«

»Weil die jeweiligen Gruppen zum jeweiligen Zeitpunkt auf der ›falschen‹ Seite heikler Themen standen. Die Regierung hat jeden

Aspekt des Lebens politisiert, einschließlich der Behörden, die die Einhaltung der Gesetze verwirklichen sollen, und wir alle werden darunter leiden müssen, ganz gleich, welche politische Einstellung wir haben.«

»Die meisten Cops sind gute Menschen.«

»Das weiß ich. Aber verraten Sie mir eins: Die Cops, die heutzutage im System ganz nach oben kommen ... sind das normalerweise die besten, oder sind es öfter diejenigen, die politisch scharfsinnig handeln, die großen Schleimer? Die Arschkriecher, die wissen, wie man mit einem Senator, einem Kongreßabgeordneten, einem Bürgermeister, einem Mitglied des Stadtrats und mit politischen Aktivisten aller Couleur umgehen muß?«

»Vielleicht ist es schon immer so gewesen.«

»Nein. Wir werden wahrscheinlich nie wieder erleben, daß man Männern wie Elliot Ness irgendeine leitende Position anvertraut – und es hat früher mal viele wie ihn gegeben. Cops pflegten die Männer zu respektieren, unter denen sie dienten. Ist es heute noch immer so?«

Spencer mußte diese Frage gar nicht erst beantworten.

»Jetzt sind es die politisierten Cops, die alle Punkte der Tagesordnung festlegen und über die Verteilung der Mittel entscheiden. Auf Bundesebene ist es am schlimmsten. Ganze Vermögen werden ausgegeben, um Menschen zu jagen, die verschwommen formulierte Gesetze gegen Verbrechen verletzen, die im Blickpunkt der Öffentlichkeit stehen – Pornographie, Umweltverschmutzung, Produktbetrug, sexuelle Belästigung. Verstehen Sie mich nicht falsch. Ich hätte auch gern eine Welt ohne bigotte Menschen, ohne Pornographen, Umweltverschmutzer, Schlangenölverkäufer und Arschlöcher, die Frauen belästigen. Aber gleichzeitig müssen wir mit der höchsten Rate an Mord, Vergewaltigung und Raub leben, die es in irgendeiner Gesellschaft in der Geschichte der Menschheit je gegeben hat.«

Je leidenschaftlicher Valerie sprach, desto schneller fuhr sie.

Spencer zuckte jedesmal zusammen, wenn er den Blick von ihrem Gesicht abwandte und auf die Straße sah, über die sie rasten. Sollte sie die Kontrolle über das Fahrzeug verlieren, von der Straße abkommen und gegen eine dieser riesigen Fichten prallen, brauchten sie sich über die Killerkommandos aus Las Vegas keine Sorgen mehr zu machen.

Rocky hingegen blühte hinter ihnen geradezu auf.

»Die Straßen sind nicht mehr sicher«, sagte sie. »In einigen Orten sind die Menschen selbst in ihren Häusern nicht mehr sicher. Die Bundesbehörden haben den klaren Blick verloren. Wenn sie den klaren Blick verlieren, machen sie Fehler und müssen aus Skandalen rausgehauen werden, damit die Politiker ihre Ärsche retten können – Polizeipolitiker wie auch die, die ernannt und gewählt wurden.«

»Und da kommt diese Agency ohne Namen ins Spiel.«

»Um den Schmutz unter den Teppich zu kehren – damit kein Politiker seine Fingerabdrücke auf dem Besen hinterlassen muß«, sagte sie verbittert.

Sie fuhren über die Grenze von Utah.

Sie waren erst ein paar Minuten unterwegs und noch immer über dem nördlichen Stadtrand von Las Vegas, als der Kopilot in den hinteren Teil der Passagierkabine kam. Er brachte ein gesichertes Telefon mit einem eingebauten Verzerrer mit, das er einstöpselte und Roy gab.

Das Telefon war mit einem Kopfhörer ausgestattet, so daß Roy die Hände freihatte. Die Kabine war hervorragend schallisoliert, und die untertassengroßen Kopfhörer waren von einer so ausgezeichneten Qualität, daß Roy weder den Lärm des Motors noch den der Rotoren vernahm, wenngleich er die Vibrationen durch seinen Sitz spürte.

Gary Duvall – der Agent in Nordkalifornien, der in der Angelegenheit Ethel und George Porth ermittelte – war am anderen Ende der Leitung. Aber er rief nicht aus Kalifornien an. Er befand sich jetzt in Denver, Colorado.

Sie waren davon ausgegangen, daß die Porths bereits in San Francisco gewohnt hatten, als ihre Tochter gestorben und ihr Enkel zu ihnen gezogen war. Diese Annahme hatte sich nun als falsch herausgestellt.

Duvall hatte endlich einen der ehemaligen Nachbarn der Porths in San Francisco aufgetrieben, und dem war eingefallen, daß Ethel und George von Denver dorthin gezogen waren. Damals war ihre Tochter schon lange tot, und Spencer, ihr Enkel, sechzehn Jahre alt gewesen.

»Schon lange tot?« fragte Roy zweifelnd. »Aber ich dachte, der

Junge hätte seine Mutter verloren, als er vierzehn war, bei demselben Autounfall, bei dem er seine Narbe bekommen hat. Das wäre nur zwei Jahre vorher gewesen.«

»Nein. Nicht nur zwei Jahre vorher. Kein Autounfall.«

Duvall hatte ein Geheimnis ausgegraben, und er war eindeutig einer jener Menschen, die es genossen, wenn sie ein Geheimnis kannten. Der kindische Ich-weiß-etwas-was-du-nicht-weißt-Tonfall seiner Stimme deutete darauf hin, daß er seine geschätzte Information nur Stück um Stück preisgeben würde, um jede kleine Enthüllung einzeln auskosten zu können.

Seufzend lehnte Roy sich auf seinem Sitz zurück. »Erzählen Sie es mir.«

»Ich bin nach Denver geflogen«, sagte Duvall, »um festzustellen, ob die Porths dort vielleicht in dem Jahr ein Haus verkauft haben, in dem sie in San Francisco eins gekauft haben. Genauso war es. Also habe ich versucht, in Denver ein paar Nachbarn zu finden, die sich an sie erinnern. Kein Problem. Ich habe mehrere gefunden. In Colorado ziehen die Leute nicht so oft um wie in Kalifornien. Und sie haben sich an die Porths und den Jungen erinnert, weil sie damals in allen Schlagzeilen gestanden haben.«

Mit einem weiteren Seufzen öffnete Roy den Umschlag, in dem er einige der Fotos mit sich trug, die er in dem Schuhkarton in Spencer Grants Hütte in Malibu gefunden hatte.

»Die Mutter, Jennifer, ist gestorben, als der Junge acht Jahre alt war«, sagte Duvall. »Und es war *kein* Unfall.«

Roy zog die vier Fotos aus dem Umschlag. Das oberste war der Schnappschuß, der aufgenommen worden war, als die Frau vielleicht zwanzig Jahre alt gewesen war. Sie trug ein schlichtes Sommerkleid und stand, scheckig gesprenkelt von Sonne und Schatten, vor einem Baum, der Büschel weißer Blüten trieb.

»Jenny war auf Pferde versessen«, sagte Duvall, und Roy fielen die anderen Fotos ein, auf denen sie mit Pferden abgebildet war. »Hat sie geritten und gezüchtet. An dem Abend, an dem sie starb, fuhr sie zu einer Versammlung des Züchterverbandes des Bezirks.«

»Das war in Denver oder irgendwo in der Nähe von Denver?«

»Nein, da haben ihre Eltern gewohnt. Jenny hat in Vail gelebt, auf einer kleinen Ranch ganz in der Nähe von Vail in Colorado. Sie ist auf dieser Versammlung des Züchterverbandes aufgetaucht, aber nicht mehr nach Hause zurückgekehrt.«

Das zweite Foto zeigte Jennifer und ihren Sohn an dem Picknicktisch. Sie umarmte den Jungen. Seine Baseballmütze saß schief.

»Ihr Wagen wurde verlassen aufgefunden«, sagte Duvall. »Man hat eine große Suchaktion eingeleitet, sie aber nicht gefunden. Eine Woche später hat dann jemand ihre Leiche in einem Straßengraben einhundertundzwanzig Kilometer von Vail entfernt entdeckt.«

Genau wie am Freitagmorgen, als er in der Hütte in Malibu am Küchentisch gesessen und die Fotos zum erstenmal betrachtet hatte, stellte sich bei Roy das unheimliche Gefühl ein, das Gesicht der Frau zu kennen. Jedes Wort, das Duvall sagte, brachte Roy näher an die Erleuchtung, die ihm drei Tage zuvor verwehrt geblieben war.

Duvalls Stimme erklang nun seltsam und verführerisch gedämpft durch die Kopfhörer. »Man hat sie nackt gefunden. Gefoltert, mißbraucht. Damals war es der brutalste Mord, der den Beamten je untergekommen ist. Selbst heutzutage, nachdem wir schon alles gesehen haben, würden die Einzelheiten Ihnen Alpträume bereiten.«

Der dritte Schnappschuß zeigte Jennifer und den Jungen an einem Swimmingpool. Sie hielt eine Hand hinter den Kopf ihres Sohns und bildete mit zwei Fingern ein »V«. Im Hintergrund war die Scheune auszumachen.

»Alle Spuren deuteten darauf hin, daß sie irgendeinem ... Durchreisenden zum Opfer gefallen ist«, sagte Duvall. Nun, da sich seine Flasche mit Geheimnissen allmählich leerte, gab er die Einzelheiten nur noch tröpfchenweise bekannt. »Einem Soziopathen. Irgend so ein Bursche mit einem Auto, aber ohne festen Wohnsitz, der die Highways abfährt. Damals, vor zweiundzwanzig Jahren, war das noch ein relativ neues Syndrom, doch die Polizei hatte es schon oft genug gesehen, um es zu erkennen: der umherziehende Massenmörder, keine familiären oder gesellschaftlichen Bande, ein Hai, den es aus seiner Schule verschlagen hat.«

Die Frau. Der Junge. Die Scheune im Hintergrund.

»Das Verbrechen blieb lange ungeklärt. Sechs Jahre lang, um genau zu sein.«

Die Vibrationen des Motors und der Rotoren wanderten durch den Rahmen des Hubschraubers in Roys Sitz, in seine Knochen, und

brachten ein Frösteln mit sich. Kein unangenehmes Frösteln.
»Der Junge und sein Vater wohnten weiterhin auf der Ranch«, sagte Duvall. »Es *gab* einen Vater.«

Die Frau. Der Junge. Die Scheune im Hintergrund.

Roy wandte sich dem vierten und letzten Foto zu.

Der Mann in den Schatten. Der stechende Blick.

»Der Name des Jungen lautete nicht Spencer«, enthüllte Gary Duvall. »Michael.«

Das Schwarzweißfoto des Mannes Mitte der Dreißiger war sehr stimmungsvoll: eine gute, professionelle Studie in Kontrasten, Sonnenlicht und Dunkelheit. Eigentümliche Schatten, von nicht zu identifizierenden Gegenständen außerhalb des Bildes geworfen, schienen über die Mauer zu schwärmen und von dem Aufgenommenen angezogen zu werden, als wäre er ein Mann, der die Nacht und all ihre Kräfte beherrschte.

»Der Name des Jungen war Michael ...«

»Ackblom.« Endlich erkannte Roy den Fotografierten, trotz der Schatten, die mindestens die Hälfte des Gesichts verbargen. »Michael Ackblom. Sein Vater war Steven Ackblom, der Maler. Der Mörder.«

»Genau«, sagte Duvall. Er klang enttäuscht, daß er nicht imstande gewesen war, dieses Geheimnis noch zwei oder drei Sekunden lang zu bewahren.

»Frischen Sie mein Gedächtnis auf. Wie viele Leichen hat man schließlich gefunden?«

»Einundvierzig«, sagte Duvall. »Und man ist immer davon ausgegangen, daß es woanders noch mehr gab.«

»Sie waren alle so schön in ihrem Schmerz, und ganz wie Engel, als sie starben««, zitierte Roy.

»Sie erinnern sich daran?« sagte Duvall überrascht.

»Das ist das einzige, was Ackblom bei dem Prozeß gesagt hat.«

»Es ist so ziemlich das einzige, das er zu den Cops oder seinem Anwalt oder sonst jemandem gesagt hat. Er war nicht der Ansicht, etwas Falsches getan zu haben, gestand jedoch ein, ihm sei klar, wieso die Gesellschaft dies annehmen müsse. Also erklärte er sich für schuldig, legte ein Geständnis ab und akzeptierte das Urteil.«

»Sie waren alle so schön in ihrem Schmerz, und ganz wie Engel, als sie starben«, flüsterte Roy.

Während der Rover durch den Morgen über Utah raste, fiel das Sonnenlicht schräg zwischen den Ästen der Nadelbäume hindurch und flackerte und flimmerte auf der Windschutzscheibe. Auf Spencer wirkte das schnelle Spiel von Licht und Schatten so hektisch und verwirrend wie das Pulsieren einer Stroboskoplampe in einer dunklen Discothek.

Doch als er die Augen schloß, um dieser Attacke zu entgehen, wurde ihm bereits klar, daß ihn mehr die Assoziationen plagten, die jedes weiße Flackern in seinem Gedächtnis auslöste, als der Sonnenschein selbst. In seiner Vorstellung war jedes züngelnde Glitzern und Glimmern der Blitz von hartem, kaltem Stahl im Halbdunkeln einer Katakombe.

Es erstaunte und beunruhigte ihn immer wieder, wie vollständig die Vergangenheit in der Gegenwart lebendig blieb und der Kampf um das Vergessen eine Herausforderung an sein Gedächtnis war.

»Nennen Sie mir ein Beispiel«, sagte er und fuhr mit den Fingerspitzen der rechten Hand über die Narbe. »Nennen Sie mir einen der Skandale, die diese namenlose Agency vertuscht hat.«

Sie zögerte. »David Koresh. Das Anwesen der Davidianer. Waco, Texas.«

Ihre Worte erschreckten ihn dermaßen, daß er trotz der hellen Stahlklingen aus Sonnenschein und der blutdunklen Schatten die Augen aufriß. Er sah sie ungläubig an. »Koresh war ein Verrückter!«

»Das bestreite ich ja gar nicht. Soweit ich weiß, war er sogar vierfach verrückt, und ich bin ganz bestimmt der Meinung, daß die Welt ohne ihn besser dran ist.«

»Ich ebenfalls.«

»Aber wenn das Bureau of Alcohol, Tobacco und Firearms ihn wegen eines Verstoßes gegen das Waffengesetz hätte verhaften wollen, hätte es ihn in einer Bar in Waco festnehmen können, die er oft besucht hat, um sich eine Band anzuhören, auf die er stand – und *dann*, nachdem er aus dem Weg war, hätten sie sein Anwesen betreten können. Statt dessen stürmen sie sein Haus mit einem SWAT-Team. Um Gottes willen, da drinnen waren Kinder.«

»Gefährdete Kinder«, erinnerte er sie.

»Allerdings. Sie sind verbrannt.«

»Ein Schlag unter die Gürtellinie«, sagte er vorwurfsvoll. Er spielte noch immer den Advokaten des Teufels.

»Die Regierung hat nie irgendwelche illegalen Waffen beibringen können. Beim Prozeß haben die Agenten behauptet, sie hätten Waffen gefunden, die auf Automatikfeuer umgerüstet worden waren, sich dabei aber in zahlreiche Widersprüche verwickelt. Die Texas Ranger haben nur zwei Waffen pro Sektenmitglied gefunden – und alle waren legal angemeldet. Texas ist ein großer Waffenstaat. Siebzehn Millionen Einwohner, über sechzig Millionen Waffen – vier pro Einwohner. Die Sektenmitglieder hatten *halb so viele* Waffen wie der durchschnittliche texanische Haushalt.«

»Okay, das stand in den Zeitungen. Und die Geschichten über den Kindesmißbrauch entbehrten anscheinend jeder Grundlage. Das haben die Zeitungen ebenfalls berichtet – allerdings nicht auf der ersten Seite. Es ist eine Tragödie ... für diese toten Kinder *und* für das ATF. Aber was genau hat diese namenlose Agency vertuscht? Die Regierung hat Mist gebaut, eine sehr häßliche Sache, die an die Öffentlichkeit kam. Aber anscheinend ist es dieser Agency nicht gelungen, das ATF mit weißer Weste da rauszuholen.«

»Ganz im Gegenteil, es ist ihr hervorragend gelungen, den explosivsten Aspekt des Falls zu verbergen. Ein leitender Angestellter des ATF, der nicht seinem derzeitigen Direktor, sondern Thomas Summerton treu ergeben war, wollte Koresh als Testfall benutzen, um festzustellen, ob sich die Zwangsenteignungsgesetze auch auf religiöse Organisationen anwenden lassen.«

Während Utah unter ihren Reifen dahinrollte und sie sich Modena näherten, betastete Spencer seine Narbe und dachte über Valeries Enthüllungen nach.

Die Bäume standen nicht mehr so dicht. Die Kiefern und Fichten waren zu weit vom Highway entfernt, um Schatten auf die Fahrbahn zu werfen, und der Schwerttanz des Sonnenlichts hatte aufgehört. Doch Spencer bemerkte, daß Valerie die Straße vor ihnen mit zusammengekniffenen Augen betrachtete und von Zeit zu Zeit leicht zusammenzuckte, als würde sie ebenfalls von Erinnerungen mit scharfen Klingen bedroht.

Hinter ihnen schien Rocky von der ernüchternden Last ihres Gesprächs nichts mitzubekommen. Welche Nachteile auch immer das Leben als Hund haben mochte, es hatte auch viele Vorteile.

»Religiöse Gruppen aufs Korn zu nehmen, um sie zu enteignen«, sagte Spencer schließlich, »auch wenn es sich nur um Randgestalten wie Koresh handelt ... das wäre ja wirklich eine Bombe. Es zeigt eine völlige Verachtung für die Verfassung.«

»Es gibt heutzutage jede Menge Sekten und Splittergruppen, die über ein Millionenvermögen verfügen. Dieser koreanische Geistliche – Moon? Ich wette, seine Kirche besitzt in den USA Grund und Boden im Wert von Hunderten von Millionen Dollar. Wenn irgendeine religiöse Organisation in kriminelle Aktivitäten verstrickt ist, verliert sie die Steuerbefreiung. Und wenn das ATF oder FBI dann ein Pfandrecht auf beschlagnahmte Güter hat, steht es ganz vorn auf der Liste, noch vor dem Finanzamt, und kann sich alles unter den Nagel reißen.«

»Ein ständiger Geldfluß, mit dem die beteiligten Behörden mehr Spielzeuge und bessere Büromöbel kaufen können«, sagte er grübelnd. »Und mit dem diese namenlose Agency flüssig bleibt. Sogar wachsen kann. Während zahlreiche örtliche Polizeitruppen – die Jungs, die sich mit den wirklichen harten Verbrechen beschäftigen müssen, mit Straßengangs, Mord, Vergewaltigung – unter solchem Geldmangel leiden, daß sie keine Gehaltserhöhungen vornehmen und sich keine neuen Geräte leisten können.«

»Und die Behörden des Bundes und der Bundesstaaten müssen über die beschlagnahmten Güter kaum Rechenschaft ablegen«, sagte Valerie, während sie an Modena vorbeifuhren, was keine vier Herzschläge lang dauerte. »Die beschlagnahmten Güter werden nur unzureichend verzeichnet – ein gewisser Prozentsatz verschwindet also einfach in den Taschen der beteiligten Beamten.«

»Legalisierter Diebstahl.«

»Es wird nie jemand erwischt, also kann man ihn auch als legal bezeichnen. Auf jeden Fall wollte Summertons Mann im ATF nach dem ersten Angriff unbemerkt Drogen, gefälschte Unterlagen über bedeutende Drogenverkäufe und jede Menge illegale Waffen in das Mount Carmel Center bringen – Koreshs Anwesen.«

»Aber der erste Angriff schlug fehl.«

»Koresh war psychisch instabiler, als sie erwartet hatten. Deshalb kamen unschuldige ATF-Agenten ums Leben. Und unschuldige Kinder. Die Sache wurde zum Medienrummel. Die ganze Welt sah zu, und Summertons Leute konnten den Sektierern die Drogen und Waffen nicht mehr unterschieben. Die Operation wurde abgebrochen. Aber mittlerweile hatten sich im ATF schon Beweise angehäuft: geheime Kurzmitteilungen, Berichte, Akten. Sie mußten beseitigt werden. Und auch eine Menge *Menschen* wurden beseitigt, Leute, die zu viel wußten und vielleicht ausgepackt hätten.«

»Und Sie behaupten also, diese namenlose Agency hätte den Schlamassel unter den Teppich gekehrt?«

»Ich *behaupte* es nicht. Sie hat es *getan*.«

»Und wie passen Sie in die ganze Sache hinein? Woher kennen Sie Summerton?«

Sie nagte an ihrer Unterlippe und schien angestrengt darüber nachzudenken, wieviel sie verraten durfte.

»Wer *sind* Sie, Valerie Keene?« fragte er. »Wer sind Sie, Hannah Rainey? Wer sind Sie, Bess Baer?«

»Wer sind *Sie*, Spencer Grant?« fragte sie wütend, doch ihr Zorn war nur vorgetäuscht.

»Wenn ich mich nicht irre, habe ich Ihnen meinen Namen genannt, meinen richtigen und ursprünglichen Namen, als ich letzte oder vorletzte Nacht nicht bei Sinnen war.«

Sie zögerte, nickte, hielt den Blick dabei aber auf die Straße gerichtet.

Er stellte fest, daß seine Stimme so leise wurde, daß man sie höchstens noch als Murmeln bezeichnen konnte, und obwohl er sich nicht zwingen konnte, lauter zu sprechen, wußte er, daß sie jedes Wort verstand, das er sagte. »Michael Ackblom. Diesen Namen habe ich länger als die Hälfte meines Lebens gehaßt. Er ist seit vierzehn Jahren nicht mehr mein legaler Name, nicht, seit meine Großeltern mir geholfen haben, mich an ein Gericht zu wenden, um ihn zu ändern. Und seit dem Tag, an dem der Richter diese Namensänderung bewilligt hat, habe ich diesen Namen nicht mehr ausgesprochen, kein einziges Mal in all diesen Jahren. Bis ich ihn Ihnen genannt habe.«

Er verstummte.

Sie sagte nichts, als wisse sie trotz seines Schweigens, daß er noch nicht fertig war.

Die Dinge, die Spencer ihr sagen mußte, ließen sich im Fieberwahn leichter aussprechen als jetzt, bei klarem Verstand. Nun wurde er von einer Zurückhaltung gehemmt, die weniger auf Schüchternheit beruhte als auf dem brennenden Wissen, daß er Schaden erlitten und sie etwas Besseres verdient hatte, als er es je sein konnte.

»Auch wenn ich nicht im Delirium gelegen hätte«, fuhr er fort, »hätte ich es Ihnen früher oder später gesagt. Denn ich will keine Geheimnisse vor Ihnen haben.«

Wie schwierig es manchmal sein konnte, die Dinge auszusprechen, die unbedingt gesagt werden mußten. Hätte er die Wahl gehabt, hätte er weder diesen Augenblick noch diesen Ort gewählt, um sie zu sagen: auf einem einsamen Highway in Utah, beobachtet und verfolgt, während sie entweder dem Tod oder einem unerwarteten Geschenk der Freiheit entgegenfuhren – auf jeden Fall aber dem Unbekannten. Das Leben suchte sich seine wichtigen Augenblicke aus, ohne sich mit jenen zu beraten, die sie durchleben mußten. Und der Schmerz, etwas aus dem Dunkel des Herzens auszusprechen, war letztlich noch immer erträglicher als das Leiden, das der Preis des Schweigens war.

Er atmete tief ein. »Was ich Ihnen sagen will ... es ist so vermessen. Nein, schlimmer noch. Töricht, lächerlich. Um Gottes willen, ich kann nicht mal ausdrücken, was ich für Sie empfinde, weil mir die Worte dafür fehlen. Vielleicht gibt es gar keine Worte dafür. Ich weiß nur, daß ich etwas Wunderbares fühle, etwas Seltsames; etwas, das ich noch nie empfunden habe, von dem ich nie erwartet hätte, es je zu empfinden; etwas, das sich von allem unterscheidet, was die Menschen eigentlich empfinden *sollten*.«

Sie hielt ihre Aufmerksamkeit auf den Highway gerichtet, was es Spencer ermöglichte, sie anzusehen, als er fortfuhr. Der Glanz ihres dunklen Haars, ihr graziles Profil und die Kraft ihrer wunderschönen, sonnengebräunten Hände auf dem Lenkrad ermutigten ihn. Doch hätte sie ihn in diesem Augenblick angeschaut, wäre er zu eingeschüchtert gewesen, um den Rest von dem zu sagen, was er unbedingt sagen wollte.

»Und noch verrückter ist, daß ich nicht weiß, *wieso* ich diese Empfindungen für Sie hege. Sie sind einfach da. In mir. Dieses Gefühl ist einfach in mir hochgeschnellt. Im einen Augenblick war es noch nicht da ... aber im nächsten, als wäre es schon immer vorhanden gewesen. Als wären *Sie* immer vorhanden gewesen, oder als hätte ich mein Leben lang darauf gewartet, daß Sie kommen.«

Je mehr Worte über seine Lippen kamen, und je schneller sie hinaussprudelten, desto mehr befürchtete er, nie imstande zu sein, die *richtigen* Worte zu finden. Zumindest schien sie zu wissen, daß sie nicht antworten oder, noch schlimmer, Einwände erheben durfte. Er balancierte so unsicher auf dem Hochseil der Offenbarung, daß der leichteste, auch unbeabsichtigte Schlag ihn hinuntergestoßen hätte.

»Ich weiß nicht. Das alles klingt so unbeholfen. Das Problem ist, daß ich erst vierzehn Jahre alt bin, wenn es um Gefühle geht, daß ich in der Pubertät erstarrt und bei solchen Sachen so unbeschlagen bin wie ein Kind. Und wenn ich nicht erklären kann, was ich empfinde oder warum ich es empfinde – wie kann ich dann erwarten, daß Sie meine Gefühle je erwidern werden? Gott im Himmel. Ich hatte recht. ›Vermessen‹ ist das falsche Wort. ›Töricht‹ wäre ein besserer Begriff.«

Er zog sich wieder in die Sicherheit des Schweigens zurück. Aber er wagte es nicht, im Schweigen zu verweilen, weil er bald den Willen verlieren würde, es zu brechen.

»Ob es nun töricht ist oder nicht, jetzt habe ich Hoffnung, und ich werde mich an ihr festhalten, bis Sie mir sagen, ich solle sie aufgeben. Ich werde Ihnen alles über Michael Ackblom erzählen, den Jungen, der ich einmal war. Ich werde Ihnen alles sagen, was Sie wissen wollen, alles, was Sie ertragen können. Aber ich verlange dasselbe auch von Ihnen. Ich will alles wissen, was es zu wissen gibt. Keine Geheimnisse. Ein Ende der Geheimnisse. Hier, jetzt, von diesem Augenblick an, keine Geheimnisse mehr. Was auch immer wir zusammen haben können – falls wir überhaupt etwas zusammen haben können –, muß ehrlich, wahr, sauber, strahlend sein wie nichts, das ich je gekannt habe.«

Die Geschwindigkeit des Rovers war gesunken, während er gesprochen hatte.

Sein jüngstes Schweigen war nicht einfach eine Pause zwischen schmerzhaften Versuchen, sich auszudrücken, und sie schien sich dessen bewußt zu sein. Sie sah ihn an. Ihre wunderschönen, dunklen Augen strahlten mit jener Wärme und Freundlichkeit, auf die er vor nicht ganz einer Woche im Red Door reagiert hatte, als er sie zum erstenmal gesehen hatte.

Als die Wärme sich in Tränen zu verwandeln drohte, richtete sie ihre Aufmerksamkeit wieder auf die Straße.

Seitdem er ihr am Freitagabend in dem Flußlauf erneut begegnet war, hatte er sie bis zu diesem Augenblick nicht so freundlich und offen erlebt; aus schierer Notwendigkeit hatte sie sich mit Zweifel, mit Vorsicht umgeben. Nachdem er ihr von der Bar nach Hause gefolgt war, hatte sie ihm nicht mehr vertraut. Ihr Leben hatte sie gelehrt, zynisch und anderen Menschen gegenüber mißtrauisch zu sein, genau wie sein Leben ihn gelehrt hatte, sich vor dem zu fürchten, was er eines Tages vielleicht geduckt und lauernd in sich selbst finden würde.

Sie bemerkte, daß der Rover langsamer geworden war. Sie trat auf das Gaspedal, und der Wagen machte einen Satz.

Spencer wartete.

Bäume drängten sich wieder dicht an den Highway. Zerschneidende Klingen aus Licht zuckten über das Glas und ließen eine schnell zerstäubende Gischt aus Schatten zurück.

»Mein Name«, sagte sie, »ist Ellie. Eine Kurzform von ›Eleanor‹. Eleanor Summerton.«

»Doch nicht ... seine Tochter?«

»Nein. Gott sei Dank nicht. Seine Schwiegertochter. Mein Mädchenname war Golding. Eleanor Golding. Ich war mit Toms Sohn verheiratet, seinem einzigen Kind. Danny Summerton. Danny ist jetzt tot. Er ist vor vierzehn Monaten gestorben.« Ihre Stimme schwankte zwischen Zorn und Trauer, und oft verschob das Gleichgewicht in diesem Widerstreit sich mitten in einem Wort, dehnte und verzerrte es. »An manchen Tagen scheint es, er wäre erst vor einer Woche gestorben, und an anderen scheint er schon eine Ewigkeit tot zu sein. Danny wußte zuviel. Und er wollte auspacken. Man hat ihn getötet, um ihn zum Schweigen zu bringen.«

»Summerton ... hat seinen eigenen Sohn getötet?«

Ihre Stimme wurde so kalt, daß es den Anschein hatte, der Zorn habe den endgültigen Sieg über das beharrliche Zerren der Trauer errungen. »Er ist sogar noch schlimmer. Er hat jemandem befohlen, ihn zu töten. Meine Eltern wurden auch umgebracht ... nur weil sie zufällig im Weg waren, als die Männer der Agency Danny stellten.«

Ihre Stimme war kälter denn je, und ihr Gesicht war weißer als bleich. Während seiner Zeit als Polizist hatte Spencer ein paar Gesichter gesehen, die so weiß gewesen waren, wie das Ellies in diesem Augenblick – aber es hatte sich durchweg um Gesichter in der einen oder anderen Leichenhalle gehandelt.

»Ich war dabei. Ich bin entkommen«, sagte sie. »Ich hatte Glück. Das rede ich mir seitdem ein. Daß ich Glück hatte.«

»... aber Michael fand keinen Frieden, auch nicht, nachdem er nach Denver gezogen war, um bei seinen Großeltern zu wohnen, den Porths«, sagte Gary Duvall. »Jedes Kind auf der Schule kannte den Namen Ackblom. Ein seltener Name. Und der Vater war ein berühmter Künstler gewesen, bevor er seine Frau und einundvierzig andere Frauen umbrachte und zu einem berühmten Mörder wurde. Außerdem war das Foto des Jungen in allen Zeitungen veröffentlicht worden. Der junge Held. Ihm wurde endlose Neugier entgegengebracht. Alle starrten ihn an. Und jedesmal, wenn es den Anschein hatte, die Medien würden ihn in Ruhe lassen, flackerte das Interesse wieder von neuem auf, und sie jagten ihn wieder, obwohl er nur ein Junge war.«

»Journalisten«, sagte Roy verächtlich. »Sie wissen doch, wie die sind. Kalte Arschlöcher. Nur die Story ist wichtig. Sie haben kein Mitgefühl.«

»Der Junge hatte schon eine ähnliche Hölle durchlebt, als ungewollte Berühmtheit, als er acht Jahre alt gewesen war und man die Leiche seiner Mutter in diesem Straßengraben gefunden hatte. Diesmal zerriß es ihn. Die Großeltern lebten schon im Ruhestand, konnten sich ihren Wohnsitz aussuchen, und so entschlossen sie sich nach fast zwei Jahren, Michael endgültig aus Colorado zu bringen. Eine neue Stadt, ein neuer Staat, ein neuer Anfang. Das hatten sie den Nachbarn erzählt – aber sie wollten keinem sagen, wohin sie ziehen würden. Sie haben sich des Jungen zuliebe völlig entwurzelt und ihre Freunde aufgegeben. Sie müssen sich gedacht haben, daß er nur auf diese Weise eine Chance hatte, wieder ein normales Leben zu führen.«

»Neue Stadt, neuer Staat, neuer Anfang – und sogar ein neuer Name«, sagte Roy. »Sie haben ihn legal ändern lassen, nicht wahr?«

»Schon hier in Denver, bevor sie fortzogen. Den Umständen entsprechend wird die betreffende Gerichtsakte natürlich unter Verschluß gehalten.«

»Natürlich.«

»Aber ich habe sie einsehen können. Aus Michael Steven Ackblom wurde Spencer Grant, kein zweiter Vorname, nicht mal eine Initiale. Eine seltsame Wahl. Der Junge scheint sich den Namen selbst ausgedacht zu haben, aber ich habe nicht die geringste Ahnung, wie er darauf gekommen ist.«

»Aus alten Filmen, die er mochte.«

»Was?«

»Gute Arbeit. Danke, Gary.«

Roy unterbrach die Verbindung mit einem Knopfdruck, nahm den Kopfhörer aber nicht ab.

Er betrachtete das Foto von Steven Ackblom. Der Mann in den Schatten.

Motoren, Rotoren, starke Begierden und Mitgefühl für den Teufel vibrierten in Roys Knochen. Er erzitterte vor einem nicht unangenehmen Frösteln.

Sie waren alle so schön in ihrem Schmerz, und ganz wie Engel, als sie starben.

Hier und dort in der Dunkelheit zwischen den Bäumen, wo die Schatten die Sonne den größten Teil des Tages über zurückhielten, leuchteten Flecke aus weißem Schnee wie Gebein im Leichnam der Erde.

Die eigentliche Wüste lag hinter ihnen. Der Winter hatte sich über diese Gegend gesenkt, war von einem frühen Tauwetter zurückgetrieben worden und würde zweifellos zurückkehren, bevor der Frühling wirklich einsetzte. Doch jetzt war der Himmel blau, an einem Tag, an dem Spencer bitterkalte Winde und dichtes Schneegestöber willkommen geheißen hätte, um alle Augen über ihnen zu blenden.

»Danny war ein brillanter Software-Designer«, sagte Ellie. »Er war schon auf der High School auf Computer versessen. Ich übrigens auch. Ich habe lange nur für Computer gelebt. Wir haben uns auf dem College kennengelernt. Ich war ein Hacker, steckte mitten in dieser Welt, die hauptsächlich von Männern beherrscht wird – deshalb fühlte Danny sich zu mir hingezogen.«

Spencer fiel ein, wie Ellie ausgesehen hatte, als sie auf dem Wüstensand gesessen hatte; am Rand der Morgensonne, über einen Computer gebeugt, wie sie Verbindung mit Satelliten aufnahm, mit ihrem Geschick unwillkürlich Bewunderung erregend, die klaren Augen strahlend vor Vergnügen angesichts der Tatsache, daß sie ihre Aufgabe so erfahren bewältigte, mit einer Haarsträhne, die wie die Schwinge eines Rabens auf ihre Wange fiel.

Was auch immer sie glauben mochte, sie hatte Danny nicht allein aufgrund ihres Status als Hacker angezogen. Sie wirkte aus vielen Gründen attraktiv, aber hauptsächlich, weil sie jederzeit *lebendiger* als die meisten anderen Menschen zu sein schien.

Ihre Aufmerksamkeit war auf den Highway gerichtet, doch es fiel ihr eindeutig schwer, sich von der Vergangenheit zu lösen, und sie mußte sich anstrengen, sich nicht darin zu verlieren. »Nach dem

Studium bekam Danny Angebote von mehreren Firmen, doch sein Vater bestand darauf, daß er beim Bureau of Alcohol, Tobacco and Firearms anfing. Damals, Jahre, bevor er ins Justizministerium wechselte, war Tom Summerton der Direktor des ATF.«

»Aber das war unter einer anderen Regierung.«

»Oh, bei Tom spielt es keine große Rolle, wer die Macht in Washington hat, welche Partei auch immer, links oder rechts. Er wird immer einen wichtigen Posten im ›öffentlichen Dienst‹ bekommen, wie sie ihn lachend nennen. Vor zwanzig Jahren hat er über eine Milliarde Dollar geerbt, aus der er wahrscheinlich schon zwei gemacht hat, und er spendet große Summen an beide Parteien. Er ist so klug, sich als überparteilich hinzustellen, als Staatsmann und nicht als Politiker, als Mann, der weiß, wie man die Dinge handhabt, der keine ideologische Axt schwingt, sondern nur eine bessere Welt schaffen will.«

»Das ist aber nicht leicht durchzuziehen«, sagte Spencer.

»Für ihn schon. Weil er an nichts glaubt. Außer an sich selbst. Und an die Macht. Macht ist für ihn Speis und Trank, Liebe, Sex. Der Reiz liegt darin, die Macht *einzusetzen*, aber nicht, die Ideale voranzubringen, der sie dient. In Washington sorgt die Machtgier dafür, daß der Teufel ständig Seelen kaufen kann, aber Tom ist so ehrgeizig, daß er für die seine eine Rekordsumme bekommen haben muß.«

»Haben Sie ihn schon immer gehaßt?« fragte Spencer in Anbetracht der kochenden Wut in ihrer Stimme.

»Ja«, sagte Ellie geradeheraus. »Ich habe das widerliche Arschloch von Anfang an verachtet. Ich wollte nicht, daß Danny beim ATF anfing, weil er zu unschuldig war, zu naiv, sich zu leicht von seinem alten Herrn über den Tisch ziehen ließ.«

»Was hat er dort gemacht?«

»Mama entwickelt. Das Computersystem, die Software, die darauf läuft – später haben sie es Mama genannt. Er sollte die größte, umfassendste Datenbank auf der ganzen Welt werden, die speziell im Kampf gegen das Verbrechen eingesetzt wird – ein System, das Millionen von Bytes mit Rekordgeschwindigkeit verarbeiten kann; das die Gesetzesbehörden des Bundes, der Bundesstaaten und Städte oder Bezirke miteinander verbindet; das verhindert, daß verschiedene Stellen ein und dieselbe Arbeit tun, und den Guten endlich einen Vorsprung vor den Bösen gibt.«

»Sehr aufregend.«

»Nicht wahr? Und Mama leistete hervorragende Arbeit. Aber Tom hatte nie vor, daß sie für eine legale Regierungsbehörde arbeitet. Er benutzte die Geldmittel des ATF, um sie zu entwickeln, hatte jedoch von Anfang an vor, Mama zum Herz dieser namenlosen Agency zu machen.«

»Und Danny kam dahinter, daß etwas schiefgegangen war?«

»Vielleicht hat er es gewußt, aber er wollte es nicht eingestehen. Er blieb bei dem Verein.«

»Wie lange?«

»Zu lange«, sagte sie traurig. »Bis sein Vater das ATF verließ und ins Justizministerium wechselte, ein volles Jahr, nachdem Mama und die Agency einsatzbereit waren. Doch schließlich wurde ihm klar, daß Mamas einziger Zweck darin bestand, es der Regierung zu ermöglichen, Verbrechen zu *begehen*, ohne erwischt zu werden. Der Zorn und der Ekel vor sich selbst haben ihn aufgefressen.«

»Und als er rauswollte, haben sie ihn nicht gehen lassen.«

»Wir haben nicht gewußt, daß man einfach nicht aussteigen konnte. Ich meine, Tom ist ein dreckiges Stück Scheiße, aber er war immerhin Dannys *Vater*. Und Danny war sein einziges Kind. Dannys Mutter starb, als er noch ein Junge war. Krebs. Also sollte man doch meinen, daß Danny alles war, was Tom hatte.«

Nach dem gewaltsamen Tod seiner Mutter waren Spencer und sein Vater sich ebenfalls nähergekommen. Den Anschein hatte es zumindest gehabt. Bis zu einer gewissen Nacht im Juli.

»Da wurde es offensichtlich«, sagte Ellie. »Wer einmal bei der Agency ist, muß das ganze Leben lang bei ihr bleiben.«

»Wie der Anwalt eines Mafia-Dons.«

»Der einzige Ausweg war, sich an die Öffentlichkeit zu wenden, die ganze schmutzige Sache auffliegen zu lassen. Danny hatte insgeheim eine Datei über Mamas Software und die Vertuschungen angelegt, in die die Agency verwickelt war.«

»Sie haben die Gefahr erkannt?«

»Auf einer gewissen Ebene, ja. Doch tief in unserem Inneren konnten wir – wir beide, glaube ich – uns nicht vorstellen, daß Tom Danny umbringen lassen würde. Um Gottes willen, wir waren achtundzwanzig Jahre alt. Der Tod war für uns eine abstrakte Vorstellung. Wer begreift mit achtundzwanzig schon, daß er einmal sterben wird?«

»Und dann sind die Killer gekommen.«

»Kein SWAT-Team. Er ging subtiler vor. Drei Agenten, am Abend des Thanksgiving Day. Vor zwei Jahren. Im Haus meiner Eltern in Connecticut. Mein Vater ist ... war Arzt. Ein Arzt hat nie Feierabend, besonders in einer Kleinstadt nicht. Auch nicht am Erntedankfest. Und ... als wir mit dem Abendessen fast fertig waren, war ich in der Küche, holte gerade den Kürbiskuchen ... als es klingelte ...«

Plötzlich wollte Spencer ihr wunderschönes Gesicht nicht mehr betrachten. Er schloß die Augen.

Ellie atmete tief ein. »Die Küche befand sich am Ende der Diele, gegenüber von der Haustür. Ich stieß die Schwingtür auf, um zu sehen, wer uns da besuchte, als meine Mutter aufmachte ... gerade, als sie die Haustür öffnete.«

Spencer geduldete sich und ließ sie es so erzählen, wie sie es für richtig hielt. Wenn seine Vermutung über die Abfolge der Ereignisse zutraf, nachdem vor vierzehn Monaten diese Tür geöffnet worden war, sprach sie an diesem Tag zum erstenmal über diese Morde. Seit über einem Jahr war sie auf der Flucht, hatte nie einem anderen Menschen völlig vertrauen können und war nicht bereit gewesen, das Leben Unschuldiger aufs Spiel zu setzen, indem sie sie in ihre persönliche Tragödie verwickelte.

»Zwei Männer an der Haustür. Nichts besonderes an ihnen. Es hätten durchaus Patienten meines Vaters sein können. Der erste trug eine kurze, rote Plaidjacke. Er sagte etwas zu Mom, kam dann herein, stieß sie zurück, hatte plötzlich eine Pistole in der Hand. Ich habe den Schuß nicht gehört. Ein Schalldämpfer. Aber ich sah ... eine Gischt aus Blut ... er hat ihr den Hinterkopf weggeschossen.«

Da Spencer die Augen geschlossen hielt, um Ellies Gesicht nicht zu sehen, konnte er sich diese Diele in Connecticut und den Schrecken, den Ellie beschrieb, deutlich vorstellen.

»Dad und Danny waren im Eßzimmer. ›Lauft‹, schrie ich, ›haut ab!‹ Ich wußte, daß es die Agency war. Ich bin nicht zur Hintertür hinausgelaufen. Vielleicht ein Instinkt. Auf der hinteren Veranda wäre ich wohl getötet worden. Ich bin aus der Küche in den Trockenraum gelaufen, dann in die Garage und zur Seitentür der Garage hinaus. Das Haus stand auf einem Grundstück von achttausend Quadratmetern, eine Menge davon Rasen, aber ich schaffte es bis zum Zaun zwischen unserem Grund und Boden und dem der Doyles. Ich kletterte hinüber, war fast schon drüber, als eine Kugel von dem Schmiedeeisen abprallte. Jemand, der sich hinter dem Haus postiert hatte, schoß auf mich. Ebenfalls mit einer Waffe mit Schalldämpfer. Kein Geräusch, nur die Kugel, die auf das Eisen schlug. Ich war in Panik, lief durch den Garten der Doyles. Niemand zu Hause, sie verbrachten den Feiertag bei ihren Kindern, die Fenster waren dunkel. Ich lief durch ein Tor, in den St. George's Park. Eine presbyterianische Kirche, auf einem Grundstück von sechs oder acht Morgen, von Bäumen umgeben – hauptsächlich Kiefern und Platanen. Ich kam vom Weg ab. Blieb zwischen den Bäumen stehen. Schaute zurück. Ich dachte, einer von ihnen würde mir vielleicht folgen. Aber ich war allein. Vielleicht war ich zu schnell gewesen, oder sie wollten mich nicht in aller Öffentlichkeit hetzen, mit gezogenen Pistolen. Und dann fing es an zu schneien, *genau* in diesem Augenblick, dicke, fette Schneeflocken ...«

Hinter seinen geschlossenen Lidern konnte Spencer sie in dieser lange zurückliegenden Nacht, an diesem fernen Ort sehen: allein in der Dunkelheit, ohne Mantel, zitternd, atemlos, verängstigt. Abrupt fielen Sturzbäche weißer Flocken zwischen den kahlen Ästen der Platanen hinab, und der Zeitpunkt machte aus dem Schneefall mehr als nur eine plötzliche Wetterveränderung, gab ihm die Bedeutung eines Omens.

»Es war etwas Unheimliches daran ... etwas Geisterhaftes ...«, sagte Ellie und bestätigte damit, was Spencer bereits vermutet hatte – was sie empfunden hatte, und was er unter diesen Umständen ebenfalls empfunden hätte. »Ich weiß nicht ... ich kann es nicht erklären ... der Schnee war wie ein Vorhang, der sich senkte, wie ein Bühnenvorhang, das Ende eines Akts, das Ende von *etwas*. Da wußte ich, daß sie alle tot waren. Nicht nur meine Mutter. Auch Dad und Danny.«

Ihre Stimme zitterte vor Trauer. Sie sprach zum erstenmal über diese Morde und hatte damit den Schorf aufgerissen, der sich über ihrem rohen Schmerz gebildet hatte. Er hatte gewußt, daß es so kommen würde.

Zögernd öffnete er die Augen und sah sie an.

Sie war jetzt nicht mehr lediglich bleich. Aschfahl. Tränen schimmerten in ihren Augen, aber ihre Wangen waren noch trocken.

»Soll ich fahren?« fragte er.

»Nein. Es ist besser, wenn ich fahre. Dann kann ich mich auf das Hier und Jetzt konzentrieren ... statt auf zu viel Vergangenheit.«

418

Ein Straßenschild verkündete, daß sie noch acht Meilen von der Stadt Newcastle entfernt waren.

Spencer schaute aus dem Seitenfenster auf eine Landschaft, die trotz der vielen Bäume tot und trotz des Sonnenscheins finster zu sein schien.

»Dann fuhr auf der Straße, hinter den Bäumen, ein Auto vorbei«, sagte Ellie. »Raste geradezu die Straße entlang. Es kam an einer Straßenlampe vorbei, und ich war ihm so nah, daß ich den Mann auf dem vorderen Beifahrersitz sehen konnte. Eine rote Plaidjacke. Der Fahrer, ein weiterer Mann auf der Rückbank – insgesamt drei. Nachdem sie vorbeigefahren waren, lief ich zwischen den Bäumen zur Straße, wollte um Hilfe schreien, nach der Polizei, aber ich blieb stehen, bevor ich die Straße erreichte. Ich wußte, wer es getan hatte ... die Agency, Tom. Aber ich hatte keine Beweise.«

»Was ist mit Dannys Dateien?«

»Die waren in Washington. Mehrere Disketten, die wir in unserer Wohnung versteckt hatten, und ein zweiter Satz in einem Bankschließfach. Und ich wußte, daß Tom bereits beide Sätze haben mußte, oder er wäre nicht so ... kühn gewesen. Wenn ich mich an die Cops wandte, wenn ich irgendwo auftauchte, würde Tom mich erwischen. Früher oder später. Es würde wie Selbstmord oder ein Unfall aussehen. Also ging ich zum Haus zurück. Zurück durch den St. George's Park, das Tor vom Grundstück der Doyles, über den eisernen Zaun. Als ich vor unserem Haus stand, konnte ich mich fast nicht zwingen, die Küche zu betreten ... die Diele ... und zu Mom zu gehen. Auch wenn ich nach dieser langen Zeit versuche, mir das Gesicht meiner Mutter vorzustellen, kann ich es nicht ohne die Wunde sehen, das Blut, die von den Kugeln zerfetzten Knochen. Diese Arschlöcher haben mir nicht mal eine anständige Erinnerung an das Gesicht meiner Mutter gelassen ... ich sehe stets dieses schreckliche, blutige *Ding*.«

Eine Weile konnte sie nicht fortfahren.

Rocky wurde sich Ellies Qual bewußt und jaulte leise. Er wackelte nicht mehr mit dem Kopf und grinste auch nicht mehr. Er kauerte sich auf der schmalen Fläche zusammen, den Kopf gesenkt, beide Ohren hinabhängend. Seine Sensibilität für den Schmerz der Frau überwog seine Vorliebe für Geschwindigkeit.

Zwei Meilen vor Newcastle fuhr Ellie endlich fort: »Und im Eßzimmer lagen Danny und Dad, mehrmals in den Kopf geschossen, nicht nur, um sicherzustellen, daß sie tot waren, sondern ... aus reiner Grausamkeit. Ich mußte ... mußte die Leichen berühren, das Geld aus ihren Portemonnaies nehmen. Ich brauchte jeden Dollar, den ich kriegen konnte. Hab' Moms Geldbörse geplündert, ihre Schmuckschatulle. Hab' den Safe in Dads Arbeitszimmer geöffnet, seine Münzsammlung herausgeholt. Mein Gott, ich kam mir vor wie ein Dieb, schlimmer als ein Dieb ... wie ein Grabräuber. Ich habe keine Koffer gepackt, bin so gegangen, wie ich war, zum Teil, weil ich es plötzlich mit der Angst zu tun bekam, die Mörder würden zurückkommen. Aber auch, weil ... es war so still in dem Haus, nur ich und die Leichen und der Schnee, der vor den Fenstern fiel, so *still*, als wären nicht nur Mom und Dad und Danny tot, sondern als wäre die ganze Welt gestorben, das Ende aller Tage, und ich die letzte Überlebende, ganz allein.«

Newcastle war eine Wiederholung von Modena. Klein. Abgelegen. Die Stadt bot kein Versteck vor Leuten, die auf die ganze Welt hinabschauen konnten, als wären sie Götter.

»Ich fuhr in dem Honda davon, in Dannys und meinem Wagen, wußte aber, daß ich ihn so schnell wie möglich loswerden mußte. Wenn Tom klar wurde, daß ich mich nicht an die Polizei gewandt hatte, würde die ganze Agency nach mir suchen, und sie hatten eine Beschreibung des Wagens und das Kennzeichen.«

Er sah sie wieder an. Ihre Augen waren nicht mehr feucht. Sie hatte ihre Trauer mit scharfer Wut unterdrückt.

»Welchen Reim hat sich die Polizei auf die Sache gemacht?« fragte er. »Auf den Mord an Danny und Ihrer Familie? Was hat sie von Ihrem Verschwinden gehalten? Nicht Summertons Leute. Die *richtige* Polizei, meine ich.«

»Wahrscheinlich hat Tom es so darstellen wollen, als hätte eine gut organisierte Terroristengruppe uns ermordet, um ihn damit zu treffen. Dann hätte er auf der Mitleidswelle reiten können. Und das Mitgefühl nutzen können, um sich im Justizministerium mehr Macht zu erschleichen.«

»Aber nachdem Sie verschwunden waren, konnten sie die falschen Beweise nicht mehr unterschieben. Sie hätten doch auftauchen und alles widerlegen können.«

»Genau. Später kamen die Medien zum Schluß, daß Danny und meine Familie ... na ja, Sie wissen schon, daß es eine jener bedauerlichen sinnlosen Gewalttaten war, die man heutzutage so oft erlebt,

bla bla bla. Schrecklich, pervers, bla bla bla, aber nur eine Story für drei Tage. Und was mich betrifft ... offensichtlich bin ich entführt, vergewaltigt und ermordet worden, und meine Leiche hat man irgendwo vergraben, wo man sie vielleicht nie finden wird.«
»Das war vor vierzehn Monaten?« fragte er. »Und die Agency ist noch immer so versessen darauf, Sie zu schnappen?«
»Ich habe einige wichtige Kodes, von denen sie nicht wissen, daß ich sie habe, Dinge, die Danny und ich uns gemerkt haben ... ich weiß viel über sie. Ich habe zwar keine stichhaltigen Beweise gegen sie, aber ich *weiß* alles über sie, und deshalb bin ich gefährlich. Tom Summerton wird nicht aufhören, nach mir zu suchen, solange er lebt.«

Wie eine große, schwarze Wespe dröhnte der Hubschrauber über die Einöde Nevadas.
Roy hatte das Gestell mit den untertellergroßen Kopfhörern noch nicht abgelegt, um den Lärm des Motors und der Rotoren auszublenden und sich auf das Foto von Steven Ackblom konzentrieren zu können. Das lauteste Geräusch in seinem privaten Reich war das langsame, schwere Hämmern seines Herzens.
Roy war erst sechzehn Jahre alt gewesen, als Ackbloms Geheimnis aufgedeckt worden war, und noch ziemlich verwirrt, was den Sinn des Lebens und seinen Platz in der Welt betraf. Er wurde von wunderschönen Dingen angezogen: den Gemälden Childe Hassams und so vieler anderer, klassischer Musik, französischen Antiquitäten, chinesischem Porzellan, Lyrik. Er war immer glücklich, wenn er allein auf seinem Zimmer war und, während er auf der Stereoanlage Platten von Beethoven oder Bach spielte, in Büchern blätterte und Farbfotos von Fabergé-Eiern betrachtete, Paul-Storr-Silber oder Porzellan aus der Sung-Dynastie. Gleichfalls war er glücklich, wenn er allein durch ein Kunstmuseum wanderte. Er war jedoch nur selten in der Gegenwart anderer Menschen glücklich, obwohl er unbedingt Freunde haben und gemocht werden wollte. In den Tiefen seines großen, aber behüteten Herzens war der junge Roy überzeugt, daß er geboren worden war, um einen großen Beitrag für die Entwicklung der Welt zu leisten, und er wußte, wenn er herausfand, worin sein Beitrag lag, würde man ihn allseits bewundern und lieben. Nichtsdestoweniger war er, sechzehn Jahre alt und von der Ungeduld der Jugend getrieben, überaus frustriert, weil er noch war-

ten mußte, bis sich ihm der Sinn seines Lebens und sein Schicksal enthüllen würden.

Die Zeitungsberichte über die Ackblom-Tragödie hatten ihn fasziniert, weil er in dem geheimen Doppelleben des Künstlers einen Schlüssel für seine eigene tiefe Verwirrung vermutet hatte. Er erwarb zwei Bücher mit farbigen Reproduktionen von Ackbloms Gemälden – und seine Reaktion war ebenso heftig wie intensiv. Obwohl Ackbloms Bilder wunderschön, ja, sogar erhebend waren, wurde Roys Begeisterung nicht nur durch die Bilder selbst entfacht. Er wurde auch vom inneren Kampf des Künstlers bewegt, den er in den Gemälden entdeckte und von dem er glaubte, daß er dem seinen ähnelte.

Im Grunde beschäftigte Steven Ackblom sich mit zwei Themen und produzierte zwei Arten von Bildern.

Obwohl er erst Mitte Dreißig war, war er von seiner Arbeit dermaßen besessen, daß er bereits ein umfangreiches Werk geschaffen hatte, das zur Hälfte aus außergewöhnlich schönen Stilleben bestand. Früchte, Gemüse, Steine, Blumen, Kiesel, der Inhalt eines Nähkästchens, Knöpfe, Werkzeuge, Teller, alte Flaschen, Flaschenverschlüsse – bescheidene wie auch erhabene Gegenstände wurden mit außergewöhnlichem Detailreichtum gestaltet und so realistisch dargestellt, daß sie fast dreidimensional wirkten. Tatsächlich wurde jeder Gegenstand so hyperrealistisch abgebildet, daß er echter zu sein schien als das Objekt, das als Modell gedient hatte, und eine unheimliche Schönheit besaß. Ackblom nahm nie Zuflucht bei der erzwungenen Schönheit der Sentimentalität oder ungehemmter Romantik; seine Sichtweise war stets überzeugend, bewegend und manchmal atemberaubend.

Die Gegenstände der restlichen Bilder waren Menschen: Porträts von Einzelpersonen und Gruppen von drei bis sieben Mitgliedern. Es handelte sich häufiger um Gesichter als um Körper, doch wenn die menschliche Figur dargestellt wurde, handelte es sich unweigerlich um Akte. Manchmal waren Ackbloms Männer, Frauen und Kinder, oberflächlich gesehen, ätherisch schön, wenngleich ihre Attraktivität stets mit einem subtilen, aber schrecklichen inneren Druck befleckt war, als könne jeden Augenblick ein monströser böser Geist, von dem sie besessen waren, aus ihrer empfindlichen Haut brechen. Dieser Druck verzerrte hier und da die Gesichtszüge, nicht dramatisch, gerade stark genug, um ihnen die perfekte Schönheit zu nehmen. Und manchmal malte der Künstler häßliche – sogar groteske – Menschen, in denen sich ebenfalls ein furchtbarer Druck aufgestaut hatte, obwohl dieser wiederum gelegentlich ein bestimmtes Körpermerkmal zwang, sich zu einem Schönheitsideal auszubilden. Ihre mißgebildeten Gesichtsausdrücke waren um so furchteinflößender, als daß sie in mancher Hinsicht tatsächlich anmutig wirkten. Als Konsequenz des Konflikts zwischen der inneren und äußeren Wirklichkeit waren die Menschen auf beiden Porträtarten überaus ausdrucksvoll, wenngleich ihre Gebärde geheimnisvoller und gequälter wirkte, als es bei den Gesichtern echter Menschen der Fall war.

Nachdem die Nachrichtenmedien über diese Porträts hergefallen waren, hatten sie schnell die offensichtlichste Interpretation veröffentlicht. Sie behaupteten, der Künstler – durchaus ein stattlicher Mann – habe die eigenen inneren Dämonen gemalt und auf diese Weise einen Hilferuf oder eine Warnung bezüglich seiner wahren Natur von sich gegeben.

Obwohl Roy Miro erst sechzehn Jahre alt war, war ihm klar, daß Ackbloms Gemälde nicht den Künstler selbst darstellten, sondern die Welt, wie er sie wahrnahm. Ackblom verspürte nicht das Bedürfnis, um Hilfe zu rufen oder jemanden zu warnen, denn er sah sich nicht als Dämon. Ganz allgemein gesehen drückte seine Kunst aus, daß kein Mensch die perfekte Schönheit selbst des niedrigsten Gegenstands in der unbelebten Welt zustande bringen konnte.

Ackbloms beste Gemälde halfen dem jungen Roy zu verstehen, warum er große Freude daran hatte, das künstlerische Werk von Menschen allein zu betrachten, sich in der Gesellschaft anderer Menschen jedoch oft unbehaglich fühlte. Kein Kunstwerk konnte makellos sein, denn es war ja von einem unvollkommenen Menschen geschaffen worden. Und doch war Kunst der Extrakt des Besten der Menschheit. Daher kamen Kunstwerke der Perfektion näher als diejenigen, die sie geschaffen hatten.

Es war in Ordnung, die unbelebte Welt der belebten vorzuziehen. Es war annehmbar, die Kunst den Menschen vorzuziehen.

Das war die erste Lektion, die er von Steven Ackblom lernte.

Da Roy mehr über den Mann in Erfahrung bringen wollte, hatte er herausgefunden, daß der Künstler – was ihn nicht überraschte – äußerst zurückgezogen lebte und nur selten Interviews gab. Roy gelang es, zwei zu finden. In einem ließ Ackblom sich mit großem

Einfühlungsverständnis und Mitgefühl über das Elend des menschlichen Zustands aus. Ein Zitat schien aus dem Text hervorzuspringen:»Liebe ist das menschlichste aller Gefühle, denn Liebe ist unrein. Und von allen Empfindungen, die wir mit dem Verstand und Körper wahrnehmen können, ist heftiger Schmerz die reinste, denn sie treibt alles andere aus unserem Bewußtsein und bewirkt, daß wir uns so vollkommen konzentrieren, wie wir uns je konzentrieren können.«

Ackblom hatte sich für schuldig des Mordes an seiner Frau und einundvierzig anderer erklärt, statt einen langen Prozeß auf sich zu nehmen, den er nicht gewinnen konnte. Nach seinem Schuldbekenntnis im Gerichtssaal hatte der Maler den Richter empört und erzürnt, indem er über seine zweiundvierzig Opfer sagte:»Sie waren alle so schön in ihrem Schmerz und ganz wie Engel, als sie starben.«

Roy begriff allmählich, was Ackblom in diesen Räumen unter der Scheune getan hatte. Indem der Künstler seine Opfer der Folter unterwarf, versuchte er, sie dazu zu bringen, sich auf einen Augenblick der Perfektion zu konzentrieren, während dessen sie – obwohl sie noch lebten – kurz mit einer Schönheit strahlten, die der unbelebter Gegenstände gleichkam.

Reinheit und Schönheit waren ein und dasselbe. Reine Linien, reine Formen, reines Licht, reine Farben, reiner Klang, reine Gefühle, reine Gedanken, reiner Glaube, reine Ideale. Doch Menschen waren nur selten und nur unter extremen Umständen imstande, bei irgendeinem Gedanken oder Bestrebungen Reinheit zu erreichen, was den menschlichen Zustand bemitleidenswert machte.

Das war die zweite Lektion, die er von Steven Ackblom lernte.

Ein paar Jahre lang verstärkte sich Roys tiefempfundenes Mitleid für die Menschheit und reifte heran. Kurz nach seinem zwanzigsten Geburtstag wurde, wie eine Knospe plötzlich zu einer Rose in voller Blüte wird, aus seinem Mitleid leidenschaftliches Mitgefühl. Er hielt das zweite für das reinere Gefühl der beiden. Mitleid enthielt oft ein Element des Ekels für den Bemitleideten oder ein Überlegenheitsgefühl bei der Person, die für eine andere Mitleid aufbrachte. Aber leidenschaftliches Mitgefühl war unverseuchtes, kristallines, durchdringendes Einfühlungsvermögen für andere Menschen, ein perfektes Verständnis ihres Leidens.

Vom Mitgefühl geleitet, zahlreiche Gelegenheiten nutzend, die

Welt zu einem besseren Ort zu machen, von der Reinheit seiner Motive überzeugt, war Roy daraufhin ein noch erleuchteterer Mensch als Steven Ackblom geworden. Roy Miro hatte seine Bestimmung gefunden.

Nun, dreizehn Jahre später, saß Roy im Bauch eines Hubschraubers, der ihn nach Utah brachte, und lächelte die Fotografie an, die den Künstler in den Schatten zeigte.

Komisch, daß alles im Leben mit allem anderen verbunden zu sein schien. Ein vergessener Augenblick oder ein Gesicht aus der Vergangenheit, an das man sich nur undeutlich erinnerte, konnte plötzlich wieder wichtig werden.

Der Künstler war nie eine so zentrale Gestalt in Roys Leben gewesen, daß man ihn einen Mentor oder auch nur eine Inspiration nennen konnte. Roy hatte nie geglaubt, daß Ackblom verrückt war – wie die Medien ihn dargestellt hatten –, sondern ihn lediglich für fehlgeleitet gehalten. Die beste Antwort auf die Hoffnungslosigkeit des menschlichen Zustands bestand keineswegs darin, jeder unvollkommenen Seele einen Augenblick der reinen Schönheit zu gewähren, indem man sie durch starken Schmerz erhob. Das war ein kläglich flüchtiger Triumph. Die bessere Antwort lag darin, jene herauszufinden, die der Erlösung am dringendsten bedurften – und sie dann mit Würde, Mitgefühl und gnädiger Schnelligkeit von ihrem unvollkommenen menschlichen Zustand zu befreien.

Dennoch hatte der Künstler in einem kritischen Augenblick unwissend einem verwirrten Jungen ein paar wesentliche Wahrheiten gelehrt. Obwohl Steven Ackblom eine fehlgeleitete und tragische Gestalt war, war Roy ihm etwas schuldig.

Es war die reinste Ironie – und ein faszinierendes Beispiel für die kosmische Gerechtigkeit –, daß Roy derjenige sein sollte, der die Welt von dem gequälten und undankbaren Sohn befreien sollte, der Ackblom verraten hatte. Die Suche des Künstlers nach menschlicher Perfektion war zwar fehlgeleitet, aber, in Roys Augen, gutgemeint gewesen. Ihre traurige Welt würde einem Idealzustand um einen Zentimeter näherrücken, wenn man Michael (nun Spencer) aus ihr entfernte. Und die reine Gerechtigkeit schien zu verlangen, daß man Spencer erst dann aus dieser Welt entfernte, nachdem man ihn einem langen und starken Schmerz ausgesetzt hatte, auf eine Art und Weise, die seinem visionären Vater zur Ehre gereichen würde.

Als Roy den Kopfhörer abnahm, bekam er gerade noch mit, daß

der Pilot über das Lautsprechersystem eine Durchsage machte. »…dem Kontrollzentrum in Vegas zufolge sind wir, die derzeitige Geschwindigkeit des Zielobjekts eingerechnet, noch etwa sechzehn Minuten von ihm entfernt. Sechzehn Minuten bis zum Zielobjekt.«

Ein Himmel wie blaues Glas.

Fünfundzwanzig Kilometer bis nach Cedar City.

Auf dem zweispurigen Highway wurde der Verkehr allmählich dichter. Ellie setzte die Hupe ein, um langsame Fahrzeuge zu verscheuchen. Waren die Fahrer stur, setzte sie zu waghalsigen Überholmanövern bei durchgezogener Linie an oder fuhr sogar rechts an ihnen vorbei, wenn das Bankett breit genug war.

Ihre Geschwindigkeit ließ aufgrund des behindernden Verkehrs nach, doch da Ellie nun ziemlich rücksichtslos fahren mußte, hatte es den Anschein, als führen sie schneller denn je zuvor. Spencer hielt sich an einer Seite des Sitzes fest. Hinten wackelte Rocky wieder mit dem Kopf.

»Sie könnten sich selbst ohne Beweise an die Presse wenden«, schlug Spencer vor. »Sie könnten sie auf die richtige Spur bringen, Summerton in die Defensive zwingen …«

»Das hab' ich zweimal versucht. Zuerst mit einer Reporterin der *New York Times*. Hab' über den Computer in ihrem Büro mit ihr Kontakt aufgenommen und ein Treffen in einem indischen Restaurant vereinbart. Ich hab' ihr klargemacht, daß sowohl mein Leben als auch das ihre keinen Pfifferling mehr wert ist, wenn sie mit irgend jemandem, ganz egal wem, darüber spricht. Ich war vier Stunden zu früh dort, habe das Restaurant vom Dach eines Gebäudes auf der gegenüberliegenden Straßenseite aus mit einem Fernglas beobachtet, um mich zu vergewissern, daß sie allein kommt und nicht beschattet wird. Ich wollte sie warten lassen, eine halbe Stunde zu spät kommen, und während dieser Zeit die Straße im Auge behalten. Doch fünfzehn Minuten, nachdem sie das Restaurant betreten hatte … flog das Haus in die Luft. Eine Gasexplosion, hat die Polizei behauptet.«

»Und die Reporterin?«

»Tot. Zusammen mit vierzehn anderen Gästen.«

»Großer Gott.«

»Dann, eine Woche später, wollte ich mich in einem öffentlichen Park mit einem Reporter von der *Washington Post* treffen. Ich habe den Termin mit einem Handy auf einem Gebäudedach vereinbart, von dem aus ich den Park einsehen, aber selbst nicht gesehen werden konnte. Wir wollten uns sechs Stunden später treffen. Nach etwa anderthalb Stunden hält ein Lastwagen der Stadtwerke neben dem Park. Die Arbeiter öffnen einen Kanaldeckel und stellen ein paar Pylone und Sägeböcke mit Warnblinklampen auf.«

»Aber es waren gar keine Angehörigen der Stadtwerke.«

»Ich hatte ein batteriebetriebenes Breitband-Funkgerät dabei. Fand die Frequenz, auf der sie die Aktivitäten der falschen Arbeiter mit denen eines falschen Imbißwagens auf der anderen Seite des Parks koordinierten.«

»Sie sind mir wirklich eine«, sagte er bewundernd.

»Im Park selbst waren drei Agenten. Einer gab sich als Bettler aus, zwei als Angestellte der Parkverwaltung, die Blätter zusammenfegten. Dann ist es soweit, und der Reporter kommt und geht zu dem Monument, an dem wir uns verabredet haben – und das Arschloch ist ebenfalls verkabelt! Ich höre, wie er ihnen zumurmelt, daß er mich nirgendwo sieht, und was er jetzt tun soll. Und sie beruhigen ihn, sagen ihm, es sei alles in Ordnung, er solle einfach warten. Tom Summerton muß den kleinen Verräter in der Tasche gehabt haben. Er muß ihn angerufen haben, kaum daß ich aufgelegt hatte.«

Fünfzehn Kilometer vor Cedar City gerieten sie hinter einen Dodge-Lieferwagen, der fünfzehn Stundenkilometer langsamer fuhr, als die Geschwindigkeitsbegrenzung es zuließ. Am hinteren Fenster des Fahrerhauses hingen zwei Gewehre in einem Netz.

Der Fahrer des Lieferwagens ließ Ellie eine Weile auf die Hupe drücken und weigerte sich starrsinnig, auf die Seite zu fahren und sie vorbeizulassen.

»Was ist los mit diesem Arschloch?« fauchte sie aufgebracht. Sie drückte erneut auf die Hupe, doch er stellte sich taub. »Wir könnten doch einen Verletzten im Wagen haben, der dringend zum Arzt muß.«

»Verdammt, heutzutage könnten wir sogar ein paar unter Rauschgift stehende Irre sein, die es auf eine Ballerei abgesehen haben.«

Der Mann in dem Lieferwagen schien weder Mitleid noch Furcht zu kennen. Schließlich reagierte er auf das Hupen, indem er einen Arm aus dem Fenster hielt und Ellie den Finger zeigte.

Überholen konnten sie ihn im Augenblick auch nicht. Die Sicht war beschränkt, und auf dem Teil des Highways, den sie sehen *konnten*, herrschte dichter Verkehr auf der Gegenfahrspur.

Spencer sah auf die Uhr. Von der Frist von zwei Stunden, die Ellie veranschlagt hatte, blieben ihnen nur noch fünfzehn Minuten. Der Mann in dem Lieferwagen schien jedoch alle Zeit der Welt zu haben.

»Arschloch«, sagte sie, zog den Rover nach rechts und versuchte, auf dem Bankett des Highways an dem langsamen Fahrzeug vorbeizukommen.

Als sie zu dem Dodge aufschloß, beschleunigte der Fahrer. Zweimal drückte Ellie aufs Gas, zweimal schoß der Rover vor, und zweimal paßte der Lieferwagen sich ihrer neuen Geschwindigkeit an.

Der andere Fahrer wandte wiederholt den Blick von der Straße ab und schaute zu ihnen hinüber. Er war in den Vierzigern. Das Gesicht unter der Baseballmütze enthüllte die Intelligenz einer Kartoffel.

Er beabsichtigte eindeutig, mit Ellie Schritt zu halten, bis das Bankett schmaler wurde und sie gezwungen war, wieder hinter ihm einzuscheren.

Kartoffelgesicht wußte natürlich nicht, mit was für einer Frau er es zu tun hatte, doch Ellie zeigte es ihm prompt. Sie zog den Rover nach links gegen den Lieferwagen, so daß dessen Fahrer verblüfft den Fuß vom Gaspedal nahm. Der Dodge wurde langsamer, der Rover schoß vor. Kartoffelgesicht drückte wieder aufs Gas, doch es war zu spät: Ellie zog den Rover vor dem Dodge auf die Straße.

Als der Rover zuerst nach links und dann nach rechts torkelte, jaulte Rocky überrascht auf und fiel auf die Seite. Er richtete sich wieder in eine sitzende Position auf und prustete entweder vor Verlegenheit oder vor Freude.

Spencer sah auf seine Uhr. »Glauben Sie, sie schließen sich mit der örtlichen Polizei kurz, bevor sie uns angreifen?«

»Nein. Sie werden versuchen, die Polizei rauszuhalten.«

»Wonach sollen wir dann suchen?«

»Wenn sie aus Vegas – oder irgendeinem anderen Ort – einfliegen, werden sie wahrscheinlich einen Hubschrauber benutzen. Größere Beweglichkeit. Mit der Satellitenüberwachung können sie den Rover festnageln, direkt auf uns herabstoßen und uns vom Highway pusten, wenn sie die Chance dazu bekommen.«

Spencer beugte sich vor und spähte durch die Windschutzscheibe zu dem bedrohlichen blauen Himmel hinauf.

Hinter ihnen dröhnte eine Hupe.

»Verdammt«, sagte Ellie und sah in den Außenspiegel.

Spencer schaute in den Spiegel auf seiner Seite und stellte fest, daß der Dodge zu ihnen aufgeschlossen hatte. Der wütende Fahrer drückte wild auf die Hupe, wie Ellie zuvor auf die ihre gedrückt hatte.

»Das können wir im Augenblick gar nicht gebrauchen«, sagte sie besorgt.

»Na schön«, sagte Spencer, »dann fragen wir ihn doch, ob er einverstanden ist, daß wir uns später irgendwo treffen und die Sache mit Pistolen klären. Wenn wir die Agency überleben, kommen wir zurück und geben ihm eine faire Chance.«

»Meinen Sie, daß er darauf eingeht?«

»Scheint mir doch ein recht vernünftiger Bursche zu sein.«

Ellie nahm den Fuß nicht vom Gas, warf Spencer einen Blick zu und lächelte. »Allmählich finden Sie die richtige Einstellung.«

»Das ist wohl ansteckend.«

Hier und da erspähten sie auf beiden Seiten des Highways Ladenlokale und Wohnhäuser. Sie waren zwar noch nicht in Cedar City, aber eindeutig zurück in der Zivilisation.

Der Spinner in dem Dodge hämmerte mit solcher Begeisterung auf die Hupe, daß jedes dröhnende Geräusch einen Kitzel durch seine Lenden jagen mußte.

Auf dem Bildschirm im geöffneten Aktenkoffer war das aus Vegas übertragene, enorm vergrößerte und aufbereitete Bild zu sehen, das Earthguard zur Erde schickte. Es zeigte den Staats-Highway unmittelbar westlich von Cedar City.

Der Range Rover vollzog ein rücksichtsloses Überholmanöver nach dem anderen. Roy saß in der Kabine des Hubschraubers, den geöffneten Koffer auf dem Schoß, und betrachtete gebannt die Stuntvorführung, die ihn an eine in einem Actionfilm erinnerte, abgesehen davon, daß sie aus einem monotonen Winkel aufgenommen war.

Niemand fuhr so schnell, überholte – teilweise auch bei Gegenverkehr – so leichtfertig, wenn er nicht betrunken war oder verfolgt wurde. Dieser Fahrer war nicht betrunken. Der Rover wurde alles andere als unsicher gehandhabt. Er wurde waghalsig und rücksichtslos, aber auch geschickt gefahren. Und allem Anschein nach wurde der Rover nicht verfolgt.

Roy war endlich davon überzeugt, daß die Frau hinter dem Lenkrad dieses Wagens saß. Nachdem ihr Computer sie informiert hatte, daß ihr Aufenthaltsort von dem Satelliten ermittelt worden war, würde sie sich nicht mit der Tatsache zufriedengeben, daß kein sie verfolgendes Fahrzeug an ihrer Heckklappe klebte. Sie wußte, daß man entweder eine Straßensperre errichtet hatte und auf sie warten oder sie aus der Luft angreifen würde. Bevor es zu einer dieser beiden Möglichkeiten kommen konnte, wollte sie die nächste Stadt erreichen, in der sie mit einem starken Verkehrsfluß verschmelzen und die Architektur der urbanen Landschaft nutzen konnte, um den sie beobachtenden Augen zu entkommen.

Cedar City war natürlich nicht groß genug, um ihr die Möglichkeiten zu verschaffen, die sie brauchte. Und offensichtlich unterschätzte sie die Leistungsfähigkeit einer Überwachung aus der Umlaufbahn.

Vorn in der Passagierkabine überprüften die vier Beamten des Einsatzkommandos ihre Waffen. Sie steckten große Mengen an Ersatzmunition in ihre Taschen.

Zivile Kleidung war die Uniform für diese Mission. Sie wollten in die Stadt fliegen, die Frau erledigen, Grant festnehmen und wieder verschwinden, bevor die Polizei von Cedar City auftauchte. Wenn sie sich mit den örtlichen Behörden auseinandersetzen mußten, würden sie sie täuschen müssen, und jede Täuschung beinhaltete das Risiko, Fehler zu begehen und entlarvt zu werden – besonders, wenn sie keine Ahnung hatten, wieviel Grant wußte und was er sagen würde, falls die Cops darauf bestanden, mit ihm zu sprechen. Außerdem kostete es einfach zu viel Zeit, sich mit den örtlichen Behörden abzugeben. Um Beobachter in die Irre zu führen, waren beide Hubschrauber mit falschen Registriernummern gekennzeichnet. Solange die Männer keine verräterische Kleidung trugen oder Waffen zum Einsatz brachten, würden etwaige Zeugen der Polizei später nichts oder nur wenig Nützliches mitteilen können.

Jedes Mitglied des Einsatzkommandos einschließlich Roy trug unter der Straßenkleidung eine kugelsichere Weste und einen Ausweis der Drug Enforcement Administration bei sich, den es notfalls vorzeigen konnte, um die örtlichen Behörden zu beschwichtigen.

430

Doch wenn sie Glück hatten, würden sie drei Minuten nach der Landung mit Spencer Grant im Gewahrsam und der Leiche der Frau wieder in der Luft sein, ohne daß sie auch nur einen Verletzten aufzuweisen hatten.

Die Frau war erledigt. Sie atmete noch, ihr Herz schlug noch, doch in Wirklichkeit war sie schon mausetot.

Auf dem Computer in Roys Schoß zeigte Earthguard 3, daß das Zielobjekt drastisch langsamer wurde. Dann überholte der Rover auf dem Bankett des Highways ein anderes Fahrzeug, vielleicht einen Lieferwagen. Auch dieser Lieferwagen beschleunigte, und plötzlich schien ein Autorennen im Gange zu sein.

Stirnrunzelnd sah Roy auf den Monitor.

Der Pilot verkündete, daß sie noch fünf Minuten vom Zielobjekt entfernt waren.

Cedar City.

Hier herrschte zu viel Verkehr, um ihre Flucht zu erleichtern, und zu wenig, um damit zu verschmelzen und Earthguard zu verwirren. Des weiteren wurde sie behindert, weil sie sich nun auf Straßen mit Rinnsteinen statt auf offenen Highways mit breiten Seitenstreifen befand. Und mit Ampeln. Und dieser bescheuerte Lieferwagenfahrer blieb beharrlich hinter ihnen und drückte unentwegt auf die Hupe.

Ellie bog an einer Kreuzung rechts ab und musterte hektisch beide Straßenseiten. Schnellrestaurants. Tankstellen. Kleine Geschäfte. Sie hatte keine genaue Vorstellung, wonach sie suchte. Sie wußte nur, daß sie es erkennen würde, wenn sie es sah: einen Ort oder eine Situation, die sie ausnutzen konnten.

Sie hatte darauf gehofft, genug Zeit zu haben, das Terrain sondieren und eine Möglichkeit finden zu können, den Rover in Deckung zu bringen: ein Nadelwäldchen mit einem dichten Baldachin aus Ästen, ein großes Parkhaus, irgendeinen Ort, an dem sie von den Augen im Himmel nicht wahrgenommen werden und den Rover unbeobachtet verlassen konnten. Dann hätten sie ein neues Transportmittel kaufen oder stehlen können und wären aus der Umlaufbahn nicht mehr von anderen Fahrzeugen zu unterscheiden gewesen.

Hätte sie den Irren in dem Dodge umgebracht, hätte man in der Hölle für sie wohl noch eine zusätzliche Schippe Kohlen in den

431

Ofen geschoben – aber die Befriedigung wäre es vielleicht wert gewesen. Er drückte auf die Hupe wie ein verwirrter und wütender Affe, der auf das verdammte Ding einschlagen wollte, bis es aufhörte, ihn anzuplärren.

Er versuchte auch, bei jeder Lücke im Gegenverkehr auszuscheren und sie zu überholen, doch Ellie scherte ebenfalls jedesmal aus und versperrte ihm den Weg. Die Beifahrerseite des Lieferwagens war von dem Rempler mit dem Rover schlimm verkratzt und eingebeult; der Bursche war wahrscheinlich also der Ansicht, er habe nichts mehr zu verlieren, wenn er neben sie zog und sie an den Bordstein drängte.

Das konnte sie nicht zulassen. Ihre Zeit wurde immer knapper. Es hätte wertvolle Minuten gekostet, sich mit dem Affen zu befassen.

»Sagen Sie mir, daß es nicht wahr ist«, überbrüllte Spencer die schmetternde Hupe.

»Was ist nicht wahr?«

Dann merkte sie, daß er durch die Windschutzscheibe zeigte. Auf etwas im Himmel. Im Südwesten. Zwei große Hubschrauber, wie leitende Angestellte großer Firmen sie benutzten. Einer hinter und etwas links von dem anderen. Beide schwarz. Die polierten Hüllen und Fenster leuchteten, als wären sie mit Eis überzogen, und die Morgensonne wurde von den wirbelnden Rotoren reflektiert. Die beiden Helikopter sahen aus wie riesige Insekten aus einem apokalyptischen Science-fiction-Film der fünfziger Jahre über die Gefahren der Atomkraft. Keine drei Kilometer entfernt.

Sie sah ein U-förmiges Einkaufszentrum unmittelbar links vor ihnen. Auf dem zerbrechlichen Eis des Instinkts schlitternd, beschleunigte sie, zog den Rover durch eine Lücke im Verkehr hart nach links und fuhr die kurze Straße zum großen Parkplatz des Komplexes hinauf.

Dicht hinter ihrem rechten Ohr hechelte der Hund vor Aufregung, was unheimlicherweise wie leises Gelächter klang: *Häh-häh-häh-häh-häh-häh!*

Weil der hupende Spinner ihnen noch immer folgte, mußte Spencer erneut schreien, um sich verständlich zu machen: »Was haben Sie vor?«

»Einen neuen Wagen besorgen.«

»Unter freiem Himmel?«

»Wir haben keine andere Wahl.«

»Sie werden den Wechsel sehen.«

»Wir sorgen für eine Ablenkung.«

»Wie?«

»Ich denke noch darüber nach«, sagte sie.

»Das hatte ich befürchtet.«

Sie trat nur ganz leicht auf die Bremse, bog nach rechts ab und schoß nach rechts und quer über den asphaltierten Parkplatz, statt sich den links liegenden Geschäften zu nähern.

Der Lieferwagen blieb dicht hinter ihnen.

Im südwestlichen Himmel waren die beiden Hubschrauber keine zwei Kilometer mehr entfernt. Sie hatten den Kurs geändert, folgten dem Range Rover und gingen dabei ständig tiefer.

Das Hauptgeschäft in dem U-förmigen Komplex war ein Supermarkt im Zentrum des mittleren Teils. Hinter den Glasscheiben und -türen war das geräumige Innere von hartem, fluoreszierendem Licht erfüllt. Neben diesem Geschäft befanden sich kleinere Läden, in denen Kleidung und Bücher und Schallplatten und Schonkost verkauft wurden. Weitere kleine Geschäfte füllten die beiden Seitenflügel.

Es war noch so früh, daß die meisten Läden erst vor kurzem geöffnet hatten. Lediglich in dem Supermarkt herrschte bereits Betrieb, und außer den zwanzig oder dreißig Autos, die sich vor diesem in der Mitte befindlichen Unternehmen zusammendrängten, befanden sich kaum Autos auf dem Parkplatz.

»Geben Sie mir die Pistole«, sagte sie nachdrücklich. »Legen Sie sie auf meinen Schoß.«

Spencer gab ihr die SIG und hob dann die Micro-Uzi auf, die zu seinen Füßen lag.

Vor dem Supermarkt schien sich keine Möglichkeit zu bieten, die erforderliche Ablenkung zu verschaffen. Sie wendete scharf und fuhr zurück zur Mitte des Parkplatzes.

Dieses Manöver überraschte den Affen dermaßen, daß er in seinem Eifer, hinter ihnen zu bleiben, den Lieferwagen ins Schleudern brachte und sich fast überschlagen hätte. Während er versuchte, die Kontrolle über den Wagen zu behalten, hörte er zumindest auf zu hupen.

Der Hund hechelte noch immer: *Häh-häh-häh-häh-häh!*

Sie fuhr weiterhin parallel zu der Straße, auf der sie gekommen waren, als sie den Supermarkt ausgemacht hatten, und hielt sich von den Geschäften fern.

»Wollen Sie irgend etwas mitnehmen?« fragte sie.

»Nur meinen Koffer.«

»Den brauchen Sie nicht. Ich hab' das Geld bereits herausgenommen.«

»Sie haben *was?*«

»Die Fünfzigtausend in dem falschen Boden«, sagte sie.

»Sie haben mein Geld gefunden?« Er schien erstaunt zu sein.

»Ich habe es gefunden.«

»Sie haben es rausgenommen?«

»Es liegt in der Segeltuchtasche hinter meinem Sitz. Mit meinem Laptop und ein paar anderen Sachen.«

»Sie haben mein Geld gefunden?« wiederholte er ungläubig.

»Wir sprechen später darüber.«

»Darauf können Sie sich verlassen.«

Der Affe in dem Dodge hatte die Verfolgung wieder aufgenommen und drückte erneut auf die Hupe, war aber nicht mehr so dicht hinter ihnen wie zuvor.

Im Südwesten waren die Hubschrauber keinen Kilometer weit entfernt und nur noch etwa dreißig Meter über dem Boden, und sie gingen ständig tiefer.

»Sehen Sie die Tasche, die ich meine?« fragte sie.

Er sah hinter ihren Sitz. »Ja. Direkt neben Rocky.«

Nachdem sie mit dem Dodge zusammengeprallt waren, war sie nicht mehr überzeugt, daß ihre Tür sich problemlos öffnen lassen würde. Sie wollte sich nicht gleichzeitig mit der Tasche und der Tür herumschlagen müssen. »Nehmen Sie sie, wenn wir anhalten.«

»Werden wir anhalten?«

»Allerdings.«

Eine letzte Wendung. Scharf nach rechts. Sie fuhr auf eine der mittleren Fahrspuren auf dem Parkplatz. Sie führte direkt zur Vorderseite des Supermarkts. Als sie sich dem Gebäude näherte, legte sie die Hand auf die Hupe, hielt sie niedergedrückt und machte sogar noch mehr Krach als der Affe hinter ihr.

»O nein«, sagte Spencer, als es ihm allmählich dämmerte.

»Ablenkung!« rief Ellie.

»Das ist doch verrückt!«

»Wir haben keine Wahl!«

»Es ist trotzdem verrückt!«

Quer über die gesamte Fassade des Supermarkts waren Werbeschilder auf die größeren Teile der Schaufenster geklebt, um den Verkauf von Coke und Kartoffeln und Toilettenpapier und Steinsalz für das Enthärten von Wasser anzukurbeln. Die meisten befanden sich auf den oberen Hälften der großen Scheiben. Durch das Glas unter und zwischen den Plakaten konnte Ellie die Registrierkassen sehen. In dem fluoreszierenden Licht sahen, aufgeschreckt vom anhaltenden Gehupe, ein paar Kassiererinnen und Kunden hinaus. Als sie auf sie zurasten, waren die kleinen Ovale ihrer Gesichter so leuchtend weiß wie die lackierten Masken von Harlekins. Eine Frau lief los und veranlaßte damit auch die anderen, schnell in Deckung zu gehen.

Sie hoffte bei Gott, daß alle Personen im Supermarkt sich rechtzeitig in Sicherheit bringen konnten. Sie wollte keine unschuldigen Zuschauer verletzen. Aber sie wollte auch nicht von den Männern niedergeschossen werden, die aus diesen Hubschraubern strömen würden.

Tu's oder stirb!

Sie fuhr schnell, aber nicht mit Höchstgeschwindigkeit. Es kam darauf an, genug Tempo aufzubringen, um über den Bürgersteig des breiten Gehwegs vor dem Supermarkt zu fliegen und die Schaufenster und alle Waren zu durchbrechen, die dahinter hüfthoch aufgestapelt waren. Doch bei zu hoher Geschwindigkeit würden sie mit tödlicher Wucht gegen die Kassen prallen.

»Wir werden es schaffen!« Dann fiel ihr ein, daß sie nie den Hund belügen durfte. »Wahrscheinlich!«

Über dem Hupen und dem Dröhnen der Motoren hörte sie plötzlich das *Tschuda-tschuda-tschuda* der Hubschrauber. Oder vielleicht spürte sie eher die Druckwellen, die die Rotoren erzeugten, als daß sie etwas hörte. Sie mußten direkt über dem Parkplatz sein.

Die Vorderreifen prallten gegen den Bordstein, der Range Rover machte einen Satz, Rocky jaulte, und Ellie nahm gleichzeitig die Hand von der Hupe und den Fuß vom Gaspedal. Als die Reifen auf den Beton prallten, trat sie auf die Bremse.

Als der Rover mit fünfzig, sechzig Stundenkilometern darüber hinwegschlitterte, schien der Bürgersteig gar nicht mehr so breit zu sein, und als sie das hohe Kreischen von heißem Gummi auf dem Asphalt vernahm, das wie das Quieken entsetzter Ferkel klang, kam

435

er ihr ganz schmal vor, nicht mal annähernd breit genug. Plötzlich wurde sie des entgegenkommenden Spiegelbilds des Rovers gewahr, doch schon im nächsten Augenblick sah sie nur noch Glaskaskaden, die wie zerbrochene Eiszapfen hinabregneten. Sie pflügten durch große hölzerne Paletten, auf denen Fünfzig-Pfund-Säcke mit Kartoffeln oder irgendeinem anderen verdammten Zeug verstaut waren, und machten schließlich einen Kopfsprung unter das Laufband einer Kasse. Holzfaserplatten flogen auseinander, die rostfreien Stahlteile verbogen sich wie Geschenkpapier-Folie, die Gummioberfläche des Bandes zerriß, drehte sich von ihren Rollen und kräuselte sich wie ein riesiger, schwarzer Plattwurm in die Luft, und die Registrierkasse selbst drohte umzukippen und zu Boden zu fallen. Der Aufprall war nicht so stark, wie Ellie befürchtet hatte, und als wollten sie ihre sichere Landung feiern, blühten mit schwungvollen Bewegungen bunte Plastiktüten mitten in der Luft auf, als habe man sie aus den Taschen eines unsichtbaren Bühnenzauberers gezogen.

»Alles klar?« fragte sie und löste ihren Sicherheitsgurt.

»Beim nächstenmal fahre ich«, sagte er.

Sie versuchte, die Tür zu öffnen. Sie protestierte kreischend und knirschend, doch weder der Zusammenprall mit dem Dodge noch der explosive Flug in den Supermarkt hatten das Schloß verzogen. Sie packte die SIG-9-Millimeter, die zwischen ihren Schenkeln steckte, und sprang aus dem Range Rover.

Spencer war auf der anderen Seite bereits ausgestiegen.

Der Morgen war mit dem Gelärm von Hubschraubern erfüllt.

Da sie die Grenzen des sechzig Meter umfassenden Ausschnitts erreicht hatten, den Earthguard zeigte, tauchten die beiden Helikopter auf dem Monitor auf. Roy saß in dem zweiten Hubschrauber, betrachtete die Oberfläche der Maschine, in der er sich befand, wie sie aus der Erdumlaufbahn aufgenommen wurde, und staunte, welch seltsame Möglichkeiten die moderne Welt doch bot.

Da der Pilot zu einem direkten Landeanflug auf das Zielobjekt angesetzt hatte, konnte Roy weder durch das linke noch durch das rechte Bullauge etwas vom Boden sehen. Er beobachtete weiterhin auf dem Computerbildschirm, wie der Range Rover versuchte, dem Lieferwagen zu entkommen, indem er auf dem Parkplatz des Einkaufszentrums hin und her fuhr. Als der Lieferwagen wieder be-

schleunigte, nachdem er sich bei einem mißglückten Wende-
manöver fast überschlagen hätte, hielt der Rover auf das mittlere
Gebäude des Komplexes zu – wobei es sich, der Größe nach zu urteilen, um einen Supermarkt oder Discountladen wie zum Beispiel
Wal-Mart oder Target handeln mußte.

Erst im letzten Augenblick wurde Roy klar, daß der Rover direkt
auf das Gebäude zuhielt. Er erwartete, das Fahrzeug als gestauchte
und verbogene Metallmasse abprallen zu sehen. Doch es verschwand, verschmolz mit dem Gebäude. Entsetzt wurde ihm klar,
daß es durch einen Eingang oder eine Glaswand gefahren war und
die Insassen überlebt hatten.

Er nahm den offenen Aktenkoffer von seinem Schoß, legte ihn
auf dem Gang neben seinem Sitz auf den Boden und sprang beunruhigt auf. Er machte sich nicht die Mühe, sich den zeitraubenden
Sicherheitsprozeduren zu unterziehen, die zum Verlassen des Systems erforderlich waren, trennte weder die Verbindung, noch stöpselte er das Gerät aus, sondern trat über den Computer hinweg und
eilte zur Pilotenkabine.

Wie er auf dem Monitor gesehen hatte, hatten die beiden Hubschrauber die Stromleitungen an den Straßen überquert. Sie befanden sich über dem Parkplatz, bereiteten sich auf die Landung vor,
hatten nur noch eine Geschwindigkeit von vier oder fünf Stundenkilometern, schwebten praktisch. Sie waren der verdammten Frau
so *nah*, doch nun war sie außer Sicht.

Und außer Sicht bedeutete, daß sie ganz schnell auch außer
Reichweite sein konnte. Wieder verschwunden. Nein. Das konnte er
nicht hinnehmen.

Bewaffnet und einsatzbereit, hatten die vier Agenten sich erhoben und blockierten in der Nähe der Tür den Gang.

»Aus dem Weg, aus dem Weg!«

Roy kämpfte sich zwischen den stämmigen Männern hindurch
zum Ende des Ganges, riß eine Tür auf und steckte den Kopf in das
enge Cockpit.

Die Aufmerksamkeit des Piloten galt der Aufgabe, den Lampen
auf dem Parkplatz und den abgestellten Autos auszuweichen,
während er den JetRanger langsam auf die Asphaltdecke senkte.
Doch der zweite Mann, der Kopilot und Navigator, drehte sich auf
seinem Sitz um, als die Tür geöffnet wurde, und sah Roy an.

»Sie ist in das verdammte Gebäude gefahren«, sagte Roy und sah durch die Scheibe auf das zerbrochene Glas vor der Vorderseite des Supermarkts hinaus.

»Ziemlich verrückt, was?« pflichtete der Kopilot ihm grinsend bei.

Auf dem Parkplatz standen zu viele Fahrzeuge, als daß die Hubschrauber direkt vor dem Supermarkt hätten aufsetzen können. Sie schwebten zu entgegengesetzten Enden des Gebäudes, der eine nach links, der andere nach rechts.

Roy deutete auf den ersten Helikopter, in dem sich acht Agenten befanden. »Nein, nein«, sagte er. »Sagen Sie ihnen, daß sie über dem Gebäude bleiben sollen, hinten, nicht hier vorn, hinten, alle acht Leute sollen hinten ausschwärmen und jeden aufhalten, der das Gebäude verläßt.«

Der Pilot stand bereits in Funkkontakt mit dem des anderen Hubschraubers. Während er sechs Meter über dem Parkplatz schwebte, wiederholte er Roys Befehl in das Mikrofon seines Kopfhörer-Sets.

»Sie werden versuchen, den Supermarkt zu durchqueren und ihn durch die Hintertür zu verlassen«, sagte Roy. Er mußte sich bemühen, seine Wut zu zügeln und ruhig zu bleiben. Tief einatmen. Hinein mit dem pfirsichfahlen Dunst der gesegneten Ruhe. Hinaus mit dem gallengrünen Nebel des Zorns, der Verkrampfung und Anspannung.

Ihr Hubschrauber schwebte so niedrig, daß Roy nicht über das Dach des Supermarkts hinwegsehen konnte. Aufgrund des Bildes, das Earthguard ihm auf seinen Monitor gespielt hatte, wußte er jedoch, was hinter dem Einkaufszentrum lag: ein breiter Versorgungsweg, eine Betonmauer und dann eine Wohnsiedlung mit zahlreichen Bäumen. Häuser und Bäume. Zu viele Orte, an denen man sich verstecken, zu viele Autos, die man stehlen konnte.

Links von ihnen wollte der erste JetRanger gerade auf dem Parkplatz landen und seine Besatzung absetzen, als der Pilot Roys Befehl empfing. Der Rotor drehte sich wieder schneller, und der Hubschrauber hob sich wieder in die Luft.

Pfirsich hinein. Grün hinaus.

Ein Teppich aus braunen Klumpen hatte sich aus einigen der zerrissenen Fünfzig-Pfund-Säcke ergossen, und sie knirschten unter Spencers Schuhen, als er aus dem Rover stieg und zwischen zwei

Kassen hindurchlief. Mit der einen Hand hatte er die Riemen der Segeltuchtasche umklammert, mit der anderen die Uzi.

Er sah nach links. Ellie lief parallel zu ihm an der nächsten Kasse vorbei. Die Gänge des Supermarkts waren lang und verliefen vor der Vorder- zur Rückseite des Ladens. Er traf Ellie am Kopf des nächsten Ganges.

»Hinten raus.« Sie eilte zur Rückseite des Supermarkts.

Als er ihr folgte, fiel ihm Rocky ein. Der Hund hatte den Rover nach ihm verlassen. Wo war er abgeblieben?

Er blieb stehen, lief zwei Schritte zurück und sah den unseligen Köter an der Kasse, an der er vorbeigelaufen war. Rocky fraß einige der braunen Klumpen, die nicht unter den Schuhen seines Herrn zerquetscht worden waren. Trockenfutter für Hunde. Fünfzig Pfund oder mehr.

»Rocky!«

Der Hund sah hoch und wedelte mit dem Schwanz.

»Komm her.«

Rocky zog es nicht mal in Betracht, dem Befehl Folge zu leisten. Er schnappte nach ein paar weiteren Klumpen und kaute erfreut.

»Meins!« sagte Spencer mit strengster Stimme.

Voller Bedauern, aber gehorsam und ein wenig beschämt trottete Rocky von den Leckerbissen davon. Als er Ellie sah, die auf halber Höhe des langen Gangs auf sie wartete, brach er in einen Spurt aus. Ellie nahm ihre Flucht wieder auf, und Rocky stürmte ausgelassen an ihr vorbei, nicht ahnend, daß sie um ihr Leben liefen.

Am Ende des Gangs tauchten drei Männer auf der linken Seite auf und blieben stehen, als sie Ellie, Spencer, den Hund und die Waffen sahen. Zwei trugen weiße Kittel, an deren Brusttaschen Namensschilder befestigt waren, Angestellte des Supermarkts. Der dritte – in Straßenkleidung, mit einem langen Stangenbrot in einer Hand – mußte ein Kunde sein.

Mit einem Eifer und einer Gewandtheit, die eher der einer Katze gleichkam, wandelte Rocky seinen ausgelassenen Vorwärtslauf in einen unmittelbaren Rückzug um. Er drehte sich um die eigene Achse, zog den Schwanz ein, bis er fast auf dem Bauch lag, und watschelte zu seinem Herrn zurück, von dem er sich Schutz erhoffte.

Die Männer waren verblüfft, nicht aggressiv. Aber sie erstarrten, versperrten den Weg.

»Zur Seite!« brüllte Spencer.

Er zielte auf die Decke und unterstrich seine Forderung mit einer kurzen Salve aus der Uzi, zerfetzte eine Neonröhre und löste einen Schauer aus Glühbirnenglas und schalldämpfenden Deckenfliesen aus.

Verängstigt zerstreuten die drei Männer sich.

In der Rückwand des Supermarkts befand sich zwischen Regalen mit Milchprodukten auf der linken und Kühlfächern mit Fleisch und Käse auf der rechten Seite eine Schwingtür. Ellie stieß sie auf, und Spencer folgte ihr mit Rocky hindurch. Sie befanden sich in einem kurzen Gang, auf dessen beiden Seiten Räume lagen.

Hier war der Lärm der Helikopter nur gedämpft zu vernehmen.

Am Ende des Ganges stürmten sie in eine geräumige Halle, die sich über die gesamte Breite des Gebäudes erstreckte: nackte Betonwände, Neonlampen, offene Dachsparren statt einer tiefergehängten Decke. Eine Fläche in der Mitte des Raums war leer, doch an Gängen auf beiden Seiten stapelten sich Waren in Kartons fünf Meter hoch – weitere Vorräte an Produkten von Shampoo bis Frischgemüse.

Spencer machte ein paar Lagerarbeiter aus, die sie vorsichtig aus den Gängen beobachteten.

Direkt vor ihnen, hinter der freien Fläche, befand sich ein riesiges metallenes Rolltor, durch das große Lastwagen rückwärts in die Halle setzen konnten, um dort entladen zu werden. Rechts vom Lieferanteneingang befand sich eine Tür. Sie liefen zu ihr, öffneten sie und traten hinaus auf den breiten Versorgungsweg.

Niemand war zu sehen.

Ein sechs Meter tiefer Überhang erstreckte sich auf der gesamten Breite der Wand mit dem Tor. Er dehnte sich fast zur Hälfte über den Vorsorgungsweg aus und ermöglichte weiteren Lastwagen, darunterzufahren und entladen zu werden, während sie Schutz vor den Elementen hatten. Er bot auch Schutz vor den Augen im Himmel.

Der Morgen war überraschend frostig. Obwohl es auch im Supermarkt und im Lagerraum kühl gewesen war, war Spencer nicht auf die schneidende Kälte der Luft vorbereitet. Die Temperatur mußte um die fünf Grad liegen. Bei einer halsbrecherischen Fahrt von über zwei Stunden waren sie vom Wüstenrand in eine beträchtlich höhere Gegend und eine andere Klimazone gekommen.

Er sah keinen Sinn darin, dem Versorgungsweg nach links oder rechts zu folgen. In beiden Richtungen würden sie lediglich das U-förmige Gebäude umkreisen und auf dem Parkplatz herauskommen.

Das Einkaufszentrum war auf drei Seiten durch eine drei Meter hohen Sichtschutzmauer von seinen Nachbarn abgetrennt: weiß gestrichene Betonblöcke, darauf Ziegelsteine. Wäre sie zwei Meter hoch gewesen, hätten sie sie schnell genug ersteigen und fliehen können. Bei drei Metern war es absolut unmöglich. Sie hätten zwar die Segeltuchtasche hinüberwerfen können, konnten aber unmöglich einen siebzig Pfund schweren Hund hinüberhieven und hoffen, daß er auf der anderen Seite unbeschadet landete.

Über dem Supermarkt veränderte sich die Tonhöhe des Motors mindestens eines der beiden Hubschrauber. Das Rattern der Rotoren wurde lauter.

Er näherte sich der Rückseite des Gebäudes.

Ellie stürmte unter der abgeschirmten Rückseite des Gebäudes nach rechts. Spencer wußte, was sie vorhatte. Ihnen blieb nur eine Hoffnung. Er folgte ihr.

Sie blieb am Ende der Überdachung stehen, das auch das Ende des Supermarkts kennzeichnete. Hinter diesem Teil der Rückwand des Einkaufszentrums befanden sich kleinere, unabhängige Geschäfte.

Ellie warf Rocky einen bösen Blick zu. »Halt dich eng am Gebäude, drück dich gegen die Wand«, sagte sie zu ihm, als könne er sie verstehen.

Vielleicht konnte er das auch. Ellie schenkte ihrem eigenen Ratschlag nicht die geringste Beachtung und lief in den Sonnenschein hinaus, und Rocky trottete zwischen ihr und Spencer entlang und hielt sich an der Rückwand des Einkaufszentrums.

Spencer wußte nicht, ob die Satellitenüberwachung so empfindlich justiert war, daß sie zwischen ihnen und dem Gebäude unterscheiden konnte. Er wußte nicht, ob der sechzig Zentimeter tiefe Überhang des Gebäudedachs hoch über ihnen Deckung bot. Doch selbst, falls Ellies Strategie überaus clever sein sollte, kam Spencer sich noch immer beobachtet vor.

Das donnernde Stottern des Hubschraubers wurde lauter. Dem Geräusch zufolge befand er sich über dem vorderen Parkplatz und schickte sich gerade an, über das Dach zu fliegen.

Rechts vom Supermarkt befand sich eine Chemische Reinigung. Ein kleines Schild mit dem Namen des Besitzers war am Personaleingang angebracht. Die Tür war abgeschlossen. Der Himmel war voller apokalyptischer Geräusche. Neben der Reinigung befand sich ein Geschäft, das ausschließlich Hallmark-Grußkarten verkaufte. Der Personaleingang war nicht abgeschlossen. Ellie riß die Tür auf.

Roy Miro beugte sich durch die Cockpittür und beobachtete, wie der andere Hubschrauber über das Gebäude aufstieg, einen Augenblick lang in der Luft schwebte und dann über das Dach zur Rückseite des Supermarkts flog.

Roy deutete auf eine freie Asphaltfläche direkt links vom Supermarkt. »Da, direkt vor dem Hallmark-Laden«, rief er seinem Piloten zu. »Bringen Sie uns genau da runter!«

Als der Pilot den Hubschrauber um die letzten sechs Meter senkte und zu der gewünschten Landestelle bugsierte, gesellte Roy sich zu den vier Agenten an der Tür der Passagierkabine. Er atmete tief ein. Pfirsich hinein. Grün hinaus.

Er zog die Beretta aus dem Schulterhalfter. Der Schalldämpfer war noch auf die Waffe geschraubt. Er nahm ihn ab und steckte ihn in eine Jackentasche. Das war keine geheime Operation, die Schalldämpfer erforderlich machte, nicht bei der Aufmerksamkeit, die sie bereits erregt hatten. Und man konnte mit der Pistole genauer schießen, wenn der Schalldämpfer die Flugbahn der Kugel nicht verzerrte.

Sie setzten auf.

Ein Agent des Einsatzteams schob die Tür auf, und sie sprangen schnell hinaus, einer nach dem anderen, in den beutelnden Luftsog der Rotorblätter.

Als Spencer der Frau und dem Hund durch die Tür in das Hinterzimmer des Grußkartengeschäfts folgte, schaute er zu den Geräuschkanonaden empor. Am eisblauen Himmel zeichneten sich genau über ihnen zuerst die äußeren Ränder der Rotoren ab, die durch die trockene Luft von Utah hackten. Dann kam die geneigte Antenne auf der Nase des Hubschraubers in Sicht. Als ihn der Luftdruck des Fallstroms traf, trat er in den Laden und schloß die Tür, gerade noch rechtzeitig, um nicht gesehen zu werden.

Die Innenseite der Tür war mit einem Messingriegel versehen. Obwohl das Einsatzteam sich zuerst auf die Rückseite des Supermarkts konzentrieren würde, verriegelte Spencer die Tür.

Sie befanden sich in einem schmalen, fensterlosen Lagerraum, in dem es nach Rosen duftete – ein Raumspray. Ellie öffnete die nächste Tür, bevor Spencer die erste geschlossen hatte. Hinter dem Lagerraum befand sich ein kleines Büro mit Neonröhren an der Decke. Zwei Schreibtische. Ein Computer. Aktenschränke. Zwei weitere Türen führten hinaus. Eine stand halb offen und enthüllte ein winziges Badezimmer: eine Toilette und ein Waschbecken. Die andere verband das Büro mit dem eigentlichen Ladenlokal.

Das lange, schmale Geschäft war mit pyramidenförmigen Verkaufsständern, Drehständern mit weiteren Karten, Geschenkpapier, Puzzles, Plüschtieren, Zierkerzen und weiteren Geschenkartikeln vollgestopft. Derzeit wurde für den Valentinstag die Reklametrommel gerührt, und überall hingen Fähnchen und dekorative Poster, allesamt mit Herzen und Blumen.

Die festliche Atmosphäre des Geschäfts erinnerte Spencer unangenehm daran, daß die Welt sich achtlos weiterdrehen würde, ganz gleich, was mit ihm, Ellie und Rocky in den nächsten paar Minuten geschah. Sollten sie in dem Hallmark-Laden erschossen werden, würde man ihre Leichen davonschleppen, das Blut aus dem Teppich wischen, mit einer Spraydose großzügig Rosenduft verteilen, man würde vielleicht ein paar andere Artikel zum Kauf anbieten, und ein unverminderter Strom von Liebespärchen würde den Laden betreten, um Karten zu kaufen.

Zwei Frauen, anscheinend Verkäuferinnen, standen am Schaufenster. Sie hatten ihnen den Rücken zugewandt und betrachteten die Aktivitäten auf dem Parkplatz.

Ellie ging auf sie zu.

Spencer folgte ihr und fragte sich plötzlich, ob sie Geiseln nehmen wollte. Ihm gefiel diese Vorstellung nicht. Überhaupt nicht. Großer Gott, nein. Wie sie diese Leute von der Agency beschrieben und er sie in Aktion gesehen hatte, würden sie nicht zögern, Geiseln zu erschießen, sogar Frauen oder Kinder, um an ihr Opfer heranzukommen – insbesondere zu einem so frühen Zeitpunkt, wenn die Zeugen völlig verwirrt und noch keine Reporter mit Kameras am Ort des Geschehens waren.

Er wollte nicht, daß Blut unschuldiger Menschen an seinen Händen klebte.

Natürlich konnten sie nicht einfach in dem Hallmark-Geschäft warten, bis die Agency wieder abzog. Wenn man sie in dem Supermarkt nicht fand, würde die Suche bestimmt auf die benachbarten Läden ausgedehnt werden.

Ihre beste Fluchtmöglichkeit bestand darin, zur Vordertür des Ladens hinauszuschlüpfen, während die Aufmerksamkeit des Einsatzteams auf den Supermarkt gerichtet war, zu einem abgestellten Wagen zu laufen und ihn kurzzuschließen. Keine große Chance. Eine hauchdünne, die kaum Aussicht auf Erfolg bot. Aber es war die beste, die sie hatten; also hielt er daran fest.

Als der Hubschrauber praktisch vor der Hintertür landete, hämmerte das Kreischen des Motors und das Stoßen der Rotoren so laut auf den Laden ein, daß er sich genausogut genau unter einer Achterbahn hätte befinden können. Die Fähnchen zum Valentinstag über ihnen erzitterten. Hunderte von Schlüsselringen schepperten an den Haken eines Verkaufsständers. Zahlreiche kleine Zierbilderrahmen rasselten auf dem gläsernen Regal, auf dem sie standen. Selbst die Wände des Geschäfts schienen wie Trommelfelle zu vibrieren.

Der Lärm war so unerträglich, daß er sich Sorgen um das Einkaufszentrum machte. Wenn ein Hubschrauber seine Mauern dermaßen in Schwingung versetzen konnte, mußte es in der erbärmlichsten Billigbauweise hochgezogen worden sein, der letzte Dreck.

Sie hatten fast die Vorderseite des Ladens erreicht und waren nur noch fünf Meter von den Frauen am Schaufenster entfernt, als ihnen der Grund für den fürchterlichen Tumult klar wurde: Der zweite Hubschrauber setzte vor dem Laden auf, jenseits des Bürgersteigs auf dem Parkplatz. Das Gebäude wurde von den Helikoptern in die Zange genommen und von entgegengesetzten Vibrationen erschüttert.

Ellie blieb wie angewurzelt stehen, als sie den Hubschrauber erblickte.

Rocky schien sich weniger Sorgen um die Kakophonie als um ein aufgerolltes Poster von Beethoven – dem Bernhardiner und Filmstar, nicht dem klassischen Komponisten – zu machen, vor dem er zurückschreckte. Er suchte Zuflucht hinter Ellies Beinen.

Die beiden Frauen am Fenster hatten noch immer nicht bemerkt, daß sie Gesellschaft hatten. Sie standen nebeneinander und unterhielten sich aufgeregt, und obwohl sie sehr laut sprachen, um den Lärm der Hubschrauber zu übertönen, konnte Spencer ihre Worte nicht verstehen.

Als er neben Ellie trat und den Helikopter mit großer Angst betrachtete, sah er, daß im Rumpf eine Tür aufglitt. Ein bewaffneter Mann nach dem anderen sprang auf die Teerdecke. Der erste trug eine Maschinenpistole, die größer als Spencers Micro-Uzi war. Der zweite hatte ein Selbstladegewehr. Der dritte war mit zwei Granatwerfern ausgerüstet, die zweifellos mit Betäubungs-, Brand- oder Gasgeschossen geladen waren. Der vierte war mit einer Maschinenpistole bewaffnet, der fünfte lediglich mit einer Pistole.

Der fünfte Mann war der letzte, und er unterschied sich von den vier ungeschlachten Klötzen, die ihm vorausgingen. Er war kleiner und leicht untersetzt. Die Mündung seiner Pistole war auf den Boden gerichtet, und er lief mit weniger athletischer Anmut als seine Gefährten.

Keiner der fünf näherte sich dem Grußkartengeschäft. Sie liefen zum Supermarkt und waren schnell außer Sicht.

Der Motor des Hubschraubers dröhnte im Leerlauf. Die Rotoren drehten sich noch, wenn auch langsamer. Das Einsatzteam hoffte, schnell zuzuschlagen und genauso schnell wieder zu verschwinden.

»Meine Damen«, sagte Ellie.

Aufgrund des noch immer beträchtlichen Lärms der Hubschrauber und ihrer erregten Unterhaltung hörten die Frauen sie nicht.

Ellie sprach lauter: »*Weg da, verdammt noch mal!*«

Sie fuhren erschrocken zusammen, drehten sich mit großen Augen um und schrien leise auf.

Ellie richtete die SIG zwar nicht auf sie, achtete aber darauf, daß sie sie sahen. »Kommen Sie von dem Schaufenster da weg. Kommen Sie her.«

Sie zögerten, sahen zuerst einander und dann die Pistole an.

»Ich will Ihnen nichts tun.« Ellie war unmißverständlich ernst. »Aber ich werde tun, was ich tun muß, *wenn Sie nicht sofort hierher kommen!*«

Die Frauen traten von dem Schaufenster zurück. Die eine bewegte sich langsamer als die andere. Die Transuse warf einen flüchtigen Blick auf die ganz in der Nähe befindliche Ladentür.

»Denken Sie nicht mal im Traum daran«, sagte Ellie zu ihr. »Ich schwöre bei Gott, ich werde Sie in den Rücken schießen, und wenn Sie nicht sterben, werden Sie den Rest Ihres Lebens im Rollstuhl sitzen. Ja, schon besser so, kommen Sie her.«

Spencer trat zur Seite – und Rocky versteckte sich hinter ihm –, als Ellie die verängstigten Frauen durch den Gang führte. Auf halber Höhe des Ladens zwang sie sie, sich bäuchlings und mit den Gesichtern zur Rückwand auf den Boden zu legen, eine hinter der anderen.

»Wenn eine von Ihnen in den nächsten fünfzehn Minuten aufblickt, werde ich Sie beide töten«, sagte Ellie zu ihnen.

Spencer wußte nicht, ob sie dies so ernst meinte wie die Erklärung, sie *wolle* sie nicht verletzen, aber es hörte sich ganz so an. Wäre er eine der Frauen gewesen, hätte er zumindest bis zum nächsten Osterfest nicht den Kopf gehoben, um sich umzuschauen.

Ellie kehrte zu ihm zurück. »Der Pilot ist noch im Chopper«, sagte sie.

Er trat ein paar Schritte näher an das Schaufenster. Durch das Seitenfenster des Cockpits war ein Crewmitglied sichtbar, wahrscheinlich der Kopilot. »Es sind mindestens zwei drin.«

»Sie nehmen nicht an der Aktion teil?« fragte Ellie.

»Nein, natürlich nicht, das sind Piloten, keine Bewaffneten.«

Sie ging zur Tür und schaute nach rechts, den Supermarkt entlang. »Unsere einzige Chance. Keine Zeit für irgendwas anderes. Wir müssen es schaffen.«

Spencer mußte sie gar nicht erst fragen, wovon sie sprach. Sie war eine instinktmäßig handelnde Überlebende mit einer Kampferfahrung von vierzehn harten Monaten, und *er* erinnerte sich an den Großteil dessen, was die United States Army Rangers ihm über Strategie und schnelle Entscheidungen beigebracht hatten. Sie konnten nicht den Weg zurückgehen, den sie gekommen waren. Und sie konnten auch nicht in dem Grußkartenladen bleiben. Irgendwann würde er durchsucht werden. Sie konnten nicht mehr hoffen, hinter dem Rücken der Revolverhelden zu einem Wagen auf dem Parkplatz zu gelangen und ihn kurzzuschließen, denn alle diese Fahrzeuge standen vor dem Hubschrauber, und sie hätten ohne jede Deckung an dessen Besatzung vorbeigehen müssen. Ihnen blieb nur noch eine Möglichkeit offen. Sie erforderte Kühnheit, Mut – und entweder einen Schuß Fatalismus oder ein gehöriges Maß an Unbedarftheit. Sie waren beide bereit, es zu wagen.

»Nehmen Sie die«, sagte er und gab ihr die Segeltuchtasche, »und die auch«, und reichte ihr die Uzi.

»Es geht wohl nicht anders«, sagte sie, während er von ihr die SIG entgegennahm und unter den Gürtel seiner Jeans schob.

»Es ist ein Sprint von höchstens drei Sekunden, für ihn vielleicht sogar noch weniger, aber wir können nicht riskieren, daß er vor Angst erstarrt.«

Spencer bückte sich, hob Rocky hoch und nahm den Hund wie ein Kind in die Arme.

Rocky wußte nicht, ob er mit dem Schwanz wedeln oder Angst haben sollte, ob sie Spaß machten oder gewaltigen Ärger hatten. Er befand sich eindeutig am Randes des Nervenzusammenbruchs. In diesem Zustand wurde er entweder ganz schlaff und fing zu zittern an – oder steigerte sich in eine Raserei der Panik.

Ellie schob die Tür ein Stück auf und schaute hinaus.

Spencer warf einen Blick auf die beiden Frauen auf dem Boden und stellte fest, daß sie die Anweisungen befolgten, die man ihnen erteilt hatte.

»Jetzt«, sagte Ellie, trat hinaus und hielt ihm die Tür auf.

Er ging seitlich hinaus, damit Rockys Kopf nicht gegen den Türrahmen stieß. Als er auf den überdachten Bürgersteig trat, warf er einen Blick zum Supermarkt. Alle Mitglieder des Einsatzteams bis auf eins waren hineingegangen. Ein Schläger mit einer Maschinenpistole stand vor dem Geschäft, das Gesicht von ihnen abgewandt.

In dem Hubschrauber schaute der Kopilot auf etwas auf seinem Schoß hinab, sah nicht aus dem Seitenfenster des Cockpits.

Halbwegs überzeugt, daß Rocky keine siebzig, sondern siebenhundert Pfund wog, sprintete Spencer zu der geöffneten Tür im Rumpf des Hubschraubers. Es war nur ein Spurt von zehn Metern, die drei Meter des Bürgersteigs bereits eingerechnet, doch das waren die längsten zehn Meter im Universum, eine Laune der Physik, eine unheimliche wissenschaftliche Anomalie, eine bizarre Verzerrung in der Struktur der Schöpfung, die, während er lief, immer länger wurde – und dann war er dort, schob den Hund hinein und kletterte selbst in die Maschine.

Ellie war so dicht hinter ihm, daß sie sein Rucksack hätte sein können. In dem Augenblick, da sie über der Schwelle und im Hubschrauber war, ließ sie die Segeltuchtasche fallen. Die Uzi ließ sie allerdings nicht los.

447

Wenn nicht jemand hinter einem der zehn Sitze kauerte, war die Passagierkabine verlassen. Nur um sich zu vergewissern, schritt Ellie den Gang ab und sah nach rechts und links.

Spencer ging zur Cockpittür und öffnete sie. Er kam gerade rechtzeitig, um dem Kopiloten, der sich von seinem Sitz erheben wollte, die Mündung der Pistole aufs Gesicht zu drücken.

»Bringen Sie uns hoch«, sagte Spencer zu dem Piloten. Die beiden Männer schienen noch überraschter zu sein als die Frauen in dem Grußkartengeschäft.

»Bringen Sie uns hoch – *sofort!* –, oder ich puste diesem Arschloch das Gehirn durch dieses Fenster, und dann *Ihnen!*« schrie Spencer so laut, daß er die Besatzung mit Spucke benetzte und spürte, wie die Adern in seinen Schläfen anschwollen wie die im Bizeps eines Gewichthebers.

Er hoffte, genauso angsteinflößend zu klingen wie Ellie.

Unmittelbar hinter der zertrümmerten Glasscheibe des Supermarkts standen Roy und drei Agenten neben dem zu Schrott gefahrenen Range Rover in einer Verwehung aus Hundefutter und richteten ihre Waffen auf einen großen Mann mit flachem Gesicht, gelben Zähnen und pechschwarzen Augen, die so kalt wie die einer Natter waren. Der Bursche umklammerte mit beiden Händen ein halbautomatisches Gewehr, und obwohl er auf niemanden zielte, machte er einen so boshaften und wütenden Eindruck, daß man glauben konnte, er hätte es sogar gegen das Christuskind eingesetzt.

Er war der Fahrer des Lieferwagens. Sein Dodge stand verlassen auf dem Parkplatz, die Fahrertür weit geöffnet. Er war entweder in den Supermarkt gegangen, um sich dafür zu rächen, was auch immer auf dem Highway passiert war, oder um den Helden zu spielen.

»Lassen Sie die Waffe fallen!« wiederholte Roy zum drittenmal.

»Wer sagt das?«

»Wer das sagt?«

»Genau.«

»Sind Sie bescheuert? Spreche ich hier mit einem verdammten Idioten? Sie sehen vier Männer, die schwere Waffen auf Sie richten, und begreifen nicht, daß es ratsam ist, dieses Gewehr fallenzulassen?«

»Sind Sie Cops oder was?« fragte der Mann mit den Natteraugen.

448

Roy wollte ihn töten. Keine weiteren Formalitäten. Der Bursche war einfach zu dumm, um weiterzuleben. Er wäre tot besser dran. Ein trauriger Fall. Die Gesellschaft wäre ohne ihn ebenfalls besser dran. Einfach abknallen, an Ort und Stelle, und dann die Frau und Grant suchen.

Das einzige Problem lag darin, daß Roys Traum von einer Drei-Minuten-Mission, rein und raus und wieder weg, bevor die neugierige örtliche Polizei auftauchte, nicht mehr zu verwirklichen war. Die Operation war aus den Fugen geraten, als die verhaßte Frau in den Supermarkt gefahren war, und sie geriet jeden Augenblick mehr aus den Fugen. Verdammt, sie war zur reinsten Katastrophe geworden. Sie würden sich mit der Polizei von Cedar City befassen müssen, und das würde noch schwieriger werden, wenn einer der Bürger, den zu schützen sie geschworen hatte, tot auf einem Berg Hundefutter lag.

Wenn sie sowieso mit der Polizei zusammenarbeiten mußten, konnte er diesem Narren auch seine Dienstmarke zeigen. Er zog ein Etui aus einer Innentasche seiner Jacke, klappte es auf und zeigte seinen falschen Ausweis.»Drug Enforcement Administration.«

»Alles klar«, sagte der Mann.»Jetzt geht's in Ordnung.«

Er legte das Gewehr auf den Boden und ließ es los. Dann berührte er tatsächlich den Schirm seiner Baseballmütze mit zwei Fingern und schien Roy seine aufrichtige Achtung zu bezeugen.

»Setzen Sie sich auf die Ladefläche Ihres Lieferwagens«, sagte Roy.»Nicht hinein. Hinter das Fahrerhaus, auf die Ladefläche. Sie warten dort. Wenn Sie die Ladefläche verlassen, wird der Bursche mit der Maschinenpistole draußen Ihre Beine auf Kniehöhe abschießen.«

»Jawohl, Sir.« Mit überzeugender Feierlichkeit berührte er erneut den Mützenschirm und verließ den Supermarkt dann durch die beschädigte Fassade.

Roy hätte sich fast umgedreht und ihm in den Rücken geschossen.

Pfirsich hinein. Grün hinaus.

»Schwärmen Sie vorn im Laden aus und warten Sie«, befahl er seinen Männer.»Und bleiben Sie wachsam.«

Das Team, das von der Rückseite hereinkam, würde den Supermarkt gründlich durchsuchen und Grant und die Frau aufspüren, falls sie sich irgendwo verstecken sollten. Man würde die Flüchtigen hinaustreiben und sie zwingen, sich entweder zu ergeben oder in einem Kugelhagel zu sterben. Die Frau würden sie natürlich sowieso erschießen, ob sie sich nun ergab oder nicht. Sie wollten bei ihr kein Risiko mehr eingehen.

»Es werden Angestellte und Kunden durchkommen«, rief er seinen drei Männern zu, als sie sich auf beiden Seiten von ihm im Laden verteilten. »Lassen Sie *niemanden* hinaus. Schicken Sie sie zum Büro des Geschäftsführers. Halten Sie sie auch dann fest, wenn sie nicht die *geringste* Ähnlichkeit mit dem Paar haben, nach dem wir suchen. Halten Sie *jeden* fest, sogar den Papst.«

Draußen veränderte sich das Geräusch des Hubschraubermotors von einem leisen Brummen zu einem lauten Dröhnen. Der Pilot fuhr ihn hoch. Und fuhr ihn weiter hoch.

Verdammt, was sollte der Blödsinn?

Stirnrunzelnd stieg Roy über die Trümmer und ging hinaus, um nachzusehen, was dort los war.

Der Agent, der vor dem Supermarkt stand, sah zu dem Hallmark-Geschäft, vor dem der Helikopter abhob.

»Was macht er da?« fragte Roy.

»Er startet.«

»Warum?«

»Muß vielleicht mal für kleine Jungs.«

Noch ein Vollidiot. Ruhig bleiben. Pfirsich hinein. Grün hinaus.

»Wer hat ihm befohlen, seine Position zu ändern? Wer hat ihm befohlen zu starten?« fragte Roy.

Er hatte die Frage kaum gestellt, als er auch schon die Antwort kannte. Er wußte nicht, *wie* es möglich gewesen war, aber er wußte, warum der Hubschrauber startete und wer in ihm war.

Er rammte die Beretta in den Schulterhalfter, riß dem überraschten Agenten die Maschinenpistole aus den Händen und lief auf den emporsteigenden Hubschrauber zu. Er wollte die Treibstofftanks beschädigen und ihn zur Landung zwingen.

Als er die Waffe hob und den Finger auf den Abzug legte, wurde Roy klar, daß es kaum eine befriedigende Erklärung für seine Vorgehensweise gäbe, selbst wenn man die Mehrdeutigkeit von Bundesgesetzen ins Feld führte. Er schoß auf seinen eigenen Helikopter. Brachte seinen Piloten und Kopiloten in Gefahr. Zerstörte eine überaus teure Maschine im Besitz der Regierung. Bewirkte vielleicht, daß sie in einen Laden abstürzte, in dem sich Menschen aufhielten. Große, brennende Tropfen Flugzeugtreibstoff, die überall und auf jeden in ihrem Weg spritzten. Angesehene Kaufleute von Cedar City, die in menschliche Fackeln verwandelt wurden und lodernd und brüllend in Kreisen durch den Februarmorgen liefen. Es würde ein farbiges, aufregendes Schauspiel sein, und selbst wenn noch so viele unschuldige Passanten starben, war es die Sache wert, wenn er dadurch nur die Frau festnagelte. Doch die Katastrophe einem örtlichen Polizisten zu erklären – das wäre so hoffnungslos wie der Versuch, dem Idioten, der auf der Ladefläche des Dodge-Lieferwagens saß, die Feinheiten der Atomphysik beizubringen.

Und es bestand eine Aussicht von mindestens fünfzig Prozent, daß es sich bei dem Polizeichef dieser Stadt um einen glattrasierten Mormonen handelte, der noch nie im Leben einen Schluck Alkohol getrunken oder eine Zigarette geraucht hatte und sich nicht von steuerfreiem Schweigegeld für eine heimliche Absprache zwischen der Polizei und der Agency locken lassen würde. Wetten, daß? Ein Mormone.

Zögernd senkte Roy die Maschinenpistole.

Der Hubschrauber stieg schnell höher.

»Warum Utah?« rief er den Flüchtigen hinterher, die er zwar nicht sehen konnte, von denen er aber *wußte*, daß sie frustrierend nah waren.

Pfirsich hinein. Grün hinaus.

Er mußte sich beruhigen. Kosmisch denken.

Die Situation würde sich zu seinen Gunsten auflösen. Er hatte noch immer der zweiten Hubschrauber, mit dem er den ersten verfolgen konnte. Und Earthguard 3 würde den JetRanger schneller als den Rover finden; denn der Helikopter war größer als der Geländewagen und flog zudem über sämtlicher abschirmender Vegetation und über den ablenkenden Bewegungen des Bodenverkehrs.

Droben schwang der entführte Hubschrauber nach Osten, über das Dach des Grußkartengeschäfts.

In der Passagierkabine kauerte Ellie neben der Öffnung in der Hülle, lehnte sich gegen den Türrahmen und schaute auf das unter ihr hinweggleitende Dach des Einkaufszentrums hinab. Großer Gott, ihr Herz hämmerte so laut wie die Rotoren. Sie hatte entsetzliche Angst, daß der Hubschrauber umkippen oder torkeln und sie herausfallen würde.

Während der vergangenen vierzehn Monate hatte sie mehr über sich erfahren als in den gesamten vorherigen achtundzwanzig Jahren. Zum einen war ihre Liebe für das Leben, die schiere Freude, *am Leben zu sein*, größer, als sie es je begriffen hatte, bis man ihr an einem brutalen, blutigen Abend die drei Menschen genommen hatte, die sie am meisten liebte. Angesichts von so viel Tod genoß sie nun, da ihre eigene Existenz in ständiger Gefahr war, die Wärme eines jeden Sonnentags und den kühlen Wind eines jeden Sturms, Unkraut genau wie Blumen, das Bittere und das Süße. Zuvor war sie sich ihrer Liebe für die Freiheit – und ihres *Bedürfnisses*, frei zu sein – nicht einmal annähernd so bewußt gewesen wie jetzt, da sie darum kämpfen mußte, sie zu behalten. Und in diesen vierzehn Monaten hatte sie erstaunt erfahren, daß sie den Mut hatte, am Abgrund zu schreiten, über ihn hinwegzuspringen und dem Teufel ins Gesicht zu grinsen. Sie hatte erstaunt herausgefunden, daß sie nicht fähig war, die Hoffnung zu verlieren; daß sie nur eine von vielen Flüchtlingen vor einer implodierenden Welt war, die alle am Rand eines Schwarzen Lochs wandelten und dessen alles zerquetschender Schwerkraft widerstanden. Und es erstaunte sie auch, wieviel Furcht sie ertragen konnte, ohne dabei zu verzweifeln.

Eines Tages würde sie natürlich erstaunt feststellen, daß es sie doch erwischt hatte. Vielleicht heute. Während sie sich gegen den Rahmen der geöffneten Tür im Rumpf lehnte. Von einer Kugel oder einem langen, schweren Sturz erledigt.

Sie überquerten das Gebäude und dann den fünfzehn Meter breiten Versorgungsweg. Darauf stand der andere Hubschrauber, direkt hinter dem Hallmark-Laden. In unmittelbarer Nähe der Maschine hielten sich keine Agenten auf. Offensichtlich waren sie bereits ausgeschwärmt und befanden sich unter dem sechs Meter breiten Überhang des Supermarkts.

Während Spencer ihrem Piloten Anweisungen erteilte, schwebten sie lange genug über dem Helikopter auf dem Boden, daß Ellie die Micro-Uzi gegen die Heckflosse der auf dem Boden stehenden Maschine einsetzen konnte. Die Waffe hatte zwei Magazine, die im rechten Winkel zueinander angebracht waren und insgesamt vierzig Schuß enthielten – abzüglich der wenigen Kugeln, die Spencer in die Decke des Supermarkts gefeuert hatte. Sie leerte beide Magazine, legte zwei neue ein und leerte auch diese. Die Kugeln zerstörten die horizontalen Stabilisatoren, beschädigten den Heckrotor und stanzten Löcher in den Heckmast. Damit war der Hubschrauber flugunfähig.

Falls ihr Feuer erwidert wurde, bekam sie davon nichts mit. Die Agenten, die die Rückseite des Supermarkts sicherten, waren wahrscheinlich zu überrascht und verwirrt, um zu wissen, was sie tun sollten. Außerdem hatte der Angriff auf den zweiten Helikopter lediglich zwanzig Sekunden gedauert. Dann legte sie die Uzi auf den Kabinenboden und schob die Tür zu. Der Pilot flog auf Spencers Anweisung augenblicklich in nördliche Richtung.

Rocky kauerte zwischen zwei Sitzen und beobachtete sie eindringlich. Er war nicht so begeistert wie noch vor kurzem, als sie unmittelbar nach Anbruch der Morgendämmerung fluchtartig ihr Lager in Nevada verlassen hatten, sondern wieder in seinen vertrauteren Anzug der Verdrossenheit und Furchtsamkeit geschlüpft.

»Alles in Ordnung, Junge.«

Er konnte seine Zweifel nicht verbergen.

»Na ja, es hätte bestimmt schlimmer kommen können«, meinte Ellie.

Er jaulte.

»Armes Baby.«

Beide Ohren hinabhängend, vor Angst bibbernd, bot Rocky ein Bild des schieren Elends.

»Wie kann ich etwas sagen, wonach du dich besser fühlen wirst«, fragte sie den Hund, »wenn ich dich nicht anlügen darf?«

»Das ist eine ziemlich grimmige Einschätzung unserer Lage«, sagte Spencer von der Cockpittür aus, »wenn man bedenkt, daß wir gerade durch die Maschen eines verdammt eng geknüpften Netzes geschlüpft sind.«

»Wir sind noch nicht aus dem Schlamassel raus.«

»Tja, es gibt etwas, das ich Rocky dann und wann mal sage, wenn er völlig deprimiert ist. Bei mir hilft es ein wenig, wenngleich ich nicht weiß, ob es auch bei ihm funktioniert.«

»Was?« fragte Ellie.

»Denk dran, was auch immer passiert – es ist nur das Leben. Wir alle bringen es hinter uns.«

Nachdem am Montagmorgen die Kaution gestellt worden war, blieb Harris Descoteaux zweimal stehen, als er über den Parkplatz zum BMW seines Bruders ging, um das Gesicht der Sonne zuzuwenden. Er badete in ihrer Wärme. Er hatte einmal gelesen, daß Schwarze, auch wenn sie so mitternachtsdunkel waren wie er, von zuviel Sonne Hautkrebs bekommen konnten. Schwarz zu sein bot keine absolute Sicherheit, von einem Melanom verschont zu bleiben. Schwarz zu sein bot natürlich auch keine Garantie, von irgendwelchen Unglücken verschont zu bleiben, ganz im Gegenteil. Das Melanom mußte sich also in die Warteschlange all jener anderer Schrecken einreihen, die ihm zustoßen konnten. Nachdem er achtundfünfzig Stunden im Gefängnis verbracht hatte, wo man an Sonnenschein genauso schwer herankam wie an einen Heroinschuß, verspürte er den Wunsch, in der Sonne zu stehen, bis seine Haut Blasen schlug, seine Knochen schmolzen und er zu einem einzigen, riesigen, pulsierenden Melanom wurde. *Alles* war besser, als in einem sonnenlosen Gefängnis eingesperrt zu sein. Und er atmete auch tief ein, weil die smogverdorbene Luft von Los Angeles so süß roch. Wie der Saft einer exotischen Frucht. Der Geruch der Freiheit. Er wollte sich strecken, laufen, springen, wirbeln, jauchzen und vor Freude schreien – aber manche Dinge tat ein Mann von vierundvierzig Jahren einfach nicht, ganz gleich, wie schwindlig und albern die Freiheit ihn machen mochte.

Als sie im Wagen saßen und Darius den Motor anließ, legte Harris eine Hand auf den Arm seines Bruders und betrachtete ihn einen Augenblick lang. »Darius, ich werde das nie vergessen – was du für mich getan hast, was du noch immer tust.«

»He, war doch selbstverständlich.«

»Das war es keineswegs.«

»Du hättest dasselbe für mich getan.«

»Ich glaube schon. Ich hoffe es.«

»Da haben wir es schon wieder. Du arbeitest an deiner Heilig-

454

sprechung, ziehst wieder diesen Talar der Bescheidenheit an. Mann, wenn ich dann und wann mal das Richtige tue, dann nur, weil ich es von dir gelernt habe. Ich hab' also genau das getan, was du auch getan hättest.« Harris grinste und gab Darius einen Klaps auf die Schulter. »Ich liebe dich, kleiner Bruder.«

»Ich dich auch, großer Bruder.«

Darius wohnte in Westwood, und von der Innenstadt aus konnte man an einem Montagmorgen nach der Hauptverkehrszeit in einer knappen halben Stunde dort sein. Wenn man Pech hatte, brauchte man aber gut doppelt so lang dafür. Es war stets ein Vabanquespiel. Sie konnten den Wilshire Boulevard nehmen und quer durch die Stadt fahren, oder den Santa Monica Freeway. Darius entschied sich für den Wilshire, weil an manchen Tagen die Hauptverkehrszeit nie endete und der Freeway zur Hölle mit jeder Menge Talkshows im Radio wurde.

Eine Zeitlang ging es Harris hervorragend. Er genoß seine Freiheit, wenn auch nicht die Vorstellung, daß ein juristischer Alptraum vor ihm lag. Doch als sie sich dem Fairfax Boulevard näherten, wurde ihm schlecht. Das erste Symptom war ein leichter, aber beunruhigender Schwindel, die seltsame Überzeugung, daß die Stadt, durch die sie fuhren, sich langsam um sie drehte. Das Gefühl kam und ging, doch jedesmal, wenn es ihn erfaßte, ging sein Puls schneller als beim vorherigen Anfall. Als sein Herz schließlich während einer Attacke von einer halben Minute Dauer öfter schlug als das eines verängstigten Kolibris, glaubte er plötzlich, keine Luft mehr zu bekommen. Und als er versuchte, tief durchzuatmen, stellte er fest, daß er kaum noch atmen konnte.

Zuerst glaubte er, die Luft im Wagen sei abgestanden. Stickig, zu warm. Er wollte seinen Bruder nicht beunruhigen, der über das Autotelefon gerade eine geschäftliche Angelegenheit besprach, und fummelte beiläufig an der Lüftung herum, bis der kühle Luftstrom direkt auf sein Gesicht gerichtet war. Das half aber nicht. Die Luft war nicht stickig, sondern zum Schneiden dick, wie die schweren Dämpfe einer geruchslosen, aber giftigen Substanz.

Er ertrug noch eine Weile, daß die Stadt sich um den BMW drehte, sein Herz mit einer unglaublichen hohen Frequenz schlug, die Luft so sirupdick war, daß er nur unzureichende Tröpfchen einatmen konnte, das Licht so grell, daß er die Augen zusammenkneifen mußte, um vor dem Sonnenschein geschützt zu sein, den er vor kurzem noch so genossen hatte, und er den Eindruck hatte, ein unerträgliches Gewicht laste auf ihm – doch dann wurde die Übelkeit so stark, daß er seinem Bruder zurief, er solle an den Bordstein fahren. Sie befanden sich unmittelbar vor dem Robertson Boulevard. Darius schaltete die Warnblinkanlage ein, fädelte sich direkt hinter der Kreuzung aus dem Verkehr aus und blieb im absoluten Halteverbot stehen.

Harris riß seine Tür auf, beugte sich hinaus und würgte heftig. Da er auf das Frühstück verzichtet hatte, das man ihm im Gefängnis angeboten hatte, wurde er nur von einem trockenen Heben geschüttelt, das allerdings nicht weniger unangenehm oder erschöpfend war.

Der Anfall verging. Er ließ sich in den Sitz zurückfallen, zog die Tür zu und schloß die Augen. Er zitterte.

»Bist du in Ordnung?« fragte Darius besorgt. »Harris? Harris, was ist los?«

Nachdem die Übelkeit gewichen war, wußte Harris, daß er soeben einen erneuten Anfall von Gefängnisklaustrophobie erlitten hatte. Er war jedoch unendlich schlimmer gewesen als die Anflüge von Panik, die ihn überkommen hatten, als er tatsächlich hinter Gittern gewesen war.

»Harris? Antworte mir.«

»Ich bin im Gefängnis, kleiner Bruder.«

»Vergiß nicht, wir stehen das gemeinsam durch. Gemeinsam sind wir stärker als alle anderen und werden es immer sein.«

»Ich bin im Gefängnis«, wiederholte Harris.

»Hör zu, diese Anklagen sind Quatsch. Man hat dich reingelegt. Sie werden keine einzige Beschuldigung durchbringen können. An dir bleibt eine Anklage genausowenig haften wie ein Spiegelei an einer Teflonpfanne. Du wirst keinen weiteren Tag mehr im Gefängnis verbringen.«

Harris öffnete die Augen. Der Sonnenschein war nicht mehr schmerzhaft hell. Sogar der Februartag schien sich gemeinsam mit seiner Stimmung verdüstert zu haben.

»Ich habe nie im Leben auch nur einen Penny gestohlen«, sagte er. »Nie bei der Steuer geschwindelt. Nie meine Frau betrogen. Jedes Darlehen zurückgezahlt, das ich je in Anspruch genommen habe. Seit ich Cop bin, habe ich fast immer Überstunden gemacht.

Bin den ehrlichen und aufrechten Weg gegangen – und laß dir eins sagen, kleiner Bruder, es war nicht immer einfach. Manchmal werde ich es müde, habe ich es satt, gerate ich in Versuchung, einen leichteren Weg einzuschlagen. Ich habe Schmiergeld in der Hand gehabt, und es fühlte sich gut an, aber ich konnte es einfach nicht über mich bringen, die Hand in die Tasche zu stecken. Ich war nah dran. O ja, viel näher, als du es je erfahren möchtest. Und es gab ein paar Frauen ... ich hätte sie haben können, und ich hätte Jessica ganz in mein Hinterstübchen zurückdrängen können, wenn ich mit ihnen zusammen war, und ich hätte sie vielleicht betrogen, wären die Umstände nur etwas günstiger gewesen. Ich weiß, daß es in mir steckt ...«

»Harris ...«

»Ich sage dir, ich habe genauso viele böse Züge in mir wie alle anderen, einige Begierden, die mir angst machen. Selbst wenn ich ihnen nicht nachgebe, macht es mir manchmal fürchterlich angst, sie nur zu *haben*. Ich bin kein Heiliger, wie du es immer im Scherz behauptest. Aber ich bin immer auf dem rechten Weg geblieben, immer auf diesem gottverdammten rechten Weg. Es ist ein hundsgemeiner Weg, geradeaus und schmal, scharf wie eine Rasierklinge, er schneidet dir ins Fleisch, wenn du lange genug darauf bleibst. Du blutest ständig, wenn du auf diesem Weg wandelst, und manchmal fragst du dich, wieso du ihn nicht einfach verläßt und auf dem kühlen Gras gehst. Aber ich wollte immer ein Mensch sein, auf den unsere Mutter stolz sein kann. Und ich wollte auch in deinen Augen leuchten, kleiner Bruder, und in den Augen meiner Frau und Kinder. Ich liebe euch alle so verdammt. Ich wollte nie, daß einer von euch von den häßlichen Seiten in mir erfährt.«

»Diese häßlichen Seiten haben wir alle, Harris. Wir alle. Warum hörst du also nicht auf damit? Warum tust du dir das an?«

»Wenn ich auf diesem Weg gewandelt bin, so schwer es manchmal auch ist, und so etwas *mir* passieren kann, dann kann es auch allen anderen zustoßen.«

Darius betrachtete ihn mit beharrlicher Verwirrung. Er versuchte ganz offensichtlich, Harris' Seelenqual zu verstehen, blieb aber auf halbem Wege stecken.

»Kleiner Bruder, ich bin überzeugt davon, daß es dir gelingt, meine Unschuld zu beweisen. Keine weiteren Nächte im Gefängnis. Aber du hast mir die Zwangsenteignungsgesetze erklärt, und zwar verdammt gut. Du hast sie mir *zu* klar gemacht. Um mich wieder ins Gefängnis zu bringen, müssen sie *beweisen*, daß ich Drogenhändler bin, und das wird ihnen niemals gelingen, weil die ganze Sache erstunken und erlogen ist. Aber was mein Haus und die Bankkonten betrifft, müssen sie gar nichts beweisen. Sie müssen lediglich einen ›begründeten Verdacht‹ aufzeigen, daß in dem Haus vielleicht Drogengeschäfte stattgefunden haben, und werden behaupten, daß die untergeschobenen Drogen ein begründeter Verdacht sind, auch wenn sie gar nichts *beweisen*.«

»Der Kongreß berät über das Reformgesetz...«

»Die Beratungen kommen nur langsam voran.«

»Tja, man weiß nie. Wenn die Reform durchkommt, wird eine Enteignung vielleicht sogar von einer Verurteilung abhängig gemacht.«

»Kannst du garantieren, daß ich mein Haus zurückbekommen werde?«

»Mit deinem einwandfreien Leumund, deinen Dienstjahren...«

»Darius«, unterbrach Harris ihn leise, »kannst du mir aufgrund der derzeitigen Rechtsprechung *garantieren*, daß ich mein Haus zurückbekommen werde?«

Darius sah ihn schweigend an. Ein Tränenfilm trübte seine Augen, und er wandte den Blick ab. Er war Anwalt, und es war seine Aufgabe, seinem großen Bruder Gerechtigkeit zu verschaffen, und ihn erschütterte die Tatsache, daß er ihm nicht mal die Aussicht auf eine faire Behandlung verschaffen konnte.

»Wenn es mir passieren kann, kann es jedem anderen ebenfalls zustoßen«, sagte Harris. »Es könnte morgen dir passieren. Es könnte eines Tages meinen Kindern zustoßen. Darius ... vielleicht bekomme ich *irgend etwas* von den Arschlöchern zurück, sagen wir, vielleicht sogar achtzig Prozent, wenn man all meine Kosten abzieht. Und vielleicht bekomme ich sogar mein Leben wieder auf die Reihe, oder kann mir ein neues Leben aufbauen. Aber woher soll ich wissen, daß es mir nicht noch einmal zustößt, irgendwann, in ein paar Jahren?«

Darius mußte sich bemühen, die Tränen zurückzuhalten. Er sah ihn schockiert an. »Nein, das ist nicht möglich. Das unerhört, ungewöhnlich...«

»Warum sollte es nicht noch mal passieren?« beharrte Harris. »Wenn es einmal passiert ist, warum nicht auch ein zweites Mal?«

458

Darius hatte keine Antwort darauf.

»Wenn mein Haus in Wirklichkeit gar nicht *mein* Haus ist, wenn mein Bankkonto gar nicht mir gehört, wenn sie mir nehmen können, was sie wollen, ohne irgend etwas zu beweisen ... was sollte sie daran hindern, es noch mal zu versuchen? Verstehst du nicht? Ich bin im Gefängnis, kleiner Bruder. Vielleicht werde ich nie wieder hinter Gittern sein, aber ich bin in einer anderen Art von Gefängnis und werde nie wieder frei sein. Dem Gefängnis der Erwartungen. Dem Gefängnis der Angst. Dem Gefängnis des Zweifels, des Mißtrauens.«

Darius hatte eine Hand auf die Stirn gelegt und rieb sie hin und her, als wolle er die Einsicht aus seinem Verstand ziehen, die Harris ihm gerade aufgezwungen hatte.

Das Anzeigegerät der Warnblinkanlage leuchtete rhythmisch auf und gab ein leises, aber durchdringendes Geräusch von sich, als wolle es vor der Krise in Harris Descoteaux' Leben warnen.

»Als mir vor ein paar Minuten die Erkenntnis kam«, sagte Harris, »als mir klar wurde, in welchen Schwierigkeiten ich stecke, in welche Schwierigkeiten jedermann aufgrund dieser Vorschriften geraten kann, war ich einfach ... überwältigt ... stellte sich bei mir eine so starke Klaustrophobie ein, daß mir schlecht wurde.«

Darius nahm die Hand von der Stirn. Er wirkte völlig hilflos. »Ich weiß nicht, was ich sagen soll.«

»Ich glaube nicht, daß du überhaupt irgend etwas sagen kannst.«

Eine Zeitlang saßen sie einfach da, während der Verkehr auf dem Wilshire Boulevard an ihnen vorbeirauschte, die Stadt überall um sie herum hell und geschäftig war und die wahre Dunkelheit des modernen Lebens sich nicht in den bloßen Schatten der Palmen und der von Markisen beschirmten Eingänge der Geschäfte erkennen ließ.

»Fahren wir nach Hause«, sagte Harris.

Sie legten den Rest des Weges nach Westwood schweigend zurück.

Darius' Haus war ein stattliches Ziegel- und Schindelgebäude im Kolonialstil mit einem überdachten Säulengang. Auf dem großen Grundstück standen hohe, alte Ficusbäume. Die Äste waren in ihrer alles umschließenden Ausdehnung gewaltig und schwer und doch gleichzeitig grazil, und die Wurzeln gingen bis zum Los Angeles von Jean Harlow, Mae West und W. C. Fields zurück, wenn nicht sogar noch weiter.

Wenn man bedachte, von wie tief unten auf der Leiter sie ihren Aufstieg begonnen hatten, war es eine große Leistung von Darius und Bonnie, sich so ein Haus erarbeitet zu haben. Von den beiden Descoteaux-Brüdern hatte Darius den größeren weltlichen Erfolg gehabt.

Als der BMW auf die gepflasterte Auffahrt bog, verspürte Harris tiefes Bedauern, daß seine Sorgen unausweichlich einen Makel auf den Stolz und die wohlverdiente Freude werfen würden, die Darius an diesem Haus in Westwood und allem anderen hatte, das er und Bonnie sich erarbeitet oder verdient hatten. Welcher Stolz auf ihr Bemühen und welche Freude am Erreichten konnten unvermindert bestehenbleiben, nachdem ihnen klar geworden war, daß sie ihr Eigentum nur aufgrund der Duldung eines verrückten Königs besaßen, der es jederzeit zum Wohl des Staates konfiszieren oder unter dem schützenden Wappen der Monarchie eine Abordnung von Bütteln ausschicken konnte, die es verwüsten und niederbrennen würden? Dieses wunderschöne Haus war nur Asche, die auf das Feuer wartete, und wenn Darius und Bonnie von nun an ihr ansehnliches Domizil betrachteten, würden sie ein schwacher Rauchgeruch und der bittere Geschmack verbrannter Träume quälen.

Jessica erwartete sie an der Tür, umarmte Harris heftig und weinte an seiner Schulter. Hätte er sie noch fester an sich gedrückt, hätte er ihr weh getan. Sie, die Mädchen, sein Bruder und seine Schwägerin waren jetzt alles, was er noch hatte. Man hatte ihm nicht nur den Besitz genommen, sondern auch den ehemals starken Glauben an das Rechtssystem, der ihm sein ganzes Leben als Erwachsener Hoffnung und Kraft gegeben hatte. Von diesem Augenblick an würde er nur noch sich selbst und den wenigen Menschen vertrauen, die ihm am nächsten standen. Falls es überhaupt Sicherheit gab, konnte man sie nicht kaufen; sie war ein Geschenk, das einem nur die Familie und Freunde machen konnten.

Bonnie war mit Ondine und Willa zu einem Einkaufszentrum gefahren, um den Mädchen etwas zum Anziehen zu kaufen.

»Ich hätte mitfahren sollen, war aber einfach nicht dazu imstande«, sagte Jessica und wischte an den Tränen in den Augenwinkeln. Sie kam ihm auf eine Art und Weise zerbrechlich vor, wie er es noch nie an ihr bemerkt hatte. »Ich ... ich bin noch immer fix und fertig. Harris, als sie am Samstag mit ... mit dem Beschlagnahme-bescheid kamen und uns zwangen, das Haus zu verlassen, durfte jeder nur einen Koffer mitnehmen, Kleidung und persönliche Sachen, keinen Schmuck, kein ... kein gar nichts.«

»Das ist ein ungeheuerlicher Mißbrauch eines gerichtlichen Verfahrens«, sagte Darius wütend und mit spürbarer Frustration.

»Und sie standen dabei und haben aufgepaßt, was wir mitnehmen«, fuhr Jessica fort. »Diese Männer ... sie standen einfach da, während die Mädchen Schubläden öffneten, um ihre Unterwäsche herauszuholen, BHs ...« Diese Erinnerung brachte ein empörtes Schnauben in ihre Stimme, und sie warf die gefühlsmäßige Zerbrechlichkeit kurz ab, die Harris dermaßen entsetzte und die noch nie bei ihr aufgetreten war. »Es war *ekelhaft*! Sie waren so arrogant, haben sich so widerlich benommen. Ich habe nur darauf gewartet, daß einer der Mistkerle mich anfaßt, versucht, mir eine Hand auf den Arm zu legen, mich zur Eile anzutreiben, irgendwas in der Art, und ich hätte ihm so fest in die Eier getreten, daß er den Rest seines Lebens Kleider und hohe Absätze getragen hätte.«

Es überraschte ihn, sich lachen zu hören.

Darius lachte ebenfalls.

»Ich hätte ihm wirklich in die Eier getreten«, sagte Jessica.

»Ich weiß«, sagte Harris. »Ich weiß.«

»Ich begreife nicht, was daran so komisch sein soll.«

»Ich auch nicht, Schatz, aber es ist einfach komisch.«

»Vielleicht muß man Eier haben, um den Humor zu sehen«, sagte Darius.

Das brachte Harris dazu, erneut zu lachen.

Jessica schüttelte erstaunt den Kopf über das unerklärliche Verhalten von Männern im allgemeinen und dieser beiden im besonderen und ging in die Küche, wo sie die Zutaten für zwei ihrer zu Recht berühmten Walnuß-Apfel-Kuchen vorbereitete. Sie folgten ihr.

Harris sah zu, wie sie einen Apfel schälte. Ihre Hände zitterten.

»Sollten die Mädchen nicht in der Schule sein?« fragte er. »Sie können sich am Wochenende neue Sachen kaufen.«

Jessica und Darius wechselten einen Blick. »Wir alle waren der Ansicht«, sagte Darius dann, »daß es besser ist, sie eine Woche lang nicht in die Schule zu schicken. Bis die Leute die ... Presseberichte nicht mehr so gut in Erinnerung haben.«

Darüber hatte Harris noch gar nicht richtig nachgedacht: Sein Name und Foto waren in der Zeitung, Schlagzeilen über einen Cop, der mit Drogen handelte, Nachrichtensprecher, die fröhlich über das angebliche geheime Leben des Verbrechens plauderten. Wenn Ondine und Willa wieder in die Schule gingen – ob nun morgen, in einer Woche oder einem Monat –, würden sie üble Erniedrigungen ertragen müssen. *He, kann dein Dad mir 'ne Unze Stoff verkaufen? Wieviel verlangt dein Alter, um 'nen Strafzettel verschwinden zu lassen? Handelt dein Daddy nur mit Drogen, oder kann er mir auch 'ne Nutte besorgen?* Gott im Himmel. Das war ein weiterer Schlag, mit dem sie nicht gerechnet hatten.

Wer auch immer seine geheimnisvollen Feinde waren, wer auch immer ihm dies angetan hatte, sie mußten genau gewußt haben, daß sie nicht nur ihn zerstörten, sondern auch seine Familie. Obwohl Harris sonst nichts über sie bekannt war, wußte er, daß sie völlig ohne Mitleid und so gnadenlos wie Schlangen waren.

Vom Wandtelefon in der Küche aus tätigte er einen Anruf, vor dem er sich gefürchtet hatte – er sprach mit Carl Falkenberg, seinem Boß im Parker Center. Er wollte vorschlagen, die Überstunden und Urlaubstage, die sich angesammelt hatten, einzusetzen und sich drei Wochen freizunehmen, in der Hoffnung, daß die Verschwörung gegen ihn während dieser Zeit auf wundersame Art und Weise in sich zusammenbrechen würde.

Doch wie er befürchtet hatte, hatte man ihn auf unbefristete Dauer vom Dienst suspendiert, wenn auch mit vollen Bezügen. Carl war hilfsbereit, aber ungewöhnlich reserviert, als reagiere er auf jede Frage, indem er von einem sorgfältig vorbereiteten Blatt Antworten ablas. Selbst wenn die Anklage gegen Harris schließlich fallengelassen oder er bei einem Prozeß freigesprochen werden sollte, würde die Abteilung für Innere Angelegenheiten des LAPD, die Dienstaufsicht, eigene Ermittlungen aufnehmen, und sollten deren Ergebnisse ihn in Mißkredit bringen, würde man ihn aus dem Dienst entlassen, ganz gleich, zu welchem Schluß das Gericht kommen würde. Dementsprechend bewahrte Carl eine sichere Distanz.

Harris legte auf, setzte sich an den Küchentisch und berichtete Jessica und Darius vom Inhalt des Gesprächs. Er wurde sich einer entnervenden Leere in seiner Stimme bewußt, konnte sie aber einfach nicht loswerden.

»Wenigstens ist es eine Suspendierung mit vollem Gehalt«, sagte Jessica.

»Sie müssen mir das Gehalt weiterzahlen, oder sie kriegen Schwierigkeiten mit der Gewerkschaft«, erklärte Harris. »Das ist kein Entgegenkommen.«

Darius setzte eine Kanne Kaffee auf, und während Jessica mit ihrem Kuchen weitermachte, blieben er und Harris in der Küche, damit sie gemeinsam juristische Möglichkeiten und Strategien besprechen konnten. Obwohl die Lage nicht besonders rosig war, tat es gut, über Gegenmaßnahmen zu sprechen.

Doch die Hiobsbotschaften hielten an.

Keine halbe Stunde später rief Carl Falkenberg an, um Harris zu informieren, daß das Finanzamt dem LAPD einen Gerichtsbeschluß zugestellt hatte, demzufolge sein Gehalt aufgrund »möglicher nicht entrichteter Steuern aus dem Handel mit illegalen Substanzen« gepfändet wurde. Obwohl sein Gehalt während seiner Suspendierung weitergezahlt wurde, mußte es auf ein Sperrkonto überwiesen werden, bis vor Gericht über seine Schuld oder Unschuld entschieden worden war.

Harris kehrte zum Tisch zurück, setzte sich seinem Bruder gegenüber und berichtete ihm von der neuesten Entwicklung. Seine Stimme war nun so monoton und gefühllos wie die einer sprechenden Maschine.

Darius sprang wütend vom Stuhl auf. »Verdammt, das ist nicht zulässig, das wird keiner Untersuchung standhalten, auf keinen Fall, das werde ich nicht zulassen! Niemand hat *irgend etwas* bewiesen! Ich werde dafür sorgen, daß diese Pfändung zurückgezogen wird! Wir fangen sofort damit an. Es wird vielleicht ein paar Tage dauern, aber wir werden ihnen diesen Beschluß in den Rachen stopfen, Harris. Ich schwöre bei Gott, wir werden ihn diesen Arschlöchern in den Rachen stopfen.« Er stürmte aus der Küche, offensichtlich in sein Arbeitszimmer, um dort zu telefonieren.

Die Sekunden zogen sich dahin, und Harris und Jessica sahen einander an. Keiner von ihnen sagte etwas. Sie waren so lange verheiratet, daß sie manchmal nichts sagen mußten, um zu wissen, was der jeweils andere gesagt hätte.

Jessica widmete sich wieder dem Teig in der Rührschüssel und drückte ihn mit Daumen und Zeigefinger den Rand hinauf. Seit Harris nach Hause gekommen war, hatten Jessicas Hände wahrnehmbar gezittert. Nun war das Zittern verschwunden. Ihre Hände waren ganz ruhig. Er hatte das schreckliche Gefühl, daß ihre Ruhe ein Zeichen dafür war, daß sie sich mit der unüberwindlichen Überlegenheit der unbekannten Mächte, die gegen sie zu Felde zogen, abgefunden hatte.

Er sah aus dem Fenster neben dem Tisch. Sonnenschein strömte zwischen den Ästen der Ficusbäume hindurch. Die Primeln auf den Beeten glänzten fast, als wären sie mit Leuchtfarbe besprüht. Der Garten hinter dem Haus war mit viel Geld und Aufwand angelegt worden, und der gefliese Hof brüstete sich eines großen Swimmingpools. Jedem unterprivilegierten Träumer wären Hof und Garten wie ein perfektes Symbol für Erfolg vorgekommen. Ein überaus motivierender Anblick. Doch Harris Descoteaux wußte, was Hof und Garten wirklich waren. Nur ein weiterer Raum im Gefängnis.

Während der JetRanger nach Norden flog, saß Ellie auf einem der beiden Sitze in der letzten Reihe der Passagierkabine. Der geöffnete Aktenkoffer lag auf ihrem Schoß, und sie war mit dem darin eingebauten Computer beschäftigt.

Sie staunte noch immer über ihr Glück. Als sie den Hubschrauber betreten und noch vor dem Start die Kabine durchsucht hatte, um sich zu vergewissern, daß sich kein Agent der Agency darin verbarg, hatte sie den Computer am Ende des Ganges entdeckt. Da sie Danny über die Schulter gesehen hatte, als er wichtige Software entwickelte, hatte sie ihn augenblicklich als Hardware erkannt, die eigens für die Agency geschaffen worden war. Sie hatte sofort begriffen, daß er eingestöpselt und aktiviert war, hatte jedoch keine Zeit gehabt, um ihn sich genau anzusehen, bis sie in der Luft waren und sie den zweiten JetRanger flugunfähig gemacht hatte. Nachdem sie nun sicher in der Luft und unterwegs nach Salt Lake City waren, sah sie sich den Computer genau an und stellte voller Erstaunen fest, daß der Bildschirm eine Satellitenaufnahme des Einkaufszentrums zeigte, aus dem sie gerade entkommen waren. Wenn die Agency Earthguard 3 tatsächlich befristet aus der Kontrolle der EPA entführt hatte, um nach ihr und Spencer zu suchen, war sie nur mit Hilfe ihres allmächtigen Computersystems in der Zentrale in Virginia dazu imstande gewesen. Mama. Nur Mama hatte solche Macht. Das im Hubschrauber zurückgelassene Terminal war direkt mit Mama verbunden, dem Megamiststück persönlich.

464

Hätte sie den Computer nicht »online« gefunden, hätte sie nicht zu Mama vordringen können. Um eine Verbindung zu bekommen, war ein Daumenabdruck erforderlich. Danny hatte diese Software nicht entworfen, doch er hatte eine Demonstration von ihr gesehen und Ellie so aufgeregt wie ein Kind, dem man ein neues Spielzeug gezeigt hatte, davon erzählt. Weil ihr Daumenabdruck nicht anerkannt worden wäre, hätte sie das Gerät nicht benutzen können. Spencer kam den Gang entlang, und Rocky watschelte hinter ihm her, und Ellie blickte überrascht von dem Monitor auf. »Sollten Sie nicht eine Waffe auf die Crew richten?«

»Ich habe ihnen die Kopfhörer abgenommen, sie können das Funkgerät also nicht benutzen. Sie haben keine Waffen im Cockpit, und selbst, wenn sie ein ganzes Arsenal hätten, würden sie es nicht benutzen. Das sind Piloten, keine Gewalttäter. Aber sie halten *uns* für Gewalttäter, für *verrückte* Gewalttäter, und haben gewaltigen Respekt vor uns.«

»Na ja, aber sie wissen auch, daß wir sie brauchen, um diese Kiste zu fliegen.«

Als Ellie sich wieder dem Computer widmete, hob Spencer das Handy hoch, das jemand auf den zweiten Sitz in der letzten Reihe gelegt hatte, und nahm ihr gegenüber Platz.

»Tja«, sagte er, »sie glauben, daß ich dieses Ding fliegen kann, sollte ihnen etwas zustoßen.«

»Und können Sie das?« fragte sie, ohne die Aufmerksamkeit von dem Monitor zu nehmen. Ihre Finger huschten über die Tastatur.

»Nein. Aber als ich bei den Rangers war, hab' ich eine Menge über Hubschrauber gelernt – hauptsächlich, wie man sie sabotieren kann, wo man eine Sprengladung anbringen muß, um sie in die Luft zu jagen. Ich kann alle Fluginstrumente identifizieren, kenne ihre Namen. Ich war völlig überzeugend. Sie glauben wahrscheinlich, ich hätte sie lediglich aus dem Grund nicht umgebracht, weil ich ihre Leichen nicht aus dem Cockpit zerren und nicht in ihrem Blut sitzen will.«

»Und wenn sie die Cockpittür verriegeln?«

»Ich habe das Schloß zerstört. Und sie haben nichts, was sie unter die Klinke schieben könnten.«

»Sie sind ziemlich gut in diesem Spiel«, sagte sie.

»Ach, Blödsinn, wohl kaum. Was haben Sie da?«

Während Ellie weiterarbeitete, erzählte sie ihm von ihrem Glück.

»Es entwickelt sich ja alles ganz prächtig«, sagte er mit nur einem Anflug von Sarkasmus. »Was haben Sie vor?«

»Durch Mama bin ich mit Earthguard verbunden, dem EPA-Satelliten, mit dem sie uns verfolgt haben. Ich bin in sein Bedienungsprogramm eingedrungen. Bis in die Programm-Manager-Ebene.«

Er pfiff anerkennend. »He, sogar Rocky ist beeindruckt.«

Sie blickte auf und sah, daß Rocky grinste. Er wedelte so heftig mit dem Schwanz, daß er gegen die Sitze auf beiden Seiten des Ganges schlug.

»Und jetzt machen Sie einen hundert Millionen Dollar teuren Satelliten kaputt, verwandeln ihn in Raumschrott?«

»Nur für eine Weile. Ich friere ihn sechs Stunden lang ein. Dann haben sie keine Ahnung mehr, wo sie nach uns suchen sollen.«

»Nur zu, gönnen Sie sich die Freude, machen Sie ihn endgültig kaputt.«

»Wenn die Agency ihn nicht für so einen Scheiß benutzt, dient er vielleicht wirklich guten Zwecken.«

»Also denken Sie doch stets an das Allgemeinwohl.«

»Tja, ich war mal Pfadfinderin. So was geht einem in Fleisch und Blut über. Es ist wie eine Krankheit.«

»Dann werden Sie heute abend wahrscheinlich nicht mit mir durch die Stadt ziehen und ein paar Graffiti auf Highway-Überführungen sprayen wollen?«

»Na also!« sagte sie und drückte auf die Enter-Taste. Sie betrachtete die Daten, die auf dem Monitor erschienen, und lächelte. »Earthguard hat gerade ein sechsstündiges Nickerchen eingelegt. Sie können uns nicht mehr verfolgen – abgesehen von der Radarüberwachung. Sind Sie sicher, daß wir nach Norden fliegen, und zwar so hoch, daß der Radar uns erfassen kann, wie ich gebeten habe?«

»Die Jungs vorn haben es mir versichert.«

»Ausgezeichnet.«

»Was haben Sie gemacht, bevor das alles anfing?« fragte er.

»Ich war freiberufliche Software-Designerin. Spezialisiert auf Videospiele.«

»Videospiele?«

»Ja.«

»Na klar doch. Natürlich.«

»Nein, wirklich.«

»So habe ich es nicht gemeint«, sagte er. »Sie haben die Betonung nicht mitbekommen. *Natürlich* haben Sie Videospiele entworfen. Das ist doch ganz offensichtlich. Und jetzt ist Ihr Leben zu einem Videospiel geworden.«

»Wenn ich mir ansehe, welchen Weg die Welt eingeschlagen hat, wird irgendwann mal jeder in einem großen Videospiel leben, und es wird ganz bestimmt kein schönes sein, kein ›Super Mario‹ oder so was sanftes. Eher ein ›Mortal Kombat‹.«

»Und was machen wir jetzt, nachdem Sie einen hundert Millionen Dollar teuren Satelliten kampfunfähig gemacht haben?«

Während des Gesprächs hatte Ellie sich auf den Bildschirm konzentriert. Sie hatte sich von Earthguard zurückgezogen und befand sich wieder in Mama. Nun rief sie Menus auf, eins nach dem anderen, und überflog sie schnell. »Ich sehe mich um, versuche festzustellen, wie ich den größtmöglichen Schaden anrichten kann.«

»Hätten Sie was dagegen, mir zuerst einen Gefallen zu tun?«

»Legen Sie mal los, während ich hier herumstöbere.«

Er erzählte ihr von der Falle, die er für den Fall angelegt hatte, daß jemand während seiner Abwesenheit in seine Hütte einbrach.

Nun pfiff sie anerkennend. »Mein Gott, ich würde gern ihre Gesichter sehen, als sie dahinterkamen, was gespielt wurde. Und was ist mit den digitalisierten Fotos passiert, nachdem sie Malibu verlassen haben?«

»Sie wurden an den Zentralcomputer von Pacific Bell gefunkt. Vorher wurde ein Kode gesendet, der ein Programm aktiviert, das ich zuvor geschrieben und dort vergraben habe, ohne daß jemand es mitbekam. Dieses Programm hat dafür gesorgt, daß sie empfangen und dann an den Zentralcomputer von Illinois Bell weitergeschickt wurden, in dem ich ein anderes kleines, verborgenes Programm versteckt habe, das von einen Zugangskode aktiviert wird, den der Computer von Pacific Bell rübergeschickt hat.«

»Und Sie glauben, die Agency konnte die Fotos nicht bis dorthin zurückverfolgen?«

»Bis zu dem Computer von Pacific Bell auf jeden Fall. Doch nachdem mein kleines Programm die Fotos zu der Telefongesellschaft in Chicago geschickt hat, hat es alle Protokolle über diese Verbindung gelöscht und sich dann selbst vernichtet.«

»Unter bestimmten Umständen kann man ein Selbstvernichtungsprogramm neu aufbauen und untersuchen.«

»Nicht in diesem Fall. Ich garantiere Ihnen, es war ein wunderschönes kleines Selbstvernichtungsprogramm, das wunderschön vernichtet bleibt. Als es sich ausschaltete, hat es einen Teil des Systems von Pacific Bell mit in den Untergang gerissen.«

Ellie unterbrach ihre Suche in Mamas Programmen und sah ihn an. »Wie groß ist dieser Teil?«

»Etwa dreißigtausend Haushalte konnten zwei oder drei Stunden lang nicht telefonieren, bis die Backup-Systeme hinzugeschaltet werden konnten.«

»Sie waren nie bei den Pfadfindern«, sagte sie.

»Tja, man hat mich nie bei ihnen angemeldet.«

»Sie haben in dieser Spezialeinheit für Computerkriminalität viel gelernt.«

»Ich war ein fleißiger Angestellter«, gab er zu.

»Sie haben da jedenfalls mehr gelernt, als bei den Rangers über Hubschrauber. Sie sind also der Ansicht, daß diese Fotos noch immer im Computer von Chicago Bell warten?«

»Ich bringe Sie durch die Aufrufroutine, und wir finden es heraus. Könnte ganz nützlich sein, die Gesichter einiger dieser Killer zu kennen – für den Fall, daß wir ihnen mal begegnen. Meinen Sie nicht auch?«

»Allerdings. Sagen Sie mir, was ich tun muß.«

Drei Minuten später erschien das erste der Fotos auf dem Bildschirm des Computers auf ihrem Schoß. Spencer beugte sich von seinem Sitz über den schmalen Gang, und sie drehte den Aktenkoffer so, daß beide den Bildschirm sehen konnten.

»Das ist mein Wohnzimmer«, sagte er.

»Sie legen keinen Wert auf eine gediegene Ausstattung, nicht wahr?«

»Mein beliebtester Einrichtungsstil ist die Frühe Zweckmäßigkeit.«

»Sieht eher aus wie Späte Klosterzelle.«

Zwei Männer in Kampfausrüstung liefen so schnell durch den Raum, daß sie auf dem Foto verschwommen abgebildet waren.

»Drücken Sie auf die Leertaste«, sagte Spencer.

Sie tat wie geheißen, und auf dem Monitor erschien das nächste Foto.

Die ersten zehn Aufnahmen gingen sie in kaum einer Minute durch. Auf einigen waren Gesichter deutlich zu erkennen, aber sie konnten sich nur schwer vorstellen, wie die Männer aussahen, wenn sie keine Helme mit Kinnriemen trugen.

»Blättern Sie einfach weiter, bis wir etwas Neues sehen«, sagte er.

Ellie drückte wiederholt auf die Leertaste und rief ein Foto nach dem anderen auf. Das einunddreißigste schließlich zeigte einen neuen Mann, und er trug keine Kampfkleidung.

»Das ist der Mistkerl«, sagte Spencer.

»Glaube ich auch«, pflichtete sie ihm bei.

»Sehen wir uns mal Bild Nummer zweiunddreißig an.«

Sie drückte auf die Leertaste.

»Sieh an.«

»Ja.«

»Dreiunddreißig.«

Leertaste.

»Nicht der geringste Zweifel«, sagte sie.

Leertaste. Vierunddreißig.

Leertaste. Fünfunddreißig.

Leertaste. Sechsunddreißig.

Die Fotos zeigten stets denselben Mann, wie er durch das Wohnzimmer der Hütte in Malibu ging. Und es handelte sich um den letzten der fünf Männer, der vor kurzem vor dem Hallmark-Grußkartengeschäft aus diesem Hubschrauber gestiegen war.

»Und am seltsamsten ist«, sagte Ellie, »daß wir uns sein Bild auf *seinem* Computer ansehen.«

»Sie sitzen wahrscheinlich auf seinem Platz.«

»In seinem Hubschrauber.«

»Mein Gott, der muß stinksauer sein«, sagte Spencer.

Sie sahen sich schnell die restlichen Fotos an. Dieser ziemlich vergnügt dreinschauende Bursche mit dem untersetzten Gesicht war auf jeder weiteren Aufnahme zu sehen, bis er anscheinend auf ein Stück Papier spuckte und es auf die Kameralinse klebte.

»Ich werde mir merken, wie er aussieht«, sagte Spencer, »aber ich wünschte, wir hätten einen Drucker und könnten eine Kopie anfertigen.«

»In dem Ding ist ein Drucker eingebaut«, sagte sie und deutete auf einen Schlitz in der Seite des Aktenkoffers. »Ich glaube, er enthält fünfzehn Blatt Kopierpapier im Format DIN A4. Jedenfalls hat Danny mir das mal erzählt.«

»Ich brauche nur einen Ausdruck.«

»Zwei. Einen für mich.«

Sie suchten die deutlichste Aufnahme ihres freundlich dreinschauenden Feindes aus, und Ellie ließ zwei Kopien ausdrucken.

»Sie haben ihn noch nie zuvor gesehen?« fragte Spencer.

»Nein.«

»Tja, ich vermute, wir werden ihn wiedersehen.«

Ellie verließ Illinois Bell und kehrte zu Mamas anscheinend endloser Menufolge zurück. Die umfassenden Fähigkeiten des Megamiststücks ließen es tatsächlich allmächtig und allwissend erscheinen.

Spencer lehnte sich auf seinem Sitz zurück. »Glauben Sie, Sie können Mama den Todesstoß versetzen?«

Sie schüttelte den Kopf. »Nein. Dazu hat man ihr zu viele Redundanzen eingebaut.«

»Aber Sie können ihr eine blutige Nase verpassen?«

»Das auf jeden Fall.«

Sie wurde sich bewußt, daß er sie, während sie arbeitete, schon seit über einer Minute ansah.

»Haben Sie viele gebrochen?« fragte er schließlich.

»Nasen? Ich?«

»Herzen.«

Sie bemerkte erstaunt, daß ihre Wangen sich röteten. »Ich doch nicht.«

»Sie wären dazu imstande. Problemlos.«

Sie sagte nichts.

»Der Hund hört zu«, sagte er.

»Was?«

»Ich kann nur die Wahrheit sagen.«

»Ich bin kein Titelbildmädchen.«

»Mir gefällt Ihr Aussehen.«

»Ich hätte gern eine bessere Nase.«

»Wenn Sie wollen, kauf' ich Ihnen eine andere.«

»Ich werde es mir überlegen.«

»Aber es wird nur eine andere sein. Keine bessere.«

»Sie sind ein seltsamer Mensch.«

»Außerdem habe ich nicht nur von Äußerlichkeiten gesprochen.«

Sie antwortete nicht, sondern stöberte weiterhin in Mama herum.

»Wäre ich blind und hätte Ihr Gesicht nie gesehen«, sagte er,

470

»würde ich Sie trotzdem schon so gut kennen, daß Sie mir das Herz brechen könnten.«

»Sobald sie Earthguard verloren haben«, sagte sie, als sie endlich wieder zu Atem kam, »werden sie versuchen, die Kontrolle über einen anderen Satelliten zu übernehmen und uns erneut aufzuspüren. Also sollten wir unter die Radarhöhe gehen und den Kurs ändern. Sagen Sie das lieber mal unseren Piloten.«

»Wohin fliegen wir?« fragte er nach einem kurzen Zögern, das vielleicht Enttäuschung darüber zum Ausdruck brachte, daß sie auf die Entblößung seiner Gefühle nicht wie von ihm erwartet reagiert hatte.

»So nah bis zur Grenze von Colorado, wie dieser Vogel uns bringen wird.«

»Ich finde heraus, wieviel Treibstoff wir haben. Aber warum Colorado?«

»Weil Denver die nächste wirklich große Stadt ist. Und wenn wir es zu einer Großstadt schaffen, kann ich Kontakt mit Leuten aufnehmen, die uns helfen können.«

»Brauchen wir Hilfe?«

»Haben Sie etwa nicht aufgepaßt?«

»Ich habe mal in Colorado gelebt«, sagte er, und in seiner Stimme lag Unbehagen.

»Das weiß ich.«

»Und ich habe dort einiges erlebt.«

»Spielt das eine Rolle?«

»Vielleicht«, sagte er, und er versuchte nicht mehr, mit ihr zu flirten. »Eigentlich sollte es keine Rolle spielen. Es ist ein Ort wie jeder andere ...«

Sie begegnete seinem Blick. »Im Augenblick stehen wir unter gewaltigem Druck. Wir müssen ein paar Leute erreichen, die uns verstecken können, bis die Dinge sich etwas abgekühlt haben.«

»Und Sie kennen solche Leute?«

»Erst seit kurzem. Vorher war ich stets auf mich allein gestellt. Aber dann ... die Dinge haben sich geändert.«

»Was sind das für Leute?«

»Gute Menschen. Mehr müssen Sie im Augenblick nicht wissen.«

»Dann sollten wir nach Denver fliegen«, sagte er.

Mormonen, überall Mormonen, ein Schwarm von Mormonen, Mormonen in adrett gebügelten Uniformen, glattrasiert, mit klaren Augen, zu freundlich für Bullen, so übertrieben höflich, daß Roy Miro sich fragte, ob sie ihm nur etwas vormachen wollten, Mormonen links, Mormonen rechts, sowohl von der städtischen Polizei als auch von der des Bezirks, und alle viel zu strebsam und korrekt, um es mit ihren Ermittlungen nicht allzu genau zu nehmen oder den ganzen Schlamassel mit einem Blinzeln und einem Klaps auf den Rücken unter den Teppich zu kehren. Am meisten störte Roy an diesen Mormonen, daß sie ihn seines üblichen Vorteils beraubten, denn in ihrer Gegenwart war seine leutselige Art nichts besonderes. Seine Höflichkeit war im Vergleich zu der ihren schal. Sein bereitwilliges, ungezwungenes Lächeln war nur eins in einem Schneesturm lächelnder Münder, deren Zähne um ein Vielfaches weißer waren als die seinen. Sie schwärmten im Einkaufszentrum und Supermarkt aus, diese Mormonen, stellten ihre ach so höflichen Fragen, bewaffnet mit kleinen Notizbüchern und Bic-Kugelschreibern und dem direkten Mormonen-Blick, und Roy war sich keinen Moment lang sicher, ob sie ihm seine Tarngeschichte auch nur teilweise abkauften oder seinen makellosen falschen Dienstausweis für echt hielten.

So sehr er sich auch bemühte, er wußte einfach nicht, wie er mit Mormonen-Cops vernünftig reden konnte. Er fragte sich, ob sie noch freundlicher und aufgeschlossener reagieren würden, falls er ihnen sagte, wie gut ihm ihr Tempelchor gefiele. Ihr Chor war ihm jedoch völlig gleichgültig, und er hatte das Gefühl, sie würden sofort dahinterkommen, daß er log, um sich bei ihnen einzuschmeicheln. Dasselbe galt für die Osmonds, die berühmteste Mormonenfamilie im Showgeschäft. Ihm war ihr Gesang und Tanz völlig gleichgültig; sie hatten zweifellos Talent, entsprachen aber einfach nicht seinem Geschmack. Marie Osmond hatte *perfekte* Beine, Beine, die er stundenlang hätte küssen und streicheln können, Beine, auf denen er gern weiche rote Rosen zerdrückt hätte – aber ihm schwante irgendwie, daß diese Mormonen nicht zu der Art von Cops gehörten, die sich begeistert über so ein Thema unterhalten hätten.

Er war überzeugt davon, daß nicht alle diese Cops Mormonen waren. Die Gleichstellungsgesetze gewährleisteten, daß auch Minderheiten bei der Polizei arbeiteten. Hätte er die Cops ausfindig machen können, die keine Mormonen waren, hätte er sich vielleicht mit ihnen verständigen und dafür sorgen können, daß ihre Ermittlung so oder so in die richtigen Bahnen gelenkt wurden, und dann hätte er endlich von hier verschwinden können. Aber er konnte die Nicht-Mormonen nicht von den Mormonen unterscheiden, weil sie sich der Lebensweise, der Art und den Gebräuchen der Mormonen angepaßt hatten. Die Nicht-Mormonen – wer auch immer die gerissenen Mistkerle sein mochten – waren alle höflich, makellos gekleidet, glattrasiert, nüchtern und hatten erzürnend gut geputzte Zähne, die völlig frei von verräterischen Nikotinspuren waren. Einer der Beamten war ein Schwarzer namens Hargrave, und Roy war überzeugt, endlich einen Cop gefunden zu haben, dem die Lehren Brigham Youngs genauso schnurz waren wie die von Kali, der bösen Ausprägung der hinduistischen Muttergöttin, doch Hargrave erwies sich als der vielleicht mormonenhafteste Mormone aller Mormonen, die je den Weg der Mormonen eingeschlagen hatten. Hargrave hatte in seiner Brieftasche Fotos von seiner Frau und neun Kindern, darunter von zwei Söhnen, die zur Zeit Missionarsarbeit in verkommenen Gegenden in Brasilien und Tonga leisteten.

Schließlich kam Roy die Situation nicht minder unheimlich vor, wie sie ihn frustrierte. Er hatte den Eindruck, in einem Science-fiction-Film mitzuspielen, umgeben von Außerirdischen wie in *Die Körperfresser kommen.*

Bevor die Streifenwagen der Polizeibehörden der Stadt und des Bezirks eingetroffen waren – alle blitzblank gewienert und in einwandfreiem technischem Zustand –, hatte Roy über das abhörsichere Telefon in dem gestrandeten Hubschrauber zwei weitere Jet-Ranger aus Las Vegas angefordert, doch der dortigen Zweigstelle der Agency stand nur ein weiterer zur Verfügung, den sie ihm schicken konnte.»Mein Gott«, hatte Ken Hyckman gesagt,»Sie haben ja einen Verschleiß an Hubschraubern wie andere Leute an Kleenex.« Roy konnte die Verfolgung der Frau und Grants mit nur neun seiner zwölf Leute fortsetzen, da damit die maximale Kapazität des neuen Helikopters erschöpft war.

Obwohl es mindestens sechsunddreißig Stunden dauern würde, bis der beschädigte JetRanger hinter dem Grußkarten-Geschäft repariert war und wieder fliegen konnte, war der neue Hubschrauber bereits in Las Vegas gestartet und nach Cedar City unterwegs. Man versuchte, Earthguard neu zu justieren und den gestohlenen Helikopter mit Hilfe des Satelliten aufzuspüren. Sie hatten einen Rückschlag erlitten, das stand außer Zweifel, doch die Lage war keineswegs katastrophal. Eine verlorene Schlacht – vielleicht sogar eine *weitere* verlorene Schlacht – bedeutete noch längst nicht, daß sie auch den Krieg verlieren würden.

Er konnte sich nicht beruhigen, indem er den pfirsichfahlen Dunst der Ruhe ein- und den gallengrünen Nebel des Zorns und der Anspannung ausatmete. Er fand keinen Trost in einer der anderen Meditationstechniken, die jahrelang so zuverlässig funktioniert hatten. Nur auf eine Art und Weise konnte er seine konterproduktive Wut im Zaum halten: indem er an Eve Jammer mit ihrer prachtvollen sechzigprozentigen Perfektion dachte. Nackt. Eingeölt. Sich windend. Blonde Herrlichkeit auf schwarzem Gummi.

Der neue Hubschrauber würde erst gegen Mittag in Cedar City eintreffen, doch Roy war zuversichtlich, bis dahin mit den Mormonen klarzukommen.

Unter ihren aufmerksamen Blicken ging er von einem zum anderen, beantwortete immer wieder ihre Fragen, sah sich den Inhalt des Rovers an, versah zur späteren Auflistung und Untersuchung jeden einzelnen Gegenstand darin mit Etiketten, während sein Kopf mit Bildern von Eve gefüllt war, wie sie sich mit ihren perfekten Händen und einer Vielzahl von Geräten Vergnügen verschaffte, die von sexuell besessenen Erfindern entworfen worden waren, deren geniale Kreativität selbst die von Thomas A. Edison im Verein mit Albert Einstein übertraf.

Während er an einer Kasse des Supermarkts stand und den Computer und die Box mit etwa zwanzig Disketten untersuchte, die sie in dem Range Rover gefunden hatten, fiel Roy Mama ein. Einen hektischen Augenblick lang versuchte er, sich selbst etwas vorzumachen, sich einzureden, er hätte den Computer im Aktenkoffer ausgeschaltet und den Stecker herausgezogen. Doch es war sinnlos. Er konnte sich genau an das Bild auf dem Monitor erinnern, als er das Terminal neben seinem Sitz auf den Boden gelegt hatte und dann zum Cockpit gelaufen war: die Satellitenaufnahme des Einkaufszentrums aus der Erdumlaufbahn.

»Verdammte *Scheiße!*« rief er, und alle Mormonen in Hörweite zuckten gleichzeitig zusammen.

Roy lief zum hinteren Ende des Supermarkts, durch den Lagerraum, zur Hintertür hinaus, kämpfte sich durch das Gedränge seiner

Agenten und der Cops zu dem beschädigten Hubschrauber, um dessen gesichertes Telefon mit Verzerrer zu benutzen. Er rief Las Vegas an und ließ sich mit Ken Hyckman im Satelliten-Überwachungszentrum verbinden. »Wir haben Probleme...« Noch bevor Roy die seinen erklären konnte, unterbrach Hyckman ihn mit seiner schwülstigen Feierlichkeit. »Wir haben ebenfalls Probleme. Earthguards Bordcomputer ist zusammengebrochen. Wir können es uns nicht erklären, aber er hat sich einfach ausgeschaltet. Wir arbeiten daran, aber...«

Roy unterbrach ihn, denn er wußte, daß die Frau sein Terminal benutzt haben mußte, um den Satelliten lahmzulegen. »Ken, hören Sie zu, mein Computer lag in dem gestohlenen Hubschrauber, und er war mit Mama verbunden.«

»Verdammte Scheiße!« sagte Ken Hyckman, doch im Satelliten-Überwachungszentrum waren keine Mormonen, die zusammenzucken konnten.

»Nehmen Sie Kontakt mit Mama auf und sorgen Sie dafür, daß sie mein Terminal abschaltet und verhindert, daß man je wieder damit Zugang zu ihr bekommt. *Je wieder.*«

Der JetRanger ratterte in östliche Richtung über Utah hinweg. Wann immer möglich, ging er bis auf dreißig Meter Höhe hinab, um sich einer Entdeckung durch Radar zu entziehen.

Als Spencer ins Cockpit ging, um wieder nach den Piloten zu sehen, blieb Rocky bei Ellie. Sie konzentrierte sich zu sehr darauf, so viel wie möglich über Mamas Fähigkeiten herauszufinden, um den Hund streicheln oder gar ein paar Worte an ihn richten zu können. Daß er trotzdem bei ihr blieb, obwohl sie sich nicht um ihn kümmerte, schien ein rührendes und willkommenes Anzeichen dafür zu sein, daß er ihr mittlerweile vertraute und sie anerkannte.

Sie hätte das Terminal aber genausogut gegen die nächste Wand werfen und den Hund hinter den Ohren kraulen können, denn bevor sie irgend etwas herausfinden konnte, verschwanden die Daten auf dem Bildschirm und wurden von einem blauen Feld ersetzt. In roten Lettern blitzte ihr auf dem Blau eine Frage entgegen: WHO GOES THERE?

Diese Entwicklung war keine Überraschung. Sie hatte damit gerechnet, lange, bevor sie Schaden anrichten konnte, von Mama getrennt zu werden. Das System war mit ausgeklügelten Redundanzen ausgestattet, Schutzvorkehrungen gegen das Eindringen von Hackern und Anti-Virus-Programmen. Um in Mamas tiefliegende Programm-Manager-Ebene vorzustoßen, in der man bedeutsame Schäden anrichten konnte, wären nicht nur Stunden, sondern Tage des hartnäckigen Sondierens nötig gewesen. Ellie konnte von Glück reden, die nötige Zeit gehabt zu haben, Earthguard auszuschalten, denn ohne Mamas Hilfe hätte sie nie die vollständige Kontrolle über den Satelliten erlangen können. Bei dem Versuch, Mama zudem noch eine blutige Nase beizubringen, hatte sie sich übernommen. Dennoch hatte Ellie es versuchen müssen, auch wenn es von vornherein aussichtslos war.

Als sie die in roten Buchstaben auf dem Bildschirm prangende Frage nicht beantworten konnte, wurde der Monitor gelöscht, und das helle Blau wich einem dumpfen Grau. Sie wußte, es war sinnlos, es erneut zu versuchen.

Sie schaltete den Computer aus, legte ihn neben ihrem Sitz auf den Gang und griff nach dem Hund. Er kam schwanzwedelnd zu ihr. Als sie sich hinabbeugte, um ihn zu streicheln, bemerkte sie einen großen Umschlag, der zur Hälfte unter ihrem Sitz lag.

Nachdem sie den Hund zwei, drei Minuten lang gestreichelt hatte, zog Ellie den Umschlag unter dem Sitz hervor. Er enthielt vier Fotos.

Sie erkannte Spencer, obwohl er auf den Schnappschüssen noch sehr jung war. Der Mann war zwar schon im Jungen zu erkennen, doch er hatte seit den Tagen, da diese Fotos entstanden waren, mehr als seine Jugend verloren. Mehr als die Unschuld. Mehr als die schäumende Ausgelassenheit, die sie in dem Lächeln und der Körpersprache des Kindes auszumachen glaubte. Das Leben hatte ihm auch eine bestimmte, unbeschreibliche Eigenschaft gestohlen, und obwohl man diesen Verlust nicht genau definieren konnte, war er trotzdem völlig offensichtlich.

Ellie betrachtete das Gesicht der Frau, die auf zwei der Fotos gemeinsam mit Spencer abgebildet war, und war sofort überzeugt, daß es sich um Mutter und Sohn handelte. Falls der Anschein nicht trog – und hier spürte sie einfach, daß sie richtig lag –, war Spencers Mutter gutherzig, freundlich und sanftmütig gewesen und hatte einen mädchenhaften Sinn für Humor gehabt.

Auf einem dritten Foto war die Mutter jünger als auf den beiden mit Spencer, vielleicht zwanzig Jahre alt. Sie stand allein vor einem

Baum, der mit weißen Blüten überladen war. Sie schien strahlend unschuldig zu sein, nicht naiv, sondern unverdorben und ohne Zynismus. Vielleicht deutete Ellie zu viel in ein Foto hinein, doch sie nahm bei Spencers Mutter eine so ergreifende Verwundbarkeit wahr, daß ihr plötzlich Tränen in die Augen schossen.

Sie nahm sich zwar vor, nicht zu weinen, kniff die Augen zusammen und biß sich auf die Unterlippe, mußte aber schließlich mit dem Handrücken über die Lider wischen. Sie wurde nicht nur von Spencers Verlust gerührt. Als sie die Frau in dem Sommerkleid betrachtete, dachte sie an ihre eigene Mutter, die man ihr so brutal genommen hatte.

Ellie stand am Ufer eines warmen Ozeans der Erinnerungen, konnte aber nicht in deren Trost baden. Jede Welle des Andenkens, ganz gleich, wie unschuldig sie wirkte, brach auf demselben dunklen Strand. Das Gesicht ihrer Mutter war in jedem Augenblick der Vergangenheit, an den sie sich erinnerte, so wie im Tode: blutig, von Kugeln zerschmettert, mit einem starren, so entsetzten Blick, daß es den Anschein hatte, die gute Frau habe im allerletzten Moment einen Blick darauf erhascht, was jenseits von dieser Welt lag, und nur eine kalte, unendliche Leere gesehen.

Erschauernd wandte Ellie den Blick von dem Schnappschuß ab und sah aus dem Fenster neben ihrem Sitz. Der blaue Himmel war so abstoßend wie ein eiskaltes Meer, und dicht unter dem tieffliegenden Hubschrauber machte sie nur ein bedeutungsloses, verschwommenes Einerlei aus Felsen, Vegetation und Menschenwerk aus.

Als sie überzeugt war, ihre Gefühle unter Kontrolle zu haben, betrachtete Ellie erneut die Frau in dem Sommerkleid – und dann das letzte der vier Fotos. Sie hatte Anlagen der Mutter im Sohn bemerkt, sah jedoch eine viel größere Ähnlichkeit zwischen Spencer und dem von Schatten umhüllten Mann auf dem vierten Bild. Sie wußte, daß es sich um seinen Vater handeln mußte, wenngleich sie ihn auf dem Bild nicht erkannte.

Diese Ähnlichkeiten blieben jedoch auf das dunkle Haar, die dunkleren Augen, die Form des Kinns und ein paar andere Merkmale beschränkt. In Spencers Gesicht war nichts von der Arroganz und der grausamen Anlage auszumachen, die seinen Vater so kalt und abstoßend wirken ließ.

Vielleicht sah sie diese Dinge in Steven Ackblom aber auch nur, weil sie wußte, daß sie ein Ungeheuer betrachtete. Wäre sie auf das Foto gestoßen, ohne zu ahnen, wer der Mann war, oder hätte sie ihn persönlich getroffen, auf einer Party oder auf der Straße, hätte sie wahrscheinlich nichts an ihm bemerkt, das ihn bedrohlicher als Spencer oder andere Männer gemacht hätte.

Ellie tat es augenblicklich leid, daß ihr dieser Gedanke gekommen war, denn er veranlaßte sie, sich zu fragen, ob der freundliche, gute Mann, den sie in Spencer sah, eine Illusion oder – bestenfalls – nur Teil der Wahrheit war. Auch wenn es sie etwas überraschte, wurde ihr klar, daß sie nicht an Spencer Grant zweifeln wollte. Ganz im Gegenteil, sie war geradezu versessen darauf, an ihn zu glauben, wie sie seit langer Zeit an nichts und niemand mehr geglaubt hatte.

Wäre ich blind und hätte Ihr Gesicht nie gesehen, würde ich Sie trotzdem schon so gut kennen, daß Sie mir das Herz brechen könnten.

Diese Worte waren so aufrichtig und eine so unerwartete Enthüllung seiner Gefühle und Verwundbarkeit gewesen, daß sie kurz sprachlos gewesen war. Aber sie hatte nicht den Mut aufgebracht, ihm einen Grund für die Annahme zu geben, sie könne imstande sein, seine Gefühle zu erwidern.

Danny war erst seit vierzehn Monaten tot, und das war, zumindest nach ihrem Maßstab, eine viel zu kurze Trauerzeit. So schnell einen anderen Mann zu berühren, etwas für ihn zu empfinden, ihn zu lieben – das kam ihr wie Betrug an dem Mann vor, den sie *zuerst* geliebt hatte und den sie, würde er noch leben, noch immer als einzigen lieben würde.

Andererseits waren vierzehn Monate der Einsamkeit nach jedem anderen Maßstab eine Ewigkeit.

Aber wenn sie ganz ehrlich war, mußte sie sich eingestehen, daß ihre Zurückhaltung auf mehr beruhte als nur der Sorge darüber, ob eine vierzehnmonatige Trauerzeit angemessen war oder nicht. So gut und liebevoll Danny auch gewesen sein mochte, es wäre ihm nie möglich gewesen, seine tiefsten Gefühle so direkt oder vollständig zu offenbaren, wie Spencer es bereits mehrfach getan hatte, nachdem sie ihn aus diesem Flußlauf in der Wüste gefahren hatte. Danny war keineswegs unromantisch gewesen, hatte seine Gefühle aber weniger direkt ausgedrückt, mit vielsagenden Geschenken und freundlichen Gesten statt mit Worten, als hätte ein »Ich liebe dich!« einen Fluch auf ihre Beziehung geworfen. Sie war mit der derben

Lyrik eines Mannes wie Spencer nicht vertraut, wenn er tief aus seinem Herzen sprach, und wußte nicht genau, was sie davon halten sollte.

Das war gelogen. Es gefiel ihr. Und dieser Begriff war sogar noch untertrieben. Es überraschte sie, daß sie in ihrem verhärteten Herz noch eine weiche Stelle fand, die nicht nur auf Spencers direkte Liebesbekundung reagierte, sondern nach mehr verlangte. Diese Sehnsucht war wie der alles beherrschende Durst eines Wüstenreisenden, und nun wurde ihr klar, daß dieser Durst schon ihr ganzes Leben lang ungestillt geblieben war.

Nicht, weil sie noch nicht lange genug um Danny getrauert hatte, zögerte sie, Spencer zu ermutigen, sondern weil sie spürte, daß die erste Liebe ihres Lebens sich schließlich vielleicht nicht als die größte erweisen würde. Die Fähigkeit zu finden, erneut zu lieben, kam ihr wie ein Betrug an Danny vor. Doch viel schlimmer wäre es, einen anderen *mehr* zu lieben, als sie ihren ermordeten Ehemann geliebt hatte.

Vielleicht würde das nie geschehen. Wenn sie sich diesem noch immer geheimnisvollen Mann öffnete, würde sie letztlich vielleicht feststellen, daß der Platz, den er in ihrem Herz einnahm, nie so groß oder so warm wie derjenige sein würde, in dem Danny gelebt hatte und immer leben würde.

Indem sie Dannys Andenken so treu blieb, ließ sie wahrscheinlich zu, daß aufrichtige Gefühle zu Sentimentalität entarteten. Bestimmt wurde niemand geboren, um nur einmal und nie wieder zu lieben, selbst wenn das Schicksal dieser ersten Liebe einen frühen Tod zugedacht hatte. Falls die Schöpfung wirklich so strengen Regeln unterworfen war, hatte Gott ein kaltes, freudloses Universum geschaffen. Bestimmt verhielt es sich mit der Liebe – und allen Gefühlen – so ähnlich wie mit Muskeln: Sie wurden mit jedem Gebrauch stärker und verdorrten, wenn man sie nicht einsetzte. Die Liebe für Danny hatte ihr nach seinem Dahinscheiden vielleicht die Kraft gegeben, Spencer stärker zu lieben, als sie es sonst gekonnt hätte.

Und um Danny gegenüber fair zu sein – er war von einem seelenlosen Vater und einer spröden, nur auf gesellschaftlichen Rang bedachten Mutter großgezogen worden, in deren eisigen Umarmungen er gelernt hatte, verschlossen und wachsam zu werden. Er hatte ihr alles gegeben, was er ihr geben konnte, und sie war in seinen Armen glücklich und zufrieden gewesen. Sogar so glücklich, daß sie sich plötzlich nicht mehr vorstellen konnte, ihr Leben zu beschließen, ohne bei einem anderen das Geschenk zu suchen, das Danny ihr als erster gemacht hatte.

Wie viele Frauen hatten je eine so starke Wirkung auf einen Mann gehabt, daß er nach einem Abend der Gespräche sein behaglich eingerichtetes Leben aufgegeben und sich in extreme Gefahr gebracht hatte, nur um bei ihr zu sein? Spencers Hingabe bewirkte mehr, als sie lediglich zu verwirren und ihr zu schmeicheln. Sie kam sich außergewöhnlich, töricht, mädchenhaft, leichtsinnig vor. Sie ließ sich ungewollt bezaubern.

Stirnrunzelnd betrachtete sie erneut Steven Ackbloms Foto.

Sie wußte, daß Spencers Hingabe für sie – und alles, was er getan hatte, um sie zu finden – vielleicht weniger auf Liebe als auf Besessenheit beruhen mochte. Beim Sohn eines brutalen Massenmörders konnte man selbst das kleinste Anzeichen von Besessenheit durchaus als Warnzeichen ansehen, als Reflektion des Wahns seines Vaters.

Ellie steckte alle vier Fotos in dem Umschlag zurück. Sie verschloß ihn mit seinen kleinen Metallklammern.

Sie war der Ansicht, daß Spencer in allen wichtigen Belangen *nicht* der Sohn seines Vaters war. Er war für sie nicht gefährlicher als Rocky, der Hund. In der Wüste hatte sie drei Nächte lang seinem Gemurmel gelauscht, während er im Delirium lag und gelegentlich zitternd wieder zu Bewußtsein gekommen war, und sie hatte nichts vernommen, das sie argwöhnen ließ, er sei der schlechte Sproß eines schlechten Sprosses.

Und selbst, falls Spencer doch eine Gefahr für sie sein sollte, war er längst noch keine so große Bedrohung wie die Agency. Die Agency war noch immer hinter ihnen her, hatte es noch immer auf sie abgesehen.

Nein, sie sollte sich vielmehr Sorgen darüber machen, ob sie den Killern der Agency lange genug entkommen konnte, um herauszufinden, welche Beziehung sich zwischen ihr und diesem komplexen und rätselhaften Mann entwickeln würden. Eine ganz andere Frage war, ob ihr die Zeit blieb, diese Beziehung zu pflegen. Sie erinnerte sich an Spencers Eingeständnis, Geheimnisse zu haben, die er ihr noch nicht enthüllt hatte. Eher um seinet- als um ihretwillen mußten diese Geheimnisse gelüftet werden, bevor sie über eine mög-

480

liche gemeinsame Zukunft sprechen konnten; denn wenn er die Probleme mit seiner Vergangenheit nicht ausräumte, würde er niemals den Seelenfrieden oder die Selbstachtung haben, die dazu nötig waren, um Liebe gedeihen zu lassen. Sie schaute erneut in den Himmel.

Sie flogen in ihrer glänzenden, schwarzen Maschine über Utah, Fremde im eigenen Land, ließen die Sonne hinter sich zurück, steuerten auf den östlichen Horizont zu, über dem in einigen Stunden die Nacht erscheinen würden.

Harris Descoteaux duschte im grauen und kastanienbraunen Gästebad des Hauses seines Bruders in Westwood, doch den Gefängnisgeruch, den er an sich wahrzunehmen glaubte, wurde er nicht los. Jessica hatte, bevor sie am Sonntag aus ihrem Haus in Burbank vertrieben worden waren, drei Kombinationen zum Wechseln für ihn eingepackt. Aus dieser spärlichen Garderobe wählte er Nikes, graue Kordhosen und einen langärmligen dunkelgrünen Pullover aus.

Als er seiner Frau sagte, er wolle spazierengehen, bat sie ihn zu warten, bis sie die Kuchen aus dem Ofen nehmen konnte, damit sie ihn begleiten konnte. Darius, der im Arbeitszimmer noch immer telefonierte, schlug vor, den Spaziergang um eine halbe Stunde zu verschieben, damit sie gemeinsam gehen konnten. Harris spürte, daß sie wegen seiner Niedergeschlagenheit besorgt waren. Sie hielten es für besser, ihn nicht allein zu lassen.

Er versicherte ihnen, daß er nicht die Absicht habe, sich vor einen Lastwagen zu werfen, nach einem Wochenende in einer Zelle Bewegung brauche und allein sein wolle, um nachdenken zu können. Er borgte sich eine von Darius' Lederjacken aus dem Schrank in der Diele und ging in den kühlen Februarmorgen hinaus.

Die Straßen der Wohngegend Westwood waren hügelig. Nachdem er ein paar Häuserblocks weit gegangen war, wurde ihm klar, daß nach einem Wochenende in der Zelle seine Muskeln *tatsächlich* verkrampft waren und gelockert werden mußten.

Er hatte nicht die Wahrheit gesagt, als er aufgeführt hatte, er wolle allein sein, um in Ruhe nachzudenken. In Wirklichkeit wollte er *aufhören* zu denken. Seit der Razzia gegen sein Haus am Freitagabend hatte sein Verstand sich unablässig im Kreis gedreht. Und das Nachdenken hatte ihn lediglich zu freudloseren Orten in seinem eigenen Innern geführt.

Selbst der wenige Schlaf, den er bekommen hatte, hatte keine Ruhepause von den Sorgen gebracht, denn er hatte von gesichtslosen Männern in schwarzen Uniformen und schwarz glänzenden Reitstiefeln geträumt. In den Träumen hatten sie Ondine, Willa und Jessica Halsbänder und Leinen angelegt, als hätten sie es mit Hunden und nicht mit Menschen zu tun, und sie davongeführt, und Harris war allein zurückgeblieben.

Und wie der Schlaf kein Entkommen vor den Sorgen brachte, fand er auch keins, wenn er mit Jessica oder Darius zusammen war. Sein Bruder arbeitete unaufhörlich an dem Fall oder dachte laut über offensive und defensive juristische Strategien nach. Und Jessica erinnerte ihn – wie auch Ondine und Willa, sobald sie aus dem Einkaufszentrum zurückkamen – unablässig daran, daß er seine Familie im Stich gelassen hatte. Natürlich hatte keiner von ihnen etwas Derartiges gesagt, und er wußte, daß dieser Gedanke ihnen nie in den Sinn kommen würde. Er trug keine Schuld an der Katastrophe, die über sie gekommen war. Doch obwohl er schuldlos war, machte er sich Vorwürfe. Irgendwo, irgendwann, hatte er sich einen Feind gemacht, dessen Vergeltung für die Tat, die Harris unwissend begangen hatte, wahnwitzig übertrieben war. Wenn er sich nur in einem Fall anders verhalten, eine beleidigende Aussage oder Handlung vermieden hätte, wäre vielleicht nichts von alledem geschehen. Jedesmal, wenn er an Jessica oder seine Töchter dachte, kam ihm sein unabsichtliches und unvermeidliches Vergehen größer vor.

Die Männer in den Reitstiefeln waren zwar nur Geschöpfe aus seinem Traum, verweigerten ihm aber in einer sehr realen Hinsicht den Trost, den seine Familienmitglieder ihm geben konnten, ohne daß man ihnen Halsbänder umlegen und sie an Leinen davonführen mußte. Der Zorn und die Frustration über seine Machtlosigkeit und seine selbstauferlegte Schuld waren, wie es für Ziegelsteine und Mörtel nicht besser zutreffen könnte, zu den Bestandteilen einer Mauer zwischen ihm und den Menschen geworden, die er liebte, und diese Barriere würde mit der Zeit wahrscheinlich noch breiter und höher werden.

Daher ging er allein über die gewundenen Straßen und Hügel Westwoods. Viele Palmen, Ficusbäume und Kiefern hielten die Gegend auch im Februar kaliforniengrün, aber er sah auch zahlreiche Platanen, Ahornbäume und Birken, die im Herbst die Blätter abgeworfen hatten. Harris konzentrierte sich hauptsächlich auf die interessanten Muster aus Sonnenlicht und Schatten der Bäume, die abwechselnd schwarze Flächen und filigrane Zeichnungen auf den Bürgersteig vor ihm warfen.

Er versuchte, mit ihrer Hilfe einen Zustand der Selbsthypnose herbeizuführen, in dem alle Gedanken verbannt waren bis auf das Bedürfnis, einen Fuß vor den anderen setzen zu müssen.

Dieses Spiel betrieb er mit einigem Erfolg. In seinem Trancezustand bemerkte er kaum den saphirblauen Toyota, der an ihm vorbeizog, nach einem Stottern des Motors abrupt langsamer wurde, an den Bordstein fuhr und fast einen Häuserblock vor ihm anhielt. Ein Mann stieg aus dem Wagen und öffnete die Motorhaube, doch Harris konzentrierte sich weiterhin auf den Teppich aus Sonne und Schatten, auf dem er trottete.

Als Harris an dem Toyota vorbeiging, unterbrach der Fremde die Untersuchung des Motors. »Sir«, sagte er, »darf ich Ihnen etwas zum Nachdenken geben?«

Harris ging ein paar Schritte weiter, bis ihm klarwurde, daß der Mann mit ihm gesprochen hatte. Er blieb stehen, drehte sich um und löste sich von der selbst herbeigeführten Hypnose. »Verzeihung?« sagte er.

Der Fremde war ein großer Schwarzer Ende der Zwanziger. Er war so dünn wie ein vierzehnjähriges Kind und hatte das ernste und eindringliche Benehmen eines Mannes, der zuviel gesehen und in seinem Leben zuviel Trauer erfahren hatte. Mit seiner Kleidung – schwarze Hosen, schwarzer Rollkragenpullover und schwarze Jacke – schien er einen bedrohlichen Eindruck erzielen zu wollen. Doch falls dies seine Absicht war, wurde sie von einer großen Brille mit flaschenbodendicken Gläsern, seiner Hagerkeit und einer Stimme hintertrieben, die zwar tief, aber samtweich und so ansprechend wie die eines Bluessängers war.

»Darf ich Ihnen etwas zum Nachdenken geben?« fragte er erneut und fuhr dann fort, ohne eine Antwort abzuwarten. »Was Ihnen zugestoßen ist, hätte einem Abgeordneten des Kongresses oder Senats nicht zustoßen können.«

Wenn man bedachte, daß die Straße mitten in der Stadt lag, war sie geradezu unheimlich ruhig. Der Sonnenschein schien sich von einem Augenblick zum anderen verändert zu haben. Der Glanz, den er auf die geschwungenen Oberflächen des blauen Toyota warf, kam Harris unnatürlich vor.

»Die meisten Leute wissen nichts davon«, sagte der Fremde, »doch seit Jahrzehnten haben die Politiker gegenwärtige und zukünftige Mitglieder des Kongresses von den meisten Gesetzen ausgenommen. Zum Beispiel der Zwangsenteignung. Wenn Polizisten einen Senator auf frischer Tat ertappen, wie er aus seinem Cadillac neben einem Schulhof Kokain verkauft, kann man seinen Wagen nicht beschlagnahmen, wie man es mit Ihrem Haus getan hat.«

»Wer sind Sie?« fragte Harris.

Der Fremde ignorierte die Frage und fuhr mit seiner weichen Stimme fort: »Politiker bezahlen keine Sozialabgaben. Sie haben einen eigenen Fonds für die Altersversorgung. Und sie beschneiden ihn nicht, um andere Programme zu finanzieren, wie sie die Sozialversicherung aushöhlen. *Ihre* Pensionen sind sicher.«

Harris schaute sich besorgt um, wollte herausfinden, wer ihnen zusah, welche anderen Fahrzeuge und Männer diesen Mann begleiteten. Obwohl der Fremde keine Anstalten machte, ihn zu bedrohen, kam ihm die gesamte Situation plötzlich bedrohlich vor. Er hatte den Eindruck, man wolle ihn hereinlegen, und Sinn der Begegnung sei, ihm eine Aussage zu entlocken, für die man ihn verhaften, anklagen und ins Gefängnis werfen konnte.

Diese Befürchtung war absurd. Die Verfassung garantierte noch immer die Redefreiheit. In keinem Land der Welt wurde so hitzig und offen diskutiert wie in den USA. Die jüngsten Ereignisse hatten offensichtlich einen Verfolgungswahn bei ihm ausgelöst, den er schnellstens wieder unter Kontrolle bringen mußte.

Dennoch hatte er Angst, etwas zu sagen.

»Sie nehmen sich von der Gesundheitsreform aus, die sie Ihnen aufzwingen wollen«, fuhr der Fremde fort. »Sie werden eines Tages dann monatelang auf eine einfache Gallenblasenoperation warten müssen, während die Politiker die medizinische Versorgung, die sie benötigen, auf der Stelle bekommen. Irgendwie haben wir es zugelassen, daß wir von den gierigsten und neidischsten Menschen unter uns beherrscht werden.«

Harris brachte den Mut auf, etwas zu sagen, wiederholte jedoch nur die Frage, die er bereits gestellt hatte, und fügte eine weitere hinzu: »Wer sind Sie? Was wollen Sie?«

»Ich will Ihnen lediglich bis zum nächsten Mal etwas zum Nachdenken geben«, sagte der Fremde. Dann drehte er sich um und schlug die Motorhaube des blauen Toyota zu.

Durch den Umstand kühner geworden, daß der andere ihm den Rücken zuwandte, trat Harris vom Bürgersteig und hielt den Mann am Arm fest. »Hören Sie ...«

»Ich muß gehen«, sagte der Fremde. »Soweit ich weiß, werden wir nicht beobachtet. Die Chancen stehen tausend zu eins. Aber bei der heutigen Technik kann man sich nicht mehr hundertprozentig sicher sein. Bis jetzt würde sich für einen Beobachter nur das Bild ergeben, daß jemand Schwierigkeiten mit seinem Wagen hat und ein Fußgänger ihm Hilfe anbietet. Aber wenn wir hier noch länger stehen, und es sieht *tatsächlich* jemand zu, werden sie sich die Sache genauer ansehen und ihre Richtmikrofone einschalten.«

Er ging zur Fahrertür des Toyota.

»Aber was hat das alles zu bedeuten?« fragte Harris verwirrt.

»Haben Sie Geduld, Mr. Descoteaux. Lassen Sie sich vom Strom treiben, gleiten Sie einfach auf der Welle, und Sie werden es herausfinden.«

»Auf welcher Welle?«

Der Fremde öffnete die Fahrertür, und zum erstenmal, seit er Harris angesprochen hatte, legte sich ein Lächeln auf sein Gesicht. »Na ja, sagen wir mal ... die Kurzwelle, die Lichtwelle, die Wellen der Zukunft.«

Er stieg in den Wagen, ließ den Motor an und fuhr davon, und Harris blieb verwirrter denn je zurück.

Die Kurzwelle. Die Lichtwelle. Die Wellen der Zukunft.

Verdammt, was war hier soeben geschehen?

Harris Descoteaux drehte sich um die eigene Achse und betrachtete die Gegend, und zum größten Teil kam sie ihm alles andere als außergewöhnlich vor. Himmel und Erde. Häuser und Bäume. Sonnenschein und Schatten. Aber im dichten, tiefen Gewebe des Tages schimmerten dunkle, geheimnisvolle Fäden, die zuvor noch nicht dort gewesen waren.

Er ging weiter. Von Zeit zu Zeit schaute er jedoch über die Schulter zurück, was er zuvor nicht getan hatte.

Roy Miro im Reich der Mormonen. Nachdem er sich fast zwei Stunden lang mit der Polizei von Cedar City und den Deputys des Bezirkssheriffs herumgeschlagen hatte, war man ihm mit soviel Freundlichkeit begegnet, daß er davon mindestens bis zum nächsten Jahr zehren konnte. Da er bei seiner Arbeit ebenfalls mit dieser entwaffnenden Methode vorging, war ihm völlig klar, wie wertvoll ein Lächeln, Höflichkeit und unerschöpfliche Freundlichkeit waren. Doch diese Mormonen-Cops trieben es zu weit. Er sehnte sich allmählich nach der kühlen Gleichgültigkeit von Los Angeles, der harten Selbstsüchtigkeit von Las Vegas, ja, sogar nach der Verdrossenheit und dem Irrsinn von New York.

Seine Stimmung wurde von der Nachricht über den Ausfall von Earthguard nicht gerade gebessert. Des weiteren machte ihm die Information zu schaffen, daß der gestohlene Hubschrauber auf eine so niedrige Höhe hinabgegangen war, daß die beiden Militärstützpunkte, die ihn (aufgrund eines dringlichen Ersuchens der Agency, von dem sie annahmen, es sei von der Drug Enforcement Administration gekommen) erfaßt hatten, wieder verloren hatten. Sie hatten ihn auf den Schirmen nicht wiederfinden können. Die Flüchtigen waren verschwunden, und nur Gott und zwei entführte Piloten wußten, wo sie waren.

Roy schreckte davor zurück, Tom Summerton Bericht zu erstatten.

Der in Las Vegas angeforderte JetRanger würde in knapp zwanzig Minuten eintreffen, doch er wußte nicht, was er damit anfangen sollte. Sollte er ihn auf dem Parkplatz des Einkaufszentrums abstellen, sich hineinsetzen und darauf warten, daß jemand die Flüchtigen sichtete? Vielleicht saß er dann noch hier, wenn es an der Zeit war, die nächsten Weihnachtseinkäufe zu tätigen. Außerdem würden diese Mormonen ihm zweifellos Kaffee und Doughnuts bringen, in seiner Nähe bleiben und ihm helfen, sich die Zeit zu vertreiben.

Sämtliche Schrecken der andauernden Freundlichkeit blieben ihm erspart, als Gary Duvall sich erneut aus Colorado meldete und die Ermittlung wieder in Gang brachte. Der Anruf kam über das abhörsichere, mit einem Verzerrer ausgestattete Telefon des flugunfähigen Hubschraubers.

Roy nahm in der hintersten Sitzreihe Platz und setzte den Kopfhörer auf.

»Sie sind nicht leicht aufzuspüren«, sagte Duvall.

»Hier gab es Komplikationen«, erwiderte Roy ausweichend.

»Sind Sie noch immer in Colorado? Ich dachte, Sie wären mittlerweile schon auf dem Rückweg nach San Francisco.«

»Dieser Ackblom interessiert mich. Diese Massenmörder haben

mich schon immer fasziniert. Dahmer, Bundy, vor einigen Jahren dieser Ed Gein. Unheimliche Gestalten. Ich habe mich die ganze Zeit gefragt, was der Sohn eines Massenmörders mit dieser Frau zu schaffen hat.«

»Das fragen wir uns alle«, versicherte Roy ihm.

Wie zuvor würde Duvall alles, was er herausgefunden hatte, nur bröckchenweise weitergeben.

»Da ich schon mal in der Nähe war, dachte ich mir, flieg mal von Denver nach Vail und sieh dir die Ranch an, wo es passiert ist. Der Flug ist kaum cie Rede wert. Hab' fast länger gebraucht, an und von Bord zu gehen, als ich in der Luft war.«

»Sie sind noch dort?«

»Auf der Ranch? Nein. Bin gerade von dort zurückgekommen. Aber ich bin noch in Vail. Und warten Sie mal ab, bis Sie wissen, was ich herausgefur den habe.«

»Da wird mir wohl nichts anderes übrigbleiben.«

»Was?«

»Als zu warten«, sagte Roy.

Entweder hatte Duvall den Sarkasmus nicht mitbekommen, oder er ignorierte ihn. »Ich kann Ihnen zwei saftige Brocken vorwerfen. Der erste – was glauben Sie, was aus der Ranch geworden ist, nachdem sie alle Leichen ausgegraben haben und Ackblom lebenslänglich ins Gefängnis kam?«

»Sie wurde zu einer Zuflucht für Karmeliterinnen«, sagte Roy.

»Wer hat Ihnen denn das erzählt?« fragte Duvall, dem entgangen war, daß Roys Antwort witzig gemeint war. »Hier sind keine Nonnen zu sehen. Ein Ehepaar wohnt auf der Ranch, Paul und Anita Dresmund. Wohnen schon jahrelang hier. Seit fünfzehn Jahren. Alle Nachbarn glauben, ihnen gehöre die Ranch, und sie lassen nichts Gegenteiliges verlauten. Sie sind erst um die fünfundfünfzig Jahre alt, sehen aber aus und benehmen sich wie Leute, die es sich leisten können, mit vierzig Jahren in den Ruhestand zu gehen – das behaupten sie von sich –, oder von einer Erbschaft leben. Sie sind für den Job perfekt geeignet.«

»Für welchen Job?«

»Verwalter und Hausmeister.«

»Wem gehört das Anwesen?«

»Das ist der unheimliche Teil.«

»Kann ich mir vorstellen.«

»Zum Job der Dresmunds gehört es, so zu tun, als wären sie die Besitzer, und nicht zu verraten, daß sie bezahlte Verwalter sind. Sie fahren gern Ski, führen ein leichtes Leben, und es macht ihnen nichts aus, auf einer Ranch mit so einem Ruf zu wohnen. Also war es für sie kein Problem, den Mund zu halten.«

»Aber Ihnen gegenüber haben sie ihn aufgemacht?«

»Na ja, Sie wissen doch, die Leute nehmen einen FBI-Ausweis und ein paar Drohungen, man könne Anklage gegen sie erheben, ernster, als sie es eigentlich tun sollten«, sagte Duvall. »Auf jeden Fall wurden sie bis vor anderthalb Jahren von einem Anwalt aus Denver bezahlt.«

»Haben Sie seinen Namen?«

»Bentley Lingerhold. Aber mit dem müssen wir uns wohl kaum beschäftigen. Bis vor anderthalb Jahren kamen die Schecks der Dresmunds von einem Treuhandfonds, dem Vail Memorial Trust, der von diesem Anwalt beaufsichtigt wird. Ich hatte meinen Computer dabei, rief Mama an und ließ sie Erkundigungen einziehen. Diese Kapitalgesellschaft ist erloschen, aber es gibt noch Unterlagen darüber. In Wirklichkeit gehörte sie einem anderen Fonds, der noch besteht – dem Spencer Grant Living Trust.«

»Großer Gott«, sagte Roy.

»Phantastisch, was?«

»Das Anwesen gehört noch immer dem Sohn?«

»Ja, durch andere Kapitalgesellschaften, die er kontrolliert. Vor anderthalb Jahren ging das Eigentumsrecht am Vail Memorial Trust, das im Prinzip vom Sohn ausgeübt wurde, an eine ausländische Firma auf der Grand Cayman Island über. Das ist ein Steuerparadies in der Karibik, das ...«

»Ja, ich weiß. Fahren Sie fort.«

»Seitdem bekommen die Dresmunds ihre Schecks von einer Gesellschaft namens Vanishment International. Durch Mama kam ich an das Konto der betreffenden Bank auf der Cayman-Insel heran. Ich konnte zwar nicht den Kontostand oder Unterlagen über etwaige Transaktionen aufrufen, fand aber heraus, daß Vanishment International einer Holdinggesellschaft in der Schweiz gehört: Amelia Earhart Enterprises.«

Roy zappelte auf seinem Sitz und wünschte, er hätte Papier und Bleistift mitgenommen, um sich alles zu notieren.

»Die Großeltern, George und Ethel Porth«, sagte Duvall, »haben den Vail Memorial Trust vor über fünfzehn Jahren angelegt, etwa sechs Monate, nachdem die Ackblom-Story Schlagzeilen machte. Sie haben ihn benutzt, um die Besitzverhältnisse Schritt für Schritt zu verschleiern, bis man schließlich ihren Namen mit dem Anwesen nicht mehr in Verbindung bringen konnte.«

»Warum haben sie die Ranch nicht verkauft?«

»Keine Ahnung. Auf jeden Fall haben sie ein Jahr später hier in Denver diesen Spencer Grant Living Trust für den Jungen eingerichtet, durch diesen Bentley Lingerhold, unmittelbar, nachdem der Junge seinen Namen legal ändern ließ. Gleichzeitig haben sie *diesem* Fonds die Aufsicht über den Vail Memorial Trust gegeben. Doch Vanishment International wurde vor knapp anderthalb Jahren gegründet, lange, nachdem beide Großeltern tot waren. Sie können sich also selbst ausrechnen, daß Grant diese Firma selbst gegründet und den größten Teil seines Vermögens aus den USA in ein anderes Land transferiert haben muß.«

»Etwa zur selben Zeit, da er damit anfing, seinen Namen aus den meisten öffentlichen Akten zu löschen«, sagte Roy nachdenklich. »Na schön, noch etwas ... wenn Sie von Treuhandfonds und ausländischen Firmen sprechen, geht es doch um viel Geld, nicht wahr?«

»Sehr viel Geld«, bestätigte Duvall.

»Woher kommt es? Ich meine, ich weiß, der Vater war berühmt ...«

»Wissen Sie, was mit dem alten Herrn passiert ist, nachdem er sich in allen Anklagepunkten für schuldig bekannt hat?«

»Sagen Sie es mir.«

»Er hat sich einverstanden erklärt, zu lebenslänglicher Haft in einer Anstalt für geisteskranke Kriminelle verurteilt zu werden. Keine Möglichkeit auf bedingte Haftentlassung. Er hat keine Anträge gestellt und keine Revision eingelegt. Vom Augenblick seiner Verhaftung bis zum letzten Tag der Verhandlung war er völlig unbewegt. Kein einziger Ausbruch, keine Äußerung des Bedauerns.«

»Sinnlos. Er hat gewußt, daß er auf dieser Ebene keine Verteidigung aufbauen konnte. Er war nicht verrückt.«

»Ach was?« sagte Duvall überrascht.

»Na ja, nicht unvernünftig. Er hat nicht vor sich hin gestammelt oder getobt oder so. Er wußte, daß er auf diese Weise nicht vom Haken kam. Er war einfach nur realistisch.«

»Wenn Sie meinen. Auf jeden Fall haben die Großeltern dann

den Antrag gestellt, den Sohn zum rechtmäßigen Besitzer von Ackbloms Vermögen zu erklären. Auf Eingabe der Porths hat das Gericht schließlich entschieden, daß die liquidierten Vermögenswerte – abzüglich der Ranch – zwischen dem Jungen und den direkten Verwandten der Opfer geteilt wurde, wenn diese Ehemänner oder Kinder hinterlassen hatten. Wollen Sie raten, welche Summe zur Debatte stand?«

»Nein«, sagte Roy. Er warf einen Blick aus dem Fenster und sah zwei örtliche Cops, die an dem Hubschrauber vorbeigingen und ihn betrachteten.

Duvall zögerte nicht mal, als er Roys »Nein« hörte, sondern gab weitere Einzelheiten bekannt. »Na ja, sie haben das Geld zum Teil aufgebracht, indem sie Gemälde aus Ackbloms persönlicher Sammlung anderer Künstler, hauptsächlich jedoch, indem sie einige seiner Gemälde verkauft haben, die er nie auf den Markt gebracht hatte. Insgesamt kam ein Erlös von über neunundzwanzig Millionen Dollar zustande.«

»Nach Abzug der Steuern?«

»Tja, als ihm der Prozeß gemacht wurde, schoß der Wert seiner Bilder geradezu in die Höhe. Komisch, daß jemand sich ein Bild von ihm ins Wohnzimmer hängen will, obwohl er weiß, was der Maler angestellt hat. Man sollte doch meinen, daß der Marktwert seiner Bilder in den Keller stürzt. Aber auf dem Kunstmarkt kam es zu einer rasenden Nachfrage. Die Preise schossen in die Höhe.«

Roy erinnerte sich an die Farbbilder von Ackbloms Werken, die er als Junge betrachtet hatte, damals, als die Geschichte bekannt geworden war, und konnte Duvalls Einwand nicht ganz verstehen. Ackbloms Bilder waren ausgezeichnet. Hätte Roy es sich leisten können, hätte er sein Zimmer mit Dutzenden von Gemälden des Künstlers geschmückt.

»Die Preise sind im Lauf der Jahre weiterhin gestiegen, wenn auch nicht mehr so schnell wie im ersten Jahr nach dem Prozeß. Hätte die Familie einige Gemälde behalten, stünde sie sich heute besser. Auf jeden Fall wurden dem Jungen schließlich vierzehneinhalb Millionen Dollar zugesprochen. Wenn er nicht auf großem Fuß lebt, müßte er dieses Vermögen mittlerweile beträchtlich vergrößert haben.«

Roy dachte an die Hütte in Malibu, die billige Einrichtung und die Wände ohne alle Gemälde. »Er lebt bescheiden.«

»Wirklich? Na ja, wissen Sie, sein alter Herr hat auch nicht so gut gelebt, wie er es sich hätte leisten können. Er weigerte sich, ein größeres Haus zu kaufen, wollte nicht, daß Personal bei ihm wohnte. Nur eine Zugehfrau und ein Verwalter, der sich um die Ranch kümmerte und um fünf Uhr nachmittags nach Hause fuhr. Ackblom hat gesagt, er müsse sein Leben so einfach wie möglich halten, um seine kreative Energie zu bewahren.« Gary Duvall lachte. »Natürlich wollte er nur vermeiden, des Nachts bei seinen Spielchen unter der Scheune erwischt zu werden.«

Die Mormonen waren mittlerweile einmal um den Hubschrauber gewandert und sahen wieder zu Roy hinauf, der sie aus dem Fenster beobachtete.

Er winkte.

Sie winkten ebenfalls und lächelten.

»Trotzdem«, sagte Duvall, »ist es ein Wunder, daß die Frau nicht früher darüber gestolpert ist. Er hat vier Jahre lang mit seiner ›Performance-Kunst‹ experimentiert, bevor sie ihm auf die Schliche kam.«

»Sie war keine Künstlerin.«

»Was?«

»Sie hatte nicht den nötigen Weitblick. Ohne diesen Seherblick ... wäre sie ohne guten Grund nicht mißtrauisch geworden.«

»Ich kann Ihnen nicht ganz folgen. Vier Jahre, mein Gott!«

Dann sechs weitere Jahre, bis der Junge es herausgefunden hatte. Zehn Jahre, zweiundvierzig Opfer, etwas mehr als vier pro Jahr.

Roy kam zum Schluß, daß die Zahlen allein nicht besonders beeindruckend waren. Der Umstand, der Steven Ackblom einen Eintrag im Buch der Rekorde eingebracht hatte, lag in dem Ruhm zu suchen, den er bereits gehabt hatte, *bevor* sein geheimes Leben enthüllt worden war, in der angesehenen Stellung in seiner Gemeinde, seinem Status als Familienvater (die meisten klassischen Massenmörder waren Einzelgänger) und dem Verlangen, sein außergewöhnliches Talent auf die Kunst der Folter anzuwenden, damit die von ihm dargestellten Personen einen Augenblick lang perfekte Schönheit ausdrücken konnten.

»Aber warum«, fragte Roy sich erneut, »hat der Sohn das Anwesen behalten? Bei all den Erinnerungen ... Er hat seinen Namen ändern lassen. Warum hat er nicht auch die Ranch verkauft?«

491

»Seltsam, was?«

»Und wenn nicht der Sohn, warum nicht die Großeltern? Warum haben sie die Ranch nicht abgestoßen, als sie seine gesetzlichen Vormünder waren? Warum haben sie diese Entscheidung nicht für ihn getroffen? Schließlich ist ihre Tochter dort ermordet worden ... Warum wollten sie noch etwas mit dem Besitz zu tun haben?«

»Es muß etwas geben.«

»Was meinen Sie?«

»Irgendeine Erklärung. Einen Grund. Wie dem auch immer sei, es ist verdammt unheimlich ...«

»Dieses Ehepaar, die Verwalter ...«

»Paul und Anita Dresmund.«

»... haben sie gesagt, ob Grant sich je dort blicken läßt?«

»Tut er nicht. Zumindest haben sie nie jemanden mit einer Narbe gesehen, wie er eine hat.«

»Wer schaut dann nach dem Rechten?«

»Bis vor anderthalb Jahren haben sie nur mit Leuten zu tun gehabt, die den Vail Memorial Trust verwalteten. Dieser Anwalt, Lingerhold, oder einer seiner Partner kam zweimal pro Jahr vorbei, um sich zu überzeugen, daß die Ranch in Ordnung gehalten wurde, die Dresmunds sich ihr Gehalt auch wirklich verdient und die für Reparaturen ausgezahlten Mittel nicht in die eigene Tasche gesteckt haben.«

»Und in den letzten anderthalb Jahren?«

»Seit die Ranch Vanishment International gehört, ist überhaupt keiner mehr vorbeigekommen«, sagte Duvall. »Bei Gott, ich würde gern herausfinden, wieviel Geld er über die Amelia Earhart Enterprises beiseite geschafft hat, aber Sie wissen ja selbst, daß die Schweiz uns das nie verraten wird.«

In den letzten Jahren hatte die Schweiz sich darüber beunruhigt gezeigt, daß amerikanische Behörden immer öfter versucht hatten, aufgrund der Zwangsenteignungsgesetze schweizer Konten amerikanischer Bürger ohne Beweise für kriminelle Aktivitäten zu beschlagnahmen. Die Schweiz sah diese Gesetze zunehmend als Mittel der politischen Unterdrückung an. Monat um Monat zog sie sich weiter von ihrer traditionellen Kooperationsbereitschaft bei polizeilichen Ermittlungen zurück.

»Was ist der andere Happen?« fragte Roy.

»Was?«

»Der zweite Happen. Sie haben gesagt, Sie wollten mich mit zwei Happen füttern.«

»Brocken«, sagte Duvall. »Zwei Informationsbrocken.«

»Na ja, dann mal raus damit«, sagte Roy freundlich. Nach all den harten Proben, die die Mormonen-Cops ihm auferlegt hatten, war er stolz darauf, wieviel Geduld er noch aufbrachte. »Dann werfen Sie mir mal den zweiten Brocken vor.«

Gary Duvall tat wie geheißen, und er war tatsächlich so vielversprechend, wie der Agent behauptet hatte.

Roy unterbrach die Verbindung mit Duvall, rief sofort im Büro in Las Vegas an und sprach mit Ken Hyckman, der seine Schicht als Wachhabender bald beschließen würde. »Ken, wo ist dieser Jet-Ranger?«

»Zehn Minuten von Ihnen entfernt.«

»Ich werde ihn mit den meisten meiner Leute zurückschicken.«

»Sie geben auf?«

»Sie wissen, daß wir den Radarkontakt verloren haben.«

»Ja.«

»Sie sind weg, und auf diese Weise werden wir sie nicht mehr finden. Aber ich habe eine andere Spur, eine gute, und werde ihr nachgehen. Ich brauche einen Jet.«

»Ach du Scheiße.«

»Ich habe nicht gesagt, daß ich einen Fluch hören möchte.«

»Tut mir leid.«

»Was ist mit dem Learjet, mit dem ich am Freitag gekommen bin?«

»Er steht noch hier, aufgetankt und flugbereit.«

»Kann er irgendwo in der Gegend landen? Gibt es hier einen Militärstützpunkt oder so?«

»Lassen Sie mich mal nachsehen«, sagte Hyckman und bat Roy, am Apparat zu bleiben.

Während Roy wartete, dachte er an Eve Jammer. Er würde an diesem Abend nicht nach Las Vegas zurückkehren können. Er fragte sich, was sein blonder Schatz tun würde, um sich an ihn zu erinnern und ihn im Herzen zu behalten. Sie hatte gesagt, es würde etwas Besonderes sein. Er vermutete, daß sie neue Positionen ausprobieren würde, falls es für sie überhaupt noch welche gab, und neue erotische Hilfsmittel, die sie noch nie zuvor eingesetzt hatte, um ein Erlebnis für ihn vorzubereiten, das sie ihm in der nächsten oder übernächsten Nacht bieten würde. Er war überzeugt davon, daß es ihn atemlos wie nie zuvor zurücklassen würde. Als er sich vorzustellen versuchte, um welche erotischen Hilfsmittel es sich dabei handeln mochte, gerieten seine Gedanken ins Trudeln. Und sein Mund wurde trocken wie Sand – was perfekt war.

Ken Hyckman meldete sich wieder. »Der Learjet kann direkt in Cedar City aufsetzen.«

»In diesem Kaff kann ein Learjet landen?«

»Brian Head ist gerade mal fünfundvierzig Kilometer entfernt.«

»Wer?«

»Nicht wer. Was. Ein luxuriöser Wintersportort mit zahlreichen teuren Häusern auf dem Berg. Jede Menge reiche Leute und Firmen haben sich Apartments in Brian Head gekauft, fliegen mit ihren Jets nach Cedar City und fahren von dort aus hinauf. Der Flughafen ist nicht mit O'Hare oder LAX vergleichbar, keine Bars und kleine Geschäfte und Gepäckbänder, aber die Rollbahn ist lang genug für Jets.«

»Steht die Crew des Jets bereit?«

»Natürlich. Wir holen bereits eine Starterlaubnis ein. Um ein Uhr ist die Maschine bei Ihnen.«

»Hervorragend. Ich werde einen der grinsenden Gendarmen bitten, mich zum Flughafen zu fahren.«

»Wen?«

»Einen der prachtvollen Polizisten.« Er war wieder bester Stimmung.

»Ich bin mir nicht klar, ob der Verzerrer wiedergibt, was Sie wirklich sagen.«

»Einen der Mormonen-Marshals.«

Entweder hatte Hyckman kapiert oder war zum Schluß gekommen, daß Roys Bemerkungen nicht weiter wichtig waren. »Der Pilot muß einen Flugplan hinterlegen. Wohin fliegen Sie von Cedar City aus?«

»Nach Denver«, sagte Roy.

Ellie hatte es sich auf dem hintersten rechten Sitz der Passagierkabine bequem gemacht und döste ein paar Stunden lang vor sich hin. In vierzehn Monaten als Flüchtige hatte sie gelernt, ihre Ängste und Sorgen beiseite zu schieben und zu schlafen, wann immer sie Gelegenheit dazu bekam.

Nachdem sie wach geworden war und sich noch reckte und gähnte, kam Spencer von einem längeren Besuch im Cockpit zu ihr und nahm ihr gegenüber Platz.

»Weitere gute Nachrichten«, sagte er, während Rocky sich zu seinen Füßen auf dem Gang zusammenrollte. »Den Jungs zufolge handelt es sich um einen ganz besonderen Vogel. Zum einen ist er mit hochgezüchteten Maschinen ausgerüstet. Er kann also mehr Gewicht als die meisten anderen Hubschrauber befördern und ist deshalb mit großen Zusatztanks ausgestattet, die ihm eine beträchtlich größere Reichweite verleihen, als die meisten anderen Hubschrauber sie haben. Die Piloten gehen davon aus, daß sie uns über die Grenze und vorbei an Grand Junction bringen können, falls wir soweit fliegen wollen, bevor der Treibstoff knapp wird.«

»Je weiter, desto besser«, sagte sie. »Aber nicht unbedingt direkt nach Grand Junction. Wir wollen nicht von zu vielen neugierigen Leuten gesehen werden. Wir landen lieber außerhalb der Stadt, aber nicht so weit weg, daß wir keinen fahrbaren Untersatz mehr finden.«

»Wir werden erst etwa eine halbe Stunde vor Anbruch der Dämmerung in Grand Junction sein. Jetzt haben wir zehn nach zwei ... halt, die Zeitverschiebung: In der Mountain-Zeitzone ist es zehn nach drei. Wir haben noch genug Zeit, um uns eine Karte anzusehen und eine geeignete Gegend auszusuchen.«

Sie deutete auf die Segeltuchtasche auf dem Sitz vor ihr. »Was Ihre fünfzigtausend Dollar betrifft ...«

Er hob eine Hand, um sie zum Schweigen zu bringen. »Ich war nur überrascht, daß Sie das Geld gefunden haben, mehr nicht. Nachdem Sie mich in der Wüste gefunden hatten, war es nur vernünftig, mein Gepäck zu durchsuchen. Sie haben nicht gewußt, weshalb ich versucht habe, Sie zu finden. Es würde mich wirklich nicht überraschen, wenn Ihnen das noch immer nicht ganz klar wäre.«

»Haben Sie immer so viel Kleingeld dabei?«

»Vor etwa anderthalb Jahren«, sagte er, »habe ich damit angefangen, in Schließfächern in Kalifornien, Nevada und Arizona Bargeld und Goldmünzen zu horten. Und ich habe in verschiedenen Städten unter falschen Namen und Sozialversicherungsnummern Sparbücher angelegt. Alles andere habe ich außer Landes gebracht.«

»Warum?«

»Damit ich notfalls schnell handeln kann.«

»Haben Sie erwartet, einmal auf der Flucht zu sein?«

»Nein. Mir gefiel nur nicht, was ich in dieser Sondereinheit für Computerkriminalität gesehen habe. Sie haben mir alles über Computer beigebracht, einschließlich der Tatsache, daß der Informationszugang das Wesen der Freiheit ist. Doch letztlich wollten sie diesen Zugang in so vielen Fällen wie möglich und im größtmöglichen Ausmaß beschränken.«

»Ich dachte«, sagte Ellie, »es käme ihnen nur darauf an, kriminelle Hacker daran zu hindern, Computer für Diebstähle zu benutzen und fremde Datenbanken zu zerstören«. Sie spielte den Advokaten des Teufels.

»Und ich bin dafür, solchen Verbrechen einen Riegel vorzuschieben. Aber sie wollen den Daumen auf *jedem* halten. Die meisten Behörden ... nun ja, heutzutage verletzen sie die Privatsphäre ständig und fischen sowohl öffentlich als auch im Trüben in Datenbanken. Alle Behörden, von der Steuerfahndung bis zum Einbürgerungsamt. Sogar das Katasteramt. Sie alle haben diese regionale Sondereinheit finanziell unterstützt, und das hat mir eine Gänsehaut bereitet.«

»Sie haben gesehen, daß eine neue Welt kommt ...«

»... wie ein Schnellzug ohne Zugführer ...«

»... und Ihnen gefiel nicht, wie sie aussah ...«

»... und ich wollte nicht dazugehören.«

»Sehen Sie sich als einen Cyberpunk, einen Online-Outlaw?«

»Nein. Nur als Überlebenden.«

»Haben Sie sich deshalb aus allen öffentlichen Dateien gelöscht – als kleine Überlebens-Rückversicherung?«

Kein Schatten fiel über ihn, doch seine Gesichtszüge schienen sich zu verdunkeln. Er hatte von Anfang an hager gewirkt, was nach der Tortur der letzten paar Tage verständlich gewesen war. Doch nun lagen seine Augen tief in den Höhlen, sein Gesicht wirkte ausgemergelt, und er schien weit älter zu sein, als es tatsächlich der Fall war.

»Zuerst«, sagte er, »habe ich nur Vorbereitungen getroffen, um notfalls sofort verschwinden zu können.« Er seufzte und fuhr sich mit der Hand über das Gesicht. »Das hört sich vielleicht seltsam an. Aber es hat mir nicht gereicht, meinen Namen von Michael Ackblom in Spencer Grant zu ändern. Von Colorado fortzuziehen, ein neues Leben zu beginnen ... nichts davon hat gereicht. Ich konnte nicht vergessen, wer ich war ... wessen Sohn ich war. Also entschloß ich mich, sorgfältig und methodisch mein gesamtes Dasein zu löschen, bis es auf der ganzen Welt keinen Beweis mehr dafür gab, daß es mich unter *irgendeinem* Namen gegeben hat. Ich hatte viel über Computer gelernt und war dazu imstande.«

»Und dann? Wenn Ihre Daten völlig gelöscht wären?«

»Das habe ich nie herausfinden können. Ja, was dann? Mich tatsächlich auslöschen? Selbstmord?«

»Das sieht Ihnen nicht ähnlich.« Sie stellte fest, daß ihr bei diesem Gedanken schwer ums Herz wurde.

»Nein, wirklich nicht«, pflichtete er ihr bei. »Ich habe nie darüber nachgedacht, mir einen Gewehrlauf in den Mund zu schieben oder irgend etwas in der Art zu tun. Und ich habe Rocky gegenüber eine Verpflichtung. Schließlich muß ich für ihn sorgen.«

Der auf dem Boden liegende Hund hob den Kopf, als sein Name fiel, und wedelte mit dem Schwanz.

»Nach einer Weile wußte ich zwar noch immer nicht«, fuhr Spencer fort, »was genau ich tun würde, gelangte aber zum Schluß, es könne trotzdem ganz nützlich sein, unsichtbar zu werden. Wenn auch nur, wie Sie sagten, weil diese neue Welt kam, diese schöne neue High-tech-Welt mit all ihren Segnungen – und Flüchen.«

»Warum haben Sie Ihre Dateien in den Unterlagen der Kraftfahrzeug-Zulassungsstelle und des Militärs teilweise intakt gelassen? Sie hätten sie doch schon vor langer Zeit völlig löschen können.«

Er lächelte. »Vielleicht war ich da zu clever. Ich dachte mir, ich ändere einfach meine Adresse und ein paar ins Auge springende Details in den Dateien, damit sie niemandem mehr nutzen konnten. Aber indem ich sie bestehen ließ, konnte ich sie mir jederzeit ansehen und feststellen, ob jemand nach mir suchte.«

»Sie wollten sie als Falle verwenden?«

»Ja, gewissermaßen. Ich habe kleine Programme in diesen Computern verborgen, sehr tief, sehr unauffällig. Jedesmal, wenn jemand meine Akte bei der Zulassungsstelle oder beim Militär aufruft, ohne dabei einen kleinen Kode anzugeben, den ich eingebaut habe, fügt das System dem Ende des letzten Satzes der Datei ein Sternchen hinzu. Ich wollte ein- oder zweimal die Woche nachsehen, und wenn ich Sternchen bemerkte, feststellte, daß jemand mich überprüfte ... nun ja, dann wäre es vielleicht an der Zeit gewesen, die kleine Hütte in Malibu aufzugeben und weiterzuziehen.«

»Wohin weiterzuziehen?«

»Ganz egal, wohin. Einfach in Bewegung bleiben und weiterziehen.«

»Paranoid«, sagte sie.

»Verdammt paranoid.«

Sie lachte leise. Er ebenfalls.

»Als ich diese Sondereinheit verließ«, sagte er, »wußte ich: Wie die Welt sich heutzutage ändert, wird früher oder später mal nach jedem von uns gesucht werden. Und die meisten Leute werden sich wünschen, man hätte sie nicht gefunden.«

Ellie sah auf ihre Armbanduhr. »Vielleicht sollten wir uns jetzt mal diese Karte ansehen.«

»Sie haben da vorn jede Menge Karten«, sagte er.

Sie beobachtete ihn, wie er zur Cockpittür ging. Seine Schultern waren eingefallen. Die Tage, die er liegend verbracht hatte, schienen ihm doch noch in den Knochen zu stecken. Oder war es eine andere Art von Müdigkeit?

Plötzlich ließ Ellie das Gefühl frösteln, Spencer Grant würde die Sache nicht mit ihr durchstehen, würde irgendwo in der vor ihnen liegenden Nacht sterben. Das Gefühl war vielleicht nicht stark genug, als daß man es als ausdrückliche Vorahnung hätte bezeichnen können, aber stärker als eine bloße Intuition.

Die Möglichkeit, ihn zu verlieren, machte sie halb verrückt vor Angst. Nun wußte sie, daß ihr mehr an ihm lag, als sie hatte eingestehen können.

»Was ist los?« fragte er, als er mit der Karte zurückkam.

»Nichts. Wieso?«

»Sie machen den Eindruck, als hätten Sie einen Geist gesehen.«

»Nur müde«, log sie. »Und halb verhungert.«

»Gegen den Hunger kann ich etwas tun.« Als er wieder auf dem Sitz ihr gegenüber Platz nahm, zog er vier Schokoriegel aus den Taschen seiner fliesgefütterten Denimjacke.

»Woher haben Sie die?«

»Die Jungs im Cockpit haben sich was zum Knabbern mitgenommen. Sie haben gern mit mir geteilt. Es sind wirklich zwei nette Burschen.«

»Besonders, wenn man ihnen eine Pistole vor den Kopf hält.«

498

»Dann besonders«, stimmte er zu.

Als Rocky die Schokoriegel roch, setzte er sich auf und spitzte mit äußerstem Interesse das gesunde Ohr.

»Meins«, sagte Spencer nachdrücklich. »Wenn wir aus der Luft und wieder auf der Straße sind, werden wir anhalten und dir was Vernünftiges zu essen besorgen, etwas Gesünderes als das hier.« Der Hund leckte sich die Lippen.

»Hör zu, Kumpel«, sagte Spencer, »*ich* bin im Supermarkt nicht einfach stehengeblieben und über das Hundefutter hergefallen. Ich brauche jeden Bissen davon, oder ich breche gleich zusammen. Also leg dich einfach hin und vergiß es, klar?«

Rocky gähnte, sah sich mit vorgetäuschtem Desinteresse um und streckte sich wieder auf dem Boden aus.

»Ihr beide versteht euch ja unglaublich gut«, sagte Ellie.

»Ja, wir sind siamesische Zwillinge und wurden nach der Geburt getrennt. Das sieht man natürlich nicht mehr. Er hat eine Menge plastische Operationen hinter sich.«

Sie konnte den Blick nicht von seinem Gesicht wenden. Darauf war mehr als nur Müdigkeit auszumachen. Sie sah den sicheren Schatten des Todes.

»Was ist los?« fragte Spencer. Es bestürzte sie, wie genau er ihre Stimmung erfaßt hatte.

»Danke für den Schokoriegel.«

»Ich hätte Ihnen gern ein Filet mignon gebracht, aber das ging leider nicht.«

Er schlug die Karte auf. Sie hielten sie zwischen ihren Sitzen und studierten die Umgebung von Grand Junction in Colorado.

Zweimal wagte sie es, ihn anzusehen, und jedesmal raste ihr Herz plötzlich vor Furcht. Sie konnte allzu deutlich den Schädel unter der Haut sehen, die Verheißung des Grabes, die normalerweise so gut von der Maske des Lebens verborgen wurde.

Sie kam sich lächerlich, dumm, abergläubisch vor, wie ein törichtes Kind. Es gab andere Erklärungen außer Omen und Vorzeichen und Trugbildern von bevorstehenden Tragödien. Vielleicht würde diese Furcht sie nach dem Thanksgiving-Abend, an dem man ihr Danny und ihre Eltern für immer entrissen hatte, jedesmal überkommen, wenn sie die feine Grenze überschritt, die den Unterschied bezeichnete, ob man einen Menschen nur mochte oder ihn bereits liebte.

Roy landete auf dem Stapleton International Airport in Denver, nachdem der Learjet zwanzig Minuten in einer Warteschleife verbracht hatte. Die lokale Filiale der Agency hatte ihm zwei Agenten überstellt, die er während des Flugs über das verzerrte Telefon angefordert hatte. Beide Männer – Burt Rink und Oliver Fordyce – warteten bereits auf ihn, als der Learjet in die Parkposition rollte. Sie waren Anfang der Dreißiger, groß, glattrasiert. Sie trugen schwarze Mäntel, dunkelblaue Anzüge, dunkle Krawatten, weiße Oberhemden und schwarze Halbschuhe mit Gummi- statt mit Ledersohlen. Auch das hatte Roy ausdrücklich verlangt.

Rink und Fordyce hatten neue Sachen für Roy mitgebracht, die praktisch mit ihrer eigenen Kleidung identisch waren. Nachdem Roy während des Flugs von Cedar City an Bord des Jets geduscht und sich rasiert hatte, mußte er sich nur noch umziehen, bevor sie von dem Flugzeug in die superlange schwarze Chrysler-Limousine umsteigen konnten, die am Fuß der Rolltreppe wartete.

Der Tag war bitterkalt. Der Himmel war so klar wie ein arktisches Meer und tiefer als die Zeit. Eiszapfen hingen an den Traufen der Hausdächer, und die fernen Ränder der Rollbahnen waren schneebedeckt.

Stapleton lag am nordöstlichen Stadtrand, und den Termin mit Dr. Sabrina Palma mußten sie jenseits der *südwestlichen* Vororte wahrnehmen. Roy hätte unter dem einen oder anderen Vorwand auf einer Polizeieskorte bestehen können, wollte jedoch nicht mehr Aufmerksamkeit als unbedingt nötig auf sich lenken.

»Wir haben für sechzehn Uhr dreißig einen Termin vereinbart«, sagte Fordyce, als er und Rink in der Limousine Platz nahmen, auf den Sitzen entgegen der Fahrtrichtung gegenüber von Roy, der in Fahrtrichtung saß. »Wir werden ein paar Minuten früher dort sein.«

Der Fahrer hatte die Anweisung bekommen, nicht zu trödeln. Sie beschleunigten so stark, als *hätten* sie eine Polizeieskorte.

Rink gab Roy einen weißen DIN-A4-Umschlag. »Darin befinden sich alle Ausweise und Urkunden, die Sie angefordert haben.«

»Sie haben Ihre Secret-Service-Ausweise?« fragte Roy.

Rink und Fordyce zogen Ausweismappen aus ihren Jackentaschen und klappen sie auf. Darin befanden sich holographische Ausweise mit ihren Fotos und authentischen Secret-Service-Dienstmarken. Rinks Name bei dem bevorstehenden Gespräch lautete Sidney Eugene Tarkenton. Fordyce war Lawrence Albert Olmeyer.

500

Roy fischte seine Ausweismappe zwischen den Dokumenten in dem weißen Umschlag heraus. Er war J. Robert Cotter.

»Prägen wir uns ein, wer wir sind. Achten Sie darauf, sich stets mit diesen Namen anzusprechen«, sagte Roy. »Wahrscheinlich werden Sie nicht viel sprechen müssen – wenn überhaupt. Ich übernehme das Reden. Sie sind hauptsächlich dabei, um der ganzen Sache einen realistischen Anschein zu verleihen. Sie werden Dr. Palmas Büro nach mir betreten und sich rechts und links von der Tür aufstellen. Dort bleiben Sie stehen, die Füße etwa dreißig Zentimeter weit auseinander, die Hände vor dem Bauch verschränkt. Wenn ich Sie ihr vorstelle, sagen Sie ›Frau Doktor‹ und nicken oder ›Angenehm‹ und nicken. Die ganze Zeit über stoisch. So ausdruckslos wie eine Wache vor dem Buckinghampalast. Den Blick stur geradeaus gerichtet. Kein Herumzappeln. Sollte sie Sie auffordern, Platz zu nehmen, sagen Sie höflich: ›Nein, danke, Frau Doktor.‹ Ja, ich weiß, das ist lächerlich, aber die Leute sind nun mal gewohnt, daß Secret-Service-Agenten sich in Filmen so benehmen, und deshalb wird ihr jedes Anzeichen, daß es sich bei Ihnen um Menschen aus Fleisch und Blut handelt, falsch vorkommen. Haben Sie das verstanden, Sidney?«

»Jawohl, Sir.«

»Haben Sie das verstanden, Lawrence?«

»Ich ziehe ›Larry‹ vor«, sagte Oliver Fordyce.

»Haben Sie das verstanden, Larry?«

»Jawohl, Sir.«

»Gut.«

Roy holte die anderen Dokumente aus dem Umschlag, überprüfte sie und war zufrieden.

Er ging eins der größten Risiken seiner Karriere ein, war jedoch bemerkenswert ruhig. Er hatte nicht mal angeordnet, daß Agenten in Salt Lake City oder irgendwo nördlich von Cedar City nach den Flüchtigen suchen sollten, denn er war überzeugt, daß sie mit dem Flug in diese Richtung eine falsche Fährte legen wollten. Unmittelbar, nachdem sie unter die Radarhöhe gesunken waren, hatten sie den Kurs geändert. Er bezweifelte, daß sie nach Westen fliegen würden, zurück nach Nevada, denn die gewaltigen Einöden dieses Staates boten zu wenig Deckung. Damit blieben der Süden und Osten übrig. Nach Gary Duvalls beiden Informationsbrocken hatte Roy sich alles in Erinnerung gerufen, was er über Spencer Grant wußte, und war zum Schluß gekommen, genau vorhersagen zu können, in welche Richtung der Mann – und mit etwas Glück auch die Frau – fliehen würden. Ostnordost. Überdies ahnte er, wo genau Grant am Ende dieser Flugbahn landen würde. Das konnte er noch zuverlässiger voraussagen, als er die Bahn einer Kugel berechnen konnte, die er mit einem Präzisionsgewehr abschoß. Roy war nicht lediglich deshalb so ruhig, weil er an seine oft erprobte Kraft der deduktiven Vernunft glaubte, sondern weil in diesem besonderen Fall das Schicksal genauso sicher mit ihm war, wie Blut in seinen Adern floß.

»Kann ich davon ausgehen, daß das Team, das ich zuvor angefordert habe, nach Vail unterwegs ist?«

»Zwölf Mann«, sagte Fordyce.

Roy warf einen Blick auf seine Uhr. »Dann müßten sie sich bereits mit Duvall getroffen haben.«

Sechzehn Jahre lang hatte Michael Ackblom – alias Spencer Grant – den tiefen Drang bekämpft, an diesen Ort zurückzukehren, dem starken Magneten der Vergangenheit Widerstand geleistet. Dennoch war ihm, entweder bewußt oder unbewußt, stets klar gewesen, daß er dieser Stätte der Heimsuchung früher oder später einen Besuch würde abstatten müssen. Ansonsten hätte er das Anwesen verkauft, sich diese deutliche Erinnerung an eine Zeit, die er vergessen wollte, vom Hals geschafft, genau, wie er seinen alten Namen gegen einen neuen eingetauscht hatte.

Er hatte das Anwesen aus demselben Grund behalten, aus dem er nie einen Arzt aufgesucht hatte, um seine Gesichtsnarbe operativ so unauffällig wie möglich machen zu lassen. *Er bestraft sich mit dieser Narbe*, hatte Dr. Nero Mondello in seinem weiß in weiß gehaltenen Büro in Beverly Hills gesagt. *Erinnert sich an etwas, das er gern vergessen würde, fühlt sich aber verpflichtet, sich daran zu erinnern.*

Hätte Grant weiterhin in Kalifornien gelebt und eine sorgenfreie tägliche Routine eingehalten, hätte er dem Lockruf dieses mörderischen Anwesens in Colorado vielleicht ewig widerstehen können. Doch nun lief er um sein Leben und stand unter gewaltigem Druck, und er war seiner alten Heimat so nahe gekommen, daß der Sirenengesang der Vergangenheit unwiderstehlich sein würde. Roy setzte alles darauf, daß der Sohn des Massenmörders zum Mark des Alptraums zurückkehren würde, dem all das Blut entsprungen war.

Spencer Grant hatte auf der Ranch in der Nähe von Vail noch etwas zu erledigen. Und nur zwei Menschen auf der Welt wußten, worum es sich dabei handelte.

Hinter den dunkel getönten Fenstern der dahinrasenden Limousine, in dem schnell schwindenden Winternachmittag, kam ihm die moderne Stadt Denver rauchig und an den Rändern so verschwommen abgerundet vor wie ein Haufen uralter Ruinen, die von Efeu überwuchert und von Moos bedeckt waren.

Der JetRanger landete westlich von Grand Junction mitten im Colorado National Monument, in einem erodierten Becken, das auf der einen Seite von roten Felsformationen und auf der anderen von flachen, mit Wacholderbäumen und Blaukiefern bedeckten Hügeln umspannt wurde. Der Luftdruck der Rotoren wirbelte eine trockene, kaum zwei Zentimeter dicke Schneeschicht zu kristallinen Wolken auf.

Dreißig Meter entfernt diente eine grünschwarze Mauer aus Bäumen der hellen Silhouette eines weißen Ford Bronco als Hintergrund. Ein Mann in einem grünen Skianzug stand an der geöffneten Heckklappe und beobachtete den Hubschrauber.

Spencer blieb bei der Crew, während Ellie hinausging, um mit dem Mann am Geländewagen zu sprechen. Nachdem der Motor des JetRangers ausgeschaltet worden war und die Rotoren sich nicht mehr drehten, war es in dem von Felsen und Bäumen umsäumten Becken so still wie in einer verlassenen Kirche. Sie hörte lediglich das Knarren und Knirschen ihrer Schritte auf der schneebedeckten, gefrorenen Erde.

Als sie sich dem Bronco näherte, sah sie ein Stativ mit einer Kamera darauf. Auf der hinabgelassenen Heckklappe lag verwandtes Zubehör.

Der bärtige Fotograf war so wütend, daß die Luft aus seinen Nasenlöchern schoß, als wolle er jeden Augenblick explodieren. »Sie haben meine Aufnahme verdorben. Dieser jungfräuliche Streifen Schnee, der zu diesem vorstoßenden, feurigen Felsen hinaufführt. Dieser Kontrast, diese Dramatik. Und Sie haben alles *verdorben!*«

Sie schaute zu den Felsformationen hinter dem Hubschrauber zurück. Sie waren noch immer feurig, ein leuchtendes Buntglasrot im Licht der im Westen stehenden Sonne, und sie stießen noch immer hervor. Aber was den Schnee betraf, hatte er recht: Er war nicht mehr jungfräulich.

»Tut mir leid.«

»Das ändert auch nichts«, sagte er scharf.

Sie betrachtete den Schnee in der Nähe des Broncos. Soweit sie sehen konnte, hatte lediglich er Fußspuren darin zurückgelassen. Er war allein.

»Verdammt, was machen Sie überhaupt hier draußen?« fragte der Fotograf. »Das ist ein Naturschutzgebiet. Hier gibt es Lärmschutzvorschriften. So ein lautes Ding ist hier nicht erlaubt. Hier soll das Leben wilder Tiere erhalten bleiben.«

»Dann zeigen Sie sich kooperativ und erhalten Sie das Ihre«, sagte sie und zog die SIG-9-Millimeter unter ihrer Jacke hervor.

Nachdem sie in den JetRanger zurückgekehrt waren, richtete Ellie die Pistole und die Micro-Uzi auf die Gefangenen, während Spencer Streifen aus den Polstern schnitt. Mit diesen Lederriemen fesselte er die Handgelenke der drei Männer an die Lehnen der Sitze, auf denen sie hatten Platz nehmen müssen.

»Ich werde Sie nicht knebeln«, sagte er. »Hier draußen hört Sie sowieso niemand schreien.«

»Wir werden erfrieren«, gab der Pilot zu verstehen.

»Sie werden Ihre Arme in höchstens einer halben Stunde befreit haben. Eine weitere halbe bis dreiviertel Stunde brauchen Sie, um zu dem Highway zu gehen, über den wir kurz vor der Landung hinweggeflogen sind. So schnell erfriert man nicht.«

»Um ganz sicherzugehen«, versicherte Ellie ihnen, »werden wir die Polizei anrufen, sobald wir eine Stadt erreichen, und ihr sagen, wo Sie sind.«

Die Dämmerung senkte sich. Im tiefen Purpur des Osthimmels waren dort, wo er sich zum Horizont hinabkrümmte, bereits Sterne auszumachen.

Während Spencer den Bronco fuhr, saß Rocky auf der Ladefläche hinter Ellie und hechelte ihr ins Ohr. Sie fanden den Weg querfeldein zum Highway ohne Schwierigkeiten, mußten lediglich den Reifenspuren im Schnee folgen, die der Geländewagen auf dem Weg in das malerische Becken zurückgelassen hatte.

»Warum haben Sie ihnen gesagt, daß wir die Polizei benachrichtigen?« fragte Spencer.

»Sollen sie etwa erfrieren?«

»Die Gefahr besteht wohl kaum.«

»Ich will das Risiko nicht eingehen.«

»Ja, aber heutzutage ist es möglich – vielleicht nicht wahrscheinlich, aber möglich –, daß jeder Anruf, den die Polizei bekommt, zurückverfolgt werden kann. Jeder Anruf, nicht nur, wenn man den Notruf wählt.

Und in einer kleineren Stadt wie Grand Junction, in der es nur wenig Straßenkriminalität gibt und die Ausrüstungsgegenstände länger in Ordnung bleiben, kann man wahrscheinlich mehr Geld für moderne Kommunikationssysteme mit allem Drum und Dran ausgeben. Wenn wir sie anrufen, können sie sofort erkennen, von wo aus das Gespräch gekommen ist. Die Adresse erscheint automatisch auf dem Bildschirm, an dem der Polizeibeamte arbeitet. Und dann werden sie wissen, auf welcher Straße wir Grand Junction verlassen haben, in welche Richtung.«

»Ich weiß. Aber so einfach werden wir es ihnen nicht machen«, sagte sie und erklärte ihm, was sie im Sinn hatte.

»Das gefällt mir«, sagte er.

Das Rocky Mountain Prison für kriminelle Geisteskranke war während der großen Depression im Rahmen der Arbeitsbeschaffungsmaßnahmen der Regierung errichtet worden und sah so massiv und gewaltig aus wie die Rockies selbst. Das Gefängnis war ein flaches, weitläufiges Gebäude, dessen Fenster sogar im Verwaltungsflügel klein, tief eingelassen und vergittert waren. Die Wände waren mit eisengrauem Granit bekleidet. Ein noch dunklerer Granit war für die Oberschwellen, Türen, Fensterbänke und -rahmen, Ecksteine und Gesimse verwendet worden. Das gesamte Gebäude schien sich unter einem niedrigen Dachstuhl und einem schwarzen Schieferdach zu ducken.

Ganz allgemein wirkte die Anstalt auf Roy Miro genauso bedrückend wie bedrohlich. Ohne Übertreibung konnte man sagen, daß das Gebäude hoch auf seinem Hügel kauerte, als wäre es ein Lebewesen. In den spätnachmittäglichen Schatten der steilen Hänge, die sich hinter dem Gefängnis erhoben, wurden seine Fenster von einem trüben gelben Licht erhellt, das vielleicht durch Verbindungsgänge aus den Verliesen irgendeines Bergdämons drang, der tief in den Rockies lebte.

Als Roy sich in der Limousine dem Gefängnis näherte, vor ihm stand und durch die allgemein zugänglichen Korridore zu Dr. Palmas Büro ging, wurde er vom Mitgefühl für die armen Seelen überwältigt, die in diesem Steinklotz eingesperrt waren. Ebenso trauerte er um die gleichermaßen leidenden Wärter, die die Geisteskranken bewachen und so viel Zeit unter diesen Umständen verbringen mußten. Hätte er die Befugnis dazu gehabt, hätte er jedes Fenster und jeden Luftschacht zugemauert und sowohl die Insassen als auch die Wärter mit einem sanft wirkenden, aber tödlichen Gas von ihrem Elend erlöst.

Dr. Sabrina Palmas Vorzimmer und Büro waren im Gegensatz zu dem sie umgebenden Gebäude so warm und luxuriös eingerichtet, daß sie nicht nur zu einem anderen und angenehmeren Ort – ein Penthouse in New York, eine Strandvilla in Palm Beach –, sondern auch in eine andere Zeit als die dreißiger Jahre zu gehören schienen, in denen der Rest des Gefängnisses noch wie in einer Zeitverwerfung gefangen zu sein schien. Auf den ersten Blick stellte Roy fest, daß die mit platin- und goldfarbigen Seidenstoffen gepolsterten Sofas und Sessel von J. Robert Scott stammten. Auch die gebeizten oder lackierten Tische, Spiegelrahmen und Stühle stammten von J. Robert Scott und waren aus einer Vielzahl von Edelhölzern mit kühnen Maserungen gefertigt. Der tiefe, beige in beige Teppich mochte von Edward Fields sein. In der Mitte des Büros stand ein großer, halbmondförmiger Schreibtisch von Monteverde & Young, der vierzigtausend Dollar gekostet haben mußte.

Roy hatte noch nie ein Büro eines öffentlich bestellten Beamten gesehen, das diesen beiden Zimmern gleichkam, nicht mal in den höchsten Kreisen des offiziellen Washington. Er wußte sofort, was er daraus schließen konnte, und wußte ebenfalls, daß er damit eine Waffe besaß, die er gegen Dr. Palma anwenden konnte, sollte sie ihm Widerstand leisten.

Sabrina Palma war die Direktorin des medizinischen Gefängnispersonals. Da es sich bei dieser Institution gleichermaßen um ein Krankenhaus wie ein Gefängnis handelte, kam ihre Position der eines Direktors in einer normalen Strafanstalt gleich. Und sie war so beeindruckend wie ihr Büro. Pechschwarzes Haar. Grüne Augen. Die Haut so weiß und glatt wie entrahmte Milch. Anfang der Vierziger, groß, schlank, aber wohlgerundet. Sie trug ein schwarzes Strickkostüm und eine weiße Seidenbluse.

Nachdem Roy seinen falschen Namen genannt hatte, stellte er ihr Agent Olmeyer...

»Angenehm, Frau Doktor.«

... und Agent Tarkenton vor.

»Frau Doktor.«

Sie bat sie, Platz zu nehmen.

»Nein, danke, Frau Doktor«, sagte Olmeyer und baute sich rechts neben der Tür auf, die das Vorzimmer mit dem Büro verband.

»Nein, danke, Frau Doktor«, sagte Tarkenton und baute sich links von derselben Tür auf.

Roy begab sich zu einem der drei exquisiten Sessel vor Dr. Palmas Schreibtisch, während sie um ihn herum zu dem üppigen Lederthron dahinter schritt. Sie nahm in einer Kaskade des indirekten, bernsteinfarbenen Lichts Platz, das ihre bleiche Haut wie mit einem inneren Feuer leuchten ließ.

»Ich bin in einer Angelegenheit von höchster Bedeutung hier«, sagte Roy mit so freundlicher Stimme, wie es ihm nur möglich war. »Wir glauben – nein, wir sind sicher –, daß der Sohn eines Ihrer Insassen ein Attentat auf den Präsidenten der Vereinigten Staaten plant.«

Als Sabrina Palma den Namen des potentiellen Attentäters vernahm und daraus auf die Identität des Vaters schließen konnte, runzelte sie die Stirn. Nachdem sie die Dokumente studiert hatte, die Roy aus dem weißen Umschlag holte, und erfahren hatte, was er von ihr verlangte, entschuldigte sie sich und ging ins Vorzimmer, um mehrere dringende Anrufe zu tätigen.

Roy wartete auf seinem Stuhl.

Hinter den drei schmalen Fenstern glitzerten und funkelten tief unter dem Gefängnis die Lichter Denvers in der Dunkelheit.

Er sah auf seine Uhr. Mittlerweile müßten sich auf der anderen Seite der Rockies Duvall und seine zwölf Agenten unauffällig in der herannahenden Nacht verborgen haben. Sie sollten sich für den Fall bereithalten, daß die Reisenden viel eher als erwartet eintrafen.

Als sie den Stadtrand von Grand Junction erreichten, hatte die Kapuze der Nacht das Antlitz der Dämmerung vollständig bedeckt.

Mit über fünfunddreißigtausend Einwohnern war die Stadt groß genug, um ihr Vorankommen zu verzögern. Doch Ellie hatte eine Taschenlampe und die Karte, die sie aus dem Hubschrauber mitgenommen hatte, und fand die kürzeste Strecke.

Nachdem sie die Stadt zu zwei Dritteln hinter sich gelassen hatten, hielten sie an einem Kinozentrum an, um sich ein neues Fahrzeug zu besorgen. Anscheinend begann oder endete im Augenblick keine Vorstellung, denn weder kamen, noch gingen Kinobesucher. Der riesige Parkplatz stand voller Wagen, war aber menschenleer.

»Nehmen Sie einen Explorer oder einen Jeep, wenn Sie einen finden«, sagte sie, als er die Tür des Broncos öffnete und einen kalten Luftzug einließ. »So was in der Art. Das ist bequemer.«

»Diebe können nicht wählerisch sein«, sagte er.

»Müssen sie aber.« Als er ausstieg, rutschte sie hinter das Lenkrad. »He, wenn Sie nicht wählerisch sind, sind Sie auch kein Dieb, sondern ein Müllmann.«

Während Ellie im Schrittempo neben ihm herfuhr, ging Spencer kühn von Fahrzeug zu Fahrzeug und versuchte, die Türen zu öffnen. Jedesmal, wenn er einen unverschlossenen Wagen fand, beugte er sich hinein, sah nach, ob der Schlüssel im Zündschloß steckte, und suchte dann hinter der Sonnenblende und unter dem Fahrersitz danach.

Rocky beobachtete seinen Herrn durch das Seitenfenster des Broncos und jaulte leise.

»Ja, es ist gefährlich«, sagte Ellie. »Ich darf dich ja nicht belügen. Aber bei weitem nicht so gefährlich, wie durch die Glasfassade eines Supermarkts zu fahren, während man von einem Hubschrauber voller Killer verfolgt wird. Man muß die Dinge im richtigen Verhältnis sehen.«

Der vierzehnte fahrbare Untersatz, den Spencer öffnete, war ein großer schwarzer Chevy-Lieferwagen mit einem vergrößerten Fahrerhaus, das sowohl über Vorder- als auch Rücksitze verfügte. Er stieg hinein, zog die Tür zu, ließ den Motor an, und setzte rückwärts aus der Parklücke.

Ellie fuhr den Bronco auf die Parkbucht, die der Chevy eingenommen hatte. Sie benötigten lediglich fünfzehn Sekunden, um die Waffen, die Reisetasche und den Hund in den Lieferwagen zu schaffen. Dann waren sie wieder unterwegs.

Am östlichen Stadtrand suchten sie nach einem erst vor kurzem erbauten Motel. Die Zimmer in den meisten älteren Hotels waren nicht besonders computerfreundlich.

An einer »Motor-Lodge«, wie sie sich selbst bezeichnete, die so neu aussah, daß sie erst vor ein paar Stunden feierlich eröffnet worden zu sein schien, ließ Ellie Spencer und Rocky im Lieferwagen zurück und ging zum Empfang, um den Portier zu fragen, ob die Zimmertelefone über einen Modem-Anschluß verfügten. »Morgen früh muß mein Büro in Cleveland meinen Bericht vorliegen haben.« In der Tat waren alle Zimmer für ihre Zwecke verkabelt. Sie benutzte zum erstenmal den auf Bess Baer lautenden Ausweis, mietete ein Doppelzimmer und bezahlte bar und im voraus.

»Wann können wir weiterfahren?« fragte Spencer, als sie vor ihrem Bungalow parkten.

»Höchstens in einer dreiviertel, vielleicht schon in einer halben Stunde«, versprach sie ihm.

»Wir sind zwar ein paar Kilometer von dem Parkplatz entfernt, auf dem wir den Chevy gestohlen haben, aber ich habe ein schlechtes Gefühl. Ich möchte nicht allzu lang hier herumhängen.«

»Da geht es mir nicht anders.«

Unwillkürlich begutachtete sie die Einrichtung des Zimmers, als sie Spencers Laptop aus der Segeltuchtasche nahm, neben einem Arrangement leicht zugänglicher Steckdosen und Telefonbuchsen auf den Schreibtisch stellte und anschloß. Blau und schwarz gesprenkelter Teppich. Blau und gelb gestreifte Vorhänge. Grün und blau karierte Tagesdecke. Blau und golden und silbern gemusterte Tapete mit einem bleichen Amöbenmuster. Das Zimmer schien in den Tarnfarben der Armee eines fremden Planeten gehalten zu sein.

»Während Sie daran arbeiten«, sagte Spencer, »gehe ich mal kurz mit Rocky raus, damit er sein Geschäft erledigen kann. Er muß ja bald platzen.«

»Er scheint noch keine Schwierigkeiten zu haben.«

»Es ist ihm zu peinlich, sie zu zeigen.« An der Tür drehte er sich noch einmal zu ihr um. »Ich habe auf der anderen Straßenseite ein Schnellrestaurant gesehen«, sagte er. »Wenn Sie sich damit zufriedengeben, gehe ich rüber und besorge uns ein paar Burger und so weiter.«

»Bringen Sie ja genug mit.«

Während Spencer und der Hund unterwegs waren, verschaffte Ellie sich Zugang zum Zentralcomputer von AT&T, in den sie zum erstenmal vor geraumer Zeit eingedrungen war und in dem sie sich bestens auskannte. Über die bundesweiten Verknüpfungen der Firma war es ihr in der Vergangenheit immer wieder gelungen, sich in die Computer verschiedener regionaler Telefongesellschaften in allen möglichen Ecken des Landes einzuschleichen, wenngleich sie es noch nie mit einem System in Colorado versucht hatte. Für einen Hacker galt jedoch genau wie für einen Konzertpianisten oder Leistungssportler, daß Übung den Meister machte, und davon hatte sie wahrlich genug aufzuweisen.

Als Spencer und Rocky schon nach fünfundzwanzig Minuten zurückkamen, befand Ellie sich bereits tief im regionalen System und ließ eine entmutigend lange Liste von Telefonnummern mit den entsprechenden Adressen über den Bildschirm rollen, die nach Bezirken angeordnet waren. Sie entschied sich schließlich für einen öffentlichen Fernsprecher an einer Tankstelle in Montrose, Colorado, über einhundert Kilometer südlich von Grand Junction.

Sie manipulierte das Umschaltsystem der regionalen Telefongesellschaft und rief die Polizei von Grand Junction an, indem sie das Gespräch von dem Motelzimmer zu einem öffentlichen Fernsprecher in Montrose umleitete. Damit bewirkte sie, daß auf dem Monitor in der Telefonzentrale der Polizeibehörde die Adresse in Montrose angegeben wurde.

»Polizei von Grand Junction.«

»Wir haben heute in Cedar City in Utah einen Hubschrauber der Marke Bell JetRanger entführt«, begann Ellie ohne jede Einleitung. Als die Polizistin, die das Gespräch entgegennahm, versuchte, sie mit Fragen zu unterbrechen, was darauf hindeutete, daß man versuchte, das Gespräch auf herkömmliche Art und Weise zurückzuverfolgen, schrie Ellie die Frau nieder: »Halten Sie den Mund! Halten Sie den Mund! Ich werde das nur einmal sagen, also hören Sie besser zu, oder es werden Menschen sterben.« Sie grinste Spencer an, der auf dem Tisch Papiertüten mit wunderbar riechenden Speisen öffnete. »Der Hubschrauber befindet sich nun im Colorado National Monument. Die Besatzung ist an Bord. Sie ist unverletzt, aber gefesselt. Wenn sie dort draußen die Nacht verbringen müssen, werden sie erfrieren. Ich beschreibe Ihnen die Landestelle nur einmal, und wenn Sie den Leuten das Leben retten wollen, passen Sie besser genau auf.«

Sie gab eine ausreichende Wegbeschreibung durch und unterbrach die Verbindung.

Damit hatte sie zweierlei erreicht. Die drei Männer in dem Jet-Ranger würden bald gefunden werden. Und die Polizei von Grand Junction ging davon aus, daß der Anruf aus Montrose gekommen war, über einhundert Kilometer südlich von ihrem tatsächlichen Aufenthaltsort, was darauf schließen ließ, daß Ellie und Spencer entweder über den Highway 50 in östliche Richtung nach Pueblo oder über den Highway 550 südlich nach Durango flohen. Von diesen beiden Hauptverkehrsadern zweigten zahlreiche Staatsstraßen ab, so daß die Suchtrupps der Agency einiges zu tun bekamen. Mittlerweile würden sie, Spencer und der Hund auf dem Interstate 70 nach Denver fahren.

Dr. Sabrina Palma war schwierig, was Roy allerdings nicht überraschte. Bevor er in dem Gefängnis eingetroffen war, hatte er mit Einwänden gegen seine Pläne aufgrund medizinischer, sicherheitstechnischer und politischer Erwägungen gerechnet. In dem Augenblick, in dem er ihr Büro gesehen hatte, war ihm klar geworden, daß gewisse finanzielle Gesichtspunkte ein größeres Gewicht haben würden als alle etwaigen ethischen Einwände.

»Ich kann mir in bezug auf eine Drohung gegen den Präsidenten keinerlei Umstände vorstellen, die Steven Ackbloms Entlassung aus dieser Anstalt erforderlich machen«, sagte sie scharf. Obwohl sie auf den imposanten Ledersessel zurückgekehrt war, saß sie nicht mehr entspannt darin, sondern auf dem Rand vorgebeugt, die Arme auf dem halbmondförmigen Schreibtisch. Ihre manikürten Hände ballten sich abwechselnd auf der Schreibtischunterlage zu Fäusten oder beschäftigten sich mit verschiedenen Stücken aus Lalique-Kristall – kleine Tiere, bunte Fische –, die auf einer Seite neben der Schreibtischunterlage angeordnet waren. »Er ist ein äußerst gefährlicher Mensch, ein arroganter und völlig selbstsüchtiger Mann, der nie mit Ihnen zusammenarbeiten würde, auch nicht, *falls* er Ihnen helfen könnte, seinen Sohn zu finden – obwohl ich mir nicht vorstellen kann, auf welche Weise er dazu imstande sein sollte.«

»Mit allem gebührenden Respekt, Dr. Palma«, sagte Roy so freundlich wie zuvor, »es ist nicht Ihre Aufgabe, sich vorzustellen oder zu überlegen, wie er uns helfen könnte oder wie wir uns seiner Zusammenarbeit vergewissern wollen. Es handelt sich um eine dringende Angelegenheit der nationalen Sicherheit, und ich bin nicht befugt, Ihnen irgendwelche Einzelheiten mitzuteilen, auch wenn ich dies gern täte.«

»Dieser Mann ist *böse*, Mr. Cotter.«

»Ja, ich kenne seine Vorgeschichte.«

»Sie verstehen mich nicht ...«

»Sie haben den Gerichtsbeschluß gelesen«, unterbrach Roy sie sanft und deutete auf eins der Dokumente auf ihrem Schreibtisch,

»der von einem Richter des Obersten Gerichtshofs von Colorado unterschrieben wurde und Steven Ackblom in meine befristete Obhut überstellt.«

»Ja, aber ...«

»Ich nehme an, als Sie den Raum verließen, um zu telefonieren, haben Sie sich unter anderem von der Rechtmäßigkeit dieses Beschlusses überzeugt?«

»Ja, und es gibt nichts daran auszusetzen. Der Richter war noch in seinem Büro und hat mir die Anweisung persönlich bestätigt.«

Die Unterschrift war in der Tat echt. Diesen Richter hatte die Agency in der Tasche.

Sabrina Palma gab sich damit nicht zufrieden. »Aber was weiß Ihr Richter schon von dem Bösen in diesem Menschen? Welche Erfahrung hat er mit diesem Mann?«

Roy zeigte auf ein anderes Dokument auf dem Schreibtisch. »Und ich kann davon ausgehen, daß Sie auch die Echtheit dieses Briefes meines Vorgesetzten bestätigt haben, des Finanzministers? Sie haben doch in Washington angerufen?«

»Ich habe nicht mit ihm gesprochen, nein, natürlich nicht.«

»Er ist ein vielbeschäftigter Mann. Aber Sie haben doch sicher jemanden aus seinem Ministerium erreicht ...«

»Ja«, gestand die Frau Doktor knirschend ein. »Ich habe mit einem seiner Mitarbeiter gesprochen, der das Gesuch bestätigt hat.«

Die Unterschrift des Finanzministers war gefälscht. Der Mitarbeiter, einer von zahlreichen Lakaien, stand in den Diensten der Agency. Er wartete zweifellos noch immer, nach mehreren Stunden, im Büro des Ministers, um ein Gespräch auf dem Privatanschluß entgegenzunehmen, dessen Nummer Roy Sabrina Palma gegeben hatte, nur für den Fall, daß sie ein zweites Mal anrufen sollte.

Roy deutete auf ein drittes Dokument auf ihrem Schreibtisch. »Und dieses Gesuch des stellvertretenden Justizministers?« fragte er weiter.

»Ja, ich habe ihn angerufen.«

»Wie ich gehört habe, kennen Sie Mr. Summerton persönlich.«

»Ja, ich bin ihm einmal begegnet, auf einer Konferenz über Schuldunfähigkeit wegen Geisteskrankheit und deren Auswirkung auf das Rechtssystem. Vor etwa einem halben Jahr.«

»Mr. Summerton war sicher überzeugend.«

»Sehr. Hören Sie, Mr. Cotter, ich habe versucht, den Gouverneur zu erreichen, und wenn wir einfach warten könnten, bis er zurückruft...«

»Ich fürchte, die Zeit dafür haben wir nicht. Wie ich Ihnen gesagt habe, steht das Leben des Präsidenten der Vereinigten Staaten auf dem Spiel.«

»Dieser Gefangene ist außergewöhnlich...«

»Dr. Palma«, sagte Roy. Er lächelte zwar noch, doch seine Stimme war nun scharf wie Stahl. »Sie müssen sich keine Sorgen darüber machen, Sie könnten Ihre goldene Gans verlieren. Ich versichere Ihnen, er wird innerhalb von vierundzwanzig Stunden wieder in Ihrer Obhut sein.«

Ihre grünen Augen bedachten ihn mit einem wütenden Blick, doch sie antwortete nicht.

»Ich wußte gar nicht, daß Steven Ackblom auch nach seiner Inhaftierung noch malt«, sagte Roy.

Dr. Palmas Blick schnellte kurz zu den beiden Männern, die noch immer in überzeugend starrer Secret-Service-Manier an der Tür standen, und legte sich dann wieder auf Roy. »Er malt noch ein wenig, ja. Nicht viel. Zwei oder drei Bilder pro Jahr.«

»Die auf dem derzeitigen Markt Millionen wert sind.«

»Hier geht nichts Unethisches vor, Mr. Cotter.«

»Das habe ich auch nicht angenommen«, sagte Roy unschuldig.

»Aus freiem Willen, ohne jeden Zwang, überträgt Mr. Ackblom die Rechte an seinen neuen Gemälden dieser Institution – nachdem er es leidgeworden ist, sie in seiner Zelle aufzuhängen. Die Erträge aus den Verkäufen dienen lediglich dazu, die Mittel zu ergänzen, die der Staat Colorado uns zuweist. Und beim heutigen Zustand der Wirtschaft teilt der Staat sämtlichen Gefängnissen jeglicher Art zu geringe Mittel zu, als hätten Häftlinge keinen Anspruch auf angemessene Versorgung.«

Roy ließ eine Hand leicht, würdigend, ja geradezu *liebevoll* über die glasglatte, runde Kante des vierzigtausend Dollar teuren Schreibtisches gleiten. »Ja, ohne die Einkünfte aus Mr. Ackbloms Werken würden Sie bestimmt beträchtlich schlechter dastehen.«

Sie schwieg erneut.

»Sagen Sie, Frau Doktor, außer den zwei oder drei großen Werken, die Ackblom Jahr für Jahr schafft, kritzelt er doch vielleicht öfter mal herum, damit seine eingekerkerten Tage schneller vergehen. Gibt es vielleicht Entwürfe, Bleistiftstudien oder kleinere Skizzen, die der Mühe nicht wert sind, dieser Einrichtung überschrieben zu werden? Sie wissen sicher, was ich meine: unbedeutende Zeichnungen oder Vorstudien, die kaum zehn- oder zwanzigtausend Dollar wert sind und die man vielleicht mit nach Hause nimmt, um sie sich ins Badezimmer zu hängen? Oder die man vielleicht sogar mit dem Rest des Abfalls verbrennt?«

Ihr Haß auf ihn war so stark, daß es ihn nicht überrascht hätte, hätte die Rötung, die ihr Gesicht überzog, es dermaßen erhitzt, daß Flammen aus ihrer baumwollweißen Haut geschlagen wären, als wäre es überhaupt keine Haut, sondern selbstentzündendes Papier eines Bühnenzauberers.

»Ich bewundere Ihre Uhr«, sagte er und deutete auf die Piaget an ihrem schlanken Handgelenk. Das Zifferblatt war alternierend mit Diamanten und Smaragden besetzt.

Das vierte Dokument auf dem Schreibtisch war eine Übertragungsurkunde, die auf Anweisung des Obersten Gerichtshofs von Colorado Roy bevollmächtigte, Ackblom befristet in Gewahrsam zu nehmen. Roy hatte sie bereits in der Limousine unterschrieben. Nun zeichnete Dr. Palma sie ebenfalls ab.

»Bekommt Ackblom irgendwelche Medikamente, irgendwelche Antipsychotika«, fragte Roy erfreut, »die wir ihm regelmäßig verabreichen sollten?«

Sie sah ihm wieder in die Augen, doch nun wurde ihr Zorn von Besorgnis gedämpft. »Keine Antipsychotika. Er braucht sie nicht. Er ist nach keiner aktuellen psychologischen Definition des Begriffes verrückt. Mr. Cotter, ich versuche Ihnen klarzumachen, daß dieser Mann keins der klassischen Symptome einer Psychose aufweist. Er ist eins dieser höchst ungenau definierten Geschöpfe – ein Soziopath, ja. Aber er hat sich nur durch seine Handlungen als Soziopath erwiesen, durch das, was er unseres Wissens zufolge getan hat, aber durch keine Äußerung und kein anderes Verhaltensmuster. Unterziehen Sie ihn jedem beliebigen Test, und er wird ihn mit wehenden Flaggen bestehen. Ein völlig normaler Mensch, angepaßt, ausgeglichen, nicht einmal besonders neurotisch ...«

»Wie ich gehört habe, war er diese sechzehn Jahre lang ein vorbildlicher Häftling.«

»Das hat nichts zu bedeuten. Genau das will ich Ihnen ja gerade verdeutlichen. Hören Sie, ich bin Doktor der Medizin und der Psychiatrie. Doch im Lauf der Jahre habe ich aufgrund meiner Beobachtungen und Erfahrungen jeden Glauben an die Psychiatrie verloren. Freud und Jung – die hatten doch nur Scheiße im Kopf.« Da dieses grobe Wort einer so eleganten Frau über die Lippen kam, wie sie es war, hatte es eine schockierende Wirkung. »Ihre Theorien über die Funktionsweise des menschlichen Verstands sind wertlos, Übungen in Selbstrechtfertigung, Philosophien, die lediglich ersonnen wurden, um damit ihre eigenen Begierden zu entschuldigen. Niemand weiß, wie der Verstand funktioniert. Selbst wenn wir ein Medikament verabreichen und eine geistige Fehlfunktion korrigieren können, wissen wir lediglich, *daß* das Medikament wirksam ist, aber nicht, *warum.* Und in Ackbloms Fall beruht sein Verhalten genausowenig auf einem physiologischen wie auf einem psychologischen Problem.«

»Sie haben kein Mitgefühl für ihn?«

Sie beugte sich über den Schreibtisch und musterte ihn eindringlich. »Ich will Ihnen etwas sagen, Mr. Cotter. Es *gibt* Böses auf der Welt. Böses, das ohne Grund, ohne vernünftige Erklärung entstanden ist. Böses, das nicht einem Trauma oder Mißbrauch oder Entzug entspringt. Steven Ackblom ist meines Erachtens ein Musterbeispiel des Bösen. Er ist geistig gesund, völlig normal. Er kennt eindeutig den Unterschied zwischen Recht und Unrecht. Er hat sich dazu entschlossen, monströse Dinge zu tun, hat gewußt, daß sie monströs waren, und hat nicht mal den psychologischen Zwang verspürt, sie zu tun.«

»Sie haben kein Mitgefühl für Ihren Patienten?« fragte Roy erneut.

»Er ist nicht mein Patient, Mr. Cotter. Er ist mein Gefangener.«

»Als was auch immer Sie ihn sehen wollen ... hat ein Mann, der so tief gestürzt ist, nicht etwas Mitgefühl verdient?«

»Er hat es verdient, in den Kopf geschossen und in einem anonymen Grab verscharrt zu werden«, sagte sie barsch. Sie war nicht mehr attraktiv. Sie sah aus wie eine Hexe, mit pechschwarzem Haar und bleicher Haut, mit Augen, die so grün waren wie die gewisser Katzen. »Doch weil Mr. Ackblom sich als schuldig bekannt hat und weil es am einfachsten war, ihn in diese Anstalt einzuweisen, unterstützt der Staat die Fiktion, er sei krank.«

Von allen Menschen, die Roy in seinem geschäftigen Leben kennengelernt hatte, hatte er nur wenige nicht gemocht und noch weniger gehaßt. Für fast jeden, den er je kennengelernt hatte, hatte er in seinem Herz Mitgefühl gefunden, ganz gleich, welche Unzulänglichkeiten oder Charakterschwächen dieser Mensch gehabt hatte. Aber Dr. Sabrina Palma verachtete er lediglich.

Sobald sein voller Terminkalender ihm die Zeit ließ, würde er ihr eine wohlverdiente Strafe zukommen lassen, im Vergleich zu der das, was er Harris Descoteaux angetan hatte, gnädig anmuten würde.

»Selbst wenn Sie kein Mitgefühl für den Steven Ackblom aufbringen können, der diese Menschen getötet hat«, sagte Roy und erhob sich von seinem Stuhl, »hätte ich doch gedacht, daß Sie es für den Steven Ackblom empfinden, der Ihnen gegenüber so großzügig war.«

»Er ist böse.« Sie war erbarmungslos. »Er hat kein Mitgefühl verdient. Benutzen Sie ihn einfach, wie Sie ihn benutzen müssen, und bringen Sie ihn wieder zurück.«

»Na ja, vielleicht wissen Sie wirklich das eine oder andere über das Böse, Frau Doktor.«

»Der Vorteil, den ich aus der Vereinbarung hier ziehe«, sagte sie kalt, »ist eine Sünde, Mr. Cotter. Das weiß ich. Und auf die eine oder andere Weise werde ich für diese Sünde bezahlen. Aber es gibt einen Unterschied zwischen einer sündigen Tat, die aus einer Schwäche, und einer, die dem reinen Bösen entspringt. Und ich erkenne diesen Unterschied sehr wohl.«

»Wie schön für Sie«, sagte er und sammelte die Dokumente auf ihrem Schreibtisch wieder ein.

Sie saßen auf dem Motelbett und fielen über Hamburger, Pommes frites und Schokoladenplätzchen von Burger King her. Rocky fraß von einer zerrissenen Papiertüte auf dem Boden.

Dieser Morgen in der Wüste schien keine knappe zwölf Stunden hinter ihnen zu liegen, sondern eine Ewigkeit. Ellie und Spencer hatten so viel über einander erfahren, daß sie schweigend essen und die Mahlzeit genießen konnten, ohne sich im geringsten befangen zu fühlen.

Er überraschte sie jedoch, als er am Ende ihrer eiligen Mahlzeit seinem Wunsch Ausdruck verlieh, auf dem Weg nach Denver auf der Ranch in der Nähe von Vail Zwischenhalt zu machen. Und »überrascht« war kaum der richtige Ausdruck, als er ihr erzählte, daß ihm das Anwesen noch immer gehörte.

»Vielleicht habe ich immer gewußt, daß ich eines Tages dorthin zurückkehren muß«, sagte er. Dabei konnte er sie nicht ansehen. Er hatte den Appetit verloren und schob den Rest seiner Mahlzeit beiseite. Im Schneidersitz auf dem Bett hockend, faltete er die Hände um das rechte Knie und betrachtete sie, als wären sie geheimnisvoller als Artefakte aus dem versunkenen Atlantis.

»Zuerst«, fuhr er fort, »hielten meine Großeltern an dem Anwesen fest, weil sie nicht wollten, daß jemand es kaufte und eine gottverdammte Touristenattraktion daraus machte. Oder die Medien in die unterirdischen Räume ließ, damit sie weitere morbide Storys fabrizieren konnten. Die Leichen waren entfernt, die Gewölbe gesäubert worden, aber es war noch immer der *Tatort*, und er hätte noch immer das Interesse der Medien auf sich gezogen. Nachdem ich mich einer Therapie unterzogen hatte, die etwa ein Jahr lang dauerte, war der Therapeut der Ansicht, wir sollten die Ranch behalten, bis ich bereit sei, dorthin zurückzukehren.«

»Warum?« fragte Ellie verwundert. »Warum wollen Sie dorthin zurück?«

Er zögerte.

Dann: »Weil ein Teil dieser Nacht für mich völlig leer ist. Ich konnte mich nie daran erinnern, was am Ende geschah, nachdem ich ihn angeschossen hatte...«

»Was meinen Sie? Sie haben ihn angeschossen, sind losgelaufen, um Hilfe zu holen, und das war's.«

»Nein.«

»Wie bitte?«

Er schüttelte den Kopf. Betrachtete noch immer seine Hände. Sehr ruhige Hände. So ruhig, als wären sie aus Marmor gemeißelt.

»Genau das muß ich herausfinden«, sagte er schließlich. »Ich muß dorthin zurück, wieder dort hinab, und es herausfinden. Denn wenn ich es nicht tue, werde ich nie ... mit mir ins Reine kommen ... oder Ihnen im geringsten helfen können.«

»Sie können nicht dorthin zurück, nicht, solange die Agency hinter Ihnen her ist.«

»Sie werden dort nicht nach uns suchen. Sie können nicht herausgefunden haben, wer ich bin. Wer ich wirklich bin. Michael. Das können sie nicht wissen.«

»Vielleicht doch«, sagte sie.

Sie ging zu der Reisetasche und holte den Umschlag mit den

Fotos hervor, den sie auf dem Boden des JetRangers, halb unter ihrem Sitz, gefunden hatte. Sie zeigte ihm die Fotos.

»Die haben sie in einem Schuhkarton in meiner Hütte gefunden«, sagte er. »Wahrscheinlich haben sie die Fotos nur mitgenommen, um mich leichter identifizieren zu können. Meinen ... Vater werden sie nicht erkennen. Nicht aufgrund dieses Fotos.«

»Woher wollen Sie das wissen?«

»Darüber hinaus ist das Anwesen nicht auf einen Besitzer eingetragen, den man mit mir in Verbindung bringen könnte, selbst wenn es ihnen irgendwie gelungen sein sollte, eine versiegelte Gerichtsakte zu öffnen und herauszufinden, daß mein Name ursprünglich Ackblom lautete. Die Ranch gehört einer ausländischen Firma.«

»Die Agency ist verdammt einfallsreich, Spencer.«

Er schaute von seinen Händen auf und sah ihr in die Augen. »Na schön, ich will gern glauben, daß sie einfallsreich genug ist, um dahinterzukommen – wenn sie genug Zeit hat. Aber bestimmt nicht so schnell. Das bedeutet, daß ich um so mehr Gründe habe, noch heute abend dorthin zu fahren. Wann werde ich noch einmal die Gelegenheit dazu bekommen, wenn wir erst in Denver sind, oder wohin auch immer wir danach fahren werden? Wenn ich dann nach Vail zurückkehren kann, haben sie vielleicht tatsächlich herausgefunden, daß die Ranch mir noch immer gehört. Dann werde ich nie dorthin zurückkehren und die Sache zu Ende bringen können. Wir kommen auf dem Weg nach Denver direkt an Vail vorbei. Die Stadt liegt am Interstate 70.«

»Ich weiß«, sagte sie zitternd. Ihr fiel dieser Augenblick im Hubschrauber ein, als sie irgendwo über Utah gespürt hatte, daß er diese Nacht vielleicht nicht überleben und am Morgen nicht mehr bei ihr sein würde.

»Wenn Sie mich nicht begleiten wollen, kriegen wir das schon hin«, sagte er. »Aber ... auch wenn ich sicher sein könnte, daß die Agency nie von dem Anwesen erfahren wird, müßte ich heute nacht dorthin zurück. Ellie, wenn ich jetzt nicht zurückkehre, nachdem ich endlich den Mut dazu gefaßt habe, werde ich die Kraft vielleicht nie wieder aufbringen. Diesmal hat es sechzehn Jahre gedauert.«

Sie saß eine Zeitlang da und betrachtete ebenfalls ihre Hände. Dann stand sie auf und ging zum Laptop, der noch eingestöpselt und mit dem Modem verbunden war. Sie schaltete ihn ein.

Er folgte ihr zum Schreibtisch. »Was haben Sie vor?«

»Wie lautet die Adresse der Ranch?« fragte sie.

Es war eine ländliche Anschrift, ohne eine Hausnummer. Er nannte sie ihr, und dann noch einmal, als sie ihn bat, sie zu wiederholen. »Warum? Was hat das zu bedeuten?«

»Wie lautet der Name der ausländischen Firma?«

»Vanishment International.«

Sie verstand die Ironie sofort. *Vanishment*, Verschwinden. »Sie machen Witze.«

»Nein.«

»Und dieser Name steht jetzt in den Unterlagen des Grundbuchamts – Vanishment International? So taucht er auf den Steuererklärungen auf?«

»Ja.« Spencer zog einen anderen Stuhl neben den ihren und setzte sich, während Rocky sich schnüffelnd auf die Suche nach Essensresten machte. »Spannen Sie mich nicht auf die Folter, Ellie.«

»Ich will versuchen, mir Zugang zum zuständigen Katasteramt zu verschaffen«, sagte sie. »Wenn es mir gelingt, werde ich eine Karte der Parzelle aufrufen. Ich muß die genauen geographischen Koordinaten der Ranch kennen.«

»Und was bezwecken Sie damit?«

»Großer Gott, wenn wir wirklich das Risiko auf uns nehmen und da reingehen, müssen wir so schwer bewaffnet wie möglich sein.« Sie sprach eher mit sich selbst als mit ihm. »Wir müssen uns gegen einfach alles verteidigen können.«

»Wovon sprechen Sie überhaupt?«

»Zu kompliziert. Später. Jetzt muß ich mich auf meine Arbeit konzentrieren.«

Ihre schnellen Hände bewirkten auf der Tastatur wieder Wunder. Spencer beobachtete den Bildschirm, während Ellie von Grand Junction in der Computer des Gerichts von Vail eindrang. Dann schälte sie von der Datenzwiebel des Bezirks eine Schicht nach der anderen ab.

Mit einem etwas zu großen Anzug und einem Mantel bekleidet, der mit denen seiner drei Gefährten identisch war, saß der berühmte und berüchtigte Steven Ackblom in Fußfesseln und Handschellen neben Roy auf dem Rücksitz der Limousine. Die Kleidung hatte die Agency ihm zur Verfügung gestellt.

Der Künstler war dreiundfünfzig Jahre alt, schien aber nur ein paar Jahre älter als damals zu sein, als er die Titelseiten der Zeitungen geschmückt und die Sensationshändler ihn den Vampir von Vail, den Schlächter aus den Rockies und den Psycho-Michelangelo genannt hatten. Obwohl sich an seinen Schläfen eine Spur von Grau zeigte, war sein Haar ansonsten schwarz, glänzend und noch immer voll. Sein stattliches Gesicht war bemerkenswert glatt und jugendlich, und seine Stirn faltenlos. Kaum wahrnehmbare Lachfältchen zogen sich von beiden Nasenlöchern zu den Mundwinkeln hinab, und weitere Falten breiteten sich fächerförmig von den Augenwinkeln aus. Nichts davon hatte ihn im geringsten altern lassen; ganz im Gegenteil, sein Aussehen erweckte den Eindruck, er habe in seinem Leben wenige Sorgen, aber viele Vergnügungen gekannt.

Wie auf dem Foto, das Roy in der Hütte in Malibu gefunden hatte, und wie auf allen Fotos, die vor sechzehn Jahren in Zeitungen und Zeitschriften erschienen waren, stellten Steven Ackbloms Augen sein markantestes Merkmal dar. Dennoch lag nichts von der Arroganz in ihnen, die Roy sogar in der schattigen Publicity-Aufnahme wahrgenommen hatte. Sollte sie überhaupt jemals vorhanden gewesen sein, war sie nun durch ein ruhiges Selbstvertrauen ersetzt worden. Genauso war das Bedrohliche, das man in jedes Foto hineindeuten konnte, wenn man von den Taten des Mannes wußte, bei ihm persönlich nicht im geringsten sichtbar. Sein Blick war direkt und klar, aber nicht bedrohlich. Roy war überrascht und keineswegs mißmutig gewesen, als er in Ackbloms Augen nicht nur eine ungewöhnliche Sanftheit gefunden hatte, sondern auch ein scharfes Einfühlungsvermögen, das den Schluß nahelegte, es handele sich bei ihm um einen Menschen von beträchtlicher Weisheit und mit einem tiefgehenden, umfassenden Verständnis für das Wesen des Menschen.

Selbst in der kalten und unzureichenden Beleuchtung der Limousine, die von den in die unteren Sitzränder eingebauten Lampen und Wandleuchtern mit niedriger Leistung in den Türpfosten kam, war Ackblom eine beeindruckende Erscheinung – wenn auch nicht auf die Art und Weise, auf die die stets sensationslüsterne Presse ihn dargestellt hatte. Er war still, doch seine Schweigsamkeit beruhte nicht auf der Unfähigkeit, deutlich zu sprechen, oder auf Zerstreutheit. Ganz im Gegenteil: Sein Schweigen war beredter als die geschliffensten Worte anderer Menschen, und er war ständig und unmißverständlich aufmerksam und wachsam. Er bewegte sich kaum, wirkte nie nervös. Wenn er gelegentlich eine Bemerkung mit einer Geste unterstrich, waren die Bewegungen seiner gefesselten Hände so ökonomisch, daß die Kette zwischen seinen Handgelenken sich kaum bewegte. Seine Ruhe war nicht starr, sondern entspannt, nicht schlaff, sondern voll latenter Kraft. Es war einfach unmöglich, neben ihm zu sitzen und nicht zu merken, daß er eine gewaltige Intelligenz hatte: Er summte geradezu davor, als wäre sein Verstand eine dynamische Maschine von solcher Allmacht, daß sie Welten bewegen und den Kosmos verändern konnte.

In seinen gesamten dreiunddreißig Jahren war Roy Miro lediglich zwei Menschen begegnet, deren bloße körperliche Gegenwart in ihm ein Gefühl ausgelöst hatte, das der Liebe nahekam. Der erste war Eve Marie Jammer gewesen. Der zweite war Steven Ackblom. Beide in derselben Woche. In diesem erstaunlichen Februar war das Schicksal in der Tat zu seinem Umhang und Begleiter geworden. Er saß an Steven Ackbloms Seite und war heimlich fasziniert. Er wollte dem Künstler unbedingt begreiflich machen, daß er, Roy Miro, ein Mensch mit tiefgründigen Einsichten und außergewöhnlichen Fähigkeiten war.

Rink und Fordyce (Tarkenton und Olmeyer hatten in dem Augenblick zu existieren aufgehört, als sie Dr. Palmas Büro verlassen hatten) schienen von Ackblom nicht so beeindruckt zu sein, wie es bei Roy der Fall war – oder überhaupt nicht. Sie hockten auf den gegenüberliegenden Sitzen und schienen sich nicht dafür zu interessieren, was der Künstler zu sagen hatte. Fordyce schloß immer wieder lange die Augen, als meditiere er. Rink schaute aus dem Fenster, obwohl er durch das dunkel getönte Glas absolut nichts von der Nacht ausmachen konnte. Bei den seltenen Gelegenheiten, bei denen eine Bewegung Ackbloms die Handschellen leise klirren ließ, und bei den noch selteneren, bei denen er die Füße so weit spreizte, daß die Kette zwischen seinen Knöcheln rasselte, sprangen Fordyce' Augen auf wie die mit einem Gegengewicht versehenen Augen einer Puppe, und Rinks Kopf fuhr von der unsichtbaren Nacht zu dem Gefangenen herum. Ansonsten schienen sie ihm nicht die geringste Beachtung zu schenken.

So bedrückend es war, Rink und Fordyce schienen sich ihre Meinung über Ackblom eindeutig aufgrund des Gefasels gebildet zu haben, das sie von den Medien aufgeschnappt hatten, und nicht aufgrund ihrer eigenen Beobachtungen. Ihre Beschränktheit überraschte Roy natürlich nicht. Rink und Fordyce waren keine Männer der Gedanken, sondern der Tat, keine der Leidenschaft, sondern der rohen Begierde. Die Agency brauchte Typen wie sie, wenngleich sie leider keine Visionen hatten, bemitleidenswerte Geschöpfe der traurigen Beschränktheit, die die Welt eines Tages um einen Zentimeter näher an die Vollkommenheit rücken lassen würden, wenn sie sich von ihr verabschiedeten.

»Damals war ich noch ziemlich jung, nur zwei Jahre älter als Ihr Sohn«, sagte Roy, »aber ich verstand, was Sie zu erreichen versuchten.«

»Und was war das?« fragte Ackblom. Seine Stimme war im tieferen Tenorbereich angesiedelt und hatte ein Timbre, das ihm vielleicht eine Karriere als Sänger ermöglicht hätte, hätte er dergleichen angestrebt.

Roy erklärte seine Theorien über das Werk des Künstlers: daß diese unheimlichen und zwingenden Porträts nicht den abscheulichen Begierden der Menschen galten, die sich unter ihrer wunderschönen Oberfläche wie Kesseldruck aufbauten, sondern *mit* den Stilleben betrachtet werden sollten und gemeinsam mit ihnen den menschlichen Drang nach – und den Kampf um – Perfektion ausdrücken sollten. »Und wenn Ihre Arbeit mit lebenden Objekten dazu führte, daß sie eine perfekte Schönheit erlangten, wenn auch nur für einen kurzen Augenblick vor ihrem Tod, dann waren Ihre Verbrechen gar keine Verbrechen, sondern Taten der Nächstenliebe, des tiefgründigen Mitgefühls, denn nur allzuwenige Menschen auf dieser Welt erfahren in ihrem Leben jemals einen Augenblick der Perfektion. Durch die Folter schenkten Sie diesen einundvierzig Menschen – und wohl auch Ihrer Frau, vermute ich – eine transzendente Erfahrung. Hätten sie überlebt, hätten sie Ihnen vielleicht sogar gedankt.«

Roy sprach völlig aufrichtig, obwohl er zuvor angenommen hatte, Ackblom sei in der Wahl seiner Mittel, mit denen er nach dem Gral der Vollkommenheit gestrebt hatte, fehlgeleitet gewesen. Das war, bevor er den Mann kennengelernt hatte. Nun schämte er sich seiner Unterschätzung des Talents und der scharfen Wahrnehmung des Künstlers.

Auf den gegenüberliegenden Sitzen bekundeten weder Rink

522

noch Fordyce Überraschung oder Interesse an Roys Worten. Während ihres Dienstes bei der Agency hatten sie so viele ungeheuerliche Lügen vernommen, die so gut und aufrichtig vorgebracht worden waren, daß sie zweifellos glaubten, ihr Boß spiele nur mit Ackblom, manipuliere den Verrückten geschickt, bis er sich zu der Zusammenarbeit bereit erklärte, die für den Erfolg der derzeitigen Operation nötig war. Roy war in der einzigartigen und aufregenden Lage, seine tiefsten Gefühle auszudrücken, wobei er wußte, daß Ackblom ihn genau verstand, während Rink und Fordyce glaubten, er treibe lediglich machiavellistische Spielchen.

Roy ging nicht so weit, von seiner persönlichen Verpflichtung zu erzählen, den traurigeren Fällen, denen er auf seinen zahlreichen Reisen begegnete, eine mitfühlende Behandlung angedeihen zu lassen. Geschichten wie die über die Bettonfields in Beverly Hills, Chester und Guinevere in Burbank und den Querschnittsgelähmten und seine Frau vor dem Restaurant in Vegas wären vielleicht sogar Rink und Fordyce als zu detailreich vorgekommen, als daß sie sie für Erfindungen aus dem Stegreif gehalten hätten, mit denen er das Vertrauen des Künstlers gewinnen wollte.

»Die Welt wäre ein unendlich besserer Ort«, erklärte Roy und führte seine Bemerkungen wieder zu sicheren allgemeinen Erörterungen zurück, »wenn man die Zahl der Menschen, die sich fortpflanzen dürfen, beschränken könnte. Zuerst werden die unvollkommensten Exemplare eliminiert. Man arbeitet immer von unten nach oben. Bis es sich schließlich bei denjenigen, die überleben dürfen, um genau die Menschen handelt, die den Ansprüchen an die idealen Bürger am nächsten kommen, die man braucht, um eine sanftere und erleuchtetere Gesellschaft zu errichten. Meinen Sie nicht auch?«

»Das wäre bestimmt ein faszinierender Prozeß«, erwiderte Ackblom.

Roy hielt diesen Kommentar für eine Zustimmung. »Ja, nicht wahr?«

»Immer vorausgesetzt, daß man dem Komitee der Eliminierenden angehört«, sagte der Künstler, »und nicht denen, über die gerichtet wird.«

»Ja, natürlich, davon gehe ich aus.«

Ackblom schenkte ihm ein Lächeln. »Dann würde es Spaß machen.«

Sie fuhren auf der Interstate 70 über die Berge nach Vail, statt zu fliegen. Die Fahrt würde nicht mal zwei Stunden dauern. Wären sie vom Gefängnis quer durch Denver zum Flughafen Stapleton zurückgekehrt und hätten die Starterlaubnis abwarten müssen, hätte die Reise durch die Luft sogar mehr Zeit in Anspruch genommen. Außerdem war die Limousine vertraulicher und ruhiger als der Jet. Roy konnte mehr wertvolle Zeit mit dem Künstler verbringen, als es ihm an Bord des Learjets möglich gewesen wäre.

Allmählich, Kilometer um Kilometer, wurde Roy Miro klar, warum Steven Ackblom ihn genauso stark beeindruckte, wie es bei Eve der Fall gewesen war. Obwohl der Künstler ein stattlicher Mann war, konnte kein einziges seiner körperlichen Merkmale als perfekt gelten. Aber auf eine gewisse Art und Weise *war* er perfekt. Roy spürte es. Eine Ausstrahlung. Eine feinsinnige Harmonie. Besänftigende Vibrationen. In einer gewissen Hinsicht seines Wesens war Ackblom ohne den geringsten Makel. Im Augenblick blieb Roy die Natur der perfekte Beschaffenheit des Künstlers noch auf quälende Weise verborgen, doch er war zuversichtlich, daß sie sich ihm eröffnen würde, wenn sie auf der Ranch in der Nähe von Vail eintrafen.

Die Limousine fuhr in noch höhere Berge hinauf, durch gewaltige, uranfängliche, schneeverkrustete Wälder, dem silbernen Mondschein entgegen – und das alles wurde von den getönten Scheiben zu einem rauchigen, verwischten Eindruck reduziert. Die Reifen summten.

Während Spencer den gestohlenen schwarzen Lieferwagen auf der Interstate 70 aus Grand Junction fuhr, hatte Ellie es sich auf ihrem Sitz bequem gemacht und arbeitete fieberhaft am Laptop, den sie an den Zigarettenanzünder angeschlossen hatte. Der Computer ruhte auf einem Kissen, das sie aus dem Motel hatten mitgehen lassen. Gelegentlich warf sie einen Blick auf den Ausdruck der Karte von der Parzelle und anderer Informationen, die sie sich über die Ranch beschafft hatte.

»Was machen Sie da?« fragte er erneut.

»Berechnungen.«

»Was für Berechnungen?«

»Psst. Rocky schläft auf dem Rücksitz.«

Aus ihrer Reisetasche hatte sie Disketten mit Software geholt, die sie dann auf dem Computer installiert hatte. Offensichtlich handelte es sich dabei um von ihr selbst geschriebene Programme, die sie seinem Laptop angepaßt hatte, während er über zwei Tage lang in der Mojave-Wüste im Delirium gelegen hatte. Als er sie gefragt hatte, warum sie von den Programmen in ihrem Computer – der ihnen nun gemeirsam mit dem Rover abhanden gekommen war – Sicherungskopien auf seinem völlig andersartigen System angelegt hatte, hatte sie geantwortet: »Die ehemalige Pfadfinderin. Wissen Sie noch? Wir sind gern allzeit bereit.«

Er hatte keine Ahnung, welchen Zwecken Ellies Programme dienten. Über den Bildschirm flimmerten Formeln und Graphiken. Auf ihren Befehl begannen sich holographische Erdkugeln zu drehen, von denen sie Teile vergrößerte und genauer untersuchte.

Vail war nur noch drei Stunden entfernt. Spencer wünschte, sie könnten die Zeit nutzen, um sich zu unterhalten, mehr über einander herauszufinden. Drei Stunden waren so kurz – besonders, falls es sich um die letzten drei Stunden handelte, die ihnen gemeinsam blieben.

Als er nach seinem Spaziergang durch die hügeligen Straßen von Westwood ins Haus seines Bruders zurückkehrte, erwähnte Harris Descoteaux nichts von der Begegnung mit dem hochgewachsenen Mann im blauen Toyota. Erstens kam es ihm beinah vor wie ein Traumerlebnis. Völlig unwahrscheinlich. Und außerdem hatte er nicht entscheiden können, ob der Fremde ein Freund oder Feind war. Er wollte Darius oder Jessica nicht beunruhigen.

Nachdem Ondine und Willa später an diesem Nachmittag mit ihrer Tante aus dem Einkaufszentrum zurückgekehrt waren und Darius' und Bonnies Sohn Martin aus der Schule nach Hause gekommen war, meinte Darius, daß sie alle ein wenig Zerstreuung brauchten. Er bestand darauf, sie – und zwar alle sieben – in den VW-Bus zu packen, den er eigenhändig so liebevoll restauriert hatte, und zuerst ins Kino zu fahren und anschließend im Hamlet Gardens zu Abend zu essen.

Weder Harris noch Jessica wollten ins Kino gehen oder ins Restaurant zum Essen, wenn jeder Dollar, der dafür ausgegeben wurde, ein geschnorrter Dollar war. Nicht einmal Ondine und Willa, beide so unverwüstlich wie alle Teenager in diesem Alter, hatten sich von dem Schock des SWAT-Einsatzes am Freitag erholt und davon, daß sie von Polizisten aus ihrem eigenen Haus vertrieben worden waren.

Darius ließ sich nicht davon abbringen, daß ein Kinobesuch und ein Abendessen im Hamlet Gardens genau die richtige Medizin gegen das war, was sie quälte. Und seine Beharrlichkeit war eine der Qualitäten, die ihn zu einem außergewöhnlichen Anwalt machten.

So kam es, daß Harris um Viertel nach sechs am Montagabend inmitten eines ausgelassenen Publikums in einem Kino saß, unfähig, den Humor in Szenen zu verstehen, die alle anderen überaus spaßig fanden, und einen weiteren Anfall von Klaustrophobie erlitt. Die Dunkelheit. So viele Menschen in einem Raum. Die Körperwärme der Menschenmenge. Zuerst wurde er heimgesucht von dem

526

Gefühl, nicht in der Lage zu sein, tief einzuatmen, und dann überfiel ihn eine leichte Benommenheit. Er hatte Angst, daß sehr bald noch Schlimmeres folgen würde. Er sagte Jessica flüsternd Bescheid, er müsse die Toilette aufsuchen. Als ihr Gesicht einen sorgenvollen Ausdruck annahm, tätschelte er ihren Arm und lächelte beruhigend. Dann sah er zu, daß er schnellstens den Saal verließ. Die Herrentoilette war verwaist. An einem der vier Handwaschbecken drehte Harris den Wasserhahn auf. Er beugte sich über das Becken und benetzte mehrmals sein Gesicht. Er wollte sich nach der Hitze im Kinosaal abkühlen und die Benommenheit verscheuchen. Das Plätschern des Wasserstrahls bewirkte, daß er nicht hörte, wie der andere Mann hereinkam. Als er hochschaute, war er nicht mehr allein.

Der Fremde war Asiate, ungefähr dreißig Jahre alt, trug Turnschuhe und Jeans und einen dunkelblauen Pullover mit galoppierenden roten Rentieren darauf. Er stand zwei Becken weiter. Er kämmte sich die Haare. Er erwiderte Harris' Blick im Spiegel und lächelte.»Sir, darf ich Ihnen etwas zum Nachdenken geben?«

Harris stellte fest, daß diese Frage genau mit der identisch war, die der hochgewachsene Mann im blauen Toyota ihm gestellt hatte. Erschrocken wich er von dem Handwaschbecken zurück und bewegte sich dabei so schnell, daß er gegen die offene Tür einer Toilettenkabine stieß. Er taumelte, stürzte beinah, stützte sich jedoch am Türrahmen ab, um nicht das Gleichgewicht zu verlieren.

»Eine Zeitlang war die japanische Wirtschaft derart erfolgreich, daß sie der Welt die Idee vermittelte, die bedeutenden Regierungen und die Großindustrie sollten vielleicht noch viel enger zusammenarbeiten.«

»Wer sind Sie?« fragte Harris, der bei diesem Mann viel schneller schaltete, als er es beim ersten getan hatte.

Indem er über die Frage hinwegging, sagte der lächelnde Fremde:»Mittlerweile wird überall von nationaler Wirtschaftspolitik gesprochen. Die Großindustrie und die Regierung treffen ständig geschäftliche Vereinbarungen. Unterstützt meine gesellschaftlichen Hilfsprogramme und verhelft mir zu noch mehr Macht, sagt der Politiker, und ich garantiere euch euern Profit.«

»Was hat das alles mit mir zu tun?«

»Geduld, Mr. Descoteaux.«

»Aber ...«

»Gewerkschaftsangehörige werden betrogen, weil die Regierung mit ihren Bossen konspiriert. Kleine Geschäftsleute werden aufs Kreuz gelegt, praktisch jeder, der zu belanglos und unbedeutend ist, um in der Hundert-Milliarden-Liga mitzuspielen. Nun will der Verteidigungsminister sogar das Militär als Hilfsorgan der Wirtschaftspolitik einsetzen.«

Harris trat wieder ans Handwaschbecken, in das noch immer das kalte Wasser lief. Er drehte den Hahn zu.

»Wir haben es mit einem Bündnis zwischen Wirtschaft und Regierung zu tun, gestützt vom Militär und von der Polizei – früher nannte man so etwas Faschismus. Wird der Faschismus wiederauferstehen, Mr. Descoteaux? Oder haben wir es mit etwas ganz Neuem zu tun?«

Harris zitterte. Ihm wurde bewußt, daß sein Gesicht und seine Hände triefnaß waren, und er riß einige Papierhandtücher aus dem Spender.

»Und wenn es etwas Neues ist, Mr. Descoteaux, wird es sich als etwas Gutes erweisen? Vielleicht. Vielleicht machen wir eine Zeit der Anpassung durch, und anschließend ist alles erfreulich.« Er nickte lächelnd, als rechnete er mit dieser Möglichkeit. »Vielleicht entpuppt dieses Neue sich aber auch als eine neue Art von Hölle.«

»All das ist mir im Grunde gleichgültig«, sagte Harris ungehalten. »Ich interessiere mich nicht für Politik.«

»Das brauchen Sie auch nicht. Um sich selbst zu schützen, müssen Sie nur über alles informiert sein.«

»Hören Sie, ganz gleich, wer Sie sind, ich möchte nur mein Haus zurückhaben. Ich möchte so weiterleben wie bisher. Ich möchte, daß alles wieder so ist, wie es bisher war.«

»Das wird nicht mehr geschehen, Mr. Descoteaux.«

»Weshalb passiert all das ausgerechnet mir?«

»Haben Sie die Romane von Philip K. Dick gelesen, Mr. Descoteaux?«

»Von wem? Nein.«

Harris hatte immer stärker das Gefühl, ins Land des Weißen Kaninchens und der grinsenden Katze geraten zu sein.

Der Fremde schüttelte entsetzt den Kopf. »Die zukünftige Welt, über die Philip K. Dick schrieb, ist die Welt, in die wir allmählich hineinrutschen. Es ist ein beängstigender Ort, diese Welt des Philip K. Dick. Viel mehr als früher braucht der Mensch Freunde.«

»Sind Sie ein Freund?« wollte Harris wissen. »Wer sind Sie überhaupt?«

»Haben Sie Geduld und denken Sie über das nach, was ich gesagt habe.«

Der Mann ging zur Tür.

Harris streckte die Hand aus, um ihn aufzuhalten, überlegte es sich jedoch anders. Wenige Sekunden später war er allein.

Seine Verdauung spielte plötzlich verrückt. Er hatte Jessica wenigstens nicht angelogen: Er mußte tatsächlich auf die Toilette.

Als Roy Miro sich Vail näherte, hoch oben in den westlichen Rocky Mountains, rief er mit dem Telefon der Limousine die Nummer des Mobiltelefons an, die Gary Duvall ihm vorher genannt hatte.

»Alles klar?« erkundigte er sich.

»Noch ist nichts von ihnen zu sehen«, antwortete Duvall. »Wir sind fast da.«

»Glauben Sie wirklich, daß sie kommen werden?«

Der gestohlene JetRanger und seine Besatzung waren im Colorado National Monument gefunden worden. Ein Anruf von der Frau bei der Polizei in Grand Junction war nach Montrose zurückverfolgt worden. Es deutete darauf hin, daß sie und Spencer Grant nach Durango im Süden flohen. Roy glaubt das nicht. Er wußte, daß Telefongespräche mit Hilfe eines Computers umgeleitet werden konnten. Er verließ sich nicht auf ein aufgezeichnetes Telefongespräch, sondern auf die Macht der Vergangenheit; dort, wo Vergangenheit und Gegenwart aufeinandertrafen, würde er die Flüchtlinge finden.

»Sie werden kommen«, sagte Roy. »Die kosmischen Mächte sind heute nacht mit uns.«

»Kosmische Mächte?« fragte Duvall, als lieferte er das Stichwort in einem Sketch, bei dem nur noch die Pointe fehlte.

»Sie werden kommen«, wiederholte Roy und unterbrach die Verbindung.

Neben Roy saß Steven Ackblom, stumm und gelassen.

»In ein paar Minuten sind wir da«, teilte Roy ihm mit.

Ackblom lächelte. »Zu Hause ist es doch am schönsten.«

Spencer war fast anderthalb Stunden gefahren, ehe Ellie den Computer ausschaltete und den Stecker aus dem Zigarettenanzünder zog. Obwohl es im Innern des Trucks nicht übermäßig heiß war, hatte sich ein Schweißfilm auf ihrer Stirn gebildet.

»Gott allein weiß, ob ich eine gute Verteidigung vorbereitet habe oder einen doppelten Selbstmord plane«, sagte sie. »Beides ist möglich, aber jetzt gibt es etwas, das wir benutzen können.«

»Was benutzen?«

»Das werde ich Ihnen nicht auf die Nase binden«, sagte sie schroff. »Es würde zuviel Zeit kosten. Außerdem würden Sie wahrscheinlich versuchen, es mir auszureden. Und das wäre Zeitverschwendung. Ich kenne die Einwände, die dagegen sprechen, und habe sie bereits verworfen.«

»Und das macht eine Argumentation so angenehm – wenn Sie sozusagen beide Seiten vertreten.«

Sie blieb gelassen. »Wenn es zum Schlimmsten kommt, habe ich keine andere Wahl. Ich muß es tun, ganz gleich, wie verrückt es erscheinen mag.«

Rocky war kurz vorher auf dem Rücksitz aufgewacht, und zu ihm meinte Spencer nun: »Na, Kumpel, geht's dir da hinten auch gut? Was meinst du?«

»Fragen Sie mich, wonach Sie wollen, aber nicht danach«, sagte Ellie. »Wenn ich darüber rede, ach was, wenn ich auch nur daran denke, habe ich viel zuviel Angst, um zu handeln, wenn es soweit ist. Falls es überhaupt je dazu kommt. Ich bete zu Gott, daß es nicht nötig sein wird.«

Spencer hatte sie noch nie zuvor soviel reden hören. Gewöhnlich hatte sie sich absolut unter Kontrolle. Sie machte ihm allmählich angst.

Hechelnd schob Rocky den Kopf zwischen die Vordersitze. Ein Ohr hatte er aufgerichtet, eins war nach unten geklappt; er war ausgeruht und äugte interessiert in die Gegend.

»Du schaust auch leicht verwirrt drein«, sagte Spencer zu ihm. »Was mich betrifft ... ich bin so durcheinander wie ein Glühwürmchen, das sich bei dem Versuch, sich aus einem alten Mayonnaiseglas zu befreien, den Schädel einrennt. Aber ich nehme an, daß höhere Intelligenzformen, wie zum Beispiel Vertreter der Spezies Hund, augenblicklich verstehen, wovon sie ständig spricht.«

Ellie blickte auf die Straße vor ihnen und massierte sich mit den Fingerknöcheln der rechten Hand geistesabwesend das Kinn.

Sie hatte gesagt, daß er sie nach allem fragen könne außer danach, was immer dieses *danach* sein mochte. Daher nahm er sie beim Wort. »Wo wollte ›Bess Baer‹ sich denn niederlassen, ehe ich alles vermasselt habe? Wohin wollten Sie mit dem Rover fahren und ein neues Leben anfangen?«

»Ich wollte mich überhaupt nicht mehr niederlassen«, sagte sie und bewies damit, daß sie ihm zuhörte. »Das habe ich längst aufgegeben. Wenn ich mich zu lange an einem Ort aufhalte, werden sie mich früher oder später aufstöbern. Ich habe eine ganze Menge von meinem Geld ausgegeben ... und einiges, das ich mir von Freunden geliehen habe ... um diesen Rover samt Inhalt zu kaufen. Ich dachte mir, ich könne damit in Bewegung bleiben und einfach durch die Gegend fahren.«

»Ich bezahle den Rover.«

»Das hatte ich damit nicht gemeint.«

»Ich weiß. Aber was mir gehört, gehört Ihnen sowieso.«

»Ach? Seit wann denn das?«

»Es verpflichtet Sie zu nichts«, sagte er.

»Ich möchte lieber für mich selbst bezahlen.«

»Es ist sinnlos, darüber zu diskutieren.«

»Sie haben also das letzte Wort?«

»Nein. Der Hund hat das letzte Wort.«

»Dann war es Rockys Entscheidung?«

»Er kümmert sich um meine Finanzen.«

Rocky grinste. Es gefiel ihm, seinen Namen zu hören.

»Wenn es Rockys Idee ist«, sagte sie, »betrachte ich die Sache unvoreingenommen.«

Spencer hatte eine andere Frage. »Weshalb nennen Sie Summerton eine Küchenschabe? Wieso ärgert er sich so sehr darüber?«

»Tom hat eine Phobie vor Insekten. Und zwar vor allen Insekten. Sogar eine Stubenfliege verursacht ihm Unbehagen. Aber ganz schlimm ist es mit Küchenschaben. Wenn er eine sieht – als er beim ATF war, wimmelte es dort von diesen Tierchen – verliert er fast den Verstand. Es mutet beinah komisch an. Wie in einem Zeichentrickfilm, wenn ein Elefant einer Maus begegnet. Wie dem auch sei, ein paar Wochen, nachdem ... nachdem Danny und meine Familie getötet wurden und ich es aufgegeben hatte, mit meinem Wissen bei irgendwelchen Reportern hausieren zu gehen, meldete ich mich beim guten alten Tom im Justizministerium, indem ich ihn aus einer Telefonzelle mitten in Chicago anrief.«

»Du meine Güte.«

»Auf dem privatesten seiner privaten Apparate, dessen Hörer nur er selbst abnimmt. Er war überrascht. Er mimte den Unschuldigen, wollte mich am Reden halten, um mich am Münzfernsprecher schnappen zu lassen. Ich riet ihm, er solle keine Angst vor Küchenschaben haben, schließlich sei er ja selbst eine. Ich versprach ihm, eines Tages würde ich ihn zertreten, ihn töten. Und das habe ich ernst gemeint.«

Spencer betrachtete sie von der Seite. Sie blickte starr in die Nacht und brütete noch immer. Schlank, eine Wohltat für die Augen und in mancher Hinsicht so zart und zerbrechlich wie eine Blume, war sie andererseits genauso entschlossen und zäh wie die harten Soldaten der Spezialeinheiten, die Spencer im Lauf seines bisherigen Lebens gekannt hatte.

Er liebte sie über alle Vernunft, ohne Vorbehalte, bedingungslos, mit unendlicher Leidenschaft, liebte jede Linie ihres Gesichts, liebte den Klang ihrer Stimme, liebte ihre einzigartige Lebendigkeit, liebte die Güte ihres Herzens und die Behendigkeit ihres Geistes, liebte sie so elementar und glühend, daß manchmal, wenn er sie ansah, die Welt den Atem anzuhalten schien. Er betete zu Gott, das Schicksal möge ihr günstig gesonnen sein und ihr zugedacht haben, lange zu leben; denn falls sie vor ihm starb, gäbe es für ihn keine Hoffnung mehr, überhaupt keine.

Er fuhr nach Osten in die Nacht, vorbei an Rifle und Silt und New Castle und Glenwood Springs. Der Interstate-Highway folgte häufig dem Verlauf tiefer, enger Canyons mit lotrechten Wänden aus rissigem Gestein. Bei Tageslicht boten einige Schluchten den atemberaubendsten Anblick der Welt. In der Dunkelheit der Februarnacht rückten diese hochragenden Felsbastionen dicht zusammen. Sie erschienen als schwarze Monolithen, die ihm die Entscheidung verweigerten, nach rechts oder links abzubiegen und ihn statt dessen zu höheren Orten weiterführten, hin zu unheilvollen Auseinandersetzungen, die so unausweichlich erschienen, als wären sie ihm bereits vorbestimmt worden, ehe das Universum in einem riesigen großen Knall zum Leben erwacht war. Vom Grund dieser Schlucht aus war nur ein schmaler Streifen des Firmaments sichtbar, besprenkelt mit nur wenigen Sternen, als könne der Himmel keine weiteren Seelen mehr aufnehmen und müsse daher schon bald seine Tore schließen.

Roy drückte auf einen Knopf in der Armstütze. Neben ihm glitt surrend das Seitenfenster hinab. »Haben Sie es noch so in Erinnerung?« fragte er den Künstler.

Während sie von der zweispurigen Landstraße abbogen, beugte Ackblom sich vor und blickte an Roy vorbei nach draußen.

Im vorderen Teil des Anwesens bedeckte unberührter Schnee die Weiden, die die Ställe umgaben. In den zweiundzwanzig Jahren seit Jennifers Tod waren hier keine Pferde mehr gehalten worden; denn Pferde waren ihre Lieblingstiere gewesen und nicht die ihres Mannes. Die Zäune waren bestens gepflegt und so weiß, daß sie vor dem Hintergrund der winterlichen Felder nur undeutlich zu erkennen waren.

Die freigeräumte Zufahrt wurde von hüfthohen Schneewällen flankiert, die mit einem Pflug zusammengeschoben worden waren. Die Straße selbst beschrieb Serpentinen.

Auf Steven Ackbloms Bitte hielt der Fahrer vor dem Haus an, statt direkt zur Scheune zu fahren.

Roy ließ das Fenster wieder hochfahren, während Fordyce die Fesseln von den Füßen des Künstlers entfernte. Dann die Handschellen. Roy wollte nicht, daß sein Gast noch länger unter der Unwürdigkeit dieser Ketten leiden mußte.

Während ihrer Fahrt durch die Berge hatte sich zwischen ihm und dem Künstler eine weitaus tiefere Beziehung entwickelt, als er es nach einer derart kurzen Bekanntschaft für möglich gehalten hätte. Mehr noch als die Handschellen und die Fußfesseln war die gegenseitige Achtung zwischen ihnen eine Garantie für Ackbloms uneingeschränkte Kooperationsbereitschaft.

Er und der Künstler stiegen aus der Limousine und ließen Rink und Fordyce sowie den Chauffeur zurück. In der Nacht rührte sich kein Windhauch, aber die Luft war eisig.

Ebenso wie die eingezäunten Felder waren die Rasenflächen weiß und leuchteten matt im platinhellen Licht des nur teilweise sichtbaren Mondes. Die immergrünen Büsche waren mit Schnee bedeckt. Die Äste waren von einer Eisschicht umhüllt, und ein winterlich kahler Ahorn warf einen schwachen Mondschatten auf den Hof.

Das zweistöckige Farmgebäude im viktorianischen Stil war weiß und hatte grüne Fensterläden. Eine breite Veranda erstreckte sich von Hausecke zu Hausecke, und das umlaufende Geländer hatte weiße Säulen unter einem grünen Handlauf. Ein reich verzierter Sims bildete den Übergang von den Hauswänden zum Gaubendach, und ein Saum von kleinen Eiszapfen hing von der Regenrinne herab.

Die Fenster waren dunkel. Die Dresmunds hatten mit Duvall zusammengearbeitet. Über Nacht blieben sie in Vail. Wahrscheinlich hätten sie gern über die Vorgänge auf der Ranch Bescheid gewußt, doch sie hatten ihre Neugier um den Preis eines Abendessens in einem Vier-Sterne-Restaurant, Champagners, heißer Erdbeeren in Schokolade und einer friedlichen Nacht in einem Luxushotel verkauft. Wenn Grant demnächst tot war und es keine Hausmeisterstelle mehr auszufüllen gab, würde es ihnen leid tun, ein derart schlechtes Geschäft gemacht zu haben.

Duvall und die zwölf Männer unter seiner Aufsicht waren mit äußerster Diskretion auf dem Anwesen verteilt worden. Roy konnte auch nicht einen einzigen Mann in seinem Versteck sehen.

»Im Frühling ist es hier wunderschön«, sagte Steven Ackblom. In seinen Worten schwang kein hörbares Bedauern mit, sondern eher die Erinnerung an sonnige Maimorgen und Abende voller Sterne und Grillengesang.

»Jetzt ist es auch schön hier«, sagte Roy.

»Ja, nicht wahr?« Mit einem Lächeln, das durchaus melancholisch wirkte, wandte Ackblom sich um und ließ den Blick über das gesamte Anwesen schweifen. »Ich war hier glücklich.«

»Man kann sehen, wieso«, sagte Roy.

Der Künstler seufzte. »Das Glück ist ein flüchtiger Geselle, aber der Schmerz bleibt stets grausam bei uns.«

»Wie bitte?«

»Keats«, erklärte Ackblom.

»Oh, es tut mir leid, wenn der Besuch dieses Ortes Sie bedrückt.«

»Nein, nein. Machen Sie sich deshalb keine Vorwürfe. Ich bin nicht im mindesten bedrückt. Schon von Natur aus bin ich gegen Depressionen immun. Und diesen Ort wiederzusehen ... das erzeugt einen süßen Schmerz, den man gern erträgt.«

Sie stiegen wieder in die Limousine und wurden zur Scheune hinter dem Haus gefahren.

In der kleinen Stadt Eagle, westlich von Vail, hielten sie an, um zu tanken. In einem kleinen Kaufhaus neben der Tankstelle erstand

Ellie zwei Tuben Super Glue, die den gesamten Klebstoffvorrat des Ladens darstellten.

»Weshalb Super Glue?« fragte Spencer, als sie zu den Zapfsäulen zurückkam, wo er gerade den Tankwart entlohnte.

»Weil es viel schwieriger ist, geeignetes Schweißgerät und das notwendige Zubehör zu finden.«

»Tja, das ist allerdings wahr«, sagte er, als wäre ihm klar, wovon sie sprach.

Sie blieb ernst. Ihr Vorrat an Lächeln war erschöpft. »Hoffentlich ist es nicht zu kalt, um das Zeug richtig fest werden zu lassen.«

»Was haben Sie mit dem Kleber vor, wenn ich fragen darf?«

»Etwas kleben.«

»Darauf wäre ich nicht gekommen.«

Ellie setzte sich zu Rocky auf den Rücksitz.

Auf ihre Anweisung hin lenkte Spencer den Lieferwagen an den Standplätzen der Werkstatt vorbei zum Rand des Tankstellengeländes und parkte neben einem etwa drei Meter hohen Schneewall.

Während sie die schmusebedürftige Zunge des Hundes abwehrte, entriegelte Ellie das kleine Schiebefenster zwischen dem Führerhaus und der Ladefläche. Sie schob das Fenster nur knapp drei Zentimeter weit auf.

Aus der Segeltuchtasche holte sie die letzten der größeren Gegenstände, die sie mitgenommen hatte, als Earthguard sie aufgespürt hatte und sie den Range Rover aufgeben mußten. Ein langes orangefarbenes Stromkabel. Einen Adapter, der jeden Zigarettenzünder in Personen- oder Lastwagen in eine elektrische Steckdose verwandelte, aus der man Strom abzapfen konnte, wenn der Motor lief. Schließlich war da noch der kompakte Satelliten-Uplink mit automatischer Suchantenne und zusammenklappbarer frisbeeähnlicher Empfangsschüssel.

Nachdem er wieder aus dem Wagen gestiegen war, ließ Spencer die Ladeklappe hinab, und sie kletterten auf die leere Ladefläche des Lieferwagens.

Ellie benötigte den größten Teil des Super-Glue-Klebers, um den Kurzwellen-Sender-Empfänger auf der lackierten Ladefläche zu befestigen.

»Wissen Sie«, bemerkte Spencer, »normalerweise reichen ein oder zwei Tropfen von dem Zeug völlig aus.«

»Das Ding darf sich auf keinen Fall im entscheidenden Augenblick lösen und hin und her rutschen. Es muß um jeden Preis an Ort und Stelle bleiben.«

»Bei soviel Klebstoff brauchen Sie wahrscheinlich eine kleine Atombombe, um den Apparat loszubekommen.«

Den Kopf neugierig schief haltend, beobachtete Rocky sie durch das Heckfenster des Führerhauses.

Der Klebstoff brauchte mehr Zeit als üblich, um auszuhärten. Entweder hatte Ellie zuviel davon genommen, oder es war zu kalt. Nach zehn Minuten war das Gerät jedoch fest und unverrückbar mit der Ladefläche des Trucks verbunden.

Sie klappte die zusammenlegbare Empfangsschüssel auf ihre vollen fünfundvierzig Zentimeter Durchmesser auf und stöpselte ein Ende des Stromkabels in den Sockel des Senders. Dann hakte sie die Finger in den schmalen Spalt im Heckfenster des Führerhauses, schob die Scheibe ein Stück weiter auf und leitete das Elektrokabel auf den Rücksitz.

Rocky zwängte seine Schnauze durch den Fensterspalt und leckte Ellies Hände, während sie ihre Vorbereitungen traf.

Als die Schnur sich zwischen Sender und Fenster leicht spannte, aber nicht zu stramm war, drückte sie Rockys Schnauze behutsam zurück und schob das Fenster so weit zu, wie das Kabel es zuließ.

»Wollen wir jemanden per Satellit suchen?« erkundigte Spencer sich, während sie von der Ladefläche heruntersprangen.

»Information ist Macht«, sagte sie.

Während er die Heckklappe schloß, sagte er: »Ja, sicher.«

»Und ich weiß eine ganze Menge.«

»Dem würde ich keine Sekunde lang widersprechen.«

Sie stiegen ins Führerhaus des Lieferwagens.

Sie zog das Stromkabel vom Rücksitz nach vorn und stöpselte es in eine der beiden Buchsen des Adapters im Zigarettenanzünder. Den Laptop schloß sie an die zweite Buchse an.

»Okay«, sagte sie mit grimmiger Entschlossenheit, »nächste Station – Vail.«

Er ließ den Motor an.

Beinah zu erregt, um ihren Wagen zu lenken, fuhr Eve Jammer durch das nächtliche Vegas und hielt Ausschau nach einer Möglichkeit, um die vollständige Erfüllung zu finden, die Roy ihr gezeigt hatte.

Als sie an einer schäbigen Bar vorbeifuhr, deren Neonreklame auf Oben-ohne-Tänzerinnen aufmerksam machte, sah Eve einen jämmerlich aussehenden Mann mittleren Alters aus der Tür treten. Er war kahlköpfig, hatte etwa vierzig Pfund Übergewicht und ein faltiges Gesicht, mit dem er jedem Shar Pei hätte Konkurrenz machen können. Seine Schultern waren unter dem Joch der Müdigkeit nach vorn gesackt. Mit den Händen in den Jackentaschen und hängendem Kopf schleppte er sich zu dem halbvollen Parkplatz neben der Bar.

Sie fuhr an ihm vorbei auf den Parkplatz und hielt in einer freien Parkbucht. Durch das Seitenfenster beobachtete sie, wie er sich näherte. Er schlurfte, als habe er zu viel Übles in der Welt erlitten, um sich mehr als absolut notwendig gegen die Schwerkraft zu wehren.

Sie konnte sich vorstellen, wie er sich vorkam. Zu alt, zu unansehnlich, zu fett, zu unbeholfen im Umgang mit seinen Mitmenschen und zu arm, um die Gunst einer Frau zu erringen, die er so sehr begehrte. Er begab sich nach ein paar Gläsern Bier auf den Heimweg, kehrte in sein einsames Bett zurück, nachdem er mehrere Stunden damit verbracht hatte, wunderschöne, vollbrüstige, langbeinige junge Frauen mit straffen, festen Körpern zu betrachten, die er niemals besitzen konnte. Frustriert, deprimiert. Schrecklich einsam.

Eve hatte unendliches Mitleid mit diesem Mann, den das Leben so unfair behandelt hatte.

Sie stieg aus dem Wagen und ging auf ihn zu, als er seinen zehn Jahre alten ungewaschenen Pontiac erreichte. »Entschuldigung«, begann sie.

Er fuhr herum, und seine Augen weiteten sich überrascht bei ihrem Anblick.

»Sie waren neulich schon mal hier«, äußerte sie eine Vermutung, die aber klang wie eine Feststellung.

»Nun ... ja, letzte Woche«, sagte er. Er konnte es sich nicht verkneifen, sie von Kopf bis Fuß zu mustern. Wahrscheinlich war er sich gar nicht bewußt, daß er sich die Lippen leckte.

»Ich hab' Sie gesehen«, sagte sie und spielte die Schüchterne.

»Ich ... ich hatte nicht den Mut, Sie anzusprechen.«

Er starrte sie ungläubig an. Und ein wenig mißtrauisch; denn er konnte nicht glauben, daß eine Frau wie sie an ihm Interesse hatte.

»Es geht darum«, fuhr sie fort, »daß Sie genauso aussehen wie mein Dad.« Was eine Lüge war.

»Tatsächlich?«

Sein Mißtrauen ließ nun, da sie ihren Vater erwähnt hatte, etwas nach, aber in seinen Augen lag auch nicht mehr so viel verzweifelte Hoffnung.

»Ja, ganz genau wie er«, sagte sie. »Und ... nun ja ... also, es ist so ... hoffentlich halten Sie mich jetzt nicht für pervers ... aber es ist so ... die einzigen Männer, mit denen ich es treiben kann, ins Bett gehen, meine ich, und bei denen ich richtig wild werde ... nun ja, das sind Männer, die aussehen wie mein Vater.«

Als ihm klar wurde, auf was für einen Fund er da gestoßen war, viel aufregender als irgendeine seiner testosteron-triefenden Phantasien, straffte der schlaffe und schwammige Romeo die Schultern. Seine Brust hob sich. Ein Lächeln seliger Freude machte ihn glatt zehn Jahre jünger, wenn auch die Ähnlichkeit mit einem Shar Pei erhalten blieb.

In jenem transzendenten Augenblick, in dem der arme Mann sich lebendiger und glücklicher fühlte, als er es seit Wochen, Monaten, vielleicht Jahren gewesen war, zog Eve die mit einem Schalldämpfer versehene Beretta aus ihrer großen Handtasche und feuerte drei Schüsse auf ihn ab.

Sie hatte außerdem eine Polaroidkamera in der Handtasche. Obgleich sie befürchten mußte, daß ein Wagen auf den Parkplatz fuhr und andere Gäste jeden Moment die Bar verließen, machte sie drei Fotos von dem Mann, wie dieser auf dem Asphalt neben dem Pontiac lag.

Während sie nach Hause zurückfuhr, dachte sie darüber nach, was für eine gute Tat sie begangen hatte: Sie hatte diesem Mann geholfen, einen Ausweg aus seinem unvollkommenen Leben zu finden und ihn von Zurückweisung, Depression, Einsamkeit und Verzweiflung befreit.

Tränen rannen aus ihren Augen. Sie schluchzte jedoch nicht und ließ sich von ihren Gefühlen auch nicht derart überwältigen, daß sie sich und andere Verkehrsteilnehmer mit ihrem Wagen gefährdete. Sie weinte ruhig und stumm, obwohl das Mitgefühl in ihrem Herzen überwältigend und aufrichtig war.

Sie weinte während der gesamten Heimfahrt, weinte in der Garage, im Haus, in ihrem Schlafzimmer, wo sie die Polaroidfotos für

Roy auf dem Nachttisch arrangierte, damit er sie sofort sah, wenn er in ein oder zwei Tagen aus Colorado zurückkam – und dann geschah etwas Seltsames. So aufgewühlt sie von dem war, was sie getan hatte, so reichlich und echt ihre Tränen gewesen waren, so schlagartig trockneten ihre Augen, und so unglaublich *geil* war sie plötzlich.

Während Roy mit dem Künstler am Fenster stand, beobachtete er, wie die Limousine zur Landstraße zurückfuhr und verschwand. Nachdem das Drama dieser Nacht sich ereignet hatte, würde sie wieder zurückkehren und sie abholen.

Sie stander im Vorraum der umgebauten Scheune. Die Dunkelheit wurde lediglich durch das Mondlicht aufgehellt, das durch die Fenster drang, und durch den grünen Schimmer der Leuchtschrift der Alarmanlage neben der Scheunentor. Mit dem Zahlenkode, den Gary Duvall von den Dresmunds bekommen hatte, hatte Roy die Anlage stillgelegt, als sie hereingekommen waren, und danach wieder aktiviert. Es gab keine Bewegungsmelder, sondern nur Magnetkontakte an jeder Tür und jedem Fenster; daher konnten er und der Künstler sich frei bewegen, ohne Alarm auszulösen.

Dieser große Raum im ersten Stock war früher eine private Galerie gewesen, wo Steven diejenigen Gemälde ausgestellt hatte, die ihm von denen, die er geschaffen hatte, am besten gefielen. Nun war dieser Raum leer, und jedes noch so leise Geräusch hallte hohl von den kahlen Wänden wider. Sechzehn Jahre war es her, seit die Kunstwerke des bedeutenden Mannes diesen Ort geschmückt hatten.

Roy wußte, daß er sich an diesen Augenblick für den Rest seines Lebens mit außergewöhnlicher Klarheit erinnern würde, genau wie er sich an den Ausdruck des Erstaunens auf Eves Gesicht erinnerte, als er diesem Ehepaar auf dem Parkplatz des Restaurants den ewigen Frieden geschenkt hatte. Obwohl der Grad menschlicher Unvollkommenheit gewährleistete, daß das unentwegte menschliche Drama stets eine Tragödie war, gab es Augenblicke transzendenter Erfahrungen wie dieser, die das Leben lebenswert machten.

Traurigerweise waren die meisten Menschen zu ängstlich, um die Gelegenheit zu ergreifen und herauszufinden, welche Empfindungen eine solche Transzendenz hervorrief. Furchtsamkeit war jedoch nie eine der Unzulänglichkeiten Roys gewesen.

Die Offenbarung seines leidenschaftlichen Kreuzzugs hatten Roy alle Freuden von Eves Schlafzimmer beschert, und er hatte entschieden, daß Offenbarung wiederum das Gebot der Stunde war. Während der Fahrt durch die Berge hatte er erkannt, daß Steven auf eine Art und Weise vollkommen war, wie man es nur bei wenigen Menschen finden konnte – obgleich die Art seiner Vollkommenheit verborgener war als Eves atemberaubende Schönheit; eine Vollkommenheit, die eher zu spüren als zu sehen war, faszinierend, geheimnisvoll. Instinktiv erkannte Roy, daß Steven und er einander in einem viel größeren Maße nahestanden, als es bei ihm und Eve der Fall war. Wenn er sich dem Künstler genauso vorbehaltlos offenbarte, wie er es gegenüber dem geliebten Herzen in Las Vegas getan hatte, könnte wahre Freundschaft zwischen ihnen entstehen.

Roy Miro trat in der dunklen und leeren Galerie vor das vom Mondlicht beschienene Fenster und begann mit gewählter Bescheidenheit zu erklären, wie er seine Ideale in einer Weise in die Praxis umgesetzt hatte, die anzuwenden nicht einmal die Agency trotz all ihrer Bereitschaft zur Kühnheit gewagt hätte. Während ihm der Künstler zuhörte, hoffte Roy beinahe, daß die Flüchtlinge weder in dieser noch in der folgenden Nacht auftauchten, nicht bevor er und Steve genügend Zeit gehabt hätten, eine Basis für die Freundschaft zu schaffen, die sicherlich dazu bestimmt war, ihr Leben zu bereichern.

Vor dem Hamlet Gardens in Westwood holte der uniformierte Parkwächter Darius' VW-Bus vom schmalen Parkplatz, lenkte ihn auf die Straße und stoppte am Bordstein vor dem Eingang, wo die beiden Descoteaux-Familien warteten, nachdem sie gespeist hatten.

Harris stand am Ende der Gruppe. Als er gerade Anstalten machte, den Bus zu besteigen, tippte ihm eine Frau auf die Schulter. »Sir, darf ich Ihnen etwas zum Nachdenken geben?«

Er war nicht überrascht. Er wich nicht zurück, wie er es in der Herrentoilette des Kinos getan hatte. Er wandte sich um und sah vor sich eine gutaussehende Rothaarige in Stöckelschuhen, einem fußlangen Mantel in einem Grünton, der in angenehmem Kontrast zu ihrem Teint stand, und einem modernen weitkrempigen Hut, der keck auf ihrem Kopf saß. Sie schien unterwegs zu einem Nachtclub oder einer Party zu sein.

»Falls die neue Weltordnung aus Frieden, Wohlstand und Demokratie bestehen sollte, wäre das für uns alle wunderbar«, sagte sie. »Aber vielleicht wird sie weitaus weniger einladend sein, viel eher wie die Steinzeit, wenn es in der Steinzeit all die wundervollen Formen der High-tech-Unterhaltung gegeben hätte, um sie erträglich zu machen. Aber ich denke, Sie werden mir bestimmt zustimmen ... die Möglichkeit, sich die neuesten Filme auf Video besorgen zu können, wiegt die allgemeine Versklavung sicherlich nicht auf.«

»Was wollen Sie von mir?«

»Ihnen helfen«, antwortete sie. »Aber Sie müssen diese Hilfe wollen, müssen erkennen, daß Sie sie brauchen, und müssen bereit sein zu tun, was getan werden muß.«

Aus dem VW-Bus beobachtete seine Familie ihn voller Neugier und Sorge.

»Ich bin kein Revolutionär, der Bomben legt«, sagte er zu der Frau im grünen Mantel.

»Das sind wir auch nicht«, erwiderte sie. »Bomben und Gewehre sind sozusagen die letzten Hilfsmittel. Wissen sollte die erste und wichtigste Waffe jeden Widerstands sein.«

»Über welches Wissen verfüge ich schon, an dem Sie interessiert sein könnten?«

»Zunächst einmal«, sagte sie, »die Erkenntnis, wie zerbrechlich Ihre Freiheit angesichts der heutigen Zeitströmungen ist. Allein das kann bewirken, daß Sie sich in einer Art und Weise engagieren werden, die für uns bedeutsam wäre.«

Der Parkplatzwächter, der knapp außer Hörweite stand, warf ihnen einen merkwürdigen Blick zu.

Aus einer Manteltasche zog die Frau ein Stück Papier und zeigte es Harris. Er sah eine Telefonnummer und drei Worte.

Als er das Papier an sich nehmen wollte, hielt sie es fest. »Nein, Mr. Descoteaux. Mir wäre es lieber, Sie prägten es sich ein.«

Die Zahl ließ sich leicht merken, und die drei Worte bereiteten ihm auch keine Schwierigkeiten.

Während Harris das Papier betrachtete, sagte die Frau: »Der Mann, der Ihnen das angetan hat, heißt Roy Miro.«

Er erinnerte sich an den Namen, konnte sich aber nicht entsinnen, wo er ihn schon mal gehört hatte.

»Er behauptete Ihnen gegenüber, er käme vom FBI«, sagte sie.

»Der Kerl, der nach Spencer gefragt hat!« sagte er und schaute von dem Papier hoch. Er geriet plötzlich in Zorn, da der Feind, der bisher anonym gewesen war, endlich ein Gesicht besaß. »Aber was, zum Teufel, habe ich ihm getan? Wir hatten eine kleine Meinungsverschiedenheit wegen eines Beamten, der früher unter mir gearbeitet hat. Das war alles!« Dann wurde ihm bewußt, was genau sie gesagt hatte, und er runzelte die Stirn. »Er *behauptete*, beim FBI zu sein? Aber er gehörte wirklich dazu. Nachdem er sich bei mir angekündigt hatte, habe ich ihn überprüft, bevor er im Büro erschien.«

»Sie sind nur selten das, als was sie sich ausgeben«, sagte die Rothaarige.

»Sie? Wer sind *sie*?«

»Diejenigen, die sie immer gewesen sind, in all den Jahren«, sagte sie und lächelte. »Tut mir leid. Ich muß mich leider so rätselhaft ausdrücken.«

»Ich werde mir mein Haus zurückholen«, sagte er entschlossen, obwohl er sich keineswegs so zuversichtlich fühlte, wie er klang.

»Das wird Ihnen nicht gelingen. Und selbst, wenn der öffentliche Protest laut genug ausfiele, um diese Gesetze aufheben zu lassen, würden sie neue Gesetze formulieren, die ihnen andere Möglichkeiten schaffen, Menschen zu ruinieren, die sie ruinieren wollen. Das Problem ist nicht ein Gesetz. Wir haben es mit Machtbesessenen zu tun, die jedem vorschreiben wollen, wie er zu leben hat, was er denken, lesen, sagen soll.«

»Wie komme ich an diesen Miro heran?«

»Das können Sie nicht. Er ist viel zu gut abgeschirmt, um so einfach ans Licht gezerrt zu werden.«

»Aber ...«

»Ich bin nicht hier, um Ihnen zu verraten, wie Sie an Roy Miro herankommen. Ich will Sie warnen, daß Sie heute nicht zum Haus Ihres Bruders zurückkehren dürfen.«

Ein eisiger Schauer breitete sich in seiner Wirbelsäule aus und drang mit einer seltsamen Zielstrebigkeit und Gleichmäßigkeit bis in seinen Nacken vor, wie es noch kein eisiger Schauer zuvor getan hatte.

»Was soll denn nun geschehen?« fragte er.

»Ihr Martyrium ist noch nicht vorbei. Es wird niemals vorbei sein, wenn Sie sie einfach gewähren lassen. Sie werden wegen Mordes an zwei Drogenhändlern, der Ehefrau des einen, der Freundin des anderen und an drei kleinen Kindern verhaftet. Ihre Fingerabdrücke wurden an Gegenständen in dem Haus gefunden, in dem sie erschossen wurden.«

»Ich habe niemanden getötet!«

Der Parkwächter verstand den Ausruf und verzog erschrocken die Miene.

Darius stieg aus dem VW-Bus, um nachzusehen, was los war.

»Die Gegenstände mit Ihren Fingerabdrücken wurden aus Ihrem Haus genommen und am Tatort der Morde verteilt. Die Erklärung wird wahrscheinlich lauten, daß Sie zwei Konkurrenten ausgeschaltet haben, die versucht haben, sich in Ihre Geschäfte zu drängen, und daß Sie die Ehefrau, die Freundin und die Kinder getötet haben, um anderen Drogenhändlern eine Lektion zu erteilen.«

Harris' Herz schlug so heftig, daß es ihn nicht gewundert hätte, wenn seine Brust bei jedem Schlag deutlich gezittert hätte. Aber statt warmes Blut zu pumpen, schien es flüssiges Freon durch seinen Körper kreisen zu lassen. Er fühlte sich kälter als ein Toter.

Die Angst versetzte ihn in einen Zustand der Verletzbarkeit und Hilflosigkeit, wie er ihn nur aus seiner Kindheit kannte. Er hörte sich selbst, wie er Trost im Glauben seiner geliebten, Kirchenlieder singenden Mutter suchte, einem Glauben, dem er im Lauf der Jahre entglitten war, nach dem er nun jedoch mit einer Inbrunst griff, die ihn verblüffte. »Gott im Himmel, lieber Gott im Himmel, steh mir bei!«

»Vielleicht tut er das«, sagte die Frau, während Darius sich näherte. »Aber mittlerweile können auch wir helfen. Wenn Sie klug sind, rufen Sie diese Nummer an, benutzen diese Kodeworte und leben Ihr Leben weiter – statt dem Tod entgegenzugehen.«

»Was ist los, Harris?« fragte Darius, als er sie erreicht hatte.

Die rothaarige Frau verstaute den Zettel wieder in ihrer Manteltasche.

Harris schüttelte den Kopf. »Aber das ist es ja gerade. Wie kann ich nach allem, was mir zugestoßen ist, mein Leben einfach weiterführen?«

»Das können Sie«, sagte die Frau. »Allerdings sind Sie dann nicht mehr Harris Descoteaux.«

Sie lächelte und nickte Darius grüßend zu.

Harris sah ihr nach und hatte plötzlich wieder das Gefühl, als stünde er mitten im Zauberreich von Oz.

Vor langer Zeit waren diese Ländereien wunderschön gewesen. Als Junge mit anderem Namen hatte Spencer besonderen Gefallen an der Ranch gehabt, wenn sie während der Winterzeit unter einer weißen Decke lag: Bei Tag war sie ein leuchtendes Reich von Schneefestungen und Rodelbahnen, die mit großer Sorgfalt und Geduld festgestampft worden waren. In klaren Nächten war der Himmel über den Rocky Mountains endloser als die Ewigkeit, sogar endloser, als der menschliche Verstand es sich vorstellen konnte, und das Licht der Sterne brachte die Eiszapfen zum Funkeln.

Als er nach der Ewigkeit des Exils zurückkehrte, fand er nichts, was den Augen schmeichelte. Jede Senke und jeder Hügel der Landschaft, jedes Gebäude, jeder Baum war genauso wie in jener fernen Zeit, abgesehen von der Tatsache, daß die Kiefern, die Ahorne und Birken höher waren als zuvor. So wenig sie sich auch verändert hatte, erschien ihm die Ranch nun als der häßlichste Ort, den er je gesehen hatte, selbst in ihrem schmeichelhaften Winterkleid. Es war eine rauhe Landschaft, und die strenge Geometrie der Felder und Berge war geschaffen, um aus jedem Blickwinkel das Auge zu beleidigen, wie die Architektur der Hölle. Die Bäume waren ganz gewöhnliche Exemplare, aber sie erschienen ihm, als wären sie durch Krankheiten verformt und verkrüppelt, vergiftet von den Schrecken, die aus den nahe gelegenen Katakomben in die Erde und damit in ihre Wurzeln eingedrungen waren. Die Gebäude – Ställe, Haus, Scheune – waren klobige Gebilde, düster und unheimlich, und die Fenster waren so schwarz und bedrohlich wie offene Gräber.

Spencer parkte vor dem Haus. Sein Herz klopfte. Sein Mund war so trocken, seine Kehle dermaßen zugeschnürt, daß er kaum schlucken konnte. Die Tür des Lieferwagens öffnete sich mit der Schwerfälligkeit des massiven Portals der Stahlkammer einer Bank.

Ellie blieb im Wagen und behielt den Laptop auf dem Schoß. Falls es Probleme geben sollte, war sie »online« und bereit dafür, wofür auch immer sie Vorbereitungen getroffen hatte. Über den Kurzwellen-Sender-Empfänger hatte sie mit einem Satelliten Verbindung aufgenommen und war von dort aus in ein Computersystem eingedrungen, das sie Spencer nicht näher beschrieben hatte und das überall auf der Erde installiert sein konnte. Information mochte Macht sein, wie sie gesagt hatte, aber Spencer konnte sich nicht vorstellen, wie Information sie vor Kugeln schützen konnte, falls die Agency in der Nähe lauerte und auf sie wartete.

Als wäre er ein Tiefseetaucher, eingehüllt in einen schwerfälligen Druckanzug und Stahlhelm, dem Druck einer enormen Wassermenge ausgesetzt, schritt er zur Eingangstreppe, überquerte die Veranda und blieb vor der Haustür stehen. Er drückte auf den Klingelknopf.

Er hörte die Glocke im Haus, die gleichen fünf Töne, die die Ankunft eines Besuchers anzeigten, als er dort als Kind gelebt hatte, und noch während die Töne erklangen, mußte er sich gegen den Drang wehren, kehrtzumachen und davonzulaufen. Er war ein erwachsener Mann, und die Schreckgespenster, die Kindern Angst einjagten, sollten eigentlich keine Macht mehr über ihn haben. Irrationalerweise befürchtete er jedoch, daß das Klingeln seine Mutter zur Tür rief – eine wandelnde Tote, nackt, wie sie im Graben gefunden worden war, und mit all ihren Wunden.

Er brachte genügend Willenskraft auf, um dieses Bild vor seinem geistigen Auge zu verdrängen. Er drückte erneut auf die Klingel.

Die Nacht war so still, daß er überzeugt war, die Würmer in der Erde zu hören, unterhalb der Frostgrenze, wenn er es schaffte, seinen Geist zu leeren und nur noch auf ihr verräterisches Kriechen zu achten.

Als niemand auf das zweite Klingeln reagierte, holte Spencer den Ersatzschlüssel aus seinem Versteck über dem Türbalken. Die Dresmunds hatten die Anweisung, ihn dort zu hinterlegen, falls der Eigentümer ihn einmal brauchen sollte. Die Schlösser des Hauses und der Scheune ließen sich mit demselben Schlüssel öffnen. Mit dem eiskalten Stück Metall in der Hand, das beinahe an seinen Fingern festklebte, eilte er zu dem schwarzen Lieferwagen zurück.

Die Auffahrt gabelte sich. Ein Weg führte an der Vorderfront der Scheune vorbei, der andere bog zur hinteren Seite ab. Er entschied sich für den zweiten.

»Ich sollte genauso hineingehen wie in jener Nacht«, erklärte er Ellie. »Durch die Hintertür. Den gesamten Ablauf nachstellen.«

Sie parkten dort, wo der Lieferwagen mit dem Regenbogenbild in einer längst vergangenen Dunkelheit gestanden hatte. Das Fahrzeug hatte seinem Vater gehört. Er selbst hatte es in jener Nacht zum erstenmal gesehen; denn es wurde stets in einer Garage außerhalb des Anwesens abgestellt und war unter falschem Namen angemeldet. Es war der Wagen, mit dem Steven Ackblom zu verschiedenen fernen Orten gefahren war, um die Frauen zu beobachten und zu entführen, die ausersehen waren, ständige Bewohner seiner Gewölbe zu werden.

Meistens war er damit nur dann zu dem Anwesen gefahren, wenn seine Frau und sein Sohn nicht da waren, entweder zu Besuch bei ihren Eltern oder bei Reitturnieren – allerdings auch gelegentlich dann, wenn seine unheimlichen Bedürfnisse stärker wurden als seine Vorsicht.

Ellie wollte im Lieferwagen bleiben, den Motor laufen lassen. Sie wollte sich mit dem Laptop auf dem Schoß bereithalten, mit den Fingern über der Tastatur, um beim geringsten Anlaß reagieren zu können.

Spencer konnte sich nicht vorstellen, was sie im Falle eines Angriffs tun könnte, um die Leute der Agency zum Abzug zu bewegen. Aber sie meinte tatsächlich ernst, was sie sagte, und er kannte sie mittlerweile gut genug, um darauf zu vertrauen, daß ihr Plan, so seltsam er auch anmutete, keineswegs leichtsinnig war.

»Sie sind nicht hier«, beruhigte er sie. »Niemand erwartet uns. Wären sie hier, hätten sie sich schon längst auf uns gestürzt.«

»Ich weiß nicht ...«

»Um mich an das erinnern zu können, was in jenen fehlenden Minuten geschah, muß ich hinuntergehen ... zu diesem Ort. Rocky reicht als Begleitung nicht aus. Ich habe nicht den Mut, den Weg allein zu gehen, und ich schäme mich nicht, das zuzugeben.«

Ellie nickte. »Das sollten Sie auch nicht. An Ihrer Stelle hätte ich es nicht mal geschafft, bis hierher vorzudringen. Ich wäre einfach weitergefahren und hätte das Ganze aus meinem Bewußtsein gestrichen.« Sie betrachtete die vom Mond beschienenen Felder und Hügel hinter der Scheune.

»Niemand da«, sagte er.

»Na schön.« Ihre Finger huschten über die Laptoptastatur, und sie zog sich aus dem Computer zurück, in den sie eingedrungen war. Der Sichtschirm wurde dunkel. »Dann los.«

Spencer löschte die Scheinwerfer des Wagens und schaltete den Motor aus.

Er nahm die Pistole, Ellie hatte die Micro-Uzi.

Als sie aus dem Kleinlaster stiegen, bestand Rocky darauf, sie zu begleiten. Er zitterte, angesteckt von der Stimmung seines Herrn, und hatte einerseits Angst, sie zu begleiten, fürchtete sich aber genauso, allein zurückzubleiben.

Noch stärker zitternd als der Hund, blickte Spencer zum Himmel. Er war genauso klar und mit Sternen übersät wie an jenem Juliabend. Diesmal jedoch war im Mondschein weder eine Eule zu erkennen noch ein Engel.

In der dunklen Galerie, in der Roy von vielen Dingen gesprochen und der Künstler mit wachsendem Interesse und deutlichem Respekt zugehört hatte, machte das Brummen des sich nähernden Lieferwagens dem Austausch von persönlichen Informationen ein vorübergehendes Ende.

Um zu vermeiden, daß sie gesehen wurden, traten sie einen Schritt vom Fenster zurück. Sie konnten aber noch immer die Auffahrt beobachten. Statt vor der Scheune stehenzubleiben, setzte der Lieferwagen seine Fahrt zur Rückseite des Gebäudes fort.

»Ich habe Sie hierher gebracht«, sagte Roy, »weil ich in Erfahrung bringen muß, in welcher Beziehung Ihr Sohn zu dieser Frau steht. Er ist ein Joker. Wir werden uns nicht klar über ihn. Daß er in die Sache verwickelt ist, legt den Verdacht nahe, daß irgendeine Planung dahintersteckt. Das beunruhigt uns. Eine Zeitlang hatten wir den Verdacht, daß es irgendwo eine Art Organisation gibt, die unsere Arbeit vereitelt, und wenn ihr das nicht gelingt, uns so viele Kopfschmerzen wie möglich bereiten will. Er könnte zu einer solchen Gruppe gehören, falls sie existiert. Vielleicht helfen sie der Frau. Wie dem auch sei, wenn man Spencer betrachtet ... es tut mir leid. In Anbetracht von Michaels militärischer Ausbildung und seiner offensichtlich spartanischen Geisteshaltung glaube ich nicht, daß er bei der üblichen Verhörmethoden zusammenbrechen wird, ganz gleich, wieviel Schmerzen ihm zugefügt werden.«

»Der Junge hat einen starken Willen«, bestätigte Steven.

»Aber wenn *Sie* ihn verhören, wird er alles erzählen.«

»Da könnten Sie recht haben«, gab Steven zu. »Sehr scharfsichtig.«

»Und es gibt mir außerdem die Gelegenheit, einen Schaden wiedergutzumachen.«

»Und welcher Schaden soll das sein?«

»Nun, es ist natürlich etwas Schlimmes, wenn ein Sohn seinen Vater verrät.«

»Aha. Und um diesen Verrat noch weiter zu rächen, darf ich die Frau haben?« fragte Steven.

Roy dachte an diese reizenden Augen, so direkt und herausfordernd. Er begehrte sie schon seit vierzehn Monaten. Er wäre jedoch bereit, auf seine Forderung zu verzichten, wenn er dafür die Gelegenheit bekäme, mit ansehen zu dürfen, welche Kreativität ein Genie von Steven Ackbloms Kaliber entwickelte, wenn es mit dem Medium lebendigen Fleisches arbeiten durfte.

In Erwartung möglicher Besucher unterhielten sie sich nun flüsternd.

»Ja, das erscheint mir durchaus angemessen«, sagte Roy. »Aber ich möchte zusehen.«

»Ihnen ist klar, daß das, was ich mit ihr tun werde, ziemlich ... extrem ist?«

»Die Furchtsamen werden niemals zur Transzendenz finden.«

»Das stimmt«, gab Steven zu.

»Sie waren alle so schön in ihrem Schmerz, und ganz wie Engel, als sie starben'«, zitierte Roy.

»Und Sie wollen diese kurze, vollkommene Schönheit sehen«, sagte Ackblom.

»Ja.«

Vom Ende des Gebäudes drang das Knirschen und Klicken eines Schließzylinders zu ihnen.

Eine kurze Pause entstand. Dann war das leise Knarren von Türangeln zu hören.

Darius bremste vor einem Stoppschild. Er fuhr nach Osten, und er wohnte zweieinhalb Blocks von der Stelle entfernt, wo er angehalten hatte, aber er betätigte nicht den Blinker.

Gegenüber dem VW-Bus, auf der anderen Seite der Kreuzung, standen vier Fernsehübertragungswagen mit Empfangsschüsseln auf den Dächern. Zwei parkten auf der linken Seite, zwei auf der rechten, ins gleißende natriumgelbe Licht der Straßenbeleuchtung getaucht. Ein Wagen kam von KNBC, dem örtlichen Ableger des nationalen Senders, und ein anderer trug die Aufschrift KTLA und gehörte zu Channel 5, der unabhängigen Station mit der höchsten Sehbeteiligung auf dem Markt von Los Angeles. Harris konnte die Bezeichnungen auf den anderen Wagen nicht lesen, aber er vermutete, daß sie jeweils von den lokalen ABC- und CBS-Studios in Los Angeles hergeschickt worden waren. Dahinter standen ein paar weitere Fahrzeuge, und neben den Insassen all dieser Wagen standen noch ein halbes Dutzend weitere Personen herum und unterhielten sich.

Darius' Stimme troff von Sarkasmus und kaum gebändigter Wut. »Es muß ja eine tolle Story sein.«

»Noch nicht ganz«, sagte Harris grimmig. »Am besten fahren wir einfach durch, direkt an ihnen vorbei, und nicht zu schnell, damit sie nicht auf uns aufmerksam werden.«

Statt nach links abzubiegen, in Richtung Heimat, befolgte Darius den Rat seines Bruders.

Als sie an den Übertragungswagen vorbeirollten, beugte Harris sich nach vorn, als drehe er am Radio herum, und wandte sein Gesicht von den Wagenfenstern ab. »Sie haben einen Tip bekommen und wurden gebeten, sich ein paar Blocks entfernt zu halten, bis es richtig losgeht. Jemand möchte sichergehen, daß ich ausgiebig dabei gefilmt werde, wie ich in Handschellen aus dem Haus geholt werde. Wenn sie tatsächlich so weit gehen und ein SWAT-Team einsetzen, werden die Fernsehwagen sicherlich Bescheid bekommen, ehe die Schweine mir die Türen eintreten.«

Hinter Harris beugte Ondine sich auf der mittleren der drei Sitzreihen vor. »Daddy, meinst du, sie sind hergekommen, um dich zu filmen?«

»Darauf möchte ich wetten, Schätzchen.«

»Diese Schweine«, schimpfte sie.

»Es sind nur Nachrichtenleute, die ihren Job machen.«

Willa, die emotional etwas empfindlicher war als ihre Schwester, begann wieder zu weinen.

»Ondine hat recht«, schloß Bonnie sich an. »Widerwärtige Mistkerle.«

Von der letzten Reihe des Kleinbusses meldete Martin sich zu Wort. »Mann, das ist irre. Onkel Harris, die sind ja hinter dir her, als seist du Michael Jackson oder sonst wer.«

»Okay, wir sind vorbei«, meldete Darius, damit Harris sich wieder aufrichten konnte.

»Die Polizei«, sagte Bonnie, »nimmt sicherlich an, wir wären zu Hause, wegen der Art und Weise, wie die Alarmanlage die Beleuchtung schaltet, wenn niemand da ist.«

»Das System ist mit einem Dutzend Kombinationen programmiert«, erklärte Darius. »Es richtet sich jeden Abend, an dem niemand im Haus ist, nach einer anderen, schaltet Lampen in einem

Zimmer aus, in einem anderen an, bedient Radios und Fernsehgeräte und imitiert auf diese Art und Weise realistische Aktivitätsmuster. Es soll auf potentielle Einbrecher überzeugend wirken. Ich hätte nie gedacht, daß ich mich mal darüber freuen würde, daß auch Cops davon getäuscht werden.«

»Was nun?« fragte Bonnie.

»Fahren wir noch eine Weile herum.« Harris hielt seine Hände vor die Heizungsschlitze und bewegte sie im warmen Luftstrom. Sie wollten einfach nicht warm werden. »Fahr einfach weiter, während ich mir etwas einfallen lasse.«

Sie waren zuvor schon eine Viertelstunde durch Bel Air gekurvt, während er ihnen von dem Mann erzählte, der ihn während seines Spaziergangs angesprochen hatte, und dann von dem zweiten Fremden in der Kinotoilette und von der Rothaarigen im grünen Mantel. Noch bevor sie die Fernsehübertragungswagen entdeckten, hatten sie alle die Warnung der Frau als genauso ernst angesehen wie die Ereignisse der vergangenen Tage. Aber sie hatten es als durchführbar betrachtet, am Haus vorbeizufahren, Bonnie und Martin aussteigen zu lassen und zehn Minuten später wieder zurückzukehren und sie aufzugreifen, zusammen mit den Kleidern, die Ondine und Willa im Einkaufszentrum erstanden hatten, und den wenigen Habseligkeiten, die Jessica und die Mädchen während des Auszugs am Samstag aus ihrem eigenen Heim hatten mitnehmen können. Ihr zielloses Umherfahren hatte sie schließlich eher indirekt zu ihrem Heim zurückgeführt, wo sie sich plötzlich mit den Fernsehwagen konfrontiert sahen und zu der Erkenntnis gelangten, daß die Warnung weitaus dringlicher gewesen war, als sie angenommen hatten.

Darius fuhr über den Wilshire Boulevard und wandte sich nach Westen in Richtung Santa Monica und Pazifikküste.

»Wenn ich des geplanten Mordes an sieben Menschen, inklusive dreier Kinder, beschuldigt werde«, dachte Harris laut nach, »wird der Staatsanwalt auf ›vorsätzlichen Mord und besondere Umstände‹ plädieren, und das so sicher wie das Amen in der Kirche.«

Darius nickte. »Eine Entlassung auf Kaution käme nicht in Frage. Niemals. Mit der Begründung, es bestünde Fluchtgefahr.«

Von der letzten Sitzbank sagte Jessica, die neben Martin saß: »Selbst wenn eine Entlassung auf Kaution bewilligt würde, brächten wir doch niemals soviel auf, um sie zu bezahlen.«

»Die Terminpläne des Gerichts sind randvoll«, bemerkte Darius. »Es gibt heute so viele Gesetze. Allein im vergangenen Jahr kamen insgesamt siebzigtausend Seiten Gesetzestexte aus dem Kongreß. Es gibt so viele Klagen, so viele Revisionen. Die meisten Fälle kommen so langsam voran wie ein Gletscher. Mein Gott, Harris, du wirst ein, zwei Jahre im Gefängnis sitzen und nur auf deinen Prozeß warten...«

»Diese Zeit wäre für immer verloren«, sagte Jessica wütend, »selbst wenn die Geschworenen ihn für unschuldig halten.«

Ondine begann wieder zu weinen, Willa ebenfalls.

Harris erinnerte sich lebhaft an jeden seiner ihn zur totalen Hilflosigkeit verdammenden Anfälle von Gefängnisklaustrophobie. »Ich würde kein halbes Jahr durchhalten, vielleicht nicht mal einen Monat.«

Während sie durch die Stadt kurvten, wo die Millionen heller Lampen nicht ausreichten, die Dunkelheit zu besiegen, unterhielten sie sich über die Möglichkeiten, die sie hatten. Schließlich erkannten sie, daß sie überhaupt keine Möglichkeiten hatten. Er hatte keine andere Wahl als zu fliehen. Aber ohne Geld oder Papiere würde er nicht weit kommen, bis man ihn aufstöberte und festnahm. Seine einzige Hoffnung war daher jene geheimnisvolle Gruppe, der die Rothaarige im grünen Mantel und die beiden anderen Fremden angehörten, obwohl Harris zu wenig über sie wußte, um beruhigt seine Zukunft in ihre Hände zu legen.

Jessica, Ondine und Willa sprachen sich vehement dagegen aus, sich von ihm zu trennen. Sie befürchteten, daß jede Trennung endgültig sein würde; daher verwarfen sie die Möglichkeit, daß er sich allein auf die Flucht begab. Er war überzeugt, daß sie recht hatten. Außerdem wollte er nicht von ihnen getrennt werden, denn er befürchtete, daß sie während seiner Abwesenheit mögliche Ziele darstellten.

Als er sich umdrehte und in den mit Schatten erfüllten Kleinbus schaute, vorbei an den dunklen Gesichtern seiner Kinder und seiner Schwägerin, fing Harris den Blick seiner Frau auf, die neben Martin saß. »Was hier passiert, ist doch völlig unmöglich.«

»Wichtig ist nur, daß wir zusammenhalten.«

»Alles, wofür wir so hart gearbeitet haben...«

»Das ist doch schon längst weg.«

»...mit vierundvierzig wieder ganz von vorn anzufangen...«

»Das ist immer noch besser, als mit vierundvierzig zu sterben«, sagte Jessica.

»Das nenne ich Kampfgeist«, sagte er liebevoll.

Jessica lächelte. »Nun, es hätte auch ein Erdbeben gewesen sein können ... das Haus zerstört, und wir gleich mit.«

Harris betrachtete nun Ondine und Willa. Ihre Tränen waren versiegt, sie waren zutiefst erschüttert, aber in ihren Augen lag ein trotziges Funkeln.

Er sagte: »Denkt doch nur an all eure Freunde in der Schule ...«

»Ach, das sind doch nur Kinder.« Ondine ging betont lässig darüber hinweg, all ihre Kameradinnen und Freundinnen zu verlieren, was für einen Teenager sicherlich bei einer so abrupten Trennung das Schlimmste war. »Nur ein Haufen Kinder, albern und dumm.«

»Und«, warf Willa ein, »du bist unser Dad.«

Zum erstenmal, seit dieser Alptraum begonnen hatte, war auch Harris selbst zu Tränen gerührt.

»Damit wäre das entschieden«, verkündete Jessica. »Darius, halt mal Ausschau nach einem Münzfernsprecher.«

Sie fanden einen am Ende einer Ladenzeile vor einem Pizzarestaurant.

Harris mußte Darius um Kleingeld bitten. Dann stieg er aus dem VW-Bus und ging allein zum Telefon.

Durch die Fenster des Pizzarestaurants sah er Leute essen, Bier trinken, sich unterhalten. Eine Gruppe an einem großen Tisch schien sich besonders gut zu amüsieren. Er konnte ihr Gelächter trotz der Musik aus der Jukebox hören. Keiner von ihnen schien zu ahnen, daß die Welt sich soeben völlig umgekrempelt hatte.

Harris wurde von einem Gefühl des Neids überwältigt, der so intensiv war, daß er die Fenster einschlagen, ins Restaurant stürmen, die Tische umwerfen, den Leuten das Essen und die Biergläser aus den Händen schlagen, sie anschreien und schütteln wollte, bis ihre Illusionen von Sicherheit und Normalität in genauso viele Stücke zerschlagen wären wir seine eigenen. Er war so verbittert, daß er es vielleicht getan hätte – daß er es sicher getan hätte –, wenn er nicht an eine Frau und zwei Kinder hätte denken, sondern sich allein mit seinem beängstigenden neuen Leben hätte abfinden müssen. Es war nicht ihr Glück, um das er sie beneidete. Es war ihre gesegnete Ahnungslosigkeit, nach der er sich sehnte, obgleich er wußte, daß keine Erkenntnis jemals ungeschehen gemacht werden konnte.

Er nahm den Hörer des Münzfernsprechers von der Gabel und warf ein paar Münzen ein. Einen entsetzlichen Augenblick lang lauschte er dem Freizeichen und konnte sich nicht mehr an die Nummer erinnern, die auf dem Zettel in der Hand der Rothaarigen gestanden hatte. Dann fiel sie ihm wieder ein, und er drückte die Wähltasten, wobei seine Hand derart heftig zitterte, daß er schon fast damit rechnete, gleich zu erfahren, daß er die Nummer nicht richtig eingetastet hatte.

Beim dritten Klingeln meldete sich ein Mann mit einem schlichten: »Hallo?«

»Ich brauche Hilfe«, sagte Harris, und dann fiel ihm ein, daß er sich noch nicht vorgestellt hatte. »Es tut mir leid ... mein Name ist ... Descoteaux. Harris Descoteaux. Jemand von Ihren Leuten, wer immer Sie sind, hat mir gesagt, ich solle diese Nummer anrufen. Sie könnten mir helfen und wären auch dazu bereit.«

Nach kurzem Zögern sagte der Mann am anderen Ende der Leitung: »Wenn Sie diese Nummer gewählt haben und auf ordnungsgemäße Art und Weise in ihren Besitz gelangt sind, müßten Sie wissen, daß es ein gewisses Ritual gibt.«

»Ritual?«

Er erhielt keine Antwort.

Für einen kurzen Moment geriet Harris in Panik, daß der Mann auflegte und sich vom Telefon entfernte und für immer unerreichbar sein würde. Er begriff nicht, was von ihm erwartet wurde – bis er sich an die drei Kodeworte erinnerte, die unter der Telefonnummer auf dem Zettel gestanden hatten. Die Rothaarige hatte verlangt, daß er sich auch diese merkte. Er sagte: »Fasane und Drachen.«

Auf dem Schaltfeld der Alarmanlage in dem kurzen Flur im hinteren Teil der Scheure gab Spencer eine Reihe von Zahlen ein, die den Alarm ausschalteten. Die Dresmunds waren angewiesen worden, die Ziffern nicht zu ändern, damit der Eigentümer Zugang hatte, falls sie einmal nicht anwesend sein sollten. Nachdem Spencer die letzte Ziffer eingegeben hatte, änderte sich die Leuchtschrift von ARMED AND SECURE in das dunklere READY TO ARM.

Er hatte eine Taschenlampe aus dem Lieferwagen mitgenommen. Er richtete den Lichtstrahl auf die linke Wand. »Ein kleines Behelfsbad, nur eine Toilette und ein Waschbecken«, erklärte er Ellie.

Nach der ersten Tür folgte eine zweite. »Das ist ein kleiner Abstellraum.« Am Ende des Ganges traf der Lichtstrahl auf eine dritte Tür. »Er hatte dort eine Galerie, die nur für die wohlhabendsten Sammler zugänglich war. Und von dieser Galerie führt eine Treppe hinauf in den ersten Stock, wo er sein Studio hatte.« Er schwenkte den Lichtstrahl zur rechten Flurseite, wo sich nur eine einzige Tür befand. Sie stand offen. »Das war früher der Aktenraum.«

Er hätte die Leuchtstoffröhren an der Decke einschalten können. Vor sechzehn Jahren jedoch hatte er das Gebäude im Dunkeln betreten, ausschließlich geleitet von der grünen Leuchtschrift der Schalttafel der Alarmanlage. Er wußte intuitiv, daß seine beste Chance, sich an das zu erinnern, was er so lange unterdrückt hatte, darin bestand, die Umstände jener Nacht so genau wie möglich nachzustellen. Damals war die Scheune klimatisiert gewesen, und nun war die Heizung weit heruntergedreht, so daß die Februarkälte in der Luft beinahe der damaligen Temperatur entsprach. Der grelle Schein der Leuchtstoffröhren würde die Stimmung zu drastisch verändern. Wenn er sich wirklich um eine möglichst genaue Wiederholung der erlebten Situation bemühte, wäre sogar eine Taschenlampe störend, aber er hatte nicht den Mut, sich in die gleiche Dunkelheit hineinzuwagen wie damals, als er vierzehn war.

Rocky winselte und kratzte an der Hintertür, die Ellie hinter ihnen geschlossen hatte. Er zitterte erbärmlich.

Im wesentlichen und aus Gründen, die Spencer niemals erfahren würde, beschränkte Rockys Abneigung gegen die Dunkelheit sich nur auf die Außenwelt. In Räumen, in denen es dunkel war, fand er sich eigentlich ganz gut zurecht, obgleich er manchmal ein Nachtlicht brauchte, wenn er von besonders schlimmen Alpträumen heimgesucht wurde.

»Das arme Ding«, sagte Ellie.

Die Taschenlampe war heller als jede nächtliche Lichtquelle. Rocky hätte eigentlich hinreichend beruhigt sein müssen. Statt dessen zitterte er so heftig, daß es den Anschein hatte, seine Rippen erzeugten beim Gegeneinanderschlagen Xylophonklänge.

»Es ist schon gut, Kumpel«, sagte Spencer zu dem Hund. »Was du witterst, ist etwas aus der Vergangenheit. Es ist schon lange vorbei und vergessen. Hier gibt es nichts mehr, wovor man Angst haben müßte.«

Der Hund kratzte wenig überzeugt an der Tür.

»Soll ich ihn rauslassen?« fragte Ellie.

»Nein. Er wird feststellen, daß es draußen dunkel ist, und wird anfangen zu kratzen, um wieder reinzukommen.«

Während er den Taschenlampenstrahl wieder auf den Aktenraum richtete, wußte Spencer, daß es seine eigene innere Unruhe war, die dem Hund angst machte. Rocky war immer ganz besonders empfindlich, was seine Stimmungen betraf. Spencer zwang sich selbst zur Ruhe. Schließlich traf das, was er zu dem Hund gesagt hatte, wirklich zu: Die Aura des Bösen, die an diesen Wänden klebte, war ein Überbleibsel eines vergangenen Schreckens, und es gab nun nichts mehr, wovor man sich fürchten mußte.

Andererseits traf nicht unbedingt für Spencer zu, was für den Hund zutreffend war. Er lebte zum Teil noch immer in der Vergangenheit, dort festgehalten vom dunklen Strom der Erinnerung. Tatsächlich wurde er noch heftiger von dem bedrängt, woran er sich nicht richtig erinnern konnte, als von dem, was deutlich in seinem Gedächtnis stand. Die Ereignisse von vor sechzehn Jahren konnten Rocky nichts anhaben, doch für Spencer besaßen sie genügend Macht, ihn wie mit einer Schlinge einzufangen, ihn zu fesseln und zu vernichten.

Er erzählte Ellie von der Nacht der Eule, des Regenbogens und des Messers. Der Klang seiner eigenen Stimme erschreckte ihn. Jedes Wort erschien wie ein Glied in einem jener Kettenantriebe, mit dem jeder Achterbahnwagen unaufhaltsam den ersten steilen Berg auf seinem Weg hochgehievt und mit dem eine monströse Gondel in die von Gespenstern wimmelnde Finsternis einer Geisterbahn gezogen wurde. Kettenantriebe funktionierten nur in eine Richtung, und sobald die Fahrt begonnen hatte, gab es kein Anhalten mehr, selbst wenn ein Teil der Achterbahnschienen weggebrochen oder in den verwinkelten Nischen der Geisterbahn ein alles verschlingendes Feuer ausgebrochen war.

»In jenem Sommer und auch in all den Jahren zuvor hatte ich in meinem Zimmer keine Klimaanlage. Das Haus war mit einer Zentralheizungsanlage ausgestattet, die im Winter leise arbeitete, und das war in Ordnung. Was mich störte, war das Zischen und Pfeifen kalter Luft, die durch die Schlitze der Wandgitter gepreßt wurde, das Summen des Kompressors, das durch das Röhrensystem hallte ... Nein, ›stören‹ ist nicht das richtige Wort. Es machte mir angst. Ich hatte Angst, daß der Lärm der Klimaanlage in der Nacht

irgendein Geräusch überdeckte ... ein Geräusch, das ich lieber hören und auf das ich besser reagieren sollte ... sonst müßte ich sterben.«
»Was für ein Geräusch?« fragte Ellie.
»Das wußte ich nicht. Es war nur ein Gefühl der Angst, völlig kindisch. Zumindest dachte ich das damals. Ich schämte mich dafür. Aber deshalb stand mein Fenster offen, deshalb hörte ich den Schrei. Ich versuchte mir einzureden, es sei nur eine Eule oder das Beutetier einer Eule, weit weg in der Nacht. Aber ... es war so verzweifelt, so dünn und voller Angst ... so menschlich...«

Viel flüssiger als bei seinen Beichten an fremden Bartheken oder zu seinem Hund schilderte er seinen Weg in jener Nacht im Juli: aus dem stillen Haus, über den sommerlichen Rasen mit seinem Rauhreif aus fahlem Mondlicht, zur Scheunenecke, wo die Eule saß, weiter zum Wagen, aus dessen offener Hecktür Uringestank drang, und in den Flur, in dem sie beide gerade standen.

»Und dann öffnete ich die Tür des Aktenraums«, sagte er.

Er öffnete sie ein zweites Mal und trat über die Schwelle.

Ellie folgte ihm.

In dem dunklen Flur, den sie hinter sich gelassen hatten, winselte Rocky noch immer und kratzte an der Hintertür. Er wollte unbedingt hinaus.

Spencer ließ den Taschenlampenstrahl durch den Aktenraum wandern. Der lange Werktisch war verschwunden, desgleichen die beiden Stühle. Die Aktenschränke waren ebenfalls entfernt worden.

Die Kiefernholzschränke füllten noch immer das Ende des Zimmers vom Fußboden bis zur Decke und von Ecke zu Ecke aus. Sie hatten drei hohe, schmale Türpaare.

Er richtete den Lichtstrahl auf das mittlere Paar und sagte: »Sie standen offen, und ein seltsames schwaches Licht drang aus dem Schrank, wo es überhaupt keine Lampen gab.« Er hörte einen neuen angespannten Unterton in seiner Stimme. »Mein Herz schlug so heftig, daß meine Arme bebten. Ich ballte die Hände zu Fäusten und drückte sie gegen meine Oberschenkel, um die Kontrolle über mich zu behalten. Ich wollte davonrennen, einfach kehrtmachen und zurück ins Bett flüchten und alles vergessen.«

Er sprach davon, was er damals empfunden hatte, vor dieser langen Zeit, aber genausogut hätte er auch in der Gegenwartsform sprechen können.

Er öffnete die mittleren, mit Astlöchern übersäten Türflügel. Die lange nicht benutzten Scharniere quietschten. Er leuchtete in den Schrank und ließ den Lichtstrahl über leere Schrankfächer gleiten. »Vier Verschlüsse halten die Rückwand an Ort und Stelle«, erklärte er ihr.

Sein Vater hatte die Verschlüsse hinter beweglichen Blenden versteckt. Spencer fand alle vier: einen hinten links im untersten Schrankfach, den anderen auf der rechten Seite; einen oben links im zweithöchsten Fach, den letzten auf dessen rechter Seite.

Hinter ihm tappte Rocky ins Zimmer, wobei seine Krallen auf dem gebohnerten Holzboden klickten.

Ellie nickte. »So ist es gut, mein Freund, bleib bei uns.«

Nachdem er Ellie die Taschenlampe gereicht hatte, drückte Spencer gegen die Regalbretter. Das Innere des Schranks rollte nach hinten in die Dunkelheit. Kleine Räder bewegten sich knarrend auf alten Metallschienen.

Er stieg über den Vorderrahmen des Schranks und trat in den Raum, der von den Fächern eingenommen worden war. Dann schob er die Rückwand vollständig in die Kammer hinter dem Schrank.

Seine Handflächen schwitzten. Er wischte sie an seiner Jeans ab.

Nachdem er sich von Ellie die Lampe hatte zurückgeben lassen, betrat er den zwei mal zwei Meter großen Raum hinter dem Schrank. Eine Kette hing von der nackten Glühbirne in ihrer Deckenfassung herab. Er zog daran und wurde mit einem Lichtschein belohnt, der genauso schwefelgelb war wie der Lichtschein in jener Nacht.

Betonboden. Wände aus Betonblöcken. Wie in seinen Träumen.

Nachdem Ellie die Kiefernholztüren zugezogen und sich in den Schrank eingeschlossen hatte, folgten sie und Rocky ihm in den kleinen Raum dahinter.

»In jener Nacht stand ich draußen im Aktenraum, blickte durch die Rückwand des Schranks, sah dieses gelbe Licht und wollte um jeden Preis davonrennen. Ich dachte auch, ich sei bereits im Begriff zu fliehen ... aber plötzlich befand ich mich im Schrank. Ich sagte mir: ›Lauf, lauf, verschwinde von hier.‹ Aber dann hatte ich den Schrank durchquert und befand mich in diesem Raum, ohne mir bewußt zu sein, daß ich überhaupt einen Schritt gemacht hatte. Es war so ... es war, als würde ich gezogen ... als befände ich mich in Trance ... ich konnte nicht zurück, so sehr ich es mir auch gewünscht hätte.«

»Es ist ein gelbes Insektenlicht«, sagte sie, »wie man es während des Sommers draußen benutzt.« Sie schien das seltsam zu finden.

»Klar. Um Mücken abzuhalten. Sie funktionieren eigentlich gar nicht so gut. Und ich weiß nicht, weshalb er eine solche Birne hier eingeschraubt hat statt eine herkömmliche.«

»Nun, vielleicht war es die einzige, die er gerade zur Verfügung hatte.«

»Nein. Niemals. Nicht er. Er muß gedacht haben, daß dieses gelbe Licht ästhetischer ist, daß es seinem Vorhaben besser entspricht. Er führte ein sorgfältig durchdachtes Leben. Alles, was er tat, war ästhetischen Gesichtspunkten unterworfen, über die er ausgiebig nachgedacht hatte. Von der Art, sich zu kleiden, bis hin zur Zubereitung eines Butterbrots. Das ist einer der Gründe, weshalb das, was er hier trieb, so grauenvoll erscheint ... die lange und sorgfältige Planung.«

Ihm wurde bewußt, daß er mit den Fingerspitzen der rechten Hand über die Narbe strich, während die Taschenlampe sich in seiner linken befand. Er ließ die Hand zu der SIG-9-Millimeter-Pistole herabsinken, die immer noch zwischen seinem Hosenbund und Bauch steckte, zog die Waffe aber nicht heraus.

»Wie war es möglich, daß Ihre Mutter nichts von diesem Ort gewußt hat?« fragte Ellie und schaute sich in dem Raum um.

»Er besaß die Ranch schon, ehe sie heirateten. Er baute die Scheune um, ehe sie sie überhaupt das erste Mal sah. Dies hier war der Raum, in dem alte Akten gelagert wurden. Er fügte diese Kiefernholzschränke da draußen selbst ein, um diesen Raum abzutrennen, nachdem die Bauarbeiter abgezogen waren. So wußten sie nicht, daß er den Zugang zum Keller versteckt hatte. Zum Schluß holte er sich jemanden, der im ganzen Gebäude ein Kiefernparkett auslegte.«

Die Micro-Uzi war mit einem Tragriemen versehen. Ellie schlang ihn sich über die Schulter, damit sie beide Arme um den Oberkörper legen konnte. »Er hat das alles geplant ... sogar schon geplant, bevor er Ihre Mutter geheiratet hat, bevor Sie geboren wurden?«

Ihre Abscheu kam ihm wie ein eisiger Lufthauch vor. Spencer hoffte inständig, daß sie all die Enthüllungen, die vor ihr lagen, verarbeiten würde, ohne ihre Abneigung auch nur andeutungsweise vom Vater auf den Sohn zu übertragen. Er wünschte sich verzweifelt, daß er in ihren Augen weiterhin rein erschien, ohne Makel.

Mit seinen eigenen Augen betrachtete er sich jedesmal voller Ekel, wenn er irgendeinen unschuldigen Charakterzug seines Vaters bei sich selbst entdeckte. Manchmal, wenn er sein Ebenbild im Spiegel betrachtet, erinnerte Spencer sich an die ebenfalls dunklen Augen seines Vaters, und dann wandte er schaudernd den Blick ab, und ihm wurde übel.

Er sagte: »Vielleicht wußte er damals noch nicht so genau, wofür er einen geheimen Ort wie diesen brauchte. Ich hoffe, daß es so ist. Ich hoffe, daß er meine Mutter heiratete und mich mit ihr zeugte, ehe er solche Begierden hatte ... wie die, die er hier befriedigt hat. Ich befürchte jedoch, daß er genau wußte, weshalb er die Räume hier unten brauchte. Er war nur noch nicht soweit, sie auch zu benutzen. Genau, wie er gelegentlich eine Idee für ein Bild hatte und manchmal jahrelang darüber nachdachte, ehe er mit der Arbeit anfing.«

Sie sah im Licht der Insektenlampe gelb aus, aber er ahnte, daß sie so weiß war wie gebleichte Knochen.

Sie betrachtete die geschlossene Tür, die von der Halle zur Kellertreppe führte. Indem sie mit einem Kopfnicken darauf deutete, sagte sie: »Er dachte daran, das da unten zu einem Teil seines Werks zu machen?«

»Das weiß niemand so genau. Er schien diesen Eindruck erzeugen zu wollen. Aber vielleicht wollte er auch nur ein Spiel mit den Polizisten, den Psychiatern treiben, seinen Spaß haben. Er war ein außerordentlich intelligenter Mann. Er konnte Leute sehr leicht manipulieren. Das bereitete ihm Vergnügen. Wer weiß schon, was wirklich in seinem Geist vorging?«

»Aber wann begann er mit dieser ... Arbeit?«

»Fünf Jahre, nachdem sie heirateten. Als ich erst vier Jahre alt war. Und es dauerte weitere vier Jahre, ehe sie die Wahrheit entdeckte ... und sterben mußte. Die Polizei hat es ausgerechnet, indem sie die Überreste der frühesten Opfer identifizierte.«

Rocky war an ihnen vorbei zum Kellereingang gelaufen. Er schnüffelte zaghaft und unruhig an dem schmalen Spalt zwischen Tür und Schwelle.

»Wenn ich manchmal nicht schlafen kann«, sagte Spencer, »denke ich mitten in der Nacht daran, wie er mich auf seinen Schoß setzte, oder wie er mit mir auf dem Fußboden rangelte, als ich fünf oder sechs war, wie er mir übers Haar strich ...« Seine Stimme erstickte vor innerer Erregung. Er holte tief Luft und zwang sich fort-zufahren, denn er war hergekommen, um dies bis zum Ende zu führen, damit er dieses Kapitel endlich abschließen und hinter sich bringen konnte. »Wie er mich berührte ... mit diesen Händen, diesen Händen, nachdem dieselben Hände ... unter der Scheune ... so furchtbare Dinge getan hatten.«

»Oh«, sagte Ellie, als habe sich bei ihr ein kurzer, stechender Schmerz gemeldet.

Spencer hoffte, daß er in ihren Augen Verständnis für das sah, was er all die Jahre lang mit sich herumgeschleppt hatte, und Mit-gefühl mit ihm – nicht das äußere Zeichen ihrer wachsenden Ab-scheu vor ihm.

»Mir wird schlecht bei dem Gedanken«, sagte er, »daß mein eige-ner Vater mich je berührt hat. Noch schlimmer ... ich denke daran, wie er vielleicht eine frische Leiche unten in der Dunkelheit zurück-ließ, eine tote Frau, und wie er vielleicht aus seinen Katakomben nach oben stieg, den Geruch ihres Blutes noch immer frisch in sei-ner Erinnerung, wie er diesen Ort verließ und ins Haus kam ... hin-aufging zu meiner Mutter, sich zu ihr ins Bett legte ... in ihre Arme ... sie berührte ...«

»O mein Gott«, sagte Ellie.

Sie schloß die Augen, als könne sie es nicht ertragen, ihn anzu-sehen.

Er wußte, daß er Teil dieses Schreckens war, selbst wenn er un-schuldig gewesen war. Er war so untrennbar mit der monströsen Brutalität seines Vaters verbunden, daß andere nicht an seinen Na-men denken und ihn ansehen konnten, ohne sich vor ihrem gei-stigen Auge den jungen Michael vorzustellen, wie er mitten im Schmutz des Schlachthauses stand. Durch die Kammern seines Her-zens wurden in gleichem Maß Verzweiflung und Blut gepumpt.

Dann schlug sie die Augen auf. Tränen glitzerten zwischen ihren Wimpern. Sie hob die Hand, legte sie auf die Narbe, berührte ihn so sanft, wie er noch nie berührt worden war. Mit wenigen Worten machte sie ihm klar, daß er in ihren Augen frei von aller Schuld, jeg-lichem Makel war: »O Gott, es tut mir so leid.«

Selbst wenn er noch hundert Jahre leben sollte, wußte Spencer, würde er sie nie mehr lieben als in diesem Moment. Ihre fürsorg-liche Geste, in diesem Augenblick aller Augenblicke, war der größte Akt der Güte, den er je erlebt hatte.

Er wünschte sich nur, daß er sich seiner totalen Unschuld genauso sicher war, wie Ellie es war. Er mußte die fehlenden Teile seiner Erinnerung wiederherstellen, die zu suchen er hergekommen war. Aber er flehte Gott und seine verstorbene Mutter um Gnade an; denn er hatte Angst vor der möglichen Erkenntnis, daß er in jeder Hinsicht der Sohn seines Vaters war.

Ellie hatte ihm die Kraft für das gegeben, was immer ihn erwartete. Ehe dieser Mut sich verflüchtigen konnte, wandte er sich um zur Kellertür.

Rocky schaute zu ihm hoch und jaulte. Spencer bückte sich und streichelte ihm den Kopf.

Die Tür war viel schmutziger als beim letzten Mal, als er sie gesehen hatte. An einigen Stellen war die Farbe abgeblättert.

»Sie war geschlossen, aber sie sah ganz anders aus«, sagte er und kehrte in Gedanken in jenen fernen Juli zurück. »Jemand muß die Flecken, die Handabdrücke weggekratzt haben.«

»Handabdrücke?«

Er ließ den Hund los und richtete sich auf. »Sie zogen sich bogenförmig von Türknauf aus über den oberen Teil der Tür ... zehn oder zwölf einander überlagernde Abdrücke einer Frauenhand mit gespreizten Fingern ... wie die Schwingen von Vögeln ... mit frischem Blut, noch immer naß und so rot.«

Während Spencer mit der eigenen Hand über das kalte Holz strich, sah er, wie die Abdrücke wieder auftauchten, glänzend sogar. Sie schienen genauso real zu sein wie in jener Nacht vor langer Zeit, aber er wußte, daß sie nur Phantome der Erinnerung waren, die wieder durch seinen Geist schwebten, nur für ihn sichtbar.

»Ich bin von ihnen wie hypnotisiert, kann meinen Blick nicht von ihnen lösen, denn sie enthalten das ganze Grauen der Frau ... die Verzweiflung ... das hektische Aufbäumen dagegen, aus diesem Raum gezerrt und hinuntergeschleppt zu werden in die geheime ... die geheime Welt unten.«

Ihm wurde bewußt, daß er seine Hand auf den Türknauf gelegt hatte. Er fühlte sich in seiner Hand kalt an.

Ein Zittern schüttelte Jahre von seiner Stimme ab, bis er sogar selbst den Eindruck hatte, viel jünger zu klingen: »Ich starre das Blut an ... weiß, daß sie Hilfe braucht ... meine Hilfe ... aber ich kann nicht weitergehen. Ich kann es nicht. Mein Gott. Ich will es nicht. Ich bin doch nur ein kleiner Junge, Herrgott im Himmel. Barfuß, unbewaffnet, verängstigt, nicht bereit für die Wahrheit. Aber irgendwie, so ängstlich ich auch bin, wie ich dastehe ... irgendwie öffne ich schließlich die rote Tür ...«

Ellie hielt die Luft an. »Spencer!«

Der überraschte Klang ihrer Stimme und der Nachdruck, mit dem sie seinen Namen aussprach, ließen Spencer aus der Vergangenheit zurückkehren und sich zu ihr umdrehen, erschrocken; aber sie waren immer noch allein.

»Am vergangenen Dienstagabend«, sagte sie, »als Sie eine Bar suchten ... warum sind Sie ausgerechnet in den Laden gekommen, in dem ich gearbeitet habe?«

»Es war die erste Bar, die ich fand.«

»Ist das der einzige Grund?«

»Und ich war noch nie dort gewesen. Es muß immer ein neues, unbekanntes Etablissement sein.«

»Aber der Name.«

Er starrte sie verständnislos an.

Sie sagte: »*The Red Door.*«

»Mein Gott.«

Diese Verbindung war ihm völlig entgangen, bis sie sie hergestellt hatte.

»Sie haben dies hier die rote Tür genannt«, sagte sie.

»Wegen ... all dem Blut, den blutigen Handabdrücken.«

Seit sechzehn Jahren hatte er versucht, den Mut aufzubringen, zu dem lebendigen Alptraum hinter der roten Tür zurückzukehren. Als er die Cocktailbar an jenem regnerischen Abend in Santa Monica gesehen hatte, mit dem rot gestrichenen Eingang und dem Namen in Neonschrift darüber – THE RED DOOR –, konnte er einfach nicht daran vorbeifahren. Die Gelegenheit, eine symbolische Tür zu öffnen, und das zu einer Zeit, als er noch nicht die Kraft gefunden hatte, um nach Colorado zurückzukehren und die andere – und einzige wichtige – rote Tür zu öffnen, war für sein Unterbewußtsein unwiderstehlich gewesen, während seinem Bewußtsein die Hintergründe völlig verborgen blieben. Und indem er durch diese symbolische Tür trat, gelangte er in diesen Vorraum hinter dem Holzschrank, wo er den kalten Türknauf, der sich nicht in seiner Hand erwärmte, umfassen und die Tür öffnen mußte, um in die Verliese hinabzusteigen, in denen er vor mehr als sechzehn Jahren einen Teil seines Selbst zurückgelassen hatte.

562

Sein Leben war ein auf den parallelen Gleisen der freien Wahl und der Bestimmung dahinrasender Zug. Obgleich die Bestimmung das Gleis der freien Wahl verbogen zu haben schien, um ihn zu diesem Zeitpunkt an diesen Ort zu führen, mußte er sich an dem Glauben festhalten, daß heute nacht die freie Wahl das Gleis der Bestimmung derart verbog, daß er in eine Zukunft streben konnte, die nicht mit seiner Vergangenheit auf einer Linie lag. Anderenfalls würde er entdecken, daß er durch und durch der Sohn seines Vaters war. Und das war ein Schicksal, mit dem er nicht leben konnte: Damit wäre die Reise zu Ende.

Er drehte den Knauf.

Rocky wich zurück, machte Platz.

Das gelbe Licht aus dem Vorraum beleuchtete die ersten Betonstufen, die in die Dunkelheit hinunterführten.

Indem er durch die Türöffnung reichte und nach rechts griff, fand er den Lichtschalter und knipste die Kellerbeleuchtung an. Sie war blau. Er hatte keine Ahnung, weshalb man blaues Licht genommen hatte. Seine Unfähigkeit, genauso zu denken wie sein Vater und solche seltsamen Einzelheiten zu begreifen, schien zu bestätigen, daß er diesem hassenswerten Mann zumindest in wichtigen Punkten nicht ähnlich war.

Während er die steile Treppe in den Keller hinunterstieg, schaltete er die Taschenlampe aus. Von jetzt an wäre der Weg genauso beleuchtet wie an einem bestimmten Julitag und in allen auf diesen Juli bezogenen Träumen, die er seitdem hatte ertragen müssen.

Rocky folgte ihm, dann Ellie.

Die unterirdische Kammer hatte nicht die gleiche Grundfläche wie die Scheune darüber, sondern maß nur vier mal sieben Meter. Der Raum war völlig leer. Im blauen Licht sahen die Betonwände und der Fußboden aus wie Stahl.

»Hier?« fragte Ellie.

»Nein. Hier bewahrte er Ordner voller Fotografien und stapelweise Videokassetten auf.«

»Doch nicht etwa ...«

»Doch. Von ihnen ... von ihrem Tod. Von dem, was er mit ihnen tat, und zwar Schritt für Schritt.«

»Gnädiger Gott.«

Spencer ging durch den Keller, betrachtete ihn genauso, wie er ihn in jener Nacht der roten Tür betrachtet hatte. »Die Ordner und ein kompaktes Fotolabor befanden sich hinter einem schwarzen Vorhang an diesem Ende des Raums. Dort gab es auch ein Fernsehgerät auf einem schlichten schwarzen Metallständer. Und einen Videorecorder. Vor dem Fernseher stand ein einzelner Stuhl. Genau hier. Nicht sehr bequem. Gerade und kantig, aus Holz, apfelgrün gestrichen, ungepolstert. Und ein kleiner runder Tisch stand neben dem Stuhl, wo er ein Glas abstellen konnte, wenn er etwas trank. Der Tisch war violett lackiert. Der Stuhl war von einem glanzlosen Grün, aber der Tisch glänzte dank der sorgfältigen Lackierung. Das Glas, aus dem er trank, war gewöhnlich aus geschliffenem Kristall, und das blaue Licht brach sich in seinen Facetten.«

»Wo hat er...« Ellie entdeckte die Tür, die mit der Wand verschmolz und im gleichen Ton gestrichen war. Sie reflektierte das blaue Licht genauso wie die Betonwände und erschien dadurch nahezu unsichtbar. »Dort?«

»Ja.« Seine Stimme war noch leiser und klang noch ferner als der Schrei, der ihn in jenem Juli aus dem Schlaf gerissen hatte.

Eine halbe Minute zerbröselte regelrecht wie unsicherer Boden unter ihm.

Ellie trat neben ihn. Sie ergriff seine rechte Hand und hielt sie fest. »Lassen Sie uns tun, weshalb Sie hergekommen sind, und dann schnellstens von hier verschwinden.«

Er nickte. Er wagte kaum zu sprechen.

Er ließ ihre Hand los und öffnete die schwere graue Tür. Auf dieser Seite befand sich kein Schloß, nur auf der anderen.

In jener Julinacht, als Spencer bis zu diesem Punkt gelangt war, war sein Vater noch nicht aus dem Schlachthaus zurückgekehrt, wo er die Frau angekettet hatte; daher war die Tür nicht verriegelt gewesen. Sobald das Opfer in sicherem Gewahrsam war, wäre der Künstler zweifellos nach oben in den Vorraum zurückgekehrt, um die Kiefernholztüren vom Schrankinnern aus zu schließen. Vom geheimen Vorraum aus hätte er die Rückwand des Schranks wieder an Ort und Stelle geschoben. Danach hätte er die obere Tür von der Kellertreppe aus und diese graue Tür von innen verriegelt. Dann wäre er zu seiner Gefangenen im Schlachthaus zurückgegangen, wobei er sicher sein konnte, daß kein Schrei, ganz gleich wie schrill und schneidend, nach oben bis zur Scheune oder gar in die Außenwelt dringen konnte.

Spencer überquerte die leicht erhöhte Betonschwelle. Ein

Schaltkasten saß auf dem rohen Mauerwerk einer Ziegelwand. Ein Stück biegsames Metallkabel verschwand in der Dunkelheit. Er betätigte den Schalter, und eine Reihe kleiner Lampen flammte auf. Sie hingen an einer Schnur von der Decke herab und führten um eine Gangbiegung herum.

Ellie flüsterte: »*Spencer, warten Sie!*«

Als er sich umdrehte und in den ersten Keller blickte, sah er, daß Rocky zum Fuß der Treppe zurückgekehrt war. Der Hund zitterte sichtbar und schaute nach oben zum Vorraum hinter dem Schrank des Aktenraums. Ein Ohr war, wie immer, nach unten geklappt, aber das andere war gerade aufgerichtet. Sein Schwanz klemmte nicht zwischen seinen Hinterbeinen, sondern lag auf dem Fußboden und wackelte nicht.

Spencer kehrte in den Keller zurück. Er zog die Pistole aus dem Gürtel.

Während sie die Micro-Uzi von der Schulter gleiten ließ und sie entschlossen in beide Hände nahm, drängte Ellie sich an dem Hund vorbei und ging zur Treppe. Sie stieg langsam die Stufen hoch und lauschte.

Spencer schlich genauso wachsam neben Rocky her.

Im Vorraum hatte der Künstler vor der offenen Tür gestanden, und Roy hatte sich neben ihm aufgebaut. Sie hatten sich beide mit dem Rücken an die Wand gedrückt und das Paar im Keller unter ihnen belauscht. Das Treppenhaus verlieh den Stimmen einen hohlen Klang, als es sie nach oben leitete, aber die Worte waren trotzdem klar und deutlich zu verstehen.

Roy hatte gehofft, irgend etwas zu hören, das die Verbindung des Mannes mit der Frau erklärte, wenigstens einen winzigen Informationsbrocken über die mysteriöse Organisation, die sich gegen die Agency verschworen hatte. Aber sie unterhielten sich nur über die berühmte Nacht vor sechzehn Jahren.

Steven schien sich darüber zu amüsieren, ausgerechnet diese Unterhaltung belauschen zu können. Er drehte zweimal den Kopf, um Roy anzulächeln, und einmal legte er sogar den Finger auf die Lippen, als wolle er Roy ermahnen, leise zu sein.

Der Künstler hatte etwas Koboldhaftes an sich, eine Verspieltheit, die ihn zu einem angenehmen Zeitgenossen machte. Roy wünschte sich, er brauchte Steven nicht ins Gefängnis zurückzubringen. Aber ihm fiel angesichts des derzeitigen empfindlichen politischen Klimas im Lande keine Möglichkeit ein, den Künstler entweder offen oder heimlich zu befreien. Dr. Sabrina Palma würde ihren Wohltäter zurückbekommen. Roy konnte bestenfalls hoffen, weitere glaubwürdige Gründe zu finden, Steven von Zeit zu Zeit zu besuchen oder ihn sogar vorübergehend bewachen zu können, um sich seiner bei anderen Operationen als Berater zu bedienen.

Als die Frau Grant flüsternd gewarnt hatte – »Spencer, warten Sie!« –, war Roy klar geworden, daß der Hund ihre Anwesenheit gewittert haben mußte. Sie hatten kein verräterisches Geräusch verursacht, demnach konnte es nur der verdammte Hund gewesen sein.

Roy überlegte, ob er sich an dem Künstler vorbei zu der offenen Tür schleichen solle. Er könnte es mit einem Schuß in den Kopf der ersten Person versuchen, die auf der Treppe erschien.

Aber diese Person könnte Grant sein. Er wollte Grant jedoch nicht töten, ehe er ein paar Antworten von ihm bekommen hatte. Und wenn die Frau erschossen würde, wäre Steven nicht mehr so stark motiviert, dabei zu helfen, Informationen aus seinem Sohn herauszubekommen, wie in dem Falle, wenn er wußte, daß es nur eine Frage der Zeit war, bis er sie in den Zustand engelgleicher Schönheit versetzen könnte.

Also Vorsicht.

Schlimmer noch: Angenommen, das Paar im Keller wäre noch immer mit der Maschinenpistole bewaffnet, die sie benutzt hatten, um den Hubschrauber in Cedar City stillzulegen, und angenommen, der erste, der auf der Treppe erschien, hätte eben diese Waffe bei sich, dann wäre das Risiko eines Schußwechsels an dieser Stelle zu groß. Falls Roy seinen beabsichtigten Kopfschuß vermasselte, würde der Feuerstoß aus der Micro-Uzi ihn und Steven in Fetzen reißen.

Zurückhaltung wäre jetzt wohl das Klügste.

Roy tippte dem Künstler auf die Schulter und gab ihm durch Handzeichen zu verstehen, ihm zu folgen. Sie würden es nicht schaffen, bis zum Schrank zu gelangen und durch die Rückwand in den Raum dahinter zu schlüpfen; denn um dorthin zu gelangen, müßten sie an der Kellertreppe vorbei. Selbst wenn keiner der beiden unter ihnen auf der Treppe schon hoch genug gestiegen war, um sie zu sehen, würden sie sich auf dem Weg durch den Raum, der unter der gelben Beleuchtung hindurchführte, durch ihre vorbeihuschenden Schatten verraten. Statt dessen drückten sie sich, um keine Schatten in den Raum zu werfen, an der Betonwand entlang von der Tür zu der Wand, die dem Eingang zum Schrank genau gegenüber lag.

Dort zwängten sie sich in den engen Zwischenraum hinter der beweglichen Schrankrückwand, die Grant oder die Frau auf Gleitschienen in den Vorraum geschoben hatten. Der bewegliche Teil der Rückwand war knapp zwei Meter fünfzig hoch und mehr als einen Meter und fünfzig breit. Zwischen der Rückwand und der Betonwand befand sich eine etwa fünfzig Zentimeter breite Nische. Da die Schrankrückwand zwischen ihnen und der Kellertür leicht schräg stand, lieferte sie gerade genug Deckung.

Wenn Grant oder die Frau oder beide in den Vorraum gelangten und zum Loch in der Rückwand des Schranks schlichen, konnte Roy sich aus seiner Deckung bewegen und einen oder gar beide in den Rücken schießen und vielleicht kampfunfähig machen, statt sie zu töten.

Falls sie jedoch hereinkamen, um einen Blick in den engen Raum hinter den entfernten Innereien des Schranks zu werfen, würde er sein Glück noch immer mit einem Kopfschuß versuchen müssen, ehe sie das Feuer eröffneten.

Auch das ein ziemlich heikles Unterfangen.

Er lauschte angestrengt. Er hielt die Pistole in der rechten Hand, die Mündung zeigte zur Decke.

Er hörte das leise Scharren eines Schuhs auf Beton. Jemand hatte das obere Ende der Treppe erreicht.

Spencer verharrte am Fuß der Treppe. Er wünschte sich, Ellie hätte ihm die Gelegenheit gegeben, an ihrer Stelle hinaufzusteigen.

Drei Stufen vor dem Ende hielt sie etwa eine halbe Minute lang inne, lauschte, dann stieg sie weiter bis zum Absatz am Ende der Treppe. Einen Moment lang stand sie da, nur als Silhouette vor dem Rechteck gelben Lichts aus dem oberen Raum erkennbar, umflossen vom blauen Licht aus dem unteren Raum. Sie glich einer Gestalt in einem modernistischen Gemälde.

Spencer erkannte, daß Rocky das Interesse am oberen Raum verloren hatte und sich nicht mehr neben ihm befand. Der Hund war zum anderen Ende des Kellers gelaufen und stand an der offenen grauen Tür.

Oben überquerte Ellie die Schwelle und blieb im Eingang zum Vorraum stehen. Sie schaute nach links und rechts und lauschte.

Im Keller blickte Spencer wieder zu Rocky. Ein Ohr aufgerichtet, den Kopf schiefgelegt, zitternd, starrte der Hund wachsam in den Gang, der zu den Katakomben und ins Zentrum des Grauens führte.

»Es sieht so aus«, sagte Spencer zu Ellie, »als habe unser vierbeiniger Freund einen ganz schlimmen Anfall von Muffensausen.«

Sie schaute aus dem Vorraum zu ihm herunter.

Hinter ihm winselte Rocky.

»Er ist gerade an der anderen Tür und macht gleich einen Bach, wenn ich mich nicht um ihn kümmere.«

»Hier oben scheint alles okay zu sein«, sagte sie und kam wieder die Treppe herunter.

»Die Umgebung macht ihm angst, mehr nicht«, sagte Spencer. »Mein Freund reagiert auf jede neue Umgebung übernervös. Diesmal hat er natürlich allen Grund dazu.«

Er legte den Sicherungsflügel der Pistole um und verstaute sie wieder in seinem Hosenbund.

»Er ist nicht der einzige, dem unheimlich zumute ist«, sagte Ellie und hängte sich die Uzi wieder über die Schulter. »Kommen Sie, bringen wir es zu Ende.«

Spencer überquerte erneut die Schwelle und wechselte vom Keller in die Welt dahinter. Mit jedem Schritt vorwärts bewegte er sich tiefer in die Vergangenheit.

Sie verließen den VW-Bus in der Straße, zu der der Mann am Telefon Harris dirigiert hatte. Darius, Bonnie und Martin wanderten mit Harris, Jessica und den Mädchen durch den angrenzenden Park zum Strand, der hundertfünfzig Meter entfernt war.

Niemand war auf den Lichtinseln unter den hohen Lampenmasten zu sehen, jedoch drang unheimliches Gelächter aus der Dunkelheit ringsum. Über dem Poltern und Rauschen der Brandung hörte Harris Stimmen, bruchstückhaft und seltsam, auf allen Seiten, nah und fern. Eine Frau, die von irgend etwas high zu sein schien: »Du bist ein richtiger Tiger, Baby, ein echter Tiger.« Von einer Stelle weitab nördlich von der unsichtbaren Frau schnitt das schrille Lachen eines Mannes durch die Nacht. Südlich davon schluchzte ein anderer Mann, dem Klang nach viel älter, vor Trauer. Ein dritter, ebenfalls unsichtbarer Mann mit einer reinen jungen Stimme wiederholte ständig die gleichen drei Worte, als sänge er eine Mantra: »Augen in Zungen, Augen in Zungen, Augen in Zungen...« Es kam Harris so vor, als treibe er seine Familie durch ein Freiluft-Irrenhaus, das als Dach nur ein paar Palmwedel und den Nachthimmel besaß. Obdachlose Säufer und Fixer wohnten in einigen üppig wachsenden Büschen, in versteckten Pappkartons, die mit Zeitungspapier und alten Decken ausgepolstert waren. Bei Sonnenschein erschien das Strandvolk, und der Tag war erfüllt mit sonnengebräunten Skatern und Surfern und all denen, die falschen Träumen nachjagten. Dann verzogen die wahren Bewohner sich in die Straßen, um die Mülltonnen abzusuchen, um zu schnorren und sich auf die Jagd nach Dingen zu begeben, von denen nur sie etwas verstanden. Aber nachts nahmen sie den Park wieder in Besitz, und die Grünflächen und Bänke und Sportplätze waren wieder die gefährlichsten Orte der Welt. In der Dunkelheit wagten die Verstörten sich wieder aus dem Dickicht, um einander zu berauben. Genauso suchten sie sich aber auch irgendwelche ahnungslosen Besucher als Opfer, die fälschlicherweise annahmen, ein Park stünde der Öffentlichkeit zu jeder Tages- und Nachtzeit zur Verfügung.

Es war kein Ort für Frauen und Mädchen – selbst für bewaffnete Männer war er nicht sicher –, aber es war der einzige kurze Weg zum Strand und zum Ende des alten Piers. An der Treppe zum Pier sollten sie von jemandem erwartet werden, der sie von dort in ein neues Leben führen würde, auf das sie sich blind einließen.

Sie hatten damit gerechnet, warten zu müssen. Doch noch während sie sich dem dunklen Bauwerk näherten, trat ein Mann aus dem Schatten zwischen den Stützpfeilern, die sich noch immer oberhalb der Flutlinie befanden. Er traf am Fuß der Treppe mit ihnen zusammen.

Selbst ohne Straßenlampe in der Nähe und nur im Lichtschein der großen Stadt, die sich an den Küstenverlauf schmiegte, erkannte Harris den Mann, der sich mit ihnen traf. Es war der Asiate im Rentierpullover, dem er zuvor am Abend in der Kinotoilette in Westwood begegnet war.

»Fasane und Drachen«, sagte der Mann, als sei er sich nicht sicher, ob Harris einen Asiaten vom anderen unterscheiden konnte.

»Ja, ich kenne Sie«, sagte Harris.

»Ihnen wurde gesagt, Sie sollten allein kommen«, stellte der Kontaktmann mit leisem Tadel, aber ohne Zorn fest.

»Wir wollten uns verabschieden«, erklärte Darius ihm. »Und wir wußten nicht ... Wir wollten wissen ... wie wir mit ihnen Kontakt aufnehmen können, wenn sie weg sind.«

»Das wird nicht möglich sein«, sagte der Mann im Rentierpullover. »So schlimm es Ihnen auch vorkommen mag, Sie müssen sich damit abfinden, daß Sie sie wahrscheinlich nie wiedersehen werden.«

Im VW-Bus hatten sie, ehe Harris vom Pizzarestaurant angerufen hatte und auch nachher, als sie zum Park unterwegs gewesen waren, über die Möglichkeit einer endgültigen Trennung gesprochen. Einen kurzen Moment lang konnte niemand etwas dazu sagen. Sie starrten einander an, als wollten sie es nicht glauben, wie gelähmt.

Der Mann im Rentierpullover zog sich ein paar Schritte zurück, um ihnen so etwas wie eine Privatsphäre zu schaffen. Er sagte jedoch: »Wir haben wenig Zeit.«

Obwohl Harris sein Haus, seine Bankkonten, seinen Job und alles bis auf die Kleider an seinem Leib verloren hatte, schienen diese Verluste nun belanglos zu sein. Besitzrechte, so hatte er aus bitterer Erfahrung gelernt, waren die Grundlage aller Bürgerrechte, aber der Diebstahl jeden Pennys seiner Vermögens hatte nicht ein Zehntel – nicht ein Hundertstel – der Wirkung des Verlustes dieser geliebten Menschen. Der Diebstahl ihres Heims und ihrer Ersparnisse war ein schwerer Schlag, aber dieser Verlust war eine innere Wunde, als ob ein Stück seines Herzens herausgeschnitten worden sei. Der Schmerz war unendlich größer und unbeschreiblich.

Sie verabschiedeten sich mit viel weniger Worten voneinander, als Harris jemals für möglich gehalten hätte – denn kein Wort war der Situation angemessen. Sie umarmten einander innig, versicherten einander, daß sie sich nur vorübergehend trennten, bis sie sich in Gefilden jenseits des Grabes wiedersehen würden. Ihre Mutter hatte an diese ferne und bessere Welt geglaubt. Seit ihrer Kindheit hatten sie sich nach und nach von diesem Glauben entfernt, aber für diesen schrecklichen Augenblick, an diesem Ort, waren sie wieder voll dieses Glaubens. Harris drückte Bonnie fest an die Brust, dann Martin und kam schließlich zu seinem Bruder, der sich tränenreich von Jessica trennte. Er umarmte Darius und küßte ihn auf die Wange. Er hatte seinen Bruder seit mehr Jahren nicht mehr geküßt, als er sich erinnern konnte, denn sie waren schon so lange zu erwachsen dafür. Jetzt wunderte er sich über die albernen Regeln, die bei ihm diese Form des Verhaltens geprägt hatten, denn in einem einzigen Kuß ließ sich alles ausdrücken, was ausgedrückt werden mußte.

Die einlaufenden Wellen schlugen mit einem Getöse gegen die Pierstützen hinter ihnen, das kaum lauter war als das Schlagen von Harris' eigenem Herz, als er sich endlich von Darius trennte. Während er sich mehr Licht in dieser Dunkelheit wünschte, studierte er das Gesicht seines Bruders zum letztenmal in seinem Leben, verzweifelt bemüht, es in seine Erinnerung einzubrennen, denn er ging sogar ohne ein einziges Foto fort.

»Es wird Zeit«, sagte der Mann im Rentierpullover.

»Vielleicht geht doch nicht alles den Bach hinunter«, sagte Darius.

»Das können wir nur hoffen.«

»Vielleicht wird die Welt doch noch vernünftig.«

»Seid vorsichtig, wenn ihr wieder durch den Park geht«, sagte Harris.

»Uns kann nichts passieren«, sagte Darius. »Niemand dort ist gefährlicher als ich. Ich bin schließlich Anwalt, vergiß das nicht.«

Harris' Lachen klang verdächtig nach einem Schluchzen.

Statt »Auf Wiedersehen!« sagte er einfach: »Kleiner Bruder.«

Darius nickte. Für einen kurzen Moment schien es, als könnte er nicht mehr sagen. Aber dann: »Großer Bruder.«

Jessica und Bonnie wandten sich voneinander ab. Beide drückten Papiertaschentücher gegen die Augen.

Die Mädchen und Martin trennten sich.

Der Mann im Rentierpullover führte eine Descoteaux-Familie nach Süden über den Strand, während die andere Descoteaux-Familie am Fuß des Piers stehen blieb und ihnen nachschaute. Die Grasnarbe war so bleich wie ein Pfad in einem Traum. Der phosphoreszierende Schaum der Brecher löste sich mit einem zischenden Prickeln am Strand auf, das drängenden Stimmen glich, die unverständliche Warnungen aus den Schatten eines Alptraums hinausriefen.

Dreimal schaute Harris über die Schulter zur anderen Descoteaux-Familie zurück; dann konnte er es nicht mehr ertragen, noch einmal hinzusehen.

Sie gingen über den Strand weiter nach Süden, behielten die

Richtung bei, als sie das Ende des Parks erreichten. Sie kamen an ein paar Restaurants vorbei, die an diesem Montagabend alle geschlossen waren, dann an einem Hotel, ein paar Apartmenthäusern und heimelig erleuchteten Strandhäusern, in denen gelebt wurde, ohne daß man etwas von der drohenden Dunkelheit ahnte.

Aber nach zwei Kilometern, vielleicht waren es auch drei, gelangten sie zu einem anderen Restaurant. Hier brannte Licht, aber die großen Fenster lagen einfach zu hoch, als daß Harris an den Tischen irgendwelche Gäste hätte sehen können. Der Mann im Rentierpullover führte sie von der Grasfläche herunter, am Restaurant entlang und auf den Parkplatz vor dem Etablissement. Sie gingen auf ein grün-weißes Wohnmobil zu, das alle Wagen in seiner Umgebung zu Zwergen degradierte.

»Weshalb konnte mein Bruder uns nicht direkt hierher bringen?« fragte Harris.

Ihr Begleiter sagte:»Es wäre für ihn nicht gut gewesen, wenn er dieses Fahrzeug oder seine Nummer gekannt hätte. Zu seinem eigenen Wohl ist es besser so.«

Sie folgten dem Fremden durch eine Seitentür in das Wohnmobil, gleich hinter der offenen Fahrerkabine, und in die Küche. Er trat beiseite und winkte sie zum Heck des Fahrzeugs.

Eine Asiatin Anfang oder Mitte der Fünfziger in einem schwarzen Hosenanzug und einer leuchtendroten Bluse stand am Eßtisch, hinter der Küche, und wartete auf sie. Ihr Gesicht war ungewöhnlich sanft, und ihr Lächeln war voller Wärme.

»Ich freue mich sehr, daß Sie kommen konnten«, sagte sie, als statteten sie ihr einen Höflichkeitsbesuch ab.»Die Eßnische bietet Platz für sieben Personen, demnach reicht es für uns fünf. Wir können uns unterwegs unterhalten, und wir haben uns so viel zu erzählen.«

Sie schoben sich in die hufeisenförmige Nische, bis sie zu fünft den Tisch umringten.

Der Mann im Rentierpullover hatte sich hinter das Lenkrad gesetzt. Er startete den Motor.

»Sie können mich Mary nennen«, sagte die Asiatin,»denn es ist besser, wenn Sie meinen Namen nicht wissen.«

Harris überlegte, ob er dazu schweigen sollte, aber er hatte kein Talent zum Betrug.»Ich fürchte, ich erkenne Sie wieder, und ich bin sicher, meiner Frau geht es genauso.«

»Ja«, bestätigte Jessica.

»Wir haben schon mehrmals in Ihrem Restaurant gegessen«, sagte Harris, »und zwar oben in West Hollywood. Bei den meisten dieser Gelegenheiten haben entweder Sie oder Ihr Mann die Gäste am Eingang begrüßt.«

Sie nickte und lächelte. »Ich bin geschmeichelt, daß Sie mich sogar außerhalb ... sagen wir, außerhalb meiner gewohnten Umgebung erkennen.«

»Sie und Ihr Mann sind ja so reizend«, meinte Jessica. »So etwas vergißt man nicht so leicht.«

»Und wie hat es Ihnen bei uns geschmeckt?«

»Stets wunderbar.«

»Vielen Dank. Es ist sehr nett von Ihnen, das zu sagen. Wir geben uns Mühe. Aber ich hatte noch nicht das Vergnügen, Ihre reizenden Töchter kennenzulernen«, sagte die Restaurantbesitzerin. »Allerdings kenne ich ihre Namen.« Sie griff über den Tisch, um den Mädchen die Hand zu schütteln. »Ondine, Willa, mein Name lautet Mae Lee. Es ist für mich eine große Freude, euch beide kennenzulernen. Und ich möchte, daß ihr keine Angst habt. Ihr seid jetzt in guten Händen.«

Der Wohnwagen rollte vom Restaurantparkplatz auf die Straße.

»Wohin fahren wir?« fragte Willa.

»Zuerst aus Kalifornien hinaus«, antwortete Mae Lee. »Nach Las Vegas. Auf dem Highway zwischen hier und Vegas gibt es viele Wohnwagen. Einer mehr fällt da nicht weiter auf. Dann verlasse ich Sie, und Sie fahren mit jemand anderem weiter. Zu dieser Zeit dürfte das Gesicht Ihres Vaters in allen Nachrichten auftauchen, und während sie ihre Lügen über ihn verbreiten, werden Sie an einem sicheren und ruhigen Ort sein. Sie alle werden Ihr Aussehen so gründlich wie möglich verändern und erfahren, was Sie tun müssen, um anderen Leuten in ähnlicher Lage wie Ihrer zu helfen. Sie werden neue Namen erhalten, Vornamen und Nachnamen. Neue Frisuren. Mr. Descoteaux, Sie könnten sich einen Bart stehen lassen, und Sie werden gewiß mit einem guten Spracherzieher arbeiten, um Ihren karibischen Akzent abzulegen, so angenehm er sich auch anhört. Oh, es wird viele Veränderungen geben und mehr Spaß, als Sie sich jetzt vorstellen können. Und wichtige Arbeit. Die Welt ist nicht untergegangen, Ondine. Sie besteht noch immer, Willa. Sie treibt im Augenblick nur durch eine dunkle Wolke. Es müssen einige Dinge getan werden, um sicherzustellen, daß diese Wolke uns nicht vollständig verschlingt. Was, wie ich euch versprechen möchte, auch nicht geschehen wird. Und nun, ehe wir anfangen, darf ich Tee, Kaffee, Wein, Bier oder vielleicht eine Limonade bringen?«

... *mit nacktem Oberkörper und barfuß, kälter noch als in der heißen Julinacht, stehe ich in dem Zimmer mit dem blauen Licht, habe den grünen Stuhl und den violetten Tisch hinter mir und vor mir eine offene Tür, und ich bin entschlossen, diese seltsame Suche abzubrechen und in die Sommernacht zurückzulaufen, in der ein Junge wieder ein Junge sein kann und die Wahrheit, die ich nicht kenne, für immer unbekannt bleiben kann.*

Doch als hätte eine magische Kraft auf mich eingewirkt, habe ich den blauen Raum zwischen einem Lidschlag und dem nächsten verlassen und gelange in den Keller einer früheren Scheune, die auf einem Grundstück neben dem stand, das nun die derzeitige Scheune besetzt. Während die alte Scheune oberirdisch abgerissen und das Land eingeebnet und mit Gras bepflanzt wurde, wurden die Keller intakt gelassen und mit den Kellern der neuen Scheune verbunden.

Ich werde wieder gegen meinen Willen vorwärts gelockt. Oder ich denke, daß dem so ist. Aber obwohl ich aus Angst vor irgendeiner dunklen Macht erschauere, die mich weiterzieht, ist es mein eigenes tiefes Bedürfnis, alles zu wissen, mein wahres Wollen, das mich mitzieht. Ich habe es unterdrückt seit jener Nacht, in der meine Mutter starb.

Ich befinde mich in einem gekrümmten Korridor, der etwa zwei Meter breit ist. Eine herunterhängende Elektroschnur baumelt in der Mitte der runden Decke. Schwache Glühbirnchen, wie man sie an Weihnachtsbäumen finden kann, sind im Abstand von dreißig Zentimetern aufgereiht. Die Wände bestehen aus rauhen, rotschwarzen Klinkersteinen, die nachlässig aufeinander gesetzt wurden. Die Ziegel sind stellenweise mit Streifen weißen Gipses bedeckt, so glatt und schmierig wie die Fettmarmorierung in einem Stück Braten.

Ich bleibe in dem gewundenen Gang stehen, lausche meinem pochenden Herzen, horche in die unsichtbaren Räume vor mir und hoffe auf einen Hinweis darauf, was mich dort erwarten mag, lausche in die Räume hinter mir auf eine Stimme, die mich zurückruft in die sichere Welt oben. *Aber weder vor noch hinter mir erklingt ein Laut, nur mein Herz, und obwohl ich nicht zuhören möchte, was es mir alles erzählt, spüre ich, daß es alle Antworten kennt. In meinem Herzen weiß ich, daß die Wahrheit über meine teure Mutter vor mir und hinter mir eine Welt liegt, die für mich nie mehr so sein wird wie bisher, eine Welt, die sich für immer und zum Schlechteren verändert hat, als ich sie verließ. Der Boden ist aus Stein. Genausogut könnte ich Eis unter meinen Füßen haben. Er fällt steil ab, aber in einem weiten Bogen, so daß es möglich wäre, eine Schubkarre hinaufzuschieben, ohne am Ende erschöpft zu ein, oder sie hinunterzuschieben, ohne die Kontrolle darüber zu verlieren.*

Ich gehe barfuß über den eisigen Stein, habe Angst, bringe die Gangkrümmung hinter mich und gelange in einen Raum, der vier Meter breit und zehn Meter lang ist. Hier ist der Fußboden flach und der Abstieg beendet. Die Decke ist niedrig, glatt. Die weißen, stromschwachen Christbaumbirnchen an der Schnur liefern weiterhin das einzige Licht. Es hätte in den Tagen vor der Einführung des elektrischen Stromes auf der Ranch ein Obstkeller gewesen sein können, vollgestopft mit Augustkartoffeln und Septemberäpfeln, tief genug unter der Erde, um im Sommer kühl zu sein und im Winter frostfrei zu bleiben. Hier hätten genausogut Regale mit selbsteingemachtem Obst und Gemüse stehen können, genug, um drei Jahre zu überdauern, obwohl die Regale längst verschwunden sind.

Was immer der Raum früher mal gewesen ist, jetzt ist er etwas völlig anderes, und ich bin plötzlich auf dem Fußboden festgefroren und kann mich nicht mehr rühren. Eine gesamte lange Wand und die Hälfte der anderen werden von Darstellungen lebensgroßer menschlicher Figuren besetzt, die aus weißem Gips herausgearbeitet wurden und vor einem Gipshintergrund stehen, als versuchten sie, sich gewaltsam einen Weg aus der Wand zu erkämpfen. Erwachsene Frauen, aber auch Kinder im Alter von zehn oder zwölf. Zwanzig, dreißig, vielleicht sogar vierzig von ihnen. Alle nackt. Einige in ihren eigenen Nischen, andere in Gruppen von drei oder vier, Gesicht neben Gesicht, hier und da mit Armen, die einander überlagern. Er hat zum Scherz ein paar so aufgestellt, daß sie einander an den Händen halten, um vor dem

Grauen Trost zu finden. Es ist unerträglich, ihre Gesichter zu betrachten. Schreiend, flehend, gequält, verzerrt und leidend, entstellt von unsäglicher Angst und unvorstellbarem Schmerz. Ohne Ausnahme nehmen ihre Körper eine demütige Haltung ein. Häufig sind ihre Hände abwehrend erhoben und flehend vorgestreckt oder über Brüsten, Genitalien gekreuzt. Hier lugt eine Frau zwischen gespreizten Fingern ihrer Hände hindurch, die sie schützend vors Gesicht gelegt hat. Bittend, betend wären sie ein unerträglicher Horror, wenn sie nur das wären, als was sie auf den ersten Blick erscheinen, nur Standbilder, nur das bizarre Produkt eines aus den Fugen geratenen Geistes. Aber sie sind noch schlimmer, und selbst in den dräuenden Schatten bannt ihr weißer Blick mich, friert mich auf dem Steinboden fest. Das Gesicht der Medusa war so furchtbar, daß es jeden, der es anblickte, in Stein verwandelte, aber diese Gesichter sind nicht so. Diese hier sind versteinert, denn es sind alles Frauen, die Mütter gewesen sein könnten wie meine Mutter; junge Mädchen, die meine Schwestern hätten sein können, wenn ich das Glück gehabt hätte, Schwestern zu haben; alles Menschen, die von jemandem geliebt wurden und die selbst geliebt haben, die die Sonne und die Kühle des Regens auf ihren Gesichtern gespürt, die gelacht und von der Zukunft geträumt und sich gesorgt und gehofft haben. Sie verwandeln mich in Stein ob des allgemeinen Menschseins, das ich mit ihnen teile; denn ich kann ihren Schrecken fühlen und bin zutiefst davon bewegt. Ihr gepeinigter Gesichtsausdruck ist so scharf, daß ihr Schmerz mein Schmerz ist, ihre Tod mein Tod. Und das Gefühl, das sie vermitteln – daß sie in ihren letzten Stunden verlassen und schrecklich allein waren –, ist das Gefühl der Aufgabe und Isolation, das ich jetzt empfinde.

Ihr Anblick ist unerträglich. Dennoch muß ich einfach hinsehen, denn obwohl ich erst vierzehn Jahre alt bin, erst vierzehn, weiß ich, daß das, was sie erlitten haben, Anteilnahme und Mitleid und Zorn fordert: diese Mütter, die meine hätten gewesen sein können; diese Schwestern, die meine Schwestern hätten sein können; diese Opfer wie ich.

Das Medium scheint flüssiger, geformter Gips zu sein. Aber der Gips ist nur das konservierende Material, das ihren gequälten Ausdruck und ihre flehenden Posen festhält – die keine echten Posen und Gesichtsausdrücke im Augenblick des Todes sind, son-

dern grausame Arrangements, die er erst nachher vorgenommen hat. Selbst in den gnädigen Schatten und den kalten Streifen eisigen Lichts erkenne ich Stellen, wo der Gips von unvorstellbaren Substanzen verfärbt wurde, die von innen herausdrangen: grau und rostfarben und gelblich grün, eine biologische Patina, mittels derer es möglich ist, die Figuren der Tableaus zu datieren.

Der Geruch ist unbeschreiblich, und zwar weniger wegen seiner Abscheulichkeit, als vielmehr wegen seiner Komplexität, wenngleich er derart abstoßend ist, daß mir davon schlecht wird. Später wurde bekannt, daß er ein Zaubergebräu aus Chemikalien benutzt hat, um die Körper in ihren Gipshüllen zu konservieren. Bis zu einem gewissen Grad ist es ihm auch gelungen, obwohl trotzdem die Verwesung eingesetzt hat. Der herrschende Gestank ist der jener Welt unter den Friedhofswiesen. Er vermittelt das Grauen in den Särgen, lange nachdem die Lebenden einen letzten Blick hineingeworfen und sie dann geschlossen haben. Aber er wird überdeckt von Gerüchen, die so scharf wie der von Ammoniak und so frisch wie der von Zitronen sind. Er ist bitter und sauer und süß – und so seltsam, daß der hartnäckige Gestank allein, ohne die geisterhaften Gestalten, ausreicht, um meinen Herzschlag zu beschleunigen und mein Blut eisig kalt durch meine Adern fließen zu lassen.

In der unvollendeten Wand befindet sich eine Nische, die bereits für eine neue Leiche vorbereitet wurde. Er hat die Ziegelsteine herausgemeißelt und sie neben dem Loch aufgestapelt. Danach hat er eine Vertiefung in das Erdreich gegraben und die Erde weggeschafft. Auf der anderen Seite der Öffnung liegen Fünfzigpfundsäcke trockener Gipsmischung, ein langer hölzerner Mischtrog mit Stahlblecheinsatz, zwei Behälter Dichtungsmittel auf Teerbasis, Maurer- und Bildhauerwerkzeug, ein Stapel Holzpflöcke, Drahtrollen und andere Gegenstände, die ich nicht richtig erkennen kann.

Er ist bereit. Er braucht nur noch die Frau, die als nächste Figur in das Tableau eingefügt werden soll. Aber auch die hat er bereits; denn sie war es, die im Kastenwagen mit dem Regenbogen die Kontrolle über ihre Blase verloren hat. Ihre Hände haben den Schwarm blutiger Vögel auf der Vorraumtür hinterlassen.

Etwas bewegt sich, schnell und verstohlen, kommt aus dem neuen Loch in der Wand, huscht zwischen dem Werkzeug und dem Material umher, in den Schatten und Lichtflecken, so bleich wie Schnee. Es erstarrt bei meinem Anblick, so wie ich vor den gepeinigten Frauen in den Wänden erstarrt bin. Es ist eine Ratte, aber so anders als andere normale Ratten. Ihr Schädel ist deformiert, ein Auge sitzt tiefer als das andere, und die Schnauze ist zu einem ewigen schiefen Grinsen verzerrt. Eine zweite huscht hinter der ersten her und erstarrt ebenfalls, als sie meiner ansichtig wird, allerdings erst, nachdem sie sich auf die Hinterbeine gehockt hat. Auch sie ist eine einmalige Kreatur, verkrüppelt durch seltsame Auswüchse von Knochen- und Knorpelsubstanz, die sich von der ersten Ratte unterscheiden, und sie hat eine Nase, die zu breit ist, um in das schmale Gesicht zu passen. Es sind Angehörige der kleinen Ungezieferfamilie, die in den Katakomben überleben konnten, die Gänge hinter den Tableaus gegraben haben und sich teilweise von dem ernährten, was mit giftigen chemischen Konservierungsmitteln getränkt war. Jedes Jahr bringt eine neue Generation ihrer Art stärker mutierte Exemplare hervor, als im Jahr zuvor gezeugt wurden. Nun läßt ihre Lähmung nach, was ich von mir nicht behaupten kann, und sie huschen in das Loch zurück, aus dem sie aufgetaucht sind.

Sechzehn Jahre später sah der lange Raum nicht mehr so aus wie in der Nacht der Eulen und Ratten. Der Gips wurde zerschlagen und weggeschafft. Die Opfer wurden aus den Wandnischen entfernt. Zwischen den Säulen aus rot-schwarzem Klinker, die Spencers Vater als Stützen stehengelassen hat, war die dunkle Erde zu sehen. Polizei und Gerichtsmediziner, die wochenlang in diesem Raum gearbeitet haben, fügten Stützpfosten zwischen einigen Klinkersäulen hinzu, als hätten sie den Stützen nicht getraut, die Steven Ackblom für ausreichend gehalten hatte.

Die kühle, trockene Luft roch nun schwach nach Steinen und Erde, aber es war ein sauberer Geruch. Der stechende Odem von Chemikalien und der Gestank biologischen Verfalls waren verschwunden.

Als er mit Ellie und dem Hund in dem niedrigen Raum stand, erinnerte Spencer sich lebhaft an die Angst, die ihn nahezu vollständig gelähmt hatte, als er vierzehn war. Angst war jedoch das geringste Gefühl, das er empfand – was ihn überraschte. Grauen und Abscheu waren ein Teil davon, aber viel stärker als all dies erfüllte ihn diamantharte Wut. Trauer um die Toten. Mitleid mit denen, die sie geliebt hatten. Schuld, weil er es nicht geschafft hatte, auch nur ein Opfer zu retten.

Er empfand auch Bedauern für das Leben, das er hätte führen können, aber nie gekannt hatte. Und nie kennenlernen würde.

Vor allem überkam ihn eine unerwartete Ehrfurcht, wie er sie überall dort empfunden haben könnte, wo unschuldiges Leben ausgelöscht worden war: vom Kalvarienberg über Dachau bis hin zu Babi Yar, von den unbekannten Äckern, auf denen Stalin Millionen Menschen verscharrt hatte, über die Räume, in denen Jeffrey Dahmer sein Unwesen getrieben hatte, bis hin zu den Folterkammern der Inquisition.

Die Erde jedes Ortes, an dem Menschen gestorben waren, wird nicht durch die Mörder geheiligt, die dort tätig waren. Obwohl sie sich häufig als erhaben erachten, sind sie wie die Maden, die im Schmutz leben, und keine Made kann auch nur einen Quadratzentimeter Erde in heiligen Boden verwandeln.

Heilig sind vielmehr die Opfer, denn jedes stirbt für einen anderen, dem das Schicksal erlaubt weiterzuleben. Und obwohl viele unwissentlich oder ohne ihr eigenes Wollen anstelle anderer sterben, ist ihr Opfer nicht minder heilig allein wegen der Tatsache, daß das Schicksal diejenigen auswählte, die nicht den Tod finden sollten.

Wenn es in jenen ausgeräumten Katakomben Votivkerzen gegeben hätte, hätte Spencer sie gern angezündet und in ihre Flammen gestarrt, bis sie ihn geblendet hätten. Hätte dort ein Altar gestanden, hätte er auf seinen Stufen gebetet. Hätte er durch die Hingabe seines eigenen Lebens die einundvierzig Opfer und seine Mutter oder auch nur eine einzige Tote wieder zurückholen können, hätte er nicht gezögert, diese Welt in der Hoffnung zu verlassen, in einer anderen aufzuwachen.

Doch ihm war nur möglich, still die Toten zu ehren, indem er niemals die Vorgänge während ihrer letzten Minuten an diesem Ort vergaß. Seine Pflicht bestand darin, Zeugnis abzulegen. Indem er die Erinnerung verdrängte, würde er all jene entehren, die an diesem Ort gestorben waren. Der Preis der Vergeßlichkeit wäre seine Seele.

Als er bei seiner Beschreibung der Katakomben, wie er sie vor langer Zeit gesehen hatte, schließlich zu dem Schrei der Frau kam, die ihn aus seinem lähmenden Schrecken geweckt hatte, konnte er plötzlich nicht fortfahren. Er sprach weiter, oder glaubte es zumindest, doch dann wurde ihm klar, daß keine Worte mehr aus seinem Mund drangen. Seine Lippen bewegten sich, aber seine Stimme war gebündelte Stille, die er in die Stille des Raums schleuderte.

Schließlich drang ein hoher, kurzer, kindlicher Schrei der Qual aus seinem Mund. Er war dem Schrei nicht unähnlich, der ihn in jener Julinacht aus dem Bett getrieben, oder diesem anderen, der seine Lähmung verscheucht hatte. Er vergrub das Gesicht in den Händen und stand da, zitternd vor einer Trauer, die zu intensiv war für Tränen oder Weinen, und wartete darauf, daß der Anfall vorüberging.

Ellie war sich darüber im klaren, daß kein Wort, keine Geste ihn trösten konnte.

In wundervoller hündischer Unschuld glaubte Rocky, daß jegliche Traurigkeit durch ein Schwanzwedeln, ein Kuscheln, ein warmes Zungenlecken gemildert werden konnte. Er rieb seine Flanke am Bein seines Herrn und wedelte mit dem Schwanz – und trottete verwirrt davon, als keine seiner Aktionen eine Wirkung zeigte.

Spencer konnte plötzlich genauso unerwartet wieder reden, wie er ein oder zwei Minuten vorher hatte feststellen müssen, daß seine Stimme versiegt war. »Ich habe den Schrei der Frau wieder gehört. Von dort unten am Ende der Katakomben. Kaum laut genug, um als Schrei bezeichnet zu werden. Es war eher ein verzweifeltes Rufen zu Gott.«

Er ging zur letzten Tür am Ende des Verlieses. Ellie und Rocky blieben an seiner Seite.

»Als ich an den toten Frauen in diesen Wänden vorbeiging, erinnerte ich mich an etwas, das sechs Jahre zuvor passiert war, als ich acht war – an einen anderen Schrei. Den meiner Mutter. In jener Nacht im Frühling wachte ich hungrig auf, stieg aus dem Bett, um etwas zu essen. In einem Glas in der Küche befanden sich frische Schokoladenkekse. Ich hatte von ihnen geträumt. Ich ging nach unten. In einigen Zimmern brannte Licht. Ich dachte, ich würde meine Mutter oder meinen Vater treffen. Aber ich sah sie nicht.«

Spencer blieb vor der schwarz gestrichenen Tür am Ende der Katakombe stehen. Es war eine Katakombe für ihn und würde immer eine sein, auch nachdem die Leichen eingesammelt und weggeschafft worden waren.

Ellie und Rocky blieben neben ihm stehen.

»Die Küche war dunkel. Ich wollte mir so viele Kekse holen, wie ich tragen konnte, mehr, als ich jemals auf einmal hätte nehmen dürfen. Ich öffnete gerade das Glas, als ich den Schrei hörte. Draußen. Hinter dem Haus. Ich ging zum Fenster am Tisch. Schob den Vorhang beiseite. Meine Mom war auf der Wiese. Kam von der Scheune und lief zum Haus. Er ... er war hinter ihr her. Er erreichte sie auf dem Patio. Neben dem Swimmingpool. Riß sie herum. Schlug sie. Ins Gesicht. Sie schrie wieder. Er schlug sie. Immer wieder. Und noch einmal. So schnell. Meine Mutter. Er schlug sie mit der Faust. Sie stürzte hin. Er trat ihr gegen den Kopf. Er trat meine Mutter gegen den Kopf. Sie verstummte. So schnell. Es war so schnell vorbei. Er blickte zum Haus. Er konnte mich in der dunklen Küche nicht sehen, nicht durch den schmalen Vorhangspalt. Er hob sie hoch. Schleppte sie zur Scheune. Ich blieb noch eine Weile am Fenster stehen. Dann legte ich die Kekse wieder zurück ins Glas. Verschloß es mit dem Deckel. Dann ging ich wieder nach oben, legte mich ins Bett, zog mir die Decke über den Kopf.«

»Und Sie haben sich sechs Jahre lang nicht mehr daran erinnert?« fragte Ellie.

Spencer schüttelte den Kopf. »Ich habe es begraben. Deshalb konnte ich nicht schlafen, wenn die Klimaanlage in Betrieb war. Irgendwo tief in meinem Innern, wo ich es nicht begriff, hatte ich Angst, daß er nachts zu mir kommen würde und ich ihn wegen der Klimaanlage nicht hörte.«

»Und dann kam jene Nacht, Jahre später, als Ihr Fenster offen stand und ein weiterer Schrei erklang ...«

»Er traf mich viel tiefer, als ich es begreifen konnte, trieb mich aus dem Bett, hinaus zur Scheune, hinunter. Und als ich auf diese schwarze Tür zuging, auf den Schrei ...«

Ellie griff nach der Klinke, um die Tür zu öffnen, aber er hielt ihre Hand fast.

»Noch nicht«, sagte er. »Noch bin ich nicht bereit, wieder dort hineinzugehen.«

... barfuß auf eiskalten Steinen nähere ich mich der schwarzen Tür, voller Angst vor dem, was ich heute nacht sah, aber auch voller Angst vor dem, was ich in jener Frühlingsnacht beobachtet habe, als ich acht Jahre alt war, was seitdem unterdrückt worden ist, nun aber in mir plötzlich aufbricht. Ich bin in einem Zustand

jenseits des nackten Entsetzens. Kein Wort kann beschreiben, was ich empfinde. Ich stehe vor der schwarzen Tür, berühre sie; so schwarz, glänzend, wie ein mondloser Nachthimmel, der sich im konturlosen Antlitz eines Teichs widerspiegelt. Ich bin ebenso verwirrt wie entsetzt, denn es kommt mir so vor, als sei ich sowohl acht als auch vierzehn Jahre alt, daß ich die Tür öffne, um nicht nur die Frau zu retten, die blutige Vögel auf der Vorraumtür hinterlassen hat, sondern auch, um meine Mutter zu retten. Vergangenheit und Gegenwart verschmelzen miteinander; und alles ist eins, und ich betrete das Schlachthaus.

Ich gelange in den Raum und bin von völliger Dunkelheit umgeben. Die Decke ist tintenschwarz wie die Wände, die Wände gleichen dem Fußboden, und der Fußboden ist wie ein Höllenschacht. Eine nackte Frau, halb ohnmächtig, die Lippen aufgeplatzt und blutig und den Kopf hilflos hin und her rollend, ist auf einen Stahltisch gefesselt, der in der Schwärze zu schweben scheint, weil sein Gestell ebenfalls schwarz ist. Ein einzelnes Licht brennt. Genau über dem Tisch. In einer schwarzen Fassung. Es treibt im Nichts, schickt einen Lichtpunkt auf den Stahl wie ein himmlisches Objekt oder der grausame Lichtstrahl eines gottgleichen Inquisitors. Mein Vater trägt schwarze Kleidung. Nur sein Gesicht und seine Hände sind zu sehen, als seien sie lebendig abgetrennt worden, als sei er eine Erscheinung, die nach Vervollständigung strebt. Er holt eine glänzende Injektionsspritze aus dem Nichts – tatsächlich aus einer Schublade unter dem Stahltisch, eine Schublade, die in dieser Schwarz-in-Schwarz-Welt ebenfalls unsichtbar ist.

»Nein, nein, nein!« rufe ich, während ich mich auf ihn stürze, ihn überrasche, so daß die Injektionsspritze herab ins Nichts fällt, von wo sie aufgetaucht ist, und ich dränge ihn zurück, nach hinten, an dem Tisch vorbei, aus dem Lichtkreis heraus, in die schwärzeste Unendlichkeit, bis wir gegen die Wand am Ende des Universums prallen. Ich schreie, schlage, aber ich bin vierzehn und schmächtig, und er ist ein erwachsener Mann, muskulös, stark. Ich trete ihn, aber ich bin barfuß. Er hebt mich mühelos hoch, dreht sich mit mir, schwebt im Raum, schleudert mich mit dem Rücken voraus gegen die harte Schwärze, treibt mir die Luft aus dem Körper, stößt mich erneut von sich. Mein Rückgrat schmerzt. Eine andere Schwärze steigt in mir hoch, die noch in-

tensiver ist als der Abgrund um mich herum. *Aber die Frau schreit wieder auf, und ihre Stimme hilft mir, der inneren Finsternis zu widerstehen, selbst wenn ich der Kraft meines Vaters nichts entgegenzusetzen habe.*

Dann drückt er mich mit seinem Körper gegen die Wand, hievt mich mit den Händen vom Fußboden hoch. Sein Gesicht erscheint vor mir, schwarze Locken fallen ihm in die Stirn, und die Augen sind so dunkel, daß sie mir vorkommen wie Löcher, durch die ich die Schwärze hinter ihm erkennen kann. »Hab keine Angst, hab keine Angst, Junge. Kleiner. Ich werde dir niemals weh tun. Du bist mein Blut, meine Saat, meine Schöpfung, mein kleines Baby. Niemals würde ich dir etwas antun. Okay? Verstehst du? Hörst du mich, mein Sohn, mein süßes Kind, mein lieber kleiner Mikey, hörst du mich? Ich bin froh, daß du hier bist. Es mußte früher oder später sowieso dazu kommen. Je früher, desto besser. Süßes Kind, mein Junge. Ich weiß, weshalb du hier bist, ich weiß, weshalb du gekommen bist.«

Ich bin benommen und desorientiert aufgrund der totalen Schwärze des Raumes, wegen des Grauens in den Katakomben, weil ich hochgehoben und gegen die Wand geschlagen wurde. In meinem Zustand ist seine Stimme gleichermaßen beruhigend wie auch beängstigend, seltsam verführerisch, und ich bin beinahe überzeugt, daß er mir kein Leid zufügen wird. Irgendwie muß ich die Dinge mißverstanden haben, die ich sah. Er redet weiter mit dieser hypnotischen Stimme, deckt mich mit Worten zu, läßt mir keine Chance nachzudenken. Gott im Himmel, mein Geist dreht sich, wirbelt herum, und er drückt mich gegen die Wand, und sein Gesicht schwebt wie ein großer Mond über mir.

»Ich weiß, weshalb du gekommen bist. Ich weiß, was du bist. Ich weiß, weshalb du hier bist. Du bist mein Blut, meine Saat, mein Sohn, unterscheidest dich genauso wenig von mir wie mein Ebenbild in einem Spiegel. Hörst du mich, Mikey, mein Kleiner, mein Junge, hörst du mich? Ich weiß, was du bist, weshalb du gekommen bist, weshalb du hier bist, was du brauchst. Ich weiß es, ich weiß es. Du weißt es auch. Du wußtest es, als du durch die Tür gekommen bist und sie auf dem Tisch gesehen hast, als du ihre Brüste gesehen, ihr zwischen die gespreizten Beine geschaut hast. Du weißt es, o ja, oh, du weißt es, du wolltest es, du wußtest es, wußtest, was du wolltest, was du brauchst, was du bist. Und es ist

583

in Ordnung, Mikey, es ist völlig in Ordnung, Kleiner. Es ist in Ord-
nung, was du bist, was ich bin. So wurden wir geboren, wir beide;
wir sind, was wir sein sollen.«

Dann stehen wir am Tisch, und ich weiß nicht genau, wie wir
dorthin gelangt sind. Die Frau liegt vor mir, und mein Vater
drückt gegen meinen Rücken, stößt mich gegen den Tisch. Er hat
meine Hand brutal gepackt, schiebt meine Hand auf ihre Brust,
fährt damit über ihren nackten Körper. Sie ist halb ohnmächtig.
Schlägt die Augen auf. Ich blicke in ihre Augen, bitte sie, zu ver-
stehen, während er meine Hand überallhin führt, dabei die ganze
Zeit redet, mir erklärt, ich könne alles mit ihr tun, was ich
möchte, es ist in Ordnung; ich wurde geboren, um es zu tun; sie
existiert nur, um das zu sein, was ich brauche.

Ich wache so weit aus meiner Benommenheit auf, daß ich mich
kurz und heftig wehren kann. Zu kurz und nicht heftig genug.
Sein Arm legt sich um meinen Hals, würgt mich, und er stößt
mich mit seinem Körper gegen den Tisch, drückt mir mit dem lin-
ken Arm die Luft ab, würgt mich, und der Geschmack von Blut
breitet sich in meinem Mund aus, bis ich wieder erschlaffe. Er
weiß genau, wann er den Druck lockern muß, ehe ich das Be-
wußtsein verliere, denn er möchte nicht, daß es soweit kommt. Er
hat andere Pläne. Ich werde schwach, weine jetzt, und Tränen
tropfen auf die nackte Haut der gefesselten Frau.

Er läßt meine rechte Hand los. Ich habe kaum die Kraft, sie
von der Frau wegzuziehen. Es klirrt und klappert. An meiner
Seite. Ich schaue hin. Eine seiner körperlosen Hände. Sucht zwi-
schen den silbrig glänzenden Instrumenten herum, die im Nichts
schweben. Er wählt ein Skalpell aus den gewichtslosen Reihen
von Klammern und Zangen und Nadeln und Klingen aus. Ergreift
wieder meine Hand, drückt das Skalpell hinein, schließt seine
Hand um meine, drückt meine Fingerknöchel zusammen, zwingt
mich, die Klinge festzuhalten. Unter uns sieht die Frau unsere
Hände und den funkelnden Stahl, und sie fleht uns an, ihr nichts
zu tun.

»Ich weiß, was du bist«, sagt er. »Ich weiß, was du bist, mein
süßes Kind, mein Kleiner. Sei ruhig, was du bist, laß dich gehen
und sei du selbst. Glaubst du, sie ist jetzt schön? Glaubst du, sie
ist das Schönste, was du je gesehen hast? Oh, warte nur, bis wir
ihr gezeigt haben, wie sie noch schöner sein kann. Laß dir von

Daddy zeigen, was du bist, was du brauchst, was du magst. Laß mich dir zeigen, welchen Spaß es macht, das zu sein, was du bist. Hör zu, Mikey, hör jetzt zu, der gleiche dunkle Fluß strömt durch mein und dein Herz. Lausche, und du kannst ihn hören, den tiefen, dunklen Fluß, der dahintobt, schnell und kraftvoll, tosend. Laß dich einfach von dem Fluß mitreißen, mit mir davontragen. Paß gut auf und heb die Klinge hoch. Siehst du, wie sie glänzt? Zeig sie ihr, verfolge, wie sie die Klinge erblickt, wie sie für nichts anderes Augen hat. Glänzend und hoch oben in deiner und meiner Hand. Spüre die Macht, die wir über sie haben, über all die Schwachen und Dummen, die niemals begreifen werden. Mach mit, heb sie hoch ...«

Er hat einen Arm locker um meinen Hals geschlungen, hält meine rechte Hand fest, so daß mein linker Arm frei ist. Statt nach hinten zu greifen oder zu versuchen, ihm den Ellbogen in den Leib zu rammen, was keinen Erfolg verspricht, stütze ich meine Hand gegen den Stahl. Unendliches Grauen und Verzweiflung übermannen mich. Mit dieser Hand und mit dem ganzen Körper stoße ich mich vom Tisch ab. Dann mit den Beinen. Dann den Füßen. Ich trete mit beiden Füßen gegen den Tisch. Werfe mich nach hinten gegen den Mistkerl und bringe ihn aus dem Gleichgewicht.

Er stolpert, drückt noch immer meine Hand zusammen, in der ich das Skalpell habe, versucht dabei, den Arm um meinen Hals anzuspannen. Aber dann stürzt er nach hinten, und ich lande auf ihm. Das Skalpell verschwindet klirrend in der Dunkelheit. Mein Gewicht preßt ihm die Lungen zusammen, läßt die Luft pfeifend aus seinem Mund entweichen.

Ich bin frei. Frei. Krieche über den schwarzen Fußboden. Zur Tür. Meine rechte Hand schmerzt. Keine Hoffnung, der Frau zu helfen. Aber ich kann Hilfe holen. Die Polizei. Irgend jemand. Sie kann noch gerettet werden. Durch die Tür, auf die Füße, taumelnd, mit den Armen rudernd, um das Gleichgewicht zu behalten, hinaus in die Katakomben, so renne ich, vorbei an all den erstarrten weißen Frauen, und ich versuche zu rufen. Meine Kehle blutet. Sie ist rauh und wund. Die Stimme nur ein Flüstern. Auf der Ranch hört mich sowieso niemand. Dort sind nur ich, er, die nackte Frau. Aber ich renne, renne, schreie flüsternd, während niemand da ist, der mich hören könnte.

Der Ausdruck auf Ellies Gesicht schnitt tief in Spencers Herz.

»Ich hätte Sie nicht hierher bringen dürfen«, sagte er, »hätte Ihnen das nicht zumuten dürfen.«

Sie wirkte grau im Licht der rauhreifweißen Lampen. »Nein, das mußten Sie tun. Wenn ich irgendwelche Zweifel gehabt hätte, jetzt habe ich keine mehr. Sie hätten damit nicht weiterleben können ... mit all den Erfahrungen.«

»Aber genau das muß ich. Damit leben. Und ich weiß nicht, weshalb ich glauben konnte, ein Leben zu finden. Ich habe nicht das Recht, von Ihnen zu erwarten, mit mir gemeinsam diese Last zu tragen.«

»Sie können weitermachen und ein Leben finden ... so lange Sie sich an alles erinnern. Und ich glaube, ich weiß jetzt, woran Sie sich nicht erinnern können, wo diese vergessenen Minuten geblieben sind.«

Spencer konnte es nicht ertragen, ihr in die Augen zu schauen. Er blickte auf Rocky. Der Hund saß unterwürfig da, den Kopf gesenkt, die Ohren hängend, zitternd.

Dann drehte er sich zu der schwarzen Tür um. Was immer er dahinter finden würde, es enthielt die Entscheidung, ob er eine Zukunft mit oder ohne Ellie hatte. Möglich, daß ihm nichts von beidem bestimmt war.

»Ich habe nicht versucht, zum Haus zurückzulaufen«, sagte er und kehrte wieder in jene ferne Nacht zurück. »Er hätte mich eingeholt, ehe ich dort angekommen wäre, ehe ich hätte telefonieren können. Statt dessen lief ich hinauf in den Vorraum, verließ den Schrank, eilte durch den Aktenraum und begab mich sofort zur Vorderseite des Gebäudes in die Galerie. Als ich die Treppe zu seinem Studio erreichte, konnte ich ihn in der Dunkelheit hinter mir hören. Ich wußte, daß er in der linken unteren Schublade seines Schreibtisches eine Schußwaffe aufbewahrte. Ich hatte sie dort gesehen, als ich ihm einmal etwas holen mußte. Ich betrat das Studio, drückte auf den Lichtschalter, lief an seinen Staffeleien, seinen Materialschränken vorbei zum Ende des Raums. Der Schreibtisch hatte die Form eines L. Ich setzte hinüber, landete im Sessel, riß die Schublade auf. Die Waffe lag dort. ich wußte nicht, wie man sie benutzt, ob sie eine Sicherung besaß. Meine rechte Hand schmerzte. Ich konnte das verdammte Ding kaum festhalten, nicht einmal mit beiden Händen. Er verließ die Treppe, kam ins Studio, lief auf mich zu, und ich zielte einfach und drückte ab. Es war ein Revolver. Keine Sicherung. Der Rückschlag warf mich nach hinten.«

»Und Sie haben ihn angeschossen.«

»Noch nicht. Ich muß den Revolver verrissen haben, als ich den Abzug betätigte. Die Kugel brach einen Putzbrocken aus der Decke. Aber ich hielt den Revolver fest, und mein Vater blieb stehen. Zumindest näherte er sich nicht mehr so schnell. Aber er war so ruhig, Ellie, so ruhig. Als sei nichts geschehen, als sei er nur mein Vater, der gute alte Dad, ein wenig verärgert über mich, Sie wissen schon. Aber er meinte, alles würde wieder gut. Er betäubte mich genauso mit Worten wie in dem schwarzen Raum. So ernsthaft. So hypnotisch. Und so sicher, alles wieder in Ordnung zu bringen, wenn ich ihm nur die Zeit dazu ließ.«

»Aber er wußte nicht«, sagte Ellie, »daß Sie sechs Jahre zuvor gesehen hatten, wie er Ihre Mutter schlug und sie in die Scheune zurückschleppte. Er dachte vielleicht, daß Sie ihren Tod und seine geheimen Räume miteinander in Verbindung bringen würden, wenn Sie sich beruhigt hätten – aber er glaubte auch, er könnte Sie bis dahin überzeugen.«

Spencer starrte die schwarze Tür an.

»Ja, vielleicht hat er das angenommen. Ich weiß es nicht. Er erklärte mir, genauso zu sein wie er bedeute zu wissen, worum es im Leben gehe. Das Leben in seiner ganzen Fülle und ohne Beschränkungen oder Regeln zu begreifen. Er sagte, mir würde gefallen, was er mir zeigen könne. Er sagte, ich hätte schon angefangen, im schwarzen Raum daran Gefallen zu finden, daß ich nur Angst hätte, es zu genießen, aber ich würde schon lernen, daß es völlig in Ordnung sei, einem derartigen Vergnügen zu frönen.«

»Aber es hat Ihnen nicht gefallen. Sie wurden davon abgestoßen.«

»Er sagte, es habe mir gefallen, das sei ihm klar. Seine Gene strömten durch mich wie ein Fluß, wiederholte er, mitten durch mein Herz. Es sei unser Schicksalsfluß, der dunkle Fluß unserer Herzen. Als er zum Tisch kam und so nahe war, daß ich ihn nicht verfehlen konnte, schoß ich auf ihn. Er flog durch den Einschlag der Kugel nach hinten. Der Blutregen war furchtbar. Es sah tatsächlich so aus, als hätte ich ihn erschossen, aber ich hatte bis zu dieser Nacht noch nicht viel Blut gesehen, und ein wenig davon kam mir schon sehr viel vor. Er stürzte zu Boden, rollte auf den Bauch und blieb ganz still liegen. Ich lief aus dem Studio hinaus, zurück dorthin ...«

Die schwarze Tür wartete.

Sie sagte eine Weile nichts. Er konnte nicht reden.

»Und in diesem Raum mit der Frau«, sagte Ellie dann. »Das sind die Minuten, an die Sie sich nicht erinnern können.«

Die Tür. Er hätte den alten Keller mit Sprengstoff zum Einsturz bringen sollen. Ihn mit Erde füllen. Ihn für immer versperren. Er hätte die schwarze Tür nicht verschonen dürfen, um sie erneut öffnen zu können.

»Ich kam hierher zurück«, sagte er schwerfällig. »Ich mußte den Revolver mit der linken Hand festhalten, weil er meine rechte so brutal zusammengepreßt hatte, daß meine Knöchel gequetscht waren. Der Schmerz pulsierte in meiner Hand. Aber wichtig ist nur ... es waren nicht nur Schmerzen, die ich empfand.«

Er betrachtete nun die Hand. Er konnte sie viel kleiner, jünger sehen, die Hand eines vierzehnjährigen Jungen.

»Ich konnte noch immer ... die Glätte der Haut dieser Frau spüren, als er meine Hand auf ihren Körper gedrückt hatte. Ich spürte die Rundung ihrer Brüste. Ihre Festigkeit, ihre Größe. Ihren flachen Bauch. Das Kitzeln ihrer Schamhaare ... ihre Hitze. All diese Empfindungen steckten in meiner Hand, waren in ihr, und zwar so real wie der Schmerz.«

»Sie waren doch nur ein Kind«, sagte sie ohne eine Spur von Abscheu. »Es war das erste Mal, daß Sie jemals eine Frau unbekleidet sahen, das erste Mal, daß Sie überhaupt eine Frau berührten. Mein Gott, Spencer, unter solchen bizarren Umständen, nicht nur erschreckend, sondern aufwühlend in jeder Hinsicht, verwirrend. Es war ein so urtümlicher Augenblick – es erschütterte Sie auf jeder Ebene, sie zu berühren. Ihr Vater wußte das. Er war ein cleverer Hurensohn. Er hat versucht, Ihre Verwirrung dazu zu benutzen, Sie zu manipulieren. Aber zu bedeuten hatte es nichts, überhaupt nichts.«

Sie war zu verständnisvoll und verzieh zu schnell. In dieser schrecklichen Welt bezahlten die, die zu leicht verziehen, einen hohen Preis.

»Ich gelangte also wieder in die Katakomben mit den Toten in den Wänden, mit der Erinnerung an das Blut meines Vaters und noch immer mit dem Gefühl ihrer Brüste in meinen Händen. Es war eine lebhafte Erinnerung daran, wie ihre Brustwarzen meine Handflächen berührten...«

»Quälen Sie sich nicht selbst, Spencer.«

»Nie den Hund belügen«, sagte Spencer, diesmal völlig humorlos, aber mit einer Verbitterung und Wut, die ihn erschreckten. Zorn wallte in seinem Herzen hoch, schwärzer als die Tür vor ihm. Er konnte sie genausowenig abschütteln, wie er in jener Julinacht die Wärme und die Form der nackten Frau und die Beschaffenheit ihrer Haut aus seiner Hand hatte verdrängen können. Seine Wut war ungerichtet, und deshalb hatte sie sich in seinem Unterbewußtsein sechzehn Jahre lang aufgestaut und war ständig gewachsen. Er hatte niemals gewußt, ob er sie gegen seinen Vater oder gegen sich selbst richten sollte. Da ihm ein Ziel fehlte, hatte er die Existenz dieser Wut geleugnet, sie unterdrückt. Nun fraß sie sich, kondensiert zu einem Destillat nackter Raserei, durch ihn hindurch wie reinste Säure.

»...mit der Erinnerung daran, wie ihre Brustwarzen sich unter meiner Handfläche angefühlt hatten«, fuhr er fort, aber mit einer Stimme, die gleichermaßen vor Wut und Angst bebte, »ging ich dorthin zurück. Zu dieser Tür. Öffnete sie. Betrat den schwarzen Raum... Und als nächstes erinnere ich mich daran, wie ich von hier fortging, wie die Tür hinter mir zufiel...«

...barfuß gehe ich zurück durch die Katakomben, mit einem Abgrund in meiner Erinnerung, weit schwärzer als der Raum hinter mir, nicht genau wissend, wo ich gerade gewesen bin, was gerade geschah. Vorbei an den Frauen in den Wänden. Frauen. Mädchen. Mütter. Schwestern. Ihre stummen Schreie. Ewige Schreie. Wo ist Gott? Worum sorgt Gott sich? Weshalb hat er sie alle hier im Stich gelassen? Weshalb hat er mich im Stich gelassen? Ein vergrößerter Spinnenschatten huscht über ihre Gipsgesichter, sucht sich seinen Weg auf dem Schatten der Lichtschnur.

Während ich an der neuen Nische in der Wand vorbeigehe, der Nische, die für die Frau im schwarzen Raum vorbereitet wurde, taucht mein Vater aus diesem Loch auf, aus der dunklen Erde, bespritzt mit Blut, taumelnd, vor Schmerzen keuchend, aber so schnell, so schnell, so schnell wie die Spinne. Der heiße Blitz glühenden Stahls aus der Dunkelheit. Messer. Manchmal malt er Stilleben von Messern, läßt sie leuchten, als seien sie heilige Reli-

quien. Funkelnder Stahl, funkelnder Schmerz in meinem Gesicht. Ich lasse den Revolver fallen. Schlage die Hände vors Gesicht. Ein Wangenlappen hängt von meinem Kinn herab. Meine nackten Zähne berühren die Finger, grinsende Zähne, die auf einer Gesichtshälfte freiliegen. Die Zunge leckt an meinen Fingern auf der offenen Seite meines Gesichts. Und er stößt wieder zu. Verfehlt mich. Stürzt. Er ist zu schwach, um aufzustehen. Ich weiche vor ihm zurück, klappe meine Wange hoch, Blut sickert zwischen meinen Fingern hindurch, rinnt meinen Hals herab. Ich versuche, mein Gesicht zusammenzuhalten. O Gott, ich halte mein Gesicht zusammen und renne, renne.

Er bleibt zurück, ist zu schwach, um vom Fußboden aufzustehen, aber nicht zu schwach, um etwas hinter mir herzurufen: »Hast du sie getötet, hast du sie getötet, Kleiner; hat es dir gefallen, hast du sie getötet?«

Spencer konnte Ellie noch immer nicht ansehen und war vielleicht nie mehr fähig, ihr ins Gesicht zu blicken, nicht in die Augen. Er konnte sie aus den Augenwinkeln erkennen, und er wußte, daß sie leise weinte. Um ihn weinte, die Augen voller Tränen, das Gesicht vor Nässe glänzend.

Er konnte nicht um sich weinen. Er war noch nie fähig gewesen, sich seinem Schmerz zu ergeben, denn er wußte nicht, ob er irgendwelche Tränen wert war, ganz gleich, ob es ihre Tränen waren oder die irgendeines anderen.

Alles, was er jetzt spüren konnte, war diese Wut, die noch immer kein Ziel hatte.

»Die Polizei hat die Frau tot im schwarzen Raum aufgefunden«, sagte er.

»Spencer, *er* hat sie getötet.« Ihre Stimme zitterte. »Die Polizei hat gesagt, daß er es war. Sie waren ein Held.«

Während er die schwarze Tür betrachtete, schüttelte er den Kopf. »Wann hat er sie getötet, Ellie? Wann? Er ließ das Skalpell fallen, als wir beide zu Boden stürzten. Dann rannte ich davon, und er verfolgte mich.«

»Aber in der Schublade lagen noch mehr Skalpelle und andere scharfe Instrumente. Das haben Sie selbst gesagt. Er hat sich eins gegriffen und sie umgebracht. Es dürfte nur wenige Sekunden gedauert haben. Nur kurze Zeit, Spencer. Das Schwein wußte, daß Sie nicht weit kommen würden, daß er Sie einholen konnte. Und nach dem Kampf mit Ihnen war er derart erregt, daß er nicht warten konnte. Er zitterte geradezu vor Erregung, deshalb mußte er sie gleich töten, brutal und schnell.«

»Später lag er auf dem Fußboden, nachdem er mich mit dem Messer attackiert hatte und ich weglief, und er rief mir etwas nach, fragte mich, ob ich sie getötet und ob es mir gefallen hätte.«

»Oh, er wußte es. Er wußte, daß die Frau tot war, ehe Sie herkamen, um sie zu befreien. Vielleicht war er verrückt, vielleicht auch nicht, aber er war ganz gewiß das reinste Böse, das es je auf dieser Welt gab. Begreifen Sie denn nicht? Er hatte es nicht geschafft, Sie zu seinem Denken zu bekehren, und er hatte Sie auch nicht töten können. Daher blieb ihm nichts anderes übrig, als Ihr Leben zu ruinieren, wenn er es schaffte, und die Saat des Zweifels in Ihren Geist zu senken. Sie waren ein Kind, halb blind vor Entsetzen und Schmerzen, verwirrt, und er wußte um den Aufruhr in Ihrem Innern. Er verstand sehr wohl, und er hatte es gegen Sie eingesetzt, nur weil es ihm einfach Spaß machte.«

Fast sein halbes bisheriges Leben lang hatte Spencer versucht, sich einzureden, daß das Szenario, das sie gerade entworfen hatte, den Tatsachen entsprach. Aber der Abgrund, die Lücke in seinem Gedächtnis blieb bestehen. Diese fortdauernde Amnesie schien auszusagen, daß die Wahrheit sich von dem unterschied, was er sich verzweifelt wünschte.

»Gehen Sie«, sagte er schwerfällig. »Laufen Sie zum Wagen, fahren Sie weg, nach Denver. Ich hätte Sie nicht hierher bringen dürfen. Ich kann Sie nicht bitten, mich noch weiter zu begleiten.«

»Ich bin hier. Ich gehe nicht weg.«

»Ich meine es ernst. Gehen Sie.«

»Niemals.«

»Verschwinden Sie. Nehmen Sie den Hund mit.«

»Nein.«

Rocky winselte, zitterte, drückte sich an eine Säule blutdunkler Steine, war so verzweifelt und hilflos, wie Spencer ihn selten erlebt hatte.

»Nehmen Sie ihn mit. Er mag Sie.«

»Ich gehe nicht weg.« Unter Tränen fuhr sie fort: »Das ist *meine* Entscheidung, verdammt noch mal, und Sie können sie mir nicht abnehmen.«

Er wandte sich zu ihr um, packte ihre Lederjacke, hob sie beinahe vom Fußboden hoch, versuchte verzweifelt, ihr Verständnis zu erlangen. In seiner Wut und Angst und seinem Selbsthaß hatte er es trotz allem geschafft, ihr noch einmal in die Augen zu schauen. »Um Gottes willen, nachdem Sie alles gesehen und gehört haben ... begreifen Sie denn nicht? Ich habe einen Teil von mir selbst in diesem Raum zurückgelassen, in diesem Schlachthaus, wo er seinen Metzeleien frönte. Ich habe etwas zurückgelassen, mit dem ich nicht weiterleben konnte. Was in Gottes Namen könnte das denn sein? Etwas Schlimmeres als die Katakomben, schlimmer als alles andere. Es muß etwas Schlimmeres sein, denn ich konnte mich an alles erinnern! Wenn ich dorthin zurückkehre und mir einfällt, was ich mit ihr angestellt habe, wird es kein Vergessen mehr geben. Dann kann ich mich nicht mehr davor verstecken. Und das ist eine Erinnerung ... die wie Feuer brennt. Sie wird mich vernichten. Was am Ende übrig bleibt, Ellie, was nicht verbrennt, das werde ich nicht mehr sein, nicht, nachdem ich weiß, was ich ihr angetan habe. Und mit wem werden Sie dann hier unten sein, allein an diesem gottverlassenen Ort?«

Sie hob eine Hand und zeichnete die Linie seiner Narbe nach, obgleich er versuchte, sich ihrer Berührung zu entziehen. »Wäre ich blind und hätte Ihr Gesicht nie gesehen«, sagte sie, »würde ich Sie trotzdem schon so gut kennen, daß Sie mir das Herz brechen könnten.«

»Oh, Ellie, nicht.«

»Ich gehe nicht weg.«

»Ellie, bitte.«

»Nein.«

Er konnte seine Wut nicht gegen sie richten, vor allem nicht gegen sie. Er ließ sie los, stand da und ließ die Hände herabhängen. Er war wieder vierzehn. Schwach in seiner Entrüstung. Verängstigt. Hilflos.

Sie legte die Hand auf die Türklinke.

»Warten Sie.« Er holte die SIG aus dem Hosenbund, legte den Sicherungsflügel um, hebelte eine Patrone in die Kammer und reichte ihr die Pistole. »Sie sollten beide Waffen haben.« Sie wollte widersprechen, aber er schnitt ihr das Wort ab. »Nehmen Sie die Pistole in die Hand. Und kommen Sie mir da drin nicht zu nah.«

»Spencer, an was auch immer Sie sich erinnern, es wird Sie nicht in Ihren Vater verwandeln, nicht für einen winzigen Moment, ganz gleich, wie furchtbar es sein mag.«

»Woher wollen Sie das wissen? Ich habe sechzehn Jahre damit zugebracht, daran herumzukratzen, zu versuchen, es der Dunkelheit zu entreißen, aber es wollte nicht nachgeben. Und wenn es jetzt herauskommt...«

Sie sicherte die Pistole.

»Ellie...«

»Ich möchte nicht, daß das Ding ungewollt losgeht.«

»Mein Vater hat mit mir auf dem Teppich gerungen, er hat mich gekitzelt und lustige Fratzen geschnitten, als ich noch klein war. Er hat mit mir Ball gespielt. Und als ich meine zeichnerischen Fähigkeiten verbessern wollte, hat er mich geduldig unterwiesen. Aber davor und danach ... Er kam hier herunter, der gleiche Mann, und er hat Frauen gefoltert, Mädchen, Stunde um Stunde, manchmal sogar tagelang. Er hat sich lässig zwischen beiden Welten bewegt.«

»Ich habe nicht vor, eine schußbereite Waffe in der Hand zu halten, eine Pistole auf Sie zu richten, als hätte ich Angst, daß Sie ein Monster sind, wenn ich doch weiß, daß Sie es nicht sind. Bitte, Spencer. Bitte verlangen Sie nicht von mir, so etwas zu tun. Lassen Sie uns diese Sache einfach zu Ende bringen.«

In der Stille am Ende der Katakomben brauchte er einen Moment, um sich innerlich zu wappnen. Nichts rührte sich in dem langgestreckten Raum. Keine Ratten, ob mißgebildet oder völlig normal, huschten dort herum. Die Dresmunds hatten den Auftrag erhalten, sie mit Gift auszumerzen.

Spencer öffnete die schwarze Tür.

Er knipste das Licht an.

Er zögerte auf der Schwelle, dann trat er ein.

So ängstlich der Hund auch war, er tappte ebenfalls in den Raum. Vielleicht hatte er mehr Angst, allein in den Katakomben zurückzubleiben. Oder seine Angst war nichts anderes als eine Reaktion auf den Gemütszustand seines Herrn, und in diesem Fall wußte er, daß seine Gesellschaft gebraucht wurde. Er blieb dicht bei Spencer.

Ellie ging als letzte hinein und schloß die Tür hinter ihnen.

Das Schlachthaus war beinahe genauso verwirrend wie in jener Nacht der Skalpelle und Messer. Der Stahltisch war verschwunden. Der Raum war leer. Die konturlose Schwärze verfügte über keinen

Bezugspunkt, daher schien der Raum kaum größer als ein Sarg zu sein, aber schon in der nächsten Sekunde erschien er größer, als er wirklich war. Das einzige Licht kam noch immer von der einzelnen Glühbirne in der Fassung an der schwarzen Decke.

Die Dresmunds hatten darauf achten sollen, daß alle Lampen intakt waren. Sie waren nicht angewiesen worden, das Schlachthaus zu reinigen, trotzdem lag auch nicht ein Hauch von Staub auf den Wänden. Zweifellos eine Folge der Tatsache, daß der Raum nicht belüftet und stets dicht verschlossen war.

Er war eine Zeitkapsel, sechzehn Jahre lang versiegelt, und sie enthielt nicht die Erinnerungsstücke vergangener Zeit, sondern nur vergessene Erinnerungen.

Der Ort rührte Spencer weitaus heftiger an, als er erwartet hatte. Er konnte das Schimmern das Skalpells sehen, als hinge es jetzt noch vor ihm in der Luft.

... barfuß, den Revolver in der linken Hand, laufe ich aus dem Studio hinunter, in dem ich auf meinen Vater geschossen habe, und weiter durch den Schrank in eine Welt, die in nichts der hinter dem Kleiderschrank in den Büchern von C. S. Lewis gleicht, durch die Katakomben, wobei ich es nicht wage, nach rechts oder links zu schauen, denn diese toten Frauen scheinen aus ihrem Gipsgefängnis ausbrechen zu wollen. Ich habe die verrückte Angst, daß sie es schaffen könnten, wenn der Gips noch feucht ist, sich auf mich stürzen und mich in eine der Wände hineinzuziehen. Ich bin der Sohn meines Vaters, und ich verdiene es, im feuchten Gips zu ersticken, verdiene es, daß er in meine Nasenlöcher gedrückt, mir in die Kehle geschüttet wird, bis ich eins bin mit den Gestalten in den Tableaus, nicht mehr atmend, eine Mahlzeit für die Ratten.

Mein Herz schlägt so heftig, daß jeder Schlag meine Sicht für einen kurzen Moment trübt, als ob der schwankende Blutdruck die Adern in meinen Augen zum Platzen bringen könnte. Ich spüre auch in meiner rechten Hand jeden Schlag. Der Schmerz in meinen Knöcheln pulsiert, drei kleine Herzen stecken in jedem meiner Finger. Aber ich liebe den Schmerz. Ich möchte mehr davon.

Zurück in den Vorraum und die Treppe hinunter in den Raum des blauen Lichts. Dabei schlage ich wiederholt mit den Knöcheln der rechten Hand gegen den Revolver in meiner linken. Nun wiederhole ich es in den Katakomben, um jedes Gefühl bis auf den

Schmerz zu vertreiben. Weil ... weil es genauso wie der Schmerz noch immer in meiner Hand steckt, allmächtiger Gott, wie ein Schmutzfleck auf der Haut: die Glätte der Frauenhaut. Die warme Rundung und Festigkeit ihrer Brüste, die harten Brustwarzen an meiner Handfläche. Die Flachheit ihres Bauchs, die Spannung ihrer Muskeln, als sie sich gegen die Fesseln wehrt. Die feuchte Hitze, in die er meine Finger stieß, gegen mein Sträuben, gegen ihren furchtbaren, halb ohnmächtigen Protest. Ihre Augen starrten mich an. Flehten. Die Qual ihrer Augen. Aber die Hand des Verräters hat ihr eigenes Gedächtnis, unerschütterlich, und es verursacht mir Übelkeit. Sämtliche Empfindungen in meiner Hand verursachen mir Übelkeit, und einige Empfindungen meines Herzens. Ich verspüre Abscheu, Ekel, Angst vor mir selbst. Aber auch andere Gefühle sind da – unreine Emotionen, die mit der Erregung der hassenswerten Hand einhergehen.

An der Tür zum schwarzen Raum bleibe ich stehen, lehne mich gegen die Wand und übergebe mich. Ich schwitze. Fröstele. Als ich mich von dem Erbrochenen abwende, nachdem lediglich mein Magen gereinigt ist, zwinge ich mich, mit meiner lädierten Hand die Türklinke zu ergreifen. Ich sorge dafür, daß der Schmerz durch meinen Arm schießt, während ich gewaltsam die Tür aufreiße. Und dann bin ich drin, wieder im schwarzen Raum.

Sieh sie nicht an. Tu's nicht! Nein! Sieh ihre Nacktheit nicht an. Du hast kein Recht, sie nackt zu sehen. Das kann ich auch mit abgewendetem Blick tun. Ich bewege mich zum Tisch, erkenne sie aus dem Augenwinkel nur als fleischfarbene Form, die in der Dunkelheit schwebt.

»Alles in Ordnung«, sage ich zu ihr, und meine Stimme ist nach dem Würgegriff heiser. »Alles in Ordnung, Lady, er ist tot, Lady, ich habe ihn erschossen. Ich befreie Sie, bringe Sie raus, haben Sie keine Angst.« Und dann wird mir bewußt, daß ich keine Ahnung habe, wo ich die Schlüssel ihrer Hand- und Fußschellen suchen soll. »Lady, ich hab' keinen Schlüssel, ich muß Hilfe holen, die Polizei rufen. Aber es ist alles in Ordnung, er ist tot.«

Kein Laut von ihr, die ich nur aus dem Augenwinkel erkenne. Sie ist sicherlich benommen nach den Schlägen gegen ihren Kopf, nur noch halb bei Bewußtsein, und jetzt ist sie ganz ohnmächtig. Aber ich möchte sie nicht aufwecken, nachdem ich mich entfernt habe und sie dann mit ihrer Angst allein wäre. Ich erinnere mich *an den Ausdruck ihrer Augen – war es der gleiche Ausdruck wie in den Augen meiner Mutter kurz vor ihrem Tod? – und möchte nicht, daß sie die gleiche Angst empfindet, wenn sie aufwacht und glaubt, er käme zu ihr zurück. Das ist alles, das ist alles. Ich möchte nicht, daß sie Angst hat, deshalb muß ich sie wecken, muß sie schütteln, ihr klarmachen, daß er tot ist und daß ich bald mit Hilfe zurückkomme. Ich taste mich zum Tisch, versuche, nicht auf ihren Körper zu blicken, nur in ihre Gesicht. Ein Geruch steigt mir in die Nase. Schrecklich. Betäubend.*

Die Schwärze macht mich wieder benommen. Ich strecke eine Hand aus. Berühre den Tisch. Um mich abzustützen. Es ist die rechte Hand, die sich noch immer an die Rundung ihrer Brüste erinnert, und ich tauche sie in eine warme, weiche, schlüpfrige Masse, die vorher noch nicht da war. Ich schaue ihr ins Gesicht. Der Mund ist offen. Desgleichen die Augen. Tote, leere Augen. Er war bei ihr. Zwei Schnitte. Grausam. Brutal. Seine ganze Kraft lag hinter der Klinge. Ihre Kehle. Ihr Bauch. Ich schrecke vom Tisch zurück, weg von der Frau, pralle gegen die Wand. Wische mit der rechten Hand über die schwarze Fläche, rufe nach Gott und nach meiner Mutter und sage:»Lady, bitte, Lady, bitte«, als könne sie sich durch einen Willensakt selbst heilen, wenn sie nur mein Flehen erhört. Ich wische meine Hand, Fläche und Rücken, an der Wand ab, wische nicht nur das weg, in das ich eingetaucht bin, sondern auch das Gefühl, als sie noch lebte, und ich wische heftiger und heftiger, wütend, rasend, bis meine Hand in Flammen zu stehen scheint, bis dort nichts mehr ist als nur noch Schmerz. Und dann stehe ich einige Zeit da. Nicht ganz sicher, wo ich eigentlich bin. Ich weiß, da ist eine Tür. Ich gehe hin. Hindurch. O ja. Die Katakomben.

Spencer stand mitten in dem schwarzen Raum, die rechte Hand vor seinem Gesicht, starrte in das harte, grelle Licht, als sei es nicht die Hand, die seit sechzehn Jahren am Ende seines Arms hing.

»Ich hätte sie gerettet«, sagte er beinah staunend.

»Ich weiß«, sagte Ellie.

»Aber ich konnte niemanden retten.«

»Und das ist nicht Ihre Schuld.«

Zum erstenmal seit jenem weit zurückliegenden Juli dachte er, er wäre vielleicht imstande zu akzeptieren, nicht so bald, aber irgendwann, daß er keine größere Schuld mit sich herumschleppen mußte als jeder andere Mensch. Dunklere Erinnerungen, eine intensivere Erfahrung mit der menschlichen Fähigkeit, Böses zu tun, ein Wissen, das kein Mensch sich aufzwingen lassen möchte, so wie es ihm aufgezwungen wurde – all das, ja, aber keine größere Schuld.

Rocky bellte. Zweimal. Laut.

Erschrocken zuckte Spencer zusammen. »Er bellt niemals.«

Indem sie den Sicherungsflügel der SIG umlegte, wirbelte Ellie zur Tür herum, während sie aufflog. Sie war nicht schnell genug.

Der freundlich aussehende Mann – derselbe, der in das Haus in Malibu eingedrungen war – stürmte in den schwarzen Raum. Er hielt eine mit Schalldämpfer versehene Beretta in der rechten Hand, und er lächelte und feuerte einen Schuß ab, als er sich näherte.

Ellie wurde in der rechten Schulter getroffen, schrie vor Schmerz auf. Ihre Hand verkrampfte sich und ließ die Pistole los, und sie wurde gegen die Wand geschleudert. Sie sackte gegen die Schwärze, keuchte geschockt nach dem Treffer, begriff, daß die Micro-Uzi von ihrer Schulter rutschte, und griff mit der linken Hand danach. Sie glitt ihr durch die Finger, prallte auf den Fußboden und schlidderte von ihr weg.

Die Pistole war ebenfalls verschwunden, hüpfte klappernd zu dem Mann mit der Beretta hinüber. Aber Spencer bückte sich nach der Uzi, während sie herunterfiel.

Der lächelnde Mann feuerte erneut. Die Kugel schlug wenige Zentimeter von Spencers Hand Funken aus dem Steinfußboden, zwang ihn, zurückzuweichen, und sirrte als Querschläger durch den Raum.

Der Schütze schien durch die umherfliegende Kugel nicht beunruhigt zu werden, als führe er ein derart privilegiertes Leben, daß seine Sicherheit für ihn eine Selbstverständlichkeit war.

»Ich möchte Sie eigentlich nicht so gern erschießen«, sagte er. »Ich wollte auch Ellie nicht verletzen. Ich habe mit Ihnen andere Pläne. Aber noch eine falsche Bewegung – und Sie nehmen mir die letzte Entscheidung ab. Und jetzt schieben Sie die Uzi mit dem Fuß zu mir.«

Statt den Befehl zu befolgen, ging Spencer zu Ellie hinüber. Er berührte ihr Gesicht und untersuchte ihre Schulter. »Schlimm?«

Sie drückte eine Hand auf die Wunde, versuchte, sich die Schmerzen nicht anmerken zu lassen, aber die Wahrheit lag in ihren

Augen. »Okay, ich bin in Ordnung, es ist nichts«, sagte sie, aber Spencer sah, wie sie zu dem winselnden Hund hinübersah, während sie log.

Die schwere Tür des Schlachthauses war nicht zugefallen. Jemand hielt sie offen. Der Schütze trat beiseite, um die Person eintreten zu lassen. Der zweite Mann war Steven Ackblom.

Roy war überzeugt, daß es eine der interessantesten Nächte seines Lebens werden würde. Vielleicht würde sie auf ihre Weise sogar so herausragend werden wie die erste Nacht, die er mit Eve verbracht hatte, obwohl er sie nicht betrügen würde, indem er hoffte, daß diese Nacht noch besser geriet. Es war ein einzigartiger Zusammenfluß der Ereignisse: endlich die Gefangennahme der Frau; die Chance, in Erfahrung zu bringen, was Grant über einen organisierten Widerstand gegen die Agency wußte, und dann das Vergnügen, diesen gequälten Menschen von seinem Elend zu erlösen; die einzigartige Gelegenheit, einen der größten Künstler des Jahrhunderts zu beobachten, während er sich der Arbeit widmete, die ihn berühmt gemacht hatte; und wenn dies geschehen war, würde er vielleicht sogar Eleanors perfekte Augen retten können. Bei der Planung solch einer Nacht waren kosmische Kräfte am Werk.

Als Steven den Raum betrat, war der Ausdruck auf Spencer Grants Gesicht den Verlust mindestens zweier Hubschrauber und eines Satelliten wert. Zorn verdunkelte sein Gesicht, verzerrte all seine Züge. Es war eine so reine Wut, daß sie eine eigene, faszinierende Schönheit hatte. Doch obwohl Grant wütend war, schreckte er trotzdem gemeinsam mit der Frau zurück.

»Hallo, Mikey«, sagte Steven. »Wie ist es dir so ergangen?«

Dem Sohn – einst Mikey, jetzt Spencer – schien es die Sprache verschlagen zu haben.

»Mir ist es ganz gut ergangen, aber ... es war furchtbar langweilig«, sagte der Künstler.

Spencer Grant schwieg weiterhin. Der Ausdruck in seinen Augen ließ Roy frösteln.

Steven sah sich um, betrachtete die schwarze Decke, die Wände, den Boden. »Sie haben mir die Schuld für die Frau in die Schuhe geschoben, die du in jeder Nacht getötet hast. Ich habe auch das auf mich genommen. Für dich, Kleiner.«

»Er hat sie nicht angerührt«, sagte Ellie Summerton.

»Ach nein?« fragte der Künstler.

»Wir wissen, daß er sie nicht getötet hat.«

Steven seufzte bedauernd. »Na gut, er hat es nicht getan. Aber er stand *so* nah davor.« Er hob Daumen und Zeigefinger und hielt sie einen Zentimeter breit auseinander. »So nah.«

»Er stand überhaupt nicht nah davor«, sagte sie, doch Grant konnte noch immer nicht sprechen.

»Wirklich nicht?« sagte Steven. »Na ja, ich glaube, doch. Ich glaube, wäre ich nur etwas klüger gewesen und hätte ihn ermutigt, die Hosen runterzulassen und zuerst auf sie zu steigen, hätte er das Skalpell danach gern genommen. Verstehen Sie, dann wäre er in der richtigen Stimmung dafür gewesen.«

»Du bist nicht mein Vater«, sagte Grant leer.

»Da irrst du dich, mein lieber Junge. Deine Mutter hat fest an das Ehegelübde geglaubt. Nur ich war mit ihr zusammen. Das weiß ich genau. Am Ende, hier in diesem Raum, konnte sie nicht mehr das kleinste Geheimnis vor mir verbergen.«

Roy glaubte, Grant würde mit der Wut eines Stiers durch den Raum stürmen, ohne sich um Kugeln zu scheren.

»Was für ein elender kleiner Hund«, sagte Steven. »Sieh doch, wie er zittert und den Kopf hängen läßt. Genau das richtige Haustier für dich, Mikey. Er erinnert mich daran, wie du dich in dieser Nacht hier benommen hast. Als ich dir die Gelegenheit gab, über dich hinauszugehen, warst du zu feige, um sie zu ergreifen.«

Die Frau schien ebenfalls wütend zu sein. Vielleicht überwog ihr Zorn sogar ihre Angst. Ihre Augen waren jedoch nie schöner gewesen.

»Wie lange ist das her, Mikey, und was für eine neue Welt ist das«, sagte Steven und trat ein paar Schritte auf seinen Sohn und die Frau zu, womit er sie zwang, noch weiter zurückzuweichen. »Ich war meiner Zeit so weit voraus, viel weiter vorn in der Avantgarde, als mir je klargeworden ist. Die Zeitungen nannten mich einen Verrückten. Ich müßte eine Gegendarstellung verlangen, meinst du nicht auch? Heutzutage wimmelt es auf den Straßen vor Menschen, die viel gewalttätiger sind, als ich es je war. Gangs liefern sich Gefechte, wo es ihnen gefällt, und Babys werden auf den Spielplätzen von Kindergärten erschossen – und niemand unternimmt etwas dagegen. Die Erleuchteten sind zu sehr damit beschäftigt, sich den Kopf darüber zu zerbrechen, ob man einen Nahrungsmittelzusatz ißt, der einem dreieinhalb Tage seines Lebens raubt. Hast du von den FBI-Agenten oben in Idaho gelesen, die auf eine unbewaffnete Frau geschossen haben, während sie ihr Baby in den Armen hielt, und dann ihren vierzehnjährigen Sohn in den Rücken, als er versuchte, vor ihnen davonzulaufen? Beide sind gestorben. Hast du das gelesen, Mikey? Und jetzt haben Männer wie unser Roy hier sehr verantwortliche Positionen in der Regierung. Tja, ich könnte heutzutage ein unglaublich erfolgreicher Politiker sein. Ich habe alles, was man dafür braucht. Ich bin nicht verrückt, Mikey. Daddy ist nicht verrückt, ist es nie gewesen. Böse, ja. Das gestehe ich gern ein. Von der frühesten Kindheit an war ich schon böse. Ich habe immer gern Spaß gehabt. Aber ich bin nicht verrückt, Kleiner. Roy hier, der Hüter der öffentlichen Sicherheit, Beschützer der Republik – tja, Mikey, er ist völlig wahnsinnig.«

Roy lächelte Steven an und fragte sich, welchen Scherz er vorbereitete. Der Künstler war unendlich amüsant. Doch Steven war so weit in den Raum getreten, daß Roy sein Gesicht nicht sehen konnte, nur seinen Hinterkopf.

»Mikey, du hättest hören sollen, wie Roy Phrasen über Mitgefühl drosch, über die schlechte Lebensqualität, die so viele Menschen haben und nicht haben sollten, und mit Pathos darüber sprach, die Bevölkerung um neunzig Prozent zu reduzieren, um die Umwelt zu retten. Er liebt alle und jeden. Er versteht ihr Leid. Er weint um sie. Und wenn sich ihm die Gelegenheit bietet, pustet er sie ins Jenseits, um die Gesellschaft ein wenig schöner zu machen. Es ist ein Witz, Mikey. Und sie geben ihm Hubschrauber und Limousinen und so viel Geld, wie er braucht, und Lakaien mit großen Knarren in Schulterhalftern. Sie lassen ihn frei rumlaufen und eine bessere Welt schaffen. Und ich sage dir, Mikey, dieser Mann hat nur Scheiße im Kopf.«

Roy spielte mit. »Einen dicken, dampfenden Haufen im Gehirn.«

»Siehst du«, sagte Steven. »Dieser Roy ist ein echter Witzbold. Er will nur, daß man ihn mag. Und die meisten Leute mögen ihn. Nicht wahr, Roy?«

Roy spürte, daß sie jetzt zur Pointe kamen. »Na ja, Steven, ich will mich ja nicht loben, aber ...«

»Siehst du!« sagte Steven. »Und überdies ist er noch bescheiden. Bescheiden und freundlich und mitfühlend. Mag Sie nicht einfach jeder, Roy? Kommen Sie. Seien Sie nicht so bescheiden.«

»Na ja, die meisten Leute mögen mich«, gestand Roy ein, »aber das liegt daran, daß ich alle mit Respekt behandle.«

»Genau!« sagte Steven. Er lachte. »Roy behandelt alle mit demselben ernsten Respekt. Tja, als Mörder tritt er für die Chancengleichheit ein. Unparteiliche Behandlung für jedermann, von einem Adjutanten des Präsidenten, den er in einem Park in Washington umbringt und es dann wie Selbstmord aussehen läßt ... bis zu einem ganz gewöhnlichen Querschnittsgelähmten, den er erschießt, um ihm den täglichen Kampf zu ersparen. Roy begreift nicht, daß man solche Dinge zum *Spaß* tun muß. Nur zum Spaß. Ansonsten ist es Wahnsinn. Nein, wirklich, wenn man so was aus einem edlen *Beweggrund* macht, ist man verrückt. Er geht die Sache so ernst an, hält sich für einen Träumer, einen Mann mit Idealen. Aber er hält seine Ideale aufrecht – das muß ich ihm zugestehen. Er bevorzugt niemanden. Er ist der unvoreingenommenste, gleichmacherischste Irre mit Schaum vor dem Mund, der je gelebt hat. Meinen Sie nicht auch, Mr. Rink?«

Rink? Um Gottes willen, Roy wollte nicht, daß Rink oder Fordyce etwas davon mitbekamen, sahen. Sie waren lediglich Schläger, keine wahren Insider. Er drehte sich zur Tür um, fragte sich, warum er nicht gehört hatte, wie sie geöffnet worden war – und sah, daß dort niemand war. Dann hörte er das Scharren der Micro-Uzi auf dem Beton, als Steven Ackblom sie vom Boden hochriß, und wußte, was los war.

Zu spät.

Die Uzi ratterte in Stevens Händen. Kugeln schlugen in Roys Körper. Er fiel, rollte sich herum und versuchte, das Feuer zu erwidern. Obwohl er die Waffe noch in der Hand hielt, konnte er den Finger nicht um den Abzug krümmen. Gelähmt. Er war gelähmt.

Über dem Pfeifen und Schwirren der Querschläger schnaubte etwas bösartig: ein Geräusch aus einem Horrorfilm, das von den schwarzen Wänden zurückgeworfen wurde und einem das Blut eher in den Adern gefrieren lassen konnte als die Schüsse. Wegen der Wut im Gesicht des Mannes mit der Narbe dachte er zuerst, es sei Grant, doch dann sah er, daß das Tier durch die Luft sprang und gegen Steven prallte. Der Künstler versuchte, sich herumzudrehen, weg von Roy, und den angreifenden Hund niederzuschießen. Doch das höllische Vieh hatte ihn bereits erreicht, trieb ihn rückwärts zur Wand. Es zerrte an seinen Händen. Er ließ die Uzi fallen. Dann sprang das Tier an ihm hoch, schnappte nach seinem Gesicht, nach seiner Kehle.

Steven schrie.

Roy wollte ihm sagen, daß die gefährlichsten Menschen von allen – und offensichtlich auch die gefährlichsten Hunde – diejenigen waren, die man am heftigsten geprügelt hatte. Wenn man ihnen den Stolz und die Hoffnung genommen, wenn man sie in die letzte aller Ecken getrieben hatte, dann hatten sie nichts mehr zu verlieren. Um zu verhindern, daß so verzweifelte Menschen hervorgebracht wurden, mußte man den Leidenden so früh wie möglich Mitgefühl entgegenbringen. Das war das richtige, das moralische Verhalten – aber auch das *klügste*. Doch das konnte er dem Künstler nicht mehr sagen, denn er war nicht nur gelähmt, sondern mußte auch feststellen, daß er nicht sprechen konnte.

»Rocky, nein! Zurück! Rocky, zurück!«

Spencer zog den Hund am Halsband und rang mit ihm, bis Rocky endlich gehorchte.

Der Künstler saß auf dem Boden. Die Beine hatte er abwehrend hochgezogen. Die Arme hatte er vor dem Gesicht gekreuzt, und seine Hände bluteten.

Ellie hatte die Uzi hochgehoben. Spencer nahm sie ihr ab.

Er sah, daß ihr linkes Ohr blutete. »Sie sind schon wieder getroffen worden.«

»Ein Querschläger. Nur ein Streifschuß«, sagte sie, und diesmal hätte sie dem Hund offen in die Augen sehen können.

Spencer schaute zu dem Ding hinab, das sein Vater war.

Der mörderische Mistkerl hatte die Arme vom Gesicht gesenkt. Er war so ruhig, daß Spencer in Wut geriet. »Sie haben ihre Leute überall postiert, von einem Ende des Anwesens bis zum anderen. Im Gebäude selbst ist niemand, aber wenn du erst einen Schritt hinaus gemacht hast, wirst du nicht mehr weit kommen. Du kannst nicht entkommen. Mikey.«

»Sie werden die Schüsse nicht gehört haben«, sagte Ellie. »Nicht, wenn oben nie jemand die Schreie gehört hat. Wir haben noch eine Chance.«

Der Mörder seiner Frau schüttelte den Kopf. »Nur, wenn Sie mich und den erstaunlichen Mr. Miro hier mitnehmen.«

»Er ist tot«, sagte Ellie.

»Spielt keine Rolle. Tot ist er noch nützlicher. Man weiß nie, wozu ein Mann wie er imstande ist. Es würde mich ziemlich nervös machen, müßten wir ihn hier lebendig heraustragen. Wir nehmen ihn zwischen uns, Kleiner, du und ich. Sie werden sehen, daß er verletzt ist, aber nicht, wie schlimm. Vielleicht ist sein Leben ihnen so viel wert, daß sie sich zurückhalten.«

»Ich will deine Hilfe nicht«, sagte Spencer.

»Klar, du willst sie nicht, aber du brauchst sie«, erwiderte sein Vater. »Sie werden euren Lieferwagen nicht weggefahren haben. Sie hatten die Anweisung, sich zurückzuhalten, im Hintergrund zu bleiben, das Gelände nur zu überwachen, bis sie von Roy hören. Also können wir ihn zwischen uns zum Lieferwagen schleppen, und sie werden nicht genau wissen, was los ist.« Er erhob sich mühsam.

Spencer wich vor ihm zurück, wie er vor etwas zurückgewichen wäre, das durch die Beschwörung eines Magiers in einem Kreidepentagramm erschienen wäre. Rocky zog sich ebenfalls knurrend zurück.

Ellie stand an der Tür, lehnte sich gegen den Pfosten. Sie war aus dem Weg, nicht in unmittelbarer Gefahr.

Spencer hatte den Hund – und was für einen Hund! – und die Waffe. Sein Vater hatte keine Waffe und wurde von seinen verletzten Händen behindert. Und doch hatte Spencer genausoviel Angst vor ihm wie stets seit jener Julinacht.

»Brauchen wir ihn?« fragte Ellie.

»Verdammt, nein.«

»Sind Sie sicher, daß das, was Sie mit dem Computer vorhaben, wirklich funktionieren wird?«

»Sicherer, als wir bei ihm je sicher sein könnten.«

»Was wird aus dir«, fragte Spencer seinen Vater, »wenn ich dich ihnen überlasse?«

Der Künstler betrachtete interessiert seine zerbissenen Hände und studierte die Risse, als machte er sich nicht um die Verletzung Sorgen, sondern als betrachtete eine Blume oder einen anderen wunderschönen Gegenstand, den er noch nie zuvor gesehen hatte.

»Was aus mir wird, Mikey? Du meinst, wenn man mich wieder ins Gefängnis steckt? Ich lese ein wenig, um mir die Zeit zu vertreiben. Ich male noch immer – hast du das gewußt? Ich glaube, ich werde ein Porträt vor deiner kleinen Hure da an der Tür malen. Ich stelle mir vor, wie sie ohne Kleidung aussieht. Und ich *weiß*, wie sie ausgesehen hätte, hätte ich je die Gelegenheit gehabt, sie auf den Tisch hier zu legen und ihr dabei zu helfen, ihr volles Potential zu erkennen. Ich sehe, das widert dich an, Kleiner. Aber wirklich, es ist ein so geringes Vergnügen, das ich mir gewähre, wenn man bedenkt, daß sie nie schöner gewesen wäre als auf meiner Leinwand. Das ist meine Art, sie mit dir zu teilen.« Er seufzte und schaute von seinen Händen auf, als mache der Schmerz ihm nichts aus. »Was geschieht, wenn du mich ihnen überläßt, Mikey? Du verdammst mich zu einem Leben, das eine Verschwendung meines Talents und meines Lebenszwecks ist, zu einer öden und winzigen Existenz hinter grauen Mauern. Das wird aus mir, du undankbarer kleiner Rotzlöffel.«

»Du hast gesagt, sie wären schlimmer als du.«

»Tja, ich weiß, was ich bin.«

»Was soll das heißen?«

»Selbsteinschätzung ist eine Tugend, an der es ihnen mangelt.«

»Sie haben dich rausgelassen.«

»Vorübergehend. Damit ich eine Beraterfunktion wahrnehmen kann.«

»Sie werden dich wieder rauslassen, nicht wahr?«

»Hoffen wir, daß es nicht noch mal sechzehn Jahre dauert.« Er lächelte, als hätte er sich die blutenden Hände nur an Papier aufgeschnitten. »Aber, ja, wir leben in einem Zeitalter, das einen neuen Schlag von Faschisten gebärt, und ich möchte doch hoffen, daß ihnen meine Sachkenntnis dann und wann nützlich erscheint.«

»Du glaubst, du müßtest überhaupt nicht mehr zurück«, sagte Spencer. »Du hoffst, du könntest ihnen heute nacht entkommen, nicht wahr?«

»Es sind zu viele, Mikey. Große Männer mit großen Knarren in Schulterhalftern. Große schwarze Chrysler-Limousinen. Hubschrauber, wann immer sie sie anfordern. Nein, nein, wahrscheinlich muß ich den richtigen Augenblick abwarten. Vielleicht bei der nächsten Beratung.«

»Du lügst, du muttermordendes Arschloch«, sagte Spencer.

»Ach, versuch doch nicht, mir angst zu machen«, sagte sein Vater. »Ich weiß noch ganz genau, wie wir beide vor sechzehn Jahren in diesem Raum standen. Du warst damals ein kleiner Feigling, Mikey, und du bist auch heute noch einer. Du hast ja eine tolle Narbe abgekriegt, Kleiner. Wie lange hat es gedauert, bis du wieder feste Nahrung zu dir nehmen konntest?«

»Ich habe gesehen, wie du sie am Swimmingpool niedergeschlagen hast.«

»Mach nur weiter, wenn du dich nach einer Beichte besser fühlst.«

»Ich war in der Küche, um mir Kekse zu holen, und habe sie schreien gehört.«

»Hast du deine Kekse bekommen?«

»Als sie auf dem Boden lag, hast du sie gegen den Kopf getreten.«

»Sei doch nicht so langweilig, Mikey. Du warst nie der Sohn, den ich mir gewünscht hatte, aber langweilig warst du noch nie.«

Der Mann war völlig ruhig. Seine Selbstbeherrschung ließ sich nicht erschüttern. Die Aura der Macht, die ihn umgab, war entmutigend – aber in seinen Augen war nicht der geringste Wahnsinn festzustellen. Er könnte eine Predigt halten, und man hätte ihn für einen Priester gehalten. Er behauptete, nicht verrückt, sondern böse zu sein.

Spencer fragte sich, ob das der Wahrheit entsprechen konnte.

»Mikey, du weißt, du bist mir wirklich etwas schuldig. Ohne mich würde es dich nicht geben. Ganz gleich, was du von mir hältst, ich bin dein *Vater*.«

»Ohne dich würde es mich nicht geben. Ja. Und das wäre völlig in Ordnung. Das wäre schön. Aber ohne meine Mutter ... wäre ich vielleicht genau wie du geworden. Ihr bin ich etwas schuldig. Nur ihr. Die einzige Hoffnung auf Erlösung, die ich je haben werde, habe ich von ihr.«

»Mikey, Mikey, du schaffst es nicht so leicht, daß ich mich schuldig fühle. Soll ich ein ganz trauriges Gesicht aufsetzen? Na schön, ich setzte ein ganz trauriges Gesicht auf. Aber deine Mutter war nichts für mich. Lediglich eine Zeitlang eine nützliche Tarnung, eine hilfreiche Täuschung mit hübschen Titten. Aber sie war zu neugierig. Und als ich sie hier hinabbringen mußte, war sie genau wie all die anderen – wenn auch nicht so aufregend wie die meisten.«

»Tja, trotzdem«, sagte Spencer, »das ist für sie.« Er gab mit der Uzi eine kurze Salve ab und schickte seinen Vater zur Hölle.

Um Querschläger mußten sie sich keine Sorgen machen. Alle Kugeln fanden ihr Ziel, und der Tote nahm sie mit sich zu Boden und blieb in einer Lache des dunkelsten Bluts liegen, das Spencer je gesehen hatte.

Rocky fuhr bei den Schüssen überrascht zusammen, senkte dann den Kopf und betrachtete Steven Ackblom. Er schnüffelte an ihm, als unterscheide sein Geruch sich völlig von jedem anderen, auf den er bislang gestoßen war. Als Spencer auf seinen toten Vater hinabstarrte, bemerkte er, daß Rocky neugierig zu ihm hochschaute. Dann trottete der Hund zu Ellie an der Tür.

Als Spencer schließlich zur Tür ging, hatte er Angst, Ellie anzusehen.

»Ich habe mich gefragt, ob Sie tatsächlich dazu imstande sind«, sagte sie. »Wären Sie es nicht gewesen, hätte ich es tun müssen, und der Rückstoß hätte bei dem Arm verdammt weh getan.«

Er erwiderte ihren Blick. Sie versuchte nicht, ihm darüber hinwegzuhelfen, was er gerade getan hatte. Sie hatte wirklich gemeint, was sie gesagt hatte.

»Es hat mir keinen Spaß gemacht«, sagte er.

»Mir hätte es Spaß gemacht.«

»Das glaube ich nicht.«

»Gewaltigen Spaß.«

»Es tut mir allerdings auch nicht leid.«

»Warum sollte es auch? Wenn man die Gelegenheit bekommt, eine Küchenschabe zu zerquetschen, muß man es auch tun.«

»Was macht Ihre Schulter?«

»Tut verdammt weh, blutet aber kaum noch.« Sie ballte die rechte Hand zur Faust und zuckte zusammen. »Ich kann die Tastatur noch immer mit beiden Händen bedienen. Ich will nur hoffen, daß ich sie auch schnell genug bedienen kann.«

Die drei eilten durch die entvölkerten Katakomben dem blauen Raum entgegen, der gelben Vorhalle und der seltsamen Welt über ihnen.

Roy hatte keine Schmerzen. Eigentlich fühlte er überhaupt nichts. Was es ihm erleichterte, sich tot zu stellen. Er befürchtete, sie würden ihn erledigen, falls sie merkten, daß er noch lebte. Spencer Grant alias Michael Ackblom war unbestreitbar genauso verrückt wie sein Vater und zu jeder Schandtat fähig. Daher schloß Roy die Augen und nutzte die Lähmung zu seinem Vorteil aus.

Nach der einzigartigen Gelegenheit, die er dem Künstler geboten hatte, war Roy von dem Mann enttäuscht. So ein schnöder Verrat.

Doch wenn er ehrlich war, war er eher von sich selbst enttäuscht. Er hatte Steven Ackblom völlig falsch eingeschätzt. Die Brillanz und Sensibilität, die er in dem Künstler wahrgenommen hatte, war keine Illusion gewesen; doch er hatte sich zu der Annahme verleiten lassen, das ganze Bild gesehen zu haben. Aber er hatte nicht mal einen flüchtigen Blick von der dunklen Seite erhascht. Natürlich beging er immer wieder den Fehler, die Leute so schnell zu *mögen*, genau, wie der Künstler es gesagt hatte. Und er mußte einen Menschen nur sehen, und kurz darauf war er sich dessen Leidens bewußt geworden. Das war eine seiner Tugenden, und er hätte nicht minder zart besaitet sein mögen. Ackbloms Notlage hatte ihn zutiefst bewegt: So ein witziger und talentierter Mann, und den Rest seines Lebens mußte er in einer Zelle verbringen! Das Mitgefühl hatte Roy dermaßen geblendet, daß er die volle Wahrheit nicht erkannt hatte.

Er hatte noch immer die Hoffnung, diese Sache lebend zu überstehen und Eve wiederzusehen. Er hatte nicht das Gefühl, im Sterben zu liegen. Natürlich konnte er eigentlich überhaupt nicht mehr viel fühlen, jedenfalls vom Hals abwärts.

Er fand Trost in dem Wissen, daß er, sollte er wirklich sterben, auf die große kosmische Party gehen und von so vielen Freunden willkommen geheißen werden würde, die er mit großer Zärtlichkeit schon vorausgeschickt hatte. Um Eves willen wollte er leben, aber in gewisser Hinsicht sehnte er sich nach dieser höheren Ebene, auf der es nur ein Geschlecht gab; wo jeder dieselbe strahlendblaue Hautfarbe hatte; wo jede Person auf eine androgyne blaue Art und Weise eine perfekte Schönheit aufwies; wo niemand dumm war und niemand zu klug; wo jeder eine identische Unterkunft und Garderobe und Schuhe hatte; wo es jederzeit hochwertiges Mineralwasser und frisches Obst gab, wenn man danach verlangte. Man würde ihm jeden vorstellen müssen, den er auf dieser Welt gekannt hatte, denn er würde sie in ihren neuen, perfekten, identischen blauen Körpern nicht wiedererkennen. Das kam ihm traurig vor: die Leute nicht so zu sehen, wie sie gewesen waren. Andererseits wollte er nicht die Ewigkeit mit seiner lieben Mutter verbringen, wenn er sie mit so eingeschlagenem Gesicht sehen mußte, wie es gewesen war, unmittelbar nachdem er sie zu diesem besseren Ort geschickt hatte.

Er versuchte zu sprechen und stellte fest, daß seine Stimme

zurückgekehrt war. »Sind Sie tot, Steven, oder täuschen Sie es nur vor?«

Auf der anderen Seite des schwarzen Raums, reglos vor einer schwarzen Wand kauernd, antwortete der Künstler nicht.

»Ich glaube, sie sind weg und kommen auch nicht mehr zurück. Wenn Sie sich also nur totstellen, können Sie jetzt damit aufhören.«

Keine Antwort.

»Na ja, dann sind Sie wirklich hinübergegangen, und all das Böse in Ihnen ist hier zurückgeblieben. Ich bin sicher, jetzt haben Sie starke Gewissensbisse und wünschen sich, Sie hätten mir mehr Mitgefühl entgegengebracht. Ich glaube, es wäre angemessen, wenn Sie sich nun also ein wenig anstrengen und Ihre kosmische Kraft einsetzen würden, um durch den Schleier zu greifen und ein kleines Wunder zu wirken, damit ich wieder laufen kann.«

Im Raum blieb alles still.

Er konnte unterhalb seines Halses noch immer nichts fühlen.

»Ich hoffe, ich benötige nicht die Dienste eines Seelen-Aderlassers, um Ihre Aufmerksamkeit zu bekommen«, sagte Roy. »Das wäre lästig.«

Schweigen. Stille. Kaltes weißes Licht in einem engen Kegel, das durch den Mittelpunkt dieser einkapselnden Schwärze loderte.

»Ich werde einfach warten. Ich bin sicher, es bedarf großer Mühe, durch den Schleier zu greifen.«

Jeden Augenblick nun würde ein Wunder geschehen.

Spencer öffnete die Fahrertür des Lieferwagens und befürchtete plötzlich, die Schlüssel verloren zu haben. Doch sie befanden sich in seiner Jackentasche.

Als Spencer hinter dem Lenkrad saß und den Motor anließ, befand Rocky sich auf dem Rück- und Ellie bereits auf dem anderen Vordersitz. Das Kissen aus dem Motel lag auf ihren Schenkeln, der Laptop ruhte auf dem Kissen, und sie wartete darauf, den Computer einschalten zu können.

»Einen Moment«, sagte Ellie, als der Motor ansprang und sie den Laptop einschaltete. »Fahren Sie noch nicht.«

»Wir sitzen hier auf dem Präsentierteller.«

»Ich muß in Godzilla zurück.«

»Godzilla.«

»Das System, in dem ich war, bevor wir ausstiegen.«

»Was ist Godzilla?«

»Solange wir hier einfach sitzen, werden sie wahrscheinlich nichts unternehmen, uns nur beobachten und abwarten. Aber sobald wir losfahren, müssen sie handeln, und ich will nicht, daß sie uns angreifen, wenn wir noch nicht bereit sind.«

»Was ist Godzilla?«

»Psst. Ich muß mich konzentrieren.«

Spencer sah aus dem Seitenfenster auf die Felder und Hügel. Da der Mond abnahm, leuchtete der Schnee nicht so hell wie zuvor.

Spencer war eigens dafür ausgebildet worden, verborgene Beschatter sowohl in städtischer wie auch ländlicher Umgebung auszumachen, doch er bemerkte keine Spur von den Beobachtern der Agency, obwohl er wußte, daß sie dort draußen waren.

Ellies Finger waren beschäftigt. Tasten klickten. Daten und Diagramme erschienen auf dem Monitor.

Spencer konzentrierte sich erneut auf die Winterlandschaft, und ihm fielen Schneefestungen und -schlösser ein, Tunnels, sorgfältig festgestampfte Rodelbahnen. Noch wichtiger: Abgesehen von den körperlichen Einzelheiten der alten Spielplätze im Schnee erinnerte er sich schwach an die Freude, die er empfunden hatte, als er diese Bauwerke errichtet hatte und zu diesen Kindheitsabenteuern aufgebrochen war. Erinnerungen an unschuldige Zeiten. Phantasien im Knabenalter. Glück. Die Erinnerungen waren schwach. Schwach, aber vielleicht war er mit einiger Übung imstande, sie zurückzuholen. Lange Zeit über hatte er sich nicht mal an einen einzigen Augenblick seiner Kindheit mit Zuneigung erinnern können. Die Ereignisse in diesem Juli hatten nicht nur sein nachfolgendes Leben für immer verändert, sondern auch seine Wahrnehmung dessen, wie sein Leben vor der Eule, den Ratten, dem Skalpell und dem Messer gewesen war.

Manchmal hatte seine Mutter ihm geholfen, Schneeburgen zu bauen. Er erinnerte sich daran, daß sie oft mit ihm Schlitten gefahren war. Es hatte ihnen besonders viel Spaß gemacht, nach Anbruch der Dämmerung hinauszugehen. Die Nacht war so frisch, die Welt in ihrem Schwarz und Weiß so geheimnisvoll. Bei den Milliarden von Sternen am Himmel konnte man sich einbilden, der Schlitten sei eine Rakete, mit der man zu anderen Welten unterwegs war.

Er dachte an das Grab seiner Mutter in Denver, und zum erstenmal, seit seine Großeltern mit ihm nach San Francisco gezogen waren, hatte er plötzlich den Wunsch, es aufsuchen. Er wollte neben ihr auf dem Boden sitzen und sich an Abende erinnern, an denen sie unter einer Milliarde Sternen Schlitten gefahren waren und ihr Gelächter über den weißen Feldern wie Musik geklungen hatte. Rocky hatte sich hinter ihnen erhoben, die Pfoten auf den Vordersitz gelegt und reckte den Hals, um hingebungsvoll Spencers Wange zu lecken.

Er drehte sich um und streichelte den Kopf und Hals des Hundes. »Rockyman, mächtiger als eine Lokomotive, schneller als eine Kugel, imstande, mit einem einzigen Satz über hohe Gebäude zu springen, der Schrecken aller Katzen und Dobermänner. Woher kam denn *das*, hm?« Er kraulte den Hund hinter den Ohren. Dann erforschte er mit den Fingerspitzen behutsam die zerschmetterten Knorpel, die bewirkten, daß das linke Ohr auf ewig hinabhängen würde. »Hat in der schlechten alten Zeit die Person, die dir das angetan hat, so ähnlich ausgesehen wie der Mann in dem schwarzen Raum? Oder hast du einen Geruch wiedererkannt? Riechen die Bösen alle gleich, Kumpel?« Rocky schwelgte in der Aufmerksamkeit, die er bekam. »Rockyman, pelziger Held, du solltest deine eigene Comicserie bekommen. Zeig uns die Zähne, mach uns mal angst.« Rocky hechelte nur. »Komm schon, zeig uns die Zähne« sagte Spencer, knurrte und zog die Lippen von seinen Zähnen zurück. Rocky gefiel das Spielchen; er entblößte ebenfalls sein Gebiß, und sie machten Schnauze an Mund *grrr*.

»Fertig«, sagte Ellie.

»Gott sei Dank«, sagte er. »Mir fällt allmählich nichts mehr ein, was ich noch tun kann, um nicht durchzudrehen.«

»Sie müssen mir helfen, sie aufzuspüren« sagte sie. »Ich halte auch nach ihnen Ausschau, kann sie vielleicht aber nicht sehen.«

Er deutete auf den Bildschirm. »Ist das Godzilla?« fragte er.

»Nein. Das ist das Spielbrett, auf dem Godzilla und ich spielen werden. Es ist ein Raster der fünf Morgen Land unmittelbar um das Haus und die Scheune. Jeder dieser winzigen Gitterabschnitte hat eine Kantenlänge von sechs Metern. Ich kann nur hoffen, daß meine Eingabedaten, diese Karten vom Katasteramt, einigermaßen genau sind. Ich weiß, sie stimmen nicht hundertprozentig, nicht auf diese Entfernung, aber beten wir, daß es reicht. Sehen Sie dieses grüne Viereck? Das ist das Haus. Und das hier ist die Scheune. Sehen Sie? Hier sind die Ställe am Ende der Auffahrt. Dieser blinkende

Punkt – das sind wir. Sehen Sie diese Linie – das ist die Landstraße. Dahin wollen wir.«

»Basiert das auf einem der Videospiele, die Sie erfunden haben?«

»Nein, das ist die häßliche Wirklichkeit«, sagte sie. »Und was auch geschieht, Spencer ... ich liebe dich. Ich kann mir nichts Schöneres vorstellen, als den Rest meines Lebens mit dir zu verbringen. Ich kann nur hoffen, daß es mehr als fünf Minuten sein werden.«

Er hatte bereits den Gang einlegen wollen, zögerte jedoch, nachdem sie ihre Gefühle so offen geäußert hatte. Er wollte sie küssen, hier und jetzt, zum erstenmal, für den Fall, daß es auch das letzte Mal sein würde.

Dann erstarrte er und sah sie erstaunt an, als es ihm dämmerte. »Godzilla sieht in diesem Augenblick auf uns herab, nicht wahr?«

»Ja.«

»Ist es ein Satellit? Und du hast ihn übernommen?«

»Ich habe mir diese Kodes für einen Tag aufgespart, an dem man mich wirklich in die Ecke getrieben hat und es keinen anderen Ausweg mehr gibt, denn ich werde sie nie wieder benutzen können. Wenn wir hier raus sind und ich aus Godzilla aussteige, werden sie ihn abschalten und umprogrammieren.«

»Was kann er? Er schaut doch nicht nur auf uns herab, oder?«

»Erinnerst du dich an die Filme?«

»Die Godzilla-Filme?«

»Sein feuriger, weißglühender Atem?«

»Das kann doch nicht wahr sein.«

»Mit seinem Mundgeruch konnte er Panzer einschmelzen.«

»O mein Gott.«

»Jetzt oder nie«, sagte sie.

»Jetzt«, sagte er und legte den Rückwärtsgang ein. Er wollte es hinter sich bringen, bevor er großartig darüber nachdenken konnte.

Er schaltete die Scheinwerfer ein, setzte von der Scheune zurück, fuhr um das Haus und denselben Weg zurück, den sie von der Landstraße eingeschlagen hatten.

»Nicht so schnell«, sagte sie. »Glaub mir, es wird sich auszahlen, daß wir uns auf Zehenspitzen hinausschleichen.«

Spencer nahm den Fuß vom Gaspedal.

Sie krochen jetzt an der Scheune vorbei. Drüben die andere Abzweigung der Auffahrt. Rechts der Garten. Der Swimmingpool.

Ein grelles, weißes Licht erfaßte sie. Der Scheinwerfer stand hinter einem geöffneten Fenster im ersten Stock des Hauses, sechzig Meter rechts von ihnen und vierzig vor ihnen. Spencer wurde geblendet, als er in diese Richtung schaute, und konnte nicht ausmachen, ob sich hinter einigen der anderen Fenster Scharfschützen mit Gewehren befanden.

Ellies Finger ratterten über die Tastatur.

Er schaute zu ihr hinüber und sah eine gelbe Anzeigelinie auf dem Monitor. Sie stellte einen Streifen von zwei Metern Breite und vierundzwanzig Metern Länge dar, der zwischen ihnen und dem Haus verlief.

Ellie drückte auf die ENTER-Taste.

»Augen zu!« sagte sie, und im gleichen Augenblick rief Spencer: »Rocky, runter!«

Von den Sternen kam ein blauweißes Leuchten. Es war nicht so stark, wie er erwartet hatte, nur etwas heller als das Scheinwerferlicht aus dem Haus, aber unendlich seltsamer als alles, was er je gesehen hatte – über dem Erdboden. Der Strahl war an den Rändern scharf begrenzt, und er schien das Licht weniger auszustrahlen, als daß er es *enthielt*, ein atomares Feuer unter einer Haut, die so dünn wie die Oberflächenspannung auf einem Teich war. Ein Summen, das die Knochen vibrieren ließ, begleitete das Licht, wie das elektronische Feedback großer Stadionlautsprecher, und eine plötzliche Turbulenz der Luft.

Als das Licht sich auf dem Kurs bewegte, den Ellie berechnet und entworfen hatte, (zwei Meter breit, vierundzwanzig Meter lang, zwischen ihnen und dem Haus, ohne einem der beiden zu nah zu kommen), erhob sich ein Tosen, das dem Grollen der wenigen stärkeren Erdbeben ähnelte, die Spencer im Lauf der Jahre erlebt hatte, wenngleich es viel lauter war. Die Erde erzitterte so heftig, daß der Lieferwagen durchgeschüttelt wurde. In diesem zwei Meter breiten Strahl brachen der Schnee und der Boden darunter in Flammen aus, schmolzen augenblicklich; er konnte nicht mal ahnen, bis zu welcher Tiefe.

Der Strahl bewegte sich weiter, und die Mitte einer großen Platane löste sich mit einem Blitz auf. Sie brach nicht einfach in Flammen aus, sondern *verschwand*, als hätte sie nie existiert. Der Baum wurde augenblicklich in Licht und Hitze umgewandelt, die selbst bei geschlossenen Fenstern im Lieferwagen spürbar wurde, obwohl er fast dreißig Meter von dem Strahl entfernt war. Zahlreiche gesplitterte Äste, die sich außerhalb der scharfen Ränder des Strahls befunden hatten, fielen auf beiden Seiten des Lichts zu Boden und gerieten an den Flächen, an denen sie abgetrennt worden waren, in Brand. Die blauweiße Klinge brannte sich an dem Lieferwagen vorbei, durch den Garten, diagonal zwischen ihnen und dem Haus, über einen Rand des Patios hinweg, löste bis zum Ende des Weges, auf den Ellie sie geschickt hatte, Beton auf – und erlosch dann.

Ein zwei Meter breiter, vierundzwanzig Meter langer Streifen Erde leuchtete weißglühend, kochte wie gerade eruptierte Lava auf dem höchsten Hang eines Vulkans. Das Magma brodelte hell in dem Graben, der es enthielt, schlug knallend Blasen, schickte eine Gischt roter und weißer Funken in die Luft und strahlte ein rotes Leuchten aus, das sogar den Lieferwagen erreichte und den verbleibenden Schnee gelbrot färbte.

Wären sie während des Ereignisses selbst nicht viel zu verblüfft gewesen, um zu sprechen, hätten sie schreien müssen, um sich verständlich zu machen. Nun kam ihnen die Stille so tief vor wie die im Vakuum des Weltalls.

Im Haus schalteten die Männer den Scheinwerfer aus.

»Fahr weiter«, sagte Ellie dringlich.

Spencer hatte gar nicht gemerkt, daß er auf die Bremse getreten und angehalten hatte.

Sie setzten sich wieder in Bewegung. Gemächlich. Fuhren vorsichtig durch die Höhle des Löwen. Er riskierte es, etwas schneller als zuvor zu fahren, denn die Löwen mußten sich mittlerweile vor Angst in die Hosen gemacht haben.

»Gott segne Amerika«, sagte Spencer zitternd.

»O nein, Godzilla gehört uns gar nicht.«

»Was?«

»Sondern den Japanern.«

»Die Japaner haben einen Satelliten, der Todesstrahlen abfeuern kann?«

»Hochmoderne Lasertechnik. Und sie verfügen über insgesamt acht solcher Satelliten.«

»Ich dachte, sie hätten genug damit zu tun, bessere Fernsehgeräte zu bauen.«

Sie arbeitete wieder emsig mit der Tastatur, bereitete sich auf das Schlimmste vor. »Verdammt, ich kriege einen Krampf in der rechten Hand.«

Er sah, daß sie das Haus als Ziel bestimmt hatte.

»Die USA haben ein ähnliches System«, sagte sie, »aber ich kenne die Kodes nicht, mit denen ich hineinkäme. Die Narren auf unserer Seite nennen es den Hyperspace-Hammer, was nicht das geringste damit zu tun hat, worum es sich wirklich handelt. Das ist einfach ein Name aus einem Videospiel, der ihnen gefallen hat.«

»Du hast das Spiel erfunden?«

»Um ehrlich zu sein, ja.«

»Und sie haben daraus eine Attraktion in einem Vergnügungspark gemacht?«

»Ja.«

»Ich hab' so ein Karussell gesehen.«

Sie fuhren jetzt am Haus vorbei. Sahen nicht ein einziges Mal zu den Fenstern hoch. Wollten das Schicksal nicht herausfordern.

»Du kannst die Kontrolle über einen geheimen japanischen Verteidigungssatelliten übernehmen?«

»Über das DOD«, sagte sie.

»Das Verteidigungsministerium!«

»Die Japaner wissen es nicht, aber das DOD kann Godzillas Gehirn jederzeit übernehmen. Ich bin einfach durch die Hintertüren eingedrungen, die das DOD bereits eingebaut hat.«

Ihm fiel etwas ein, das sie erst an diesem Morgen in der Wüste gesagt hatte, als er seiner Überraschung über die mögliche Überwachung durch einen Satelliten Ausdruck verliehen hatte. Er zitierte ihre Worte: »Sie wären überrascht, was alles da oben ist. Und das ist noch zurückhaltend ausgedrückt.«

»Die Israelis haben ihr eigenes System.«

»Die *Israelis?*«

»Ja, das kleine Israel. Aber die bereiten mir weniger Kopfzerbrechen als die anderen, die auch eins haben. Die Chinesen. Stell dir das mal vor. Vielleicht die Franzosen. Keine Witze mehr über die Taxifahrer in Paris! Und Gott allein weiß, wer sonst noch.«

Sie waren am Haus fast vorbei.

Ein kleines, rundes Loch wurde hinter Ellie durch das Seitenfenster gestanzt, noch während das Geräusch des Schusses die Nacht zerriß, und Spencer spürte, wie die Kugel in die Rücklehne seines Sitzes schlug.

Die Geschwindigkeit der Kugel war so groß gewesen, daß das gehärtete Glas zwar von Haarrissen durchzogen wurde, aber nicht nach innen zusammenbrach. Gott sei Dank bellte Rocky energisch, statt gequält zu jaulen.

»Blöde Mistkerle«, sagte Ellie, als sie wieder auf die ENTER-Taste drückte.

Aus dem luftlosen Weltraum schoß eine züngelnde Säule aus blauweißem Licht in das zweistöckige Ranchgebäude im viktorianischen Stil hinab und verdampfte augenblicklich einen Kern von zwei Metern Durchmesser. Der Rest des Hauses explodierte. Flammen erfüllten die Nacht. Wenn in dem zusammenbrechenden Haus noch jemand lebte, würde er es zu schnell verlassen müssen, um sich Gedanken darüber zu machen, seine Waffe nicht zu verlieren und weitere Schüsse auf den Lieferwagen abzugeben.

Ellie zitterte. »Ich konnte nicht riskieren, daß sie die Antenne hinter uns treffen. Wenn sie die erwischen, stecken wir gewaltig in der Klemme.«

»Haben die Russen auch so ein Ding?«

»So eins und noch unheimlichere.«

»Noch unheimlichere?«

»Deshalb sind ja fast alle anderen dermaßen darauf versessen, ihre eigene Version von Godzilla zu bekommen. Hast du schon mal von Schirinowski gehört?«

»Ein russischer Politiker.«

Sie senkte den Kopf wieder zum Monitor und gab neue Anweisungen an. »Er und seine Leute«, sagte sie, »das ganze Netzwerk, auch wenn man ihn selbst absägen sollte – das sind altmodische Kommunisten, die die Welt beherrschen wollen. Aber diesmal sind sie wirklich bereit, sie in die Luft zu jagen, wenn sie ihren Willen nicht kriegen. Keine ehrbaren Niederlagen mehr. Und selbst, wenn jemand so klug sein und Schirinowskis Partei auslöschen sollte, wartet irgendwo schon der nächste Machtbesessene und nennt sich Politiker.«

Vierzig Meter vor ihnen brach auf der rechten Seite ein Ford Bronco aus seiner Tarnung hinter einigen Bäumen und Büschen hervor. Er stellte sich quer auf die Auffahrt und versperrte ihnen den Weg.

Spencer trat auf die Bremse.

Obwohl der Fahrer des Broncos hinter dem Lenkrad blieb, sprangen hinter ihm zwei Männer mit Präzisionsgewehren aus dem Wagen, knieten nieder und richteten ihre Waffen auf sie.

»Runter!« sagte Spencer und stieß Ellies Kopf unter die Fenster-höhe, während er gleichzeitig in seinem Sitz tiefer rutschte.

»Das ist doch nicht wahr«, sagte sie ungläubig.

»Doch.«

»Sie versperren uns den Weg?«

»Zwei Scharfschützen und ein Bronco.«

»Haben die denn nicht aufgepaßt?«

»Unten bleiben, Rocky«, sagte er.

Der Hund hatte wieder die Vorderpfoten auf den Sitz vor ihm ge-legt und wackelte aufgeregt mit dem Kopf.

»Rocky, runter!« sagte Spencer scharf.

Der Hund jaulte, als wäre er beleidigt, ließ sich aber wieder auf den Boden fallen.

»Wie weit sind sie entfernt?« fragte Ellie.

Spencer riskierte einen schnellen Blick und rutschte wieder hinab, und eine Kugel prallte vom Fensterrahmen ab, ohne die Windschutzscheibe zu durchschlagen. »Vierzig Meter, würde ich sa-gen.«

Sie gab die Daten ein. Auf dem Bildschirm erschien rechts von der Auffahrt eine gelbe Linie. Sie war zwölf Meter lang, verlief quer über offenes Gelände zum Bronco, hörte aber einen oder zwei Me-ter vor dem Rand der Straße auf.

»Ich will die Auffahrt nicht treffen«, sagte sie. »Wenn wir ver-suchten, über den geschmolzenen Boden zu fahren, würden die Rei-fen sich auflösen.«

»Darf ich auf die Taste drücken?« fragte er.

»Aber sicher!«

Er drückte auf die ENTER-Taste, setzte sich auf und kniff die Augen zusammen, als Godzillas Atem wieder durch die Nacht hin-abströmte und das Land versengte. Der Boden erzitterte, und unter ihnen hob sich, als wolle der Planet auseinanderbrechen, ein apoka-lyptischer Donner. Die Nachtluft summte ohrenbetäubend, und der gnadenlose Strahl schoß blendend den Kurs entlang, den sie ihm zugedacht hatte.

Noch bevor Godzilla auch nur die Hälfte dieser zwölf Meter Erde in weißglühenden Schlamm verwandelt hatte, ließen die beiden Scharfschützen ihre Waffen fallen und rannten zu dem Fahrzeug hinter ihnen. Während sie sich an den Seiten des Broncos festhiel-ten, setzte der Fahrer den Wagen von der Teerdecke zurück, wühlte sich dahinter über ein gefrorenes Feld, brach durch einen weißen Lattenzaun, überquerte eine Pferdekoppel, fuhr durch einen weiteren Zaun und am ersten Stall vorbei. Als Godzilla den Beschuß kurz vor der Auffahrt unterbrach und die Nacht plötzlich wieder dunkel und still war, fuhr der Bronco noch immer und verschwand schnell im Halbdunkeln, als ob der Fahrer weiterhin querfeldein rasen wollte, bis ihm das Benzin ausging.

Spencer fuhr auf die Landstraße. Er hielt an und sah sich in beide Richtungen um. Kein Verkehr. Er bog rechts ab, in Richtung Denver.

Ein paar Kilometer lang sagte keiner von ihnen etwas.

Rocky hatte die Pfoten wieder auf den Vordersitz gelegt und schaute auf den vor ihnen liegenden Highway. In den zwei Jahren, die Spencer ihn kannte, hatte der Hund noch nie gern zurückgeblickt.

Ellie saß da und drückte die Hand auf ihre Verletzung. Spencer hoffte, daß die Leute, die sie in Denver kannte, sie zu einem Arzt bringen konnten. Die Medikamente, die sie sich mit Hilfe des Computers von verschiedenen Pharmakonzernen erschlichen hatte, waren mit dem Range Rover verlorengegangen.

»Wir halten lieber in Copper Mountain an«, sagte sie schließlich, »und besorgen uns einen neuen fahrbaren Untersatz. Dieser Lieferwagen ist zu auffällig.«

»Okay.«

Sie schaltete den Computer ab. Zog den Stecker heraus.

Die Berge waren vor Nadelbäumen dunkel und vor Schnee bleich.

Der Mond ging hinter dem Lieferwagen unter, und der Nachthimmel vor ihnen funkelte hell vor Sternen.

Eve Jammer konnte die Hauptstadt Washington im August nicht ausstehen. Eigentlich haßte sie Washington während aller vier Jahreszeiten mit gleicher Leidenschaft. Zugegeben, die Stadt war für eine kurze Weile ganz angenehm, wenn die Kirschbäume in Blüte standen; den Rest des Jahres über war sie einfach widerlich. Feucht, überfüllt, laut, schmutzig, von Verbrechen heimgesucht. Voller langweiliger, dummer, gieriger Politiker, deren Verstand entweder in ihren Hosen oder ihren Hosentaschen steckten. Der Ort war einer Hauptstadt nicht angemessen, und manchmal träumte sie davon, die Regierung umzusiedeln, sobald die richtige Zeit dafür gekommen war. Vielleicht nach Las Vegas.

Während sie durch die mörderische Augusthitze fuhr, hatte sie die Klimaanlage und die Lüftung in ihrem Chrysler Town Car fast auf die höchste Stufe eingestellt. Eisige Luft wehte um ihr Gesicht und ihren Körper und unter ihrem Rock hinauf, aber ihr war noch immer heiß. Diese Hitze hatte natürlich nur teilweise mit den Temperaturen zu tun: Sie war so geil, daß sie ein Kopfstoßduell mit einem Widder gewonnen hätte.

Sie fand den Chrysler fast genauso abscheulich wie Washington. Bei all ihrem Geld und ihrer Stellung hätte sie einen Mercedes, wenn nicht sogar einen Rolls-Royce fahren können. Aber als Ehefrau eines Politikers mußte sie auf den äußeren Schein achten – zumindest noch eine gewisse Zeitlang. Es war unklug, einen ausländischen Wagen zu fahren.

Achtzehn Monate waren verstrichen, seit Eve Jammer Roy Miro kennengelernt und die Natur ihrer wahren Bestimmung erfahren hatte.

Seit sechzehn Monaten war sie mit dem allseits bewunderten Senator E. Jackson Haynes verheiratet, der bei den Präsidentschaftswahlen im nächsten Jahr als Kandidat seiner Partei antreten würde. Das war keine Spekulation. Es war bereits alles arrangiert worden, und all seine Rivalen würden bei den Vorwahlen auf die eine oder

618

andere Weise Mist bauen. Er würde als einziger Bewerber übrigbleiben, ein Riese auf der Weltbühne.

Persönlich verabscheute sie E. Jackson Haynes und ließ nicht zu, daß er sie berührte, von Auftritten in der Öffentlichkeit einmal abgesehen. Und selbst dafür gab es mehrere Seiten umfassende Vorschriften, die er sich hatte einprägen müssen und die die akzeptablen Grenzen bei liebevollen Umarmungen, Küssen auf die Wange und Händchenhalten festlegten. Die Aufnahmen von ihm, die in ihrem Versteck in Vegas lagen und auf denen zu hören war, wie er Geschlechtsverkehr mit mehreren kleinen Jungs und Mädchen unter zwölf Jahren hatte, hatten dafür gesorgt, daß er ihren Heiratsantrag sofort akzeptiert und sich mit den strengen Bedingungen einverstanden erklärt hatte, die ihre Beziehung regelten.

Jackson schmollte nicht allzu heftig oder allzu oft über das Arrangement. Er war scharf darauf, Präsident zu werden. Und ohne die gesammelten Aufzeichnungen in Eves Besitz, die seine ernsthaftesten politischen Rivalen belasteten, hätte er nicht die geringste Chance gehabt, auch nur in die Nähe des Weißen Hauses zu kommen.

Eine Zeitlang hatte sie befürchtet, einige der Politiker und Drahtzieher hinter den Kulissen, deren Feindschaft sie sich zugezogen hatte, könnten zu dickköpfig sein, um zu erkennen, daß sie aus der Ecke, in die Eve sie gedrängt hatte, nicht mehr herauskamen. Sollten sie sie beseitigen, würden sie damit die größten, schmutzigsten politischen Skandale in der Geschichte des Landes entfesseln. Mehr als nur Skandale. Die meisten dieser Volksdiener hatten so widerwärtige Scheußlichkeiten begangen, daß es zu Straßenunruhen gekommen wäre, selbst wenn Bundesagenten mit Maschinenpistolen versucht hätten, sie zu ersticken.

Einige der schlimmsten Starrköpfe waren nicht davon überzeugt gewesen, daß Eve Kopien ihrer Aufzeichnungen insgeheim auf der ganzen Welt versteckt hatte und der Inhalt dieser Laserdiscs ein paar Stunden nach ihrem Tod von mehreren – und in vielen Fällen automatischen – Quellen ausgestrahlt werden würde. Die letzten von ihnen waren jedoch zur Vernunft gekommen, als Eve sich über Satelliten- und Kabelanlagen Zugang zu den Fernsehgeräten in ihren Domizilen verschafft und ihnen dann, einem nach dem anderen, Bruchstücke ihrer aufgezeichneten Verbrechen vorgespielt hatte. Sie hatten in ihren Schlaf- oder Wohnzimmern gesessen, erstaunt gelauscht und befürchtet, daß sie diese Bruchstücke der gesamten Welt vorspielte.

Die Computertechnik war etwas Wunderbares.

Viele der Starrköpfe waren in Gesellschaft ihrer Ehefrauen oder Geliebten gewesen, als diese unerwarteten, äußerst persönlichen Sendungen auf ihren Fernsehgeräten erschienen waren. In den meisten Fällen waren ihre besseren Hälften genauso schuldig oder machtgierig wie sie selbst und gern bereit, die Klappe zu halten. Doch ein einflußreicher Senator und ein Kabinettsmitglied waren mit Frauen verheiratet, die bizarre Moralvorstellungen an den Tag legten und sich weigerten, über das Gehörte zu schweigen. Bevor sie die Scheidung einreichen und sich an die Öffentlichkeit wenden konnten, wurden beide an ein und demselben Abend von zwei verschiedenen automatischen Selbstschußanlagen erschossen. Diese Tragödie führte dazu, daß vierundzwanzig Stunden lang in der gesamten Stadt alle Flaggen auf Regierungsgebäuden auf Halbmast wehten – und im Kongreß ein Gesetzesentwurf eingebracht wurde, der durchsetzen sollte, daß an Selbstschußanlagen Warnschilder angebracht werden mußten.

Eve stellte den Regler der Klimaanlage auf die höchste Stufe. Sie mußte nur an den Gesichtsausdruck dieser Frauen denken, als sie ihnen die Waffe an den Kopf gedrückt hatte, und sie wurde geiler denn je.

Sie war noch immer drei Kilometer von Cloverfield entfernt, und der Verkehr in Washington war einfach schrecklich. Sie hätte gern auf die Hupe gehämmert und einigen der unerträglichen Narren, die die Stockungen an den Kreuzungen verursachten, den Finger gezeigt, aber sie mußte diskret sein. Die nächste First Lady der Vereinigten Staaten durfte niemandem den Vogel zeigen. Außerdem hatte sie von Roy gelernt, daß Zorn eine Schwäche war. Man sollte den Zorn beherrschen und in die einzig wirklich veredelnde Empfindung umwandeln – Mitgefühl. Diese schlechten Autofahrer *wollten* den Verkehr ja nicht aufhalten; es mangelte ihnen einfach an ausreichender Intelligenz, um gut zu fahren. Ihr Leben war in vielerlei Hinsicht verpfuscht. Sie hatten keinen Zorn, sondern eine mitfühlende Freisetzung in eine bessere Welt verdient, wann immer man ihnen dieses Geschenk unaufdringlich machen konnte.

Sie spielte mit dem Gedanken, sich die Autonummern zu notieren, um später einige dieser armen Seelen ausfindig und ihnen ohne Hast das Geschenk aller Geschenke machen zu können. Sie war jedoch in zu großer Eile, um so mitfühlend zu sein, wie sie es gern gewesen wäre.

Sie konnte es nicht erwarten, nach Cloverfield zu gelangen und die gute Nachricht über Daddys Großzügigkeit weiterzugeben. Durch eine komplizierte Kette internationaler Stiftungen und Firmen hatte ihr Vater – Thomas Summerton, der stellvertretende Justizminister der Vereinigten Staaten – ihr von seinem Besitz dreihundert Millionen Dollar überschrieben, was ihr genausoviel Freiheit verschaffte wie die Laserdisc-Aufzeichnungen, die sie zwei Jahre lang in diesem von Spinnen heimgesuchten Bunker in Vegas angefertigt hatte.

Das Klügste, was sie während eines Lebens der klugen Schachzüge je getan hatte, war, daß sie Daddy nicht um Geld angegangen war, als sie ihm endlich die Daumenschrauben hatte anlegen können. Sie hatte ihn statt dessen um einen Job bei der Agency gebeten. Daddy hatte geglaubt, sie wolle den Job im Bunker haben, weil er so einfach sei: Sie mußte nur herumsitzen, konnte Zeitschriften lesen und kassierte dafür ein Jahresgehalt von hunderttausend Dollar. Er hatte den Fehler begangen, sie für eine nicht allzu intelligente kleine Nutte zu halten.

Manche Männer schienen ewig mit dem Schwanz zu denken und nie klug zu werden. Tom Summerton war einer von ihnen.

Als vor Urzeiten Eves Mutter Daddys Geliebte gewesen war, wäre es klug gewesen, sie besser zu behandeln. Doch als sie schwanger wurde und sich weigerte, das Baby abzutreiben, hatte er sie fallenlassen. Ihr einen Tritt gegeben. Schon damals war Daddy ein reicher junger Mann gewesen und hatte ein noch größeres Erbe in Aussicht gehabt, und auch wenn er noch keine besonders große politische Macht erlangt hatte, war er sehr ehrgeizig. Er hätte es sich problemlos leisten können, Mama gut zu behandeln. Als sie drohte, sich an die Öffentlichkeit zu wenden und seinen Ruf zu ruinieren, hatte er sie jedoch von ein paar Schlägern verprügeln lassen, und sie hätte fast eine Fehlgeburt erlitten. Danach war ihre arme Mama bis zu ihrem Tod eine verbitterte, verängstigte Frau gewesen.

Daddy hatte mit dem Schwanz gedacht, als er so dumm gewesen war, sich eine fünfzehn Jahre alte Geliebte wie Mama zu halten. Und später hatte er mit seinen Hosentaschen gedacht, als er mit dem Kopf oder dem Herz hätte denken sollen.

Er dachte erneut mit dem Schwanz, als er Eve erlaubte, ihn zu verführen – obwohl er sie natürlich noch nie gesehen und nicht gewußt hatte, daß sie seine Tochter gewesen war. Mittlerweile hatte er die arme Mama vergessen, als hätte er nur ein einziges Mal mit ihr gebumst, obwohl er ihn ihr zwei Jahre lang reingesteckt hatte, bevor er dann Schluß gemacht hatte. Und wenn er sich kaum noch an Mama erinnerte, hatte er die Möglichkeit, daß er dabei ein Kind gezeugt haben könnte, völlig aus dem Hinterstübchen verbannt.

Eve hatte ihn nicht einfach verführt, sondern auf einen Zustand der animalischen Lust zurückgeführt, der ihn über mehrere Wochen hinweg zum leichtesten aller Opfer gemacht hatte. Als sie schließlich ein kleines, phantasievolles Rollenspiel vorschlug, bei dem sie sich im Bett wie Vater und vergewaltigte Tochter benahmen, hatte ihn die Vorstellung erregt. Ihr vorgetäuschter Widerstand und die jämmerlichen Schreie einer Vergewaltigten trieben ihn zu neuen Ausdauerrekorden. Und das alles wurde auf hochempfindlichem Videoband festgehalten. Mit vier Kameras. Aufgezeichnet mit den besten Geräten. Sie hatte etwas von seinem Ejakulat aufbewahrt, um für ihre Blutprobe ein genetisches Gegenstück zu haben und ihn mit einer Untersuchung überzeugen zu können, daß sie in der Tat seine liebe Tochter war. Die Bandaufnahme ihres Rollenspiels würden die Behörden zweifellos als kein geringeres Vergehen als erzwungenen Inzest ansehen.

Nachdem sie Daddy diese Packung präsentiert hatte, hatte er einmal in seinem Leben mit seinem Gehirn gedacht. Er ließ sich überzeugen, daß es ihn nicht retten würde, sie umbringen zu lassen, und hatte sich dementsprechend bereit erklärt, zu bezahlen, was sie für ihr Schweigen verlangte. Er war angenehm überrascht und zufrieden gewesen, als sie kein Geld, sondern einen sicheren, gut bezahlten Job bei der Regierung verlangt hatte. Er war weniger zufrieden gewesen, als sie viel mehr über die Agency und die geheimen tollkühnen Taten hatte wissen wollen, derer er sich ein- oder zweimal im Bett gebrüstet hatte. Doch nach ein paar schwierigen Tagen hatte er eingesehen, wie klug es war, sie in die große Familie der Agency aufzunehmen.

»Du bist eine gerissene kleine Hure«, hatte er gesagt, nachdem sie eine Übereinkunft erzielt hatten. Und hatte mit echter Zuneigung einen Arm um sie gelegt.

Nachdem er ihr den Job gegeben hatte, mußte er enttäuscht

feststellen, daß sie nicht mehr mit ihm schlafen wollte, doch über diesen Verlust war er mit der Zeit hinweggekommen. Er war wirklich der Meinung gewesen, daß das Wort »gerissen« die beste Beschreibung für sie war. Daß sie imstande war, ihren Arbeitsplatz im Bunker für ihre eigenen Zwecke zu nutzen, war ihm erst klar geworden, als er erfahren hatte, daß sie nach einem stürmischen Werben von zwei Tagen E. Jackson Haynes geheiratet hatte, woraufhin es ihr dann gelungen war, die meisten der mächtigen Politiker der Stadt an die Kandare zu nehmen. *Danach* hatte sie sich bei ihm gemeldet, um Gespräche über ihre Erbschaft aufzunehmen – und Daddy hatte festgestellt, daß der Begriff »gerissen« sie vielleicht doch nicht ausreichend genau beschrieb.

Nun erreichte sie das Ende der Auffahrt, die nach Cloverfield führte, und stellte den Wagen direkt an der Haustür neben einem Schild ab, auf dem NO PARKING ANYTIME stand. Sie legte eine von Jacksons Karten mit der Aufschrift »Member of Congress« auf das Armaturenbrett, genoß noch einen Augenblick lang die eiskalte Luft im Chrysler und trat dann in die Hitze und Feuchtigkeit des Augusts hinaus.

Cloverfield – ganz weiße Säulen und erhabene Mauern – war eine der besten Einrichtungen ihrer Art in den Vereinigten Staaten. Ein Türsteher in Livree begrüßte sie. Der Portier am Empfang in der Lobby war ein würdevoll aussehender englischer Gentleman namens Danfield, wenngleich sie nicht wußte, ob dies sein Vor- oder Nachname war.

Nachdem Danfield sie eingetragen und angenehm mit ihr geplaudert hatte, schlug Eve den vertrauten Weg durch die heiligen Hallen ein. Der Eindruck, den echte Gemälde berühmter amerikanischer Maler vergangener Jahrhunderte machten, wurde vollendet ergänzt von antiken Perserteppichen auf weindunklem Mahagoniparkett, das gebohnert worden war, bis es wäßrig glänzte.

Als sie Roys Suite betrat, stellte sie fest, daß der Gute in seinem Gehgestell herumschlurfte und sich etwas Übung verschaffte. Mit Hilfe der besten Spezialisten und Therapeuten der Welt hatte er den vollen Gebrauch seiner Arme zurückerlangt. Er schien immer mehr davon überzeugt zu sein, in ein paar Monaten wieder ohne Hilfe laufen zu können – wenn auch mit einem leichten Hinken.

Sie gab ihm einen trockenen Kuß auf die Wange. Er beglückte sie mit einem noch trockeneren.

»Jedesmal, wenn du mich besuchst, bist du schöner«, sagte er.

»Tja, die Männer drehen sich noch nach mir um«, sagte sie, »aber nicht mehr so oft wie früher, nicht, wenn ich solche Kleidung tragen muß.«

Eine zukünftige First Lady der Vereinigten Staaten konnte sich nicht kleiden wie ein ehemaliges Showgirl aus Las Vegas, das sich einen Spaß daraus gemacht hatte, die Männer in den Wahnsinn zu treiben. Heutzutage trug sie einen BH, der ihre Brüste ausbreitete und in Schranken hielt, damit sie weniger üppig ausgestattet wirkte, als sie es in Wirklichkeit war.

Sie war sowieso nie Showgirl gewesen, und ihr Nachname war nicht Jammer, sondern Lincoln gewesen, wie Abraham. Da ihr Vater Berufssoldat gewesen war, der von einem Stützpunkt zum anderen versetzt worden war, hatte sie Schulen in fünf verschiedenen Bundesstaaten und der Bundesrepublik Deutschland besucht. Sie hatte an der Sorbonne in Paris graduiert und einige Jahre lang arme Kinder im Königreich Tonga im Südpazifik unterrichtet. Zumindest waren das die einzigen Daten, die auch der fleißigste und mit dem leistungsstärksten Computer und cleversten Verstand ausgerüstete Reporter ermitteln konnte.

Sie und Roy nahmen nebeneinander auf einem kleinen Sofa Platz. Kannen mit heißem Tee, eine Auswahl an Feingebäck, Sahne und Konfitüre waren auf einem bezaubernden kleinen Chippendale-Tisch bereitgestellt worden.

Während sie nippten und kauten, erzählte sie ihm von den dreihundert Millionen, die ihr Vater ihr transferiert hatte. Roy freute sich so sehr für sie, daß ihm Tränen in die Augen stiegen. Er war ein so lieber Mann.

Sie sprachen über die Zukunft.

Die Zeit, in der sie wieder zusammen sein konnten, jede Nacht und ohne alle Ausflüchte, schien deprimierend weit entfernt. E. Jackson Haynes würde das Präsidentenamt am zwanzigsten Januar antreten, in siebzehn Monaten. Er und der Vizepräsident würden im darauffolgenden Jahr ermordet werden – wenngleich Jackson diese Einzelheit unbekannt war. Mit der Billigung von Verfassungsrechtlern und auf Anraten des Obersten Bundesgerichts der Vereinigten Staaten würden beide Häuser des Kongresses den beispiellosen Schritt unternehmen, eine außerordentliche Wahl einzuberufen. Eve Marie Lincoln Haynes, Witwe des als Märtyrer gestorbenen Präsidenten, würde sich um das Amt bewerben, einen überwältigenden Wahlsieg erringen und ihre erste Amtsperiode antreten.

»Ein Jahr später werde ich lange genug getrauert haben«, sagte sie zu Roy. »Hältst du ein Jahr nicht auch für angemessen?«

»Für mehr als angemessen. Besonders, da die Öffentlichkeit dich so lieben und dir dein Glück gönnen wird.«

»Und dann kann ich den heldenhaften FBI-Agenten heiraten, der diesen entflohenen Verrückten, Steven Ackblom, aufgespürt und getötet hat.«

»Vier Jahre, bis wir auf ewig zusammen sind«, sagte Roy. »Wirklich gar keine so lange Zeit. Ich verspreche dir, Eve, ich werde dich glücklich machen und dir in meiner Stellung als First Gentleman Ehre erweisen.«

»Das weiß ich doch, Liebling«, sagte sie.

»Und dann werden wir jeden, dem nicht *alles* gefällt, was du tust ...«

»... mit äußerstem Mitgefühl behandeln.«

»Genau.«

»Und jetzt sprechen wir nicht mehr darüber, wie lange wir noch warten müssen. Erörtern wir einige deiner wunderbaren Ideen. Schmieden wir *Pläne*.«

Und sie sprachen lange über Uniformen für eine Vielzahl neuer Bundesorganisationen, die sie schaffen wollten, mit besonderem Augenmerk darauf, ob Schnapp- und Reißverschlüsse aus Metall aufregender seien als die traditionellen Hornknöpfe.

Junge Männer mit muskulösen Körpern und Scharen von betörend attraktiven Frauen in den knappsten Bikinis badeten in den Strahlen der stechenden Sonne und warfen sich gelegentlich füreinander in Pose. Kinder bauten Sandburgen. Rentner saßen mit Strohhüten unter Sonnenschirmen und genossen den Schatten. Sie alle ahnten zu ihrem Glück nichts von den Augen im Himmel und der Möglichkeit, wegen der Allüren von Politikern verschiedener Nationalitäten augenblicklich verdampft werden zu können – oder sogar von einem genialen, aber wahnsinnigen Computerhacker, der in Cleveland oder London oder Kapstadt oder Pittsburgh in einer Cyberpunk-Phantasie lebte.

Auf seinem Weg am Strand entlang, schaute er gelegentlich zu den großen Hotels, die sich rechts von ihm aneinanderreihten, und rieb leicht sein Gesicht. Der Bart juckte. Sechs Monate war er jetzt alt, und er sah nicht mehr zottelig aus. Ganz im Gegenteil, er war weich und voll, und Ellie beharrte darauf, daß der Bart ihn noch attraktiver machte. Doch an einem heißen Augusttag in Miami Beach juckte die Pracht, als hätten sich Flöhe darin eingenistet, und er sehnte sich danach, ihn wieder abnehmen zu lassen.

Außerdem mochte er sein bartloses Gesicht mittlerweile. Während der achtzehn Monate seit der Nacht, in der Godzilla die Ranch in Vail angegriffen hatte, hatte ein hervorragender englischer plastischer Chirurg, der lediglich Privatpatienten behandelte, drei Operationen am Narbengewebe vorgenommen. Er hatte es auf eine haarfeine Narbe reduziert, die praktisch unsichtbar war, auch wenn sein Gesicht gebräunt war. Darüber hinaus hatte er seine Nase und das Kinn verändert.

Er benutzte dieser Tage Dutzende von Namen, aber »Spencer Grant« oder »Michael Ackblom« gehörten nicht mehr dazu. Unter seinen engsten Freunden im Widerstand war er als Phil Richards bekannt.

Ellie hatte ihren richtigen Vornamen behalten und als Nachname Richards angenommen. Rocky gehorchte genausogut auf »Killer«, wie er auf seinen vorherigen Namen reagiert hatte.

Phil wandte dem Meer den Rücken zu, suchte sich zwischen den Reihen der Sonnenbadenden einen Weg und betrat den üppig gestalteten Garten eines der neueren Hotels. In Sandalen, weißen Shorts und einem grellen Hawaii-Hemd glich er zahllosen anderen Touristen.

Der Swimmingpool des Hotels war größer als ein Football-Platz und so unregelmäßig geformt wie eine tropische Lagune. Ringsum eine Begrenzung von künstlichem Gestein. Inseln aus künstlichem Gestein zum Sonnenbaden in der Mitte des Pools. Ein zwei Stockwerke hoher Wasserfall, der sich in einen von Palmen beschatteten Teich am Ende des Pools ergoß.

In einer Grotte hinter dem herabstürzenden Wasser befand sich die Poolbar. Man konnte sie zu Fuß oder durch das Becken erreichen. Es war ein Pavillon im polynesischen Stil, mit jeder Menge Bambus, getrockneten Palmwedeln und Muschelschalen. Die Kellnerinnen trugen Thongs, Tücher aus einem leuchtenden, bedruckten Stoff, um die Hüften, und dazu passende Bikini-Oberteile; jede hatte eine frische Blume im Haar stecken.

Die Familie Padrakian – Bob, Jean und ihr achtjähriger Sohn Mark – saß an einem kleinen Tisch an der Wand der Grotte. Bob trank Coke mit Rum, Mark ein Dunkelbier, und Jean zerriß nervös eine Serviette in kleine Fetzen und nagte an ihrer Unterlippe.

Phil näherte sich dem Tisch und schreckte Jean auf – für die er ein Fremder war –, indem er laut »Hallo, Sally, du siehst toll aus!« sagte, sie umarmte und ihr einen Kuß auf die Wange gab. Er zerzauste Marks Haar: »Wie geht's dir, Pete? Ich nehm' dich später zum Schnorcheln mit – was hältst du davon?« Er schüttelte Bob kräftig die Hand. »Paß lieber auf deine Wampe auf, Kumpel, oder du siehst irgendwann so aus wie Onkel Morty.« Dann setzte er sich zu ihnen und sagte leise: »Fasane und Drachen.«

Nachdem er ein paar Minuten später eine Piña colada ausgetrunken und verstohlen die anderen Gäste in der Bar studiert hatte, um sich zu vergewissern, daß keiner von ihnen den Padrakians ein ungewöhnliches Interesse entgegenbrachte, zahlte Phil sämtliche Getränke bar. Er ging mit den Neuankömmlingen ins Hotel und plauderte über nicht existierende gemeinsame Verwandte. Durch die kühle Lobby. Unter dem Schutzdach wieder hinaus in die erstickende Hitze und Feuchtigkeit. Soweit er es sagen konnte, wurden sie von niemandem verfolgt oder beobachtet.

Die Padrakians hatten die telefonischen Anweisungen genau befolgt. Sie hatten sich als sonnenhungrige Urlauber aus New Jersey verkleidet, wenngleich Bob die Tarnung zu weit getrieben hatte, indem er zu seinen Bermudashorts schwarze Halbschuhe und schwarze Socken trug.

Ein Kleinbus mit großen Fenstern längs der Seiten näherte sich auf der Auffahrt des Hotels und hielt unter dem Schutzdach vor ihnen am Bordstein an. Die derzeitigen Magnetschilder an beiden Vordertüren verkündeten: CAPTAIN BLACKBEARD'S WATER ADVENTURE. Darunter verhießen über dem Bild eines grinsenden Piraten weniger fette Buchstaben die Attraktionen: Tauchkurse, Jet-Ski-Verleih, Wasserski, Tiefseeangeln.

Der Fahrer stieg aus und kam um den Wagen herum, um ihnen die Schiebetür zu öffnen. Er trug ein modisch zerknittertes weißes Leinenhemd, leichte weiße Flanellhosen und hellrosa Segeltuchschuhe mit grünen Schnürsenkeln. Selbst mit Rastalocken und einem silbernen Ohrring machte er einen so intellektuellen und würdevollen Eindruck, wie es stets der Fall gewesen war, als er einen dreiteiligen Anzug oder die Uniform eines Captains der Polizei getragen hatte, damals, als Phil bei der Abteilung West Los Angeles des LAPD unter ihm gedient hatte. Seine pechschwarze Haut schien in der tropischen Hitze Miamis noch dunkler und glänzender zu sein, als es in Los Angeles der Fall gewesen war.

Die Padrakians stiegen in den Kleinbus, und Phil nahm vorn neben dem Fahrer Platz, der seinen Freunden nun als Ronald – kurz Ron – Truman bekannt war.

»Tolle Schuhe«, sagte Phil.

»Meine Töchter haben sie für mich ausgesucht.«

»Ja, aber dir gefallen sie auch.«

»Kann's nicht bestreiten. Die sind echt cool.«

»Als du um den Bus gekommen bist und sie vorgeführt hast, hast du ja fast getanzt.«

Ron ließ ein Grinsen aufblitzen und fuhr los. »Ihr Weißen seid doch nur neidisch darauf«, sagte er, »wie wir uns bewegen.«

Ron sprach mit einem so überzeugenden englischen Akzent, daß Phil die Augen schließen konnte und Big Ben sah. Als Ron sich die Karibik-Färbung abgewöhnt hatte, hatte er seine Begabung für

628

Akzente und Dialekte entdeckt. Er war nun ihr Mann der tausend Stimmen.

»Hören Sie mal«, sagte Bob Padrakian nervös auf dem Sitz hinter ihnen, »wir haben eine Höllenangst wegen dieser Sache.«

»Jetzt ist alles in Ordnung«, sagte Phil. Er drehte sich auf seinem Sitz um und lächelte die drei Flüchtlinge beruhigend an.

»Wir werden nicht verfolgt, es sei denn, von hoch oben«, sagte Ron, obwohl die Padrakians wohl kaum wußten, was er damit meinte. »Und das ist nicht sehr wahrscheinlich.«

»Ich meine«, sagte Padrakian, »wir wissen nicht mal, wer Sie sind.«

»Wir sind Ihre Freunde«, versicherte Phil ihm. »Und wenn es bei Ihnen so aussieht, wie damals bei mir und Ron und seiner Familie, werden wir wohl die besten Freunde sein, die Sie je hatten.«

»Sogar mehr als nur Freunde«, sagte Ron. »Eine Familie.«

Bob und Jean schauten zweifelnd und verängstigt drein. Mark war noch so jung, daß er sich keine großen Sorgen machte.

»Bleiben Sie einfach noch ein paar Minuten sitzen und entspannen Sie sich«, sagte Phil. »Wir werden Ihnen bald alles erklären.«

Sie parkten vor einem großen Einkaufszentrum und gingen hinein. Sie ließen Dutzende von Geschäften hinter sich, betraten einen Flügel, in dem weniger Andrang herrschte, gingen durch eine Tür, die mit den internationalen Symbolen für Toiletten und Telefone gekennzeichnet war, und befanden sich in einem langen Versorgungskorridor. Sie gingen an den Telefonen und den öffentlichen Toiletten vorbei. Eine Treppe am Ende des Ganges führte zu einem der großen gemeinschaftlichen Lagerräume des Einkaufszentrums hinab, in dem einige kleinere Geschäfte, die über keine Liefereingänge mit Lastwagenrampen verfügten, eintreffende Ware in Empfang nahmen.

Zwei der vier Rolltore für die Laster waren geöffnet, und mehrere Lieferwagen hatten rückwärts in den Lagerraum gesetzt. Drei uniformierte Angestellte eines Ladens, der Käse, Wurst und Feinkost verkaufte, luden rasch einen Lastwagen an der vierten Rampe aus. Sie stapelten Kartons auf Handkarren und rollten sie zu einem Lastenaufzug. Dabei zeigten sie nicht das geringste Interesse an Phil, Ron und den Padrakians. Viele der Kisten trugen die Aufschrift für Tiefkühlkost: PERISHABLE, KEEP REFRIGERATED, und Zeit war von ausschlaggebender Bedeutung.

Neben dem Lastwagen an der ersten Rampe – einem winzigen Modell im Vergleich zu dem Sattelschlepper an der vierten – tauchte der Fahrer am Rand des dunklen, fünf Meter tiefen Frachtraums auf. Als sie sich dem Wagen näherten, sprang er auf den Boden hinab. Die fünf stiegen hinein, als wäre es ganz normal, im Laderaum eines Lastwagens befördert zu werden. Der Fahrer schloß hinter ihnen die Tür, und einen Augenblick später waren sie unterwegs.

Der Frachtraum war leer bis auf Decken und Polster, wie sie von Umzugsspediteuren benutzt wurden. Sie saßen in der undurchdringlichen Dunkelheit auf den Polstern. Wegen des Motorlärms und des hohlen Klapperns der Metallwände um sie herum konnten sie sich nicht unterhalten.

Zwanzig Minuten später hielt der Lastwagen an. Der Motor wurde ausgeschaltet. Nach fünf Minuten wurde die hintere Tür geöffnet.

Der Fahrer erschien in blendendem Sonnenschein. »Schnell. Es ist gerade niemand zu sehen.«

Als sie aus dem Laster stiegen, stellten sie fest, daß sie sich in der Ecke des Parkplatzes eines öffentlichen Strands befanden. Sonnenlicht wurde von den Windschutzscheiben und den Chromverzierungen der abgestellten Fahrzeuge reflektiert, und weiße Möwen schossen durch den Himmel. Phil konnte das Meersalz in der Luft riechen.

»Jetzt ist es nicht mehr weit«, sagte Ron.

Das Campinggelände befand sich keinen halben Kilometer von der Stelle entfernt, an der sie den Lastwagen verlassen hatten. Das braune und schwarze Road-King-Wohnmobil war groß, aber nur eins von vielen seiner Größe, die an Ver- und Entsorgungsanschlüssen zwischen den Palmen standen.

Die Bäume bewegten sich leicht in der schwülen Meeresbrise. Hundert Meter entfernt, am Rand der brechenden Wellen, stolzierten zwei Pelikane durch die Gischt der Brandung hin und her, als führten sie einen uralten ägyptischen Tanz auf.

Im Wohnzimmer des Road King arbeitete Ellie als eine von drei Personen an Computerterminals. Sie erhob sich lächelnd, um sich von Phil umarmen und küssen zu lassen.

Er rieb liebevoll ihren Bauch. »Ron hat neue Schuhe«, sagte er.

»Ich hab' sie schon gesehen.«

630

»Hab' ihm gesagt, daß er sich in diesen Schuhen wirklich toll bewegt. Da hat er sich gleich besser gefühlt.«

»Sieh an.«

»Hat sich wie ein Schwarzer gefühlt.«

»Er *ist* schwarz.«

»Na ja, sicher ist er das.«

Sie und Phil gesellten sich zu Ron und den Padrakians, die in der hufeisenförmigen Eßnische saßen, die sieben Personen Platz bot.

Ellie nahm neben Jean Padrakian Platz, hieß sie in diesem neuen Leben willkommen, nahm die Hand der Frau und hielt sie, als sei sie eine Schwester, die sie länger nicht gesehen hatte und deren Berührung ein Trost für sie war. Sie hatte eine einzigartige Wärme, die Fremden schnell die Befangenheit nahm.

Phil beobachtete sie mit Stolz und Liebe – und mit nicht geringem Neid auf ihre ungezwungene Freundschaftlichkeit.

»Aber wir haben alles verloren«, sagte Bob Padrakian irgendwann. Er klammerte sich noch immer an die schwache Hoffnung, eines Tages zu seinem alten Leben zurückkehren zu können, und konnte das neue, das sie ihm boten, nicht vollständig akzeptieren. »Alles. Na schön, ich habe einen neuen Namen und einen flammneuen Ausweis, und eine falsche Vergangenheit, die niemand erschüttern kann. Aber was sollen wir jetzt machen? Wovon sollen wir leben?«

»Wir hätten gern, daß Sie mit uns zusammenarbeiten«, sagte Phil. »Aber wenn Sie das nicht wollen ... dann können wir Sie an einen neuen Ort bringen und Ihnen ein Startkapital geben, mit dem Sie wieder auf die Füße kommen. Sie können völlig außerhalb des Widerstands leben. Wir können sogar dafür sorgen, daß Sie einen anständigen Job bekommen.«

»Aber Sie werden nie wieder in Frieden leben können«, sagte Ron, »denn jetzt wissen Sie, daß in dieser schönen neuen Weltordnung niemand mehr sicher ist.«

»Ihre – und Jeans – hervorragende Fertigkeiten mit Computern haben Ihnen die Schwierigkeiten eingebrockt«, sagte Phil. »Und Leute mit Fähigkeiten, wie Sie sie haben, können wir nie genug bekommen.«

Bob runzelte die Stirn. »Was genau würden wir tun?«

»Den anderen Steine in den Weg legen, wann immer es möglich ist. In ihre Computer eindringen, um herauszufinden, wer auf ihrer

Liste steht und demnächst umgebracht werden soll. Die Betroffenen außer Gefahr bringen, *bevor* die Axt fällt, wann immer das möglich ist. Illegale Polizeiakten über unschuldige Bürger vernichten, die sich keines anderen Verbrechens schuldig gemacht haben außer dem, eine feste Meinung zu haben. Es gibt viel zu tun.«

Bob sah sich in dem Wohnmobil um und betrachtete die beiden Personen, die im Wohnzimmer an den Monitoren arbeiteten. »Sie scheinen gut organisiert zu sein und über hervorragende finanzielle Mittel zu verfügen. Ist hier ausländisches Geld im Spiel?« Er bedachte Ron Truman mit einem bedeutungsvollen Blick. »Denn ganz gleich, was in diesem Augenblick oder in der absehbaren Zukunft in diesem Land geschieht, ich bin noch immer Amerikaner.«

Ron ließ den englischen Akzent zugunsten eines gedehnten Dialekts fallen, wie er in den Bayous von Louisiana gesprochen wurde. »Ich bin so amerikanisch wie eine Flußkrebspastete, Bob.« Dann sprach er mit dem unverkennbaren Akzent eines alteingesessenen Bürgers aus Virginia. »Ich kann Ihnen jeden Absatz aus den Schriften Thomas Jeffersons zitieren. Ich habe sie alle auswendig gelernt. Vor anderthalb Jahren hätte ich nicht einen einzigen Satz zitieren können. Jetzt sind seine gesammelten Werke meine Bibel.«

»Wir finanzieren uns, indem wir die Diebe bestehlen«, sagte Ellie zu Bob. »Wir manipulieren ihre Computerdateien, transferieren auf zahlreiche Weisen, die Ihnen wahrscheinlich raffiniert vorkommen werden, Mittel von ihren Konten auf unsere. In ihrer Buchführung gibt es dermaßen viele nicht ausgewiesene Beträge, daß sie die halbe Zeit nicht mal merken, daß ihnen etwas abhanden gekommen ist.«

»Die Diebe bestehlen«, sagte Bob. »Welche Diebe?«

»Politiker. Regierungsbehörden mit ›Schwarzen Konten‹, mit denen sie geheime Projekte finanzieren.«

Das schnelle Stapfen vier kleiner Pfoten kündete an, daß Killer aus dem hinteren Schlafzimmer kam, in dem er ein Nickerchen gehalten hatte. Er wand sich unter dem Tisch hindurch, wobei er Jean Padrakian erschreckte, und wedelte so heftig mit dem Schwanz, daß praktisch keine Beine verschont blieben. Er drängte sich zwischen den Tisch und die Nische und legte die Vorderpfoten auf den Schoß des kleinen Mark.

Der Junge kicherte erfreut, als der Hund ihm heftig das Gesicht leckte. »Wie heißt er?«

»Killer«, sagte Ellie.

Jean war besorgt. »Er ist doch nicht gefährlich, oder?«

Phil und Ellie wechselten einen Blick und lächelten.

»Killer drückt als Botschafter unsere guten Absichten aus«, sagte Phil. »Seit er den Posten dankenswerterweise angenommen hat, haben wir keine diplomatische Krise mehr gehabt.«

In den vergangenen anderthalb Jahren hatte Rocky sich nicht mehr im Spiegel betrachtet. Er war nicht mehr lohfarben und braun und weiß und schwarz, wie in den Tagen, als er Rocky gewesen war, sondern völlig schwarz. Ein Inkognito-Hund. Ein Kläffer auf der Flucht. Ein maskierter Köter. Ein flüchtiger Fellball. Phil hatte bereits den Entschluß getroffen, daß auch Killers Fell nach und nach wieder seine natürliche Färbung annehmen durfte, sobald er sich den Bart abnahm (was hoffentlich bald der Fall sein würde).

»Bob«, kam Ron wieder zur Sache, »wir leben in einer Zeit, in der das Modernste vom Modernen an High-tech es einer vergleichsweise kleinen Handvoll totalitärer Politiker erlaubt, eine demokratische Gesellschaft zu stürzen und große Teile ihrer Regierung, Wirtschaft und Kultur zu beherrschen – und zwar auf subtilste Art und Weise. Wenn diese Politiker zu lange zu viel davon beherrschen, ohne daß man ihnen Widerstand leistet, werden sie immer dreister. Irgendwann wollen sie alles beherrschen, jeden einzelnen Aspekt im Leben der Menschen. Und wenn die allgemeine Öffentlichkeit dann aufwacht und feststellt, was geschehen ist, wird sie nicht mehr imstande sein, Widerstand zu leisten. Die Mächte, die gegen sie angetreten sind, werden dann unüberwindbar sein.«

»Dann wird die subtile Kontrolle durch den unverhohlenen Einsatz brutaler Gewalt ersetzt werden«, sagte Ellie. »Dann werden sie die ›Umerziehungslager‹ eröffnen, um uns eigensinnige Seelen auf den rechten Weg zurückzubringen.«

Bob sah sie schockiert an. »Sie glauben doch nicht tatsächlich, daß das hier geschehen könnte, jedenfalls nicht in diesem Ausmaß.«

Statt ihm zu antworten, sah Ellie ihm in die Augen, bis ihm wieder einfiel, welch unerhörtes Unrecht man bereits ihm und seiner Familie zugefügt hatte, indem man sie gezwungen hatte, ihr Leben aufzugeben und sich hierher zu flüchten.

»Mein Gott«, flüsterte er und schaute nachdenklich auf seine gefalteten Hände auf dem Tisch hinab.

Jean betrachtete ihren Sohn, der Killer streichelte und kraulte, und schaute dann auf Ellies geschwollenen Bauch. »Bob, wir gehören hierher. Das ist unsere Zukunft. Sie haben recht. Diese Leute haben Hoffnung, und wir brauchen sie ebenfalls ganz dringend.« Sie wandte sich Ellie zu. »Wann ist das Baby fällig?«

»In zwei Monaten.«

»Junge oder Mädchen?«

»Wir bekommen ein kleines Mädchen.«

»Haben Sie schon einen Namen für sie ausgesucht?«

»Jennifer Corrine.«

»Wie schön.«

Ellie lächelte. »Nach Phils und meiner Mutter.«

»Wir haben *wirklich* Hoffnung«, sagte Phil zu Bob Padrakian. »Mehr als genug Hoffnung, um Kinder zu bekommen und sogar im Untergrund mit dem Leben weiterzumachen. Denn die moderne Technik hat auch ihre guten Seiten. Das wissen Sie. Sie mögen die Computer-Technologie genauso wie wir. Die Vorteile für die Menschheit überwiegen die Probleme bei weitem. Aber es gibt immer Möchtegern-Hitler. Also fällt es uns zu, eine neue Art des Krieges zu führen, eine, bei deren Schlachten öfter mit Wissen als mit Waffen gekämpft wird.«

»Obwohl man auf Waffen«, sagte Ron, »manchmal nicht verzichten kann.«

Bob betrachtete Ellies geschwollenen Bauch und drehte sich dann zu seiner Frau um. »Bist du sicher?«

»Sie haben Hoffnung«, sagte Jean einfach.

Ihr Ehemann nickte.

»Dann ist dies die Zukunft.«

Später, als die Dämmerung sich senkte, gingen Phil und Ellie mit Killer am Strand spazieren.

Die Sonne war groß, tiefstehend und rot. Sie ging schnell hinter dem westlichen Horizont unter.

Im Osten, über dem Atlantik, wurde der Himmel tief und weit und purpurschwarz, und die Sterne kamen hervor, um den Seeleuten zu ermöglichen, auf dem ansonsten fremden Meer Kurse zu berechnen.

Phil und Ellie sprachen von Jennifer Corrine und all der Hoffnung, die sie für sie hatten, von Gott und der Welt, von Zottelbär und Panthertier und lauter schönen Dingen. Sie warfen sich einen

Ball zu, doch wenn sie ihn mal nicht auffingen, gestattete Killer niemandem, ihn zurückzuholen.

Phil, der einst Michael und der Sohn des Bösen gewesen war, der einst Spencer und so lange in einem Augenblick einer Julinacht gefangen gewesen war, legte den Arm um die Schultern seiner Frau. Er sah zu den ewig leuchtenden Sternen hinauf und wußte, daß das Leben der Menschen nicht von den Ketten des Schicksals begrenzt wurde, mit einer einzigen Ausnahme: Es war den Menschen bestimmt, frei zu sein.

Sie dunkelt, (tropf, farb) diese unsere tierkomische Welt.
James Joyce, *Finnegans Wake*

NACHWORT

Es gibt keinen stellvertretenden Justizminister der Vereinigten Staaten. Ich habe Thomas Summertons Amt geschaffen, um keinen speziellen Bundesbeamten in Verlegenheit zu bringen.

Die High-tech-Überwachungstechniken in diesem Roman sind nicht fiktiv, sondern real. Die Aufbereitung eines stark vergrößerten Bildes, das aus der Erdumlaufbahn aufgenommen wurde, würde länger dauern, als ich es hier beschreibe, doch die Technik holt die Fiktion auch in dieser Hinsicht schnell ein.

Die technischen Möglichkeiten, eine atombetriebene Laserwaffe zu konstruieren und in eine Umlaufbahn zu bringen, sind heute bereits gegeben. Doch es ist eine reine Spekulation, daß irgendeine Weltmacht eine Waffe wie Godzilla entwickelt und in Dienst gestellt hat.

Die Manipulation von Daten und das Eindringen in Computersysteme, die ich in diesem Roman geschildert habe, sind allesamt möglich. Der besseren Lesbarkeit halber habe ich die technischen Einzelheiten jedoch vereinfacht.

Die Zwangsenteignungsgesetze, unter denen Harris Descoteaux zu leiden hat, gibt es tatsächlich. Sie werden in zunehmendem Maße gegen ganz normale, gesetzestreue Bürger angewendet. Der Handlung halber habe ich mir leichte Freiheiten in bezug auf die Anwendung des Gesetzes auf Harris und die Geschwindigkeit genommen, mit der die Katastrophe sich entwickelt. Eine neue Entscheidung des Obersten Bundesgerichts, die vor der Beschlagnahme eine Anhörung vorschreibt, ist in einer Demokratie ein unzureichender Schutz. Diese Anhörung wird vor einem Richter stattfinden, der, wenn man die bisherige Praxis als Maßstab nimmt, in der Regel zugunsten der Behörden entscheiden wird. Noch bedenklicher ist die Tatsache, daß noch immer keine Beweise gegen den Besitzer der beschlagnahmten Güter vorgelegt werden müssen und er nicht wegen eines Verbrechens angeklagt werden muß.

Das Anwesen der Davidianer in Waco, Texas, gab es tatsächlich. Es ist eine Tatsache, daß David Koresh das Anwesen regelmäßig verließ und auf herkömmliche Art und Weise hätte festgenommen werden können. Nach der Belagerung durch Bundesbehörden stellte sich heraus, daß die Sektenmitglieder pro Kopf nur halb so schwer bewaffnet waren wie der Durchschnitt der texanischen Bevölkerung. Es ist ebenfalls eine Tatsache, daß die Jugendschutzbehörde des Staates, die Texas Child Protective Services, vor dem Angriff Vorwürfen wegen Kindesmißbrauch in der Sekte nachgegangen war und sie als unbegründet befunden hatte. Reine Spekulation ist es hingegen, daß die Regierung die Davidianer als Testfall für eine Anwendung der Zwangsenteignungsgesetze auf religiöse Gruppen benutzen wollte.

Ich persönlich halte die Ansichten der Davidianer für seltsam und in mancher Hinsicht sogar bedenklich. Aber ich sehe nicht ein, warum man sie lediglich aufgrund ihrer *Ansichten* aufs Korn genommen hat.

Das in diesem Buch dargestellte kriminelle Verhalten von Regierungsbehörden entspringt nicht ausschließlich meiner Phantasie. Paramilitärische Angriffe gegen Bürger sind in unserer Zeit eine Tatsache.

Eine dieser tatsächlichen Begebenheiten, auf die ich mich in diesem Buch beziehe: Randy und Vicki Weaver zogen mit ihrem Sohn Sammy auf ein abgelegenes, zwanzig Morgen großes Grundstück in Idaho, um dem hektischen Berufsleben zu entfliehen und nach den Grundsätzen eines lockeren weißen Separatismus zu leben. Als Separatisten waren sie *nicht* der Ansicht, Angehörige irgendeiner Rasse sollten verfolgt oder unterjocht werden – sondern nur, daß die Rassen voneinander getrennt leben sollten. Manche schwarze religiöse Sekten haben ähnliche Auffassungen. Obwohl ich Menschen mit solch einer beschränkten Sichtweise für bedauerlich einfältig halte, gesteht die Verfassung der Vereinigten Staaten ihnen das Recht zu, abgeschieden zu leben, genau wie es den Amish People das Recht zugesteht, unter sich zu bleiben, solange sie sich an die Gesetze halten. Das ATF und das FBI haben Mr. Weaver fälschlicherweise (aus noch unklaren Gründen) für einen gefährlichen weißen *Rassisten* gehalten. Agenten versuchten wiederholt, ihn in eine Falle zu locken, und schließlich wurde er wegen eines technischen Verstoßes gegen die Waffengesetze angeklagt. Sein Vorladungsbescheid war auf den 20. März datiert, doch der Prozeß wurde auf den 20. Februar angesetzt. Ankläger der Bundesbehörden haben eingestanden, daß Mr. Weaver nicht rechtzeitig benachrichtigt wurde, doch als er am 20. Februar nicht vor Gericht erschien, wurde wegen Mißachtung des Gerichts seine Vorführung angeordnet.

Im August 1992 belagerten mit M16-Maschinenpistolen mit Laserzielsuchgeräten bewaffnete Bundesagenten das Grundstück der Weavers. Der vierzehn Jahre alte Sammy wurde in den Rücken geschossen und von Bundesagenten getötet. Mrs. Weaver, die an der Tür ihres eigenen Hauses stand und die zehn Monate alte Elisheba in den Armen hielt, wurde in den Kopf geschossen und getötet. Dem Hund der Familie wurde ins Gesäß geschossen. Er wurde getötet, als er zu fliehen versuchte. Später fuhren Agenten wiederholt mit panzerähnlichen Fahrzeugen über den Kadaver des Hundes.

Im Juli 1993 befand ein Geschworenengericht in Idaho Mr. Weaver des Mordes an einem U.S. Marshal (der bei der Konfrontation umkam), der Verschwörung mit dem Ziel, eine Konfrontation mit der Regierung herbeizuführen, sowie der Beihilfe zum Mord für unschuldig. Die Geschworenen zeigten sich besonders entrüstet über den Versuch der Regierung, die Familie Weaver als Neo-Nazis zu dämonisieren, obwohl die Weavers eindeutig keinerlei solche Ansichten hegten.

Gerry Spence, der Verteidiger des Angeklagten, sagte später: »Heute hat ein Geschworenengericht befunden, daß man niemanden töten darf, nur weil man eine Dienstmarke trägt, und diese Morde dann vertuschen kann, indem man Unschuldige vor Gericht stellt. Was machen wir nun wegen des Todes von Vicki Weaver, einer Mutter, die mit einem Baby in den Armen getötet wurde, und Sammy Weaver, einem Jungen, der in den Rücken geschossen wurde? Jemand muß für diese Todesfälle einstehen.«

Während ich dies schreibe, vermeidet die Bundesregierung es, wirkliche Gerechtigkeit anzustreben. Sollte der Gerechtigkeit in diesem Fall je Genüge getan werden, dann offensichtlich trotz des Vorgehens des Anklägers und Staatsanwalts vom Bezirk Boundary in Idaho.

Um die Demokratie zu erhalten, müssen drei Dinge geschehen: 1. Wir müssen die Zwangsenteignungsgesetze vollständig zurücknehmen. 2. Der Kongreß muß damit aufhören, seine Mitglieder von

Gesetzen auszunehmen, die für alle anderen Bürger erlassen werden. 3. Der Kongreß muß damit aufhören, Gesetze zu erlassen, die Auffassungen kriminalisieren, die politisch inkorrekt oder ungewöhnlich sind, aber niemandem schaden, denn solche Ansichten entsprechen genau dem, was George Orwell als »Gedankenverbrechen« bezeichnet hat.

Dean Koontz, im April 1994

Ausführliche Hinweise
zu den Buchkunstarbeiten von Achim Kiel

Das Original des Schutzumschlag-Motivs ist ein mit Putz überzogener und bemalter, 13 Zentimeter dicker Block von 116 x 58 Zentimetern Kantenlänge. Die darin eingetieften Nischen wurden inspiriert von den vom Autor geschilderten schaurigen »Katakomben«, deren Geheimnisse das Buch wie ein roter Faden durchziehen und noch nach Dekaden das Schicksal des Protagonisten Spencer Grant überschatten.

In den Nischen stehen die in hoffnungsloser Pose dargestellten Figuren der in den Katakomben eingegipsten und eingemauerten Opfer. Die gebrochene, verwelkte Rose ist dazu ein analoges Stillleben (natura morta), während die Kerze das Moment der Hoffnung bis zum letzten Augenblick symbolisiert. Die Messerklinge aus Feuerstein verkörpert einerseits den perversen Mörder, andererseits ist die aus dem dritten Jahrtausend vor Christi stammende Waffe ein archäologisches Indiz dafür, daß sich an der menschlichen Aggressivität nichts geändert hat. Die Handgranate ist lediglich eine Metapher für deren veränderte moderne Methode.

Die Umschlag-Typographie wurde vom Künstler und seinem Kollegen Axel Bertram entwickelt, von letzterem handgezeichnet und in die Putzschicht eingetieft.

Die Kapiteleinstiege und die Text-Illustrationen sind als Frottagen (Durchreibegraphiken mit Litho-Kreide) von einer Skulptur Achim Kiels abgenommen: Eine Stele von 3 Metern Höhe auf rechteckigem Grundriß (50 x 50 Zentimeter) und einem Gewicht von zirka 1000 Kilogramm. Die vier Seiten des Kapitells dieser Säule sind mit über 40 000 einzelnen Bleilettern bestückt.

Unterschiedliche Schriften aus unterschiedlichen Epochen in den verschiedensten Größen bilden auf diese Weise großflächige typographische Landschaften. Im Kontext des Buches werden deren ins Negativ verkehrte Ausschnitte zu düsteren kryptographischen Rätseln – die Undurchschaubarkeit der Computer-Ära: mit ihren Geheimdateien und anonymen Netzwerken, mit sich für allgewaltig haltenden Behördenapparaten, ihren Rasterfahndungen und der globalen Satellitenspionage, die heute sicher einige, aber vielleicht morgen schon jeden betrifft.